SCHERZ

CATHERINE CHANTER

DIE QUELLE

ROMAN

Aus dem Englischen
von Verena Kilchling

SCHERZ

MIX
Papier aus verantwortungsvollen Quellen
FSC® C006701

2. Auflage: Februar 2015
Erschienen bei FISCHER Scherz

Die Originalausgabe erschien 2015 unter dem Titel ›The Well‹
im Verlag Canongate Books, Edinburgh

Satz: Dörlemann Satz, Lemförde
Druck und Bindung: CPI books GmbH, Leck
Printed in Germany
ISBN 978-3-651-02195-2

Für Simon, Christopher, Jeremy und Jessica

1

DIE QUELLE hat mich wieder. Heute werde ich meine erste Nacht unter Hausarrest verbringen. Die erste von wie vielen? Ich hatte kaum zu hoffen gewagt, dass man mir die Rückkehr erlauben würde. Doch als die letzte Nacht auf Station anstand, klammerte ich mich an meine tröstenden Schlaftabletten und Anstaltsvorschriften und wünschte mir verzweifelt, noch bleiben zu dürfen. Sicherheit. Nationale Sicherheit. Sichere Unterbringung. Ein unsicherer Schuldspruch. Der mich hier drinnen festhalten wird, während alle Sicherheitsmaßnahmen der Welt die Geister nicht draußen halten können. Bin ich wieder zu Hause, sind sie es auch.

Wenn mich nicht gerade Albträume plagten, habe ich die letzten drei Monate des erzwungenen Nichtstuns mit Tagträumen verbracht, habe mir vorgestellt, wie mich ein Gefängnistransporter aufs Gelände bringt; wie ich in Begleitung das Haus betrete, die Finger durch den Staub auf dem halbrunden Tischchen gleiten lasse, das wir zur Hochzeit geschenkt bekommen haben; wie ich das Foto von uns dreien zur Hand nehme, das von dem Tag stammt, als wir diesen Ort zum ersten Mal sahen, und auf dem ich lachend die feuchte Erde zwischen meinen Fingern zerkrümele. Ich habe mir vorgestellt, dass ich vielleicht die Schlafzimmerfenster aufstoßen, dem beharrlichen Ruf des Bussards lauschen, über die verkrusteten Hügel blicken und mich fragen würde, wie es dazu kommen konnte. Ich würde die Wasserhähne aufdrehen und zusehen, wie das Wasser im

Ausguss verschwindet, wie flüssiges Silber, für immer verloren. Was ich ganz sicher nicht tun würde: beten, schreiben, das Land bestellen.

Letztlich aber halte ich mich nicht an dieses Drehbuch, sondern werde von einer Art emsiger Geschäftigkeit erfasst. Vielleicht sind es die Nerven. Von dem Moment an, in dem wir aus dem Tor des Anstaltsgeländes fahren, ist mein Mund trocken, und ich zupfe seitlich an meinen Fingernägeln, wie ich es als Kind immer getan habe. Natürlich sehe ich nichts, denn die Scheiben sind abgedunkelt. Ich frage mich, ob unter meiner Sitzbank ein Sack liegt, den ich über meine grau werdenden Haare und meine leeren Augen ziehen kann, wie es Vergewaltiger und Pädophile manchmal auf dem Weg zum Gericht tun. Die Abwesenheit eines Gesichts macht sie nicht weniger furchteinflößend, ganz im Gegenteil: Für die wartende Presse sind nur die Hände sichtbar, die das Kind erwürgt haben, und die Beine, die nach der Tat vom Ort des Geschehens geflohen sind.

Sind meine Hände die einer Heiligen oder die einer Sünderin? Ich kratze sie immer wieder in der Hoffnung, dass sie aufwachen und es mir verraten.

Die Entscheidung, dass ich zurückgeschickt werden soll, ist *sub judice* gefällt worden, also unter Ausschluss der Öffentlichkeit. Ich mag diesen Ausdruck: »unter« der Justiz. Wenn man nur lange genug darunter aushält, bleibt das Recht unangetastet, und alle sind zufrieden.

»Wenn wir bereit sind, uns an die Bestimmungen für beschleunigte Verfahren zu halten, steht einem Vergleich nichts im Wege. Wir müssen uns lediglich zum Verzicht auf unsere Klage gegen die Regierung wegen unrechtmäßiger Landbesetzung bereit erklären, dann wird Ihre Strafe in einen Hausarrest umgewandelt. Und schon ist die Sache geritzt«, erklärte mir mein Anwalt. Ich fragte ihn, was der Staat davon habe, und er sprach von überfüllten Gefängnissen und negativer Presse, von der Dürre und von wissenschaftlicher Forschung. Ich unterbrach ihn und fragte, was ich davon hätte. Sie klang so simpel, seine Antwort.

»Sie dürfen zurück nach Hause zur Quelle«, sagte er.

Der erste Teil der Strecke vom Frauenflügel zur Quelle scheint nur aus Stop-and-go zu bestehen, wir bewegen uns im Schneckentempo voran, begleitet von Polizeisirenen. Die Benzinrationierung hat das Verkehrsproblem der Hauptstadt gelöst, aber das scheint noch niemand den Ampeln mitgeteilt zu haben. Dann ändert sich die Fahrweise, und wir rauschen auf der Autobahn gleichmäßig dahin Richtung Norden. Ich kenne diese Strecke gut, und als die Fahrt in das Gekurve übergeht, das einen über die Hügel und hinunter ins Tal führt, werden meine Atemzüge langsamer, und ich spüre, wie sich Speichel auf meiner Zunge sammelt, die rau ist wie Sandpapier. Fünfzehn Minuten dauert der lange, langsame Anstieg, der an der Little Lennisford Church vorbeiführt; fünfundzwanzig Minuten bis zum flachen, geraden Stück Landstraße, neben dem die Stangen der Hopfenfelder aufragen (die letzte Chance zum Überholen, haben wir immer gesagt). Nach vierzig Minuten kommt die scharfe Rechtskurve an Martins Hof vorbei, und von da quält man sich durch Haarnadelkurven bergauf, schaltet immer wieder durch die Gänge, durchbricht – häufig genug – die Wolken, bis man die Hügelkuppe erreicht, das Dach der Welt. Dann endlich der Schwenk nach links, die fünfhundert Meter Schotterstraße hinunter, die durch meine Felder zur Quelle führen.

»Jetzt sind wir fast da.«

Die Worte der Soldatin wären nicht nötig gewesen.

Der Transporter fährt viel zu schnell für die Schlaglöcher. Es überrascht mich, dass noch niemand sie ausgebessert hat. Andererseits sind auch wir nie dazu gekommen. Es braucht viel Wasser, um Löcher in Stein zu graben, und die Quelle hat ihre Pfützen immer stolz wie eine Auszeichnung getragen. Wir halten an. Das Gitter zwischen Fahrerkabine und Transportraum wird zur Seite gezogen.

»Wir lassen Sie jetzt ein paar Minuten allein und sehen nach, ob alles vorbereitet ist. Geht es Ihnen gut da hinten?«

Es ist nett von den Soldaten, dass sie fragen, aber ich bin nicht ganz sicher, wie ich darauf reagieren soll. Soll ich so tun, als würde ich mich wohl dabei fühlen, in einem Gefängnistransporter zurück in mein eigenes berühmt-berüchtigtes Paradies gebracht zu werden?

»Mir geht's gut. Danke.«

Ich sitze ganz still. Im Grunde traue ich dem Urteil immer noch nicht ganz. Bizarre Bilder aus alten Kriegsfilmen tauchen vor meinem inneren Auge auf, scheinen mir die Gummimatte unter meinen gefesselten Füßen wegziehen zu wollen. Ich sehe, wie ich aus dem Transporter gezerrt, zu meiner geliebten alten Eiche geführt und dort erschossen werde, um zwischen verdorrten Eicheln vom letzten Jahr und Schafskot in einem Haufen zusammenzusinken. Die beiden Soldaten, die mich auf meinem Transport bewacht haben, steigen aus und knallen die Türen hinter sich zu.

»Unglaublich, oder?« Das ist die Frau mit dem Birminghamer Akzent. »Es sieht genauso aus, wie immer alle behauptet haben, genauso wie auf der Website.«

»Was sieht so aus?« Der Fahrer. Schon seine Musikauswahl auf der Fahrt hat mir verraten, dass er von nichts eine Ahnung hat.

»Na alles. Man hat den Eindruck, drei Jahre in der Zeit zurückzureisen. Grüne Wiesen. Wann hast du das letzte Mal grünes Gras gesehen?«

Meine Wiesen sind also immer noch grün.

Neue Stimmen. Begrüßungen. Beinahe förmlich. Dann ergreift ein jüngerer Mann das Wort.

»Ihr könnt die Einheimischen fragen. Sie haben uns bestätigt, was in der Zeitung stand: Als sie noch hier war, regnete es. Als sie verhaftet wurde, hörte der Regen auf.«

»Wo ist das Ganze eigentlich passiert?«, fragt der Fahrer.

»Unten im Wald.«

»Also *ich* gehöre zu denen, die die Alte eher für eine Hexe als für eine Heilsbringerin halten.«

»Ziemlich sexy für eine alte Hexe.«

Offenbar bewegen sie sich aufs Haus zu, denn den Rest des Gesprächs verstehe ich nicht mehr. Das Wissen, dass draußen so viel Raum und Freiheit warten, erstickt mich im Inneren des Transporters geradezu. Mir wird schwindelig. Nicht jetzt, denke ich. Bitte keine schrecklichen Visionen mehr, kein Ertrinken. Schweiß bricht auf meiner Stirn aus, und ich versuche, die Hand zu heben, um ihn wegzuwischen, vergesse jedoch das Gewicht der Handschellen. Auch ich werde nun unter die Oberfläche gezogen. Ich bin nicht verrückt. Ich beuge mich vor und vergrabe den Kopf zwischen meinen Knien, damit ich nicht ohnmächtig werde. Das Dunkel im Transporter hört langsam auf, sich zu drehen, das zähflüssige Wasser zieht sich zurück, und ich werde wieder ich selbst, während draußen die Schritte auf dem Kies lauter werden und die Hecktüren des Transporters aufgehen.

»Endlich wieder zu Hause, was?«, sagt sie. »Hinaus mit Ihnen!«

Mich begrüßt kein blendendes Sonnenlicht. Stattdessen verschwimmt das ausgewaschene Blau eines frühen Aprilnachmittags mit dem trostlosen Inneren des Transporters, wie zwei Farben, die sich vermischen und schließlich einen grauen Kompromiss eingehen. Das Aussteigen fällt mir schwer. Während ich unter dem niedrigen Dach des Transporters den Kopf einziehe, strecke ich meine in Handschellen steckenden Handgelenke nach vorn, als würde ich beten.

»Wissen Sie was?«, sagt die Frau aus Birmingham zu mir. »Setzen Sie sich hier auf die Kante, dann nehme ich Ihnen die Dinger ab. Home sweet home! Hoffentlich hat jemand das Geschirr gespült. Das wünsche ich mir jedenfalls immer, wenn ich abends nach Hause komme.« Sie tippt verschiedene Codes in die Tastaturen an meinen Hand- und Fußschellen.

Der Fahrer ist inzwischen zu uns getreten. »Als würdest du dir deine zarten Händchen beim Spülen schmutzig machen!«

»Was bleibt einem anderes übrig? Der Geschirrspüler hat uns ein Vermögen gekostet, weil er so viel Wasser verbraucht hat. Aber es hat alles auch sein Gutes: Beim Abwasch kann ich mir wenigstens vorstellen, wie es war, in der Badewanne zu liegen.« Sie fummelt an dem hässlichen Band herum, das mein Fußgelenk umgibt. »Das müssen Sie anbehalten. Nennt sich elektronische Fußfessel.«

Ich sitze wie ein kleines Kind auf der Ladefläche des Transporters, meine Füße erreichen kaum den Boden. Als ich frei bin, taste ich nacheinander meine Handgelenke ab, stehe dann unsicher auf und mache ein paar Schritte von meinen Bewachern weg. Vor mir steht die steinerne Fassade meines Hauses, gerade und fest – meine Wasserwaage, die mich ins Gleichgewicht bringt. Ich drehe mich um und betrachte meine Felder, die vor mir ansteigen und wieder abfallen, ihre Hecken wie Kraftlinien, die ihre Konturen abtasten, die Wälder wie Samt in die Täler geschmiegt. Eine Hand umfasst meinen Ellbogen. Ich schüttle sie ab, folge dem Soldaten jedoch zur Haustür. Wir benutzen diese Tür nicht, will ich zu ihm sagen. Wir gehen immer durch die Hintertür. Dort, auf dem Fliesenboden, haben wir einst unsere schlammverkrusteten Stiefel ausgezogen und unsere Angelruten an die Haken über den Regenmänteln gehängt. Wir. Mark und ich. Mein Exmann und ich. Haustür. Hintertür. Fluss. Ex. Worte.

»Für uns ist der Job damit erledigt«, erklärt der Fahrer. »Ich gehe davon aus, dass Ihre neuen Freunde sich selbst vorstellen werden, sobald wir alles unterschrieben haben.« Er weist auf drei bewaffnete junge Männer in Uniform, die am Zaun zwischen Haus und Obstgarten aufgetaucht sind und mit dem Rücken zu uns stehen. Ihre Gesichter zeigen Richtung Wales. Das war offenbar einer der

Gründe, warum die Behörden dem Hausarrest zugestimmt haben: weil ohnehin bereits Regierungssoldaten auf dem Gelände sind und nachts über die Ernte wachen.

»Sie sind bestimmt froh, wieder zu Hause zu sein«, sagt die Soldatin, und ich nicke und gebe mir Mühe, menschlich zu sein, so wie sie. Sie wartet, bis ihr Kollege zu den drei Uniformierten hinübergegangen ist, und fährt dann mit leiser Stimme fort: »Ich habe noch nie etwas so Schönes gesehen. Sie müssen eine ganz besondere Frau sein, um so etwas zustande gebracht zu haben.«

Ich murmele etwas zwischen »Vielleicht« und »Ich weiß es nicht«. Schon vor langer Zeit habe ich aufgehört, Menschen zu vertrauen, die mich zu verehren scheinen.

Sie sagt: »Das mit dem Transporter und den Handschellen tut mir sehr leid. Die ganze Sache tut mir leid. Es hätte nie dazu kommen dürfen. Ich hoffe, jetzt, wo Sie wieder hier sind, sind Sie glücklich, und …«

»Und?«

»Und ich hoffe auch, dass es hier wieder regnet, wirklich, und …«

»Und?«

»Und wenn Sie immer noch beten, dann beten Sie bitte auch für mich.«

Sie versucht, nach meiner Hand zu greifen, und ich sehe, dass sie weint. Das Verhältnis von Tränen und Gebeten an diesem Ort hat sich umgekehrt; von nun an wird es – völlig zu Recht – mehr Tränen geben. Ich ziehe meine Hand weg, und für einen kurzen Moment steht sie da und starrt auf ihre leere Handfläche, bevor sie sich abrupt umdreht und mit großen Schritten zum Transporter zurückgeht. Sie steigt ein, knallt die Tür zu, beugt sich zum Fahrersitz hinüber und hupt anhaltend. Der Fahrer, der immer noch am Zaun steht, tippt etwas in sein Handy und verabschiedet sich mit einem halbherzigen Salut von den Uniformierten. Bevor er in den Transporter steigt, bückt er sich, als hätte er etwas fallen gelassen, und hebt eine Handvoll Erde auf, die er wie ein Gärtner aufmerksam beäugt. Dann blickt er auf, und als er sieht, dass ihn die Männer beobachten, wirft er die Erde in die Hecke, lacht laut, klopft sich die Hände an seiner Khakihose ab und steigt ein. Er lässt den Motor an und ruft aus dem Fenster, während er den Transporter piepsend Richtung Eiche zurücksetzt: »Keine Sorge, Jungs! Wir beten für euch bei eurem Fronteinsatz!«

Die Soldatin starrt vom Beifahrersitz geradeaus auf den Weg, der sie gleich von hier fortbringen wird. Der Fahrer dreht die Musik auf, und dann sind sie weg. Zurück bleiben die Stille, die drei Regierungssoldaten und ich. Sie treten mit ihren schweren Stiefeln gegen den Zaun. Einer zündet sich eine Zigarette an, und mir fällt plötzlich ein russisches Foto aus dem Zweiten Weltkrieg ein, das ich einmal gesehen habe: junge Männer vor einer kargen Landschaft, die zum Horizont starren und auf Verstärkung warten. Wir sehen uns einer anderen Art von Angriff gegenüber. Ich stehe zur Hälfte in und zur Hälfte vor dem Haus, und meine Beine zittern vor Erschöpfung.

»Soll ich reingehen?«, rufe ich und bereue meine Schwäche sofort. »Ich meine, gibt es noch irgendwelche Formalitäten zu erledigen?«

Alle drei drehen sich um, als seien sie überrascht darüber, dass ich sprechen kann. Eine plötzliche Dienstbeflissenheit scheint den kleinsten der Soldaten zu überkommen, wie alle, denen man erst vor kurzem ein kleines bisschen Macht übertragen hat. Er marschiert zu mir herüber. Die anderen beiden folgen in einigem Abstand.

»Es gibt eine ganze Reihe von Vorschriften und Abläufen, die wir mit Ihnen durchgehen müssen. Daher schlage ich vor, dass wir … äh …« Seine Stimme klingt angespannt.

»Uns am Küchentisch zusammensetzen?«, schlage ich vor.

»Das müsste gehen, ja. Wir treffen uns dort in einer Stunde.«

»Kann sein, dass Sie noch einmal an die Tür klopfen und mich daran erinnern müssen.«

»Wir müssen nicht klopfen, wenn wir das Haus betreten«, erwidert er.

Der schlankere der beiden anderen Soldaten macht einen Witz über Drinks um sechs. Ich verstehe seinen Scherz zwar nicht, versuche aber trotzdem zu lächeln. *Pour encourager les autres.*

Was mache ich jetzt? Ich versuche, mich an alte Gewohnheiten zu erinnern. Wie eine verschüchterte Braut zwinge ich mich über die Türschwelle, ziehe die Schuhe aus und gehe in die Küche. Sie ist eine karge Ausgabe ihres früheren Selbst, da nicht mehr das übliche Chaos herrscht und jemand saubergemacht hat. Ich lasse das kalte Wasser eine Weile laufen, nur um sicherzugehen, bevor ich den Teekessel fülle und ihn auf den Herd stelle. Dann nehme ich meine Lieblingstasse vom Regal und zeichne mit dem Finger die fein gemalten Fische nach – Äsche, Forelle und Flussbarsch –, die im Porzellanfluss schwimmen und sich um den Henkel der Tasse schlängeln. Mit der Fingerspitze wische ich den Staub vom Tassenrand. Aus einem Impuls heraus gehe ich zum Kühlschrank, der normal funktioniert. In den letzten Jahren gab es immer genug Wind in der Gegend. Für uns galt: Wenn die Turbine läuft, läuft auch die Pumpe, und wenn die Pumpe läuft, haben wir Wasser aus unserer Quelle. Wasser ja, aber keine Milch. Ich hasse den Milchersatz in Pulverform, er schmeckt nach Stadt. Die Dürre hat viele Ersatzstoffe erforderlich gemacht: Kein Regen – kein Gras, kein Gras – keine Kühe, keine Kühe – keine Milch. Wir hatten für Jahr drei unseres Traums die Anschaffung einer Kuh geplant, doch so weit sind wir nie gekommen.

Das meiste von dem, was ich im Vorratsschrank hatte, ist verschwunden, aber auf der Küchenablage steht eine halbleere Packung Teebeutel, also bediene ich mich daraus. Dann sitze ich am leeren Küchentisch und zeichne die Holzmaserung mit dem Finger nach. Was für eine Stille. Ich fröstele, der alte Küchenherd ist nicht an. Mit ein bisschen Wärme wäre alles erträglicher, denke ich. Doch die Streichhölzer haben ihr angestammtes Heim in der obersten linken

Schublade der Anrichte verlassen, und ich weiß nicht, wo sie hin sind. Ich gebe mich geschlagen und schlendere ins Wohnzimmer, wo die Vorhänge zugezogen sind. Meine Hand verharrt zögernd am Fenster, aber selbst die kleinste Bewegung der Vorhänge lässt einen Strahl Tageslicht herein, also lasse ich sie fürs Erste zu. Ich gehe zur Treppe und stelle einen Fuß auf die unterste Stufe, mache jedoch den Fehler hinaufzublicken. Nein, dieser Berg ist zu hoch, um ihn jetzt schon zu erklimmen.

Das Sofa fühlt sich klamm an. Die Zeitung von gestern liegt auf dem Tisch, auf dem Gesicht eines Oben-ohne-Models ist der kreisförmige Abdruck einer Kaffeetasse zu sehen. »Heiß durch die Dürre!« Eine bleiche, hohlwangige Frau auf der gegenüberliegenden Zeitungsseite erinnert mich an Angie, auch wenn mir meine Tochter diesen Vergleich sicher übelnehmen würde. Ich blättere durch die Seiten und komme mir vor wie eine Patientin in einem Wartezimmer, die es bereut, keine Freundin mitgebracht zu haben, die ihr beisteht.

Mein Name wird gerufen, aber ich reagiere nicht sofort. Für einen Moment weiß ich nicht mehr, wer sie sind, diese Männer, die mit dem Rücken an der Spüle lümmeln und sich in der ganzen Küche verteilen, während ich mich folgsam und steif an den Tisch setze und das Holz des Stuhls an meinen mageren Oberschenkeln spüre. Sind diese Männer wegen der Ermittlungen hier? Nein, das ist schon lange her. Damals waren es Polizisten, nicht diese zu groß geratenen Kindersoldaten.

Eine ringlose, aus einem Khakiärmel ragende Hand legt eine braune Heftmappe, auf der mein Name steht, vor mir auf den Tisch, klappt einen Laptop auf und hämmert ein Passwort in die Tastatur. Eine Stimme sagt, Zweck dieses Treffens sei es, mir meinen Rechtsstatus auseinanderzusetzen, die Gründe dafür und meine Rechte, während ich diesem Status unterliege.

»Ruth Ardingly steht unter Hausarrest, gemäß dem Dürre-Notstands-

gesetz, Paragraph 3, zur Freiheitsbeschränkung und Inhaftierung von Personen, von denen ein Verhalten bekannt ist oder vermutet wird beziehungsweise in naher Zukunft zu erwarten ist, das: (i) die Versorgung der Bevölkerung mit Gütern des täglichen Bedarfs oder grundlegende Dienstleistungen gefährdet, beeinträchtigt oder in irgendeiner Weise manipuliert, vor allem Dienstleistungen, die mit der Bereitstellung von Trinkwasser zusammenhängen oder mit der Bereitstellung von Wasser für Bewässerungsprojekte, Fertigungsverfahren und unternehmerische Zwecke, die den Ausnahmeregelungen des Dürrenotstandsgesetzes, Paragraph 4, unterliegen.«

Ich finde das lustig, bin ich doch die einzige Untertanin Ihrer Majestät im ganzen Britischen Königreich, die unbegrenzten Zugang zu Wasser hat und daher nicht darauf angewiesen ist, Regierungsquellen anzuzapfen. Der Richter und die Geschworenen vor mir scheinen hingegen keinen Sinn für Humor zu haben. Weniger amüsant ist für mich die Tatsache, dass die Dauer meines Hausarrestes als »unbefristet« beschrieben wird, auch wenn er »in regelmäßigen Abständen einer juristischen Prüfung bedarf«. Meine Frage, was das in der Praxis bedeutet, bleibt unbeantwortet.

»Ruth Ardingly werden außerdem folgende Vergehen zur Last gelegt, die unter Berücksichtigung der Bestimmungen zur Verfahrensbeschleunigung unter der Dürreschutzverordnung zunächst ebenfalls durch den Hausarrest abgegolten werden, vorbehaltlich weiterer rechtlicher Schritte zu einem späteren Zeitpunkt:

(i) Legen mehrerer Feuer mit der Absicht, schwere Körperverletzung oder Tod herbeizuführen;

(ii) Verletzung der Aufsichtspflicht gegenüber einer ihr anvertrauten minderjährigen Person mit Todesfolge.«

Ich halte mir die Ohren zu. Das höre ich mir nicht an. Keiner darf das zu mir sagen.

Der kleine Mann leiert einfach weiter.

»Die der Dürreschutzverordnung unterliegende Zivilgerichtsbarkeit bestätigt, dass das als ›Die Quelle‹ bekannte Anwesen Hauptwohnsitz von

Ruth Ardingly bleiben wird, dass sie sich jedoch gemäß der Beschlagnahmungsverordnung 70/651 dazu bereit erklärt, besagtes Anwesen vorübergehend für Forschungszwecke zur Verfügung zu stellen, worunter folgende und weitere Maßnahmen fallen: Bodenproben; Anpflanzen, Pflege und Ernte von Feldfrüchten; Bohrungen zur Entnahme von Grundwasserproben gemäß der Entnahmeverordnung (korrigierte Fassung), jedoch keine Entnahme von Grundwasser in größeren Mengen; Auffangen von Regenwasser zum Zweck der Forschung, aber nicht zum Zweck des Vertriebs.«

Dies ist also das Kleingedruckte des Teufelspakts. Aber immerhin gehört ihnen die Quelle nicht, so viel habe ich erreicht. Grundstück und Haus gehören immer noch mir. Trotz Stacheldrahtumzäunung, Helikoptern und Männern in brauner Tarnuniform ist die Quelle immer noch mein. Zumindest zur Hälfte. Was mit Marks Anteil passiert ist, erschließt sich mir nicht.

»So weit zur Rechtslage. Haben Sie irgendwelche Fragen?«, will der kleine Mann wissen.

Ich sacke etwas zusammen und zucke hilflos mit den Schultern. Er erteilt dem dicken, namenlosen Mann das Wort, der offenbar für die »praktischen Aspekte« des Hausarrests zuständig ist. Er liest stockend und scheint Mühe zu haben, aus den endlosen Vorschriften schlau zu werden. Es ist, als würde ich einer fremden, mir unbekannten Sprache lauschen, aber die übergeordnete Botschaft ist klar: Diese Männer sind meine Wärter. Das hier ist mein Zuhause. Worte kriechen über die Unterlagen und verteilen sich willkürlich im Raum, verschwinden im Ausguss, flattern durch den kalten Schornstein oder versuchen hinauszukrabbeln wie Wespen aus einem Marmeladenglas. Das Foto neben dem Küchenfenster, das wir während eines Ausflugs zu den Lost Gardens of Heligan aufgenommen haben, hängt schief, wodurch es so aussieht, als würde der darauf abgebildete See über die Ufer treten und wäre kurz davor, die cremefarbene Wand hinunter in das Gemüseregal zu tropfen, das leer ist bis auf die spröden Schalenreste einer Zwiebel.

Ausgangsverbot
Brot
Elektrische
Rechte
Gesuch
Ausübung

Ein Gedächtnisspiel, bei dem eine große Anzahl verschiedener Dinge vor mir ausgebreitet und benannt wird in der Erwartung, dass ich mir alles gemerkt habe, bis die Gegenstände wieder weggenommen werden.

»Heute Abend müssen Sie sich darum natürlich noch nicht kümmern.« Es ist das erste Mal, dass der Dünne mit der Brille das Wort ergreift. Er ist auch der Einzige, der mir in die Augen sieht.

»Werde ich auch nicht«, antworte ich.

»Dann gute Nacht«, sagt er, denn es ist offenbar Schlafenszeit.

»Gute Nacht«, erwidere ich.

Ich starre den drei Soldaten hinterher. »Entschuldigung. Wo, sagten Sie, sind Sie untergebracht?«, frage ich.

Der Kleine bleibt an der Tür stehen. »Wir haben gar nichts gesagt«, erklärt er knapp und verlässt zusammen mit Mr Namenlos die Küche.

Der Dünnere, Kurzsichtige hingegen verharrt noch einige Sekunden. »Wir schlafen in der Scheune«, sagt er. »Direkt nebenan.« Er ist noch ein halbes Kind. Ich werde ihn »Junge« nennen.

Während wir unsere Zeit und unser Geld in die Renovierung der Scheune steckten, ahnte ich nichts davon, dass wir in Wirklichkeit eine Kaserne für meine Wärter bauten. Sie sind nicht die Ersten, die sich dort häuslich eingerichtet haben, um mich zu kontrollieren. Sie treten in Marks Fußstapfen, der irgendwann einfach zum Tor hinausmarschierte, geradeaus bis zur Morgendämmerung, und den ich seither nie wiedergesehen habe. Ich bezweifle, dass meine Wärter mich auch so schnell vergessen werden.

Was tun diese Wärter den ganzen Tag? Was essen sie? Was esse ich? Jetzt, wo die Anordnungen vorüber sind, tauchen die Fragen auf, Tausende Fragen zu Decken und Internet und Essen und Telefonen und Tomatenpflanzen und Schafen und Bädern und Büchern und Rasenmähen und, ach herrje, zu allem eigentlich. Ich bin wieder zum Kleinkind mutiert, will ihnen hinterherrennen und mich an ihren Beinen festklammern, sie fragen: Warum, wann, wie, wer? Ich befinde mich zwar in meinem eigenen Haus, habe jedoch keine Ahnung, wie mein Leben weitergehen wird.

Schlafenszeit. Sieht so aus, als müsste ich mich zwingen, die Treppe hinaufzugehen. Meine Finger wissen noch, wo die Lichtschalter sind, doch ich ziehe die Dunkelheit vor. Ich finde den Weg zu meinem Bett und schlüpfe voll bekleidet und mit steifen Bewegungen zwischen Laken und Bettdecke, die nicht nach Gefängnis riechen, aber auch nicht nach zu Hause. Obwohl es kalt ist, lasse ich die Jalousien offen, damit ich den Mond über Montford Forest sehen kann. Ich werde hier liegen und die Quelle fragen, was sie von dem gerade zu Ende gegangenen Tag hält, und wir werden gemeinsam zu einem Ergebnis kommen. Ich werde die Schafe zählen, die ich verloren habe, um dem Schlaf aus dem Weg zu gehen, denn auch er geht mir aus dem Weg. Ich werde im Kopf Briefe verfassen an diejenigen, die nicht mehr hier sind, weil sie nicht mehr anwesend sind. Weil sie nicht mehr auf dem Anwesen sind. Das Wortspiel gefällt mir. Hin und wieder werde ich mir den Spaß gönnen, ein wenig mit Worten herumzuspielen. Mit »Mark« zum Beispiel. Ich sage seinen Namen sehr laut, um mich zu vergewissern, dass er wirklich nicht mehr hier ist. Durch Mark und Bein. Du hast mich bis ins Mark getroffen. Trotz der Stille, trotz der Tatsache, dass mich nur eine Wand von der entsetzlichen Leere des Zimmers eines toten Kindes trennt, bin ich plötzlich völlig überwältigt vor Glück, weil ich wieder hier sein darf.

Ich frage mich, ob es regnen wird.

2

STEIF in meinen muffigen Kleidern, wache ich auf. Ich könnte den ganzen Tag hier liegen, die ganze Woche, das ganze Jahr, und die Härchen auf meiner Haut würden durch den Stoff meines Sweatshirts wachsen wie Efeuranken durch die Maschen eines grünen, im Wald verlorenen Wollpullovers. Die Sonne würde ihre Runden drehen, von dem Jahrmarktbild über dem Bett über die Kommode zum blau angemalten Spiegel und zurück, und ich wäre immer noch da, würde grübeln und immer dünner werden, bis ich eines Tages die Antwort gefunden hätte. Aber zu diesem Zeitpunkt wäre längst nichts mehr von mir übrig, nur ein Abdruck, die Hülse einer großen Frau, so spröde, gerade und leer wie die hohlen Halme des Wiesenkerbels an unserer Auffahrt im Sommer …

83 Ergebnisse für Ihre Suchanfrage.

Klick. *Ein kleines Stück vom Paradies an den Ufern des Severn …*

Klick. *Sie wollen raus in die Natur? Dann ist dieses Haus mit drei Schlafzimmern und zwei Eingängen genau das Richtige …*

Klick. *Sie suchen nach einer neuen Herausforderung? Verwandeln Sie diese alte Scheune in Ihr persönliches Schloss und werden Sie Herr über Ihr eigenes Reich …*

So fing alles an. Mark und ich in London, bucklige Sklaven des Laptops, wie wir uns um die Computermaus zankten und glaubten, dass ein Haufen Ziegelsteine und Mörtel mitsamt dem dazugehörigen Land den Streit und die Differenzen wegwischen würden, die in den zweiundzwanzig Jahren unserer Ehe immer mehr zu unserem Erkennungszeichen geworden waren.

»Ihr findet bestimmt problemlos ein Häuschen auf dem Land«, sagten meine Kollegen an der Schule.

»Bei dem Preis, den ihr für euer jetziges Haus verlangen könnt …«, sagten unsere Nachbarn.

Von London aufs Land zu ziehen und selbst anzubauen, was wir zum Leben brauchten – das war unser Traum. Das heißt Marks Traum, den er zu Anfang unserer Beziehung für mich verschoben hatte, ein befristetes Darlehen, das er nun von mir zurückforderte, auch wenn er das nie so gesagt hätte. Er hatte so lange draufgezahlt in unserer Ehe, dass er jetzt pleite war, wohingegen ich in Menschen und Arbeit und verschiedene Lebensweisen investiert hatte und es nun als – vorsichtig ausgedrückt – beängstigend empfand, dieses angesammelte Kapital auf einmal abstoßen zu müssen.

Wie ein Kind, das auf Zehenspitzen am Ende des Sprungbretts steht, wollte ich einerseits springen und hatte andererseits panische Angst davor. Ich wollte nach dem Geländer greifen und wieder die Leiter hinuntersteigen, doch die kalte Betonwelt, die mich unten erwartete, war nicht weniger einschüchternd. In ein neues Becken mit frischem Wasser zu springen, mit neuer Energie in einer nicht von Hast und Eile verseuchten Welt zu leben, endlich wieder aufzutauchen und frei durchatmen zu können … Genau wie Mark war ich verliebt in die Vorstellung, aus allem auszubrechen und auf dem Land ein neues Leben anzufangen. Aber wenn wir auf dem Weg dorthin ausrutschten, erwartete uns ein tiefer Fall, weit weg von vertrauten Menschen, die uns einen Rettungsanker hätten zuwerfen können. Aus Marks Sicht war es die richtige Entscheidung zur richtigen Zeit, und ich spielte die Rolle der stillen Befürworterin. Angesichts seiner Begeisterung – von seiner Verzweiflung ganz zu schweigen – fiel es mir schwer, meine Vorbehalte zu äußern. Sein wichtigstes Motiv für den Umzug war absolut zwingend: Man hatte ihn zwar vor Gericht für unschuldig erklärt, doch in London gab es für ihn keine Hoffnung auf eine Zukunft ohne Vorverurteilungen. Er hatte Gründe fortzugehen, ich hatte Gründe zu bleiben. Und wessen Schuld war das?, dachte ich manchmal, wenn ich einen schlechten Tag hatte, auch wenn das weder fair noch vernünftig war.

Mark wischte sämtliche Bedenken beiseite, auch das Argument, dass es in letzter Zeit viel zu wenig geregnet habe, um irgendwo erfolgreich Landwirtschaft betreiben zu können. Derartige Trockenperioden seien doch normal und glichen sich meist von selbst wieder aus. Geld war kein Thema: Der Verkauf unserer Doppelhaushälfte am Londoner Stadtrand reichte für ein Cottage im Westen mit ein paar Hektar Land, und es blieb sogar noch etwas übrig. Leben würden wir zunächst von der Abfindung, die Mark für seine ungerechtfertigte Entlassung zugesprochen worden war, sowie dem Geld, das ich von meinem Vater geerbt hatte. Außerdem besaßen wir ein paar Ersparnisse. Angie hatte uns als Jugendliche nicht viel gekostet, denn ihre Probleme waren von der Sorte, die sich nicht mit Geld lösen ließ. Im Grunde hatten sich die Ärzte, das Sozialamt und diverse Einrichtungen zur Resozialisierung straffälliger Jugendlicher mehr um sie gekümmert als wir. Natürlich verwöhnten wir unseren Enkel Lucien nach Strich und Faden. Trotzdem gingen wir davon aus, dass wir – in aller Vorsicht – ein paar Jahre mit unserem Geld durchhalten könnten, bis klar wäre, ob wir »es« schaffen würden. »Es« war vermeintlich ein kleiner Bauernhof. In Wirklichkeit war »es« unsere Beziehung.

Beinahe hätten wir über »Die Quelle« hinweggelesen, ohne nähere Informationen anzufordern. Der Makler hatte kein Video eingestellt, und alles, was nicht unmittelbar online zugänglich war, erschien uns zu aufwendig. Wir wollten unser zukünftiges Paradies sofort sehen, ohne erst einen Termin ausmachen zu müssen.

»Klingt, als wäre es eine Besichtigung wert«, sagte Mark.

»Aber nur, wenn wir uns am selben Tag noch zwei oder drei andere Objekte in der Umgebung anschauen können«, gab ich zurück.

Wir konnten. Allerdings wurde eines davon zwei Tage vor dem Termin verkauft, und das andere wurde vom Markt genommen. Blieb nur noch »Die Quelle«. Wir stritten uns deswegen und fuhren dann trotzdem hin. Lucien nahmen wir mit. Zu dem Zeitpunkt wohnte er gerade für zwei oder drei Wochen bei uns, während Angie – mal wieder – versuchte, Ordnung in ihr Leben zu bringen. Er muss damals vier gewesen sein. »Was für ein Glück, dass er Großeltern wie euch hat«, sagten unsere Freunde, wenn wir ihn wieder einmal bei uns aufnahmen. Ich nehme an, das sagen sie heute nicht mehr.

Es war ein ungewöhnlich heißer Herbsttag, ein wildes letztes Aufbäumen der Sonne nach einem weiteren öden, trockenen Sommer, der auf einen öden, trockenen Winter gefolgt war – trocken zumindest nach den damaligen Maßstäben. Die Einschränkungen, die schon seit einer Weile für den Südosten Englands gegolten hatten, waren im April auf den Rest des Landes ausgeweitet worden, und die seriösen Zeitungen brachten Leitartikel über die verpflichtende Einführung von Wasserzählern, während die Boulevardblätter abwechselnd den drohenden Weltuntergang heraufbeschworen und Nahaufnahmen von Prominenten zeigten, die leicht bekleidet in der drückenden Hitze unterwegs waren. Niemand konnte ahnen, wohin uns der Abwärtstrend bei den Niederschlagsmengen noch führen würde.

Wie gebannt starrte ich auf die Landkarte. Die Quelle lag auf einer der Seiten, wo bis auf die roten und gelben Linien der Straßen, die an den Grundstücksgrenzen entlangführen, nur weiße Flächen mit wenigen gestrichelten Wegen zu sehen sind: Wege, die an den Besitztümern längst verstorbener Gutsherren entlangführen, die weite Umwege zu alten Steinbrücken beschreiben oder Packpferdrouten von Markt zu Markt folgen. Mark bevorzugte das Navigationsgerät, das ihn jedoch im Stich ließ, als wir uns unserem Ziel näherten.

»Wo zum Teufel sind wir hier? Du hast doch die Karte!«

»Schrei mich nicht an. Es war deine Idee, im Nirgendwo herumzufahren und nach einer alten Steinhütte zu suchen!«

Schweigen.

Ich: »Entschuldige, so war es nicht gemeint.« Ich drehte die Karte auf den Kopf und starrte angestrengt darauf. »Ich glaube, wir sind schon vorbeigefahren.«

Mark versuchte, in einer Toreinfahrt mit Gräben auf beiden Seiten in drei Zügen zu wenden. Als ich ihn kennengelernt hatte, war er kein aufbrausender Mensch gewesen. »Zielstrebig« war das Prädikat, das ihm die Leute gern verpasst hatten. Doch die Anschuldigungen, die schließlich zu seiner Entlassung geführt hatten, waren ihm an die Nieren gegangen, weshalb er seither wegen jeder Kleinigkeit an die Decke ging – auch damals schon. Langsam fuhren wir wieder den Hügel hinauf, bis wir ein Schild entdeckten, auf dem ein Mann mit Rucksack und Wanderstock abgebildet war, aber kein Hinweis darauf, wohin der Weg führte.

Wir fuhren das als Wanderroute markierte Sträßchen ein Stück hinauf, bevor Mark anhielt, die Hände vom Lenkrad nahm und sie wie ein Prediger zum Himmel hob. Vom Haus selbst war noch nichts zu sehen, das war es nicht – es war der blaue Rand der Welt, der sich kreisförmig um uns erstreckte und uns den Atem raubte. Nach Norden und Westen hin reihten sich die Hügel aneinander, bis sie irgendwo außer Sichtweite im Atlantik versanken. Die näher gelegenen Höhenkämme auf der anderen Seite des Tals waren bewaldet, und im Licht des schwülen Herbsttages erhoben sich die Nadelbäume schwarz wie Kohlezeichnungen hinter dem staubigen Gold der kürzlich abgeernteten Felder. Im Osten bestand das bernsteinfarbene Land hauptsächlich aus sonnenversengten Weiden, die man in den Jahrhunderten ihrer Bewirtschaftung eingehegt und in Parzellen unterteilt hatte. Und hinter uns lag eine kahle Felswand, The Crag genannt.

»Sind wir jetzt da, Oma R.?«, fragte Lucien schläfrig.

»Ja, Lucien, jetzt sind wir da.«

Das winzige Sträßchen vor uns war eine gepunktete Linie, die darauf wartete, dass wir ihr unsere Namen einprägten. Da ist es ja, sagten wir zueinander, als zuerst die Scheune und dann die rötlichen Schornsteine auftauchten, die über dem viktorianischen Cottage aufragten. Plötzlich waren wir wie Kinder, die sich auf der Fahrt in den Urlaub auf dem Rücksitz kabbelten, bis das erste das Meer entdeckte und alle Zankereien verstummten: Da ist es! Guckt doch! Wir sind da! In dem Moment, als wir aus dem Auto stiegen, hatten wir im Grunde schon den Vertrag unterschrieben, auch wenn keiner von uns ahnte, auf was wir uns damit einließen.

Der Makler lehnte wartend an seinem knallroten Geländewagen und rauchte.

»Eigentlich sollte ich mir das verkneifen«, sagte er und drückte die Zigarette unter seinen Bootsschuhen aus. »Bei der Feuergefahr heutzutage.«

Wir begrüßten ihn per Handschlag. Mir kam es so vor, als würde er Mark ein wenig zu lange anstarren und seine Hand ein wenig zu schnell wieder zurückziehen. Sofort schlug mein Herz schneller, ein mittlerweile vertrautes Gefühl. Während der Ermittlungen gegen Mark hatte ich von meiner Umwelt eine Zeitlang nur das Schlimmste befürchtet. In den Medien war von anderen Fällen in anderen Städten die Rede gewesen, wo Menschen das Prinzip der fairen Anhörung vergessen und die Sache in die eigene Hand genommen hatten. Ich blickte über die Schulter die holprige Auffahrt hinauf. Wenn es hart auf hart kommt, sitzen wir in der Falle, dachte ich.

Doch der Makler hatte seine Aufmerksamkeit längst seinem Geländewagen zugewandt, der angespannte Moment war vorüber. »Sie werden ein Auto wie dieses brauchen«, prophezeite er und strich zärtlich über die Motorhaube, bevor er sich für den verschmutzten Zustand seines Wagens entschuldigte. Die Autowaschanlagen seien ja leider geschlossen, und den Gartenschlauch dürfe man nicht benutzen.

Nachdem ich tief durchgeatmet hatte, damit meine Stimme nicht zitterte, versuchte ich ihn mit einem Scherz auf unsere Seite zu ziehen: »Ich plädiere für einen Esel. Um wie viel Prozent sind noch mal die Benzinpreise in diesem Jahr gestiegen?«

»Um ganze ein-hun-dert-und-zwanzig Prozent!« Er artikulierte übertrieben jede Silbe.

Mark fing ein Männergespräch über Zuladungshöhen und Getriebe mit niedriger Übersetzung an. Ich sah ihm an, wie sehr er darauf brannte, sich endlich das Haus anzusehen, aber das konnte er gut: dafür sorgen, dass sein Gegenüber sich wohl fühlte. Marks Charme zerstreute alle Zweifel, die der Makler gehegt haben mochte. Auch mich hatte er damit für sich gewonnen, als wir uns zum ersten Mal begegnet waren, am Morgen nach einer Party am Ende des letzten Studienjahres. Die Prüfungen waren vorbei gewesen, und die Zukunft hatte irgendwo jenseits meines überzogenen Kontos und des Kühlschranks gewartet, den ich noch saubermachen musste, um die Kaution zurückzuerhalten. Ich hatte in einem Sessel geschlafen, und als ich aufwachte, lag ein fremder Mantel über meinen nackten Schultern. Vor mir stand ein großer, dunkelhaariger, leicht südländisch aussehender Mann und fragte, ob er mir einen Kaffee holen solle. Nachdem er vom Kaffeeholen zurückgekommen war, war er nie wieder von meiner Seite gewichen. Wir verbrachten die Nacht miteinander, den Rest des Semesters und auch den Sommer, nachdem wir beide unsere Urlaubspläne geändert hatten. Vier Monate später war ich im fünften Monat schwanger, und wir standen zusammen vor dem Standesbeamten. Unsere Entwicklung von jung zu alt war rasant verlaufen.

Eine zugeschlagene Autotür riss mich aus meinen Erinnerungen.

Der Makler hatte das Exposé aus seinem Wagen geholt und dabei einen einzelnen weißen Schmetterling aufgeschreckt, der sich auf dem spätblühenden Sommerflieder neben dem Tor niedergelassen hatte. In diesem Jahr verschieben sich irgendwie sämtliche Jahreszeiten, dachte ich und fragte mich, wo die Zeit geblieben war. Hier standen wir und wollten aufs Land ziehen, wie es Paare mittleren Alters typischerweise tun. Wieder stiegen Erinnerungen in mir auf, und ich legte aus einem Impuls heraus die Hand auf meinen Bauch. »Ich liebe Kinder«, hatte Mark gesagt, als ich ihm von meiner Schwangerschaft erzählt hatte.

Lucien kletterte vom Rücksitz nach draußen und roch nach bröckelnder Schokolade und warmer Haut. Verschlafen griff er nach meiner Hand und zeigte auf ein graues Eichhörnchen, das den Stamm der großen Eiche hinaufkletterte. Unsere Blicke verfolgten es durch die Äste, bis wir es zwischen den goldgeränderten Blättern aus den Augen verloren. Der trockene Boden zu unseren Füßen war von Lichtreflexen gesprenkelt. Irgendwo in der Ferne, Richtung Middleton, heulte eine Polizeisirene. Vielleicht war es aber auch ein Krankenwagen.

»Man hört die Straße nicht immer«, versicherte der Makler, begierig darauf, uns unseren Traum schmackhaft zu machen. »Das hängt von der Windrichtung ab.«

»Heute kommt er von Westen, oder?«, fragte ich, nachdem ich mich anhand der Sonne und der walisischen Berge orientiert hatte.

»Von Westen? Da könnten Sie recht haben«, pflichtete er mir bei. »Das ist hier die übliche Windrichtung. Aber nachts kann man eine Stecknadel fallen hören.«

Und Käuzchen, dachte ich. Und bellende Füchse.

Ich fragte, wie weit der nächste Nachbar entfernt sei. »Ach«, antwortete er, »der ist meilenweit weg. Von hier aus sieht man keine anderen Häuser.« Wenn ich ehrlich bin, wäre es mir lieber gewesen, ich hätte sie gesehen, denn ich spürte bereits den Abstand zwischen diesem Ort und dem Rest der Welt und fragte mich, ob ich damit zurechtkommen würde. Vielleicht wirkte ich auf den Makler wie ein Mensch, der vor etwas flüchten wollte. Schwester Amelia hatte später den gleichen Eindruck, als sie mich zum ersten Mal sah.

Hinter der Haustür hing ein schwerer Samtvorhang, den der Makler für uns hochhielt, als wäre er ein Bühnenarbeiter. Es dauerte nicht lange, bis wir uns alles angesehen hatten: den Flur zur Hintertür, die Kücheneinrichtung, die genau wie der Herd noch aus den sechziger Jahren stammte, Marks Arbeitszimmer – beziehungsweise das Zimmer, das er zu seinem Arbeitszimmer machen würde – und das kleine Wohnzimmer, in dem ein munteres Feuer brannte. Den Kamin mussten wir später, nach dem Schornsteinbrand, austauschen. Vom Wohnzimmer aus ging es nach oben, wo wir uns zunächst im kleineren Schlafzimmer drängten, dann in dem winzigen Badezimmer und schließlich im großen Schlafzimmer mit seinem atemberaubenden Ausblick. Der Makler war erfahren genug, uns allein zu lassen. Mark tastete nach meiner Hand, zog mich näher an sich heran und küsste mich einmal bedächtig auf die Wange. Dann holte er tief und genüsslich Luft, als atme er zum ersten Mal seit langer Zeit wieder Sauerstoff.

»Es ist gerade so genug Platz für Angie und Lucien«, sagte ich zu Mark, als wir uns wieder voneinander lösten. Wir kannten meine Tochter gut genug, um zu wissen, dass unser Heim immer groß genug würde sein müssen für sie und ihren Sohn, nicht nur, was das Platzangebot anging.

»Ich finde es wunderbar hier«, schwärmte Mark. Seit Beginn der Hetzkampagne gegen ihn hatte ich ihn nicht mehr so begeistert erlebt. »Der perfekte Ort für einen Neuanfang.«

Auch Lucien fand es toll. Er rannte die knarzende Treppe hinauf und hinunter, öffnete Schränke in der Küche und spähte in den Kamin. Die Sonne, die durch das Erkerfenster hereinschien, machte die Risse im Treppengeländer sichtbar, genauso wie die Flecken auf dem Teppich und die feuchten Stellen an der Decke. Doch das Haus selbst wirkte massiv und solide und würde mit Sicherheit allem standhalten, was wir damit vorhatten.

»Haben Sie Lust, sich draußen ein wenig umzusehen?«

Wir folgten dem Makler zu dem »mit Strom und Wasser ausgestatteten Nebengebäude, das derzeit als Garage/Scheune genutzt wird. Hier ist noch Entwicklungsspielraum.« Falls die letzte Inhaberin, eine alte Dame, tatsächlich ein Auto besessen hatte, war es jedenfalls nicht hier geparkt gewesen, denn das Nebengebäude war vollgestellt mit Trittleitern, Spaten, kaputten Sonnenliegen und Kohleeimern ohne Henkel. Aber wir waren uns einig, dass es sich problemlos zu einer Ferienwohnung ausbauen ließ oder zu einer vorübergehenden Unterkunft für heimatlose Familienmitglieder.

Entlang einer Wand der Scheune waren frisch gehackte Holzscheite ordentlich gestapelt.

»Wie lange hat die alte Dame hier gelebt?«, fragte Mark.

Darauf wusste der Makler keine Antwort, aber er wusste, dass sie nach dem Tod ihres Mannes einen Großteil des Grundstücks an einen benachbarten Bauern verpachtet hatte, der ihr bei vielen Arbeiten, unter anderem dem Holzhacken, zur Hand gegangen war. »Das ist hier eine verschworene Gemeinschaft. Ich bin mir sicher, dass die Taylors auch Ihnen jederzeit helfen würden, wenn Not am Mann wäre.«

Was er mit »verschworen« wohl *eigentlich* sagen will, überlegte ich. Verschlossen, misstrauisch Fremden gegenüber? An welchem Punkt wird verschworen zu feindselig?

Der Makler erklärte uns, dass der Pachtvertrag zum 31. März des folgenden Jahres auslaufe.

»Zwölf Hektar Felder und Wald. Genau die richtige Größe«, sagte Mark, als gäbe es für ein Stück vom Paradies so etwas wie die richtige Größe. Zwölf Hektar klingen klein angesichts der verheerenden Wirkung, die dieses Land auf uns haben sollte. Wir besichtigten den Obstgarten, hoben Äpfel und Birnen vom Boden auf, über die sich bereits die Würmer hergemacht hatten, und wunderten uns über die alten Schutzkäfige, die wie ausrangierte Haarnetze über die Triebe gestülpt waren und deren merkwürdig angeordnete Stäbe aussahen wie altmodische Haarnadeln. Der Gemüsegarten machte den Anschein, als hätte kürzlich jemand darin gearbeitet.

»Schau mal, Mark!«

Zwischen seinen kleinen Händchen hielt Lucien einen dicken Gartenkürbis, der offenbar den ganzen Sommer weiter angeschwollen war und vom Tod der Frau, die ihn gepflanzt hatte, nichts wusste. Mit einem Ruck brach der Kürbis von der Pflanze ab, und Lucien taumelte rückwärts. »Können wir den mit nach Hause nehmen? Können wir ihn essen?«

»Der Kürbis gehört uns nicht, Lucien«, sagte ich.

»Wenn man bedenkt, wie wenig es geregnet hat, ist er ganz schön stattlich«, stellte Mark fest.

»Wer sollte ihn vermissen? Nimm ihn ruhig mit, Junge«, sagte der Makler. »Deine Mama trägt ihn sicher für dich nach Hause.«

Dieser Irrtum war nichts Neues für uns. Lucien korrigierte den Fehler sofort: »Das ist meine Oma. Meine Mama ist im Moment nicht da.«

»Was du nicht sagst! Deine Oma sieht aber noch gar nicht alt genug aus, um schon Großmutter zu sein«, erwiderte der Makler sich anbiedernd.

Lucien starrte ihn böse an. »Ist sie aber«, erklärte er mit Nachdruck. »Das sagen die Leute immer«, beschwerte er sich bei mir, während wir Hand in Hand zu Mark hinübergingen, der wie ein Kunstliebhaber in einer Galerie das satte Grün der Wälder in sich aufsog, in Gedanken Brombeersträucher rodete, Pappeln zurückschnitt und Edelkastanien pflanzte, wo die Kiefern im letzten Sturm umgeknickt waren wie Streichhölzer.

Wir fragten den Makler, ob er etwas dagegen habe, wenn wir unsere mitgebrachten Sandwiches unter der Eiche aßen. Wir versprachen, ihn anzurufen, und er faselte den üblichen Quatsch über schnelles Zuschlagen und den vom mangelnden Vertrauen in die Zukunft ausgetrockneten Immobilienmarkt.

Mark rief ihm noch einmal hinterher, weil er vergessen hatte, etwas Wichtiges zu fragen: »Wie sieht es mit dem Wasser aus?«

»Das Haus verfügt über seine eigene Wasserversorgung. Es ist nicht ans öffentliche Netz angeschlossen, was auch nicht nötig ist. Seit Hunderten von Jahren sprudelt hier eine Quelle, und ich kann mir nicht vorstellen, dass sie jetzt plötzlich versiegt.«

Ich warf ein, dass das doch recht wahrscheinlich sei, da es seit so langer Zeit nicht mehr richtig geregnet habe.

»Sie sollten natürlich noch die Meinung eines Experten einholen«, gab er mir recht. »Aber das Anwesen heißt nicht umsonst ›Die Quelle‹.« Er erklärte uns, dass der Grundwasserspiegel unterhalb des Grundstücks besonders hoch liege, weshalb das Land außergewöhnlich grün und fruchtbar sei. Wir müssten nur hinsehen. Seiner Ansicht nach seien wir damit deutlich besser bedient, als wenn wir ans öffentliche Versorgungsnetz angeschlossen wären und uns mit Wasserknappheit, provisorischen Hydranten und Zuteilungen herumschlagen müssten wie so viele andere während der letzten Sommer.

»Allerdings glauben die meisten Meteorologen ohnehin, dass die Dürre bald vorbei ist«, sagte er und gestikulierte Richtung Westen, wo der Wind die Wolken vor sich hertrieb. »Sie gehen davon aus, dass dieser Winter einer der feuchtesten seit Beginn der Wetteraufzeichnungen wird.«

Wir glaubten ihm, weil wir ihm glauben wollten.

Der Staub hing noch lange in der Luft, nachdem er davongefahren war. Ich holte eine Tüte mit Sandwiches und Chips aus dem Kofferraum, die wir an der Tankstelle gekauft hatten. Dann setzten wir uns auf eine Decke, Lucien im Schneidersitz und aufrecht, Mark wie immer unter Schwierigkeiten seine langen Beine sortierend, die fast zwanzig Jahre lang ihr Dasein unter einem Schreibtisch hatten fristen müssen. Wir ließen eine Flasche Wasser herumgehen, nahmen bedächtige Schlucke daraus, lauschten dem monotonen Blöken der Schafe und dem empörten Zetern einer Amsel, die uns von unserem Picknickplatz vertreiben wollte. Dann brachen wir plötzlich spontan in Gelächter aus.

»Ich glaube das alles nicht.« Mark rieb sich die Augen und sah sich dann erneut um, als erwarte er, seine Umgebung könnte sich jederzeit in Luft auflösen. »Also, was meint ihr?«, fragte er.

»Du zuerst«, antwortete ich.

»Nein, du.«

»Oma R., du sollst zuerst.«

»Ich weiß nicht«, sagte ich zögernd. »Es ist unglaublich hier. Schaut es euch an: Hier gibt es alles, was wir uns gewünscht haben.«

»Absolut alles«, bestätigte Mark. »Wie im Schlaraffenland!«

»Ja, es ist wunderschön hier«, fuhr ich fort. »Und das Grundstück ist genau das, was wir gesucht haben. Und dann diese himmlische Aussicht. Aber irgendwie …«

»Und niemand kennt uns hier … kennt *mich* hier! Keine Blicke im Supermarkt, kein Gekicher von Jugendlichen im Bus. Wir wären ein unbeschriebenes Blatt, Ruth.«

»Da hast du vermutlich recht …«, räumte ich zögernd ein.

»Du findest es zu schön, um wahr zu sein?«, fragte Mark.

»Ja. Nein. Ich weiß auch nicht.« Dieser Ort war atemberaubend, und mir war ganz schwindelig vor lauter Schönheit, aber ich brauchte ein wenig Abstand, um besser nachdenken zu können. Also stand ich auf, entfernte mich von der Decke und blickte über das hölzerne Tor auf die Felder. Wenn man von der Stadt aufs Land flüchten wollte, gab es keinen besseren Ort als diesen. »Wenn …«, begann ich.

»Wenn was?«, fragte Mark.

Seine Hoffnung wärmte mir den Rücken, ich musste mich nicht

einmal umdrehen, um sie auf seinem Gesicht leuchten zu sehen. Ich überschlug im Kopf, was ich alles verlieren würde, wenn wir hierherzogen, und stellte fest, dass sich alle diese Dinge leicht beibehalten oder ersetzen ließen – mein Beruf, mein soziales Netzwerk. Und meine Freundschaften waren hoffentlich stark genug, um die räumliche Entfernung zu überstehen. Als Nächstes überschlug ich, was ich womöglich verlor, wenn wir in London blieben: Mark. Und »Die Quelle«. Ich würde mir dieses Wunder von einem Ort entgehen lassen.

»Wir würden uns eine ganz schöne Verantwortung aufhalsen.« Ich sah meinen Enkel an, der am Rand der Decke hockte und auf der Jagd nach Ameisen mit einem Stock im Kies stocherte. »Was denkst *du* denn, Lucien?«

»Dass es der schönste Platz auf der ganzen Welt ist«, sagte er.

Am Montagmorgen reichten wir unser Angebot ein, das deutlich unter dem aufgerufenen Kaufpreis lag, als sträubten wir uns unbewusst dagegen, unseren Traum wahr werden zu sehen. »Angebot angenommen«, sagte der Makler, und ich saß mit dem Handy in der Hand auf den Stufen vor unserem Haus – inmitten der Autoabgase, die in der Hitze der Stadt eingeschlossen waren, während über mir ein Flugzeug Richtung Heathrow eindrehte und ein alter Mann auf der gegenüberliegenden Straßenseite den Kot seines Dackels mit einer blauen Plastiktüte einsammelte – und wurde von einem lächerlichen Gefühl des Verlusts überwältigt. Es ließ sich ja ohnehin nicht mehr rückgängig machen. Als Mark nach Hause kam, riss ich mich ihm zuliebe zusammen, und wir stießen wie Jungvermählte auf die Zukunft an. Dazu legten wir alte Lieblingssongs auf, zu denen Mark seinen peinlichen Daddy-Tanz durch die Küche machte, und betranken uns heillos. Das Cottage verschwand vom Markt, und das Foto, das wir am Besichtigungstag per Selbstauslöser von uns und dem Haus gemacht hatten, stellten wir ins Internet, wo es von unseren Leidensgenossen aus der Vorstadt neidisch kommentiert wurde.

Ich hoffe, ihr macht eine Abschiedsparty, denn eins steht fest: Ihr kommt nie wieder zurück, lautete ein Kommentar.

Wir hefteten das Foto in unserer Küche in London über den Toaster, als Erinnerung an das, was uns erwartete. Es zog mit uns um, bekam einen Rahmen und steht seither auf dem halbrunden Tischchen im Wohnzimmer. Ich schleiche die Treppe hinunter, nähere mich ihm, als würde ich zur Kommunion gehen, und halte es ans Licht wie eine Hostie. Am Anfang war die Quelle.

3

EINE WOCHE. Ein Sommer. Eine Nacht. Nur eine Woche hat es gedauert, bis sich alle meine guten Vorsätze zerstreut haben. Ich wollte mich der Einschränkung meiner persönlichen Freiheit standhaft widersetzen, doch nun liege ich Stunde um Stunde faul im Bett herum, gefügig und besiegt. Nur einen Sommer hat es gedauert, bis unser Traum anfing, sich an den Rändern zu kräuseln und zu verfärben wie eine welkende Primel. Nur eine Nacht war nötig, um ein Leben auszulöschen, das voller anderer Leben gesteckt hatte.

Draußen ist eine große Freifläche, in der die Menschen als Orientierungshilfen fehlen. Drinnen sind die Tage wie Sätze ohne Interpunktion. Niemand kommt. Niemand geht. Nichts passiert. Ich habe meine Wärter getauft: Sogleich, Junge und Drei. Ihnen gehört die Gegenwart. Sie zeichnen auf. Überwachen. Unterschreiben. Mir bleiben nur die Vergangenheit und das bleierne Gewicht dessen, was hätte sein können, die Grammatik der *condition humaine.*

Mir wird immer mehr bewusst, was Hausarrest eigentlich bedeutet. Ich liege da – mein Bettlaken ist mein Totenhemd – und frage mich, wann das Ende kommt. Ich werde nicht schreiben. Musik brandet wie die Flut gegen meinen Verstand. Am Anfang bin ich dauernd auf und ab gelaufen – ich verstehe nun besser, wie es einem Tier in seinem Käfig geht – und habe im Essen herumgestochert, das mir meine Bewacher auf den Tisch gestellt haben. Aber jetzt bleibe ich im Bett. Ich nehme meine Tabletten nicht. Während ich mich von einem Fluss aus Erinnerungen durch die Tage tragen lasse und nur selten am Ufer haltmache, flackert manchmal ein Licht in der Ferne auf und erinnert mich daran, dass ich Vorräte brauche, um am Leben zu bleiben, doch die gibt es viel zu weit landeinwärts, also stoße ich mich wieder ab und lasse mich erneut von der Strömung der Vergangenheit davontragen.

Gestern habe ich eine Ausgabe der örtlichen Zeitung entdeckt, die einer der Wärter weggeworfen hat. *Willkommen zu Hause, Anbeterin der Quelle!* Daneben war ein Foto von mehreren Frauen abgebildet, die mit Rosen in der Hand entlang der Lenford Road Spalier standen, während ein weißer Gefängnistransporter vorbeifuhr. Ich mustere ihre Gesichter, erkenne jedoch keine der Schwestern unter ihnen. Wir hatten ein Jahr hier gewohnt, als es die Quelle zum ersten Mal in die Schlagzeilen schaffte. Unser erstes Jahr, meine blauen Hügel, ein erinnerter Sommer.

Wir verkauften unser Haus in London ohne jede Mühe. Es glitt uns regelrecht unter den Fingern weg und ging an ein Pärchen, das genauso eifrig Zukunftspläne schmiedete wie wir, nur dass es halb so alt war. Weihnachten verbrachten wir noch ein letztes Mal im alten Haus, zusammen mit Angie, die, wie es so schön heißt, vorübergehend ihr mentales Gleichgewicht wiedergefunden hatte – falls man es so nennen kann, wenn jemand immer wieder in seine alte Rolle verfällt. Wir schenkten Lucien ein blaues Fahrrad und sagten ihm, dass wir es mit zur Quelle nehmen würden, damit er dort darauf fahren konnte, wenn er uns besuchen kam. Wahrscheinlich rostet es in der Scheune vor sich hin, es sei denn, die Polizei hat es im Rahmen ihrer Ermittlungen konfisziert. Das letzte Weihnachten in London, dann der letzte Schultag, der letzte Arbeitstag. All die anderen albernen letzten Male: der letzte Lesezirkel, der letzte Abend zu Hause mit indischem Takeaway-Essen vom Balti House, und hinterher die Zweiundzwanziguhrnachrichten im Wohnzimmer, das so lange Zeit und für so vieles unsere Kulisse gebildet hatte; der letzte Abend mit meinen Freundinnen im *George and Dragon*, wo wir uns betranken und Tränen lachten (was sollte ich nur ohne meine Mädels tun, die während der ganzen schweren Zeit unbeirrt zu mir gehalten hatten?). Die letzte ans Garagentor gesprayte Schweinerei, die letzten Schlagzeilen in der lokalen Presse, die letzten schiefen Blicke an der Supermarktkasse. Es hatte alles Vor- und Nachteile.

Während wir uns beim Packen für den Umzug durchs Haus arbeiteten, sortierten wir die letzten zwanzig Jahre aus. Zunächst die Bücher: Marks ungeliebte juristische Fachbücher; Romane, die mir brandaktuell erschienen waren, als ich sie im Unterricht durchgenommen hatte, und die nun veraltet und farblos wirkten; Reiseführer für Orte, die wir im Laufe der Jahre bereist hatten: Marokko mit Angie in der Babytrage, Granada mit Angie im Kinderwagen, die Normandie mit Angie im Fahrradkindersitz, Rom ohne Angie. Wir besaßen Bücher darüber, wie man Kinder adoptiert – was wir nie getan hatten –, darüber, wic man schwierige Kinder richtig erzieht – was wir nie geschafft hatten –, und darüber, wie man verheiratet bleibt, was uns – warum auch immer – bislang gelungen war. Das Buch mit den Ehetipps zeigte ich Mark, der gerade mit einem Bodyboard und einem mottenzerfressenen Schlafsack vom Dachboden kam.

»Sollen wir das noch behalten?«, fragte ich lachend.

»Wir haben es trotz aller Schwierigkeiten – und die gab es weiß Gott – bis hierher geschafft«, antwortete er. »Wirf es weg.«

Als Jugendliche hatte ich in den Ferien manchmal in einem Hotel gekellnert, und dort waren mir immer sofort die Paare aufgefallen, die es endlich einmal geschafft hatten, pünktlich Feierabend zu machen, einen Babysitter zu organisieren, das Geld für einen teuren Restaurantbesuch zusammenzukratzen und einen Tisch zu reservieren. Meist hatten sie an einem der Zweiertische mit Panoramablick gesessen und nicht gewusst, wie sie zusammen den Abend durchstehen sollten, nachdem sich jeder einzeln durch die Mühen des Tages gekämpft hatte. Ihre Hände hatten sich auf der weißen Tischdecke berührt und nach der Bestätigung gesucht, dass sie sich immer noch liebten. Tja, dachte ich, während ich die Umzugskisten zuklebte und die schwarzen Mülltüten hinausbrachte: Auch wir haben eine Reservierung gemacht.

Wir zogen am ersten April um, dem grausamsten Monat, wie es bei T.S. Eliot heißt. Angie und Lucien wollten an unserem letzten Morgen in London vorbeikommen, um uns zu verabschieden.

Ich blickte aufs Handy.

»Sie kommt nicht. Nie kann man sich auf sie verlassen. Steig ein, wir müssen los.« Mark saß bereits auf dem Fahrersitz und trommelte mit den Fingern aufs Lenkrad, während sich in den Umzugswagen die Kartons stapelten und ich wie eine Puppe vor meinem leeren Puppenhaus stand.

»Noch zwei Minuten?«, flehte ich.

Als ich und die Kartons davongefahren wurden, reckte ich den Hals, aber es war immer noch nichts von Angie zu sehen. Die Straße war leer wie eine Tafel, von der gerade jemand unsere Geschichte gewischt hatte.

Nachdem an diesem Abend die Möbelpacker gegangen waren und wir alles erledigt hatten, was wir am ersten Tag in unserem neuen Heim erledigen konnten, überreichte mir Mark zwei Geschenke: Das erste war der gläserne Fischreiher, der mir schon damals unglaublich zerbrechlich erschien mit seinem Eispickel-Schnabel und seinem Hals, der an einen kursiv gedruckten Buchstaben erinnerte; das zweite war eine Flasche Jahrgangschampagner, den wir vor einiger Zeit in London geschenkt bekommen hatten und bis zu unserer Silberhochzeit hatten aufheben wollen.

»Ist das nicht ein bisschen verfrüht? Wir haben letzten Monat gerade mal die zweiundzwanzig geschafft«, lachte ich.

»Na und? Einen besseren Anlass zum Feiern als heute werden wir so bald nicht wieder haben.«

Ich wischte meine Hände an meinem Pullover ab. »Aber so eine Flasche Schaumwein ist heutzutage ein Vermögen wert. Außerdem bin ich nicht gerade dem Anlass entsprechend gekleidet.«

»Du hast keine Ahnung, wie wundervoll dein Hintern in dieser staubigen Leggings aussieht, vom speziellen Charme deiner zerzausten Haare ganz zu schweigen«, gab er zurück und förderte zwei Biergläser aus einer Umzugskiste zutage.

»Das Gleiche kann ich über deinen verwegenen Dreitagebart sagen.« Für mich sah er in diesem Moment umwerfend aus in Jeans und dreckigem Sweatshirt. Den Bürohengst hatte er ein für alle Mal zusammen mit seinen engsitzenden Anzügen im Wohltätigkeitsladen abgegeben.

»Komm mit nach draußen!«, rief er.

Sie hatte keine SMS geschrieben. Ich legte das Handy weg, bevor Mark mich damit erwischte.

Er stellte die Gläser auf zwei Zaunpfählen unter der Eiche ab und ließ den Korken knallen, was die Lämmer den kalten Hang hinaufflüchten ließ.

»Auf uns!«, sagte Mark.

»Und auf die Quelle!«

Es war kalt draußen, deshalb tranken wir den Rest der Flasche im Bett, wie wir es in der ersten Phase der Verliebtheit oft getan hatten, und plötzlich fühlte sich alles richtig an. Ich glaubte zum ersten Mal wirklich, dass wir das Schlimmste hinter uns hatten und dass die Zukunft so grün und blau und verheißungsvoll schillerte wie mein Bildschirmschoner. Glücklich umarmte ich meinen wiedergewonnenen, wiederbelebten Mann, meinen Ehemann, meinen Mark.

Sie haben keine neuen Nachrichten, sagte das Handy.

Es war das beste Jahr, unser Gründungsjahr. In London hatten wir Stunden damit verbracht, einen Zeitplan für unseren Traum aufzustellen. Es war vereinbart, dass wir Jahr eins langsam angehen würden, dass wir nach und nach dazulernen und unser Idyll in vollen Zügen genießen wollten. Die Taylors – die nächsten Nachbarn, die der Makler erwähnt hatte – waren gewissermaßen unsere Nabelschnur, unsere Verbindung zu der unbekannten Welt der ländlichen Gemeinde, in der wir nun lebten. Sie stellten uns großzügig ihre landwirtschaftlichen Geräte und ihr Fachwissen zur Verfügung. Auch unsere ersten eigenen Lämmer stammten von Tom Taylor. Als sie die Rampe seines Transporters hinunterschlitterten und ihre neue Weide erkundeten, wirkten sie genauso perplex von so viel Schönheit, wie wir es bei unserer Ankunft gewesen waren. Ich war derart verzaubert von ihrer Arglosigkeit, dass ich es beinahe versäumt hätte, das Weidetor rechtzeitig hinter ihnen zu schließen. Auch Mark, der mit Bürokram deutlich vertrauter war als mit Transportern, hatte Mühe, die Laderampe wieder zu verriegeln. Damals waren wir noch geschwächt und müde von den Straßen und der Stadt. Dann bekamen wir Bru, unseren wunderbaren Welpen. Er stammte aus einem Wurf von Toms Border-Collie-Hündin und wurde von dem Moment an, in dem er in unser Leben hüpfte und meine Handschuhe zerkaute, zu unserem Therapiehund – bis er jäh wieder verschwand und seine heilenden Kräfte mit sich nahm.

Ich gestehe es mir nur ungern ein, aber in London hatte der Anblick von Angie vor unserer Haustür bisweilen den Wunsch in mir ausgelöst, die Vorhänge zu schließen und so zu tun, als wäre ich nicht da. Hätten wir in der Quelle hingegen einen Union Jack gehabt, so hätte ich ihn nach unserem Einzug am liebsten sofort gehisst, um unsere Anwesenheit auf unserer Burg zu signalisieren, und dem Wächter hätte ich befohlen, die Tore weit für sie zu öffnen. Dann kam sie endlich zu Besuch, wenn auch nur für ein paar Wochen, bevor die Festivalsaison begann. Tom zeigte Lucien, wie man die mutterlosen Lämmer mit der Flasche fütterte, wie man sie mit beiden Händen festhalten musste, während sie am Sauger zogen. Es machte Lucien großen Spaß, abends mit mir die Hühner hereinzuholen, ein zeitraubender Spaß, bei dem wir mehr herumflatterten und gackerten als die Hühner. Wir hatten ehemalige Legebatteriehennen bei uns aufgenommen, denen das Dahinvegetieren im engen Käfig jede Fähigkeit genommen zu haben schien, in der Freiheit zurechtzukommen. Sie weigerten sich standhaft, sich nachts in das sichere Hühnerhaus sperren zu lassen, und schienen nicht gewillt, jemals wieder Eier zu legen. Wir hatten trotzdem unsere Freude an ihnen.

Jeden Morgen stand Mark mit seinem Kaffeebecher in der Tür und zeigte auf die Hügel in der Ferne. »Kein Mensch weit und breit«, wiederholte er immer wieder, wie ein Mantra.

Angie fand schnell Anschluss in der Umgebung, und zwar nicht nur, weil sie Lucien hatte und Kinder auf der ganzen Welt die idealen Gesprächsöffner sind. Hat man erst mal einen Dealer gefunden, hat man offenbar gleich ein ganzes Netzwerk an neuen Bekannten. Ich war diejenige, die sich schwertat und nur zögernd die ersten Schritte unternahm, mir ein neues soziales Umfeld aufzubauen: Yoga im Gemeindesaal, zusammen mit zwei korpulenten Damen, die das Postamt in Lenford führten, sowie einem portugiesischen Au-pair-Mädchen, das in der großen Villa am Fluss wohnte; Kinoabende im Kulturzentrum; eine Weinprobe auf einem örtlichen Weingut, dessen Erträge noch nicht unter den mangelnden Niederschlägen zu leiden schienen.

»Nur Geduld«, sagte Mark, wenn ich wieder einmal verzweifelt argwöhnte, dass ich nie neue Freunde finden würde. »Schritt für Schritt.«

Einer dieser Schritte war eine Dinnerparty bei Lord und Lady Donaldson in Cudecombe Hall, offenbar eine Art Initiationsritus für Zugezogene, um sie einschätzen und – wie in unserem Fall – für zu leicht befinden zu können. Nach ausführlichem Gejammer und Gezeter rings um den langen Esszimmertisch über den Zustand der

Gärten in diesem trockenen Sommer und darüber, wie verdammt schwierig es sei, die Pferde ausreichend zu tränken, wandte sich das Gespräch dem bevorstehenden Jagdball in Lenford zu. Seine Lordschaft höchstpersönlich richtete das Wort an Mark.

»Darf ich fragen, mit wem Sie jagen?«

»Mit meiner Frau und meinem Hund«, antwortete Mark und zwinkerte mir über den Tisch hinweg zu, während die anderen Gäste nervös kicherten und hofften, dass es sich um einen Scherz handelte.

»Das müssen wir unbedingt posten«, sagte ich, als wir später unter Gelächter nach Hause fuhren. »Ich kann mir nicht vorstellen, dass Lord D. in sozialen Netzwerken unterwegs ist.«

Wir hatten eine Facebook-Seite unter dem Namen »Die Ardingly-Quelle« eingerichtet, um mit unseren Freunden in London in Kontakt zu bleiben, denn es hatte sich herausgestellt, dass wir sie längst nicht so oft besuchten, wie wir anfangs geglaubt hatten. Die Fotos, die wir dort einstellten, hätte man problemlos mit »Unser Leben im Paradies« überschreiben können, auch wenn wir wohl kaum mit Adam und Eva zu vergleichen waren. Keiner von uns beiden war kräftig genug, einen Strohballen hochzuhieven, obgleich wir durchaus stärker wurden, und zwar in jeder Hinsicht, nicht nur als Individuen, sondern auch als Paar. Das fiel mir eines Tages auf, als ich Lucien an den Türrahmen der Küche stellte und mit Bleistift markierte, wie sehr er seit der ersten Nacht, die er bei uns in unserem neuen Haus verbracht hatte, gewachsen war. Als Witz schob ich auch Mark an die hölzerne Leiste und drückte seine inzwischen wild wuchernden Haare mit meinem *Leitfaden für Gemüseanbau* herunter.

»Ist Mark auch gewachsen?«, fragte Lucien.

»O ja.«

»Woher weißt du das?«

»Weil ich mich jetzt auf die Zehenspitzen stellen muss, um ihn zu küssen. Und er hat die Farbe gewechselt«, fügte ich hinzu. Lucien sah mich verblüfft an. »In London sah er immer ein bisschen gelblich aus«, erklärte ich.

»Aber jetzt ist er braun geworden«, stellte Lucien fest. »Genau wie ich.«

Unser landwirtschaftliches Know-how entwickelte sich leider nicht so schnell wie unsere Bräune und unsere Muskeln. Mark hatte beispielsweise keine Ahnung, wie man mit einem Anhänger zurücksetzte, und das, obwohl er im Südwesten Londons der Einparkkönig gewesen war. Ich wiederum wurde für immer auf Video gebannt, als mich ein Ferkel von der Größe eines Minipudels angriff und über den ganzen Hof jagte. Unsere Unfähigkeit kulminierte in unserem gescheiterten Versuch, ein Gewächshaus zu bauen. Es war wie eine dieser Schrankaufbau-Aktionen, nur in größerem Maßstab. Mark flippte vollkommen aus.

»Jetzt steh nicht blöd herum und lach dich kaputt! Schau dir lieber an, was du mir hier eingebrockt hast!« Er saugte sich das Blut vom gequetschten Finger, damit es nicht auf sein weißes T-Shirt tropfte.

»Ich dachte, du hättest den Rahmen abgestützt, verdammt!«

Und dann: »Nein, wir können nicht einfach ein neues Gewächshaus kaufen, nur weil wir dieses verbogen haben. Das Ding war teuer. Was Geld angeht, lebst du wirklich im Nimmer-Nimmerland!«

Am Ende stand das Gewächshaus doch, aber die Fenster gingen nicht richtig auf, und wir mussten uns eine komplizierte Vorrichtung basteln, damit die Tür offen blieb, ohne dass die Kaninchen hineinkonnten. Wir posteten triumphierende Fotos von uns mit unseren ersten Setzlingen. Die erbitterten Auseinandersetzungen, zu denen es auf dem Weg dorthin gekommen war, spielten wir mit witzigen Kommentaren herunter: *Mega-Streit beim Gewächshaus-Bau: Ihr könnt Mark am Montag zurück im Büro erwarten.* Wir ernteten reihenweise »Gefällt mir«-Klicks auf unserer Facebook-Seite, doch kamen unsere Freunde immer seltener zu Besuch, was sie mit den rapide steigenden Fahrtkosten entschuldigten. So beschränkte sich der Kontakt zu unserer früheren Welt zunehmend auf bange E-Mails von Bekannten und Freunden über die Bierpreise in unserem alten Londoner Pub und den Gestank der Kanalisation in den Straßen, worauf wir mit möglichst selbstironischen E-Mails antworteten: dass wir versehentlich das falsche Kettensägen-Öl gekauft hätten oder die selbstgekochte Brennnesselsuppe ungenießbar gewesen sei. Es wurde uns immer unangenehmer, uns offen über unser Glück zu freuen, und wir gaben uns Mühe, nicht selbstgefällig zu wirken. Online ist das kein Problem: Man dreht und wendet die Dinge, wählt aus und stellt sie nur ein klein wenig anders dar, als sie wirklich sind.

Nach und nach erkundeten wir die nähere Umgebung der Quelle, wie Kleinkinder, die sich jeden Tag ein Stückchen weiter von ihrer Mutter fortwagen. Wir holten Zaunpfähle bei einem Holzhof jenseits von Lenford und erstanden Setzlinge für unsere geplante Hecke bei der örtlichen Baumschule, die sich nur noch mit Mühe über Wasser hielt. Einmal entdeckten wir im Postamt den Aushang eines Bauern und fuhren hin, um ihm einen Sägetisch und eine kleine Motorfräse abzukaufen. Er war ein netter älterer Kerl, der in seinem breiten Dialekt berichtete, wie schwer es bei den heutigen Preisen sei, über die Runden zu kommen. Er habe sein Milchvieh verkaufen müssen, weil ihn das dafür benötigte Wasser ein Vermögen gekostet habe. Während wir rumpelnd den Feldweg von seinem Hof zurück zur Straße fuhren, tat er uns irgendwie leid, aber wir betrachteten seinen Niedergang und unsere Überlegenheit auch als natürliche Ordnung der Dinge, für die wir nichts konnten. Die Begeisterung für unser neues Leben gab uns Auftrieb, und auf der Ladefläche des Land Rovers warteten unsere neuen Spielzeuge.

»Lass uns eine andere Strecke zurückfahren«, schlug Mark vor. Wir nahmen die alte Straße, die sich gleichmäßig ansteigend durch die schwarzen Nadelbäume des Montford Forest schlängelte, und hielten an einem verlassen wirkenden Picknickplatz. Die verblichene Wanderkarte und ein veralteter Veranstaltungskalender an einem Anschlagbrett zeugten vom rasanten Niedergang des Tourismus in der Gegend. Uns gefiel die Einsamkeit. Wie ignorant und eigennützig wir damals waren …

»Wenn wir zum Aussichtspunkt hinaufsteigen, müssten wir eigentlich hinter uns die Quelle sehen können«, sagte Mark. Der Aufstieg dauerte länger als erwartet. Bru rannte voraus und verschwand immer wieder jagend zwischen den Lärchen, während Mark und ich Hand in Hand hinterherschlenderten, was uns anfangs ein wenig verlegen machte. Ich weiß noch, dass ich dachte: So etwas machen die Leute doch nur im Film. Wir schwiegen, Worte waren unnötig. Der Boden war weich und federnd. Wir atmeten den Duft der Kiefern ein, bemerkten am Geruch, wo nachts ein Fuchs den Pfad gekreuzt hatte, hörten ein dumpfes Flattern, wenn wir einen Bussard aufgeschreckt hatten. Schließlich durchbrachen wir das dichte, trockene Gehölz und standen auf dem Gipfel des Hügels, wo sich uns ein atemberaubendes Panorama bot. Jenseits des Tals erstreckte sich ein großartiges Bühnenbild aus tausend verschiedenen Braun- und Goldtönen, als wäre es bereits Herbst, und wir standen in den obersten Rängen und staunten. Gemeinsam suchten wir nach den vertrauten kleinen Landschaftsmerkmalen, anhand deren wir uns orientierten, seit wir unser neues Heim bezogen hatten: dem scharfen Knick, den der Lenn bei Tanners Pool machte, und der berühmten weißen Kirche von Nelworthy, die das Abendlicht reflektierte. Von dort aus folgten wir den Sträßchen, die sich durch das Labyrinth aus Feldern und Farmen und Dörfchen zogen, bis wir den Obstgarten im Tal neben dem alten Mostbauernhof erkannten, von dem wir wussten, dass er unterhalb der Quelle lag.

»Unser Haus müsste also fast direkt darüber liegen, allerdings ein Stück Richtung Osten«, sagte ich. Mehrere Minuten verbrachten wir so, zeigten in die Landschaft und dachten, wir wären fündig geworden – »da, das muss unsere Scheune sein, und das das erste Feld« –, bis uns aufging: Nein, wir hatten zu niedrig geschaut, zu sehr in die Nähe. Letztendlich erkannten wir die Quelle nicht an dem einen Schornstein, der über das Ensemble aus Haus und Scheune hinausragte, auch nicht an der Schönheit unserer einsamen Eiche, sondern daran, dass sie leuchtete – unser Anwesen schimmerte grün wie ein Smaragd, der als Brosche an der Brust einer müden alten Dame hing.

»Wer braucht da noch Freunde und Nachbarn?«, fragte Mark.

Wir offenbar nicht, denn je mehr Liebenswertes wir an unserem Zuhause und am jeweils anderen entdeckten, desto seltener gingen wir aus, zumal wir immer weniger Einladungen von den Einheimischen erhielten. Als ich einmal auf dem Rückweg vom Hühnerhaus auf der lehmigen Böschung ausrutschte, fragte Mark: »Musst du immer alle Eier auf einmal tragen?« Und ich glaube, er hatte recht, auch wenn es uns damals noch nicht bewusst war: Wir setzten alles auf eine einzige Karte.

Bei uns machten nicht nur die Legehennen Überstunden, auch unser Gemüsegarten war deutlich produktiver als unser Sozialleben. Lucien suchte sich jeden Abend das Märchen *Der süße Brei* als Gutenachtgeschichte aus, weil Mark und ich oft zu ihm sagten, dass auch wir einen Zaubertopf von Garten besäßen. Dieser Garten produzierte immer weiter, egal wie viel wir ihm entnahmen: Mangold, Bohnen, Zuckerschoten, Zucchini, die so groß wie Kürbisse wurden, weil wir weder genügend Münder noch genügend Zeit hatten, sie alle zu essen. Wie Kinder staunten wir über die Welt, in der wir lebten, und machten jeden Morgen die Fenster weit auf und versprachen uns gegenseitig, dass wir all dies niemals als selbstverständlich betrachten würden.

Ende August gewannen wir den dritten Preis für unseren gemischten Erntekorb bei der Landwirtschaftsausstellung in Middleton.

»Nicht schlecht für zwei Städter, was?«, sagte ich scherzhaft zu Martin, dessen Hof südlich von uns lag.

»Ihr werdet schon ein Geheimnis für euren Erfolg haben«, erwiderte er.

»Geheimnis?«

»Ja. Keine Ahnung, was ihr auf die Pflanzen sprüht. Im Dorfladen gibt es diesen Dünger nicht zu kaufen, das steht fest.«

Die etablierten Bauern der Gegend waren berüchtigt für ihre Feindseligkeit gegenüber erfolgreichen Zugezogenen, und diese Feindseligkeit bekamen wir nun zum ersten Mal wirklich zu spüren. Das beherrschende Thema der Landwirtschaftsausstellung war jedoch die Dürre. Die Milchviehabteilung war wie leergefegt, doch es gab immer noch Schafe, wobei Exmoor-Schafe sowie andere genügsame Rassen, die es gewohnt waren, in Gestrüpp und kargen Moorgebieten zu überleben, besonders beliebt waren. Alle sagten, dass die Ausstellung in diesem Jahr nicht mit früher zu vergleichen sei. Es gebe weniger Teilnehmer, die Witze seien schlechter, und es werde nicht so viel Geld in den Bierzelten versoffen.

Als wir an diesem Abend nach Hause kamen, sagte Mark: »Komm mit, ich muss dir was zeigen.«

Wir überquerten das erste Feld und gingen bergab auf die alte Baumreihe am Waldrand zu, bis wir den Bach erreichten, der unser Land von dem der Taylors trennte. Wie bei vielen kleineren Wasserläufen sorgte der niedrige Grundwasserpegel auch hier dafür, dass sich nur noch einzelne Rinnsale um neuentstandene Inseln schlängelten. Am jenseitigen Ufer waren keine Spuren von zur Tränke gehenden Tieren zu sehen, keine nassen Kiesel, die im Abendlicht glänzten, nur eine Reihe kaum noch miteinander verbundener Schlammpfützen. Bei uns jedoch sah die Sache überall anders aus. Dort plätscherte der Bach fröhlich dahin, und die Esche über unseren Köpfen zeigte keine Spuren jener Trockenheit, die der Natur jenseits der Quelle eine verfrühte Herbstfärbung verpasst hatte. Zu unseren Füßen war das Ufer sumpfig, und es wimmelte von Würmern, Fliegen und Larven, von mikroskopisch kleinem Leben.

»Fließt der Bach bis hinunter zum Lenn?«, fragte ich.

»Ich habe versucht, seinem Lauf zu folgen«, antwortete Mark, »aber er verschwindet kurz vor der Grenzhecke unter der Erdoberfläche.«

»Das ist doch verrückt«, murmelte ich. »Kein Wunder, dass Martin glaubt, wir wären Betrüger oder Zauberer oder Schlimmeres. Das ergibt doch alles keinen Sinn.«

Es ergab damals keinen Sinn und ergibt auch heute noch keinen.

Mark erklärte, es liege alles an der Quelle, die in unserem Wald an die Oberfläche komme. Wir hätten Glück, dass der Quellteich kilometerweit von der Straße entfernt im dichten Gehölz versteckt liege, da sonst sicher schon jemand auf die Idee gekommen wäre, dort Wasser abzufüllen. Ich solle mir den Teich einmal ansehen, sagte er, das sei wirklich ein besonderer Ort. Dann fügte er noch hinzu, dass wir es uns verdient hätten, auch endlich mal ein bisschen Glück zu haben.

4

FÜR UNS wurde es ein Herbst wie aus einem Keats-Gedicht. Während im ganzen Land die Bäume umstürzten, weil ihre ausgetrockneten Wurzeln den stürmischen Winden nicht mehr standhalten konnten, fielen in unserem Obstgarten nur Äpfel und Pflaumen, Zwetschgen und Birnen. Wir stolperten über die Kochäpfel im hohen, feuchten Gras, weil wir schlicht nicht genug Platz für ihre Lagerung hatten. Voller Vorfreude kauften wir Karten für das Erntedankfest im Dorf, eine Veranstaltung, die auf ideale Weise den Gemeinschaftssinn zu verkörpern schien, den wir uns für unser Leben auf dem Land erträumt hatten. Als der große Tag gekommen war, setzten Mark und ich uns an einen der langen gedeckten Tische, während die übrigen Dorfbewohner demonstrativ woanders Platz nahmen. Aufgebracht raunte ich Mark zu, wie lächerlich ich es fände, dass sie uns wie Aussätzige behandelten, nachdem ich mich so bemüht hatte, mich zu integrieren.

»Glaubst du, sie sind so, weil …« Ich nahm einen großen Schluck von meinem Apfelwein und bereute sofort, dass ich meinen Gedanken laut ausgesprochen hatte.

Mark sah mich unverwandt an. »Weil sie mich für einen Pädophilen halten? Nein, Ruth, das glaube ich nicht. Ich glaube, es liegt einzig und allein daran, dass wir Wasser haben und sie nicht. Lass es einfach auf sich beruhen. Es bringt nichts, sich darüber aufzuregen.«

Ich ging dennoch quer durch den Saal zu dem Achtertisch hinüber, an dem sich über ein Dutzend unserer Nachbarn drängten. Die Männer blickten auf, mit steingrauen Gesichtern, und ihre Frauen erröteten und sahen peinlich berührt in eine andere Richtung. Ein oder zwei brachten eine knappe Begrüßung zustande, bevor sie den Blick wieder senkten und ihr Besteck geraderückten.

Ich fragte, warum sie hier so eingezwängt säßen, an unserem Tisch sei noch jede Menge Platz.

»Wir sind nicht ansteckend«, fügte ich hinzu.

»Die meisten von uns hätten nichts dagegen, wenn ihr es wärt«, sagte Maggie, die für ihre Petersilienfarm noch vor wenigen Jahren den Preis als Unternehmerin des Jahres erhalten hatte und nun pleite war. Sprachlos sah ich sie an. Mir fiel nichts ein, was ich ihr hätte entgegnen können.

Ich beobachtete, wie Mark sein Glas nahm und nach draußen ging. An den übrigen Tischen wurde es still, bevor die Gespräche ein wenig zu laut wieder einsetzten, weil niemand den Eindruck erwecken wollte, er würde lauschen. Meine Nachbarn starrten unterdessen auf die von den Kindern der Dorfschule gemalten Speisekarten, jener Dorfschule, in der Jeans Schwester als Sekretärin arbeitete. Vervielfältigt hatte man sie am Kopierer im Postamt, wo Alice Pudsley am Schalter saß, und auf den Tischen lagen sie neben Ährenkränzen, die die Altons gebunden hatten – die Altons wohnten am Ende unserer Auffahrt links –, und Blumensträußen von den Clardles. Die Clardles hatten früher den hiesigen Pub geführt und waren nun im Ruhestand, auch wenn Perry weiterhin die inzwischen weitgehend überflüssige Position des Ersten Vorsitzenden im River-Lenn-Anglerverein bekleidete. Wie gern hätte ich all diesen Leuten gesagt, dass wir nichts dafür konnten, wie fruchtbar unser Land war, und dass wir auch nichts dafür getan hatten. Wir verwendeten keinen Spezialdünger, hatten ihre Bäche nicht umgeleitet und besaßen auch nicht die Fähigkeit, Wolken anzulocken, damit sie ihre Regenfracht über uns entluden. Im Grunde ihres Herzens wussten das auch die Dorfbewohner, denn sie waren vernünftige, realistische Menschen. Nachdem der Pfarrer die Bühne betreten und Gott für die Ernte gedankt hatte, trugen die Frauen Tabletts mit dampfender Pastinakensuppe und frisch gebackenem Brot herein, der Apfelwein floss in Strömen, und Mark und ich verließen die Veranstaltung. Obwohl wir die üppigste Ernte eingefahren hatten, schien es, als hätten wir am wenigsten zu feiern. Wir gingen am Lenn entlang zurück, wo die Lachse sich mit letzter Kraft aus den flachen Pfützen gegen die nur noch tröpfelnde Staustufe warfen, wieder und wieder, bis der Fischreiher ihre sich windenden Leiber von den trockenen Steinen pickte, auf denen sie landeten.

Wir wussten, wie es war, von der Gesellschaft ausgegrenzt zu werden. Wenn dem eigenen Mann vorgeworfen wird, Kinderpornographie auf seinem Arbeitscomputer gespeichert zu haben, noch dazu bei einer öffentlichen Behörde, macht man schnell Bekanntschaft mit der paranoiden Welt, in der man als Ausgestoßener zu leben gezwungen ist. Aus heutiger Sicht jedoch kommt es mir vor, als hätten wir damals nicht einmal geahnt, was das Wort Ausgrenzung wirklich bedeutet. Wir wollten glauben, dass wir diese Pest in London gelassen hatten und dass die Quelle unsere Heilung war – und verschlossen die Augen vor den ersten Symptomen.

Sicher, Tom half uns weiterhin, wenn wir ihn brauchten. Er zeigte Mark, wie man im Herbst pflügte und Winterweizen säte, und wir kauften ihm zehn tragende Mutterschafe ab. Doch unter der Oberfläche muss es bereits in ihm gebrodelt haben, denn als wir eines Abends eine Nachricht auf seinem Anrufbeantworter hinterließen, weil wir mit dem Pflug nicht zurechtkamen, rief er nicht zurück. Im Nachhinein kann ich anhand solcher Warnsignale mühelos nachvollziehen, wie wir immer tiefer in Ungnade fielen, auch wenn sie zweifellos nur die oberflächlichen Anzeichen einer weit gefährlicheren Krankheit waren.

Weihnachten, das von nun an das trostloseste aller Feste sein wird, steckte damals noch voller Verheißungen. Die Scheune war halbwegs bewohnbar, der Holzofen gerade rechtzeitig eingebaut worden, und uns kam zum ersten und letzten Mal ein befreundetes Paar aus London besuchen, das auch in der Zeit der Anschuldigungen gegen Mark zu uns gehalten hatte. Wir revanchierten uns, indem wir die fröhlichen, festlich gestimmten Gastgeber spielten. Unsere Freunde brachten Geschichten von Kurzarbeit, eskalierender Kriminalität, zubetonierten Gärten und Milchknappheit mit, von reduziertem U-Bahn-Betrieb und halbleeren Regalen im Supermarkt, während wir zum Mittagessen ein Hühnchen aus eigener Aufzucht sowie Kartoffeln, Brokkoli, Pastinaken und Cranberry-Sauce aus eigenem Anbau auftischten. Wir tranken auf die Quelle und waren uns einig, dass Mark und ich die Stadt gerade noch rechtzeitig verlassen hatten. Nachdem die beiden gefahren waren und ich auf die leeren Seiten meines neuen Tagebuchs starrte, tauchten plötzlich ohne jede Vorwarnung Angie und Lucien wieder auf, dieses Mal mit einem Typen namens Des im Schlepptau, der während der kurzen Tage mit Mark den Wald umzäunte, wo wir im Frühjahr Ferkel aufziehen wollten, und während der langen Nächte zu viel Apfelwein trank.

»Das ist ein verdammtes Paradies, Angie! Warum bleibt ihr nicht hier, du und Lucien? Für ein Kind ist so ein Ort doch der Himmel auf Erden!«, schwärmte Des.

»Aber dann hätte er gar nichts mehr, worauf er sich freuen könnte.«

Angie wusste auf alles eine Antwort. Ihre Lehrer hatten immer gesagt, dass sie hochintelligent sei, sich jedoch auf nichts konzentrieren könne. Damals war sie meine kleine Träumerin gewesen. Dann meine Rebellin. Dann die Drogensüchtige. Nur manchmal meine Tochter.

Aus Januar wurde Februar, und die drei waren immer noch da. Die Einsamkeit, die ich zuvor empfunden hatte, war wie weggefegt, und ich genoss meinen Winter mit Lucien: wie er jauchzend vor Freude hinter den Fasanen herrannte und sie zwang, sich schwerfällig flatternd über die Hecken davonzumachen und im reifbedeckten Wald zu verschwinden; wie er dick eingemummt in Handschuhe, Wollmütze und Schal auf unserem gebraucht gekauften Traktor thronte und mit Mark zum Ende unserer Welt und zurück fuhr; wie ich Holz zu Scheiten zersägte, die Lucien nacheinander mit wackligen Beinen zum Holzstapel schleppte, um abends vor dem Kaminfeuer lange vor seiner üblichen Zeit auf meinem Schoß einzuschlafen. Wir alle führten eine sehr körperliche Existenz, und es fühlte sich wunderbar an, müde zu sein, Muskelkater zu haben und Marks rau gewordene Hände auf meinen Brüsten zu spüren, denn wir hatten wieder angefangen, uns zu lieben, Nacht für Nacht. Ich fühlte mich wohl in meinem Körper. Selbst der betrunkene Des baggerte mich eines Abends in der Küche an. »Du könntest meine Mrs Robinson werden«, sabberte er. Ich erzählte Mark davon, und wir lachten gemeinsam darüber, während er seine Hände unter meinen Pullover schob und die Titelmelodie des Films vor sich hin summte.

Ich kann nur vermuten, dass Angie die Szene in der Küche mit angehört hatte, denn sie kam urplötzlich aus der Scheune ins Haus und packte Luciens Sachen.

»Wollt ihr wieder los?«

»Ja.«

»Alle beide?«

»Natürlich.« Sie stopfte Luciens Kleider in eine weitgereiste Sporttasche, wahllos und ohne sie zusammenzulegen.

»Wenn du herumziehen möchtest, könntest du doch Lucien solange hierlassen.«

»Warum sollte ich?«

Ich hatte ihm ein Paar Hausschuhe gekauft und hielt sie ihr hin. »Du könntest dich freier bewegen, und Lucien könnte hier in den Kindergarten gehen und Freunde finden.«

Sie riss mir die Hausschuhe aus der Hand. »Als ob ihr so ein gutes Verhältnis zu den Dorfbewohnern hättet, dass deren Kinder ihn zu sich zum Spielen einladen würden! Falls es dir noch nicht aufgefallen ist, Mum: Keiner von denen will mehr irgendetwas mit euch zu tun haben.«

»Ganz so stimmt das nun auch nicht.«

Angie stürmte aus dem Zimmer, und ich konnte sie im Badezimmer herumpoltern hören. »Du willst es nur nicht wahrhaben. Aber ich habe so einiges aufgeschnappt. Ihr sitzt hier oben mit euren grünen Wiesen, während die anderen vor die Hunde gehen. Die Leute denken, dass das nicht mit rechten Dingen zugehen kann«, rief sie durch die Wand zu mir herüber und kam dann zurück ins Schlafzimmer. »Wo zum Teufel hat er seine Zahnbürste versteckt?«

Das Zimmer kam mir plötzlich zu klein vor für uns beide. Ich wich ihr aus und blickte aus dem Fenster. »Das ist doch gar nicht der Punkt, Angie. Ich wollte Lucien nur ein bisschen Stabilität bieten. Er ist so gerne hier. Und eines Tages könnte das alles ihm gehören.«

»Du kannst dir deine Mittelschichtsidylle sonst wohin stecken! Dir geht es allein um dich selbst. Du wolltest immer schon ein zweites Kind, am besten einen Jungen. Ach, eigentlich wolltest du Lucien von Anfang an für dich haben …«

Ich drehte mich wieder zu ihr um. »Angie. Du warst kaum siebzehn. Wenn ich nicht eingesprungen wäre, hätten sie dir Lucien weggenommen, so schlecht, wie es dir damals ging. Das Jugendamt wollte ihn zur Adoption freigeben.«

Angie sprach meine Worte lautlos mit. »Ja, ja, ja, immer die gleiche Leier. Als das mit den Vorwürfen gegen Mark losging, waren die vom Jugendamt nicht mehr ganz so begeistert von euch, oder?« Sie zog schwungvoll den Reißverschluss der Tasche zu.

»Pass auf, was du sagst, Angie. Du weißt genauso gut wie ich, dass er in allen Punkten freigesprochen wurde. Ich will so etwas nie wieder – ich wiederhole: *nie wieder* – von dir hören.«

»Ist ja gut. Mein Gott, reg dich doch nicht so auf! Mark ist aus der Sache raus, und alles ist in Butter. Die Dinge haben sich geändert. *Ich* habe mich geändert.«

»Hast du das?«, rief ich ihr hinterher.

Ich setzte mich ans Fußende des ungemachten Betts und zog die Bettdecke gerade. Nicht ein einziges Mal hatte ich Marks Unschuld angezweifelt, während der ganzen elenden Geschichte nicht. Ich war mir einfach sicher, dass er niemals etwas Derartiges tun würde – zumindest glaubte ich damals, mir dessen sicher sein zu können. Etwas anderes hätte ich mir nie zu denken gestattet. Der Knall der Hintertür, die Angie zugeworfen hatte, holte mich unsanft zurück in die Gegenwart. Mein Blick fiel auf meine abgebrochenen Fingernägel, und ich drückte fest gegen die Blasen an meinen Fingern, die ich mir an der Schubkarre geholt hatte, bis sie brannten und aufplatzten.

Noch vor Sonnenuntergang waren die drei verschwunden, aber Angie hatte Lucien aufgetragen, eine Nachricht für uns auf eine Seite seines Bauernhof-Malbuchs zu schreiben, was er mit großen, unbeholfenen, zur Hälfte in die falsche Richtung zeigenden Buchstaben getan hatte. Es war Angies Art, sich bei Mark und mir zu entschuldigen. Genau wie die Tatsache, dass sie nur die Hälfte des Geldes aus Marks Brieftasche genommen hatte.

Liebe Oma R. Danke führ alles. Pass auf die Lämer auf und sak Bru, das ich ihn lib habe. XXXXX Lucien

Ich bewahre den Brief bis heute in einer Schublade der Frisierkommode auf, die ich nicht zu öffnen wage. Als Memento mori.

Die zweite Hälfte des Februars war kalt, grau und mühevoll. Es schneite sogar ein- oder zweimal auf unserem Grundstück, allerdings erst, nachdem Lucien weg war.

»Er hätte sich so über den Schnee gefreut«, sagte ich zu Mark.

»Alle anderen würden sich auch darüber freuen«, antwortete er, während wir über unseren glitzernden, weißgezuckerten Pflug hinweg auf die schwarzen Felder und Bäume blickten.

Wir bekamen so gut wie niemanden zu Gesicht, weder aus London noch aus Lenford, bis am Ende des Monats im Dorf eine Sitzung mit einem Sprecher des Umweltministeriums stattfand. Der Gemeindesaal füllte sich mit vom Ablammen erschöpften Bauern, die nach Schlafmangel rochen. Die Fenster beschlugen im Handumdrehen, und die Stimmung war gereizt. Geduld war genauso Mangelware wie Wasser.

Der Vorsitzende des Bauernverbands stellte den Sprecher vor. »Ich hoffe, er erweist sich als Erzengel Gabriel und bringt uns frohe Kunde.«

Doch es war von Anfang an klar, dass der Mann vom Krisenstab für Dürremanagement zwar einen hochtrabenden Titel trug, aber keine Engelsflügel. Stattdessen übte er sich in Beschwichtigungen und Tatsachenverdrehungen. Die Zwischenrufe wurden immer lauter.

»Welche Maßnahmen wird Ihre Behörde ergreifen?«

»Wie wollen Sie die Nahrungsmittelversorgung im Land dauerhaft sichern?«

»Jemand muss doch endlich etwas tun!«

»Was soll er denn machen?«, flüsterte mir Mark zu. »Er ist schließlich nicht Gott.«

»Und was passiert mit Orten wie der Quelle? Dort gäbe es genug Wasser, um einen verfluchten Stausee anzulegen.«

Der Beamte erklärte, dass sich Grundbesitzer, die möglicherweise einen Beitrag leisten könnten, doch bitte an die Dürrehilfe- und Informations-Hotline wenden sollten, unter der Nummer 0816 …

»Hexerei«, unterbrach ihn eine alte Frau, die mit einem Baby auf dem Arm ganz hinten im Saal stand.

»Chemikalien.«

»Wasserklau.«

Um Erklärungen waren unsere Nachbarn nicht verlegen.

Mark bahnte sich mit den Ellbogen einen Weg durch die Menge nach draußen. Wir stolperten über den dunklen Parkplatz, während ich hinter ihm herrief, dass er auf mich warten solle. Im Gänsemarsch liefen wir schweigend nach Hause, legten uns ebenso schweigend ins Bett und knipsten stumm das Licht aus. Nach unserem Umzug hatten wir uns gegenseitig versprochen, niemals im Streit ins Bett zu gehen. Obgleich wir uns wirklich bemühten, ging es uns wie dem frischgebackenen Exraucher am 2. Januar im Pub: Die Welt bot unendlich viele Möglichkeiten zu scheitern.

Am nächsten Morgen stand ich als Erste auf, öffnete die Jalousien und blickte aus dem Fenster. »Ich ertrage das nicht mehr«, sagte ich zu Mark.

»Was erträgst du nicht mehr?«

»Die Einsamkeit. Den Geruch nach nächtlichem Regen.«

»Dann bist du der einzige Mensch in diesem wunderbaren Vereinigten Königreich, der das so empfindet«, antwortete er. Er saß auf der Bettkante und zog sich fröstelnd seine Jeans an. Trotz der Kälte hatten wir es die ganze Nacht ängstlich vermieden, uns zu berühren. Wenn mein Knie doch einmal gegen seinen Rücken gestoßen war, waren wir wie Fremde zurückgezuckt.

»Weißt du was?«, fuhr ich fort. »Ich habe langsam genug davon, immer unter Beschuss der Öffentlichkeit zu stehen. Das hatten wir bereits in London, und dort hat es auch schon keinen Spaß gemacht. Ich will einfach nur sein wie jeder andere auch. Wenn ich ehrlich bin, wäre es mir sogar lieber, genau wie der Rest der Bevölkerung unter der verdammten Dürre zu leiden.«

Mark kam zu mir und legte den Arm um mich. Ich hätte mich seiner Umarmung am liebsten entzogen, aber mir war klar, dass es dann kein Zurück mehr gäbe. In London hatte er mich eines Abends nach einem langen Polizeiverhör gefragt: »Findest du mich abstoßend?« So weit durfte es nicht wieder kommen. Doch was die Quelle anging, hatte auch Mark keine Antworten zu bieten, nur hohle Phrasen: Es heiße schließlich nicht umsonst »Die Quelle«. Geschichte. Geographie. Geologie. Logik. Der Anwalt und der Bauer in ihm leisteten einander Gesellschaft, nur ich konnte nichts anfangen mit seinem Gerede. Also stieß ich ihn fort und sagte ihm, er solle endlich die Augen aufmachen und unser grünes Gras anschauen, die Schneeglöckchen unter unseren Hecken, die vielen Knospen an unseren Bäumen – und dann die eisengraue, verkümmerte Landschaft jenseits unseres Grundstücks. »Das ist doch nicht normal«, sagte ich. »Nichts davon ist logisch, Mark. Das beweist allein schon der Regen.«

»Was ist denn mit dem Regen?«

»Diese Nacht muss es beispielsweise geregnet haben, aber wir sehen oder hören den Regen so gut wie nie. Trotzdem sind die Wiesen am nächsten Tag nass. Und zwar nur hier bei uns. Nirgendwo sonst hat es in den letzten beiden Jahren nennenswert geregnet. Nur hier, letzte Nacht schon wieder. Wir scheinen einen direkten Draht zum Regengott zu haben, dabei trommeln wir ihn noch nicht einmal herbei.«

Ohne zu antworten, stapfte Mark polternd nach unten, als wolle er frühstücken, doch ich beobachtete durch das kleine Fenster im Flur, wie er in seinem grünen Wollpullover zwischen den Reihen reifen Winterweizens stand, während Bru mit bedingungsloser Treue zu ihm aufblickte. Mark kniete sich hin und hob eine Feder auf, mit der er über sein unrasiertes Gesicht strich. Als er zurück in die Küche kam, wusste ich nicht, ob es Regenwasser oder eine Träne war, die auf seinen Wangen glitzerte. Ich hätte die Feuchtigkeit gern weggeküsst, aber es war eine Kluft zwischen uns entstanden, und meine Liebe schien nicht groß genug zu sein, um sie zu überbrücken.

Also wischte ich mir stattdessen selbst die Augen und machte einen Vorschlag: »Vielleicht sollten wir den Mann vom Krisenstab für Dürremanagement kontaktieren oder uns eine Einspeisungslizenz besorgen und eine Wasserleitung zu den anderen Bauern legen, damit zumindest die Einheimischen sehen, dass wir unser Glück nicht als selbstverständlich betrachten.«

»Deine ›Einheimischen‹ waren gestern Abend so unglaublich unfreundlich, dass sie mir gestohlen bleiben können«, knurrte Mark, setzte sich schwerfällig an den Tisch und rieb sich den Kopf. »Ein einziges Wasserrohr wird die Dürre auf ihren Feldern auch nicht beseitigen, Ruth.« Er nahm den Löffel in die Hand, als wolle er zu essen beginnen, zögerte jedoch und hielt ihn sich vors Gesicht, betrachtete sein eigenes verzerrtes Spiegelbild, bevor er fortfuhr: »Wir sind nicht hierhergezogen, damit eine Horde neugieriger Bürokraten mit Messgeräten über unser Grundstück latscht und mit Genehmigungen und Formularen wedelt! Wenn wir das zulassen, haben wir als Nächstes einen Enteignungsbescheid auf dem Tisch. Wir sind doch hergekommen, um vor dieser ganzen Scheiße zu flüchten! Und ich finde, wir haben uns bisher wacker geschlagen. Verdammt wacker«, wiederholte er und rührte in seiner Schüssel herum. Geronnener Haferbrei. Zu hart gekochte Eier. Verbrannter Toast. Ich wies ihn darauf hin, dass die Scheiße uns offenbar wieder eingeholt hatte, und er schob seinen Stuhl zurück, schnappte sich seinen Schal und erklärte, er brauche Zeit, um über alles nachzudenken. »Wunderbar, nimm dir alle Zeit, die du brauchst, es eilt ja nicht«, antwortete ich. Dann verfütterte ich den Toast an den Hund, stellte die Eier für das Mittagessen beiseite, kratzte den Haferbrei in den Müll und verfehlte dabei den Eimer, weil ich vor lauter Wut und Tränen und Haaren im Gesicht nichts sah. Ich hatte keine Lust, die Sauerei wegzuwischen. Stattdessen trat ich nach dem Mülleimer und warf die Schüssel in die Spüle, wo sie splitternd zerbrach.

Am nächsten Morgen traf der erste Brief des Dürrebeauftragten ein. Luftaufnahmen hätten im Boden unseres Grundstücks eine erhöhte Wassereinlagerung gezeigt, weshalb man eine kleine Erkundungsbohrung durchführen wolle. Der zweite Brief kam schon drei

Tage später. Da wir es versäumt hätten, innerhalb der angegebenen Frist Widerspruch einzulegen, werde man mit der Bohrung in Kürze beginnen. Ein dritter, vierter, fünfter und zahllose weitere Briefe klärten uns über das Recht der Regierung auf, auf unserem Land zu bohren, es zu nutzen, zu besetzen und zu beschlagnahmen. Mark zerfetzte die Umschläge und archivierte die Briefe in seinem Schreibtisch. Der Anwalt in ihm schäumte, weil die korrekte Verfahrensweise nicht eingehalten wurde, und der Mensch in ihm fluchte, weil man seine Rechte mit Füßen trat. Er würde sich zur Wehr setzen, kündigte er an, er würde kämpfen, kämpfen, kämpfen. Bei jeder Wiederholung schlug er krachend auf den Tisch. Ich legte meine Hände auf seine Fäuste, versuchte ihn zu beschwichtigen und erklärte ihm, dass wir möglicherweise Zeiten entgegensahen, in denen es nicht mehr reichen würde, das Gesetz auf unserer Seite zu haben.

Die weiteren Ereignisse sollten mir recht geben. Zunächst ungläubig und später voller Sorge beobachteten wir, was mit einem kleinen Bauernhof namens Duccombe in Devon geschah, der wie wir von unerklärlichen Regenfällen zu profitieren schien. Der Enteignungsbescheid wurde zu einem Räumungsbefehl, dem ein Gerichtsvollzieher und mehrere Planierraupen Nachdruck verliehen. In den Nachrichten waren die Protestgruppen zu sehen, die auf dem Gelände kampiert hatten, um das alte Bauernpaar zu verteidigen, bis die Bereitschaftspolizei für blutige Köpfe und im Schlamm zertrampelte Plakate sorgte. Ein Krankenwagen fuhr vor, und es wurde später bestätigt, dass der Bauer an einem Herzinfarkt gestorben war. Zwei Tage darauf brannte das Haus nieder, und im Internet breiteten sich die Verschwörungstheorien so rasant und unaufhaltsam aus wie die Flammen, die das Strohdach vernichtet hatten. Der öffentliche Aufschrei war ohrenbetäubend. Jeder, der sich für die Umwelt, für Menschenrechte, für die Landwirtschaft, für Rechtshilfe engagierte, unterzeichnete eine Petition. Duccombe schien der Funke zu sein, der die schwelende Unsicherheit darüber, von wem und wie die Dürre verwaltet werden sollte, zum Ausbruch brachte. Der aufgestaute Volkszorn explodierte: Zorn über die Profite, die große Unternehmen mit dem Wassergeschäft machten, während ältere Mitbürger einfach enteignet und nicht unmittelbar mit der Dürre zusammenhängende Sozialmaßnahmen verschoben oder ganz gestrichen wurden; Zorn über Minister, die dabei gefilmt wurden, wie sie auf dem grünen Rasen von Chequers Court standen und Wein tranken, während in den Autofabriken die Viertagewoche eingeführt wurde; Zorn darüber, dass Parlament und Ministerien von der geplanten Phase 5 der dürrebedingten Einschränkungen ausgenommen wurden, während die Schulen in einigen Landesteilen im Südosten nur noch morgens geöffnet waren, um Strom zu sparen. Zu einer Demonstration im Stadtzentrum von London kamen eine halbe Million Menschen. Die Regierung musste sich einem Misstrauensvotum stellen, weil die Kritik an ihrem Umgang mit der Wasserkrise immer lauter wurde. Drei Menschen starben bei Auseinandersetzungen mit der Polizei um ein privates Wasserreservoir auf dem Anwesen von Lord Baddington.

»Was passiert jetzt mit uns?«, fragte ich Mark und schlang die Arme fest um meine Knie, während ich die Nachrichten verfolgte. Die Frage war mir vertraut, ich hatte sie schon einmal gestellt, als wir in London einer anderen Art von Bedrohung ausgesetzt gewesen waren. Doch Mark schien die Parallele nicht zu erkennen.

»Das jedenfalls nicht«, antwortete er, richtete die Fernbedienung auf den Fernseher und stellte ihn auf stumm. »Sie werden uns nicht zwingen, die Quelle aufzugeben. Das werden sie jetzt nicht mehr wagen. Aber sie werden versuchen, eine Vereinbarung mit uns zu treffen. Die Ereignisse in Duccombe haben unsere Position gestärkt, so viel steht fest. Falls wir vor Gericht ziehen müssen, haben wir gar keine so schlechten Karten.«

»Hoffentlich«, sagte ich. »Ich gehe jetzt ins Bett.« Nachdem ich die Glut im Kamin verteilt hatte, damit das Feuer nicht mehr so hoch loderte, gab ich Bru einen Hundekeks und Mark einen Gutenachtkuss.

Mark sollte teilweise recht behalten. Der öffentliche Druck auf uns ließ nach, doch die Dorfbewohner führten ihren eigenen, weit grausameren Krieg gegen uns, wie sich bald herausstellte. Eines Nachmittags verschwand Bru zum Jagen in den Wald und tauchte nicht wie sonst zur Fütterung am Abend wieder auf. Während die Dämmerung in tiefe Dunkelheit überging, standen wir vor dem Haus und klopften mit dem Löffel gegen seinen Metallnapf, fest davon überzeugt, dass er jeden Moment raschelnd aus den Brombeersträuchern brechen und auf uns zugekrochen kommen würde: erschöpft von der Jagd, schwanzwedelnd, mit schlechtem Gewissen und in Erwartung einer Rüge für seine Verspätung. Doch er kam nicht. Wir ließen die Hintertür für ihn offen. Mark gab sich zuversichtlich und sagte, er werde schon wieder nach Hause kommen, aber ich fand dennoch keinen Schlaf und schlich mitten in der Nacht nach unten, weil ich hoffte, ihn schlafend neben dem Herd zu finden und über sein weiches Fell streichen zu können. Immer wieder bildete ich mir ein, seine Pfoten auf der Treppe zu hören, wie er nach oben kam, um uns zu zeigen, dass er wohlbehalten wieder da war.

Als Mark am nächsten Morgen die Augen öffnete, spürte er sofort die Leere des Hauses und weckte mich. Eilig schlüpften wir in Jeans, dicke Pullover und Stiefel und liefen in verschiedenen Richtungen über die Felder, um uns auf die Suche zu machen. Wir kamen nur mühsam voran, weil der Boden matschig war und wir uns gegen den böigen Ostwind stemmen mussten. Vielleicht war Bru in einem Stacheldrahtzaun hängen geblieben, oder er steckte in einem Dachsbau fest oder war unter ein Auto gekommen … in meinem Kopf spielten sich die schrecklichsten Szenarien ab. Ich fragte mich, ob ihn womöglich jemand aus der Entfernung für einen wildernden Hund gehalten und erschossen hatte, weil er zwischen den tragenden Mutterschafen herumgesprungen war. Aber das war unwahrscheinlich, denn die Taylors waren die Einzigen, die hier draußen herumliefen, und sie hätten Bru sofort erkannt. Ich ging die Grenzen unseres Grundstücks ab und betete, dass wir ihn bald finden würden. Immer wieder rief ich seinen Namen. Später sagte mir jemand, dass man beim Suchen nicht unaufhörlich rufen soll, weil man sonst womöglich Hilfeschreie überhört – oder in diesem Fall ein eventuelles verzweifeltes Jaulen.

Für Bru hätte es keinen Unterschied mehr gemacht. Er lag zwischen durchweichten Blättern und toten Ästen, versteckt hinter Gestrüpp und Holzresten. Die flaumigen Federn eines weißen Fasans bedeckten wie Schnee die Erde, die ihn umgab.

Ein Vorderbein war angewinkelt, die weiche Pfote zeigte in meine Richtung. Das andere Bein war gestreckt. Genau so hatte er immer dagelegen, wenn er vor dem Feuer geträumt und gezuckt hatte. Sein Kopf war unnatürlich nach vorn gestreckt, und seine Augen standen offen, aber es war kein Leben mehr in ihnen, keine Liebe. Er war scheinbar unversehrt, so vollkommen, wie er von Anfang an gewesen war. Obwohl ich es besser wusste, hoffte ich, er wäre nur verletzt, betete, dass er seinen Kopf heben würde, redete mir ein, dass seine Rippen sich hoben und senkten und hätte schwören können, dass sein Schwanz gezuckt hatte, als Bru mich sah – doch es nützte alles nichts, denn er war tot.

Manche Menschen stürzen sich auf die leblosen Körper geliebter Menschen oder Tiere und weinen in ihr steifes, kaltes Haar oder Fell, aber ich traute mich kaum, Bru zu berühren. Stattdessen rief ich laut nach Mark, lief an den Rand des Waldes und schrie vergeblich um Hilfe – er war zu weit weg. Also rannte ich strauchelnd zurück, auch wenn die Eile unnötig war, denn Bru lag unverändert da. Ich konnte nicht erkennen, woran er gestorben war, fand jedoch endlich den Mut, sein samtiges Ohr zu berühren und über seinen jungen Körper zu streichen. Dabei ertastete ich keinerlei Verletzungen. Weinend versuchte ich ihn hochzuheben. Er war schwer. Fünfzehn

Packungen Zucker – ich schätzte das Gewicht meines Hundes in Zuckerpackungen! Und er war unhandlich und steif. Er glitt mir aus den Armen und fiel mit einem dumpfen Schlag zu Boden. Ich musste noch einmal von vorn anfangen und gab mir Mühe, ihn möglichst sanft anzufassen, als glaubte ich immer noch, dass er nur schlief. George's Wood ist ein vernachlässigtes, völlig zugewuchertes Waldstück, mit dichtem, undurchdringlichem Unterholz. Die Brombeersträucher zückten ihre Dornen, und die Wurzeln stellten mir ein Bein. Es erwies sich als unmöglich, mit Bru auf dem Arm über den Zaun zu klettern, daher musste ich ihn darüberwerfen wie ein Stück Abfall, das nichts wert war. »Mark!«, rief ich immer wieder, »ich habe ihn gefunden, ich habe ihn gefunden!« Als ich in Sichtweite des Hauses kam, wurde Mark endlich auf mich aufmerksam und kam auf mich zugerannt. Er nahm mir Bru ab, legte ihn vor den Herd und bettete seinen schönen schwarzweißen Kopf sanft auf ein Kissen. Dann hielten wir uns wortlos umklammert.

Der Tierarzt sagte, es müsse vorsätzlich gelegtes Gift gewesen sein, vermutlich ein toter, mit einem Pestizid auf Strychninbasis präparierter Vogel. Er riet uns, den Wald nach weiteren Ködern abzusuchen.

Grimmig hob Mark ein Grab aus, rammte den Spaten in die Erde, als könnte er so seinen Schmerz mitsamt Wurzeln herausreißen, während ich stumm und hilflos vor mich hin weinte. Er sagte, wir müssten Brus Körper in Plastik einwickeln, damit die Dachse ihn nicht ausbuddelten. Ich habe keine Ahnung, woher Mark dieses Wissen nahm. Im Schuppen war noch eine Rolle Polyethylenfolie von der Arbeit am Scheunendach, doch ich war unfähig, mich zu bewegen. Nachdem Mark die Rolle geholt hatte, assistierte ich ihm unbeholfen dabei, die schwer zu handhabende Folie um Brus steife Beine zu wickeln. Erst konnte ich das Ende des Klebebands nicht finden, um die Folie über seiner trockenen Schnauze zu fixieren, dann bekam ich die Schere nicht unter Kontrolle, um es abzuschneiden. Ein mächtiger Brechreiz überkam mich; ich hatte nicht gewusst, dass der Tod so ranzig roch. Wir begruben Bru ganz oben im Garten, unser Familienmitglied, unseren unvoreingenommenen Freund, der uns bedingungslos geliebt hatte, der uns geheilt hatte, einfach nur, indem er bei uns gewesen war.

Brus Tod kam für mich einer Katastrophe gleich. Wenn ich tagsüber allein im Haus war, stolperte ich am Fuß der Treppe, weil er dort immer morgens auf uns gewartet hatte, oder geriet beim Kochen ins Stocken, weil ich ihn zwischen meinen Füßen glaubte. Die Einsamkeit ging mir unter die Haut, und ich ertappte mich immer wieder dabei, wie ich dasaß und auf sein Bellen lauschte, mit dem er immer signalisiert hatte, dass er zurück ins Haus wollte.

Nachts waren Mark und ich nun wieder allein, nur die unausgesprochenen Erinnerungen an Nächte in London leisteten uns Gesellschaft, Nächte, in denen wir die Haustür doppelt abgeschlossen hatten und in denen der Bewegungsmelder in der Einfahrt oft aus unerfindlichen Gründen angegangen war.

Wenn ich draußen im Dunkeln unterwegs war, jagten mir raschelnde Hecken und unerwartet zuknallende Stalltüren kalte Schauder über den Rücken.

»Mir kommt es vor, als hätte jemand nicht nur Bru vergiftet, sondern alles hier«, sagte ich zu Mark. »Allein zu wissen, dass es Leute gibt, die uns so sehr hassen …«

Wie sehr sie uns auch hassten, Mark hasste sie noch mehr. Hass war etwas, was ich vorher noch nie in seinen Augen gesehen hatte.

Mir hat einmal jemand weismachen wollen, es sei schwierig, sich an die Gesichter von Verstorbenen zu erinnern, da sie im Laufe der Zeit immer mehr verblassten. In meinem Fall trifft das Gegenteil zu: Die Toten sind immer bei mir, aber wie steht es mit den Lebenden? Angie habe ich deutlich vor Augen, ihre Abwesenheit ist so schmerzhaft, dass sie in meinen Gedanken ständig präsent ist. Doch bei Mark fällt es mir schwer, mich an sein Gesicht zu erinnern. Ich sehe nur noch ein impressionistisches Porträt vor mir oder vielleicht eher ein kubistisches. Unzusammenhängende Fragmente, die auf der Leinwand im Clinch miteinander liegen: der olivfarbene Teint seiner verschollenen halbgriechischen Mutter, die dichten dunklen Haare, die geraden Lippen, auf die ich immer meine Finger gelegt habe, und seine Augen, diese tiefliegenden braunen Augen. Doch daraus wird noch kein Gesicht, vielleicht, weil er mich seit der Beerdigung kein einziges Mal besucht hat, vielleicht aber auch, weil ich Angst vor dem habe, was seine Augen womöglich widerspiegeln. Seine Stimme höre ich ebenfalls nicht mehr, ich wage es nicht, mir vorzustellen, was sie sagen würde. Dann ist da noch Schwester Amelia, die ich einerseits vor mir sehe und andererseits nicht. Ihr Hologramm flimmert stets knapp außer Reichweite. Immer wieder schleicht sie sich in meine Gedanken, ob ich mich nun an sie erinnern möchte oder nicht.

Ich ziehe die Decke über den Kopf und verstecke mich.

5

JUNGE STEHT in der Küchentür und sagt, er müsse die Überwachungskamera überprüfen. Er klopft zwar nicht an, aber wenigstens zögert er vor dem Hereinkommen, im Gegensatz zu den anderen beiden. Wenn ich ihn sehe, kommt mir spontan der Ausdruck »jugendlicher Übermut« in den Sinn – ein Klischee, gewiss, doch in seinem Fall trifft es zu. Das bilde ich mir zumindest ein. Seine Augen lächeln viel, selbst wenn ein ernster Gesichtsausdruck von ihm verlangt wird, und er hat magere, schlaksige Gliedmaßen, wie ein junges Pferd. Er muss über eins achtzig sein und kommt dennoch nicht ganz heran mit seinen langen Armen, weshalb er einen Stuhl quer durch die Küche in die Ecke zieht, in der die Kamera angebracht ist. Dann klettert er hinauf und zieht ein Kabel heraus.

»Ich dachte, es interessiert Sie vielleicht, dass Ihr Psychiater angerufen hat«, sagt er. »Er wollte wissen, ob Ihre Medikamentendosis erhöht werden muss.«

»Die Antwort lautet nein«, teile ich ihm mit und beiße auf meinen schwarzen Fingernägeln herum.

Er steht immer noch auf dem Stuhl und blickt mit dem Kamera-Akku in der Hand auf mich herunter. Sein Kopf klemmt unter dem Deckenbalken, die stacheligen blonden Haare sind eingedrückt. »Es ist nur so, dass … Wenn die denken, dass Sie Ihre Medikamente nicht nehmen, verpassen sie Ihnen vielleicht ein Pflaster oder Spritzen. Sie sind offiziell immer noch Patientin der geschlossenen Abteilung, also können die das offenbar einfach so anordnen, ob es Ihnen gefällt oder nicht.« Er hält verlegen inne und wendet seine Aufmerksamkeit wieder der Kamera zu. »Ich dachte, es ist Ihr gutes Recht, das zu erfahren.«

Er greift nach oben, um das Kabel wieder einzustecken.

»Dann wasche ich mich wohl besser und ziehe mich an«, sage ich.

Er klettert vom Stuhl, dreht der Kamera den Rücken zu und hält den Daumen hoch. »Gute Idee«, sagt er lautlos und verlässt die Küche.

Ich frage mich plötzlich, ob ich schon angefangen habe, unangenehm zu riechen. Aber es ist niemand da, der es mir sagen könnte. Jedenfalls ist dieser Soldatenjunge aus irgendeinem Grund ein erhebliches Risiko für mich ungewaschene Frau eingegangen. Seine Warnung gibt mir die Kraft, mich zusammenzureißen und logisch nachzudenken: Ich will auf keinen Fall auf Medikamente gesetzt oder wieder in die Psychatrie eingewiesen werden, denn erstens will ich hierbleiben, und zweitens muss ich nachdenken können. Ich darf schon allein deshalb nicht von hier weg, weil hier der einzige Ort ist, an dem ich vielleicht herausfinden kann, was passiert ist. Es gibt Dinge, die nie gefunden wurden: der Wollpullover, die Rose, die Wahrheit.

Erst wenn ich die Wahrheit herausgefunden habe, wird mein Leiden ein Ende haben.

Und deshalb muss ich mich zusammenreißen.

Nachdem ich diese Debatte mit mir selbst gewonnen habe, plane ich einen Überfall, und zwar auf Sogleich. Da ihm jede Persönlichkeit fehlt, halte ich ihn für den schwächsten meiner drei Aufpasser. Sie haben Marks Arbeitszimmer in Beschlag genommen, und Sogleich sitzt allein da, die Füße auf dem Schreibtisch, und ist dabei, eine Patience zu legen. Als er mich in der Tür stehen sieht, nimmt er schwungvoll die Stiefel herunter und fegt dabei die Karten zu Boden. Ich habe stämmige Männer noch nie gemocht, denke ich.

»Gibt es ein Problem?«

Ich bücke mich, hebe die Karten auf und lege sie auf den Tisch. »Pik-Acht, Pik-Neun, Pik-Zehn, Pik-Bube, Pik-König, Pik-Ass. Ihnen fehlt die Dame.«

»Irgendwie krieg ich's nie richtig hin«, sagt er und schiebt den Satz Karten wieder zusammen. »Meistens fange ich irgendwann an, mich selbst zu bescheißen.«

Er klingt amerikanisch. Vielleicht gefällt er sich in der Rolle eines US-Soldaten.

»Heute ist doch Sonntag, oder?«, frage ich.

»So ist es.«

»Ich habe nachgedacht und beschlossen, dass ich gern in die Kirche möchte.«

Schweigen. Meine drei Wärter wurden sorgfältig darin geschult, möglichst unverbindlich zu bleiben und auf keinen Fall Zugeständnisse zu machen. Vermutlich ist das Modul eins im Fach »Die richtige Bewachung von Gefangenen – Methodik, Praxis, Psychologie«.

»Zum Abendmahl, Sie wissen schon«, dränge ich. »Das ist doch sicher eins meiner Menschenrechte, oder? Das Recht auf Religionsausübung?«

Sogleich zieht eine Zigarette hervor. Dann fallen ihm die Hausregeln ein, und er steckt sie wieder weg. »Sie können ja einen Antrag stellen. Ich lasse das entsprechende Formular kommen.«

»Und in den Wald würde ich auch gerne. Das dürfte kein Problem sein, oder?«

»Kommt darauf an, in welchen Wald Sie wollen und was Sie dort vorhaben.« Sogleich nimmt seine Jacke von der Stuhllehne.

»In das Wäldchen am Quellteich«, erkläre ich hilfsbereit. »Unterhalb des ersten Feldes.«

Sein verständnisloser Blick hält mich nicht zum Narren. Meine Wärter besitzen eine Karte der Quelle, in die sämtliche Waldstücke und Felder eingetragen sind. Drei hat sie an meinem zweiten Tag vor mir ausgebreitet, um mir unter die Nase zu reiben, wo ich überall nicht hindarf. Meine Bewacher wissen genau, was vor meiner Einweisung wo passiert ist.

Sogleich blickt auf die Uhr, dann auf mich und dann aus dem Fenster.

»Ich bin gleich wieder da«, sagt er und verlässt das Haus durch die Hintertür. Ich höre, wie er Drei zuruft, dass er kurz mit ihm sprechen müsse. Drei besitzt den anderen beiden gegenüber eine gewisse Autorität, auch wenn ich die genaue Rangordnung noch nicht durchschaut habe. Sogleich nennt ihn Sarge, als Kurzform von Sergeant, aber ob das ein Spitzname ist oder wirklich Dreis Rang widerspiegelt – wer weiß? Sie will zu diesem Teich, sagt Sogleich, und Drei antwortet ihm etwas. Allerdings entfernen sie sich von mir wie ein Pantomime-Duo, der eine klein, der andere dick, und aus den wenigen Worten, die ich aufschnappe, schließe ich, dass sie sich nicht einig sind: *Arschlecker*, *Grab*, *verdammt*, *Drecksloch*, *alt*, *scheues Reh*. Der letzte Ausdruck bringt mich zum Schmunzeln.

Später kommt Junge mit einigen Papieren zum Haus getrottet – zackiges Marschieren ist nicht gerade seine Stärke. »Sie werden das hier ausfüllen müssen«, sagt er. »Der Teich liegt momentan außerhalb des erlaubten Gebiets.«

»Soll ich beides in *ein* Antragsformular eintragen? Den Wald *und* den Priester?«

»Sie wollen wirklich zu einem Priester? Ich dachte, Adrian hätte einen Scherz gemacht.«

»Nein, kein Scherz. Und ja: Ich möchte zu einem Priester.«

»Also doch. Na ja, jedenfalls hat er mir zwei Formulare mitgegeben. Wenn *ich* die Anträge zu entscheiden hätte …«

Seine letzten Worte sind ein Windschutz, hinter den sich Feiglinge bei Sturm flüchten. Ich lasse ihn eine Weile schmoren. Er ist hellhäutig und errötet daher leicht. Ich bin wirklich eine gemeine alte Ziege.

Schließlich durchbricht er selbst das Schweigen. »Das Formular ist ganz simpel.« Er zeigt mir, welche Felder ich ausfüllen muss. Es gibt nicht viele Menschen, die mir in letzter Zeit körperlich so nahe gekommen sind. Ich rieche die Seife, die er zum Rasieren benutzt, atme die Männlichkeit ein, die sein Baumwollhemd ausdünstet.

»Der übliche bürokratische Mist. Datum, Name, Unterschrift«, sagt er. Während er mir die Formulare hinlegt, streift seine Hand versehentlich meine, und als er gegangen ist, mustere ich prüfend meinen Handrücken, als hätte der kurze Kontakt einen Abdruck von Normalität auf meiner Haut hinterlassen.

Nachdem ich an sämtlichen erforderlichen Stellen unterschrieben habe, seufze ich frustriert, weil mich die ermüdenden Abläufe wirksamer gefangen halten, als es eine Kette mit Bleikugel daran könnte. Dann schlendere ich zum Ende unserer Einfahrt. Vom Tor aus sehe ich die von der Regierung beauftragten Arbeiter, die probeweise verschiedene Feldfrüchte gepflanzt haben. Die unterschiedlich hohen Pflanzen bilden geometrische Muster auf unseren Feldern. Die Männer müssen sich direkt nach meiner Inhaftierung hier breitgemacht haben, mit ihren Wohncontainern und ihrem genmanipulierten Saatgut. Die Erde sieht immer noch fruchtbar aus, als würden die Quellen unterhalb ihrer trockenen Kruste nach wie vor ihre wundersame Wirkung entfalten. Ich war über zwei Monate weg, und angeblich hat es in dieser Zeit kaum geregnet. Jetzt bin ich seit gut zwei Wochen wieder hier, und es ist immer noch kein Regen gefallen. Ich weiß nicht, was ich davon halten soll. Vielleicht mögen die Wolken diese neuen Bauern in Tarnkleidung nicht und warten darauf, dass ich nach dem Pflug greife. Aber ich falle bestimmt nicht zweimal auf denselben Trick herein. Als ich wieder im Haus bin, greife ich stattdessen nach dem Stift – allerdings nur, um das Formular weiter auszufüllen. Ich werde beantragen, dass ich auf meinem Land frei herumlaufen darf. Das heißt nicht, dass ich es auch bestellen will. Und schreiben werde ich auch nicht. Zur Abschreckung genügt es, dass ich mich an die stumpfsinnigen Arbeitsblätter erinnere, die wir Lehrer den Schülern an öden Freitagnachmittagen vorzusetzen pflegten.

Die Bewilligung des ersten Antrags erreicht mich in Form eines Zusatzes zu den Bedingungen und Regeln meines Hausarrestes, über die mich Drei widerwillig in Kenntnis setzt. Ich darf in meinen geliebten Gemüsegarten, in meinen himmlischen Obstgarten, darf mich mit dem Rücken an den Stamm meiner Eiche setzen und durch das Gitterwerk aus Ästen und Blättern zum unberührten Himmel hinaufblicken. Und ich darf den Teich besuchen, in dem die Quelle entspringt.

Bevor Drei davongeht, dreht er sich noch einmal beiläufig um und sagt: »Übrigens: Es ist ein Brief für Sie gekommen. Ich schicke ihn später rüber.«

»Ich wusste gar nicht, dass ich Post empfangen darf«, sage ich misstrauisch.

»Der Brief war für unsere Kenntnisnahme bestimmt, damit ich ihn - falls ich es für angebracht halte - an Sie weiterleite. Wenn persönlich an Sie gerichtete Post eintreffen würde, müssten wir sie ebenfalls vorher lesen, und auch dann wäre es meine Entscheidung, ob ich sie an Sie weiterleite oder nicht. Aber das ist alles rein hypothetisch, da schließlich bislang niemand an Sie geschrieben hat«, sagt er mit einem boshaften Grinsen.

Das Warten auf den Brief ist unerträglich. Vielleicht stammt er von Angie und beginnt mit den Worten: »Liebe Mum, ich verzeihe dir …« Oder er könnte von Mark sein und entweder eine Beichte oder eine Anklage enthalten, wer weiß das schon? Oder von einer der Schwestern. Ich war mir sicher, dass wenigstens Schwester Amelia schreiben würde. *Schwester Amelia.* Was werden wir zueinander sagen, wenn wir uns jemals wieder begegnen? Seit meiner Rückkehr kämpfe ich gegen ihren Schatten an, der ständig versucht, sich zwischen mich und das Licht zu schieben. Doch die Vorstellung, ihr eines Tages erneut gegenüberzustehen, ist einfach zu stark und lässt meinen Mund trocken werden vor lauter Hoffnung und Furcht und all den wirren Gedanken, die kreischend herumflattern wie Krähen in der Abenddämmerung, bevor sie auseinanderstieben und in der Dunkelheit verschwinden.

Einatmen, ausatmen, befehle ich mir, ganz langsam. Stell dir vor, du würdest mit einem einzigen langen Atemzug die Kerzen auf einer Geburtstagstorte ausblasen. Siehst du? Amelia ist weg, zumindest für den Moment. Die Frühlingssonne kriecht millimeterweise über den Himmel, und ich bin außer mir vor Furcht und freudiger Erwartung.

Endlich klopft Junge ans Fenster. »Post für Sie«, sagt er beim Hereinkommen. Ich kann ihn mir gut als Sohn vorstellen oder wie er seiner Freundin eine Geburtstagskarte überreicht. »Hier, lesen Sie.«

»Ich fürchte die Griechen«, sage ich und bin überrascht, als er antwortet:

»Keine Sorge, ich bringe keine Geschenke. Das ist bei meinem Sold nicht drin.«

Die jungen Männer, die mich bewachen, sind offenbar Opfer der neu eingeführten Wehrpflicht, einer Maßnahme, über die man im Parlament erbittert gestritten hat, die aber angesichts der Dürre dennoch durchgesetzt wurde, ganz nach dem Motto: Was muss, das muss. Es gibt also keinen Grund, warum ein Gefreiter heutzutage nicht Vergil kennen sollte, zumal Junge vermutlich direkt von der Uni kommt. Aber ich bin berechnend geworden und sehe in ihm nicht nur einen denkbaren Gesprächspartner, sondern auch eine mögliche Informationsquelle. Im Moment jedoch bin ich ganz von der Erwartung des Briefes erfüllt, will ihn einerseits sofort aufreißen und habe andererseits das Bedürfnis, den Augenblick gebührend auszukosten.

Der Brief stammt von einem gewissen Reverend Hugh Casey aus Middle Sidding, der mir schreibt, dass er von der Gefängnisverwaltung bezüglich meines Wunsches kontaktiert worden sei, einen

Priester zu sprechen. Es sei ihm eine Freude, mich am Ort meines Hausarrests zu besuchen.

Der Brief ist nicht von Angie. Nicht von Mark. Nicht von Amelia. Die Enttäuschung ist wie ein Schlag in den Magen.

»Das sind doch gute Neuigkeiten, oder? Dieser Kirchentyp kommt schon am Sonntag.«

»Diesen Sonntag?« Keiner, nicht einmal Junge, soll merken, dass ich jedes Zeitgefühl verloren habe.

»Ja. Also übermorgen. Wird 'ne ziemliche Sache für uns alle. Vielleicht sollten wir eine Party schmeißen.« Junge schnipst mit den Fingern und groovt nach Reggae-Art durch die Küche. »Red red wine …«, singt er mit schmachtender Stimme. Er scheint einer jener Menschen zu sein, die es nicht ertragen können, wenn jemand unglücklich ist. Also versucht er mich aufzuheitern. Ich ringe mir ein Lächeln ab, weil er mir leidtut: Hier stationiert zu sein ist sicher nicht leicht.

Die Quelle muss ein langweiliger Einsatzort für drei junge Männer sein. Auch wenn ihre Mütter bestimmt froh darüber sind, dass sie wohlbehalten und mit fließendem Wasser in der Provinz sitzen und lediglich auf ein paar Felder und eine verrückte Alte aufpassen müssen. Alles ist besser, als Wachdienst zu schieben, Gummigeschosse auf Demonstranten abzufeuern oder die Protestzüge in Schach zu halten, die bestimmt weitergegangen sind – mit all den Engagierten und Verrückten, die in London durch das Regierungsviertel marschieren, ihren Durst hinausschreien und lautstark nach Regen verlangen. Auf meiner Station in der Anstalt plärrten rund um die Uhr Nachrichten aus dem Fernseher, der im Aufenthaltsraum viel zu hoch an der Wand hing: Bilder von Soldaten, die Staubecken, Seen in Cumbria oder Baustellen bewachten, auf denen die ersten Wasserentsalzungsanlagen entstehen sollten, Aufnahmen von Helikoptern, die über dem ganzen Land kreisten und verbotene Aktivitäten am Boden aufspürten – eine alte Frau mit einem Wassereimer, einen schwarzen Jugendlichen mit einem Gartenschlauch, eine Gruppe Männer, die eine illegale Pumpvorrichtung bauten, um eine nicht genehmigte Fabrik mit Wasser zu versorgen. Solche Jobs sind sicher deutlich riskanter als der meiner Bewacher. Hier laufen sie lediglich Gefahr, Einblicke in ihre eigenen ausgedörrten Seelen zu erhalten, und so etwas hat Müttern noch nie schlaflose Nächte bereitet.

Weil ich dringend etwas gegen den bitteren Geschmack der Einsamkeit auf meiner Zunge unternehmen muss, hebe ich fragend eine Teetasse, und er nickt. »Gerne.«

Vielleicht hilft Smalltalk. »Sie langweilen sich bestimmt hier in der Einöde«, sage ich.

»Unsere Aufgaben sind nicht gerade spannend«, räumt er ein. »Aber der Ort an sich, also langweilig kann man den nun wirklich nicht nennen. Wissenschaftlich betrachtet, meine ich.«

»Wieso wissenschaftlich?«

»Wir wurden für diesen Posten ausgewählt, weil alle irgendeinen naturwissenschaftlichen Hochschulabschluss haben. Typisch Militär. Die denken: Oh, der hat ein Diplom in Teilchenphysik, also kann er bestimmt auch einen Niederschlagsmesser bedienen. Dabei hat es noch gar nicht geregnet, seit wir hier sind.«

»Und? Trifft es zu? Haben Sie ein Diplom in Teilchenphysik?«

»Nein, aber in Geographie. Sie suchten Naturwissenschaftler, und als sie dann einen ganzen Haufen von uns beisammenhatten, haben sie diejenigen herausgepickt, die sich nicht für den aktiven Dienst eigneten. Das waren wir drei. Der Blinde, der Taube und der Stumme.«

»Und welcher sind Sie?«

»Der Blinde. Ohne Brille sehe ich so gut wie nichts. Adrian – oder Sogleich, wie Sie den Armen nennen – hat Asthma. Wobei es heutzutage schwer sein dürfte, jemanden zu finden, der kein Asthma hat. Bei dem ganzen Staub.«

»Sein Übergewicht ist sicher auch nicht von Vorteil«, füge ich hinzu. »Dann ist Drei also der Stumme.«

Junge blickt zur Seite. »Wohl kaum. Er war uns wie bei allem einen Schritt voraus und hat sich freiwillig zum Dienst gemeldet. Als er uns erzählte, er sei als Reservist bereits bei Demonstrationen eingesetzt worden, antwortete ich ihm, dass ich damals vermutlich auf der Gegenseite marschiert sei.«

»Wofür oder wogegen haben Sie denn demonstriert? Doch hoffentlich nicht für meine Freilassung?«

»Nein, da muss ich passen. Ich bin nicht religiös. Für andere Dinge. Menschenrechte hauptsächlich. Ich bin nämlich der Ansicht, dass es möglich sein muss, Katastrophen wie die derzeitige Dürre zu meistern, ohne den Menschen sämtliche Bürgerrechte zu nehmen. Für den Naturschutz habe ich natürlich auch demonstriert, gegen den Raubbau, der das Weltklima zerstört. Zerstört *hat* – Vergangenheitsform. Ich habe nicht umsonst Geographie studiert.« Er wirft einen Blick Richtung Kamera. »Obwohl ich zugeben muss, dass ich einen Großteil meiner Studienzeit mit Fußball und Bier verplempert habe.«

Wie gern hätte ich einen Sohn wie ihn gehabt. Ich drehe mich weg und gieße den Rest meines Tees in den Ausguss.

6

ICH SITZE an der Steinmauer am hinteren Ende des Hauses und warte darauf, dass die Frühlingssonne ein wenig Farbe auf mein bleiches Häftlingsgesicht zaubert. Mein Herz schlägt schneller in Erwartung des Besuches, den ich heute empfangen werde, und ich zähle halb hoffend, halb bangend die Minuten. Dann sehe ich am Ende unserer Auffahrt eine schwerfällige schwarze Gestalt aus dem Dunst auftauchen. Für einen kurzen Moment denke ich, dass eine Schwarzbunte ausgebrochen ist, bis mir einfällt, dass es in der Gegend schon lange keine Kühe mehr gibt. Einige Sekunden später verwandelt sich die Kuh in einen Mann im schwarzen Anzug, der einen schwarzen Hut und einen sich bauschenden schwarzen Regenmantel trägt und eine weiße Plastiktüte in der Hand hält. Es handelt sich offenbar um den einzigen Menschen in ganz England, der noch einen Regenmantel besitzt. Der Mann humpelt leicht und kommt nur langsam voran. Wie die meisten Besucher bleibt er stehen, als er den höchsten Punkt des Hügels erreicht hat, und sieht sich um. Er verharrt jedoch länger als die anderen und setzt sich für einige Minuten auf den aufgeschütteten Wall unterhalb der Turbine, bevor er sich mühsam wieder erhebt, sich die Hose abklopft, nach seiner Tüte greift und den Weg zum Haus fortsetzt. Mein Priester ist da. Reverend Hugh Casey betritt die Bühne.

Ein weiterer religiöser Typ, der mich für sich einnehmen will, noch dazu ein männlicher – das ist weiß Gott das Letzte, was ich brauchen kann. Ich weiß, dass dieses Misstrauen gegenüber Männern noch von Amelia und ihren Schwestern herrührt. Das muss ich mir schleunigst abgewöhnen. Auf dem Weg zurück ins Haus pflücke ich ein paar Narzissen aus den wild wuchernden Gräsern am Wegesrand, arrangiere sie nachlässig in einer Milchkanne, die ohnehin nicht mehr gebraucht wird, und stelle sie auf den Tisch. So etwas habe ich seit meiner Rückkehr nicht mehr getan, aber heute spiele ich die Gastgeberin.

Junge kündigt die Ankunft des Priesters wie ein Oberkellner an: »Darf ich vorstellen, Ruth: Reverend Hugh Casey. Kommen Sie doch rein, Hochwürden.«

»Nein, nein, ich warte, bis die Dame des Hauses mich hereinbittet.«

Es ist eine höfliche, kultivierte Stimme mit einem leichten irischen Akzent. Der Körper, der ihr folgt, ist ausladend, das dazugehörige Gesicht gerötet. Ob es am anstrengenden Aufstieg liegt oder an der Verlegenheit des Mannes, vermag ich nicht zu sagen. Ich schlüpfe in meine Rolle und begrüße ihn. Er nimmt meine magere Hand in seine zwei warmen Hände und hält sie ein wenig länger fest, als mir lieb ist. In der Küche stellt er sich erneut mit Namen vor, zieht Mantel und Hut aus und hängt sie über die Stuhllehne.

»Tut mir leid, wenn Sie den hiesigen Pfarrer erwartet haben. Man hat mich für diese Sache extra aus dem Ruhestand ausgegraben. Vermutlich, weil ich in der Nähe wohne und vor vielen Jahren Seelsorger in einem Militärkrankenhaus war. Das garantiert natürlich für gar nichts, aber so scheinen die nun einmal zu denken.«

»Trotzdem vielen Dank, dass Sie gekommen sind.« Ich biete ihm eine Tasse Tee an.

»Ah, sehr gut. Da kann ich mich gleich nützlich machen«, sagt er und wühlt in seiner Plastiktüte herum. Er zieht erwartungsgemäß eine Bibel daraus hervor, eine kleine Holzkiste mit einem Kreuz darauf, die – wie er sagt – das heilige Sakrament enthält, sowie eine kleine Flasche. »Wasser haben Sie selbst, wie ich gehört habe«, erklärt er. »Und ich kann die Milch beisteuern.«

In seinem Fläschchen ist echte Milch, Milch, wie wir sie als Kinder in großen, gierigen Schlucken getrunken haben, Milch, die uns am Lagerfeuer als Kakao gewärmt hat. Ihr Duft löst Erinnerungen aus, die mich trunken machen.

»Ich habe nämlich eine eigene Kuh«, sagt der Priester stolz. »Eine Jersey-Kuh. Sie heißt Annalisa.«

Als Kind musste ich an Weihnachten in der Kirche immer kichern, und irgendetwas an diesem Geistlichen in meiner Küche lässt mich in dieses kindliche Muster zurückfallen. Vielleicht ist es aber auch nur Hysterie. Ich beuge mich rasch über die Besteckschublade und tue so, als müsste ich geräuschvoll nach einem Löffel suchen.

»Annalisa würde Ihnen sicher gefallen. Sie ist außerordentlich hübsch. Ich muss zugeben, dass sie die Liebe meines Lebens ist.«

»Und Sie durften sie einfach so behalten?« Jetzt suche ich wirklich etwas, nämlich den Zucker. Ich kenne mich zwar nicht aus mit Gottesmännern, aber dieser Priester sieht aus, als würde er seinen Tee mit Zucker trinken – viel Zucker.

»Sollen sie doch versuchen, sie mir wegzunehmen, habe ich gesagt. Na ja, wenn ich ehrlich bin, habe ich meinen Trumpf als Mann der Kirche ausgespielt und erklärt, dass der Dorfpfarrer von alters her eine Kuh auf der Gemeindewiese grasen lassen dürfe. Ich habe damit gedroht, mit meiner Beschwerde bis zum Oberhaus zu gehen, wenn man versuchen sollte, sie mir wegzunehmen. Und was soll ich sagen? Gott scheint von den Notstandsgesetzen ausgenommen zu sein. Es wäre wohl auch ein fürchterliches Ärgernis geworden, wenn ich mich quergelegt hätte, also haben sie letztendlich von mir abgelassen, wie es übrigens die meisten Tyrannen irgendwann tun.«

So interessant seine Ausführungen auch sind, nichts soll mich vom Genuss meines Tees mit echter Milch ablenken. Also sitzen wir zusammen am Tisch und trinken schweigend wie echte Teekenner.

Genau wie gedacht, löffelt er einen Berg Zucker in seine Tasse, während er sich neugierig in der Küche umsieht. Vielleicht hält er Ausschau nach einem Porzellanteller mit kreisförmig drapierten Gurkenkanapees und Schokoladenkeksen, denn er ist nicht nur alt, sondern auch altmodisch, ein lebender Anachronismus. Oder ist womöglich auch er nicht das, was er auf den ersten Blick zu sein scheint? Ich nehme den Gesprächsfaden von vorhin wieder auf.

»Ich hätte nicht gedacht, dass man damit durchkommt. Merkwürdig, dass mich niemand auf die Idee gebracht hat, die Quelle mit den gleichen Argumenten zu verteidigen. Schließlich war dieses Grundstück zur Zeit meiner Verhaftung so etwas wie ein Wallfahrtsort.«

»Das ist nicht dasselbe, meine Liebe. Nicht, wenn es nach denen geht. Gott bewahre, dass nun jeder anfängt, nach dem ewigen Leben zu streben, und dann auch noch außerhalb der englischen Staatskirche! Wie wäre es, führen Sie mich ein wenig herum?«

Nachdem ich ihm die Einschränkungen aufgrund meines Hausarrests erklärt habe, brechen wir auf und gehen durch das Tor hinterm Haus. »Hier haben Sie sicher die Narzissen gepflückt«, sagt er. »Es kommt mir wie ein Wunder vor, heutzutage noch eine Vase mit echten Blumen auf einem Küchentisch zu sehen!« Wir schlendern durch den knospenden Obstgarten und dann weiter zum ersten Feld. Er entschuldigt sich dafür, dass er immer wieder Gott lobt, als wäre zum zweiten Mal in diesem Jahr Ostern. »Aber Sie verstehen doch sicher, was für ein Wunder das alles für mich ist: das Grün des Grases und diese zartrosa Färbung, wenn die Bäume blühen!«

Als er sich ein wenig beruhigt hat, durchqueren wir langsam Seite an Seite das erste Feld und sprechen offen über alles Mögliche. Wir unterhalten uns über verschiedene Tomatensorten, über den Staub, der den Rest des Landes heimsucht, über das Heilige Land und über Wasser. Beide waren wir als Kinder vor der Küste Exmoors schwimmen, wo die Kiesel sich mit den Wellen verbünden und versuchen, einen heimtückisch unter Wasser zu ziehen. Er erzählt mir von seinen Erfahrungen als Kriegsgefangener, und wir sind uns einig, dass innere Freiheit sich nicht durch Stacheldraht und Suchscheinwerfer aufhalten lässt. Schließlich bleiben wir – was vielleicht unvermeidlich ist – an einer Stelle stehen, von der aus man auf das Wäldchen am Teich hinunterblickt. Er fragt, ob das der Ort sei, an dem alles passiert ist, und ich antworte: »Ja, das ist der Ort, aber ich gehe nicht mehr dorthin.« Er erkundigt sich, ob es mich störe, wenn er bete, und schließt dann die Augen und senkt den Kopf. Sein Gebet ist stumm; meins ist in die welken, trockenen Blätter geschrieben, die verborgen hinter dichten Bäumen auf dem Wasser des Teichs treiben. Ich weiß es zu schätzen, dass er keine Fragen stellt und auch keine Antworten anbietet. Als wir auf dem Rückweg den Hang zum Haus hinaufgehen, wird mir bewusst, dass es – so ausgezehrt und untrainiert ich bin – für ihn mit seinem Übergewicht noch anstrengender ist. Sein Gesicht läuft dunkelviolett an. Ich bin zwar keine Ärztin, aber es fällt nicht schwer, ihm Bluthochdruck zu attestieren und Mutmaßungen über die Ursachen anzustellen: Bestimmt hat er jahrzehntelang zu viel dicken Rahm auf zu viel Teegebäck geschmiert, weil es unhöflich gewesen wäre, abzulehnen.

»Es hat mich überrascht, dass Sie einen Priester sprechen wollten«, schnauft er. »Nach der ganzen Geschichte mit den Schwestern der Rose von Jericho. Wie hieß noch einmal die Anführerin? Schwester Amelia, nicht wahr? Haben Sie seither nicht genug von Religion?«

Seine Frage erinnert mich daran, dass ich mir eigentlich vorgenommen hatte, ihn nicht zu mögen. »Ich habe mir Besuch gewünscht«, erkläre ich.

»Egal, was für einen?«

»Es ist nicht so, dass ich besonders viel Auswahl hätte. Und Sie waren der einzige Besuch, den sie mir nicht verweigern konnten.«

»Es gibt also keinen anderen Grund für Ihre Bitte um einen Priester?«

Ich zögere und beschließe, sparsam mit der Wahrheit umzugehen. »Ich fühle mich verfolgt«, sage ich. »Und ich dachte, dass Sie vielleicht Antworten für mich hätten.«

»Wer verfolgt Sie?«

»Das kommt immer darauf an, wo ich mich gerade aufhalte und was ich tue. Da wären zum einen die Geister der Schwestern, die mir keine Ruhe lassen. Und natürlich die …« Ich unterbreche mich; die anderen werde ich ihm nicht nennen. »Die übrigen Geister. Sie haben die Geschichte ja sicher gehört.« Am höchsten Punkt bleiben wir stehen und blicken über die Felder auf die ockerfarbenen Hügel, die sich dahinter erstrecken. Dann fahre ich fort: »Hier, an diesem Ort, sucht mich beispielsweise regelmäßig der Geist eines Bauern heim, der unser Nachbar war. Tom. Als wir hierhergezogen sind, war er unsere Rettung. Ich weiß nicht, was wir ohne ihn getan hätten. Er hat uns bei allem geholfen, auch bei den ganz alltäglichen Dingen. Es mag komisch klingen, aber für uns war es beinahe ein Schock, wie freundlich und hilfsbereit er war. Nach allem, was wir vorher erlebt hatten, erschien er uns zu gut, um wahr zu sein.«

Das mehrmals geflickte Wellblechdach von Toms altem Melkstand ist von hier aus sichtbar, es reflektiert die Nachmittagssonne. Katzengold.

»Wenn ich hier sitze, sehe ich ihn manchmal die Hecken abgehen und nach den Lämmern schauen. Er hatte die Angewohnheit, Pressengarn um die Torpfosten zu wickeln und mit einem Spezialknoten zu befestigen. Diese orangefarbenen Schnüre hängen dort seit einer Ewigkeit, wie die grellbunten Blumen, die die Leute nach Unfällen an Laternenmasten binden. Dann denke ich jedes Mal, dass er zu mir kommt, um mit mir zu plaudern, aber er blickt durch mich hindurch und geht einfach weiter. Meine einzigen Besucher sind die Geister.«

»Die Bauern hat es schlimm erwischt in den letzten Jahren«, sagt der Priester bestätigend, doch ich höre ihm nicht zu. Ich bin gleichzeitig Geschichtenerzählerin und Publikum.

»Wir haben versucht, den Taylors zu helfen. Bevor wir dieses Haus gekauft haben, hatten sie einen Teil unseres Landes gepachtet, müssen Sie wissen. Nachdem es immer trockener wurde, haben wir angeboten, Wasserrohre vom Quellteich hinunter zu Toms und Martins Höfen zu legen, aber da war ihr Misstrauen uns gegenüber bereits zu groß. Sie wollten wissen, was wir davon hätten; außerdem hätten wir gar keine Einspeisungslizenz. Mark wollte keine beantragen, weil er sich von Anfang an gegen die Idee mit den Wasserrohren gesträubt hat. Und so ist das Ganze im Sande verlaufen.«

»Sie haben sicher getan, was Sie konnten.«

»Aber es war nicht genug. Eines Abends nach dem Essen, während seine Frau in der Küche den Abwasch machte und sich die unbezahlten Rechnungen auf der Anrichte stapelten, tauschte Tom die Hausschuhe gegen seine Arbeitsstiefel, die Strickjacke gegen sein Tweed-Sakko und zog die Mütze auf, die er sonst nur an Markttagen trug. Dann schlüpfte er unbemerkt aus dem Haus, überquerte den Hof und ging in die Scheune. Das Tor verkeilte er hinter sich mit zwei Zwanzigkilosäcken Hühnerfutter. Ich glaube, das hat er getan, damit ihn nur ein Mann in der Scheune finden konnte und nicht seine Frau. Meinen Sie nicht auch?«

Reverend Casey hebt die Arme und dreht die leeren Handflächen nach oben. Er äußert weder seine Meinung, noch beantwortet er meine Fragen. »Ich denke, ich weiß jetzt, wo diese Geschichte hinführt. Sie müssen das nicht tun, Ruth.« Er streckt die Hand aus, als wollte er mich berühren, aber ich weiche zurück, und er lässt sie wieder sinken. Er irrt sich. Ich muss das sehr wohl tun.

»Das Seil, das er um den Eichenbalken geschlungen und dann an der Lenkstange des Quads befestigt hatte, war nagelneu. Das Quad war noch lange nicht abbezahlt. Stellen Sie sich vor, wie er auf einen ausrangierten Stuhl steigt, sich an der kaputten Lehne festhält, bis er die Balance gefunden hat, und sich langsam aufrichtet, wie ein Seiltänzer. Wie er sich das Ende des Seils schnappt, um es in eine

Schlinge zu legen und zu verknoten. Er kannte sich aus mit Knoten, das habe ich bereits erwähnt, nicht wahr? Als man ihn fand, hatte er die Mütze noch auf. Das wäre ihm wichtig gewesen.«

»Die Selbstmordrate unter Landwirten ist dramatisch in die Höhe geschnellt. Gott hab ihn selig.«

Der Priester bekreuzigt sich, und wir setzen uns schweigend ins Gras. Ich habe großen Respekt vor Menschen, die schweigen können. Zwei Beerdigungen habe ich in der Little Lennisford Church besucht. Toms Trauerfeier war die erste. Sie war nicht so schlimm wie die zweite, aber leicht war auch sie nicht. Bei beiden Beerdigungen gingen Trauer und Schuld Hand in Hand.

Schließlich stellt das Publikum doch noch eine Frage. »Warum erzählen Sie mir das alles? Dachten Sie, ich wäre ein Exorzist?«

»Dafür ist es ohnehin zu spät. Vielleicht wenn Sie, oder jemand wie Sie, früher gekommen wäre … Aber Sie waren leider nicht da, als ich auf dieses ganze religiöse Zeug hereingefallen bin. Und jetzt ist es zu spät.« Ich stehe auf. Er braucht länger, bis er sich mühsam erhoben hat, und ich fühle mich einerseits verpflichtet, ihm aufzuhelfen, und will andererseits zusehen, wie er sich quält.

»Es ist also unsere Schuld?«, fragt er, als er endlich neben mir steht.

»Wessen?«

»Die Schuld derjenigen, die nicht da waren, als es darauf ankam?«

Ich trete gegen einen Maulwurfshügel, ohne ihm zu antworten.

Er fährt fort: »Gott war da, irgendwo. Für Sie. Für Tom. Es ist nie zu spät, den Geistern die Stirn zu bieten.« Er bemüht sich, mit mir Schritt zu halten, und ist völlig außer Atem, als wir das Tor erreichen. »Ich bitte Sie! Sie haben doch nicht ernsthaft erwartet, dass Sie einen Priester zum Tee einladen können, ohne dass er Ihnen eine Predigt hält!«

»Ich habe mir irgendwann angewöhnt, das Predigen selbst zu übernehmen«, erwidere ich. »Vermutlich war ich darin auch nicht schlechter als jeder andere Scharlatan. Denn darauf läuft es doch letztlich hinaus, nicht wahr? Ein bisschen Hokuspokus hier, ein wenig Blendwerk dort. Im Übrigen bin ich nicht mehr am Sinn des Lebens interessiert. Mich interessiert nur eine einzige Frage, nur eine einzige Wahrheit, nach der ich suche. Sonst nichts.«

»Nicht zu wissen, wer Ihren Enkel umgebracht hat, ist etwas sehr Schlimmes. Ich kann mir vorstellen, wie schmerzhaft das für sie ist«, sagt er.

Drei wartet auf uns und blickt demonstrativ auf die Uhr. »Ihr Passierschein ist nur bis siebzehn Uhr gültig«, lässt er den Priester wissen.

Der Reverend lächelt gütig. »Allein der Herr weiß, wann unsere Zeit abgelaufen ist.«

Zwischen Kirche und Militär steht es damit eins zu null. Ich gebe es nicht gern zu, aber Reverend Caseys Esprit gefällt mir.

»Natürlich habe ich nicht vor, länger zu bleiben, als ich willkommen bin, oder gar meinen nächsten Besuch zu gefährden, daher mache ich mich jetzt auf den Weg. Könnte ich noch einen Moment allein mit meinem Schützling sprechen?« Der Reverend lässt zu, dass sich das Schweigen ausbreitet, und Drei beugt sich dem Druck und zieht sich zurück. »Was das Abendmahl angeht …«

Ich schiebe meine Hände in die Taschen. »Sie haben sich doch mittlerweile sicher zusammengereimt, dass ich nicht wirklich …«

»Das dachte ich mir.« Reverend Casey geht hinein, und ich kann durch das Küchenfenster sehen, wie er die Plastiktüte, die Bibel, das Kästchen und die Flasche zusammensucht, während Drei und ich in einigem Abstand voneinander schweigend auf ihn warten. Der Priester kommt wieder heraus und lächelt dem Soldaten wohlwollend zu. »Ruth und ich haben heute eine ganz besondere Zeit miteinander verbracht.« Er sieht mich an und hebt fragend eine Augenbraue.

Es scheint, als hätte ich die Wahl. Ein ungewohntes Gefühl. Ich brauche nicht lange, bis ich meine Entscheidung getroffen habe. Von allem anderen einmal abgesehen, glaube ich, dass sich dieser freundliche alte Priester leicht manipulieren lässt und mir noch nützlich sein könnte. »Vielen Dank, Reverend«, sage ich laut. »Ich freue mich schon, Sie nächste Woche wiederzusehen.«

»Aber dann müssen Sie mich Hugh nennen. Ich werde hier sein, nächste Woche zur gleichen Zeit. Gott segne Sie beide.«

Der Reverend – beziehungsweise Hugh, wie ich ihn von jetzt an nennen soll – tritt langsam den Fußmarsch zurück zur Straße an. Auf dem höchsten Punkt des Weges bleibt er stehen, und ich bilde mir ein, dass er sich mit der rechten Hand bekreuzigt, aber vielleicht rückt er sich auch nur den Hut gerade.

»Ein sehr heiliger Mann«, sage ich zu Drei.

»Keine Ahnung. Damit kenne ich mich nicht aus«, antwortet Drei.

Ich mich auch nicht.

Das Haus und der Garten fühlen sich anders an, Anspannung liegt in der Luft. Keiner von uns ist an Besuch gewöhnt. Im letzten Licht gehe ich durch meinen Garten und erobere ihn zurück, überrascht, wie sehr mich der Kontakt mit einem anderen menschlichen Wesen verwirrt hat. Mit einem hat Hugh recht gehabt: Ich muss den Geistern die Stirn bieten. Also drehe ich mich um und gehe ins Haus, aber es dauert lange, bis ich mich die Treppe hinaufwage. Auf dem Treppenabsatz angekommen, starre ich auf die geschlossene Tür, die mich von Luciens Zimmer trennt, und spitze angestrengt die Ohren, um jenseits der Stille etwas wahrzunehmen. Mein Daumen liegt am Schnappriegel der Tür, und meine Finger schließen sich um den schwarzen Metallgriff. Ich drücke den Riegel und lasse ihn wieder los, öffne die Tür zwei bis drei Zentimeter, gerade weit genug, um zu sehen, ob das Nachtlicht brennt. Ohne den Raum zu betreten, schiebe ich meine Hand am Türrahmen vorbei und taste nach dem Lichtschalter. Dann gehe ich zum ersten Mal, seit ich wieder hier bin, in das Zimmer. Es ist fast leer – bis auf den schwarzen Plastikbeutel mit Luciens Sachen, den uns die Polizei zurückgegeben hat. Ich werde ihn niemals aufknoten können. Die Matratze auf dem Bett liegt mürrisch und hässlich da, kein Laken, kein Federbett, kein Kissen als Zierde. Kein Kopf auf dem Kissen. Kein Haar auf dem Kopf. Keine geschnitzte Holzrose an einem Lederband um seinen Hals. *Nicht zu wissen, wer Ihren Enkel ermordet hat, ist etwas sehr Schlimmes.* Wenn ich doch nur die hölzerne Rose finden könnte, dann wäre ich der Wahrheit vielleicht ein Stück näher.

Ich schiebe die Nachttischlampe zur Seite, als könnte die Kette mit der Rose einfach nur dahintergerutscht sein, so wie manchmal Münzen in Sofaritzen verschwinden oder Ohrringe zwischen Bodendielen fallen, aber da ist nichts. Natürlich nicht. Ich lege mich auf den Bauch und quetsche meine abgekauten Fingernägel in die Lücken des Parketts, liege mit dem Gesicht nach unten da und schlucke Staub, spähe in die Dunkelheit unter dem Bett. Dann krabble ich auf den Knien um das Bett herum und schiebe es von der Wand weg, eine Spinne flüchtet von der Sockelleiste. Die kleine, aus Holz geschnitzte Rose ist also nicht in diesem Zimmer, nicht hier, doch irgendwo muss sie sein, und wenn ich sie finde, finde ich als Nächstes die Wahrheit. Im Badezimmer haben meine Wärter den Medizinschrank geleert und alle Putzmittel weggeschlossen, aber ich kann immer noch den Teppich zerfetzen und die Spanplatten herunterreißen, hinter denen die Rohre versteckt sind, wobei ich mir den Arm an den Schrauben aufschneide, die aus dem Putz ragen. Im Erdgeschoss kann ich die Gardinen von der Stange zerren, und genau das tue ich; ich kann den Kohlestaub aus dem Eimer leeren, damit das Wohnzimmer ebenfalls Trauer trägt, und genau das tue ich; ich kann die ausgeräumten Schubladen aus der Anrichte ziehen und die Seiten von der Front lösen, den Boden von den Seiten und den Messinggriff von der Front, und genau das tue ich. Ich muss es tun, denn irgendwo ist die kleine hölzerne Rose, die mein Enkel getragen hat und die nie gefunden wurde. Wenn ich sie finden könnte, wenn ich sie doch nur finden könnte ... Nichts wird mich davon abhalten, zu suchen, nichts, nichts, nichts.

»Sind Sie ansprechbar, Ruth?«

Da sind Männer auf meinen zerbrechlichen Armen, auf meinen abgemagerten Beinen, das Gewicht von Männern lastet auf mir. Schwester Amelia hat mich vor ihrem Gewicht gewarnt, das einen niederdrückt, bis man keine Luft mehr bekommt. Jemand bietet mir aus einem kleinen Pappbecher etwas zu trinken an, und in dem Moment, in dem die Flüssigkeit meine Zunge einschläfert, weiß ich, dass es Gift ist.

7

SCHLAF ist eine heimtückische Bestie. Sie schleicht um mein Bett wie ein kranker Hund, dessen übelriechender Atem die Luft erfüllt. Für das, was ich möglicherweise getan habe, könnte es viele Erklärungen geben. Es ist nichts Ungewöhnliches, dass sich Menschen nicht mehr an die abscheulichen Dinge erinnern können, die ihrem eigenen Verstand entsprungen sind und die sie mit ihren eigenen Händen verübt haben – selbst wenn sie dabei hellwach waren. Dann wären da noch diejenigen, die schreckliche Dinge tun, während sie schlafen. Außerdem hat es im Laufe der Geschichte immer wieder Menschen gegeben, die in einem Zustand zwischen Wachen und Schlafen, in einer Halbwelt, die von Wissenschaftlern noch nicht erforscht ist, Großes vollbracht haben, im Guten wie im Schlechten. Ein neues grammatikalisches Konstrukt, das mir bisher noch nicht in den Sinn gekommen ist: *Was passiert sein muss.*

In meinen Oberschenkel ist die Rose eingebrannt. Eines Nachts während jener letzten Tage muss ich mich über den Herd gebeugt und das Metall erhitzt haben, bis es weiß war, muss es mit einem Ofenhandschuh festgehalten und in mein Fleisch gedrückt haben, muss die Verbrennungen gerochen, die Millionen Nadeln gespürt haben, die mich durchbohrten. Schwester Amelia hat das Brandmal am nächsten Morgen gesegnet und mit Honig bestrichen, daran erinnere ich mich noch. Es ist unwiderruflich da, dieses Mal, ich fühle seine unregelmäßige Zeichnung unter meinen Fingern. Es erinnert mich daran, wie viel Schmerz ich zu ertragen imstande war und in einem ekstatischen Moment der Selbstvergessenheit vielleicht auch einem anderen zugefügt habe.

Den psychologischen Gutachten zufolge ist es unwahrscheinlich, dass ich zu jenen Menschen zähle, die im Schlaf zu entsetzlichen Untaten in der Lage sind. Dennoch halten einige diese Möglichkeit noch immer für eine eventuelle Antwort auf das Rätsel um Luciens Tod, mich eingeschlossen. Die Presse stürzte sich natürlich mit Begeisterung darauf.

»Wurde die Heilige schlafwandelnd zur Mörderin?«

»War es ein visionärer Tod?«

Diese Erklärung werde ich erst ausschließen können, wenn sich jemand anders als schuldig erweist, und bis dahin wird meine Schlaflosigkeit andauern. Wenn ich doch einmal einschlafe - normalerweise im Morgengrauen, als verschwände mit der Dunkelheit auch die Gefahr zerstörerischer Taten –, träume ich von Fußspuren, die ins Schilf führen, von einem gusseisernen Reiher, der am gegenüberliegenden Ufer des Teichs steht und mich anstarrt. Ich bin eine Gefangene der Regierung; wenn ich nicht auch noch zur Gefangenen meiner selbst werden will, muss ich zum Teich zurück, zum Ursprung der Quelle.

Das Gras auf dem ersten Feld wird allmählich schütter, die Disteln zerkratzen meine Fußknöchel, und ich spüre die Kieselsteine durch die Sohlen meiner Schuhe. Wir dachten immer, der Grundwasserspiegel liege hier besonders hoch, aber wenn die Dürre im Rest des Landes eines bewiesen hat, dann, dass das nicht immer so bleiben wird. Auf dem leeren Feld herrscht eine eigenartige Stille. Von meinen Bewachern weiß ich, dass die Regierung »den verbliebenen Viehbestand entsorgt hat«. Damit meinen sie meine lammlosen Mutterschafe, die traumatisierten Hühner, Marks verwilderte Ferkel. Entsorgt. Erschossen. Seit Hunderten von Jahren grasen Schafe auf diesen Weiden und Kühe mit prall gefüllten Eutern, raschelt der

Wind durch die Gerste auf den Feldern. Und nun liegt alles brach, wenn man von den streng bewachten, technisch-sterilen Streifen landwirtschaftlicher Erzeugnisse absieht – und das tue ich. Auf dem höchsten Punkt des Hügels angekommen, bleibe ich stehen. Die Geschichte des Flusses Lenn ist der Landschaft eingeschrieben, die vor mir liegt: die nahe der Brücke erbaute Kirche, deren normannischer Turm jetzt, wo so viele dürregeschwächte Bäume den Stürmen zum Opfer gefallen sind, weithin sichtbar ist; die Steinhäuser, die sich an seinem Ufer aneinanderreihen; die Straße, die den Eisenbahnschienen folgt, die wiederum dem Fluss folgen, Spuren unserer industriellen Vergangenheit, die sich Richtung Wales schlängeln. Dann, im Norden, The Crag, ein rauer, zerklüfteter Felshügel, dessen kahler Bullenschädel über der lieblichen Tiefebene aufragt. Ich löse meinen Blick vom Horizont und schaue vor mir nieder auf den Fußweg, der den Abhang hinunterführt und jenseits des Zauns im Wald verschwindet, zwischen Brombeergestrüpp und den tief herabhängenden Ästen der knospenden Eschen, bis er schließlich den Quellteich erreicht.

Obwohl die Nachmittagssonnc schräg durch die Baumkronen scheint, sieht das Wasser des Teichs schwarz aus, und das Spiegelbild der umstehenden Bäume verschwimmt, wenn die Stockenten ihre Köpfe auf der Suche nach Nahrung in die immer zähflüssiger werdende schlammige Brühe tauchen. Schwester Amelia hätte die dreiste Vorherrschaft der männlichen Vögel, ihr Drangsalieren der gefügigen Weibchen bestimmt nicht gutgeheißen, schon gar nicht hier auf dieser Waldlichtung, ihrer Kapelle der Weiblichkeit. Es schimmert blau und gelb, als ein Eisvogel über den Teich fliegt und gleich darauf verschwunden ist. Dann ist wieder alles lautlos und still, nur hier und da unterbrochen vom vulgären Warngekrächze der Krähen in den Baumwipfeln. Der Pegel ist niedrig, und die alten, moosbewachsenen Steine liegen teilweise frei, aber ihre Färbung verrät noch, wo das Wasser normalerweise steht. Es heißt immer,

Materie habe ein Gedächtnis. Wenn das stimmt, müssen es traurige Steine sein. Ich nähere mich dem Teich, knie mich hin, tauche die Finger ins Wasser und spüre die Kälte. Ich schöpfe etwas Wasser, wasche mir das Gesicht, lasse die Tropfen in den Ausschnitt meines T-Shirts laufen und verfolge ihren Weg die Adern auf den Innenseiten meiner Arme hinab. Wenn ich in den dunklen Spiegel des Teichs starre, habe ich das Gefühl, sein Gesicht sehen zu können. Er scheint mir etwas mitteilen zu wollen.

Mit geschlossenen Augen gelingt es mir, das Schreckgespenst der Schwestern zu verscheuchen und zu beten. Nein, es ist kein Gebet, eher ein lautes Aussprechen von Dingen, die gesagt werden müssen, ohne dass ich erwarte, erhört zu werden oder eine Antwort zu erhalten. *Ich will wissen, wie er gestorben ist.*

Es gibt eine Zeit, Steine zu werfen, und eine Zeit, Steine zu sammeln. Ich suche mir auf dem staubtrockenen Waldboden drei flache Kiesel, schleudere den ersten und beobachte, wie das Wasser sich kräuselt und in perfekten Kreisen auf die Schilfrohre zustrebt, die gerade erst mit grellgrüner, frühlingshafter Zuversicht die Wasseroberfläche durchstoßen haben. Unter lautstarkem, empörtem Protest ergreifen die Enten die Flucht und erheben sich mit schwerfälligem Flügelschlag in die Luft.

Vielleicht waren es die Schwestern.

Ich werfe den nächsten Kiesel, dieses Mal mit mehr Wucht. Er landet seitlich versetzt und löst tanzende Wellen aus, die mit den Kräuseln des ersten Steins kollidieren und sich am dadurch entstehenden Chaos zu ergötzen scheinen.

Vielleicht war es Mark.

Der dritte Kiesel passt genau in meine Hand. Ich ziehe seine scharfe Kante quer über die dünne, durchscheinende Haut an meinem Handgelenk, bis sich eine rote Schwiele aufwölbt, aus der winzige Blutperlen austreten. Sie gerinnen, statt zu Boden zu tropfen.

Vielleicht war ich es.

Ich richte mich auf und schleudere den letzten Stein in den Teich. Wasser vergisst nichts. Die Schwärze sorgt dafür, dass mir schwindelig wird. Ich taste nach dem Baumstumpf, auf dem ich immer gesessen und meditiert habe, und bleibe auf ihm sitzen, bis ich einigermaßen die Balance wiedergefunden habe und bis die Enten erneut auf dem Wasser gelandet sind, als wäre nie etwas passiert. Als ich zurück zum Haus gehe, dreht der Wind auf Südwest und weht vom Horizont her, von Edward's Castle und Cadogan Top. Wolken brauen sich zusammen, und die breiten Sonnenstrahlen, die sie durchbrechen, werfen ihr grellgoldenes Strichmuster auf die Wälder jenseits des Tals.

Letzte Nacht habe ich geschlafen. Heute Morgen bin ich aufgewacht, und es hat geregnet. Gestern war ich am Ursprung der Quelle. Es hat geregnet. Alles hängt davon ab, wie man diese Sätze miteinander verknüpft. Für mich ist der Regen ein Zeichen dafür, dass die Quelle mir eines Tages ihre Antworten offenbaren wird. Für andere ist er die langersehnte Rechtfertigung für all das wissenschaftliche Equipment, das man hierhergebracht hat. Ein Konvoi kommt die Auffahrt hinabgerumpelt, Regierungsvertreter steigen aus und laufen mit ihren Sonden und elektronischen Messgeräten über die Felder, während die ebenfalls angereisten Presseleute ermuntert werden, Fotos von den angebauten Feldfrüchten zu schießen. Drei ist in seinem Element und weist die eintreffenden Fahrzeuge ein wie ein Chemielehrer die Eltern am Schulsporttag. Junge und Sogleich hüpfen unterdessen wie kleine Kinder in die Pfützen.

»Ist es so gewesen, bevor es auch hier aufgehört hat, zu regnen?«

»Ja«, antworte ich. »Kleine Regenschauer, die nur hier fielen, sonst nirgendwo – das war der Auslöser für alles.«

»Wussten Sie, dass es heute regnen würde? Wird es wieder regnen?«

Ich habe selbst eine Frage: Kann es auch regnen, ohne dass ich

Visionen habe und Stimmen höre? Das würde ich mir wirklich wünschen.

Noch ein Gefühl regt sich in mir, mit dem ich nicht gerechnet habe: Selbstgefälligkeit. Ihr dachtet, ihr würdet auf eine alte, größenwahnsinnige Spinnerin aufpassen. Tja, falsch gedacht, ihr Klugscheißer.

Es regnet, es regnet, die Erde wird nass. Und wenn's genug geregnet hat, dann wächst auch wieder Gras. Ich tanze wie eine Medizinfrau im Wohnzimmer herum.

Junge steckt den Kopf zur Tür herein und sieht mich verblüfft an, woraufhin ich lachend in den Sessel plumpse. »Ich habe ganz vergessen, Ihnen zu sagen, dass morgen Schichtwechsel ist«, verkündet er. »Wir haben immer einen Monat Dienst und dann eine Woche frei.«

Regen kommt. Duccombe brennt. Junge geht. Ich bleibe. Die Welt dreht sich. Ich schleiche davon und ziehe mich in mein Bett zurück, erneut außer Kontrolle.

Die Wachablösung ist eingetroffen, drei Ersatzleute, die sich sichtlich unwohl fühlen. Unter ihnen ist eine Frau, und ich weiß nicht recht, was ich davon halten soll. Ich beobachte sie durchs Fenster im ersten Stock, wobei mir auffällt, dass ihre Haare streng nach hinten gekämmt und unter der Mütze festgesteckt sind. Ihre Füße sehen in den Militärstiefeln genauso groß aus wie die der Männer. Sie ist sauertöpfisch und barsch, als sie ins Haus kommt, um die Batterien an meinen Fußfesseln zu kontrollieren, und ich bin erleichtert, dass sie auf meine Bemühungen um Smalltalk nur einsilbig reagiert. Ich hatte geglaubt, wieder bereit zu sein für etwas weibliche Gesellschaft, aber ich habe mich getäuscht. Alle drei Wärter bleiben in der Scheune, wenn sie frei haben, und halten sich während ihrer Dienste strikt an die Vorgaben, patrouillieren entlang der Grundstücksgrenzen, kontrollieren die Alarmvorrichtungen, inspizieren das Haus. Mir wird schmerzhaft bewusst, dass es nicht reicht, drei Soldaten um sich zu haben – ob sie nun männlich sind oder weiblich. Ich hatte einmal Freunde, eine Familie, Nachbarn; sogar Anhängerinnen hatte ich, verdammt, und das meine ich nicht einmal ironisch. Ich war ein Mensch, der von einem Netz aus Sozialkontakten umgeben war, doch das alles wurde mit einem einzigen Messerhieb durchtrennt, und jetzt sitze ich hier, ein lebendiger gordischer Knoten. Das Schlimmste ist, dass ich nicht weiß, ob wirklich noch niemand versucht hat, Kontakt zu mir aufzunehmen. Mein Misstrauen gegen meine Bewacher und das System, dem sie angehören, wächst. Irgendjemand dort draußen muss doch an mich denken!

Manchmal höre ich Menschen, einen Lastwagen, der auf der Straße zurücksetzt, eine Stimme, die Anweisungen ruft. Einmal habe ich Schüsse gehört und anschließend zwei Männer gesehen, die an der Hecke zwischen Great Nunton Lane und der alten Petersilienfarm entlanggingen. Sie trugen Gewehre bei sich und blieben immer wieder stehen, zielten und drückten ab. Krachend hallten ihre Schüsse durchs Tal. Ohne Treiber fliegen keine Vögel auf, daher weiß ich nicht, auf was sie Jagd machten. Heute habe ich im Dorf die Hochzeitsglocken läuten hören. Bei meiner eigenen Hochzeit haben keine Glocken geläutet, denn Mark und ich haben standesamtlich geheiratet, in einem lieblosen Raum mit einem CD-Player in der Ecke, der unser Lieblingsduett aus Porgy und Bess spielte. Auf Marks Schultern lastete damals nicht nur unser Ehegelübde, sondern auch die lebenslange Abwesenheit seiner Mutter. Während des anschließenden Empfangs hörte ich Marks Onkel zu meinem Vater sagen, er und seine Frau hätten immer geglaubt, dass Mark eines Tages ihren Hof übernehmen werde, weil er ihn als Kind so geliebt und alle seine Ferien dort verbracht habe. Er war sich allerdings mit meinem Vater einig, dass man als Bauer heutzutage kein Geld mehr verdiene und Mark als werdender Vater mit dem Anwaltsberuf besser dran sei. Bei diesem Gespräch standen die beiden vor dem Hotel, stampften mit den Füßen, um sich warm zu halten, und schnippten die rote Glut ihrer Zigaretten in den Schneematsch.

Es hat nämlich geschneit bei unserer Hochzeit, ein halbherziger Schneeschauer aus einem Himmel, der wirkte, als wolle er nur die Reste vom letzten Jahr loswerden. In diesem Moment wurde mir klar: Mark ließ mir zuliebe zu, dass alle seine Träume und Pläne in Weiß erstickten.

Das Läuten hallt weiter durchs Tal, aber selbst diese Melodie ist nicht stark genug, um mich zum Beten zu bewegen. Geburten, Trauungen, Todesfälle. Angie kam drei Monate nach unserer Hochzeit zur Welt, und drei Jahre später saßen wir in einem weiteren lieblosen Raum und erhielten die Bestätigung, dass Mark niemals eigene Kinder würde zeugen können. Kein Bauer sei, und auch ein Vater nicht, um es mit Shakespeare zu sagen. Marks Unfruchtbarkeit wurde im Laufe der Ermittlungen zu einer großen Sache aufgebauscht, als sei es wahrscheinlicher, dass man ein Kind misshandelte oder tötete, wenn man selbst keines haben konnte. Diese Theorie erschien mir damals mehr als lächerlich, aber was passiert mit einem Mann, der seine Träume begraben muss, nicht nur einmal oder zweimal, sondern immer und immer wieder?

Die Glocken sind verstummt, doch die Stille hält nicht lange an. Sie wird verdrängt vom allwöchentlichen Probealarm, den meine Ersatzwärter pflichtbewusst ausgelöst haben. Die heulende Sirene sorgt dafür, dass die Krähen krächzend von den Baumwipfeln auffliegen und aufgeregt ihre Kreise ziehen. Sogar die Vögel streiten sich um unsere Felder, die Rotkehlchen greifen die Heckenbraunellen an, die Saatkrähen zwicken die Bussarde mitten im Flug, aber kein Vogel kann es mit den Helikoptern aufnehmen. Ihre wummernden Propeller peitschen meine Erinnerungen wieder auf.

Die Hühnereier lagen vollkommen und warm in meinen kalten Händen. Wir hatten davon gesprochen, unseren ersten Jahrestag als Besitzer der Quelle gebührend zu begehen, doch inzwischen war uns nicht mehr nach Feiern zumute. Trotzdem plante ich ein ganz besonderes Abendessen mit einem Soufflé, ob als Überraschung für Mark oder als rettende Maßnahme für unsere Ehe, vermochte ich nicht zu sagen. Das Geräusch von Rotorblättern, die die Morgenluft durchschnitten, ließ mich nach oben blicken, wo ich einen über unserem Grundstück schwebenden Hubschrauber entdeckte, aus dem sich ein Mann mit Kamera beugte. Vor Schreck machte ich einen Satz und hielt mich am Pfosten der Wäscheleine fest. Dabei zerdrückte ich die Eier zwischen meinen Fingern, daran erinnere ich mich noch genau. Als ich kurz darauf in der Küche stand, um mir die Hände zu waschen und mit dem Küchenschwamm meine Hose zu säubern, kam Mark herein und knallte die Zeitung auf den Tisch.

»*Die Wunderquelle.* Sieh dir diese Schlagzeile an, Ruth, sieh sie dir an!«

Ich habe den Zeitungsausschnitt noch. Er sieht klein und unscheinbar aus, wie es bei bedeutsamen Dingen oft der Fall ist, wenn man sie mit zeitlichem Abstand betrachtet.

Wunderquelle?

Es handelt sich um ein aus der Luft aufgenommenes Farbfoto. Die Farbe war nötig, denn es ging offenbar darum, den Unterschied zwischen unserem Grundstück und der umliegenden Landschaft hervorzuheben. Das Land, in dem Milch und Honig fließen, als Kontrast zu Sodom und Gomorrha. Unser Haus befindet sich im Zentrum des Fotos, es wirkt etwas schief, und man sieht die Auffahrt, die sich zwischen den beiden obersten Feldern hindurchschlängelt. Das Gefälle der Straße ist von oben nicht zu erkennen. Der Land Rover parkt aus irgendeinem Grund neben dem Hühnerstall, was normalerweise nicht der Fall war. Ich weiß nicht, welche Umstände dies erforderlich gemacht hatten. Vielleicht hatten wir gerade neue Zaunpfosten ausgeladen, da in den vorausgegangenen Wochen viele Hennen von Füchsen gerissen worden waren.

»Was um alles in der Welt …?« Verwirrt starrte ich das Foto an. »Worum geht es?«

»Keine Ahnung, ich habe es noch nicht gelesen. Aber das Gespräch mit deinem tollen Berater vom Krisenstab dürfte sich damit wohl erledigt haben. Die ganze Welt kennt jetzt jeden Winkel unseres Gartens!«

»Wie hat die Presse davon …?«

»So wie immer: indem sie in alles ihre sensationslüsterne Nase steckt!«

Mark stapfte davon und knallte die Tür hinter sich zu. Kurz darauf hörte ich, wie die Motorsäge aufheulte und sich kreischend durch Holzscheite fraß. Die Berichterstattung über seinen Prozess hatte ihm schwer zugesetzt, und dieser erneute Fall war vermutlich mehr, als er ertragen konnte. Er tat mir unendlich leid, aber ich fragte mich auch, wie viele Tropfen sein Fass noch aufnehmen konnte, bevor es überlief und mich mit ins Verderben riss.

Ich breitete die Zeitung auf dem Küchentisch aus und begann zu lesen. In der Bildunterschrift hieß es, ihr Enthüllungsjournalist habe nur zwei Wochen nach den Unruhen um Duccombe ein weiteres Anwesen entdeckt, das auf rätselhafte Weise unbeeinträchtigt von der Dürre zu sein scheine: »Die Quelle«. Interessierte Leser wurden auf den ausführlichen Artikel auf den Seiten 4 und 5 verwiesen.

In diesem Moment klingelte das Telefon.

Es war der erste eines wahren Trommelfeuers von Anrufen: Die *Mail* rief an, der *Express*, der *Scotsman*, *Le Figaro*, die *New York Times*, die *Phnom Penh Post*. Ich konnte unserem E-Mail-Postfach regelrecht dabei zusehen, wie es immer voller wurde; die fetten schwarzen Buchstaben, die ungelesene Nachrichten ankündigten, ergossen sich über den Bildschirm wie eine Ölpest. Unser Anrufbeantworter führte in einer Ecke der Küche seine eigene, unabhängige Existenz und zeichnete pflichtbewusst die Stimmen von alten Freunden, Pressevertretern, Verrückten und PR-Agenten auf, bis das Band voll war. Irgendwann hielt ich es nicht mehr aus, stürmte durchs Haus und riss sämtliche Stecker aus den Steckdosen, um befriedigt zuzusehen, wie die blinkenden grünen Lichter, die unseren Kontakt mit der Außenwelt aufrechterhielten, mit einem Flackern erloschen. Unsere Handys stellten wir zunächst auf stumm und schließlich ganz aus, nachdem uns ihre aufgeregt vibrierenden Tänze in den Wahnsinn getrieben hatten. Draußen dröhnten unterdessen weiter die Helikopter. Mark brüllte ihnen zu, dass sie abhauen sollten, und sie wippten und hüpften als Antwort und ließen sich Zeit mit dem Davonfliegen.

Uns wurde bewusst, wie durchlässig unsere Grundstücksgrenzen waren – eher ein Sieb als eine Quelle –, denn die Leute ließen sich nicht aufhalten. Im ersten Auto, das die Auffahrt heruntergerumpelt kam, saß ein Paar aus Birmingham, das auf dem Weg zu seinem Sohn war. Am Morgen hätten sie die Meldung im Radio gehört, und da sie früh dran gewesen seien, hätten sie beschlossen, vorbeizukommen und sich selbst ein Bild zu machen – und wer hätte das gedacht! Als die beiden wieder davonfuhren, kamen ihnen zwei weitere Wagen entgegen, ein Lokaljournalist und ein Wünschelrutengänger, der die ganze weite Strecke von Essex gekommen war. Und der Strom der Autos riss nicht ab. Macht- und sprachlos versteckte ich mich in der Küche und beobachtete durchs Fenster, wie Mark sich zu den Fahrern nach unten beugte, mit ihnen sprach, Richtung Hauptstraße zeigte und den Kopf schüttelte. Sämtliche Besucher waren Fremde. Wenn doch nur Angie unter ihnen gewesen wäre oder Freunde aus London, irgendjemand, den ich kannte, mit dem ich reden konnte! Wenn ich doch nur keine so große Angst vor allem und jedem gehabt hätte, der aus der Welt jenseits der Quelle kam.

Am Nachmittag wagten wir uns ans Ende unserer Auffahrt vor und verriegelten das Tor. Das Holz war ein wenig morsch, und der unterste Querbalken zersplitterte, als wir das Tor mit einem Ruck aus dem hohen Gras befreiten. Wir befestigten es mit einem Vorhängeschloss am Torpfosten, der immerhin aus Metall war, eine Konstruktion, die nur ungenügend Schutz vor dieser Armee von Neugierigen bot – das war uns durchaus bewusst. Es war die erste Barrikade, die wir errichteten.

8

DIE NÄCHSTEN TAGE waren hart. Wir verkrampften uns vor lauter Kälte und Angst vor einer Invasion. Der Ofen im Wohnzimmer brannte unablässig und verbrauchte einen ganzen Korb Holz pro Tag, zumal unser letztes Lämmchen zu klein und zu schwach auf die Welt gekommen war und nun in einer Kiste vor dem Küchenherd lag. Sein Kopf wirkte viel zu schwer im Verhältnis zu den wackeligen Beinchen. Die Mutterschafe waren immer noch im Stall untergebracht, weil Mark sie zwar gern mit ihren Lämmern hinaus aufs Frühlingsgras gelassen hätte, aber nicht wusste, ob sie dort sicher waren. Ich fand es schön, dass sie noch geschützt im Stall standen, wo alles an unsere Nachtwachen mit Taschenlampen und Thermoskannen voller Kaffee erinnerte, als wir die neugeborenen Lämmer ins Leben gerubbelt und zugesehen hatten, wie die Herde unsere Zukunft gebar. Am dritten Abend nach dem Zeitungsartikel kehrte zum ersten Mal wieder ein wenig Entspannung ein. Die Anrufe wurden weniger, die unbefugten Eindringlinge ebenfalls, und wir beschlossen, uns ganz bewusst eine kleine Auszeit von all dem Stress zu gönnen, auf unser erstes erfolgreiches Jahr als Schafzüchter anzustoßen und danach endlich wieder eine Nacht durchzuschlafen.

»Denk nicht mal drüber nach, dich ins Internet einzuloggen«, warnte Mark.

»Und du geh nicht ans Telefon.«

Allerdings schalteten wir die Nachrichten ein, in denen die Quelle ganz am Ende kurz auftauchte, aus den Schlagzeilen verdrängt von einem Brand in einem Lagerhaus des British Museum, der wegen des niedrigen Wasserdrucks nicht erfolgreich bekämpft werden konnte. Die Meldung zwang uns, über den Belagerungszustand zu sprechen, in dem wir uns neuerdings befanden. Ich gab mich optimistisch und sagte, die Schaulustigen würden bestimmt bald wieder verschwinden und die Nachrichten von heute seien morgen schon Schnee von gestern, das hätten wir bereits mehrfach am eigenen Leib erfahren. Worauf Mark erwiderte, dass das unter normalen Umständen durchaus zutreffen mochte, aber nicht, wenn der Rest der Welt am Verdursten sei und gerade eine rettende Oase entdeckt habe. Sei nicht so melodramatisch, sagte ich, und er konterte, ich solle den Kopf nicht so tief in den Sand stecken. Wir klangen wie eine Fabel von Äsop: Der Hase und der Vogel Strauß.

Ich trug meinen Teller in die Küche, um ihn zu spülen, und starrte durch das Fenster in die Dunkelheit hinaus. Hinter meinem eigenen verzerrten Spiegelbild leuchtete der Vollmond, in dessen Licht die kahlen Äste der Eiche weiß schimmerten, wie ein Skelett. Ich drehte den Hahn auf und beobachtete, wie das Wasser in einem glatten Strahl ins Becken lief und im Ausguss verschwand. Wenn ich es lange genug laufen ließ, würde es vielleicht irgendwann anfangen zu prusten und zu husten. Dann würde der Strom ins Stocken geraten und zu einem Rinnsal werden, einem Tropfen, einem Nichts. Das Telefon würde aufhören zu klingeln, und wir würden die Tore öffnen und so ausgetrocknet und verzweifelt sein wie alle anderen. Aber das Wasser lief immer weiter.

Nachdem Mark ins Bett gegangen war, gab ich es auf, so zu tun, als würde ich mit der Situation zurechtkommen. Ich nahm die Flasche aus dem Kühlschrank und den Kopf aus dem Sand. Und ging online. Nach den Anschuldigungen gegen Mark hatte ich viel über Online-Pornosüchtige in Erfahrung gebracht, hatte recherchiert, welche Männer sich solche Bilder im Internet ansahen und warum. Ich hatte mir ganz sicher sein wollen, dass er es nicht getan haben konnte. Aus den sozialwissenschaftlichen Abhandlungen, die ich damals gelesen hatte, wusste ich, wie schwierig es für solche Männer ist, die Welt des Internets wieder zu verlassen, und hier befand ich mich nun in derselben Zwickmühle: Der Laptop war ein Monster, das Dreck und Gift spie, aber ich konnte dennoch nicht genug davon kriegen.

Geächtet_UK. Eine Website, die sich damit brüstete, dass hier jeder britische Bürger offen sein Urteil über jene sprechen konnte, die der Gesellschaft schadeten – damals eine der beliebtesten Seiten überhaupt. Hier ließen die Leute ihrer Wut über illegale Einwanderer freien Lauf, die den braven Bürgern angeblich das Wasser wegtranken, wurden Videos aus öffentlichen Überwachungskameras eingestellt, die die Nachbarskinder beim Spielen mit einem vollen Wassereimer zeigten. Ich hätte eine solche Website nie besucht, wenn ich nicht auf meinem Bildschirm die Benachrichtigung vorgefunden hätte:

Sie sind heute besonders beliebt auf folgenden Websites: Geächtet_UK, Unglaublich-aber-wahr, Schnorrern_auf_der_Spur, AktuelleNews, Welt amAbgrund.com, Kleinbauern-Wochenblatt.co.uk, Wasserwasser, Nat Meteo … die Liste war endlos. Ich klickte auf den ersten Link.

*»Diese Sch***schnorrer! Solche Leute sollten eingesperrt werden und elendig verdursten!«*

»Egoistische Schmarotzerbande. Dürreschutz ist für die wohl ein Fremdwort!«

»Wie bescheuert sind diese Bauern? Haben die wirklich gedacht, dass es niemand merkt? O Mann! Solche Hohlköpfe verdienen ihr Leben nicht, geschweige denn ihr Wasser.«

»Wartet's ab. Die behaupten garantiert, der liebe Gott hätte sie gesegnet und ihnen Wasser gegeben. Wetten, dass es in Wirklichkeit Perverse und Pädophile sind?«

»Wetten unnötig: Den Besitzer haben sie wegen Kinderpornographie drangekriegt. Deshalb ist er aus London weg.«

Mir wurde schlecht. Wenn die Einheimischen vorher noch nichts von den Anschuldigungen gegen Mark gewusst hatten, dann wussten sie es jetzt, und es spielte keinerlei Rolle, wie laut wir von den Dächern schrien, dass er unschuldig war. Die Menschen interessieren sich immer nur für die Anklage, nie für den Freispruch. Und die Dorfbewohner hassten uns weiß Gott auch so schon genug, ohne dass jemand zusätzlich Öl ins Feuer goss. Ich klickte mich weiter durchs Internet.

»Das ist UNSER Wasser, nicht ihres!! Wenn die Regierung es nicht SOFORT zurückholt, müssen wir das übernehmen!«

»Verpisst euch und KOMMT NIE WIEDER ZURÜCK!!!«

Dann kam der Kommentar, der mir den Rest gab:

»Ich kenne diese Leute. Ihre Tochter ist ein Junkie und eine Nutte, und ihr Enkel ist geistig zurückgeblieben.«

Wer hatte das geschrieben? Niemand, der uns wirklich kannte, hätte so etwas fertiggebracht, davon war ich überzeugt. Wenn derjenige uns aber nicht kannte, woher wusste er dann von Angie und Lucien? Mit einem Mal waren die Stimmen aus dem Internet nicht mehr abstrakt, sondern nahmen Gestalt an. Ich hörte, wie sie an der Tastatur kratzten, sah, wie sie mich durch den Bildschirm hindurch anstierten, wie sie aus dem World Wide Web gekrochen kamen und mir mit ihren Drohungen zu Leibe rückten. Es waren so viele, und ich war ganz allein. Mir fiel kein einziger Mensch ein, den ich zu Hilfe hätte rufen können. Starr vor Schreck, scrollte ich durch meine Kontaktliste: *Angie, Autowerkstatt, Becky und Richard, Jugenddrogenhilfe, Mark (Büro), Sophie (mob.), Zahira* … Ich hämmerte mit den Fäusten auf die Tastatur ein, bestrafte die Buchstaben und Symbole für das, was sie mir nicht mehr bieten konnten, und schlug wieder und wieder auf sie ein, um den wütenden Mob zurückzudrängen.

Meine Hysterie musste Mark aufgeweckt haben. Als er nach unten kam, hatte ich den Laptop quer durchs Zimmer geschleudert und dabei einen Becher zertrümmert, aber der Bildschirm leuchtete immer noch. Zwischen heftigen Schluchzern versuchte ich ihm zu erklären, dass sich diese Leute nicht kontrollieren ließen, dass sie sich zusammenrotten und uns heimsuchen würden, unsere Fenster einwerfen, unsere Lämmer abschlachten, noch heute Nacht, jetzt gleich; vermutlich seien sie längst da, und es gebe niemanden auf der ganzen Welt, der uns helfen könne. Ich schlug um mich und war nur schwer zu bändigen, doch Mark war von der harten Arbeit gestählt, sein Pyjamaoberteil roch nach Duschgel und Schlaf, und als er sein Kinn auf meinen Kopf legte, spürte ich den gleichmäßigen, kräftigen Herzschlag eines Mannes, der körperlich topfit war.

»Was meinst du damit, dass uns niemand helfen kann? Ich passe doch auf dich auf«, murmelte er. »Ich liebe dich. Du hast keine Ahnung, wie sehr ich dich liebe.«

Es hat einmal eine Zeit gegeben, in der ich befürchtete, er könnte mich zu sehr lieben; heute, nach seinem langen Schweigen, weiß ich, dass er sich selbst noch mehr liebt.

Mark hob den Laptop vom Boden auf und blickte auf den Bildschirm. »Dieses Zeug hilft uns jedenfalls nicht weiter, Ruth«, sagte er. Er öffnete unsere Facebook-Seite und rief den Menüpunkt *Einstellungen* auf. »So. Ein Klick, und alles ist verschwunden. Gelöscht. Wir können solchen Mist nicht gebrauchen, der alles nur schlimmer macht.«

Später stellte er mir eine Frage: »Wie kamst du dazu, in diesem Müll herumzuwühlen? Warum hast du dich nicht ausgeloggt, nachdem du gesehen hast, was diese Leute für einen Schwachsinn schreiben?«

Die Antwort war ganz einfach: Wenn ich online war, stand ich mit dem Rest der Welt in Verbindung, und diese Verbundenheit verschaffte mir Bestätigung – ob nun positiv oder negativ – und machte hochgradig süchtig. Die mit mir befassten Psychiater haben später von einer »dritten Person« in meiner Ehe gesprochen. Manchmal glaube ich, dass diese dritte Person das Internet war.

Als Hugh an diesem Sonntag kommt – zum Abendmahl, wie meine Wärter glauben –, trifft er auf eine weniger gutgelaunte Gastgeberin.

»Es duftet wunderbar nach Frühling hier«, sagt er, schließt die Augen und atmet tief ein. Dann stellt er seine wöchentliche Milchspende auf dem Tisch ab und zieht einen Strauß frühblühender gelber Rosen aus der Tüte, die bereits ihre Blütenblätter verlieren und nach dem Klavierzimmer im Haus meiner Kindheit riechen. Meine Mutter war Klavierlehrerin: *Mrs Alysha Rose. Klaviereinzelstunden, Anfänger bis Stufe acht.* Ihr Aushang im Zeitschriftenladen klang durchaus selbstbewusst, aber meine Hauptaufgabe als Tochter bestand darin, kleinen Mädchen mit nagelneuen rosa Notenkoffern und verärgert aus ihren schicken Autos blickenden Müttern mitzuteilen, dass es meiner Mutter nicht gutgehe und der Unterricht leider ausfallen müsse. Schon wieder, fragten sie dann. Schon wieder. Meine Mutter widmete ihr Leben und ihre Gesundheit dem Ziel, mir »ein Geschwisterchen zu schenken«, und zwar mit allen Mitteln, die die Wissenschaft zu bieten hatte. So formulierte *sie* jedenfalls ihre Mission. Mein Vater wiederum widmete sein Leben ihr, was bedeutete, dass er jede ihm von Gott geschenkte Stunde arbeitete, um ihr ihren Traum zu finanzieren. Er sollte sich nie erfüllen. Sie starb mit fünfzig Jahren an zu vielen operativen Eingriffen, an Brustkrebs und daran, dass ihr nach den Wechseljahren der Sinn im Leben fehlte. Ich stelle mir manchmal vor, dass sie nun wieder mit ihren ungeborenen Kindern vereint und endlich glücklich ist. Der Geruch nach Rosenblättern und Möbelpolitur … mehr ist nicht nötig, um mir, ohne eine Träne zu verdrücken, ihre Abwesenheit in Erinnerung zu rufen.

»Rosen machen die Menschen glücklich, finden Sie nicht auch?«, fragt Hugh. »Wenn Sie in diesem Moment in den Spiegel gucken würden, würden Sie sich vielleicht sogar bei einem Lächeln ertappen.«

»Den Spiegel habe ich neulich Nacht zertrümmert«, erkläre ich und wische die Spinnweben von einer Keramikvase, um Wasser für die Rosen hineinzufüllen. »Weil mich daraus immer nur dieselbe hagere alte Hexe angeschaut hat und ich trotzdem ständig hineinstarren musste.«

»Ich hoffe, Sie verzeihen einem alten Mann wie mir die Offenheit, aber Sie sind eine gutaussehende Frau.«

»Sie verstehen mich nicht. Ich wurde allmählich wie ein Wellensittich, der den ganzen Tag auf seiner Stange sitzt und gegen sein Spiegelbild pickt, weil er auf eine Verbindung mit dem eigenen Genpool hofft. Verbindungen sind ein Thema, über das ich viel nachdenke in letzter Zeit.« Ich führe Hugh in den Obstgarten hinaus, zu der alten Bank. »Nutzen Sie das Internet?«

»Das Internet? Natürlich.«

Er setzt sich; ich bleibe stehen.

»Entschuldigen Sie.«

»Ich mag alt sein, Ruth, aber vollkommen verkalkt bin ich deshalb noch lange nicht. Warum fragen Sie?«

»Weil ich das Internet vermisse. Einerseits. Andererseits auch wieder nicht.«

»Das verstehe ich. Es hat viel Unglück über Ihre Familie gebracht.«

»Woher wissen Sie das?«

»Vor meinem ersten Besuch bei Ihnen hat man mir einige schriftliche Informationen über Sie und Ihren Mann zukommen lassen. Vielleicht war man der Ansicht, dass ausnahmsweise der Priester vor dem Kinderschänder gewarnt werden müsse, statt das Kind vor dem Priester.«

Ich lache. Er gibt sich wirklich Mühe, das Gespräch aufzulockern. »Ein lächerlicher Vorwurf. Zumindest habe ich das immer geglaubt.« Ich ziehe einen Zweig heran und pflücke einige Apfelblüten. »Was genau wissen Sie darüber?«

»Dass Ihrem Mann vorgeworfen wurde, er habe sich Kinderpornographie auf seinem Arbeitscomputer angesehen. Dass er beurlaubt wurde, sich gegen die Anschuldigungen zur Wehr setzte und für unschuldig erklärt wurde.«

»Ich habe ihm die ganze Zeit hindurch beigestanden. Damals hielt ich das alles für vollkommen grotesk. Ausgerechnet Mark!« Ich zupfe ein rosa Blütenblatt nach dem anderen ab. »Aber wenn alle Masken und Hüllen fallen, kennen wir einen Menschen dann noch, Hugh, oder ist das allein Gottes Privileg? Ist nur er allwissend?«

»Hier im Garten können Sie sich jedenfalls nicht vor ihm verstecken, es sei denn, Sie haben zufällig einen Vorrat an Feigenblättern.« Hugh gibt sein Bestes. »Also, warum haben Sie mich nach dem Internet gefragt?«

Ich setze mich neben ihn auf die Bank und senke die Stimme. »Weil ich Sie bitten möchte, ein paar Dinge für mich herauszufinden. Würden Sie das tun?«

»Das Streben nach Antworten gehört sicherlich zu meinem Berufsbild. Allerdings bin ich nicht überzeugt, dass das World Wide Web eine durch und durch heilbringende Macht ist, daher hängt meine Antwort natürlich davon ab, was genau ich für Sie herausfinden soll.«

»Ich will lediglich etwas über meine Familie erfahren. Das ist doch nicht zu viel verlangt, oder? Ich muss wissen, ob es Angie gutgeht. Und Mark.«

Hugh rutscht unbehaglich auf der Bank herum und kramt nach einem Taschentuch. »Darf ich fragen, ob Angie Kontakt mit ihrem leiblichen Vater hat? Ist sie vielleicht bei ihm?«

»Nein.« Mehr gibt es zu dem Thema nicht zu sagen.

Angies leiblicher Vater. Ich kann nichts Schlechtes über ihn sagen, soweit ich mich an die acht Stunden, die ich als Einundzwanzigjährige mit ihm verbrachte, erinnere. Aber auch nicht viel Gutes. Als Angie begann, Fragen über ihn zu stellen, war er bereits tot. Sie war wütend auf uns. Wir hatten ihr nie etwas vorgemacht, aber damals wechselte sie von »Daddy« zu »Mark«. Nur aus diesem Grund? Natürlich gab sie mir die Schuld, doch auch wenn mich die Leute eine Zeitlang für allmächtig hielten, kann ich wohl kaum dafür verantwortlich gemacht werden, dass er im Alter von achtundzwanzig Jahren bei einem Autounfall in Kenia ums Leben kam. Wie sich herausstellte, war der vermeintliche Langweiler ein Rallyefahrer, ein Adrenalinjunkie. Junkie. Vielleicht hat sie es von ihm.

Hugh hakt weiter nach: »Haben Sie irgendeine andere Idee, wo Ihre Tochter oder Ihr Mann sich aufhalten könnten?«

»Nein. Um Angie mache ich mir besonders Sorgen. Im Grunde könnte sie überall sein. Sie haben keine Vorstellung davon, wie tief zu sinken sie imstande ist.« Im ganzen Garten wuchern Brennnesseln, sie stehen hoch neben der Bank. Ich strecke die Hand aus und greife danach, damit ich nicht anfange zu weinen. »Vielleicht sind Mark und sie zusammen. Ich habe von beiden nichts mehr gehört, seit ...«

Er wartet ab, ob ich es doch noch schaffe, den Satz zu beenden. Dann sagt er: »Ich werde sehen, was ich tun kann, auch wenn mir nicht ganz klar ist, wie uns das Internet in diesem Fall weiterhelfen soll.«

»Das Internet werden Sie brauchen, weil ich außerdem wissen möchte, was mit den Schwestern passiert ist. Vor allem mit Schwester Amelia. Wo sie jetzt ist, was sie macht, alles, was relevant sein könnte. Würden Sie das für mich tun? Ich muss mehr über sie erfahren, Hugh, und sei es nur, um die Möglichkeit ausschließen zu können, dass es eine der Schwestern war. Sie könnten Informationen ausdrucken und in der Bibel verstecken – oder in Ihrer Tüte. Ich glaube nicht, dass die Männer Sie noch einmal durchsuchen werden.«

»Wir sind also nicht nur wegen des Sonnenscheins hier draußen im Garten.« Er reicht mir ein Ampferblatt, damit ich es auf meine Brennnesselstiche drücken kann.

»Nein.«

»Sondern weil Sie mich um etwas bitten möchten, was gegen Ihre Haftauflagen und somit auch gegen die Regeln für meine Besuche verstößt.«

»Ja.«

»Wenn Ihre Aufpasser Wind davon bekommen, werden sie meine Besuche in Zukunft unterbinden.«

So weit bin ich mit meinen Überlegungen noch nicht gekommen. Ich senke meinen Blick und pule ein paar lose Holzspäne von der Bank, überrascht, wie sehr mich der Gedanke aufwühlt, Hugh könnte mich nicht mehr besuchen. Vielleicht kommt er nach dem heutigen Tag ohnehin nie wieder, weil ich so anmaßend bin, etwas Derartiges von ihm zu verlangen. Und dennoch: Mir bleibt keine andere Wahl. Meine Haare sind länger geworden, und ich binde sie mit einem Haargummi nach hinten, damit Hugh mir besser ins Gesicht sehen kann.

»Gut möglich, aber ich bin bereit, dieses Risiko einzugehen. Ich glaube, ich würde alles riskieren, um endlich die Wahrheit zu erfahren.«

»Ich werde für Sie beten, Ruth. Mehr kann ich Ihnen derzeit nicht versprechen.«

Beten Sie, solange Sie wollen, denke ich. *Aber googeln Sie noch länger.*

9

DIE ABLÖSUNG ist verschwunden, und meine Jungs sind zurück: Drei führt um halb acht Uhr morgens den Probealarm durch, der in einer Mischung aus Fliegeralarm und Gebetsruf gellend durchs ganze Tal hallt; Sogleich lungert unterdessen im Büro herum und spielt Computerspiele, nutzt es aus, dass »Sarge draußen ist«; ich ertappe mich dabei, dass ich nach Junge Ausschau halte. Endlich klopft er an die Tür, und ich bin unsagbar froh, ihn zu sehen.

»Morgen.«

»Da sind Sie ja wieder. Ich habe überhaupt nicht mitgekriegt, dass die andere Truppe abgereist ist.«

»Wie Diebe in der Nacht«, entgegnet er. »Offenbar schlafen Sie inzwischen besser. Ich habe Ihnen übrigens etwas mitgebracht. Vielmehr hat meine Mutter mir etwas für Sie mitgegeben.«

»Ihre Mutter?«

»Ja. Ich habe meinen Eltern von Ihnen erzählt, woraufhin meine Mutter eine Art Carepaket für Sie zusammengestellt hat.«

Junge überreicht mir ein schuhkartongroßes zugeklebtes Päckchen. In einer Ecke lese ich in ordentlicher Handschrift: *Mit den besten Grüßen, Andrew und Helen.*

»Soll ich es jetzt sofort öffnen?«

»Warum nicht?«

Ich setze mich auf die Eingangsstufe, entferne das Klebeband und nehme den Deckel des Kartons ab.

Darin befinden sich ein Glas Marmelade, eine CD der *Zehn schönsten Klassik-Hits*, eine Bade-Essenz und mehrere Päckchen Blumensamen.

»Die Bade-Essenz ist nicht neu, aber meine Mutter sagt, sie kenne niemanden, der noch Verwendung dafür hat, daher könne Sie sie genauso gut Ihnen schenken«, erklärt Junge.

»Ich weiß gar nicht, was ich sagen soll.«

Junge setzt sich neben mich. »Das Päckchen sollte Sie eigentlich ein bisschen aufheitern.«

Ich nicke und bringe mit Mühe heraus, dass er seinen Eltern meinen Dank ausrichten soll.

Es ist ein furchteinflößendes Erwachen, das mich wie eine Welle erfasst, wie eine Welle, die sich am Strand um ein Kind schließt und es von den Füßen reißt. Wie viel leichter ist es, zu glauben, dass ich allen gleichgültig bin und mir alle gleichgültig sind, wie viel schwerer fällt die Erkenntnis, dass Junge mir inzwischen etwas bedeutet und ich ihm vielleicht auch, dass Mütter ihren Kindern wichtig sind und Kinder ihren Müttern.

»Sie würden Angie mögen«, sage ich zu Junge. »Wenn sie jemals zurückkäme und Sie sie kennenlernen würden, würden Sie sie mögen, da bin ich mir sicher.« Wenn.

»Sie ist ein Traveller, oder?«, fragt er.

O ja, das ist sie. Ich nicke.

»Und sie kam und ging sozusagen, wie sie Lust hatte?«

Wirklich erstaunlich, das Kommen und Gehen hier an der Quelle.

Eine Art sechster Sinn weckte mich, und ich wusste sofort, dass wir Besuch hatten. Egal, wie alt ihre Kinder sind, Mütter schlafen anders, sind immer auf der Hut, nehmen den leisesten Schrei aus dem Kinderbett wahr, jede nächtliche Panikattacke, den Schlüssel in der Haustür und die Schritte auf der Treppe, Stunden später als vereinbart. Angespannt spitzte ich die Ohren, um herauszufinden, was mich aufgeweckt hatte. Stille. Ich spähte in die konturlosen Ecken des Schlafzimmers. Nichts. Nichts, bis auf mein Herzklopfen und die gleichmäßigen Atemzüge von Mark, der mit dem Rücken zu mir zusammengerollt dalag und tief und fest schlief. Die undurchdringliche Dunkelheit um mich herum wirkte beruhigend und vertraut, und ich wollte sie gerade als das akzeptieren, was sie war, als sich das Zimmer plötzlich veränderte. Ein Lichtstrahl drang durch die Lücke zwischen den Jalousien, tastete den Raum ab wie eine Taschenlampe und war wieder verschwunden. Es gab nur eine mögliche Erklärung: dass ein Auto gerade den höchsten Punkt unserer Auffahrt passiert hatte. Dann wiederholte sich die Lightshow: Erst leuchtete das Bild auf, dann der Spiegel, dann der Übergang von Wand und Decke, bevor ich als einzige Zuschauerin im Dunkeln zurückblieb, nervös und unsicher, ob es vorbei war oder nicht. Ich wartete nur eine halbe Minute, bevor ich mich zur Seite drehte und Mark schüttelte.

»Mark! Mark! Wach auf!«

Er schreckte sofort hoch. »Was ist los? Warum schreist du so herum?«

»Da draußen sind Leute!«

Ich tastete mich um das Fußende unseres Betts herum zum Fenster, öffnete die Jalousien einen Spalt und starrte in die Nacht hinaus. Es war kein Mond zu sehen, und die Wolken schienen besonders tief zu hängen, denn selbst die Bäume kamen mir fremd vor.

Mark trat hinter mich. »Da ist doch gar nichts. Wovon redest du?«

»Warte kurz, okay? Da waren Autoscheinwerfer, die ins Zimmer geleuchtet haben. Aber ich habe nichts gehört, also sind sie wahrscheinlich nicht bis zum Haus heruntergefahren.«

»Bist du dir sicher?«

»Ich erfinde das doch nicht einfach!«

»Was weiß ich? In letzter Zeit bist du ein ziemliches Nervenbündel.«

»Ich habe mich sicherer gefühlt, als wir Bru noch hatten«, sagte ich. Zu zweit standen wir im Dunkeln und warteten, dicht an dicht, ohne uns zu berühren. »Da! Was ist das?«

In der Auffahrt war niemand zu sehen, doch direkt hinter unseren obersten Feldern, auf halbem Weg zwischen Haus und Landstraße, leuchtete es orange; das Glimmen wurde stärker und erlosch dann so plötzlich, als hätte jemand einen Lichtschalter betätigt, bevor es erneut aufflammte.

Mark machte das Fenster auf, woraufhin ein Schwall kalter, feuchter Luft ins Zimmer wehte. Einige Wassertropfen landeten auf der Fensterbank. Es hatte wieder geregnet.

»Hörst du das?«

Es war, als wären wir plötzlich erblindet und könnten uns nur noch durch Geräusche einen Reim auf die Welt machen, willkürliche Abfolgen von Lauten, ohne Kontext, ohne Anhaltspunkte. Wir versuchten die Geräusche einzuordnen, die durch den Nebel zu uns herüberdrangen: ein Automotor, der aufheulte, als würde das dazugehörige Fahrzeug zurücksetzen oder im Schlamm feststecken; ein bellender Hund; ein Fetzen Musik, der abrupt abgestellt wurde; und schließlich Stimmen, gedämpfte menschliche Stimmen.

»Wer ist das?«

»Woher soll ich das wissen, verdammt nochmal!« Mark streckte die Hand nach dem Lichtschalter aus.

»Nicht das Licht anmachen!«

»Warum denn nicht?«

»Weil sie dann wissen, dass wir hier sind!« Ich schloss hastig das Fenster und die Jalousien. Mark hielt es nicht für nötig, zu antworten, aber wenigstens ließ er das Licht aus, setzte sich im Dunkeln auf die Bettkante und zog Pullover und Jeans über seinen Schlafanzug.

»Was machst du da?« Ich hatte keine Ahnung, warum wir uns im Flüsterton unterhielten.

»Ich gehe raus und sehe nach!«

»Das ist nicht dein Ernst! Du hast keine Ahnung, was für Leute sich da herumtreiben und ob sie vielleicht gefährlich sind. Offenbar handelt es sich um eine ganze Gruppe, und wir sind nur zu zweit!« Ich setzte mich neben ihn aufs Bett. »Bitte, Mark! Wir könnten doch die Polizei rufen. Ja, warum rufen wir nicht die Polizei?«

Er atmete aus und sackte in sich zusammen, vergrub den Kopf zwischen den Händen. »Ich weiß auch nicht. Irgendwie kann ich im Dunkeln nicht richtig denken«, sagte er. »Wie viel Uhr ist es?«

Ich tastete nach meinem Handy. Auf dem Display stand 00.43 Uhr. Meine Hand sah in seinem Schimmer aus, als würde sie von innen leuchten. »Was spielt die Uhrzeit für eine Rolle?«

Marks Plan bestand darin, die Morgendämmerung abzuwarten und dann hinauszugehen und nach dem Rechten zu sehen. »Sie scheinen ja nicht sofort vergewaltigen und brandschatzen zu wollen.«

Ich war erleichtert, dass wir dem unbekannten Feind nicht mitten in der Nacht gegenübertreten würden, auch wenn mir klar war, dass uns die Stunden bis zum Morgengrauen unendlich lang vorkommen würden.

02.11 Uhr. 02.56 Uhr. 03.42 Uhr. 04.29 Uhr.

»Ruth! Wo ist das Handy? Wo ist verdammt nochmal das Handy?«

Es lag unter der Bettdecke, in meiner Hand, so warm und sicher wie ein neugeborenes Baby, das man in regelmäßigen Abständen überwacht. Allerdings musste ich schließlich trotzdem eingeschlafen sein, denn Mark stand in seiner Jacke vor mir im Schlafzimmer und schrie mich an, während von seinen Schuhen der Lehm bröckelte. Verwirrt starrte ich ihn an. Dann fielen mir die nächtlichen Besucher wieder ein.

Ich setzte mich auf. »O Gott. Warst du dort? Was sind das für Leute?«

»Ich muss sofort die Polizei anrufen!« Er schleuderte den Bücherstapel vom Nachttisch auf den Boden und riss die Kleider auf dem Stuhl hoch, um darunter nachzusehen. »Das sind Traveller, irgendwelche beschissenen Hippies, die ihre Busse am Ende unserer Auffahrt geparkt haben, entlang der Hecke. Bestimmt haben wir sie gehört, als sie heute Nacht eingebrochen sind!«

»Traveller? Was für Traveller? Und wie viele?«

Mein Herz klopfte immer schneller, aus Angst vor den Eindringlingen, vor Mark, um Mark. Seine Stimme überschlug sich nun fast. »Wo ist das Scheißhandy?« Er drehte sich zu mir um. »Ungefähr ein Dutzend. Keine Ahnung, was für Leute das sind. Ich bin nicht zum Kaffeetrinken geblieben.«

»Wie sind sie auf unser Grundstück …«, begann ich.

»Was weiß denn ich?«, unterbrach mich Mark. »Ich dachte, wir hätten alles getan. Aber nachgesehen habe ich nicht.«

»Hast du sie denn nicht gefragt, wie sie hereingekommen sind?«

»Wie denn, wenn sie noch schlafen? Die haben schließlich keine Jobs, für die sie aufstehen müssten, oder? Aber sie sind da, mit ihren Flower-Power-Zelten und ihren Öko-Campingbussen und ihren Hunden, die bestimmt nur darauf warten, meine Lämmer anzufallen. Such jetzt endlich das Handy, Ruth. Wir brauchen die Polizei, damit sie uns hilft, diese Leute wieder loszuwerden.«

Seiner Beschreibung nach handelte es sich wirklich um Traveller, herumreisende Hippies, die vermutlich vollkommen friedlich waren. Und vermutlich sogar ganz nett. Es war die Angst vor dem Unbekannten, der ich nicht länger gewachsen war, aber solche Leute waren mir vertraut. Angie war schon öfter mit derartigen Gruppen herumgezogen. Mein Atem ging langsamer, und erleichtert schlug ich die Decke zurück. Als ich aus dem Bett stieg, glitt das Handy zu Boden.

Mark wollte sich darauf stürzen, doch ich kam ihm zuvor und schnappte es mir.

»Moment mal! Beruhige dich! Was du da erzählst, klingt nicht halb so schlimm, wie wir es uns heute Nacht vorgestellt haben«, sagte ich beschwichtigend. »Warum reden wir nicht einfach mit diesen Leuten und bitten sie weiterzuziehen? Es muss doch nicht gleich eine handfeste Konfrontation geben.« Ich hielt das Handy fest umklammert, während ich mich aus meinem Schlafanzug schälte und nach einem Handtuch griff. Mark folgte mir ins Badezimmer; er wollte immer noch das Handy, und zwar sofort. Während ich das Handtuch vor meinem Körper festzog, hielt er mit einem spöttischen Lächeln die Hand auf. Unsere Blicke begegneten sich. Dann wandte er sich zur Tür.

»Dusch dich, zieh dich an und bring dann das Telefon mit runter. Was für ein lächerliches Theater.«

Es hatte Zeiten gegeben, in denen hätte mein Anblick morgens im Badezimmer, schlaftrunken und mit nichts als einem Handtuch bekleidet, ihn magnetisch angezogen, statt ihn zu vertreiben. Ich ließ das Handtuch auf den Boden fallen und musterte meinen nackten Körper. Ich war dünner als früher – das war doch eigentlich gut. Und gebräunter, zumindest im Gesicht und an Hals und Armen. Aber meine Haut wirkte irgendwie trocken und spröde. Ich umfasste meine schlaffen Brüste, wobei mir aufging, dass ich sie schon lange nicht mehr abgetastet hatte. Außerdem konnte ich mich nicht mehr daran erinnern, wann ich mich das letzte Mal geschminkt hatte. Ich zwirbelte meine Haare auf dem Kopf zu einem Knoten und hielt sie fest, um meinen weißen Hals zu betrachten. An den letzten Friseurbesuch konnte ich mich genauso wenig erinnern. Mark und ich gingen nicht mehr unter Leute, daher schien es die Mühe einfach nicht mehr wert zu sein. Aber vielleicht war ich es Mark schuldig, mich für ihn ein wenig zurechtzumachen. Mich nicht gehenzulassen, wie meine Mutter es genannt hätte. Aber das hatte gerade die Richtige gesagt. Außerdem war es nicht so, als ob Mark sich für mich ins Zeug gelegt hätte. Ich duschte eilig und schlüpfte in die ungewaschene Jeans vom Vortag und dieselbe unförmige Fleecejacke, die ich immer trug. Dann griff ich nach dem Handy und ging nach unten. Wenigstens musste ich mich nicht für unsere Besucher hübsch machen. Den Travellern war es bestimmt egal, wie ich aussah.

In der Küche hatte Mark inzwischen Tee gemacht. Ich brach das Schweigen als Erste. »Was ist so schwer daran, einfach zu ihnen zu gehen, ihnen unsere Situation zu erklären und einen zeitlichen Rahmen zu setzen, bis wann sie das Grundstück verlassen sollen?«

»Einen zeitlichen Rahmen? Sie sollen sofort verschwinden!«

»Warum?«

Genauso gut hätten wir zwei unterschiedliche Sprachen sprechen können. Mark redete laut und langsam und unterstrich das Gesagte mit Handbewegungen. Ich kam mir vor wie eine Ausländerin in meinem eigenen Land. »Weil sie widerrechtlich unseren Grund und Boden betreten haben. Weil wir die letzten Wochen damit verbracht haben, die Leute von unserem Grundstück fernzuhalten, nicht, sie zu uns einzuladen. Weil sie kein Recht darauf haben, hier zu sein. Weil der Rest der Welt auch Zugang verlangen wird, wenn wir sie hereinlassen.«

»Weil, weil, weil … klingt wie aus dem Zauberer von Oz«, sagte ich scherzhaft.

»Sehr witzig. Und dann helfen uns unsere Hippie-Freunde wohl auch noch dabei, die Straße zur Smaragdstadt zu pflastern. Darauf verstehen sie sich doch, oder nicht?«

»Früher warst du nicht so borniert.«

»Stimmt, war ich nicht. Wie du dich sicher erinnerst, war ich zu sehr damit beschäftigt, gegen die ganze Borniertheit anzukämpfen, um Zeit zu haben, es selbst zu sein.«

Ein Themenwechsel – das war an meiner Schule die bewährte Taktik bei aufbrausenden Jugendlichen gewesen. »Hast du schon gefrühstückt?«

Er schüttelte den Kopf. Daher legte ich ein paar Streifen Speck in eine Pfanne, schnitt Brot, holte die Butter aus dem Kühlschrank und den Honig aus dem Regal und sprach mit dem Rücken zu ihm, während ich den Toaster im Auge behielt. »Du hast sicher recht, aber es kann doch nicht schaden, wenn wir hingehen und mit ihnen reden. Außerdem, wer weiß? Vielleicht wäre es sogar ganz nett, sie für ein Weilchen in der Nähe zu haben.«

»Nett?«

Nett, mit ihnen zu reden, sich auszutauschen, einen Tapetenwechsel zu haben. Zwei Scheiben Toast, zwei Teller, zwei Messer – während ich den Tisch deckte, fielen mir tausend Gründe dafür ein, warum es »nett« gewesen wäre, ein wenig Gesellschaft zu haben. Letzten Endes nannte ich nur einen: »Nicht nett, das war vielleicht das falsche Wort. Ich meinte, dass sie uns vielleicht ein paar kleinere Arbeiten abnehmen könnten. Es gibt so viel zu tun.«

»Wir brauchen keine Hilfe, Ruth. Das haben wir inzwischen mehr als bewiesen. Wenn wir zusammenhalten, schaffen wir die Arbeit auch allein.«

Ich saß ihm am Tisch gegenüber, reichte ihm den Löffel übers Netz, nahm die Butter an der Grundlinie an und überlegte, wie lange ich ihm in diesem Match noch Paroli bieten konnte. Ich versuchte es ein letztes Mal. »Außerdem können wir gut darauf verzichten, dass schon wieder die Polizei anrückt. Damit lenken wir nur noch mehr Aufmerksamkeit auf uns, und das ist wirklich das Letzte, was wir wollen. Wir haben keine einzige amtliche Mitteilung beantwortet, daher könnte es gut sein, dass die Polizei uns nicht nur Fragen zu den Travellern stellt.«

Spiel, Satz und Sieg. Mark räumte ein, dass ich recht hatte und wir die Polizei besser mieden. Ich erklärte mich freiwillig dazu bereit, zu unseren Besuchern zu gehen, sie mir genauer anzusehen und ihm dann Bericht zu erstatten. Es sei wohl tatsächlich klüger, wenn er sich fernhalte, so wütend, wie er sei, erwiderte Mark. Er werde das Frühstück wegräumen und oben im Schlafzimmer staubsaugen.

Es war noch ein Rest Speck übrig, und wir hatten noch jede Menge Brötchen, die wegmussten, daher buk ich sie im Ofen auf, bestrich sie mit Ketchup und belegte sie mit Speck. Dazu machte ich eine Thermoskanne Kaffee. Als ich gerade aufbrechen wollte, fiel mir ein, dass diese Hippies wahrscheinlich Vegetarier waren, und ging noch einmal zurück, um eine Handvoll Äpfel aus der Vorratskammer mitzunehmen. Da ich schon länger nichts mehr von Angie gehört hatte, verfolgte ich eine Art Karma-Strategie: Wenn ich mich um diese Leute kümmerte, dann kümmerte sich vielleicht woanders jemand um sie und Lucien. Wie man in den Wald hineinruft, so schallt es heraus. Die Mutterschafe stoben auseinander und riefen blökend ihre Lämmer zu sich, als ich quer über die Wiese auf die Zelte und Busse zuging. Sie bildeten grelle orange und gelbe Farbtupfer auf dem grünen, feuchten Frühlingsgras, das mich daran erinnerte, warum diese Leute vermutlich hier waren: weil es bei uns noch Wasser gab. Die Zelte standen bunt durcheinander am Ende der Weide, in der Nähe der Hecke, genau wie Mark gesagt hatte. Ein Windhund kam hinter einem rostigen Bus hervorgeschossen und rannte jaulend auf mich zu, verfolgt von einem humpelnden jungen Mann, der genau wie sein Gefährt den sechziger Jahren zu entstammen schien.

»Daher also das Gebell«, sagte ich.

Der Mann packte den Hund beim Halsband und zog ihn zurück. »Sorry, sind Sie letzte Nacht davon aufgewacht? Ich habe versucht, sie zum Schweigen zu bringen – aber vergeblich.«

»Ja, ich habe das Bellen gehört«, antwortete ich. »Kommt sie mit Schafen klar?«

»Ja, absolut. Sie tut keiner Fliege was zuleide. Ist nur ein bisschen ungezogen.«

Ich erwähnte, dass unser eigener Hund kürzlich gestorben sei, und der junge Mann drückte mir sein Beileid aus, während seine Hündin gierig auf die tropfenden Speck-Sandwiches in meiner Hand schielte.

»Sind die für Angie?«, fragte er.

»Was?«

Er lächelte. »Sie müssen Angies Mutter sein. Ich bin Charley. Warten Sie, ich hole sie.«

Bevor ich verstanden hatte, was los war, marschierte er zu einem kleinen grünen Tunnelzelt, das sich kurz darauf ausbeulte und zu wackeln begann. Die durchhängenden Zeltleinen spannten sich und erschlafften wieder. Regentropfen rieselten vom Eingangsdach. Dann erschien Angie, die sich unbeholfen aus dem Zelt kämpfte und einen Pullover über ihren Baumwollpyjama zog. Obwohl ihre blonden Locken verfilzt waren und ihre Fingernägel schwarz, obwohl sie nach Rauch roch und ihr Pullover völlig zerlöchert war, wusste ich sofort, dass es ihr gutging. Es war die Art, wie sie mir in die Augen sah, ohne meinem Blick auszuweichen, die Ehrlichkeit ihrer Umarmung, ganz ohne Hintergedanken, ohne mich um Geld zu bitten, ohne das übliche »Nur dieses eine Mal« oder »Ich zahl's dir auch zurück« – und auch dass ihr verwahrlostes Aussehen ihr nichts auszumachen schien, weil sie nicht so tun musste, als sei sie clean.

»Angie!« Mir fehlten die Worte. »Mark hat gar nicht gesagt, dass du hier bist! Ich wusste nicht, dass …«

»Hallo, Mum!« Sie schlang die Arme um mich und drückte mich an sich.

»Du siehst gut aus. Richtig gesund. Ich … ich bin …« Ich brachte den Satz nicht zu Ende. Nachdem ich einen Schritt von ihr weg gemacht hatte, wischte ich mir das Gesicht mit dem Ärmel ab. »Tut mir leid. Ich hatte nur so lange nichts mehr von dir gehört.«

»Deine Mum hat dir was zum Frühstücken mitgebracht«, mischte sich Charley ein. »Das nenne ich wahre Mutterliebe!«

»Damit lässt sich Lucien bestimmt aus dem Schlafsack locken«, erwiderte Angie, woraufhin Charley beflissen zum Zelt eilte, den Kopf hineinsteckte und Lucien zurief, dass er endlich aufwachen solle. Angie las meine Gedanken.

»Normalerweise schlafen nur Lucien und sein Freund Henni im Zelt, und ich übernachte mit Charley im Bus, aber letzte Nacht gab es ein ziemliches Durcheinander, weil wir uns verfahren hatten und es schon dunkel war, als wir ankamen. Wir wollten die Scheinwerfer nicht zu lange anlassen, damit ihr nicht aufwacht und euch vor Angst in die Hose macht. Wir haben euch doch nicht geweckt, oder?«

»Nicht direkt. Wir dachten kurzzeitig, wir hätten etwas gehört, aber …« Ich brach ab, weil ich nicht gleich zu Beginn mit Angie streiten wollte. Fragen hatte ich trotzdem.

Zum Beispiel, wie sie aufs Grundstück gekommen waren. Es stellte sich heraus, dass die Polizei auch ohne einen Anruf von Mark von ihrem Eintreffen Wind bekommen hatte. Angie erzählte, es habe bereits ein Streifenwagen am Tor gestanden, als sie um Mitternacht angekommen seien. Zum Glück sei es derselbe »Bulle« gewesen, der bei unserem Einzug unsere Landmaschinen registriert hatte. Und da er Angie und Lucien wiedererkannte, hatte er sie reingelassen.

Warum sie sich seit Monaten nicht gemeldet habe? Die Leute, mit denen sie herumreise, mieden Telefon, Fernsehen und Internet, erklärte Angie. Nicht einmal ein Handy habe die Gruppe bei sich.

»Ohne diesen ganzen Kram kann man sich besser konzentrieren«, fügte sie hinzu.

Auf was man sich besser konzentrieren könne?

»Auf das, was zählt. Die Natur. Die Gemeinschaft.«

Was sie hergeführt habe?

Mundpropaganda. Nach der Sache mit Duccombe hätten alle von diesem anderen Bauernhof geredet, von dem in den Zeitungen die Rede gewesen sei, einem Hof, über dem es angeblich noch regne und den man mit vereinten Kräften schützen müsse, damit nicht noch einmal dasselbe passiere. Ihr sei anfangs gar nicht klar gewesen, dass es sich dabei um die Quelle handelte.

Du hättest doch schreiben können, wollte ich zu ihr sagen, und auch andere Vorwürfe lagen mir auf der Zunge. Ich schluckte, um sie im Zaum zu halten. In den letzten fünf Jahren hatte jedes Treffen mit meiner Tochter ein Wechselbad der Gefühle in mir ausgelöst – Erleichterung, Schock, Freude, Ärger und Reue –, in unterschiedlichen Abständen und Intensitäten. Nur ihre Ausreden blieben immer gleich, genau wie der Schmerz, den sie in mir auslösten. Dieses Mal wurde ich davon verschont.

»Oma R.!«

Lucien. Ich sehe ihn deutlich vor mir, wie so oft. Ein wilder Lockenkopf, rötlich golden wie die Sonne, braune Haut, barfuß. Ich gebe ihm ein Brötchen, und er isst, Ketchupspritzer landen auf seinem Schlafshirt, auf dem eine Biene abgebildet ist. Eine Biene und eine Butterblume. Bienen und Butterblumen besitzen heute eine unerträgliche Schönheit für mich.

10

MARK WAR STINKSAUER. Seit dem Zeitungsartikel hatten wir tagtäglich mit Eindringlingen auf unserem Land zu kämpfen, und nun brach sich das Adrenalin, das der Anblick der Hippiebusse in ihm ausgelöst hatte, in erbitterten Vorwürfen Bahn: Ich würde einfach zulassen, dass Angie mein Glück an- und ausknipse wie einen Lichtschalter, je nachdem, ob sie es gerade für nötig halte, in unserem Leben aufzutauchen oder nicht.

»Sie kann ihre Eltern nicht einfach besuchen wie eine normale Tochter, nicht wahr? Dass sie vorher anruft, ist offenbar völlig undenkbar. Nein, sie kreuzt mitten in der Nacht hier auf und bringt ihre halbe Kommune mit, als hätten wir nicht schon genug Probleme mit unbefugten Eindringlingen!«

Es war nicht das erste Mal, dass Angie ihn zur Weißglut brachte. Seine Erregung speiste sich zu gleichen Teilen aus Erleichterung, weil es ihr und Lucien gutging, und aus Verärgerung, weil sie jedes Mal ungefragt Leute mitbrachte und wir es trotzdem nie wagten, sie abzuweisen. Wenn wir Angie abblitzen ließen, riskierten wir, dass wir sie und Lucien niemals wiedersahen. Ich fand, dass wir es den beiden schuldig waren, den Kontakt, so gut wir konnten, aufrechtzuerhalten.

Angie und Lucien kamen zum Haus, um Mark hallo zu sagen, und ich glaube, es war Lucien, der Mark überredete, ihn zurück ins Lager zu begleiten und die Traveller kennenzulernen. Mark hatte Lucien noch nie etwas abschlagen können. Mit großen Schritten stapfte er über die Wiese, ebnete mit den Absätzen die Furchen ein, die die Busse gezogen hatten, hob eine Broschüre über Sozialleistungen auf, die aus einem Wohnwagen geweht war, und warf sie demonstrativ ins Feuer. Sobald er jedoch einmal im Camp war, war er bekehrt. Endlich hatten wir wieder Gesellschaft, danach hatten wir uns beide gesehnt. Mit Brus Tod hatten wir unseren einzigen gemeinsamen Freund verloren, und wir waren noch nicht bereit, ihn durch einen neuen Hund zu ersetzen. Es sollte auch nie dazu kommen. Mark ließ sich von Angies und Charleys Freunden in ein langes Gespräch über den Mangel an Saisonarbeitsplätzen verwickeln und verkündete anschließend, dass er während der nächsten Wochen die eine oder andere Arbeit zu vergeben habe, als sei das Ganze von Anfang an seine Idee gewesen. Es müssten beispielsweise neue Zäune errichtet werden, um die Leute auch in Zukunft von unserem Grundstück fernzuhalten, erklärte er. Nicht einmal seine übliche Schimpftirade über Schmarotzer und Drogensüchtige konnte er hinterher loswerden, denn jeder, der mit dieser Gruppe reiste, hatte sich zuvor zum Verzicht auf Drogen verpflichtet. Einer von Angies Freunden erzählte mir, dass man sich gegenseitig helfe, clean zu bleiben, den Kindern zuliebe, aber auch, um sich selbst in einer Sache treu zu bleiben. Diese Besonnenheit machte tiefen Eindruck auf mich. Ich blendete das entfernte Heulen einer Polizeisirene aus und freute mich auf die Gesellschaft und die Gespräche, die Angie und ihre Hippiefreunde mit sich brachten. Die Sirene wurde unterdessen immer lauter, bis sie schließlich von der Dorfstraße abbog und die Landstraße heraufkam.

Angie richtete das Wort an die ganze Gruppe. »Wo wir schon einmal alle hier sind: Erstens würde ich mich gern bei Mark und Mum dafür bedanken, dass wir hierbleiben dürfen, und zweitens wollte ich euch bitten, euch hier respektvoll zu benehmen. Das ist nämlich ein richtiger Bauernhof hier mit Schafen und allem Drum und Dran.«

»Danke«, formte ich lautlos mit den Lippen, doch sie war abgelenkt, weil die Sirene inzwischen zu ohrenbetäubender Lautstärke angeschwollen war. Jenseits der Hecke, die unser Grundstück zur Landstraße hin abgrenzte, sah ich ein Blaulicht flackern.

Mark sprang auf die Füße. »Es scheint zu uns zu wollen!«, rief er und rannte los.

Ich stand ebenfalls zögernd auf. Angie hielt Lucien fest bei der Hand, vermutlich, damit er Mark nicht hinterherlief. Alle starrten ihm nach, wie er Richtung Tor stürmte, hinter ihm zwei Kinder, die laut »Tatütata!« riefen. Die männlichen Traveller bauten sich nebeneinander auf und wollten wissen, was diese Scheiße sollte. Ich ging ein Stück von ihnen weg, bis ich Mark sehen konnte, der gerade mit dem Fahrer eines vor dem Tor stehenden Streifenwagens sprach. Er wirkte entspannter, wenn er sich mit einem Polizeibeamten unterhielt, als wenn er mit seiner Tochter redete. Ich blickte zurück zu den Travellern.

»Geh und hilf ihm, Mum!«, rief Angie.

Atemlos kam ich bei Mark an. Jetzt sah ich, dass es zwei Polizeiautos waren, zu denen sich inzwischen auch ein Krankenwagen gesellt hatte. Außerdem stand eine Menge Leute herum, wie Statisten eines billigen TV-Dramas, die darauf warteten, dass es endlich losging. Mark zeigte auf eine Schlange aus Autos und Bussen, die sich auf der schmalen Landstraße gebildet hatte.

»Offenbar sind es Hunderte, die von überallher angerückt sind, weil sie die Quelle für das Gelobte Land halten. Hab ich's dir nicht gesagt? Ist das jetzt genug Gesellschaft für dich?«

Der Polizist, mit dem Mark sprach, wohnte in Lenford. Es war Morgans Schwager.

»Sergeant Willis, nicht wahr?«, fragte ich.

»Hallo, Mrs Ardingly.«

Er erklärte, dass bereits Verstärkung von weiter nördlich im County unterwegs sei, worauf ich erwiderte, dass ich das nicht für nötig hielte. Wenn die Leute erst verstanden hätten, dass sie hier nicht kampieren könnten, und wenn ihre Neugier befriedigt sei, würden sie sicher von selbst wieder verschwinden.

»Bist du wahnsinnig, Ruth?« Mark wickelte gerade eine Rolle Stacheldraht ab, die er zur oberen Hecke gebracht hatte, nachdem er dort vor einigen Tagen einen Fotografen hatte herumschnüffeln sehen. Da er keine Handschuhe trug, riss er sich dabei die Finger auf, was er überhaupt nicht zu bemerken schien. »Das sind religiöse Spinner, die lassen sich nicht so einfach abwimmeln. Nicht, nachdem sie aus dem Irrenhaus entflohen sind und das Gelobte Land gesehen haben.«

Seine Anspielung auf meine Tochter war unverkennbar. Marks Sympathie für die Traveller war offenbar nur von kurzer Dauer gewesen. Der Polizist trat ein Stück beiseite und sprach in sein Funkgerät. Hinter dem Tor fing die versammelte Menge unterdessen an zu grölen und auf das Dach des dritten Streifenwagens zu trommeln, der gerade vorfuhr.

»Hilf mir mit dem Stacheldraht, Ruth!«, brüllte Mark.

»Nein! Jetzt warte doch mal! Es muss nur jemand mit diesen Leuten reden!«, rief ich zurück. Hinter mir hatten sich mehrere von Angies Freunden aufgereiht, die das Geschehen abwartend beobachteten. In diesem Moment versuchte eine Gruppe ungepflegt aussehender junger Männer von der Straße aus durch die Hecke zu brechen, und die Menge wurde immer aggressiver. Mark nahm drohend einen angespitzten Zaunpfahl in die Hand.

»Verschwindet von meinem Land, bevor ich euch dazu zwinge!«

Sergeant Willis stellte sich zwischen Mark und die jungen Männer, griff nach dem Holzpfahl und drückte ihn herunter. »Überlassen Sie das bitte uns, Sir«, sagte er.

Mark ließ den Zaunpfahl fallen. »Und alles nur, weil wir diese Hippies reingelassen haben«, schimpfte er und zeigte auf die Traveller. »Sergeant Willis ist übrigens der gleichen Meinung. *Sie* ist schuld, weil sie es herumerzählt hat.«

Er hielt es nicht einmal mehr für nötig, Angie bei ihrem Namen zu nennen. Ich wollte ihm widersprechen, aber es hätte nichts gebracht. Längst war gegenseitiges Zuhören zwischen uns zum Luxusgut geworden, zur Mangelware. Mark machte sich joggend auf den Weg zurück zum Haus, um die neueste Investition in unsere kleine Landwirtschaft zu holen: Vorhängeschlösser, Bolzen, Ketten und Elektrozäune, die Requisiten unserer künftigen Gefangenschaft. Nach und nach bekam die Polizei die Situation vor dem Tor unter Kontrolle. Das Grölen wurde leiser, und die Fahrer der Campingbusse wendeten umständlich am Straßenrand, um wieder dorthin zurückzufahren, woher sie gekommen waren. Ich wandte all dem den Rücken und ging langsam auf Angie und Lucien zu, während Mark wütend zum Haus eilte. Ganz hinten auf meiner Zunge schmeckte ich Einsamkeit, wie saure Milch, die einen zum Würgen bringt. Mir war schwindelig, und als die Welt endlich aufhörte, sich zu drehen, war Mark bereits außer Sichtweite.

»Was passiert da gerade mit mir?«, fragte er mich am Abend. »Ich hätte diese Leute verprügelt, wenn Willis mich nicht gestoppt hätte. Ich hätte es wirklich getan.« Er vergrub den Kopf in seinen Händen.

»Wir sind einfach müde«, antwortete ich. »Wir haben die halbe Nacht wachgelegen, und es war ein langer Tag.« Ich stellte mich hinter ihn und küsste ihn auf den Hinterkopf. »Dieser Ort bedeutet uns viel, das ist alles. Außerdem glaube ich nicht, dass du tatsächlich zugeschlagen hättest, Mark. Nicht, wenn es wirklich darauf angekommen wäre. So ein Mensch bist du nicht.«

Wie Wilderer, die man zu Wildhütern gemacht hatte, verbrachten Charley und jeweils ein oder zwei seiner Freunde die nächsten Tage damit, Mark beim Reparieren der Zäune zu helfen, beim Verschließen der Tore und Heranschleppen von Felsblöcken, die überall da den Zutritt versperren sollten, wo alte Wanderwege von der Straße auf unser Grundstück führten. Ich pendelte unterdessen zwischen Haus und Lager hin und her, brachte den Travellern Essen und kehrte mit Fragen zurück. Lucien war dabei häufig an meiner

Seite. Die Seher und Schwarzseher vor unseren Toren wurden nach und nach weniger, woraufhin die Polizeipräsenz zurückgefahren wurde. Die Beamten gaben uns ein Codewort, das wir am Telefon nennen sollten, sobald wieder mehr Leute auftauchten oder versuchten, auf unser Grundstück zu gelangen. Die Schaulustigen, die uns belagerten, waren allerdings nicht unser einziges Problem. Der Zeitungsartikel hatte die Schleusen geöffnet. Und nun wurden wir pausenlos von Anrufen, Mails und Briefen überschwemmt, deren Absender vom Makler bis zum Alien-Fan reichten. Zudem erinnerte das Dröhnen der Hubschrauber über unserem Haus immer mehr an einen bedrohlichen Bienenschwarm. Mehr als einmal erwischten wir Reporter, die mit ihren Teleobjektiven und Diktiergeräten unbefugt auf unser Grundstück eingedrungen waren. Trotz meiner Beschwichtigungen machte ich mir insgeheim Sorgen, dass Mark eine Schlägerei anzetteln könnte – ausgerechnet er, der einmal der verkopfteste und friedlichste Mensch gewesen war, den man sich vorstellen konnte. Wenn er in der Abenddämmerung noch einmal die Zäune abging, die Schrotflinte unter den Arm geklemmt, saß ich zu Hause und befürchtete das Schlimmste.

Die Post wurde etwas weniger im Laufe der Wochen, aber es stapelten sich immer noch Briefe voller Bitten, Versprechungen und neugieriger Fragen ungeöffnet auf dem Boden des Gästezimmers. Wir änderten unsere E-Mail-Adresse, gingen ausschließlich an unser neues Handy und verließen das Grundstück nur noch, wenn es unbedingt nötig war. Natürlich nahmen wir am Trauergottesdienst für Tom teil und setzten uns auf zwei der extra Klappstühle, die man hinten in der überfüllten Kirche aufgestellt hatte. Doch wir waren als Trauergäste nicht willkommen, und zwar nicht nur wegen der öffentlichen Aufmerksamkeit, die wir auf uns zogen, sondern auch wegen unserer vermeintlichen Mitschuld an der Dürre, die letztlich zu Toms Selbstmord geführt hatte. Nach dieser Erfahrung beschränkten wir uns zunehmend auf das Internet, wenn wir mit der Außenwelt in Kontakt treten wollten. Wir kauften nur noch online ein und deponierten eine große Kiste am Tor, in die die neugierigen Auslieferer über den Zaun hinweg unsere Bestellungen legen konnten. Wenn wir sie nicht schnell genug holten, wurden sie gestohlen, denn selbst Grundnahrungsmittel wie Zucker und Brot wurden für immer mehr Menschen unerschwinglich. Vielleicht waren es aber auch die Dorfbewohner, die uns aushungern und so als Sieger aus der Belagerung hervorgehen wollten. Zu Hause fiel es mir schwer, mich auf meine ursprünglichen Pläne zu konzentrieren, worunter der Gemüsegarten zu leiden hatte. Mark hingegen stürzte sich auf die Arbeit und bereitete alles für die Ankunft seiner Ferkel vor. Er half ihnen wie ein Ziehvater bei der Eingewöhnung, hegte und pflegte sie, vergrößerte nach und nach ihren Pferch, bis sie schließlich nach Herzenslust den Wald durchstöbern durften, wobei sie nebenher für uns das Unterholz lichteten. Mark fand Zuflucht in seiner Arbeit, ich hielt mich an Lucien. So schlugen wir uns eine Weile durch, aber nicht besonders lange.

Dann kam der Abend, an dem ich anregte, endlich die angehäufte Post in Angriff zu nehmen. Ich war müde, weil ich den ganzen Tag damit verbracht hatte, die bei der Renovierung der Scheune übriggebliebenen Holzreste zu zersägen, und saß zusammengesunken vor dem Fernseher. Es lief gerade eine bittere Reportage über die wachsende Zahl Obdachloser, Opfer der immer schlimmer werdenden Finanzkrise. Ich stellte mir vor, wie sie sich die Beine beim Überklettern unserer Hecken aufkratzten, wie sie sich an den Zauntritten die Hände an den Brennnesseln stachen, während sie auf unser Land vordrangen, und wie sie schließlich mich und Mark auf unserer eigenen Türschwelle niedertrampelten. Ich weihte Mark lieber nicht in dieses Untergangsszenario ein; schon lange teilten wir unsere Albträume nicht mehr miteinander, auch nicht unsere Träume. Neuerdings nicht einmal mehr unsere Betten, denn seit zwei Nächten schlief Mark im Nebenzimmer. Wir taten so, als läge es an seinem

Husten, wussten jedoch beide, dass dem nicht so war. Ich hatte eine Idee: der Waschkorb voll ungeöffneter Post. Wir konnten nicht einfach davon ausgehen, dass uns nur Verrückte schrieben, und alles wegschmeißen. Warum nicht den Berg abarbeiten, hier vor dem Fernseher? Mark hatte keine Lust darauf, war jedoch einverstanden. Wenigstens taten wir etwas Gemeinsames. Es gelang uns sogar, über einige Briefe zu lachen.

Sehr geehrte Damen und Herren,
Sie werden mit Interesse vernehmen, dass mir die Samen einer uralten Erbsensorte aus dem Heiligen Land vermacht wurden, vererbt von Generation zu Generation seit der Geburt unseres Herrn. Ich biete Ihnen die einmalige Gelegenheit, diese Samen für 100 000 Pfund zu erwerben, um sie in Ihrem Heiligen Land zu pflanzen …

Schon damals erschien uns dieses Schreiben urkomisch. Aus heutiger Sicht ist es womöglich noch komischer, habe ich doch ein Jahr lang das florale Gegenstück zu dieser geheiligten Erbse angebetet. Die Rose von Jericho verhöhnt mich immer noch, sie ist noch nicht mit mir fertig.

Wir gingen weiter die Post durch. Mark leerte eine Flasche unseres hausgemachten Zwetschgenlikörs und machte eine weitere auf, während wir nebeneinander auf dem Sofa saßen und uns gegenseitig die bizarrsten Briefe vorlasen. Nebenbei liefen die Spätnachrichten, und in einer Ecke des Bildschirms stand neben dem Big Ben die Zahl 271: seit so vielen Tagen hatte die Londoner Wetterstation keinen Regen mehr verzeichnet. Und dennoch lachten wir und ließen es zu, dass unsere Körper sich ganz normal berührten. Vielleicht, so dachte ich, würde Mark in dieser Nacht sogar wieder bei mir im Bett schlafen.

Er hatte keine Ahnung, dass ich einen Hintergedanken bei der Sache hatte. Früher hatte ich ihn für seine Geradlinigkeit geliebt, seine

Aufrichtigkeit. Ich war überzeugt, dass er niemals in der Lage wäre, mir etwas vorzumachen, und ich glaube, er hat dasselbe auch über mich gedacht. Jetzt zog ich den förmlichen, an uns beide gerichteten Brief hervor, den ich bereits vor einigen Tagen geöffnet und seither immer wieder alleine durchgelesen hatte. Der Briefkopf lautete »Cranborne, Cranborne und Chase, Rechtsanwälte«. Besagte Kanzlei vertrat einen privaten Klienten, der es vorzog, anonym zu bleiben, und der bereit war, über fünf Millionen Pfund für »Die Quelle« und alles dazugehörige Land zu zahlen.

»Genau, und ich bin der Kaiser von China«, sagte Mark. »Als Nächstes zeigst du mir wahrscheinlich ein unwiderstehliches Angebot von irgendeinem Typen aus Nigeria, dem wir nur unsere Bankdaten übermitteln müssen, damit das Himmelreich unser ist.«

Solche Briefe gebe es zur Genüge, falls er sie lesen wolle, erwiderte ich. Aber es seien auch jede Menge seriöser Angebote darunter. Ich zeigte ihm das Schreiben eines Philanthropen, der unser Anwesen kaufen und zu Forschungszwecken verwenden wollte, um so (ich suchte im Brief nach der genauen Formulierung) »die nachteilige Wirkung der Dürre auf die Schwächsten unserer Gesellschaft zu mildern«.

»Nicht alle Absender sind egoistische Arschlöcher oder Großkonzerne«, sagte ich zu Mark.

Er griff nach einem schlichten Bogen Papier, der mit einer wunderschönen kursiven Handschrift bedeckt war. Der Brief stammte von einem geistlichen Orden, der aus Spendengeldern die nötigen Mittel zum Kauf der Quelle gesammelt hatte und auf dem Anwesen ein Zentrum für spirituellen Frieden und Besinnung einrichten wollte.

»Dafür brauchen wir keine Mönche«, sagte ich. »Deine eigene Tochter macht am Ende deiner Felder gerade das Gleiche, falls es dir noch nicht aufgefallen ist.« Ich füllte mein Glas, halb leer, halb lachend.

Aber Mark lachte nicht. Ihm war plötzlich aufgegangen, dass ich ihm ernsthaft den Verkauf der Quelle nahelegen wollte.

»Komm mir bloß nicht damit, dass du jetzt schon aufgeben willst«, sagte er. »Ich habe mehr hierein investiert als du. Mein ganzes Ich steckt hier drin.«

»Es war – nein, es *ist* – genauso mein Traum wie deiner.«

»Aber ich war es, der gepflanzt und gepflügt hat. Faktisch habe ich verdammt viel mehr in diesen Ort gesteckt als du.« Wütend warf er die Briefumschläge auf den Boden.

»Das ist auch richtig so. *Du* musstest schließlich weg aus London.«

»Sind wir also wieder bei *dem* Thema. Das wirst du mich wohl nie vergessen lassen, oder?«

»So meinte ich es nicht, und das weißt du auch. Mach um Himmels willen endlich den Fernseher aus!«

Mark stand auf und griff nach der Fernbedienung. »Nein, ich weiß nicht, wie du es meinst, weil du nämlich selbst nie wirklich wusstest, was du denken solltest, nicht?«

Bei abgedrehtem Ton wirkten die Nachrichten wie ein stummes Spiel im Bühnenhintergrund, und durch die Stille des Raums hallte unser Geschimpfe umso deutlicher nach. Ich bemühte mich um einen ruhigeren Tonfall. »Damit hat es nicht das Geringste zu tun. Auch nicht mit Geld. Es geht um uns.«

»Eben. Sage ich doch.«

»Nein, sagst du nicht.«

Mark stand mit dem Rücken zu mir da, starrte auf den stummen Bildschirm und sagte: »Du hörst mir nicht zu.«

»Doch. Ich möchte hier weg, aber nicht ohne …«

Er wirbelte herum. »Dann hau doch endlich ab!«

Er stellte den Ton wieder an und schaltete ihn Stufe um Stufe lauter. Ich musste schreien, um mich verständlich zu machen: »Aber nicht ohne dich, Mark! Ich finde, wir sollten beide gehen und dieses Grundstück jemandem überlassen, der es sinnvoller nutzen könnte.«

»Ich bleibe hier.«

»Warum?«

Mark antwortete nicht sofort. Er schaltete den Fernseher vollständig aus und sagte dann langsam: »Weil ich gern hier lebe. Weil ich mir genau das immer gewünscht habe, schon seit meiner Kindheit. Weil es das war, was ich immer machen wollte, bis ...«

»Bis was, Mark? Bis ich dir alles kaputtgemacht habe? Weil ich schwanger war von einem anderen Kerl und eine Tochter bekommen habe, die sich als Albtraum herausgestellt hat? Das ist es doch, was du immer schon gedacht, aber nie laut ausgesprochen hast.«

Mark setzte sich wieder hin. Nachdem ich die Ofenklappe geöffnet hatte, fing ich an, einen Brief nach dem anderen hineinzustopfen. Die Flammen beleuchteten Mark zur Hälfte, knabberten an seinen Fingernägeln, ließen den Rest seines Gesichts im Dunkeln. Ich griff nach weiteren Umschlägen, aber Mark stellte den Fuß auf den handgeschriebenen Brief der religiösen Bruderschaft, bevor er sich hinunterbeugte und meine Hand nahm. Erschöpft legte ich den Kopf auf seine Knie. »Hier wächst uns doch alles über den Kopf. Wenn wir weggehen, wären wir wieder frei«, startete ich einen erneuten Versuch. Ich wünschte mir so sehr, es wieder und wieder mit ihm zu versuchen. Mein Glaube an uns war unerschütterlich.

Bevor wir ins Bett gingen, machte er die Hintertür auf und rief mich zu sich, damit ich mir den Nachthimmel ansah. Der Große Wagen hing tief und deutlich erkennbar am Himmel. Ich verlängerte seine hintere Achse und folgte ihr bis zum Polarstern.

»Da ist eine Sternschnuppe. Wünsch dir was«, sagte er und legte seinen Arm um mich. Von hinten müssen wir wie das perfekte Paar ausgesehen haben.

Ich stand da und zitterte, und es fiel mir schwer, damit aufzuhören. Heute zittere ich wieder, wenn ich an die schwarze Nacht denke, an den Polarstern, daran, was er alles mit ansah und vor was er die Augen verschloss, als es darauf ankam.

11

Lieber Mark,
ich habe immer noch nichts von Dir gehört. Liegt es daran, dass Du nicht geschrieben hast, oder haben sie Deine Briefe abgefangen? Ich weiß es nicht. Nur eines wüsste ich gern: ob Du von Angie gehört hast. Sonst nichts. Denkst Du manchmal an die Quelle? Sie denkt jedenfalls an Dich. Das nicht geschlagene Brennholz im Wald, der Spinat vom letzten Jahr, der wieder durchbricht, die Zwetschgenblüte – von all dem und noch vielem mehr bist Du ein Teil. Erinnerst Du Dich noch an den Abend, als ich vorgeschlagen habe, dass wir verkaufen sollten, und als Du sagtest: ›Da ist eine Sternschnuppe, wünsch dir was‹? Ich frage mich, was Du *Dir gewünscht hast.*
Ich bin einsam. Und ich verstehe nicht, warum Du Dich nach über zwanzig gemeinsamen Jahren nicht ein einziges Mal bei mir gemeldet hast. Wie soll ich damit umgehen? Ich bitte Dich, mich zu besuchen, die Quelle zu besuchen. Ohne Dich war ich schon immer nichts, und jetzt bin ich sogar weniger als nichts.
Ich weiß nicht, wer Lucien umgebracht hat. Falls Du es weißt und falls Du mich jemals geliebt hast, dann komm zurück und sag es mir, wie furchtbar die Wahrheit auch sein mag. Wenn es keiner von uns beiden war, dann sind wir bei der Suche nach der Wahrheit gemeinsam stärker, als es jeder für sich wäre.
Ruth

Junge klopft an die Tür. Es sei nichts Wichtiges, er wolle mich nur wissen lassen, dass man den Strom für einige Stunden abschalten werde, um ein Loch im Zaun zu reparieren. Das erklärt den ausgelösten Alarm. Es macht mir Mut, dass es immer noch jemanden gibt, der in mein Gefängnis einbrechen will. Oh, an solchen Leuten mangle es nicht, erwidert er lachend. Ich liebe sein Lachen und bin so fasziniert von seiner Unschuld und seinem Idealismus, dass ich völlig unvermittelt damit herausplatze: »Ich habe gerade an meinen Mann geschrieben und ihn gebeten, mich zu besuchen. Vermutlich reine Zeitverschwendung, da ich den Brief bestimmt nicht abschicken darf …« Junge sieht mich an und dann verlegen zu Boden. Ich weiß sofort, dass ich ihn unter Druck gesetzt habe, den Brief für mich zur Post zu bringen – und das war unfair von mir.

»Aber das macht nichts. Es war sowieso nur ein Haufen selbstmitleidiger Unsinn«, füge ich schnell hinzu. »Ist wahrscheinlich besser, ihn nicht abzuschicken, selbst wenn ich könnte. Das ist ja das Gute an Briefen im Gegensatz zu E-Mails …«

Junge unterbricht mich: »Ich kann ihn gerne für Sie zur Post bringen.«

Er ist ein Halbwüchsiger, voller Ungestüm und Risikobereitschaft. Mit einem fürchterlichen Ruck hat er eine Grenze überschritten, und alles wird anders. Verlegenheit breitet sich aus und lässt jedes Geräusch einzeln hervortreten: den Deckel, der nicht richtig auf die Teekanne passt, das Rattern des Kühlschranks, bevor er mit Abschalten des Stroms erstirbt, das Quietschen meiner Schuhsohlen auf dem Linoleum. Obwohl es nicht später als sechs sein kann, wirkt die Küche ohne elektrisches Licht plötzlich dunkel.

»Nein, das dürfen Sie nicht«, sage ich leise.

Doch Junge beharrt darauf. »Allerdings sollten Sie wissen, dass ich den Brief lesen müsste.«

Ich drehe mich zu ihm um und sehe ihn an.

»Es ist nicht etwa so, als würde es mir Spaß machen, Briefe zu zensieren, aber falls ich erwischt werde, könnte ich wenigstens behaupten, die Vorschriften befolgt zu haben. Damit ich nicht strafversetzt werde. Dann würde ich Ihnen nämlich überhaupt nichts mehr nützen.«

Ich nehme den Brief zwischen Daumen und Zeigefinger, zerreiße ihn jedoch nicht – noch nicht. »Das ist es nicht wert, wirklich nicht«, sage ich. »Mein kleines armseliges Leben wird weiter seinen Lauf nehmen, aber Sie haben Ihre Zeit beim Militär bald abgeleistet und alles noch vor sich. Wenn Sie unehrenhaft aus dem Wehrdienst entlassen werden, ist Ihre Zukunft im Eimer … falls man das so sagen kann.«

Junge zieht einen Stuhl unter dem Küchentisch hervor und setzt sich. Verlegen rutscht er herum. Es ist das zweite Mal innerhalb von fünf Minuten, dass er die etablierte Ordnung über den Haufen wirft.

»Nein, bleiben Sie sitzen«, beruhige ich ihn, als er Anstalten macht, wieder aufzustehen. Ich setze mich ihm gegenüber an den Tisch. »Wo ist Drei?«

Er lächelt. »Ich kann mich einfach nicht daran gewöhnen, dass Sie ihn so nennen. Er hat einen richtigen Namen, wissen Sie.«

»Sie auch, und ich nenne Sie trotzdem Junge. Es sind nur Kosenamen.«

Er lässt einen Apfel auf dem Tisch herumkreiseln und beantwortet meine ursprüngliche Frage: »Er ist mit Adrian am unteren Ende der Bachwiese und repariert den Elektrozaun. Das wird eine ganze Weile dauern.«

Spucke sammelt sich in meinem Mund, und ich ertappe mich dabei, wie ich mich im Nacken kratze, eine alte nervöse Angewohnheit, die ich vollkommen vergessen hatte. Lebenszeichen, die zurückkehren. Mir gegenüber beißt Junge in den Apfel. Zähne auf Schale, deutlich vernehmbar in der Stille. Ich denke: Das war mein Apfel. Sein Kauen und Schlucken klingt wie ein Übergriff oder wie eine

Einladung. Er hat gesagt, er werde den Brief abschicken. Nun gut, soll er ihn abschicken. Ich gehe um den Tisch herum, ziehe den Stuhl hinter mir her und setze mich neben ihn. Nachdem ich den Brief aus dem Umschlag genommen habe, falte ich ihn auseinander und breite ihn vor uns auf dem Tisch aus.

»Wenn Sie nicht wollen, dass ich …«, beginnt er, doch ich bringe ihn mit einem Kopfschütteln zum Schweigen.

Der Brief ist in der Dämmerung schwer zu entziffern. Die Strahlen der tiefstehenden Sonne sind an jenem Punkt ihres täglichen Laufs angekommen, an dem sie zwischen Eiche und Hausecke durchs Küchenfenster hereinscheinen, daher rutschen wir etwas weiter, um das schwindende Licht auszunutzen. Unsere Blicke folgen den Umrissen der Worte, zeichnen die unregelmäßigen Buchstaben nach, doch es ist, als würden Blinde lesen. Alles, was in diesem Raum noch bleibt, ist der Tastsinn. Ich weiß, dass mein Bein nur wenige Zentimeter von seinem entfernt ist, fühle nicht nur, wie sich meine eigene Brust hebt und senkt, sondern auch, wie es seine tut, wie sich seine Schultern unter dem Khakihemd kaum merklich bewegen, wie sein Brustkorb an- und abschwillt, wie er neben mir unsichtbar, aber merklich atmet. Nun benehme ich mich selbst wie ein Teenager und rutsche zentimeterweise zur Seite, bis sich unsere Beine berühren. Er rückt nicht von mir ab. Inzwischen hatte er genug Zeit, die erste Seite zu lesen und sie umzudrehen, doch wir verharren in unserem magnetischen Zustand, können weder vor noch zurück. Der Gedanke, dass dieser Junge wunderschön ist, drängt sich in die stille Ekstase meines Verstands. Dieser Junge ist wunderschön, und er berührt mich.

Das Funkgerät rauscht in seiner Tasche, unsere Beine trennen sich. Er bestätigt Sogleich irgendetwas, mit unnötig lauter Stimme. Dann teilt er mir mit, dass die anderen beiden auf dem Rückweg seien, und steht abrupt auf. Ich gehe ohne Grund zur Spüle, drehe den Hahn auf und lasse das kalte Wasser laufen. Während ich ins

Becken starre, denke ich: Sieh ihn nicht an, vergiss, was gerade passiert ist. Dann wendet er sich zum Gehen, ist verschwunden.

Und mit ihm der Brief.

In die Leerstelle, die er hinterlässt, drängt sich Mark. Ehebruch tritt in unterschiedlichen Gewändern auf, aber kaum entblöße ich meine Seele, ist Mark da, er ist überall an diesem Abend. Er sitzt an seinem Schreibtisch und sortiert die Rechnungen, beugt sich vor und bejubelt ein Rugbyspiel im Fernsehen, England gegen Wales – 24 zu 23 und nur noch drei Minuten zu spielen. Als ich nach oben ins Bett gehe, kommt er gerade aus dem Badezimmer, mit tiefsitzender Pyjamahose und nackter Brust, rubbelt sich die nassen Haare mit einem alten, zerfransten Handtuch trocken. Seine Haut ist wettergegerbt, ein typischer Bauer. Wenn ich die Augen schließe, kann ich ihn hören. Nicht den alten, friedfertigen Mark, sondern den Mark, zu dem er wurde, das Paar, zu dem wir beide wurden. Das Rascheln der Mäuse hinter den Fußbodenleisten wird zu unserem unaufhörlichen Gezeter, der Schrei der Eule vor meinem Fenster zu den Wunden, die wir uns gegenseitig geschlagen haben.

Ein Beispiel:

Mark, der sich noch ein Glas einschenkt, während ich beschließe, nüchtern zu bleiben. Es brodelt in ihm, er bereitet sich auf einen Showdown vor. Ich schlage Eier für ein Omelett in eine Schüssel. Lucien will bei uns übernachten, aber jetzt ist er oben und weint.

»Er beruhigt sich schon wieder.«

»In letzter Zeit ist er ganz schön unausgeglichen.«

»Ich glaube nicht, dass er besonders glücklich ist.«

»Dann ist er nicht der Einzige.«

»Wen meinst du noch?«

»Was glaubst du wohl?«

»Auf diese Art geht es nicht weiter mit uns.«

»Auf welche Art? Okay, war nur ein Witz.«

»Das ist verdammt nochmal nicht lustig.«

Mark trinkt weiter. Lucien fängt wieder an zu weinen.

Ein anderes Mal beim Frühstück. Wieder streiten wir. Mark wirft einen Stapel Briefe und ausgedruckte E-Mails auf den Küchentisch und fängt einen Monolog an:

»Vergiss die Spinner, Druiden, Kirchenleute und Regentänzer. Das hier sind alles seriöse Briefe, die beantwortet werden müssen. Hast du dir überhaupt die Mühe gemacht, sie zu lesen? Die Abteilung Dürrebekämpfung des Umweltamts schreibt uns – irgendetwas über eine zwangsweise Zugangsberechtigung zu unserem Grundstück. Und dieser Brief ist eine Abmahnung, weil wir nicht auf das erste Schreiben geantwortet haben. Und hier haben wir eine Art rechtliche Aufforderung der Regierung, auf die wir innerhalb einer Frist von zehn Tagen reagieren müssen. Die gab es in den Gesetzbüchern noch gar nicht, als ich Jura studiert habe. Das hat sich irgendjemand neu ausgedacht. Scheißbürokraten! In alles mischen sie sich ein!«

Meine Antwort auf seinen Monolog:

»Jetzt lauf nicht davon, Mark, das ist kindisch! Die Probleme verschwinden nicht einfach, nur weil wir so tun, als gäbe es sie nicht, und unbekümmert weiter unsere Bohnen anpflanzen. Wach endlich auf! Das ist nicht mehr unser Land. Und nicht mehr unser Leben. Nur unser Problem, das ist es immer noch. Lass uns von hier wegziehen, bevor uns das alles in den Wahnsinn treibt!«

Er ist weg.

»Bevor es einen Keil zwischen uns treibt«, sage ich zu mir selbst. Die Post bleibt auf dem Tisch liegen.

Drittes Beispiel:

Es ist Nacht, ich liege im Bett. Die gemeinsamen Nächte kommen und gehen. Wir trennen uns, versuchen es erneut, beginnen versöhnlich und enden im Streit. Meist gehe ich zuerst ins Schlafzimmer und tue so, als würde ich schon schlafen.

»Ich finde es immer noch unendlich schön hier.« Mark steht mit dem Rücken zu mir und schließt die Jalousien. »Ich weiß, dass ich auch morgen wieder aufstehen, aus dem Fenster blicken und denken werde: Wie können wir jemals wieder von hier fortgehen?«

Ich öffne die Augen. »Glaubst du, mir geht es nicht genauso? Aber ich weiß nicht, wie lange wir das noch durchhalten. Bald wird nichts mehr von uns übrig sein. Manchmal denke ich, es wäre besser, sich rechtzeitig aus dem Staub zu machen.«

Er legt sich zu mir ins Bett. »Wohin denn?«

»Wir könnten die Millionen nehmen und uns woanders einen Hof kaufen. Vielleicht in Schottland? Im äußersten Nordwesten fällt immer noch ein bisschen Regen.«

»Mach dich nicht lächerlich. Jedes Stückchen Land, das dort zum Verkauf stand, ist schon seit langer Zeit vom Markt. Verstehst du es denn nicht? Wir beide sind die einzigen Menschen in diesem Land, die haben, was alle wollen. Und deshalb hassen sie uns.« Mit einem übertriebenen Ruck dreht er sich von mir weg, greift sich die Bettdecke und zieht sie wie einen Schutzschild über seinen Kopf. »Wir haben, wovon alle anderen nur träumen können. Und wir träumen davon, so zu sein wie alle anderen. Uns bleibt gar nichts anders übrig, als zu bleiben. Wohin sollten wir auch zurückkehren?«

Ist er nicht derjenige gewesen, der sämtliche Brücken hinter uns abgebrochen hat?

Mark redet weiter auf die Zimmerwand ein. »Wir haben die Verantwortung für dieses Stück Land übernommen, und vor der werden wir nicht einfach davonlaufen.«

»Du tust so, als wäre es dein Kind. Als würden wir seine Gefühle verletzen.«

»Vielleicht ist es ja so. Und lass mich bloß in Ruhe mit deinem Psychogerede!«

Jetzt ist es an mir, mich von ihm wegzudrehen. »Früher warst du nie so sarkastisch.«

»Und du warst nie so egoistisch.« Mark schnappt sich sein Kissen und marschiert ins Gästezimmer.

So war es zwischen uns.

Damals, bevor die Schwestern kamen, arbeitete Mark bis zur Erschöpfung im Wald und auf den Feldern, um wenigstens auf einem Gebiet Erfolg zu haben. Währenddessen wurden meine Bemühungen, etwas zur Arbeit auf dem Hof beizutragen, immer halbherziger: Ich ließ mich von einer Aufgabe zur nächsten treiben, vergaß, den Hühnerstall zu reparieren und die Setzlinge zu gießen, und erfand ständig neue Vorwände, um zu Angie und Lucien hinüberzugehen, bis meine Tochter eines Tages damit drohte, weiterzuziehen, wenn ich ihr nicht endlich mehr Freiraum ließe. Ich sehnte mich nach Gesellschaft und wagte mich dennoch nicht ins Dorf. Ich erfand Ausflüchte, um den Aufbruch so lange hinauszuzögern, bis der Laden, in den ich wollte, bereits zu war. Ich legte den Besuch beim Postamt auf einen Mittwoch, obwohl ich wusste, dass die Post an diesem Tag früher schloss, oder stellte plötzlich fest, dass ich doch keine neuen Socken brauchte. Aber meine schwitzigen Hände und meine ausgetrocknete Zunge verrieten mich. Wenn wir dringend unsere Vorräte aufstocken mussten, fuhr Mark ins Dorf und kehrte schweigsam und angespannt zurück. Keiner von uns beiden hatte Freunde, und wenn Lucien nicht gewesen wäre, wäre ich verrückt geworden. Im gleichen Maße, wie Mark körperlich immer stärker wurde, baute ich mental ab; zwei Seiten derselben Medaille, die auf seiner Seite landete, wenn wir sie hochwarfen.

»Ich wollte immer nur Bauer sein, nichts anderes!« Da, er hatte es gesagt; ich weiß nicht mehr genau, wann, wahrscheinlich in einer jener schrecklichen Nächte vor Ankunft der Schwestern.

»Ich weiß. Und ich habe dich immer nur davon abgehalten.«

»Vielleicht war das der Preis, den ich dafür zahlen musste, mit dir zusammen zu sein«, antwortete er ein wenig zu schnell.

In diese verfahrene Situation platzte Schwester Amelia.

12

SONNTAG. Bestimmt bringt mir Hugh heute Neuigkeiten über Mark und Angie und die Schwestern. Die Aussicht macht mich ganz nervös, also wische ich fieberhaft den Küchenboden, um mir die Wartezeit zu verkürzen. Als ich ihn an der Tür höre, klopfe ich dreimal auf das hölzerne Abtropfbrett. Hoffentlich bringt er gute Neuigkeiten. Dann bitte ich ihn herein. Er beginnt mit einer Entschuldigung.

»Meine Verspätung tut mir sehr leid, zumal Sie vermutlich schon ungeduldig auf die Uhr geschaut haben. In solchen Momenten bewegen sich die Zeiger immer besonders langsam, nicht wahr?«

Er ist später als sonst eingetroffen, weil seine Tochter für einige Tage zu Besuch ist und »ein großes Trara um ihn veranstaltet«, wie er es nennt. Die Sorge seiner Tochter scheint berechtigt zu sein, denn er wirkt bei jedem Besuch kurzatmiger. Da es ein bewölkter, drückend schwüler Tag ist und die Sonne heute nicht auf unseren Lieblingsplatz an der Rückwand des Hauses scheint, gehen wir nach drinnen, und ich ziehe den Hocker heran, damit er sein geschwollenes Bein hochlegen kann.

»Meine Tochter wollte mich unbedingt bis ganz zum Tor fahren. In Lenford gab es einigen Ärger, und sie scheint mir zuzutrauen, dass ich die Fenster der Bankfiliale einwerfe oder auf dem öffentlichen Parkplatz randaliere.«

»Ich freue mich, dass Sie wohlbehalten angekommen sind.«

Meine mangelnde Geduld für Smalltalk muss offensichtlich sein, denn nachdem Hugh sich vergewissert hat, dass Drei gegangen ist, kommt er direkt zur Sache: »So weit zu Lenford und meiner Tochter. Es tut mir leid, dass ich keine anderen familiären Neuigkeiten habe, um Sie aufzuheitern.«

»Überhaupt keine?«

»Ich fürchte, nein.«

Unter dem Vorwand, ihm ein Glas Wasser zu holen, verlasse ich das Wohnzimmer. In Wahrheit kann ich mich kaum auf den Beinen halten, die Enttäuschung ist vernichtend. Es erscheint mir sinnlos, überhaupt zu Hugh zurückzukehren.

Seine Stimme erreicht mich durch die offene Tür. »Was nicht heißt, dass ich bei einem anderen Besuch nicht vielleicht mehr zu berichten habe. Jetzt kommen Sie und setzen Sie sich zu mir. Ich wollte Sie nämlich schon länger etwas fragen.«

Gesellschaftliche Konventionen haben keinerlei Bedeutung mehr für mich. Nichts hält mich davon ab, mich danebenzubenehmen, die Tür zuzuknallen und zum Schmollen auf mein Zimmer zu gehen. Aus unerfindlichen Gründen behält die Höflichkeit dennoch die Oberhand.

»Haben Sie sich Ihren Vorsatz noch einmal überlegt?«, fragt er.

»Welchen Vorsatz?« Ich stelle das Glas Wasser, das ich ihm geholt habe, auf das Beistelltischchen neben dem Sessel.

»Das Land zu bestellen.« Er korrigiert sich: »Beziehungsweise es *nicht* zu bestellen.«

Nein, habe ich nicht. Ich habe mich strikt an die drei Gelübde gehalten, die ich zu Beginn meines Hausarrests eingegangen bin. Mit dem Ergebnis, dass das winzige Restchen Welt, das mir geblieben ist, im Chaos versinkt.

»Warum fragen Sie?«

»Weil mir das kleine Beet am hinteren Ende des Obstgartens aufgefallen ist.«

Ich war schon eine ganze Weile nicht mehr dort. Die Brennnesseln stehen zu hoch, der Boden ist übersät mit Glasscherben, und eine Aussicht hat man von dort auch nicht. Inzwischen ziehe ich einen weiten Himmel und möglichst viel Platz um mich herum vor.

Hugh lässt nicht locker: »Irgendjemand muss in den alten Gemüsebeeten neben dem eingestürzten Gewächshaus Unkraut gejätet und umgegraben haben. Es sieht sogar aus, als habe jemand dort etwas gepflanzt.«

Mein Gesicht verrät mich.

»Das wussten Sie nicht?«

Ich schüttle den Kopf. Die Beete sind klein, es kann sich also nicht wie auf den großen Feldern um organisierte Pflanzungen des Landwirtschaftsministeriums handeln. Ich grüble laut darüber nach, warum jemand so etwas tun sollte.

»Die weit vernünftigere Frage lautet doch, warum jemand so etwas *nicht* tun sollte«, entgegnet Hugh. »Woher diese Weigerung, das Land zu bestellen, das Sie so sehr lieben? Es fällt mir schwer, zu glauben, dass Sie erst alles für die Quelle opfern – Ihr Leben, Ihre Ehe, Ihre Freiheit –, um das alles anschließend verkommen zu lassen.«

»Ich will einfach nicht.« Ich weiß selbst, wie unreif das klingt. Ich werde nicht, kann nicht, will nicht. Weil es mich langweilt. Warum sollte ich? Die letzte Frage spreche ich laut aus: »Warum sollte ich?«

Hugh schließt für einen Moment die Augen, bevor er seine Bibel aus der Plastiktüte nimmt und sie in seinen Händen hin- und herwendet. Er sieht alt aus und lässt Kopf und Schultern hängen.

»Alles in Ordnung bei Ihnen, Hugh?«

Er öffnet die Augen. »Bei mir ist alles in Ordnung, Ruth«, antwortet er. »Aber ich mache mir Sorgen um Sie. Mir kommt es vor, als hätte sich hier etwas verändert, auch wenn ich beim besten Willen nicht sagen könnte, was es ist.«

Ich versuche, ihn zu beruhigen. Versichere ihm, dass ich nach wie vor gut mit den Wärtern auskomme – wobei ich ihm selbstverständlich nichts von meinem besonderen Moment mit Junge erzähle, obwohl ich gern mit jemandem darüber reden würde –, dass ich nachts hin und wieder schlafe, morgens aus dem Bett aufstehe und vermutlich sogar ein bisschen zugenommen habe. Jedenfalls sitzt meine Jeans enger. Während ich rede, ziehe ich einen losen Faden aus den Fransen des Sofakissens und ribbele die Borte dabei auf.

»Warum machen Sie sich Sorgen um mich?«, frage ich.

»Weil ich den Eindruck habe, dass Sie die falschen Entscheidungen treffen.«

Der letzte verbleibende Faden reißt ab, woraufhin das Füllmaterial aus dem Kissen quillt. »Wie schön, dass Sie mir überhaupt eine Wahl zugestehen. Ich dachte, Ihr Gott wäre eher einer, der seine Wahl trifft, anstatt einem die Wahl zu lassen.«

»Und Sie waren eine dieser von Gott Auserwählten, nicht wahr, Ruth? Zumindest haben Sie sich eine Zeitlang dafür gehalten.«

Pick, pick, pick. Ich fummele an dem Kissen herum, bis ich den nächsten losen Faden gefunden habe. »Andere haben mich dafür gehalten. Amelia, die Schwestern … Wenn Sie so wollen, haben sie mich zur Auserwählten bestimmt. Und ich habe mich gefügt. Aber sie haben sich geirrt, wir alle haben uns geirrt.«

»Allerdings hat es tatsächlich geregnet damals, oder etwa nicht? Und dass es hier immer noch regnet, lässt sich nicht leugnen.« Hugh nimmt einen Schluck Wasser, seine Hand zittert, als er das Glas zum Mund führt.

»Ich wünschte, es würde verdammt nochmal endlich aufhören zu regnen.«

»Sie sollten sich überlegen, was es für den Rest des Landes bedeutet, dass es hier noch regnet. Haben Sie eine Ahnung, wie es dort draußen zugeht, Ruth? Die Leute kämpfen um ihr Überleben. Denken Sie nur daran, was eine Dose Suppe mittlerweile kostet. Denken Sie an die Frauen, die ihre Kinder durchfüttern müssen, die alten Menschen, die den letzten Penny für ihren Wellensittich zusammenkratzen, weil er ihr einziger Freund ist. Während es hier nicht nur einfach nieselt, sondern regnet, schüttet, in Strömen gießt. Nur allein diese Verben aufzählen zu können ist ein Segen, Ruth. Das hier ist heiliges Wasser, so oder so, wie man es auch betrachtet.« Er blickt in sein Glas. »Dieser Ort ist gesegnet, das steht fest.«

»Das haben die Schwestern auch gesagt.«

»Dann hatten sie zumindest in einem recht.«

Das Kissen ist inzwischen völlig zerfleddert; ich werde es nähen oder wegwerfen müssen. Mittlerweile habe ich genug von Hughs Predigten. Er mag keine Neuigkeiten über Mark und Angie mitgebracht haben, aber vielleicht hat er im Internet etwas über die Schwestern herausgefunden, etwas, was er mir hier, unter der Kamera, nicht mitteilen kann. Wir müssen also nach draußen, auch wenn es so aussieht, als hätte er sich hier häuslich eingerichtet. Er lehnt tief im Sessel, als befände er sich nach einem guten Abendessen in der Lounge eines Fünfsternehotels.

»Lassen Sie uns nach draußen gehen.«

Hugh nickt. »Wie Sie möchten.« Er fängt an, mühsam im Sessel nach vorn zu rutschen.

Es gibt viele Wege, zum Ungeheuer zu werden; ich weiß nicht, warum ich sie unbedingt alle beschreiten möchte.

»Ach, so schön ist es draußen auch wieder nicht. Hier haben wir es doch eigentlich ganz gemütlich.« Ich lasse mich auf der Sofalehne nieder. Ich will jetzt, dass er geht, schließlich hat er mir keine Neuigkeiten gebracht. Außerdem fehlt mir heute die Geduld für einen Nachmittag als Seniorenbetreuerin, aber ich reiße mich zusammen.

»Danke. Für mich ist es hier drinnen ein wenig angenehmer. Also, beim letzten Mal wollten Sie wissen, wie ich mit dem Internet zurechtkomme«, fährt er fort. »Ich würde sagen, dass ich allmählich Fortschritte mache.« Er blickt zur Kamera hoch und dann wieder auf mich. »Im Internet etwas herauszufinden ist eine Kunst, wenn Sie mich fragen. Wie im echten Leben muss man wissen, wonach genau man sucht, sonst wird man an der Nase herumgeführt. Und um zu wissen, wonach man sucht, muss man Klarheit darüber haben, was man bereits weiß.«

Na gut. Nähern wir uns der Wahrheit also auf diesem Weg.

Einbruch: ein Substantiv, das fester Bestandteil unseres Vokabulars wurde, auch wenn der Akt, den es beschreibt, in den Wochen nach dem Artikel kontinuierlich abnahm. Mark schrieb es seiner Angewohnheit zu, jedes Mal, wenn er auf unbefugte Eindringlinge stieß, ein paar Schüsse in die Luft abzufeuern, »damit sie es endlich kapieren«. Über die Rechtmäßigkeit dieser Maßnahme ließ er nicht mit sich reden. Ein Einbruch war in gewisser Weise auch die Ankunft der Schwestern.

Es gab keinen merkwürdigen Lichtschein über Hedditch Field, keine himmlischen Heerscharen, die von ihrer Anwesenheit kündeten, kein Gefühl des Friedens, das sich in unserem zunehmend kriegsgebeutelten Paradies ausbreitete. Nur vier Wohnwagen, vier Nonnen und eine Mission. Das klingt wie der Anfang eines langatmigen Witzes ohne Pointe, und in gewisser Hinsicht war es das auch.

Die Reifenspuren führten vom Schotter der Zufahrtsstraße aufs Gras. Mark hätte keinen Grund gehabt, hier entlangzufahren, und Angies Freunde wussten inzwischen, dass sie seinen Zorn auf sich zogen, wenn sie mit ihren Bussen seine Wiesen umpflügten. Ich hielt inne, um einem Kuckuck zu lauschen, dem ersten, den ich in diesem Jahr hörte. Auf seinen doppelzüngigen Ruf erklang wie als Echo menschlicher Gesang. An diesem Abend war es feuchtwarm und dunstig, und die Töne hingen unter den niedrigen Wolken wie ein Geruch. Es war eher ein Sprechgesang als eine richtige Melodie, und die Pausen und das erneute Anschwellen der Stimmen deuteten darauf hin, dass jemand, den ich kaum hören konnte, den anderen vorsang und diese auf ihn antworteten. Während sich der Kuckuck im Osten in den Himmel erhob, schien die Musik aus der Senke links des Pfades heraufzusteigen. Ihre tiefen Töne gruben ihre Stiele bis in die Wurzeln des Waldes, und die Höhen wuchsen bis in die Lüfte, wo das Flattern der Lerche wie ein Tremolo erscheint. Sie schwoll mit der Brise an und ließ genauso unmerklich wieder nach, im Einklang miteinander wie der Wind im Weizen. Es war englische Musik, so meinte ich, die unsere Geschichte atmete und unsere Zukunft, und ich war gefangen in der Gegenwart dieses Gesangs.

Als ich die Hecke erreicht hatte, die das Ende des Felds markierte, war immer noch niemand zu sehen. Ich setzte mich mit dem Rücken zum Wald auf den Zauntritt, die Knie gebeugt, die Füße auf dem Boden. Dennoch verlor ich den Kontakt zur Welt um mich herum so vollkommen, dass ich nicht merkte, wie Angie hinter mir auftauchte. Sie berührte meine Schulter, und als ich mich umdrehte, legte sie den Finger an die Lippen, und wir lauschten gemeinsam. Irgendwann erstarb der Gesang, und die Stille, die folgte, war wie ein durchscheinendes Glas, durch das man sah, wie man noch nie zuvor gesehen hatte. Wir schlichen weiter, bis Angie mir neben der einsamen Eiche in der Mitte des Felds bedeutete, stehen zu bleiben. Unterhalb von uns standen Wohnwagen, zwischen denen sich Frauen hin und her bewegten, ein so seltsames stummes Schauspiel, dass ich mich fragte, ob es überhaupt echt war.

»Ich wusste, dass du nichts dagegen hast«, flüsterte Angie.

Jetzt, wo ich zurückblicke, weiß ich, dass es mit Angie immer nur um Machtspielchen ging. Und wie so oft hielt sie auch an jenem Abend das beste Blatt in der Hand. Wir pokerten zu dritt, Mark, Angie und ich, aber Angie bluffte besser als wir. Heute frage ich mich manchmal, ob wir es trotz Angie oder wegen Angie so lange schafften, verheiratet zu bleiben.

»Du kennst diese Frauen?«, fragte ich sie.

»Ja. Nein. Na ja, nicht direkt, aber ich weiß ein bisschen was über sie.« Trotz ihrer neuentdeckten Ehrlichkeit kam sie selbst jetzt nicht ganz ohne Verstellung aus. Sie erzählte mir, was sie über die Geschichte dieser Frauen wusste. Sie seien sich zum ersten Mal während einer Klausur in einem Kloster in Wales begegnet. Dort habe ihre Anführerin eine Art Offenbarung gehabt, worauf sich die anderen diesem neuen Glaubensweg ebenfalls angeschlossen hätten. Angie erschien das alles logisch, während ich, gelinde gesagt, meine Zweifel hatte. Ob sie Christinnen seien? So etwas in der Art, zumindest glaubte sie das. Angie hatte die Frauen hereingelassen. Als sie mit ihren Wohnwagen eingetroffen seien, habe jemand aus dem Dorf die Polizei verständigt, die »in voller Kampfmontur«, wie Angie es nannte, angerückt sei. Die beiden Parteien hätten sich feindselig gegenübergestanden, bis sie gekommen sei und den Bullen – »Sorry, Mum, ich meinte natürlich, den Polizisten« – mitgeteilt habe, dass die Nonnen mit unserer Erlaubnis hier seien. Ich protestierte lahm und erklärte, dass das nicht ihre Entscheidung sei – die gleiche alte Leier wie früher, wenn sie wieder einmal Leute zu uns eingeladen hatte, die auf unseren Böden geschlafen und sich in unserem Badezimmer erbrochen hatten. Das hier sei etwas anderes, beharrte sie. Diese Frauen seien hergeführt worden.

»Von wem?«

»Von ihrer Göttin, der ›Rose‹, wie sie sie nennen. Du hast es doch in ihrem Gesang gehört, genau wie ich, Mum. Diese Frauen sind etwas Besonderes, das kannst du nicht leugnen.«

Ich könne leugnen, was immer ich wolle, antwortete ich. Was ich nicht leugnen konnte, war die Tatsache, dass Angie diese Frauen hereingelassen hatte und dass ich diesen Umstand irgendwie Mark erklären musste. Ich würde zuerst mit diesen angeblichen Nonnen reden, bevor ich eine Entscheidung traf, sagte ich zu Angie. Und wer kümmere sich überhaupt um Lucien, während sie hier auf spirituellen Pfaden wandle? Wie lächerlich, dass ausgerechnet ich ihre Fähigkeit anzweifelte, auf ihren Sohn aufzupassen. Aber ich tat es, und damit muss ich nun leben. Sie reagierte nicht beleidigt, umarmte mich nur und sagte, ich solle zu den Frauen gehen und sie kennenlernen.

»Du wirst sie mögen«, rief sie mir über die Schulter zu, während sie das Feld hinaufstapfte. »Sie kommen nicht mit leeren Händen, sie haben etwas für dich. Sie wissen alles über dich.«

Als ich den Abhang hinunterging, waren die Frauen von der Bildfläche verschwunden, und ihr kleines Lager lag still und etwas weniger ehrfurchtgebietend da. Unsicher blieb ich in der Mitte der kreisförmig aufgestellten Wohnwagen stehen. Der Wind spielte mit einigen T-Shirts, die auf einer improvisierten Wäscheleine hingen. Ich stand nah genug an einem Wohnwagen, um durch sein Fenster vier blasse Gestalten um einen ausklappbaren Tisch sitzen zu sehen, ein durch Kondenswasser verschwommenes Tableau. Eine der Gestalten schien laut etwas vorzulesen, während die anderen aßen. Es war die Vorleserin, die als Erste auf mich aufmerksam wurde. Ohne den Blick vom Fenster zu lösen, gab sie das Buch an ihre Sitznachbarin weiter. Ich hob die Hand zum Gruß, woraufhin die vier Frauen ihre Mahlzeit unterbrachen, die Köpfe senkten und die Hände zum Gebet falteten.

Die Vorleserin stand auf, und nachdem ich das Klappern von Schuhen auf einer Metalltreppe gehört hatte, kam sie um den Wohnwagen herum. Ich nahm mir fest vor, mit aller Bestimmtheit aufzutreten, aber das Verhalten der großen Frau entwaffnete mich völlig. Sie sank auf die Knie, wobei ihr die langen rotbraunen Haare ins Gesicht fielen, küsste den Saum meiner Bluse und flüsterte leise vor sich hin, bevor sie mit Tränen in den Augen und ausgebreiteten Händen wieder aufstand. Sie war eine beeindruckende Erscheinung, majestätisch und seltsam androgyn, von ihrer auffallend sinnlichen Haarpracht einmal abgesehen.

»Ruth!«, rief sie. »Ruth Birgitta Rose!« Der Wind trug meinen Mädchennamen mit sich fort, zusammen mit dem Rest von mir, und verlor sich damit in den aufziehenden Wolken.

Später sagte sie: »Wir sind weit gereist, um dich zu finden.«

Sie sagte auch: »Willkommen. Ich bin Schwester Amelia.«

Damit zog sie mir den Boden unter den Füßen weg. Ich unternahm einige klägliche Versuche, ihr die Begriffe Eigentum und Grenzen auseinanderzusetzen, ihr zu erklären, dass es Angie nicht zustehe, sie in meinem Namen hereinzulassen. Aber Schwester Amelia entgegnete nur, dass alles genauso vorherbestimmt und daher gut sei. Endlich gelang es mir, mich loszureißen, indem ich sagte, dass ich zurückmüsse, das Abendessen, dass wir uns morgen weiter unterhalten würden. Dabei wusste ich längst, dass ich diese Frauen nicht bitten würde, wieder zu gehen. Angies Worte gingen mir durch den Kopf: *Sie sind hergeführt worden.* Reiß dich zusammen, Ruth, dachte ich. Sieh sie einfach als das, was sie sind: ein paar verschrobene, verzweifelte Frauen, die ihr Heil in religiösen Phantasien suchen. Andererseits war es ja auch nichts Schlimmes, an etwas zu glauben. Auch ich brauchte etwas, an das ich glauben konnte. Denn alles andere glitt gerade still und heimlich ins Nichts ab.

Ich hatte genügend Zeit, über Erklärungen nachzudenken, und werde vermutlich auch mein restliches Leben damit verbringen. Ich habe Rücksprache gehalten mit Psychologen, Psychiatern, Wissenschaftlern, Priestern, Hellsehern und mit mir selbst, habe die Sterne konsultiert, in Teeblättern gelesen, Antworten in der Beschaffenheit des Himmels und Gesichter in der seltsam geformten Rinde von Bäumen gesucht. Manche Leute erkennen Jesus in einem Päckchen Schmelzkäse. Das kommt der Wahrheit genauso nah wie alles andere. Wer kann es mir verübeln, dass ich mich für den Käse entschieden habe?

Als ich an jenem Tag auf dem Weg zurück zum Haus neben der einsamen Eiche stehen blieb und auf das Lager der Frauen hinunterblickte, das im Grunde nicht mehr war als vier Blechkonserven mit vier verlorenen Seelen darin, entglitt die Entscheidung meinen Händen. Sicher, ich hätte zum Haus hinaufgehen, die Polizei anrufen und das Codewort angeben können, hätte mich mit Mark zusammentun können, um die Frauen zu vertreiben. Doch als ich nach Hause kam, war Mark nicht da. Wir gingen zwar niemals aus, aber Will, ein alter Schulfreund von ihm, der gerade ein Gutachten über den Verkaufswert eines rund dreißig Kilometer entfernten Hofs erstellte – ein weiterer Landwirt, der aufgab –, hatte sich gemeldet und vorgeschlagen, sich mit ihm auf ein paar Bier zu treffen. Ausgerechnet an diesem Tag war Mark nicht für mich da. Der Anruf seines alten Freundes war der einzige Lichtblick in einem schwierigen Monat für ihn gewesen, und auch ich hatte gedacht, dass es Mark guttun würde, einmal herauszukommen. Es war Ewigkeiten her, seit er sich das letzte Mal mit Freunden getroffen hatte, und nach ein paar Gläsern Bier sah vielleicht alles nicht mehr ganz so dramatisch aus. Mark war nie der Typ gewesen, der nach der Arbeit noch in den Pub ging und über den Tabellenstand und die Playoffs diskutierte, aber Will hatte sich in der Vergangenheit als ein guter Freund erwiesen und unbeirrt zu ihm gehalten. Daher war Mark zu dem Treffen gefahren, nachdem ich ihm versichert hatte, dass in seiner Abwesenheit schon nichts passieren werde. Später rief er ein wenig angeheitert an, um mir zu sagen, dass er nicht mehr fahren könne und daher dort übernachten werde. Ob ich diese Nacht allein zurechtkäme? Ja, antwortete ich, ich komme in der Quelle wunderbar allein zurecht.

Und so war ich ausgerechnet an jenem Abend allein. Die Lichter der Häuser auf der anderen Seite des Tals wurden von tiefhängenden Wolken verschleiert, die Schatten der Schafe lösten sich aus dem Nebel, kamen auf mich zu und entfernten sich wieder, und eine Eule kreiste über Hedditch Field, fand einen geeigneten Ast und blieb bewegungslos auf ihm sitzen. Es roch nach Regen. Wie häufig hatte ich beim Aufwachen morgens feuchtes Gras und Pfützen entdeckt, es von der Regenrinne in die Wassertonne tropfen gehört oder wie es plötzlich aus der Eiche rieselte, wenn das Eichhörnchen darin herumkletterte. Aber nur selten hatte ich mit eigenen Augen gesehen, wie der Regen fiel, nur selten hatte ich ihn tatsächlich auf meiner Haut gespürt. Als ich später im Schlafzimmer unter meiner Bettdecke lag, spielte der Wind mit dem Riegel des halboffenen Fensters und riss mich immer wieder aus meinem Schlummer. Es war nichts Neues für mich, allein zu schlafen, doch jetzt, wo Mark wirklich weg war, sehnte ich mich nach ihm, nach der Rundung seines Rückens, seiner Wärme. Seine Abwesenheit erinnerte mich daran, wie gut unsere Körper zueinanderpassten.

In diesem Dämmerzustand fing ich an, vom Regen zu phantasieren: Ich war in einer Streichholzschachtel aus Metall gefangen, und der Regen prasselte auf das Blechdach meiner Miniaturbehausung; draußen tanzten Menschen zum Rhythmus der Tropfen und versuchten, mich zu wecken, während ich drinnen mit den Fäusten an die Wände trommelte, was die Leute irrtümlich für Begeisterung hielten. Halbwach bemühte ich mich, meinen Traum und die Nacht zu trennen, bis mir aufging, dass beides ein und dasselbe war. Verwirrt tastete ich mich den Flur entlang und die Treppen hinunter und verließ das Haus. Gestalten hoben sich von der Dunkelheit ab; die Eiche reckte die Arme in den Himmel, und die purpurfarben schimmernden Pappeln zogen sich einen Wolkenschleier übers Gesicht und weinten in den Bach zu ihren Füßen. Die Wiesen lagen wie ich nackt und entblößt da, um den Regen besser auf ihrer Haut spüren zu können, und The Crag ließ sich die Felsnasen vom strömenden Wasser reinwaschen. Der Regen ließ nach und hörte schließlich ganz auf, die sich lichtenden Wolken gaben den Mond frei und gestatteten ihm, seinen Platz wieder einzunehmen und die silberglänzenden Pfützen im Kies zu beleuchten. Ich hatte den Regen auf meiner Zunge geschmeckt und ihn für gut befunden.

Als ich aufwachte, wurde es bereits hell, und ich erinnerte mich kaum mehr an die Ereignisse der Nacht. Nur eine Fußspur, eine Schrift aus Schlamm und bloßen Füßen auf dem Küchenboden, verriet, wo ich gewesen war. Ich war noch zerzauster als sonst nach dieser unruhigen Nacht und machte mir nicht die Mühe, mich zu waschen oder mir die Zähne zu putzen. Stattdessen zog ich Marks Bademantel über und verfolgte meine Fußspuren in dem Versuch, mir die Nacht wieder ins Bewusstsein zu rufen. Aus der Küche ging es durch den Flur zur Hintertür, die wie immer unabgeschlossen war. Dann folgte ich meiner kaum sichtbaren Fährte durch das lange Gras bis zu der riesigen Eiche am Tor – und dort stand die Frau, die Frau mit den langen rotbraunen Haaren. Sie trug ein Nachthemd in Regenbogenfarben, während hinter ihr am Horizont gerade die Sonne aufging und die Vögel um sie herum ihr Morgenkonzert gaben.

»Guten Morgen, Ruth«, sagte sie. »Willkommen zum ersten Tag.«

»Guten Morgen«, antwortete ich. »Sie sind aber früh wach.« Es klang absurd, als wären wir uns zufällig in London auf dem Weg zur Arbeit begegnet.

»Ich war viel zu aufgeregt, um zu schlafen«, sagte sie. »Ich wollte jeden einzelnen Regentropfen kennenlernen, wollte ihn auf meiner Haut spüren, genau wie du.«

Ich war mir nicht sicher, ob ich sie richtig verstanden hatte. Wollte sie damit andeuten, dass sie die vergangene Nacht zusammen mit mir verbracht hatte oder zumindest wusste, wo ich gewesen war und was ich getan hatte? Sie schien alles über mich zu wissen. Ich zog den Bademantel fester um meinen Körper. In der Nacht war ich nackt gewesen. Und allein – genau wie jetzt. Was trieb sich diese Frau im Morgengrauen vor meinem Haus herum?

»Ach ja, der Regen. Was den angeht, sind wir ein bisschen verwöhnt und nehmen ihn kaum noch wahr«, log ich. »Nein, das ist albern, so war das nicht gemeint. Aber wir haben uns mit der Zeit an ihn gewöhnt, und er hat uns beides gebracht, Probleme und Lösungen.«

»Gnade«, sagte sie.

»Wie bitte?«

»Gnade. Lösungen sind eine Gnade.«

Ich wünschte mir, der Bademantel hätte nicht vor langer Zeit seinen Gürtel verloren. »Und Probleme bleiben immer Probleme, wie man sie auch nennt«, antwortete ich. »Sie sind offenbar hier, weil Sie die Quelle für eine Art Paradies halten, aber es kann die Hölle sein, hier festzusitzen und über die Runden kommen zu müssen, ohne Gesellschaft, von allen gehasst. Das muss Ihnen klar sein.«

Amelia kam mit ausgestreckten Armen auf mich zu und umarmte mich. An dem Punkt, an dem eine Fremde wieder hätte loslassen müssen, hielt sie mich einfach weiter umschlungen. Statt mich höflich aus ihren Armen zu winden, ertappte ich mich dabei, wie ich mein Gesicht an ihrer Schulter vergrub. Ihre Haare dufteten nach Lavendel, und ich stellte erstaunt fest, dass ich den Tränen nahe war. Sie sagte, sie wisse, wie schwer ich es hier hätte, aber nun sei sie für mich da, sie und die anderen Schwestern, und ich müsse nicht länger allein sein. Ich wollte antworten, dass ich gar nicht allein sei, dass ich Mark hätte, schwieg jedoch. Als wir uns voneinander lösten, drehte sie sich um und ging davon, wurde immer kleiner, während sie quer über die Felder zu ihren Wohnwagen zurückging. In meinen Gedanken hingegen wurde sie immer größer und größer.

13

MARK TRAF am späten Vormittag ein, verkatert und besorgt. »Die Leute werden dort draußen immer verzweifelter«, erzählte er. Am Tor habe er Schwierigkeiten gehabt, aufs Gelände zu kommen, weil eine Frau mit ihrem Kind neben dem Auto hergerannt sei und den Türgriff umklammert habe. Als er ausgestiegen sei, um das Vorhängeschloss aufzuschließen, habe sie versucht, ihren kleinen Sohn ins Auto zu schubsen, und dabei gerufen, dass er sie nun ebenfalls hereinlassen müsse. Er nahm sich kaum die Zeit, seine Tasche abzustellen, und schlüpfte sofort wieder in seine Arbeitsstiefel, während er weiterredete.

»Sie hat geweint und gesagt, dass sie keinen Job habe und bereit sei, für uns zu arbeiten. Es war schrecklich, Ruth. Einfach schrecklich. Ich musste sie zur Seite schieben und das Tor hinter mir zuknallen. Dann fing ihr Sohn an, am Zaun hochzuklettern. Ich hatte Angst, dass er sich einen Stromschlag holt, und habe sie angebrüllt, ihn herunterzuholen.« Er griff nach dem Schlüssel für den Geräteschuppen.

»Komm her und setz dich«, sagte ich. »Das klingt ja furchtbar.«

Er blickte auf den Schlüssel. »Du hast recht, das kann warten«, lenkte er ein und kam zurück zum Tisch, um mir einen Kuss zu geben. »Will hat mich daran erinnert, dass ich die heißeste Frau der ganzen Uni geheiratet habe.«

Nachdem er sich gesetzt hatte, erzählte er vom alltäglichen Wahnsinn vor den Toren der Quelle. Dem Bierpreis beispielsweise.

Offenbar brauche man zur Herstellung von einem Liter Bier fünfundvierzig Liter Wasser. Will habe gescherzt, dass Jesus heutzutage vermutlich Wein in Wasser verwandeln würde, obwohl er als Drogendealer besser wegkäme, denn Kokain sei mittlerweile billiger als Apfelwein und das halbe Land permanent high. Weil es kaum noch Pubs gab, hatten sie ihre Drinks in der Bar des Hotels genommen, in dem Will abgestiegen war. Natürlich hatten wir mitbekommen, dass der hiesige Pub, *The Bridge*, vor einiger Zeit zugemacht hatte, doch wir hatten keine Ahnung gehabt, dass es überall so war.

»Ich fürchte, ich habe ein Vermögen an der Hotelbar gelassen. Wir werden allein dafür eine Hypothek aufnehmen müssen. Aber diesen Preis zahle ich gern für ein bisschen Realitätsflucht.«

Was er noch bemerkt hatte: die vielen provisorischen Hydranten, die mit Brettern vernagelten Gartencenter, die Militärkonvois, die Wassertransporte auf halbleeren Autobahnen eskortierten. Die Dürre habe sich langsam an die Leute herangepirscht, darin seien Will und er sich einig gewesen. Jahrelang unterdurchschnittliche Regenmengen, gelegentlich ein Landwirt aus dem Südosten, der pleiteging, Autowaschanlagen außer Betrieb, und ehe man es sich versah, sei die Dürre da gewesen. Es überrasche ihn nicht, dass die Quelle eine solche Sensation darstelle.

»Wir haben den Bezug zur Wirklichkeit dort draußen längst verloren«, sagte er.

»Du hättest sie reinlassen können«, antwortete ich leise. »Die Frau und den kleinen Jungen.«

Mark trank seinen Kaffee aus und pfefferte den Becher in die Spüle. »Na klar«, knurrte er sarkastisch. »Warum nicht gleich alle Tagelöhner, die Anschläge an unser Tor hängen und uns um Arbeit anflehen? Die könnten wir doch einfach alle aufs Grundstück lassen, nicht wahr? Aber dann wäre irgendwann kein Platz mehr für uns, das scheinst du nicht zu kapieren.«

»Interessiert dich auch, was *ich* für Neuigkeiten habe?«, fragte ich.

»Entschuldige.« Er schlang die Arme um mich. »Lass uns nicht streiten.«

Der Ausflug hatte ihm tatsächlich gutgetan, er schmeckte sogar nach der großen weiten Welt – nach Rauch und nach geliehener Zahnpasta. Vielleicht konnten meine Neuigkeiten doch noch warten. Ich hatte plötzlich das Gefühl, ihn und die Quelle an diesem Morgen verraten zu haben, indem ich eine Fremde umarmt und ihr erzählt hatte, wie schlecht es um uns stand. Diesen Vertrauensbruch wollte ich am liebsten wiedergutmachen. Andererseits konnte es womöglich doch nicht warten. Es war mehr als wahrscheinlich, dass Mark und die große Frau aufeinandertreffen und sie unsere morgendliche Begegnung ihm gegenüber erwähnen würde.

Also erzählte ich ihm von den Schwestern. Ich log zum ersten Mal an diesem Morgen und behauptete, *ich* sei diejenige gewesen, die die Nonnen hereingelassen und ihnen erlaubt habe zu bleiben, nicht Angie. Mark hielt mich für vollkommen übergeschnappt und konnte nicht verstehen, wie ich so etwas hatte tun können. Bevor er die Tür hinter sich zuknallte, fragte er noch, ob ich nach den Schafen gesehen hätte. Natürlich, antwortete ich entrüstet und überlegte, wie ich es hatte vergessen können.

Im Camp der Traveller erfuhr ich, dass Angie und einige andere früh am Morgen aufgebrochen seien, um sich ein wenig Geld zu verdienen, indem sie irgendwo vergammeltes Stroh aus einer Scheune räumten. Charley war im Lager geblieben, weil sein lädiertes Bein nicht jede körperliche Arbeit mitmache, wie er erklärte. Er sei vor Jahren in benebeltem Zustand von einem mehrstöckigen Parkhaus gesprungen, weil er geglaubt habe, er könne fliegen.

»Lucien ist auch mitgefahren«, sagte er.

Aufgebracht erklärte ich ihm, wie unverantwortlich es sei, einen kleinen Jungen zu einer solchen Arbeit mitzunehmen, wo er zwischen den schweren Strohballen zerquetscht werden konnte.

»Machen Sie sich nicht immer solche Sorgen. Angie ist eine tolle Mutter. Die Menschen ändern sich.«

Er kochte Tee, und ich setzte mich zu ihm auf einen der Baumstämme, die die Camper als Sitzgelegenheiten aus dem Wald herübergeschleift hatten. Er war gerade dabei gewesen, einen Riss im Zelt zu flicken, und nähte nun weiter, mit seinen vernarbten Armen und großen Händen, die vorsichtig und mit überraschendem Geschick die Nadel führten.

»Die Menschen ändern sich«, wiederholte er. Mit winzigen, beinahe unsichtbaren Stichen in farblich passendem Garn – alle gleich straff und im gleichen Abstand gesetzt – hatte er den Reißverschluss wieder am Innenzelt festgenäht. Dann überprüfte er sein Werk, indem er den Reißverschluss behutsam auf- und zuzog. »Fertig.«

»Hält das?«, fragte ich skeptisch.

»Wenn man hin und wieder einen Blick darauf wirft und gegebenenfalls nachbessert: ja.«

Charley begleitete mich humpelnd zur Auffahrt. »Erzählen Sie mir von diesen Nonnen, die Angie hereingelassen hat«, bat er.

»Man kann sie nicht sehen von hier«, antwortete ich. »Ihr Lager ist unten in der Senke.«

»Das weiß ich, aber woran glauben sie?«

Gute Frage.

»Meinen Sie, dass sie lange bleiben?«, fragte er.

»Keine Ahnung«, gab ich zurück. »Und Sie und Angie und Lucien? Wie lange werden Sie hierbleiben?«

»Auch keine Ahnung«, lachte er. »Aber am Ende des Sommers müssen wir auf jeden Fall weiterziehen und uns einen wärmeren Ort suchen, wie Zugvögel.«

Ich wollte keine erneute Begegnung mit Schwester Amelia riskieren, weil ich sonst den Klebstoff, die Sicherheitsnadeln und die Heftzwecken eingebüßt hätte, die meine Welt bisher zusammengehalten hatten. Aber die Aussicht auf den vor mir liegenden Tag erschien mir genauso unerträglich, denn er würde mir mit seiner Leere einen Vorgeschmack auf jene Zeit geben, wenn Lucien und all die anderen Zugvögel fort sein würden. Zurück im Haus, nahm ich mir einen Eimer mit Putzsachen und holte ein Päckchen Backpulver aus der Küche, wobei mir auffiel, wie altmodisch unsere Gesellschaft geworden war: Die lächelnde Hausfrau der vierziger Jahre war wieder da, machte Werbung für alles, vom Essig bis zum Milchpulver, und hielt uns dazu an, dem neuen Landesfeind mit dem bewährten Mute der Kriegsjahre zu trotzen. Bewaffnet mit allem Nötigen, ging ich in die Scheune, fest entschlossen, dafür zu sorgen, dass Angie nie wieder von hier fortwollte. Hier hatte schon seit längerem niemand mehr übernachtet, denn sämtliche Freunde, die uns besuchen und ein wenig hätten bleiben können, waren stattdessen weggeblieben, und Feriengäste waren das Letzte, wofür wir derzeit den Kopf frei hatten, auch wenn wir die Scheune mit Sicherheit für ein Vermögen hätten vermieten können. »Eine Woche im Paradies – nur 150 Pfund bei Selbstverpflegung.« Das einzige Problem hätte darin bestanden, die Leute wieder loszuwerden.

Überhaupt herrscht hier auf der Quelle ein einziges Kommen und Gehen, nur dass es keiner Logik zu unterliegen scheint, wer bleibt und wer geht. Meine Aufpasser haben die Scheune natürlich umgebaut, haben den Wohnbereich vergrößert und Trennwände eingezogen. Auch eine zusätzliche Toilette haben sie eingebaut sowie alle möglichen elektronischen Geräte. Es ist jetzt eher eine Kaserne als eine Scheune.

An jenem Tag putzte ich die Scheune, schrubbte das Waschbecken, warf den eingetrockneten Seifenrest weg und goss Putzmittel in die Toilettenschüssel, deren Spülung schon so lange nicht mehr betätigt worden war, dass sich ein bräunlicher Rand gebildet hatte. Dann bearbeitete ich den blauen Schimmel zwischen Duschwanne und Wand, der den weißen Fliesen das Aussehen von alten, vergammelten Brotscheiben verlieh.

Mit sauberen Laken aus dem Wäscheschrank bezog ich das Bett, strich die frischen Kissenbezüge glatt, dachte über Angie und Charley nach und stellte mir vor, sie würden hier einziehen. Dann legte ich mich auf das Bett, und mir wurde das volle Ausmaß meiner Einsamkeit bewusst. Eine Gedichtzeile stieg undeutlich aus meinem Gedächtnis auf: *Der Gletscher poltert im Schrank, im Bett die Wüste ächzt.* Das traf es genau. Auden. In London hatte ich dieses Gedicht im Unterricht durchgenommen und mich gefragt, wie die vor Energie sprühenden Jugendlichen die Trostlosigkeit einer sexuell ausgedörrten Ehe verstehen sollten. Auch mein Verständnis beruhte damals nur auf Hörensagen, weil mir Freunde intime Details aus ihren gescheiterten Beziehungen anvertraut hatten. Jetzt, nach einem Jahr auf dem Land, wusste ich, wovon die Rede war. Ich sprach den Rest des Verses laut in die Stille hinein:

»Bis die Straße ins Land der Toten aus dem Sprung in der Teetasse wächst.«

Ich öffnete den obersten Knopf meiner Jeans und schob die Hand zwischen meine Beine, während mir die plötzliche Heftigkeit meiner Begierde den Atem raubte. Meine Finger machten sich ans Werk, und mein Blick schweifte zur weißgetünchten Decke, wo ich eine Spinne entdeckte, die unterhalb des rissigen Deckenbalkens ihr Netz baute, direkt über meinem Kopf. Ihr fetter Körper drehte und drehte sich im Licht, das von draußen hereinfiel, und kam dabei immer näher. Beim Gedanken daran, dass ihre Beine mein Gesicht berühren könnten, stieß ich einen Schrei aus und riss die Hand aus meiner Hose, kratzte mir wie wahnsinnig übers Gesicht, weil die Spinne plötzlich verschwunden war und ich nicht wusste, wohin. Der Augenblick war vorbei. Ich stand auf, knöpfte mir die Jeans zu, strich die Bettdecke glatt und verließ unbefriedigt die Scheune.

Draußen hatte der Tag ein süffisantes Lächeln aufgesetzt, und ich fühlte mich schmutzig und rastlos. Wie immer hätte es viel zu erledigen gegeben, Aufgaben, die ich inzwischen als mühsam empfand: Die jungen Bäume mussten von Brennnesseln, das Kräuterbeet von Unkraut befreit werden. Der einzige Aufschub, der mir einfiel, war ein Besuch bei den Schwestern. Ich kämpfte gegen diesen Wunsch an wie eine Süchtige, die sich gegen die Haustür stemmt, damit der Dealer nicht hereinkann, nur dass meine Strategie darin bestand, zurück in die Scheune zu gehen und Inventur zu machen, Messer, Gabeln und Löffel zu zählen, Becher, Tassen, Untertassen, große Teller, kleine Teller und Schüsseln, alles, was wir in den Schubladen der Kommode für unsere nicht vorhandenen Feriengäste bereithielten. Auf die Weise schaffte ich es bis zum Mittagessen.

Als es Zeit zum Abendessen war, war ein weiterer Dominostein gefallen. Ich erzählte Mark, dass ich die Scheune geputzt hatte für den Fall, dass Angie und Lucien bei uns bleiben wollten. Darauf entgegnete er, dass er im Lager der Nonnen gewesen sei, um kurz mit ihnen zu reden, und sie einen völlig harmlosen Eindruck auf ihn gemacht hätten. Vielleicht habe das Ganze sogar Vorteile, meinte er scherzhaft, weil wir so vier weitere Augenpaare hätten, die nach Eindringlingen Ausschau hielten. Andererseits müsse man wirklich bescheuert sein, um jetzt noch auf unser Grundstück vordringen zu wollen, wo sich hier zwei der meistgehassten Gruppierungen des Landes niedergelassen hatten: Traveller und religiöse Spinner. Ich stimmte in sein Lachen ein, und als er erzählte, er habe den Frauen sogar einen Anschluss für den Wasserhahn an der Viehtränke versprochen, bot ich an, ihn in ihr Camp zu bringen. Friede kehrte überall um uns herum ein, aber er beruhte auf Pyrrhussiegen und überhasteten Versöhnungsversuchen. Ich stöberte den Schlauchanschluss in der Scheune auf und steckte dann noch einmal den Kopf zur Hintertür herein, bevor ich mich auf den Weg zu den Schwestern machte.

»Du hast also wirklich nicht vor, sie zu verjagen?«, rief ich.

Mark arbeitete an seinem Schreibtisch. »Vorerst nicht«, antwortete er.

Ich drehte das kleine Plastikteil unschlüssig in der Hand und blieb zögernd in der Tür stehen. »Ich dachte nur, dass …«

»Ist noch was?«, rief Mark aus dem Arbeitszimmer.

»Nichts! Alles in Ordnung!«, erwiderte ich und ging die Auffahrt hinauf, an deren Ende ich die Zelte und Busse der Traveller sah. Ich vernahm Kindergeschrei, aus dem ich eine Stimme, die von Lucien, sofort heraushörte. Ich hätte sie unter Tausenden Stimmen erkannt. Ein Jahr später sollte ich zwölf Stunden damit verbringen, die Ohren vergeblich nach dieser Stimme zu spitzen, und sie danach nie wieder hören. Aus der Senke, in der die Wohnwagen der Schwestern standen, drang ein schwacher Lichtschein zu mir herauf. Luciens heiseres Gebrüll gegen den Gesang der Frauen – ich entschied mich für die Frauen. Sie standen im Kreis zusammen und schienen meine Ankunft zu spüren, denn alle machten schweigend einen Schritt nach hinten und vergrößerten den Kreis, damit auch ich Platz darin fand.

»Komm zu uns, Ruth«, lud Amelia mich ein.

Die Älteste der Frauen lächelte mich aufmunternd an. »Wir sind nicht so sonderbar, wie Sie vielleicht denken. Das ist nur unsere Abendandacht.«

Ich zögerte, bevor ich mich dazustellte. Schwester Amelia gab wieder die Gesänge vor:

»Sehet, hier ist die Rose von Jericho
Sehet, gekommen ist die Rose von Jericho
Sehet, hier ist die Rose!«

Wie eine Handvoll Staub – so sah die Rose von Jericho in meinen Augen aus, als ich sie zum ersten Mal sah. Schwester Amelia hob sie hoch, küsste sie und gab sie an die ältere Frau zu ihrer Linken weiter, die die Geste ihrerseits wiederholte und die Rose an ein Mädchen weiterreichte, das ungefähr in Angies Alter war und kurzgeschnittene rote Haare und dunkle Augen hatte. So ging die Rose herum wie das Lesebuch in einem Klassenzimmer und rückte immer näher. Ich hatte keine Ahnung, was ich tun sollte, wenn sie mich erreichte. Das Mädchen mit den roten Haaren küsste sie, drehte sich zur Seite und sah mich an. Ich imitierte die anderen, hielt meine Hände auf und nahm die Rose in Empfang. Mir blieb keine andere Wahl. Ich hob das kleine Bündel aus trockenen Zweigen zum Mund und tat so, als würde ich es küssen. Als ich die Augen öffnete, lächelte mir Schwester Amelia zu. Ich mag nach dem letzten Amen aufgebrochen sein, aber ich bin niemals wirklich fortgegangen. Ich hatte teilgenommen.

Bei seinem nächsten Besuch fragt Hugh, ob ich noch eine Rose von Jericho hätte. Er ist fasziniert. Und ich habe tatsächlich noch eine. Als alles vorbei war, habe ich eine behalten, damit sie mich daran erinnert, dass ich nie wieder glauben darf. Jetzt hole ich sie, knie mich vor Hugh auf den Boden und zeige ihm die Handvoll toter Zweige in meiner offenen Hand. Die Rinde rieselt wie Schuppen auf den Teppich.

»Voilà. Die Rose von Jericho.«

Hugh beugt sich vor und streckt zögernd die Hand aus, als wüsste er nicht, ob er danach greifen darf.

»Nehmen Sie sie ruhig in die Hand. Sie ist so gut wie unverwüstlich. Das ist ja das Besondere an ihr.«

»Das soll die Rose von Jericho sein? Nicht zu glauben! Man kann sich kaum vorstellen, dass jemand eine ganze Religion darauf gegründet hat. Andererseits waren fünf Laibe Brot und zwei Fische auch nicht gerade der Brüller …« Behutsam trennt er einen Zweig ab und bricht ihn durch.

»Nicht ein Hauch von Saft oder Wurzeln. Aber sie lebt noch, sagen Sie?«

»Die Rose von Jericho ist eine Wunderpflanze und hält, was sie verspricht. Man findet sie mausetot auf dem ausgetrockneten Grund des Roten Meers oder halb vergraben im ägyptischen Wüstensand – keine Wurzeln, nichts. Bis es eines Tages …« Ich mache eine dramatische Pause und blicke durchs Fenster zum Himmel. »… regnet.« Er folgt meinem Blick, und ich fahre fort: »Der Regen erweckt sie wieder zum Leben. Die trockenen kleinen Zweige entfalten sich, bis sich das vermeintlich tote Gestrüpp in grüne Triebe und Hunderte kleiner weißer Blüten verwandelt.«

»Für wie lange?«

»Bis der Regen aufhört.«

»Und dann?«

»Stirbt sie wieder ab. Oder wirkt zumindest so, als wäre sie tot.«

»Davon habe ich gehört, aber ich habe noch nie eine gesehen.« Er wiegt die Rose in der Hand, als fände auch er es unglaublich, dass etwas derart Federleichtes so gewichtig sein kann. »Sie ist wunderschön, Ruth. Ich bin froh, dass Sie sie behalten haben.«

»Wenn Sie wollen, können Sie sie gerne mitnehmen. Falls die Schwestern noch aktiv sind, können Sie alternativ auch ein Exemplar im Internet bestellen. Amelias Bezugsquelle sitzt in Syrien. 14,99 Pfund, wenn ich es richtig in Erinnerung habe. Ziemlich günstig für ein Wunder.«

Hugh hält mir die Rose hin, aber ich rühre mich nicht.

»Kommen Sie schon, tun Sie einem alten Mann an seinem Lebensabend einen Gefallen. Lassen Sie uns die Rose nach draußen bringen. Ich würde zu gerne sehen, wie sie im Regen erblüht.«

Sogleich ruft uns durch die Tür zu, dass die Zeit um ist. Ich strecke Hugh meinen Arm entgegen und spüre sein Gewicht, als er sich daran nach oben zieht. Er braucht einige Sekunden, bis er die Balance gefunden hat, und tastet nach seinem Gehstock. Langsam gehen wir zusammen nach draußen. Hugh hält in der einen Hand seinen Stock und in der anderen die Rose. Sogleich sieht uns irritiert an.

»Das ist eine wunderbare Pflanze, Adrian. Manche nennen sie die Auferstehungspflanze. Wir können alle von ihr lernen.«

Sogleich betrachtet zweifelnd den Klumpen toter Zweige in Hughs Hand. »Wenn Sie es sagen, Sir.«

»Das tue ich. Wie wäre es hier?« Hugh zeigt auf einen großen Blumenkübel an der Hausecke. Wir haben ihn im ersten Frühjahr bepflanzt, aber jetzt ist nur noch ein überflüssiger Rest brauner Erde darin. »Ruth, nicht einmal Sie können diese kleine Handlung als Gartenarbeit bezeichnen!«

Hugh bückt sich schwerfällig und legt die Rose von Jericho auf die nackte Erde, wie ein kleiner Junge, der ein Ei in ein verlassenes Vogelnest zurücklegt und hofft, dass daraus etwas schlüpft.

»Als ich neulich das Haus demoliert habe, habe ich nach der Rose gesucht«, sage ich erklärend zu Sogleich.

14

NACH LUCIENS TOD mochten die Spekulationen über Marks angebliche perverse Neigungen neuen Auftrieb erfahren haben, aber es wurde mindestens ebenso heftig darüber diskutiert, ob ich schon immer eine religiöse Fanatikerin gewesen sei, wie es mir die Presse und das Internet unterstellten. Die Kerzen, die ich einem Nachbarn zufolge in unserem Haus in London auf dem Kaminsims aufgestellt hatte, wurden zu Requisiten einer religiös Besessenen. Meine von einem nicht namentlich genannten Pfarrer bezeugten Besuche in kleinen Landkirchen während unserer Urlaube in Devon zeugten von meinem zwanghaften Bedürfnis, eine göttliche Macht anzubeten. Sogar die Weihnachtskarten mit dem Bildnis der Jungfrau Maria darauf, die ich einmal verschickt hatte, waren laut einer alten Schulfreundin ein unumstößlicher Beweis dafür, dass ich mich als Nachfolgerin der Muttergottes betrachtete. In Wirklichkeit war ich nie eine regelmäßige Kirchgängerin gewesen und verhielt mich daher wie eine Anfängerin, als ich zum ersten Mal an der Abendandacht der Schwestern teilnahm. Ihre Gebete lullten mich ein wie die Kinderlieder, die ich als kleines Mädchen auswendig gekannt und später Angie vorgesungen hatte, und erst kürzlich auch Lucien. Die rhythmische Monotonie sorgte dafür, dass nur noch das Gefühl zählte, nicht mehr die Bedeutung der Wörter, und schon bald war ich in eine weiche, tröstende Decke eingehüllt. *Maikäfer flieg – zu Hause da herrscht Krieg – dein Haus, das ist längst abgebrannt – deine*

Kinder, die sind weggerannt – Maikäfer, flieg. Die Worte werden mich für immer verfolgen … *Ringel Ringel Rose, schöne Aprikose, alle Kinder setzen sich, nur ein Kind, das atmet nicht.*

Natürlich ging es nicht nur um Gebete und Andachten. In jenen ersten Wochen ließ sich unsere Gruppe am ehesten mit einem Lesezirkel vergleichen. Innerhalb kürzester Zeit verflog meine akute Einsamkeit, und ich fand mich in der Gesellschaft ebenso unkonventioneller wie intelligenter Frauen wieder, und das rund um die Uhr. Es war wie in London, nur ohne die Abgase und den Hundekot. Wenn Mark sich einen Männerabend machte und auf dem Sofa lag, um sich über eine der zum x-ten Mal wiederholten albernen Comedysendungen schlappzulachen, mit denen die alte Tante BBC die durstleidende Bevölkerung zu besänftigen versuchte, konnte ich mich in die Welt der Schwestern flüchten, die mir umso zivilisierter vorkam. Amelia war vom ersten Tag an ein Mysterium, und Eve, nun ja, Eve war wie viele Frauen, die ich in London flüchtig gekannt, aber nicht sonderlich gemocht hatte: nichts als Schampus, Chic und Schulterpolster. In dieser Camping-Variante eines Nonnenklosters wirkte sie besonders fehl am Platz, auch wenn das Geld zur Gründung des Ordens von ihr stammte, was ich damals noch nicht wusste.

Jack und Dorothy waren hingegen genau meine Kragenweite, auch wenn sie grundverschieden waren. Treffen sich drei Frauen an einer Quelle: eine kanadische Witwe Mitte sechzig, eine aufs Land geflüchtete Großmutter Mitte vierzig und ein persönlichkeitsgestörtes Opfer häuslicher Gewalt Mitte zwanzig – das klang wie der Anfang eines Witzes. Wir brachten einander tatsächlich zum Lachen und konnten stundenlang über alles Mögliche reden: Männer, den Sinn des Lebens, die Quelle. Natürlich sprachen wir auch über den Glauben der Schwestern, über das eigenartige Gefühl, das sie bei ihrem ersten Aufeinandertreffen in Wales überkommen hatte, das Gefühl, »dass etwas ganz Besonderes im Gange ist«, wie es Dorothy beschrieb, die Erkenntnis, dass Gott sie dazu auserwählt hatte, von der Rose zu künden und einem in Dürrezeiten vom Glauben abgefallenen Volk die Hoffnung auf Erlösung zu bringen. Ich hörte den Frauen zu, forderte sie heraus, hinterfragte sie, war nicht immer einverstanden. Zumindest damals noch nicht. Ob sie sich als Christinnen fühlten? Ihr Glaube sei eine neue Form des Christentums. Warum es in ihrem Orden nur Frauen gebe? Das Alte Testament sei männlich, das Neue Testament nur als Übergang gedacht. Dies sei das Testament der Rose, das Zeugnis der Frauen.

Ich nahm zwar an ihren sogenannten Abendandachten teil, betrachtete sie allerdings als eine Art intellektuelles Spiel, bei dem ich vieles unterschätzte: zunächst den Einsatz, den es von den Mitspielerinnen verlangte; die allmähliche Aushöhlung und Abänderung der Regeln; die Tatsache, dass kein Spiel allein durch Logik zu gewinnen oder zu verlieren ist; aber vor allem die Macht, die eine einzelne Teilnehmerin über den Ausgang des Spiels haben konnte.

Angie schloss sich unseren Diskussionen hin und wieder an und wischte meine gelegentlichen Anflüge von Zynismus beiseite, indem sie erklärte, ich müsse erst noch lernen, mich einer höheren Macht zu unterwerfen. Früher hätte ich darauf erwidert, dass sie selbst ihr Leben lang in ungesunder Abhängigkeit von übermächtigen Kräften gestanden habe, aber meine alten Gewohnheiten bröckelten bereits, und ich bewunderte sie für ihre Fähigkeit zuzuhören. In diesen Momenten fühlte es sich wirklich an, als ob sie meine Tochter sei, gerade so wie bei den Müttern und Töchtern, die ich so oft in London gesehen hatte, wenn sie in einer Shoppingmall über kleinen Cafétischchen ihre Köpfe zusammensteckten, Tüten zu ihren Füßen, einen fettreduzierten Latte macchiato schlürften und sich im gedämpften Licht ihr Äußeres in den Zügen der jeweils anderen spiegelte. Manchmal brachte Angie auch einige Freunde aus ihrer Gruppe mit, aber ich hatte nur Augen für sie, wie sie dort im Gras saß, ihre mageren Beine im Schneidersitz verschränkt. Ich wagte es sogar, stolz auf sie zu sein, auf ihre leidenschaftlichen Beiträge zu unseren Diskussionen über Klimawandel und Kapitalismus, auf ihre aufmerksame Anteilnahme, als Jack uns ihre traumatische Geschichte erzählte, und auf die selbstbewusste Art, wie sie die Ärmel ihrer Fleecejacke hochrollte, um Kartoffeln zu schälen. Lucien und Henni begleiteten uns zu den Schwestern, schlugen Purzelbäume auf dem Hang und baten um Erlaubnis, sich in den Wohnwagen umschauen zu dürfen, von denen sie nachhaltig fasziniert waren. Vor allem Jack zeigte sich großzügig und ließ die Jungen in ihrem Wohnwagen spielen und Höhlen bauen. Eines Abends kam Schwester Amelia aus ihrem Wagen, sah den beiden beim Radschlagen zu und fragte mich, wie meine Enkelin heiße.

»Mein Enkel«, korrigierte ich lachend.

»Ach so. Ich dachte, ich hätte den Namen Lucy gehört.«

»Nein, er heißt Lucien. Ich glaube, es liegt an den langen Haaren, dass er oft für ein Mädchen gehalten wird.«

»Als du sagtest, die Quelle würde eines Tages an Luce übergehen, hast du also von ihm gesprochen. Von einem Jungen.«

»Natürlich. Warum?«

»Weil ich glaube, dass dies Frauenland ist, Ruth. Es sollte von Frau zu Frau weitergegeben werden.«

Nichts in meinem bisherigen Leben hatte mich auf Schwester Amelia vorbereitet.

Das ging nicht nur mir so. Sie zog jeden in ihren Bann, der sich in ihrem Schatten aufhielt. Ich war nicht überrascht, als ich erfuhr, dass sie in Wales die Anführerin gewesen war, die diese Gruppe ungleicher Frauen um sich versammelt hatte. Sie alle waren auf der Flucht vor irgendetwas gewesen, und Schwester Amelia hatte ihnen einen Ausweg geboten, den verlockenden Duft einer Bestimmung.

»Ich habe alles für die Rose aufgegeben«, erzählte mir Schwester Amelia mit ihrer leisen Stimme, die die Leute zwang, sich ihr zu nähern, damit sie sie verstanden. »Ich habe vieles hinter mir gelassen, Menschen, Besitz, aber ich wusste, dass es ein höheres Ziel für mich gab. Selbst wenn ich keine Mitstreiterinnen gefunden hätte, wäre ich diesen Weg weitergegangen.«

»Eigentlich erstaunlich«, sagte ich eines Abends zu Mark, als ich versuchte, ihm die Schwestern und ihre Mission zu erklären. »Sie hat der Aufgabe, zu der sie sich berufen fühlt, alles andere untergeordnet. Dabei ist sie eine hochintelligente Frau, unglaublich belesen … und dennoch diese unerschütterliche Überzeugung. Sie hat getan, wovon die meisten anderen nur reden: Sie hat alles aufgegeben und ist hierher zur Quelle gekommen, weil sie es für das Richtige hielt.«

»Genau wie wir.«

»Komm schon, Mark. Du weißt genau, was ich meine.«

»Dass sie eine einflussreiche Frau ist, gebe ich gerne zu«, sagte er und blätterte durch seine Saatgutkataloge. »Aber das heißt noch lange nicht, dass sie das Richtige tut.«

Jede Schwester hatte ihre eigene Geschichte zu erzählen. Eve hatte ein schickes Loft in einer ehemaligen Lagerhalle sowie eine florierende PR-Agentur aufgegeben; Jack hatte ihren gewalttätigen Lebensgefährten verlassen; Dorothy hatte sich von ihren süßen Enkelkindern in Kanada verabschiedet. Alle hatten für Schwester Amelia Geld und Freundschaften und ihre vertraute Umgebung geopfert und waren zum Orden der Rose von Jericho geworden. Und ich wurde ebenfalls ein Teil davon, watete anfangs noch zaghaft ins Wasser, bis ich eines Tages feststellte, dass ich den Grund unter den Füßen verloren hatte und es schwieriger war, ans Ufer zurückzukehren, als weiterzuschwimmen.

Einige Andachten stechen in meiner Erinnerung heraus. Ganz am Anfang gab es einen Abend, an dem Schwester Amelia bereits tief ins Gebet versunken war, als ich mich dazugesellte. Sie kniete vor einem einfachen Holzaltar, den die Schwestern aus Holzblöcken gebaut hatten und auf dem die kleine Holzkiste mit der trockenen Rose von Jericho stand. Amelia hatte ihren Kopf zurückgeworfen, beinahe als ob ihre Haare hinter ihr am Boden befestigt wären, als ob sie große Schmerzen litte. Ihr langer Hals wirkte wie auf eine Streckbank gespannt, ihre Augen waren geschlossen, und ihre dünnen, braungebrannten Arme hingen schlaff und wie losgelöst von ihrem Körper. Die anderen drei Schwestern standen wartend dahinter, auch sie nicht in die üblichen Jeans und Pullover gekleidet, sondern in einfache graue Baumwollgewänder, die ich noch nie zuvor gesehen hatte. Diese Kluft vereinte die Schwestern in Schlichtheit und Demut. Sie boten mir kein Gewand an, und ich fühlte mich ausgestoßen, ausgeschlossen von ihrer Erleuchtung. Ich neidete ihnen ihren inneren Frieden. Während ich unsicher eine Hand in die Tasche meiner Hose schob, spielte ich mit der anderen an der Kette an meinem Hals herum, die mir plötzlich protzig vorkam. Ich habe die Kette noch, sie besteht aus hellen, zerbrechlichen Glasperlen und ist nicht im Geringsten protzig. Es kommt immer auf den Kontext an.

Am nächsten Abend blieb ich der Andacht zunächst fern, wie ein Kleinkind, das trotzig darauf wartet, dass man es aus der Schmollecke holt. Aber Amelia kam nicht, also gab ich schließlich nach und ging zu ihr, schloss mich dem Kreis der betenden Frauen an. Wieder kniete Amelia ein Stück abseits, und wieder warteten wir anderen auf sie. Die Ruhe der Schwestern war mir noch fremd. Ich trat von einem Fuß auf den anderen, warf die Haare zurück, kratzte den Mückenstich in meiner Armbeuge. Endlich erhob sich Schwester Amelia auf ihre Fersen, wippte kurz und stand dann in einer einzigen fließenden Bewegung auf. Sie hieß den Geist der Rose in unserer Mitte willkommen, und ich zwang mich, ihn an mich heranzulassen, mich ihm zu öffnen. Und da war er: ein paar angespannte Atemzüge, mein Herz, das wie die Flügel eines Kolibris flatterte, ein Flüstern, das wie Fingerspitzen über meine Wirbelsäule strich. Es war ein Anfang, wie Amelia sagte.

Sie unterrichtete mich in der Kunst der spirituellen Meditation, erklärte mir, wie ich meinen Atem bewusst wahrnahm, wie ich meine Gedanken abschaltete, führte meine Sinne mit ihrem leisen Gesang durch meinen Körper, bis ich die Bereitschaft spürte, mit der die Erde meine Füße empfing, die Stärke meiner Waden, die Anspannung in meinen Oberschenkeln, die bis in meinen Unterleib reichte, die Leere meines Bauchs, das Auf und Ab meiner Atmung, den an meinem Hals befestigten Faden, der bis in den Himmel reichte und meinen Blick zur Sonne leitete. Durch diese neuen Wahrnehmungen und durch das Singen gelang es mir immer besser, loszulassen, und so kehrte ich jeden Abend leichter nach Hause zurück, vielleicht sogar leichtherziger. Loslassen sei jedoch nicht genug, sagte Amelia, und eines Abends ging sie nach Beendigung der Gebete zu einer neuen, mir noch unbekannten Phase der Abendandacht über. Ihre Stimme zitterte, als sie sagte:

»Schauet diese Frau, denn sie ist von der Rose gesegnet.«

Schwester Amelia sah mir in die Augen, sah durch mich hindurch. Die anderen drei Schwestern fielen auf die Knie, ließen die Köpfe zu Boden sinken und streckten die Arme vor sich aus.

»Schauet diese Frau, denn der Herr hat sie gesegnet.

Schauet diese Frau, denn sie ist die fünfte Schwester.«

Amelia nahm das Holzkästchen vom Altar und machte den Deckel auf.

»Schauet die Rose von Jericho!«

Ich spürte, wie mich plötzlich ein starker Windstoß erfasste, der mir den Atem nahm. Ich schwankte wie ein junger Baum im Sturm ihres Glaubens und fiel zu Boden. Als ich bereit war, wieder aufzustehen, fühlte ich mich schwach. Schwester Amelia hielt mich im Arm, und mich überkam ein solcher Frieden, eine solche Gewissheit, dass ich zum ersten Mal seit über einem Jahr sicher war, hier auf diesem Land bleiben und überleben zu können.

Schwester Amelia erhöhte immer wieder den Einsatz. Wenn wir als Gruppe zusammensaßen und lasen, hingen wir an ihren Lippen, reagierten sofort, wenn sie etwas in Frage stellte, dachten eingehend über ihre Äußerungen nach. Wenn sie nicht bei uns war, sprachen wir über sie, waren uns einig, dass sie eine lebensbejahende Frau war. Und wenn sie und ich spazieren gingen und uns unterhielten, wie wir es oft taten, während die anderen das Abendessen zubereiteten oder die Wohnwagen fegten, dann war sie unwiderstehlich.

»Wie siehst du deine Zukunft mit Mark?«, fragte sie mich einmal.

Wir folgten den Traktorspuren durch den Winterweizen, und die Pflanzen streiften unsere nackten Beine.

»Wir sind nämlich so wie diese Halme, Ruth«, fuhr sie fort und bückte sich, um einen der jungen Triebe zu pflücken. »Wir sind so zerbrechlich, so anfällig für Krankheiten.«

Ich verstand nicht, was sie meinte.

»Hast du Angst vor ihm?«, fragte sie.

»Nein. Natürlich nicht. Er ist momentan ein bisschen gestresst und launisch, das stimmt schon, aber Angst vor ihm? Niemals.«

Sie ließ das nun folgende Schweigen eine Weile meinen Protest untergraben, bevor sie fortfuhr: »Mark wird eines Tages von hier fortgehen. Das ist unausweichlich. Ich mache mir Sorgen, was dann noch übrig bleibt. Er wird an sich reißen, wonach ihm der Sinn steht, und nur noch Stoppeln zurücklassen.« Sie zerbrach den Halm der jungen Pflanze und ließ ihn zu Boden fallen.

»Es ist genau umgekehrt«, widersprach ich. »*Ich* würde gerne hier weg, und *er* ist derjenige, der bleiben will.« Noch während ich es sagte, ging mir auf, dass diese Aussage längst nicht mehr stimmte.

Die Traktorspuren verengten sich zu einem Pfad, und wir gingen im Gänsemarsch weiter, ich hinter Amelia, bis wir den Bach an der Grundstücksgrenze erreichten.

Selbst unser Abschnitt des Baches war inzwischen seicht und an einigen Stellen fast ausgetrocknet, weil es seit etwa einer Woche nicht mehr geregnet hatte. Mir war bereits der Gedanke gekommen, dass die Dürre nun womöglich auch bei uns angekommen war. Hoffte ich immer noch, dass es dazu kam? Vielleicht. Es fällt mir schwer, auseinanderzuhalten, was jetzt ist und was damals war. Ob Regen oder nicht, die Hecke neben dem Bach gedieh immer noch prächtig, am moosbewachsenen Ufer wuchsen Kuckucks-Lichtnelken und Veilchen, und um die Zweige des Hagedorns hatte sich eine Heckenrose gewunden. Schwester Amelia benahm sich, als gehöre das alles ihr, als sei sie allwissend.

»Sieh mal, ein Falke!«, sagte sie und zeigte zum Himmel.

»Das ist kein Falke«, verbesserte ich sie und eroberte mir meine Welt zurück. »Viel seltener: ein Ziegenmelker. Mark hat ihn mir neulich Abend gezeigt, und wir haben seither immer wieder nach ihm Ausschau gehalten. Er sieht ein bisschen aus wie ein Falke, aber schau, wie er mit den Flügeln schlägt und dann gleitet, immer abwechselnd. Jetzt ist er weg.«

»Der Ziegenmelker ist ein Unruhestifter«, behauptete Amelia. »In der Mythologie heißt es, er würde nachts in die Häuser der Menschen eindringen und Sachen stehlen, die ihnen besonders wertvoll sind. Er saugt den Ziegen die Milch aus – daher der Name! Und dann«, sagte sie und zeigte auf den Zaun unter der Weide, »ist da noch der Zaunkönig!«

»Wie ein Zaunkönig aussieht, weiß ich«, entgegnete ich.

»Ah! Aber was siehst du noch, wenn du einen Zaunkönig erblickst?«, fragte sie und redete dann weiter, ohne meine Antwort abzuwarten. »Für manche ist er ein Verräter, weil er mit seinem Gesang den heiligen Stefan preisgab – deshalb haben sie die Zaunkönige am 26. Dezember mit Steinen getötet.«

»Wie schrecklich! Das wusste ich gar nicht«, gab ich zu. Dann fügte ich ein wenig boshaft hinzu: »Du hast ihn verjagt mit deinen Geschichten.«

Amelia hörte mir gar nicht zu. »Aber weißt du, was *ich* in einem Zaunkönig sehe? Ich sehe das Göttliche, den König der Vögel, einen Mittler zwischen dieser Welt und der Welt unserer Heiligen Mutter!«

»Ich weiß nur, dass Seefahrer früher eine Feder des Zaunkönigs bei sich trugen, um sich vor dem Ertrinken zu schützen«, sagte ich.

»Die Quelle steckt voller Botschaften und Warnungen«, erwiderte sie. »Du musst lernen, sie richtig zu deuten. Der Zaunkönig warnt uns vor Mark.«

Jetzt war ich damit an der Reihe, sie herauszufordern. »Dann sag mir, was genau die Botschaft ist. Was an Mark beunruhigt dich so?«

»Er drängt deinen Geist in den Hintergrund.«

Aber ich fühlte mich nicht von Mark in den Schatten gedrängt. Wenn, dann war er derjenige, der sich hinter die Wolken zurückzog. Während Mark immer weniger Ansprüche an mich stellte, verlangte Schwester Amelia immer mehr von mir, und mir kam zum ersten Mal der Gedanke, dass sie eifersüchtig sein könnte. Ich sagte ihr, dass ich dabei sei, meine Meinung über gewisse Dinge zu ändern.

»Erzähl mir davon«, forderte sie mich auf. »Die Rose spricht durch dich zu mir, Ruth. Ich werde dich meinen kleinen Zaunkönig nennen und dir gut zuhören.«

»Wir haben unsere Probleme, Mark und ich, das ist offensichtlich. Aber du musst verstehen, wie schwierig das alles für uns ist. Ich weiß, er kommt euch wahrscheinlich gereizt und engstirnig vor, aber das ist er nicht. Er ist ein sehr nachdenklicher Mensch, der zugibt, dass Wissenschaft nicht alles ist. Er hat euren Glauben nie leichtfertig abgetan, sondern sagt, dass ...«

Amelia legte mir ihre Hand vor den Mund, um mich zum Schweigen zu bringen. »Hör dir doch nur selbst zu, Ruth. Er sagt dies, er sagt das. Das ist nicht die Stimme der Rose. Das ist nicht deine Stimme.«

Ich spürte ihre Haare auf meinen nackten Schultern, als sie sich zu mir beugte. Dieses Bild habe ich immer noch vor Augen: wir beide auf Steinen am Bachufer sitzend, ihre Finger an meinen Lippen, meine Hand auf ihrem Handgelenk, ich im Schneidersitz. Unsere

Blicke treffen sich, weichen sich aus, suchen sich wieder. Behutsam nehme ich ihre Hand von meinem Mund und lasse sie los.

»Kann ich denn nicht für mich selbst sprechen?«, fragte ich.

Schwester Amelia saß lange schweigend da. Ich konnte nicht erkennen, ob sie nachdachte oder betete oder ob sie bereute, was sie zu mir gesagt hatte. Ich glaube, sie betete. Wie auch immer ich darüber denke, was zwischen uns passiert ist, was auch immer ich heute über ihr späteres Verhalten weiß, was auch immer sie darüber hinaus getan haben mag, von dem ich noch nichts weiß – damals war sie allein von ihrem Glauben beseelt, davon bin ich überzeugt.

Endlich ergriff sie das Wort. »Was ich dir jetzt sage, habe ich noch nie jemandem erzählt. Als mir die Rose zum ersten Mal erschien, glaubte ich, ich wäre die Einzige, nach der sie suchte, die einzige Auserwählte. Ich war arrogant und sah nur mich. Bis die anderen hinzustießen. Aber ich wusste, dass wir noch immer nicht komplett waren. Als wir von der Quelle hörten, passte einfach alles. Vor allem du, Ruth. Birgitta, wie der Orden, bei dem wir lebten; Rose, dein Mädchenname. Meine Aufgabe war es lediglich, den Weg zu dir zu ebnen, und wenn ich ehrlich bin, wäre ich gerne mehr gewesen als nur die Prophetin. Was ich dir jetzt sage, ist nicht leicht, Ruth …« Sie ergriff wieder meine Hand und hielt sie diesmal fester. »Du bist ebenfalls auserwählt, dein Ich muss sich ganz der Rose unterordnen. Du kannst keine Bindungen zu anderen Menschen mehr haben, deine Verbundenheit muss der Rose gelten. Du wirst keine eigene Stimme mehr haben. Aber glaube mir: Ich weiß, wie schwer es ist, eine Auserwählte zu sein.«

Es war das erste Mal, dass sie dieses Wort verwendete: Auserwählte. Ich frage mich, ob Amelia nicht doch als Täterin in Frage kommt. Dorothy auf keinen Fall. Eve? Ich fühlte mich nie besonders wohl in ihrer Gesellschaft, aber das genügt wohl kaum als Anhaltspunkt. Jack? Sie hat so gern mit Lucien gespielt, hat immer wieder erzählt, dass sie selbst gern Kinder hätte. Nein, wenn es überhaupt eine der Schwestern war, läuft es auf Amelia hinaus. Einige Fakten kenne ich; ich habe sie recherchiert, bevor ich verhaftet wurde, habe sie auswendig gelernt, damit sie mir keiner wegnehmen kann. Vor zehn Jahren war statistisch gesehen nur jeder zehnte Mörder eine Frau. Die Wahrscheinlichkeit spricht also gegen Amelia – und auch gegen mich. Andererseits werden die meisten getöteten Kinder von ihren eigenen Eltern umgebracht, wenn nicht von ihren biologischen Eltern, dann von jemandem, der diese Rolle übernommen hat. Der Pfeil zeigt wieder auf die andere Seite, auf Mark und mich. Zum gegenwärtigen Zeitpunkt bin ich der kleinste gemeinsame Nenner. Aber ich kann noch einen anderen Absatz zitieren: »Die Tötung von Kindern durch leibliche Eltern wird ungefähr gleich häufig von Müttern und Vätern begangen. Wird das Kind jedoch von keinem leiblichen Elternteil umgebracht, dominieren eindeutig Männer als Täter.« Also doch Mark. Dreh ihn weiter, den Pfeil. Amelia. Noch einmal, dreh ihn noch einmal. Jetzt zeigt er auf mich.

Allein beim Gedanken wird mir speiübel.

15

HUGH HAT bisher keine Antworten auf meine Fragen gefunden. Ich verstehe das nicht. Was würde es ihn schon kosten? Junge mag ich nicht um Hilfe bitten, zumal er mich zu meiden scheint – sofern es einem Wärter überhaupt möglich ist, seinen Häftling zu meiden. Auch ich schäme mich, aber ich würde unseren gemeinsamen Moment in der Küche für nichts in der Welt rückgängig machen wollen. Von einem Mann begehrt worden zu sein, Begierde für einen Mann empfunden zu haben – das ist ein ganz besonderes Gefühl, als hätte ich einen vermissten Menschen wiedergefunden. Doch die pubertäre Aufregung ist längst gewichen. Ich bin alt genug, seine Mutter zu sein, sage ich mir, und genau das sollte meine Rolle sein: ihn vor sich selbst zu schützen, vor mir, vor der Quelle, nichts von ihm zu verlangen, was ich nicht auch von meinem eigenen Kind verlangen würde. Für einen kurzen Moment fühle ich mich so idealistisch, dass ich mir sogar vorstellen kann, irgendwann zu meinem früheren Altruismus zurückzufinden.

In der Praxis kann ich Junge ohnehin nicht damit beauftragen, für mich zu recherchieren, denn das Internet wird vermutlich überwacht, und er könnte es niemals gefahrlos für mich benutzen.

Je mehr ich zurückblicke, desto weniger weiß ich – dieser groteske Satz ist für mich inzwischen zur Normalität geworden, wie der eintönige Speiseplan, der sich Woche für Woche wiederholt, oder die Stunden, die ich damit verbringe, der CD von Junges Mutter zu lauschen. Dann erfüllen die zehn schönsten Klassikstücke den Raum, gekürzt um sämtliche Partien, die mich zu sehr aufwühlen könnten. Aber ich bin ausgedörrt, der Durst nach Antworten sucht mich immer wieder heim, lässt meinen Hals anschwellen und die Venen an meinem Kopf pulsieren, während draußen weiter der Regen fällt. Manchmal erscheint mir in meiner Phantasie des Rätsels Lösung, eine Fata Morgana, ein in Wasser geschriebener Name, aber wenn ich näher komme, finde ich nur Sand und trockenen Wind vor. Wind kann einen verrückt machen, das weiß ich, und ich bin dem Wahnsinn so nah, dass nicht mehr viel fehlt. Die Wärter sind draußen, und ich nehme mir vor, mit ihnen zu sprechen, doch sobald ich aus der Hintertür in den Garten hinausgegangen bin, mache ich kehrt, um mich zu vergewissern, dass die Tür auch wirklich zu ist. Nicht abgeschlossen, denn ich besitze keine Schlüssel mehr. Lediglich zu. Manchmal, an Tagen, an denen es keinerlei Gewissheiten mehr für mich gibt, muss ich fünfmal zurückgehen. Heute sind es nur zwei Male.

»Könnten wir noch einmal über das Thema Kommunikation sprechen?« Ich nähere mich Drei und Junge, die die Köpfe unter die Motorhaube ihres Land Rovers gesteckt haben. Ich weiß, dass der Wagen nicht kaputt ist. Sie schalten den Motor ein und aus und lauschen ihm, genauso, wie ich meiner CD lausche. Irgendwie muss man sich ja die Zeit vertreiben. Als Junge meine Stimme hört, schreckt er hoch und stößt sich den Hinterkopf an der Motorhaube. Als er die schmerzende Stelle mit der Hand berührt, klebt hinterher Blut daran.

»Scheiße!«

Ich würde gern sagen, setz dich, lass mich mal sehen, wie tief die Wunde ist, würde seine kurzen, stacheligen Haare auseinanderschieben und ihn beruhigen, keine Sorge, es ist nicht schlimm.

Drei wischt sich die Hände an einem alten Lappen ab, der einmal Teil eines Vorhangs in unserem Haus in London gewesen ist. »Ja?«

»Ich sagte, dass ich gerne über das Thema Kommunikation sprechen würde.«

Junge lehnt sich gegen die Beifahrertür, fasst sich prüfend an den Kopf, überlässt das Gespräch Drei.

»Kommunikation mit wem genau?«

»Es geht mir unter anderem um die Post.«

»Um die Post, und was noch?«

»Zunächst einmal nur um die Post.«

»Darüber können wir natürlich gerne sprechen. Wir könnten einen Termin ausmachen, und ich könnte Protokoll führen über unser Gespräch und Ihnen hinterher eine Kopie zukommen lassen. Allerdings wäre das eine ziemlich kurze Unterredung, meinen Sie nicht auch?«

»Warum?«

»Weil bisher keine Post für Sie eingetroffen ist. Wozu der ganze Aufwand, wenn Ihnen ganz offensichtlich keiner schreiben möchte?«

Ich werfe Junge einen hilfesuchenden Blick zu, aber er starrt verlegen zu Boden.

Drei hat es bemerkt. »Soldat? Du hast doch nicht etwa vergessen, irgendwelche Briefe auszuliefern, als du mal wieder auf einen Plausch bei Ruth vorbeigeschaut hast?« Drei faltet den öligen Lappen sorgfältig zusammen und streicht ihn glatt. »Lustigerweise haben wir erst neulich über diesen Film geredet: *Wenn der Postmann zweimal klingelt.* Nicht wahr, *Junge?*« Er betont den Namen mit einem höhnischen Grinsen. »Spielt keine Rolle, ob Sie ihn gesehen haben, der Titel spricht für sich. Aber wir sind nicht hier, um uns über Filme auszutauschen. Sie wollten über die Post reden. Sollen wir einen Termin ausmachen? Haben Sie Ihren Terminkalender da?«

Sein Ton erinnert an das lautstarke Keckern von Dohlen und verwirrt mich vollends. »Ich habe nicht von allen Personen, denen ich gerne schreiben würde, die aktuelle Anschrift. Daher bitte ich um Erlaubnis, eine Sammel-E-Mail an meine Kontaktliste – oder einen Teil davon – schicken zu dürfen, um die Leute darüber zu informieren, dass ich Post empfangen darf, und sie an meine Adresse zu erinnern. Sie könnten die E-Mail natürlich einsehen und gegebenenfalls überarbeiten.«

Drei krümmt sich vor Lachen und schlägt auf die Motorhaube des Land Rovers. »Entschuldigung.« Er wischt sich theatralisch die Augen. »Entschuldigen Sie, dass ich lache. Das ist nicht besonders professionell, aber glauben Sie wirklich, dass irgendjemand Ihre Adresse vergessen haben könnte?«

Er hat recht. So wie Kinder an den Weihnachtsmann am Nordpol schreiben, könnte vermutlich jeder meinen Namen auf einen Umschlag kritzeln und ihn an ›Die Quelle, England‹ schicken, und dieser Brief würde ankommen. Während ich zum Haus zurückgehe, ruft mir Drei hinterher: »Ich hätte da auch ein paar Punkte zum Thema Kommunikation, bei denen ich Gesprächsbedarf sehe.«

Ich blicke über die Schulter zurück. Junge ist verschwunden.

»Es könnte sein, dass ich Ihnen die eine oder andere Erlaubnis entziehen muss, aber darüber können wir uns später unterhalten.« Drei knallt die Tür des Land Rovers zu und wischt sich grinsend die Hände ab.

Es gab einmal eine Frau irgendwo in Fernost, die lange Jahre unter Hausarrest stand. Immer wenn Protestmärsche oder Wahlen stattfanden, tauchte ihr Fall erneut in den Nachrichten auf. Es war mir damals nicht in den Sinn gekommen, dass es sich bei dem Bild dieser entschlossenen, leidenschaftlichen Frau um ein Archivfoto handeln musste. Niemand, der zwölf Jahre lang auf Wände gestarrt hat, kann solche Augen haben. Wenn man heute, nach nur zwölf Wochen, ein Foto von mir machen würde – zum Beispiel draußen im Garten –, dann würde man darauf die weißen Rosen sehen, das halbgeöffnete Tor hinter mir, den Griff der Schubkarre, der versehentlich links unten ins Bild ragt, den vom Baum gefallenen Ast, auf dem ich sitze. Von mir selbst wäre hingegen kaum etwas zu erkennen, nur ein verschwommener Fleck, so als wolle einem der Fotograf weismachen, dass Geister Gesichter haben.

Was macht diese eigentümliche Art der Gefangenschaft mit mir? Manchmal bleibe ich auf halber Treppe stehen, schließe die Augen und strecke seitlich die Arme aus, bis meine flachen Hände links und rechts gegen die klammen Wände stoßen. Dann lockere ich meinen Griff ein wenig und spüre, wie die Farbe unter meinen Fingerspitzen abblättert – ich erforsche gewissermaßen die Urzeithöhle meiner eigenen Geschichte, suche nach Spuren früherer Zivilisationen. In klaren Nächten warte ich manchmal am Küchentisch, bis das Mondlicht hinter mir durchs Fenster hereinscheint und fünf Minuten lang einen silbernen Schleier auf die gegenüberliegende Wand zaubert, nur für mich. Einmal wuchs der Schatten eines Handschuhs, der an einem Nagel neben der Fensterbank hing, grotesk empor und griff bedrohlich nach den Härchen in meinem Nacken, bis ich dachte: Diese Hand erwürgt dich jetzt. An einem anderen Abend erwachte die Silhouette eines Wärters, der vor dem Haus patrouillierte, zum Leben und erzählte eine Geschichte in Schwarzweiß, und ich dachte: Diese Marionette kennt mich gut. Heute geschieht das Allerschlimmste: Eine Eule flog dicht über das Haus, und ein großes Flügelpaar flattert plötzlich herein und im Raum umher. Mit tierischem Instinkt bedecke ich mein Gesicht, um mich vor seinen Schlägen zu schützen, und halte mir die Ohren zu, damit ich nicht höre, wie es mich jagt. Ich bin ein Höhlenmensch, der sich von Schatten unterhalten lässt. Eines Tages – daran klammere ich mich fest – werde ich mich umdrehen, und das wird der Tag sein, an dem ich die Antwort erfahre. Doch einstweilen kann ich nichts anderes tun, als die Wände anzustarren und sie mein Zuhause zu nennen.

Es besteht kein Zweifel daran, dass Drei von meinem Moment mit

Junge weiß und dass Junge sich dessen bewusst ist. Er beschäftigt sich emsig mit den Niederschlagsmessern und den gewonnenen Daten und scheint wenig Zeit für Gespräche zu haben. Wenn wir uns über den Weg laufen, meidet er meinen Blick. Wie dem auch sei, Drei hat vor, mich zu bestrafen, und mir bleibt nichts anderes übrig, als darauf zu warten und zuzusehen, wie meine letzten Tage draußen im Freien dahinrinnen wie Sand in einer Eieruhr. Also streife ich durch die Felder, solange es mir noch erlaubt ist, und denke nach. Ich überprüfe Türen, laufe umher und klopfe dreimal auf Holz – diese Ticks sind meine Therapie. Wenn Drei mir das Herumstreifen wegnimmt, werde ich wieder gezwungen sein, im Haus auf und ab zu gehen, und das ist nicht das Gleiche. Ich schreite die Grenzen des ersten Feldes ab, markiere mein Territorium, bemerke den Mohn, der zwischen den Ähren vom letzten Jahr blüht, pflücke rote Lichtnelken aus den Hecken. So viel Rot, denke ich, aber mir sind die warnenden roten Flaggen nie aufgefallen, und ich habe auch nicht auf die Menschen gehört, die mir vom Ufer aus Ratschläge zuriefen. Rückblickend weiß ich, dass Dorothy einer dieser Menschen war, dass sie mir zuwinkte und die Hände trichterförmig um den Mund legte in der Hoffnung, dass ich ihre Rufe hörte.

Ich strich damals gerade die Fenster im Erdgeschoss. Wenn ich sie mir heute ansehe, kann ich kaum glauben, wie schnell die Farbe wieder abblättert – der Beweis dafür, dass ich nie genügend Sorgfalt investiert, mir nie die Mühe gemacht habe, mit Sandpapier und Drahtbürste die Farbreste abzuschleifen und eine Grundierung aufzutragen. Die Schwestern kamen zu jener Zeit nur selten zum Haus, daher war es ungewöhnlich, Dorothy vorbeigehen zu sehen. Da sie mir winkte und eine Tüte hochhielt, rief ich sie zu mir. Von allen Schwestern bewunderte ich sie am meisten. Sie schien lange genug gelebt zu haben, um nichts mehr auf die Meinung anderer zu geben, weshalb ich sie für besonders vertrauenswürdig hielt.

»Fieberkraut«, erklärte sie und zeigte mir die Blätter der Pflanze. »Für Jack. Das hilft gegen ihre Migräne. Hinter dem alten Fasanengehege wächst es in Hülle und Fülle.«

»Ich dachte, Fieberkraut stimuliert die Fruchtbarkeit«, scherzte ich.

Sie lachte. »Es ist ein sehr wirksames Kraut, aber mir erscheint es wahrscheinlicher, dass meine Arthritis davon weggeht, als dass ich in meinem Alter noch einmal schwanger werde. Warum, möchtest du auch ein bisschen davon haben?«

»In meinem Alter? Du machst wohl Witze!«, erwiderte ich entrüstet, auch wenn ich insgeheim nichts dagegen gehabt hätte, noch ein Kind zu bekommen.

Dorothy setzte sich schweigend auf die oberste Stufe unserer Eingangstreppe, während ich weitermalte. Gemeinsam ließen wir die Zeit verstreichen. »Viel Arbeit, was?«, sagte sie schließlich und zeigte auf die Farbtöpfe und Pinsel.

»Das ist der Nachteil am Regen«, erwiderte ich. »Dass die Fenster so schnell morsch werden.«

»Was wir alles ertragen müssen, um hier im Paradies zu leben …«

Das war noch etwas, was mir an Dorothy gefiel: Sie betrachtete unsere eigentümliche Lage mit einer Spur Ironie, achtete jedoch darauf, sie nicht in Amelias Gegenwart zu versprühen. Es war typisch für sie, dass sie anbot, mir beim Anstreichen zu helfen. So verbrachten wir den Vormittag plaudernd und malend, ließen unsere Pinsel langsam die schmalen Kanten und geriffelten Fensterbänke entlanggleiten, während die Farbe blubberte und spritzte, die Tropfen langsam die Balken herunterliefen und dabei Nasen auf dem frischen Anstrich bildeten. Dorothy arbeitete mit großer Sorgfalt, und mir fiel ein, dass sie in ihrem Wohnwagen Ansichten der Quelle in Aquarell malte. Sie stülpte einen alten Lappen über einen Finger, tauchte ihn in Terpentin und entfernte damit die Farbspritzer so gründlich, als handele es sich um die Sixtinische Kapelle.

»Mark möchte also verkaufen«, sagte sie zu mir.

»Davon höre ich zum ersten Mal.«

»Entschuldige. Schwester Amelia hat mir erzählt, dass ihr beide über ihn gesprochen habt.«

»Die Leute bieten uns Unmengen von Geld für die Quelle. Das ist natürlich verlockend, zumal das Leben hier nicht ganz das gehalten hat, was wir uns davon versprochen hatten.«

»Inwiefern?«

»Wie viel Zeit hast du?«, fragte ich zurück. »Unsere Isoliertheit, die öffentliche Aufmerksamkeit, die Probleme mit der Sicherheit, der Druck, die Bürokratie, die Mahnungen und Klagen ... Die Quelle sollte eigentlich unsere zweite Hochzeitsreise werden, Dorothy, aber in Wirklichkeit verwandelt sie sich immer mehr in unser Scheidungsgericht.«

»Mark liebt dich sehr; zumindest habe ich diesen Eindruck, wenn du von ihm redest.«

»Wirklich?«

»Ja.«

»Da könntest du recht haben. Was ich ihm gegenüber empfinde, ist mir nicht ganz so klar. Er hat sich verändert. Manchmal habe ich das Gefühl, neben einem wunderschönen Berg zu leben, der gerade gemerkt hat, dass er in Wahrheit ein Vulkan ist.«

»Außer dir hat er niemanden, mit dem er reden kann. Das muss hart für ihn sein.«

»Weißt du was?« Ich zögerte. Dorothy legte ihren Pinsel auf den Farbtopf und wischte sich die Hände an ihrer Hose ab. »Manchmal habe ich mir gewünscht, dass es nicht mehr regnet«, fuhr ich fort. »Dass hier Dürre herrscht wie überall sonst auch. Dann wären wir zwar genauso verzweifelt gewesen wie der Rest des Landes, aber wenigstens wären wir es zusammen gewesen.«

»Manchmal *hast* du es dir gewünscht? Vergangenheitsform?«

»Bis ihr gekommen seid und mir von der Rose erzählt habt. Ich glaube daran, Dorothy, genau wie ihr.« Ich blickte auf das Fenstersims, auf die frischen Kräuter in Dorothys Tüte, hörte das Wasser von der Regenrinne in die Tonne tropfen und wiederholte meine Worte in Gedanken noch einmal: Ich glaube daran. Es war das erste Mal, dass ich es laut ausgesprochen hatte. Und es stimmte: Ich war eine Gläubige.

»Aber …?«, hakte Dorothy nach, intuitiv wie immer.

»Aber es kann nicht richtig sein, dass ich mich zwischen der Quelle und Mark entscheiden muss.«

»Wer sagt, dass du das musst?«

»Schwester Amelia. Weil die Quelle ein heiliger Ort für Frauen ist. Weil Mark kein Gläubiger ist. Weil die Rose völlige Hingabe verlangt, weil es tausend Gründe dafür gibt.«

Ich bin niemand, der schnell weint. Meine fehlenden Tränen wurden mir schon auf unterschiedlichste Weise ausgelegt, vor allem die Tatsache, dass ich nicht mehr geweint habe, seit Lucien gefunden wurde. Aber an jenem Vormittag weinte ich in Dorothys Armen, und ihre mit Farbe beklecksten Finger hinterließen Abdrücke auf der Rückseite meines T-Shirts und weiße Spuren in meinem Gesicht, als sie mir die Haare aus den Augen strich.

»Wir werden dafür beten, du und ich«, sagte sie. »Ich bin mir sicher, dass es eine Lösung gibt. Traue der Rose.«

Das tat ich. Traue der Rose – wenn man diese drei Wörter oft und schnell genug hintereinander sagt, landet man bei trauernder Rose.

Meine Spaziergänge werden immer wieder von Erinnerungen wie dieser unterbrochen, aber meine Suche verleiht ihnen ein festes Ziel. Ich suche nicht nur nach Luciens Rosenanhänger, sondern auch nach dem grünen Wollpullover, der nie gefunden wurde. Die Polizeihunde mögen mit gesenkten Nasen und erhobenen Schwänzen kreuz und quer über unsere Felder gelaufen sein, doch niemand kennt diesen Ort wie ich, seine versteckten Pfade und gut getarnten

Durchgänge. Heute gehe ich die alten Fasanengehege ab, halte jeden vermoderten Sack unter dem Wellblechdach für einen Ärmel, jedes Stück Pressengarn, das sich im Stacheldraht verfangen hat, für einen Wollfaden. Während ich herumspaziere, blicke ich nicht mehr zum weiten Himmel hinauf, sondern konzentriere mich angestrengt auf die Details, die mich verhöhnen: das Grün des Schilfs, die Umrisse einer Jacke, die im Schatten hängt, der leere Getreidesack, der im Wind flattert. Doch die Perspektive hängt immer vom Ziel ab, und mein Ziel ist es, einen grünen Männerpullover zu finden, weshalb ich alles wie mit einem Teleobjektiv heranzoome.

In dieser geistigen Haltung gelange ich an das untere Ende des Feldes, wo die Wärter die niedrigen Äste beseitigt haben, die über den Elektrozaun hingen. Sie haben sie abgesägt und ein Stück vom Zaun weggezogen, wo sie darauf warten, abtransportiert zu werden. Aber jetzt arbeitet niemand hier. Ich setze mich auf einen Ast und blicke Richtung Süden, um die volle Wärme der Sonne genießen zu können, scharre mit dem Fuß in der Erde, bis die Ameisen in alle Richtungen auseinanderkrabbeln. Dabei stelle ich mir vor, wie Mark die abgesägten Äste gemustert hätte, um abzuschätzen, ob sie sich als Feuerholz eigneten. In toten Bäumen steckt noch eine Menge Leben, pflegte er zu sagen. Mit der Zeit lernte er immer mehr dazu, bis er irgendwann über jedes Rädchen im Getriebe der Natur Bescheid wusste, vom Sperber, der in sein Nest in der Douglasfichte flatterte, bis zum Ohrwurm, der sich von den Schimmelpilzen auf herabgefallenen Ästen ernährte. Ich vermisse dieses Verständnis; ich war so abhängig von seiner Erfahrung geworden. Hundert Meter von mir entfernt ist am Feldrand ein Hase aus dem Gebüsch aufgetaucht. Er sitzt reglos wie eine Statue im wogenden Gras, lauert wachsam auf jede kleine Vibration unter seinen Pfoten, auf Veränderungen der Schallwellen, die vom Südwind quer über den Hang geblasen werden. Hasen können nicht gut geradeaus sehen, deshalb rennen sie im Kreis. Das hat mir Dorothy erzählt. Schwester Amelia hat mir etwas anderes erzählt: dass man früher glaubte, Hasen ließen sich nur mit einem silbernen Kreuz töten oder indem man sie ertränkte, weil man sie für Hexen in Tiergestalt hielt.

Der Hase erspäht etwas, und dann steht plötzlich Junge hinter mir. Der Hase ist verschwunden. Junge trägt dicke Schutzhandschuhe und hält eine Kettensäge in den Händen, das Visier seines Helms ist hochgeschoben. »Siebzig Stundenkilometer – so schnell kann ein Feldhase rennen. Wussten Sie das?«

»Nein.« Ich blicke zu der Stelle hinüber, an der der Hase saß.

»Schnell genug«, sagt er.

»Nicht immer«, antworte ich. »Es gibt immer Raubtiere, die ihre Schwächen auszunutzen wissen. Füchse zum Beispiel.«

»Glauben Sie, er kommt noch einmal zurück?«

»Nicht, während Sie hier stehen. Sie haben den Brief nicht abgeschickt, oder?«

Er legt die Kettensäge und seinen Helm ab und zieht die Handschuhe aus. »Es tut mir leid«, murmelt er.

»Sie tun nur, wofür man Sie bezahlt. Bestimmt haben Sie sich alle drei köstlich über den Brief amüsiert. Sie sind ein Mistkerl, Junge. Ich habe Ihnen vertraut. Dabei hätte ich es mittlerweile besser wissen müssen.«

»Sarge hat unser Gespräch in der Küche auf Band gesehen und mich gezwungen, ihm den Brief auszuhändigen. Wie gesagt: Es tut mir leid.«

Mir wird übel bei dem Gedanken, dass Drei jenen Moment am Tisch gesehen hat, ohne zu verstehen, was sich wirklich zwischen Junge und mir abgespielt hat. Ich lasse meine Wut an Junge aus. »Sie haben keine Ahnung, was mich das alles gekostet hat. Diesen Brief zu schreiben. Sie zu bitten, ihn abzuschicken. Und danach … was zwischen uns passiert ist. Ich hätte gerne mit Ihnen darüber gesprochen, aber dazu hatte ich nie die Gelegenheit.« Etwas bewegt sich in der Hecke, doch es ist ein Kaninchen, kein Hase.

Junge setzt sich auf das andere Ende des Astes. »Das alles tut mir wirklich leid. Sie wissen hoffentlich, dass ich es niemals ausnützen würde, dass …«

»Dass ich eine Gefangene bin? Und Sie mein Wärter?«

Junge zuckt mit den Schultern und tritt mit seinen Stiefeln gegen das Holz, damit der Dreck abgeht. Sein Gesicht ist gerötet. Ich drehe mich weg, um mich zu sammeln. Dann blicke ich ihm direkt in die Augen. »Das meinte ich nicht. Mir ist vollkommen klar, dass Sie so etwas nicht tun würden, Junge. Für mich war es in jeglicher Hinsicht ein wunderbarer Moment, wie wunderbar, werden Sie vielleicht erst verstehen, wenn Sie alt und grau sind und ein Nickerchen vor dem Feuer machen. Aber es ist vorbei. Keine Sorge.« Ich teste, wie sich ein Lachen anfühlt. »Ich bin nicht auf Männerfang.«

»Wenn Sie den Brief noch einmal schreiben, sorge ich dafür, dass er abgeschickt wird«, sagt Junge. »Diesmal wirklich, das verspreche ich.«

»Nein. Das müssen sie nicht.«

»Doch. Es ist nicht in Ordnung, wie die Regierung mit Ihnen umspringt. Ich habe mich immer schon für Gerechtigkeit engagiert, daher werde ich mich bestimmt nicht einfach zurücklehnen und zusehen. Ich will Ihnen helfen, aber Sie werden bald nicht mehr nach draußen dürfen, und ich werde versetzt, falls Sarge noch mehr Beweise in die Hände bekommt. Also muss ich auf Abstand bleiben. Wir müssen vorsichtig sein.«

Ich werfe einen Blick über die Schulter Richtung Wald. »Was machen Sie eigentlich da drinnen?«

»Ich schneide die Äste zurück, damit der Elektrozaun frei bleibt. Bis Adrian seinen Dienst antritt – das müsste in etwa zehn Minuten der Fall sein –, arbeite ich allein. Ihm ist das Ganze sowieso egal. Und Sarge ist nach Middleton gefahren.«

Mein Rücken ist steif, weil ich so lange auf dem Ast gesessen habe, und die Sonne hat sich hinter die hohe Kiefer am Waldrand verzogen, deren Schatten nun auf mich fällt.

»In diesem Wald sind Gegenstände verlorengegangen, Junge. Eine geschnitzte Rose, ein grüner Wollpullover. Wenn Sie mir wirklich helfen wollen, dann halten Sie bei der Arbeit danach Ausschau. Antworten – das ist alles, was mich noch interessiert.«

Irgendwo außer Sichtweite klopft ein Specht seinen unverständlichen Morsecode in einen Baum. Das Tal hallt vor Stimmen wider; die Erde wankt, als ich aufstehe.

»Ich werde noch einmal an Mark schreiben. Schicken Sie den Brief ab, wenn es Ihnen möglich ist, aber nur, wenn Sie es gefahrlos tun können.« Ich gehe davon und blicke noch einmal zurück, um mich bei ihm zu bedanken. Er bewaffnet sich gerade wieder mit Helm, Visier und Schutzhandschuhen. Auf wackeligen Beinen gehe ich das Feld hinauf. Plötzlich sehe ich den Land Rover auf mich zukommen, er rumpelt über die Wiese auf die Stelle zu, an der Junge arbeitet. Drei sitzt am Steuer. Mein Herz rast. Hat Junge mich etwa angelogen? Das war immer schon das Problem auf diesem Stück Land: zu wissen, wem man trauen kann.

Lieber Mark,
ich habe Dir bereits einen Brief geschrieben, aber inzwischen weiß ich, dass er nie abgeschickt wurde. Vielleicht wäre er ohnehin nicht bei Dir angekommen, denn ich habe ihn an Wills Adresse in London gerichtet. Ich habe so eine Ahnung, dass Du gar nicht in London bist, sondern auf dem Hof Deines Onkels. Auf dem Land warst Du seit jeher am glücklichsten. Ich dachte immer, Du wärst ein besserer Mensch als ich. Vermutlich stimmt das immer noch, doch die Gewissheit ist dahin.
Ich bin noch einmal die Ereignisse durchgegangen. Das ist die Aufgabe, die ich mir gestellt habe, um endlich schlau zu werden aus dem, was passiert ist. Irgendwie müssen wir die Wahrheit herausfinden. Wir besitzen beide verschiedene Puzzleteile, die wir zusammenfügen könnten.

Das Bild, das dabei herauskommen wird, kann nicht so scheußlich sein wie dieser Haufen zerstückelter Fragmente. Du musst mir verraten, was Du weißt. Das bist Du mir schuldig.
Noch etwas: Wenn Du von Angie gehört hast, dann sag es mir bitte. Nicht zu wissen, wie es ihr geht, ist neben dem Hausarrest meine zweite, schlimmere Strafe.
In Liebe,
R.
PS: Ich könnte Dir eine Menge über die Quelle berichten – wie hoch die neue Hecke gewachsen ist, die Du gepflanzt hast, wie viele Blüten die Obstbäume dieses Jahr tragen. Wer auch immer von uns der Unschuldige ist, er könnte hier noch einmal von vorne anfangen, das ist immer noch eine Option …

Nimm diesen Brief, Junge, und schicke ihn ab, wenn du so gern die Welt retten möchtest.

Ich gehe ins Bett, und Mark ist im Schlafzimmer. Er schläft neben mir, und seine Gestalt verfolgt mich mit einem Schmerz halb aus Trauer und halb aus Furcht.

16

ICH GING dazu über, das Abendessen vorzuverlegen, damit ich schneller zu den Schwestern konnte. Anfangs trugen Mark und ich noch unsere Teller und Getränke zu dem alten Klapptisch unter den Bäumen im Garten (mit Getränken meine ich ein Glas Wasser für mich und fast eine ganze Flasche unseres selbstgemachten Apfelweins für Mark). Die frühere Mahlzeit passte Mark gut, weil Bauern wie er die länger werdenden Sommerabende zum Arbeiten bräuchten, wie er sagte. Er redete, als wäre ich keine Bäuerin mehr. Wenn es Zeit zum Abendessen war, kam er vom Feld, wusch sich, aß und ging wieder hinaus. Mit seinen Gedanken war er ganz beim Pressen der Heuballen oder bei seinem Plan, den Scheunenanbau abzudichten, damit er das Heu darin lagern konnte. Und wenn er nach seinen E-Mails geschaut hatte, dachte er darüber nach, wie er den nächsten juristischen Schachzügen der Regierung begegnen konnte, um sie weiterhin von unserem Land fernzuhalten. Wir waren uns mittlerweile einig, dass es nicht in Frage kam, von hier wegzuziehen – wenn auch aus unterschiedlichen Gründen. Auch meine Gedanken schweiften während des Abendessens ab, kreisten um alles, nur nicht um das Essen auf meinem Teller. Ich aß immer weniger, teilte das Omelett zu seinen Gunsten auf, warf den Großteil meiner Pommes frites in den Müll. Ich zog es vor, mit leerem Magen zu beten, und wenn mir nach der Andacht schwindelig war vom langen Meditieren, war ich ein vergeistigtes Wesen, das keinen Hunger kannte.

»Du hast ja gar nicht aufgegessen.«

»Du wirst zu dünn.«

»Wenn du so weitermachst, wirst du noch krank.«

Meine allabendliche Reise von einer Welt in die andere entwickelte mit der Zeit ihre eigenen Rituale. Wenn ich aus der Tür trat, blieb ich zunächst mit dem Rücken zum Haus stehen, den Blick auf den vor mir liegenden Weg gerichtet. Meine anschließenden Schritte zum Lager der Schwestern unterteilte ich in Fünferintervalle. Fünfmal fünf Schritte und dann eine Zeile aus dem Weihegebet der Rose.

In einer Woche war es heiß, unerträglich heiß. Draußen in der Welt sorgte der erbarmungslose Temperaturanstieg dafür, dass die Dürre endlich auch aussah wie eine Dürre. Vorbei war es mit dem störrisch grauen Himmel und den der Jahreszeit angemessenen Temperaturen. Es wirkte eher wie der Anfang eines Katastrophenfilms. In den Tunneln der Londoner U-Bahn ereigneten sich verhängnisvolle Unfälle, und die Senioren starben reihenweise an Hitzschlag und verwesten in ihren Hochhauswohnungen, bis die Nachbarn den Gestank bemerkten. Vereinzelt kam es zu Unruhen in glühend heißen Innenstädten, und die Aufnahmen von Stauseen erinnerten an Badewannen, in denen jemand den Stöpsel gezogen hatte: Der Schmutzrand und die zurückgebliebenen Haare waren alles, was noch an die behagliche Vergangenheit erinnerte.

Bei uns nahm die Hitzewelle einen eher klassischen Verlauf. Mark und Lucien verbrachten die Vormittage damit, mit nacktem Oberkörper den alten Schuppen zu reparieren, wobei der braungebrannte Lucien Mark mit Feuereifer die Werkzeuge anreichte und die Nägel nach Größe sortierte. Manchmal begleitete er mich zu den Schwestern, aber er war schüchtern ihnen gegenüber und versteckte sich lieber hinter der Eiche auf dem Feld, statt mit mir hinunter ins Lager zu gehen. Er bekam einen Sonnenstich, und beim Mittagessen belagerten uns die Wespen. Ich hatte Sonnenbrand auf den Schultern, und die Träger meines Baumwolltops rieben unangenehm. Außerdem hatte ich schon mehrere Nächte nicht mehr richtig geschlafen, zog mir das dünne Bettlaken über, weil ich mich sonst nackt fühlte, und strampelte es wieder weg, weil mir zu heiß war. Nebenan hörte ich Mark aufstehen und sich ein Glas Wasser holen, bevor seine Schritte wieder ins Gästezimmer zurückkehrten. Die Wohnwagen der Schwestern verwandelten sich in wahre Folterkammern; Schwester Amelia erzählte mir, dass sie ihre Matratze nachts ins Freie trug und unter den Sternen schlief, wo sich oft Eve und Jack zu ihr gesellten, die ohnehin kaum ein Auge zubekamen. Wenn ich mich im Schlafzimmer unruhig hin und her warf, sehnte ich mich danach, bei ihnen zu sein.

Eines Abends begannen die Gebete wie an jedem anderen Abend auch. Wir saßen im Kreis beisammen, hielten uns bei den Händen und schlossen die Augen. Jack saß links von mir. Ihre Hand war feucht, glitt ab und stieß gegen meinen Ehering. Links von mir bemerkte ich, wie Dorothy sich zurechtsetzte und ihren Rücken durchdrückte. Ich weiß noch, dass die Steine auf dem Boden an meinen Knöcheln rieben, ich mich aber nicht mehr zu bewegen traute, weil die Gruppe bereits im Gleichklang atmete, ihre Anspannung mit jedem Atemzug ausstieß und neue Inspiration einsog, bis jeder Körper im Einklang mit sich und der Stille war.

Schwester Eve leitete die Meditation.

»Mein Freund ist mir eine Traube von Zyperblumen in den Weinbergen zu Engedi. Siehe, meine Freundin, du bist schön; schön bist du, deine Augen sind wie Taubenaugen. Siehe, mein Freund, du bist schön und lieblich. Unser Bett grünt, unserer Häuser Balken sind Zedern, unser Getäfel Zypressen.«

Nachdem die Verse mit der untergehenden Sonne verklungen waren, redeten und sangen die Schwestern, vom Geist der Rose beseelt. Ich stimmte in ihre Antworten ein, hielt mich vorsichtig am Rand der dunklen Gewässer ihrer Huldigungen, klammerte mich am

Ufer fest. Ich glaube nicht, dass ich an diesem Abend selbst etwas beisteuerte (das tat ich fast nie), und ich erinnere mich auch nicht daran, dass Jack die Leitung der Gebete übernahm. Doch als Schwester Amelia die Rose hochhielt, war ich ein Teil des enger werdenden Kreises aus Frauen, und meine Befangenheit schmolz dahin, als ich Hände um meine Taille spürte, Körper, die sich an mich schmiegten. Meine Finger verfingen sich in Amelias wunderschönem Haar. Die unverwechselbaren Beschwörungen jeder einzelnen Schwester vermischten sich wie eine Million Sprachen, bildeten Abfolgen kontrapunktisch ansteigender und abfallender Töne, setzten sich aus Vokalen und Konsonanten zusammen, die sich trafen und wieder trennten, die Lauten Platz machten, die so guttural waren, dass man sie kaum als Worte bezeichnen konnte, und dennoch steckten sie voller Bedeutung, dessen war ich mir gewiss. Und als dies geschah, wie es manchmal geschah, formte sich das Durcheinander unserer individuellen Gebete zu einem Gebilde – wie Flugsand im Wind –, und ehe wir noch verstanden, wie und warum, herrschte Einklang.

Plötzlich wurde der große Körper, zu dem sich unsere Glieder vereinigt hatten, von einem gewaltsam in die Höhe geschleuderten Arm auseinandergerissen. Jacks geballte Faust erwischte mich mit aller Wucht unter dem Kinn. Ich taumelte nach hinten, und ein spitzer, gequälter Schrei hallte durch die Nacht. Jack stand da und zerrte an ihrem grauen Gewand, riss am Baumwollstoff, bis es von ihren zuckenden Schultern auf den plattgetrampelten Boden fiel. Das Ganze lief wie ein Film vor mir ab: eine beinahe nackte Frau, die ihren Kopf so heftig zurückwarf, dass es schien, als würden ihre Augen gleich aus ihren Höhlen springen, die ihre Arme so weit nach hinten spreizte, als wären sie nicht mehr mit ihrem Schlüsselbein verbunden, das wiederum die Verbindung zum Hals verloren zu haben schien. Sämtliche Körperteile wirkten wie vom Rumpf getrennt. Die anderen erstarrten ebenfalls, reglose Gestalten auf einer gemalten Kulisse, vor der Jacks Anfall umso drastischer wirkte. Sie stürzte zu

Boden, und ich befürchtete für einen Moment, ihre entblößten Rippen und ihre Wirbelsäule würden auf der harten Erde zerbrechen und ihr Skelett zersplittern. Sie krümmte sich, und ihre Schreie verwandelten sich in ein Heulen, das stoßweise tief aus ihrer Kehle hervordrang, das zugleich Sprache und Nicht-Sprache war.

Beim Anblick des sich windenden wilden Tiers zu meinen Füßen lähmte mich ein Gefühl der Ohnmacht, bis ich eine Stimme hörte, die mir befahl, Jack zu beruhigen. Die Übelkeit, die ich gespürt hatte, verschwand, und ich sah mich selbst wie in Trance einen Schritt nach vorn machen, sah mich neben ihrem Körper auf die Knie sinken und ihren keuchenden Kopf zwischen meine Hände nehmen, bis ihre röchelnden Atemzüge Musik wurden, die durch meine Hände in meine Seele überging, und ich nur noch Leichtigkeit spürte und nichts mehr hörte als den Gesang der anderen und die Stimme, die zu mir gesprochen hatte. Ich konnte diese Stimme damals nicht identifizieren, und dennoch erschien sie mir vertrauter als jede andere Stimme, der ich je gelauscht hatte. Sie sagte mir, dass dies der Anfang sei.

Wir saßen lange Zeit so da. Jacks Kopf ruhte in meinem Schoß, und ich streichelte ihr die Haare, während die Schwestern wie erschöpfte Kinder im langen, bereits taufeuchten Gras lagen, mitgenommen vom gerade Erlebten, aber glücklich. Jack konnte sich kaum an ihre Heimsuchung erinnern, nur an ein tiefes Gefühl des Friedens, tiefer, als sie es je erlebt hatte, ein Gefühl, das sie überspült habe wie das Meer einen felsigen Strand im Sommer.

»Dieser Frieden kam durch dich«, sagte Schwester Amelia später zu mir. »Du hast den Geist der Rose zu ihr geleitet.«

»Nicht nur ich«, protestierte ich. »Wir alle.«

Eve stimmte mir zu. »Keine sticht hervor. Die Kraft liegt in unserer Einheit als Schwestern, in unserer Gemeinschaft.«

Doch die neue Stimme in meinem Kopf war der gleichen Ansicht wie Amelia, die Eve entschieden widersprach: »Nein, das warst du, Ruth. Du allein. Und dies ist erst der Anfang.«

Ich würde gern über die Stimme nachdenken, aber ich weiß nicht, ob ich es wagen soll, ob ich sie damit nicht vielleicht einlade, zu mir zurückzukehren. Und ich habe definitiv kein Zimmer mehr für sie frei. Drei kommt in die Küche marschiert, in der Hand mehrere Briefe. Ich wringe gerade meine Unterhosen in der Spüle aus. Er bleibt in der Tür stehen, und ich drücke die Höschen unter die seifige Wasseroberfläche, kann sein anzügliches Grinsen jedoch nicht mehr verhindern. »Ihr Priester kommt heute nicht«, verkündet er.

Ich presse unter Wasser die Hände zusammen, nehme mir fest vor, nicht vor ihm zu weinen. Und ich werde auch nicht das Risiko eingehen, mit ihm zu sprechen, ihn nach den Briefen zu fragen, die er mit der Schrift nach unten auf den Tisch gelegt hat.

»Haben Sie gehört? Ich habe gesagt, dass der Priester nicht kommt. Heute nicht und nächste Woche vermutlich auch nicht. Vielleicht nie wieder, wer weiß? Aber wir können gerne einen anderen Geistlichen für Sie auftreiben, wenn Sie unbedingt darauf bestehen. Einer ist so gut wie der andere, würde ich sagen. Und es wimmelt ja neuerdings von religiösen Fanatikern im Land.«

Er kündigt an, später noch einmal wiederzukommen, um mit mir über die neuen Regeln zu sprechen, und verlässt dann die Küche. Die Briefe liegen immer noch auf dem Tisch. Ich trockne mir die Hände ab.

Er kommt zurück. »Ach, hoppla, die habe ich ganz vergessen.«

Während ich den Stöpsel ziehe und das Wasser aus dem Spülbecken lasse, fällt mir ein, dass ich vergessen habe, dreimal auf Holz zu klopfen. Wenn ich geklopft hätte, wäre Hugh bestimmt gekommen. Ich hatte vorgehabt, mit ihm über die Stimme zu sprechen.

Im Obstgarten verbringe ich den Rest des Vormittags damit, aus Gänseblümchen, Butterblumen, Löwenzahn, Lichtnelken und Wiesenkerbel eine Kette zu winden. Ich schlitze die Stiele mit dem Daumennagel auf, sehe zu, wie der Saft herausquillt und auf meine Haut tropft. Es wird eine unregelmäßige Kette daraus: Die schwächeren

Stängel der Butterblumen halten den dickeren des Löwenzahns nicht stand; die Farben – Weiß, Gelb, Rosa – ergeben kein sinnvolles Muster; die Kette weiß nicht, wo sie aufhören soll. Ich hebe sie an und beobachte, wie ihre einzelnen Glieder ineinandergreifen, stummen Handschellen gleich.

Ich war mir sicher, dass Hugh heute Informationen aus dem Internet mitbringen würde. Die Rose von Jericho ist aufgeblüht, nachdem es letzte Nacht geregnet hat. Ich hätte sie ihm so gern gezeigt. Drei hat mir nicht verraten, warum er nicht kommen kann. Bei seinem letzten Besuch ging es ihm nicht gut. Vielleicht wurden wir aber auch dabei gefilmt, wie wir das Internet erwähnten. Kann Drei auch hören, was wir hier draußen im Obstgarten sagen? Ich reiße das widerspenstige Gras aus, das um die Bank herumwuchert, überzeugt, dass Ortungs- oder Aufnahmegeräte zwischen Unkraut und Weidenröschen versteckt sind. Mit bloßen Händen greife ich in die Brennnesseln, und meine Haut wirft weiße Bläschen. Ich denke: Dies sind die Hände einer Wahnsinnigen, die wahnsinnige Dinge getan hat. Selbst der Priester weiß, dass ihr nicht mehr zu helfen ist. Die Stimme würde ihm sicher recht geben.

Nach dem Vorfall mit Schwester Jack hörte ich die Stimme immer öfter, aber ich wagte es nicht, offen mit den anderen darüber zu reden

»Wenn ihr betet«, fragte ich Dorothy und Jack, »antwortet euch dann jemand?«

Die beiden saßen im Gras und nähten Gewänder aus weißem Baumwollstoff.

»Die Rose antwortet«, sagte Dorothy. »Allerdings nicht in Form einer Stimme, die ich tatsächlich hören kann. Aber du hast schon ihre Stimme gehört, nicht wahr, Jack?«

Jacks Hand führte die Nadel auf und ab und zog den Faden straff, der das Ganze zusammenhielt. »Es gibt verschiedene Arten von

Stimmen«, erklärte sie. »Und es kommt vor allem darauf an, sie unterscheiden zu können. Wenn ich krank bin, sind die Stimmen laut und geradezu ordinär, und mir ist, als könnte ich die Sprechenden schemenhaft aus dem Augenwinkel erkennen. Früher habe ich Medikamente genommen, die sie abgeschwächt und auf Abstand gehalten haben, aber inzwischen habe ich die Pillen abgesetzt, weil ich damit nie wirklich ich selbst war. Außerdem sind Amelia und die Rose viel wirksamer als dieser ganze chemische Mist.« Sie hielt inne, weil der Faden aus dem Nadelöhr geglitten war. Nachdem sie das Ende des Fadens angeleckt hatte, um ihn wieder einzufädeln, redete sie in einem Tonfall weiter, den ich noch nie an ihr gehört hatte. »*Tu es, sonst setzt es was! Wenn nicht, wirst du es bereuen. Niemand wird dir glauben.* Solche Sachen. Wenn du jemals Opfer von Gewalt warst, kennst du diese Stimmen.«

»Wann hat es bei dir angefangen?«

»Als ich ungefähr siebzehn war. Seitdem höre ich sie, wenn auch mit Unterbrechungen. Meine Therapeutin hat es darauf zurückgeführt, dass ich als kleines Kind mitansehen musste, wie sich meine Eltern halb zu Tode geprügelt haben. Woraufhin ich mir natürlich einen Mann suche, der *mich* halb totprügelt – wie vorhersehbar. Das ist typisch für mich: Immer lasse ich zu, dass andere mich kontrollieren.«

»*Hast* du zugelassen«, korrigierte Dorothy.

»Ja, stimmt. Ich arbeite daran, jetzt, wo ich endlich etwas habe, an das ich glauben kann.« Sie biss den Faden mit den Zähnen durch und steckte die Nadel in die Garnrolle.

Ich war noch nie Opfer von Gewalt gewesen. Damals noch nicht.

»Und die andere Stimme?«, fragte ich.

»Ist die Stimme der Vernunft, eine Stimme, die mir Ruhe schenkt.«

»Das klingt ein bisschen klischeehaft.«

»Stimmt schon.« Jack verknotete das Ende des Fadens. »Aber

anders kann ich es nicht beschreiben. Wenn diese Stimme mit mir spricht, tue ich alles, was sie mir sagt, weil sie die wahre Stimme ist. So einfach ist das.«

»Absolut alles?«

»Ich glaube schon.«

»Hat das nicht auch wieder mit Kontrolle zu tun?«

Jack dachte einen Augenblick nach, warf Dorothy einen Blick zu und lachte dann. »Nein, sag nichts, ich kann es allein beantworten. Das ist Glaube, Ruth. Glaube aus dem tiefsten Inneren. Das ist etwas ganz anderes.« Sie erhob sich. »Mein Gott, das ist ja wie früher im Religionsunterricht! Komm, steh auf.«

Jack hielt mir das fertig umsäumte Gewand an. Ich spreizte die Arme, als wäre ich ein Engel in einem Krippenspiel.

»Du machst dich ganz gut«, lachte sie. »Jetzt brauchst du nur noch einen Heiligenschein.«

Jacks Beschreibung ihrer Stimmen half mir nicht wirklich weiter. Manchmal hatte ich richtiggehend Angst vor Stimme. Stimme, ohne Artikel, so nannte ich es schließlich, dieses Etwas, das ich war und doch wieder nicht, das in meinem Inneren wohnte und gleichzeitig von außerhalb kam. Manchmal diente mir Stimme aber auch als wichtige Orientierungshilfe, und ich vermisste sie, wenn sie einmal nicht da war. Obgleich Stimme sich anfangs noch auf die Zeiten des Tages beschränkte, die religiösen Ritualen vorbehalten waren, so langweilte sie sich doch bald in diesem begrenzten Bezirk.

Wenn ich aus dem Fenster blickte und mich fragte, warum Mark so lange im Dorf brauchte, sagte sie:

Er spricht mit der Bank über den Verkauf der Quelle. Frag ihn, wenn du mir nicht glaubst.

Wenn ich mich an die Buchhaltung setzte, weil ich Mark versprochen hatte, sie bis zum Abend fertig zu haben, unterbrach sie mich:

Es geht hier nicht um Geld, Ruth. Geh aufs Feld hinaus und bete. Geld bringt dich nirgendwohin.

Es geht hier nicht ums Essen, Ruth. Allein die Rose wird dich nähren.

Es geht nicht darum, ob du Mark liebst oder nicht, Ruth. Jetzt kann dich nur noch die Rose retten.

Es geht hier nicht um deine Tochter, Ruth. Angie hat dir nie verziehen und wird es auch in Zukunft nicht tun. Nur die Rose kann dir verzeihen.

Wenn Stimme meine Schwester gewesen wäre, dann meine ältere Schwester, denn aus jedem Streit ging sie am Ende als Siegerin hervor. Meist kamen wir jedoch gut miteinander aus und hätten uns als Schwestern sicher gegenseitig Kleider geborgt, die Haare gekämmt und die Sätze der jeweils anderen beendet. Mark machte sich Sorgen um mich, so viel zumindest weiß ich, weil ich damals Stimmes Rat befolgt und sein Handy kontrolliert hatte. Dabei hatte ich festgestellt, dass der letzte entgangene Anruf von der örtlichen Arztpraxis stammte. Seit wir die Quelle gekauft hatten und aufs Land gezogen waren, war zum Glück keiner von uns mehr ernsthaft krank gewesen. Jetzt quälten mich Gewissensbisse, weil ich ihm hinterherspionierte und er vielleicht eine schlimme Krankheit hatte.

»Du hast einen entgangenen Anruf auf dem Handy. Das habe ich ganz vergessen, dir zu sagen.«

»Von wem?«

»Der Arztpraxis.«

»Keine Ahnung, was die wollen.«

»Ist wirklich alles in Ordnung mit dir?«, hakte ich nach. »Fühlst du dich krank?«

»Ich? Nein, alles bestens«, antwortete er.

An diesem Abend setzte er sich zu mir ans Bett und streckte die Hand nach mir aus. Stimme fragte sofort, wieso ich zuließ, dass er sich an mir vergriff, und ich erstarrte unter seiner Berührung. Er zog seine Hand zurück, sie schwebte ein oder zwei Sekunden in der Luft, bevor er sie in seinen Schoß sinken ließ, wo sie leblos wie eine Prothese dalag.

»Ich bin nur müde«, erklärte ich.

Die klischeehafte Ausrede rollte zwischen uns hin und her wie ein Klumpen Eis. »Mit wem redest du ständig?«, fragte er.

Ich drehte mich von ihm weg zum Fenster, wo eine hauchzarte Mondsichel geisterhaft am Horizont hing. »Keine Ahnung, wovon du sprichst.«

Verrate ihm nichts von mir; er wird behaupten, dass ich nicht existiere.

»Es ist, als wären wir nicht mehr allein hier im Haus. Wenn wir uns unterhalten, bist du manchmal plötzlich weg, abgetaucht in deine eigene Welt. Dann habe ich den Eindruck, dass du jemand anderem zuhörst als mir. Manchmal redest du sogar laut vor dich hin, Ruth, ohne dass irgendjemand in deiner Nähe ist!«

Er ist ein Ungläubiger, bete für ihn.

»Ich bete, Mark. Ich bete, weil ich gläubig bin, das ist alles. Ich bete für dich, für die Quelle, für unser Land. Du musst zugeben, dass es im Moment genügend Gründe zum Beten gibt.« Ich konnte ihm immer noch nicht in die Augen sehen.

Sein Suchverlauf auf dem Laptop sah folgendermaßen aus (das weiß ich, weil ich nachgesehen habe):

Psychische-Erkrankungen.co.uk/Pseudohalluzinationen/Stress

Leben-mit-Psychose.co.uk/Halluzinationen/akustisch

Gesundheitsbehörde.co.uk/Hilfe/Paranoia

Eines Morgens hörte ich ein Gespräch zwischen ihm und Angie mit. Ich war noch oben im ersten Stock und verharrte auf dem Treppenabsatz, um zu lauschen. Die beiden standen unten in der Küche, weil Angie vorbeigekommen war, um Eier von uns zu schnorren. Lucien ließ einen Ball von der Wohnzimmertür abprallen.

»Redet Mum manchmal mit dir über die Schwestern und die Rose und das alles?«

»Ja, hin und wieder.«

»Gehst du, oder geht Charley auch zu diesen Andachten oder was auch immer es ist? Oder die anderen aus eurem Camp?«

»Nein, nicht wirklich. Zumindest nicht zu den Andachten.« Die

Schranktür knallte zu. »Wo sind denn die Eierkartons?« Dann fuhr Angie fort: »Wir reden mit den Schwestern über alles Mögliche, aber den meisten von uns ist es noch zu früh, sich auf so 'ne große Sache einzulassen, die dein ganzes Leben verändert. Irgendwann vielleicht.«

»Was hältst du davon, dass deine Mutter an den Andachten teilnimmt? Lucien, hör auf damit!«

»Sie ist glücklich dabei. Das ist doch die Hauptsache.«

»Auf mich macht sie keinen besonders glücklichen Eindruck. Manchmal habe ich sogar Angst, dass sie paranoid wird.«

»Was vielleicht nichts anderes bedeutet, als dass sie sich von dir angegriffen fühlt, nur weil sie einen Glauben hat.«

»Hör jetzt auf, Lucien! Du machst noch die Tür kaputt. Du glaubst also an diesen ganzen Rosenkram?«

»Teilweise.«

»Raus! Sofort!«

»Schrei ihn nicht an.«

»Das ist wieder typisch für dich: Du pickst dir die Rosinen raus, und alles andere kann dir gestohlen bleiben.«

»Lass mich bloß mit deinem Zynismus in Ruhe.«

»Wieso Zynismus?«

»Ach, vergiss es, Dad.«

»Lucien, nimm verdammt nochmal endlich den Ball und spiel draußen weiter!«

»Zynisch ist für mich jemand, der etwas partout nicht glauben will, obwohl es klar auf der Hand liegt«, beendete Angie die Diskussion.

Die Kühlschranktür fiel zu, und ich hörte, wie Angie nach draußen ging. Dann schien ihr noch etwas einzufallen, denn ich hörte sie rufen:

»Apropos, hast du schon mal den Ausdruck gehört, wer im Glashaus sitzt, soll nicht mit Steinen werfen?«

»Was soll denn das jetzt heißen? Moment mal, renn nicht einfach weg!«, brüllte ihr Mark hinterher.

Der Streit der beiden ging unter dem Schlafzimmerfenster weiter.

»Du hältst sie für paranoid, Mark? Dann guck mal in den Spiegel! Du rastest doch selbst bei jeder Kleinigkeit aus. Wenn du willst, dass sie eine Therapie macht, solltest *du* dich für ein Antiaggressionstraining anmelden.«

»Du musst es ja wissen!«, schrie er aufgebracht. »Wir haben im Laufe der Jahre mehr Geld für deine Therapien ausgegeben als für …« Er brach ab. »Ach, hau doch ab!« Ich hörte die Haustür knallen und kurz darauf eine Flasche gegen ein Glas stoßen. Es war nicht einmal elf Uhr morgens.

Ich ging ihm nach Möglichkeit aus dem Weg, wenn er so war, weshalb ich nicht mitbekam, dass er an diesem Tag nach Lenford fuhr. Wenn ich bei Schwester Amelia und den anderen war, verlor die Zeit ohnehin jede Bedeutung für mich. Umso überraschter war ich, als um halb sechs mein Handy klingelte.

Es war Mark. Ich solle ihn von der Polizeiwache abholen.

Lass ihn dort versauern, riet mir Stimme. *Warum solltest du ihn retten? Du bist ohne ihn besser dran. Wenn sie ihn einsperren, kann er keinen Schaden mehr anrichten.*

»Du verpasst die Abendandacht, wenn du jetzt fährst«, sagte Amelia. »Ist das wirklich nötig? Irgendwann muss er anfangen, Verantwortung für seine Fehler zu übernehmen.«

Ich hatte schon den Autoschlüssel in der Hand, blieb nun aber zögernd stehen.

»Wenn wirklich jemand hinmuss, dann lass mich fahren«, schlug Amelia vor und umarmte mich. »Du bist doch den Anfeindungen dort draußen überhaupt nicht gewachsen. Wann hast du dich das letzte Mal der Welt jenseits der Quelle gestellt?« Sie machte einen Schritt zurück und strich mir die Haare aus dem Gesicht. »Warum solltest du dich ihr auch stellen? Dein Platz ist hier.«

Sie hat recht. Du wirst es nicht schaffen. Deine Panik ist berechtigt, du bist schwach.

»Das ist doch Unsinn, warum solltest *du* hinfahren …?«

Amelia streckte die Hand aus. »Vielleicht hast du recht. Gib mir den Schlüssel, ich stecke ihn zurück in den Land Rover. Komm und bete für ihn, damit hilfst du ihm am meisten, Ruth. Aktionismus ist immer die einfachste Lösung, aber die wahre Kraft liegt im Nachdenken, in der Reflexion.«

Auf meinem Handydisplay erschien eine weitere Nachricht.

Bitte komm. M.

Er hat mich noch nie im Stich gelassen, wenn ich ihn gebraucht habe, dachte ich und schloss die Augen, um den ungläubigen Thomas in meinem Inneren zum Schweigen zu bringen. Dann holte ich tief Luft und schrieb zurück: *Bin auf dem Weg.*

Sobald ich auf dem Fahrersitz saß, fing ich an zu zittern. Nicht nur, weil ich immer noch nicht wusste, was passiert war, und nicht nur, weil ich im Rückspiegel Amelia und Eve sah, die einander bei den Händen hielten, sondern auch, weil ich mich nicht mehr erinnern konnte, wann ich das letzte Mal die Quelle verlassen hatte. Der Land Rover rumpelte schlingernd die Auffahrt hinauf, stotterte im falschen Gang, während Stimme mir befahl, endlich umzukehren, und die Polizisten am Tor mit dem Fahrer eines Transporters diskutierten.

»Ich muss raus!«, rief ich ihnen zu. »Ich muss zu Mark!«

Offenbar hatten sie bereits von dem Vorfall gehört und waren deshalb am Tor postiert, wo sich außerdem die lokale Presse drängte. Die Beamten öffneten das Tor und verriegelten es hinter mir wieder, während ich im Seitenfach der Fahrertür nach meiner Sonnenbrille kramte. Hoffentlich war sie noch von damals im Auto, als Mark und ich unsere Angelausflüge gemacht hatten. Sie würde mir wenigstens ein bisschen Tarnung verschaffen und das grelle Licht der feindlichen Außenwelt erträglicher machen. Aber die Brille war nicht da.

Stimme blieb hartnäckig, und ihre Argumente waren kaum von der Hand zu weisen. *Fahr zurück. Du schaffst das nicht. Wie willst du denn erst in Lenford zurechtkommen? Alle werden dich anstarren. Sie starren dich ja jetzt schon an!*

Es stimmte. Als ich um die Haarnadelkurve bog, standen Perry Clardle und ein Junge im Teenageralter im Vorgarten und zeigten auf mich, während ich vorbeifuhr. Mir wurde klar, dass Perry ohne seinen Pub arbeitslos sein musste, die Rate lag inzwischen bei 28 %. Ein Stück weiter bergab musste ich bremsen, um ein älteres Paar, dessen Namen ich vergessen hatte und das mit seinem Hund spazieren ging, über die Straße zu lassen. Beide wirkten schockiert, als sie mich am Steuer erblickten. Ich stellte mir vor, wie sie zueinander sagten: Das ist sie! Wie kann sie es wagen? Ja, wie konnte ich es wagen, die staubige Landstraße hinunterzufahren, die auf beiden Seiten von trockenen, spröden Hecken und von Bungalows gesäumt wurde, deren Gärten nur noch graue, rechteckige Einöden waren? Und wie konnte ich die Frechheit besitzen, beim mit Brettern zugenagelten und mit Graffiti besprühten Pub rechts abzubiegen und auf der Brücke das Flussbett zu überqueren, das voll war mit Disteln und Müll? Wo zeigte sich die Liebe der Rose auf der Dorfstraße, auf der die Blumen- und Schuhläden verschwunden waren und die Touristeninformation schon vor langer Zeit zugemacht hatte? Das alles ist ein Film, dachte ich, eine Kulisse. Nur die Quelle ist echt, nur sie allein. Als ich auf dem Parkplatz der Polizeiwache hielt, musste ich eine Minute sitzen bleiben, um meine rasenden Gedanken zu zügeln, bevor ich aussteigen konnte.

Die Tür zur Wache war verschlossen; man musste sich erst über eine Sprechanlage anmelden, bevor man hineingelassen wurde. Ich drückte auf die Klingel, aber niemand antwortete. Auf Höhe der Fußgängerampel begann sich auf der gegenüberliegenden Straßenseite ein Grüppchen Passanten zu bilden, das zu mir herüberstarrte. Obwohl die Ampel längst grün war, überquerte niemand die Straße. Alle standen nur da, mit verschränkten Armen und vorgestrecktem Kinn. Ich drückte noch einmal fester auf die Klingel, und dann noch einmal.

»Hier ist Ruth Ardingly«, sagte ich laut. »Ich habe einen Anruf von meinem Mann erhalten.«

Ein Summen ertönte, und dann ging die Tür, und ich konnte mich endlich ins Innere des Gebäudes flüchten. Mein Herz schlug etwas weniger aufgeregt, als ich das beruhigende Klicken der Türverriegelung hinter mir hörte. Die in Zivil gekleidete Frau hinter der Glasscheibe sagte, ich solle auf einem der blauen Stühle warten, die im Wartebereich aufgestellt waren. Ich setzte mich folgsam. Links von mir lag ein Stapel Faltblätter, und vor mir befand sich eine weitere verschlossene Tür.

Neue Grenzwerte! Eine Aufstellung der neuen Wasserquoten für Privatpersonen und Betriebsstätten.

Verstöße gegen das Dürregesetz sind ernsthafte Vergehen! Wenn Sie jemanden kennen, der illegal Wasser verbraucht, kontaktieren Sie anonym unsere Dürre-Hotline unter: 0800 700 900.

Ich konnte mir gut vorstellen, wie viele Anrufer uns bei dieser Hotline gemeldet hatten.

Diese Frau weiß, wer du bist, meldete sich Stimme.

»Können Sie mir sagen, was vorgefallen ist?« Ich klopfte an die Glasscheibe. »Geht es meinem Mann gut?«

»Darüber kann ich Ihnen leider keine Auskunft erteilen«, antwortete die Frau. »Aber es wird in Kürze jemand bei Ihnen sein.«

Das Warten schien eine Ewigkeit zu dauern, und ich wollte gerade meinen ganzen Mut zusammennehmen und erneut gegen die Glasscheibe klopfen, als die zweite Tür aufging und ein Polizeibeamter herauskam, gefolgt von Mark. Sein T-Shirt war blutbefleckt, und seine ohnehin markante Nase wirkte geschwollen. Auch der Rest seines Gesichts sah furchtbar aus.

»Gehen wir«, forderte er mich auf.

»Bist du …?«

»Ich möchte nach Hause«, erklärte er und drängte sich an meiner ausgestreckten Hand vorbei.

Der Polizist drückte auf den Türöffner, und wir traten hinaus ins Licht, wo bereits ein Polizeiauto mit laufendem Motor und Blaulicht wartete. Der Fahrer steckte den Kopf aus dem Fenster und sagte, es sei zwar nicht das, was er unter einer sinnvollen Verwendung von Steuergeldern verstehe, doch er habe Anweisung, uns zu begleiten, für den Fall, dass es Ärger gebe. Mark kletterte vorsichtig auf den Beifahrersitz des Land Rovers, ohne ein Wort zu sagen.

»Was ist mit dem anderen Auto?«, fragte ich ihn.

»Lass es stehen«, erwiderte er. »Ich kann in diesem Zustand nicht fahren.«

Wir folgten dem Polizeiauto vom Parkplatz auf die Straße. Im Inneren des Land Rovers herrschte Schweigen, auch wenn Stimme in meinem Kopf herumschrie. Draußen war die Menschenmenge an der Ampel inzwischen angewachsen, und die Leute riefen uns »Geisteskranke Hexe!« und »Perversling!« hinterher. Als wir kurz darauf an einer Autoschlange vor der Tankstelle vorbeikamen, brüllte ein Mann mit kahlgeschorenem Kopf »Wasserdiebe!« und hupte anhaltend, bis die anderen Autos seinem Beispiel folgten – ein Hupkonzert hasserfüllter Verachtung.

»Was hast du getan?«, fragte ich. Keine Antwort.

Das Tor wurde für uns geöffnet, und wir rasten wieder hinein in unser seltsames Reservat, ließen die verbrannten Felder hinter uns und kehrten zurück auf unseren grellbunten, digital bearbeiteten Comicstrip von einem Bauernhof. Das Polizeiauto blieb nicht vor dem Tor stehen, sondern wendete und fuhr davon.

Sperr ihn aus, schlug Stimme vor.

Das war nicht nötig, denn Mark hielt sich nur wenige Minuten im Haus auf, bevor er es wieder verließ und über das Tor aufs erste Feld kletterte. Ich sah ein Streichholz aufleuchten und roch den Zigarettenrauch, der in meine Richtung waberte. Dann war Mark ganz verschwunden, bevor ich Gelegenheit hatte, mit ihm zu reden. Nicht ein Wort des Dankes, dass ich ihn abgeholt hatte – dabei musste er wissen, wie schwer mir das gefallen war. Angie hatte die Polizei am Tor gesehen und kam herüber, um zu fragen, was los war. Ich konnte ihr auch nicht viel sagen, nur, dass ich mir Sorgen machte, dass ich wütend war und nicht wusste, wohin Mark in seiner aufgewühlten Verfassung gegangen war.

»Der taucht schon wieder auf«, beruhigte sie mich. »Komm morgen früh einfach rüber und erzähl mir, was passiert ist, ja?« Mit diesen Worten war auch sie verschwunden.

Ich hätte mir gewünscht, dass sie bei mir gesessen hätte – Mutter und Tochter nebeneinander –, während dieser langen, einsamen Stunden des Wartens auf seine Rückkehr. Was für eine egoistische Kuh, dachte ich. Vor allem, wenn man die vielen Stunden bedachte, die wir auf Polizeiwachen oder in Notaufnahmen auf *sie* gewartet hatten. Und er ist auch ein egoistischer Dreckskerl, arbeitete es weiter in mir. Soll er doch verschwinden! Ohne seine Zigaretten, seinen Alkohol und seine Wutanfälle ginge es mir deutlich besser. Und diesmal war es nicht Stimme, die aus mir sprach. Während das trübe, violett schimmernde Licht des späten Abends die Umrisse des Waldes verschwimmen ließ und die Fledermäuse unter dem Scheunendach munter wurden, regte sich in mir der Gedanke, dass Mark tatsächlich nicht mehr zurückkommen würde. Da er meines Wissens keinen Ort hatte, an den er sich flüchten konnte, würde er womöglich eine Dummheit begehen und versuchen, seinem Leben ein Ende zu setzen. Ich wollte im Waffenschrank nachsehen, konnte jedoch den Schlüssel nicht finden.

Er wird es mit dem Jagdgewehr tun, sagte Stimme. *Es wird überall Blut sein.*

Inzwischen war es vollkommen dunkel, der Mond tauchte bereits über der Eiche auf. Ich beschloss, zu den Schwestern zu gehen. Sie würden mir sicher helfen. Doch zuvor kniete ich mich auf den Boden und dankte der Rose dafür, dass sie mich führte. Dann zog ich eine Strickjacke an und schlüpfte zitternd aus dem Haus. Sei vorsichtig, was du dir wünschst, Ruth, ermahnte ich mich. Das dumpfe Geräusch, mit dem er hinter mir übers Tor kletterte, ließ mich vor Schreck zusammenzucken. Alles, was ich von ihm sehen konnte, war der Schatten, den er im Mondlicht warf. Er hustete.

»Mark!«

»Wohin wolltest du?«, fragte er.

»Zu … zu den Schwestern«, stammelte ich. Zu spät ging mir auf, wie das für ihn klingen musste.

»Ich bin zurückgekommen, weil ich dachte, du würdest dir Sorgen machen«, lachte er. »Wie dumm von mir!«

Hau ab.

»Geht's dir gut?«, fragte ich.

»Ging mir nie besser«, entgegnete er und stapfte zum Haus.

»Willkommen zurück«, so lauteten Amelias Worte, als ich die Wohnwagen erreichte. Bei meiner Rückkehr von der Spätandacht schlief Mark bereits im Nebenzimmer, daher erfuhr ich erst am nächsten Morgen, was passiert war. Während seines Besuchs in Lenford habe sich plötzlich ein Mann mit ihm angelegt. Nichts Ungewöhnliches, das passiere ständig, wenn er im Dorf einkaufe, sagte er.

»Das wusste ich nicht«, antwortete ich.

»Nein. Natürlich nicht«, erklärte er sarkastisch. »Der Kerl hat schlecht über dich geredet.«

»Über mich?«

»Ja, über dich. Oder glaubst du, ich besitze das alleinige Anrecht darauf, auf der Straße beschimpft zu werden?«

»Das war mir nicht bewusst. Ich bin bloß davon ausgegangen, dass …«

»Aber sicher doch. Lass mich erzählen, was er über dich gesagt hat, dann weißt du, wie es sich anfühlt.«

Hure. Hexe. Lesbe. Schmarotzerin. Solche Sachen. Also war Mark ausgerastet. Normalerweise gelinge es ihm, einfach weiterzugehen, sagte er, aber dieses Mal sei es ihm an die Nieren gegangen, und er habe dem Typen eine gelangt. Der andere habe zurückgeschlagen, sie hätten sich geprügelt, jemand habe die Polizei gerufen, der andere sei zum Nähen im Krankenhaus gelandet und er auf der Polizeiwache. Ein ganz normaler Mittwochnachmittag in der englischen Provinz, versuchte er zu scherzen.

»Wird Anklage gegen dich erhoben?«, fragte ich.

»Ja, aber nur wegen Störung der öffentlichen Ordnung. Ich setze es einfach auf unsere wachsende Liste anstehender Gerichtstermine.«

Ich sprach vorsichtig an, wie wir das Auto zurückbekommen sollten, was einen weiteren Ausbruch nach sich zog.

»Warum machst *du* dich zur Abwechslung nicht mal nützlich?«, schrie Mark. »Warum muss ich immer alles selbst tun?«

Einige Tage später erklärte Amelia, sie müsse ohnehin die Vorräte aufstocken, und bot an, den Wagen zu holen. Sie fand es unfair, dass ich – wieder einmal – Marks Verhalten ausbaden sollte. Sie wolle nicht, dass ich litte: nicht unter dem Stress, die Quelle verlassen zu müssen, und auch nicht unter der Zurückweisung genau der Menschen, denen ich mit jedem meiner Gebete helfe. Ich war sprachlos vor Erleichterung. Es hatte mir davor gegraut, nach Lenford zu gehen. Inzwischen tat ich nicht einmal mehr so, als könnte ich dort draußen allein zurechtkommen. Eve war schließlich diejenige, die das Auto zurückbrachte. Sie stellte es wortlos neben der Scheune ab, wo es anmutete wie ein monströses Ausstellungsstück in einem Museum für moderne Kunst: Die Fenster waren eingeschlagen, die Antenne abgebrochen, und es war über und über mit üblen Beschimpfungen und Beleidigungen gegen uns, die Quelle und die Rose beschmiert. Ich weiß nicht, woher die Dorfbewohner von der Rose wussten. Als ich die hintere Tür aufmachte, knirschte das zerbeulte Metall an der Karosserie, und mir schlug der ekelerregende Gestank von abgestandenem Rauch und verbranntem Plastik entgegen. Die Federn der Sitzpolsterung ragten wie verkohlte Rippchen aus dem rußschwarzen Bezug.

»Das schlägt dem Fass wirklich den Boden aus!«, schimpfte Mark. »Wir können uns kein neues Auto leisten.«

»Aber wir können doch sicher Anzeige erstatten, oder?«

»In letzter Zeit schlage ich mich mehr mit juristischem Kram herum als je zuvor in meinem Leben«, knurrte Mark und trat gegen das Auto, bevor er davonstapfte.

Schau dir das Auto an. So wirst auch du aussehen, wenn sie dich finden, prophezeite Stimme düster.

Amelia sagte, diese Leute könnten alle Autos und Gebäude der ganzen Welt niederbrennen, die Rose würde trotzdem niemals vergehen.

Einmal, ganz am Ende, habe ich versucht, die Schwestern auszuräuchern wie Hornissen. Falls sie sich ein neues Nest gebaut haben, wird Hugh es mir mitteilen, wenn er wiederkommt. Falls er wiederkommt.

17

HEUTE MORGEN hat es geregnet. Ich schlendere in den Obstgarten, wo sich auf sämtlichen Bäumen – ob Apfel, Zwetschge oder Pflaume – die Blüten ein wenig geöffnet haben. Sie sind jetzt nicht mehr nur weiß, sondern rosa gesäumt und werden bald voll aufblühen. Ein bisschen Regen und so eine prachtvolle Reaktion. Die Bäume strecken ihre Äste über meinen Kopf wie eine Ehrengarde bei einer Hochzeit, und als eine Amsel aufgeschreckt davonflattert, salbt mich ein sanfter Regenschauer. Das lange, nasse Gras streift meine Stiefel, bis die Knie meiner Jeans dunkel sind vor Feuchtigkeit. Ich setze mich auf meine Bank und erfreue mich am Widerstand des kalten Steins gegen die Schwerkraft, die mich partout nach unten ziehen will. Ich weiß nicht, wie lange ich dort sitze und was ich denke. Nur, dass ich dankbar bin für die Stille, für Stimmes Abwesenheit. Ich nehme die Arbeit an der Blumenkette wieder auf.

»Sie können also Blumen pflücken, aber kein Gemüse anbauen? Was ist denn das für eine Logik?«

Er überrumpelt mich mit seiner Frage. Junge und ich haben kaum miteinander gesprochen, seit wir zusammen auf dem abgesägten Ast saßen, aber der Brief war vom Tisch verschwunden, als ich am nächsten Morgen aufwachte. Ich habe nicht danach gefragt, und er hat nichts dazu gesagt. Jetzt steht er in dem kleinen Beet hinter dem Obstgarten und blickt über das Tor zu mir herüber. Er hat die Ärmel hochgekrempelt, und der Rücken seines weißen Hemds ist schweißgetränkt. Offenbar war er gerade am Umgraben, der Spaten lehnt am Zaun, der einst die Kaninchen von unserem Gemüse fernhalten sollte. Er scheint eine Antwort von mir zu erwarten. Als er keine erhält, jätet er kurzerhand weiter Unkraut, arbeitet sich methodisch an einer Reihe Jungpflanzen entlang. Am Ende des Beetes angekommen, harkt er den kleinen Haufen ausgerissener Brennnesseln und Quecken zusammen, klopft sich die Erde von den Händen und umrundet dann vorsichtig die frisch angepflanzten Reihen, um eine alte schwarze Plastikanzuchtschale zu holen. Darauf stehen fünf oder sechs kleine Terrakottatöpfe, aus denen die vertrauten zarten Blattpaare junger Zucchinipflänzchen ragen. Er muss die Samen, die seine Mutter mir geschenkt hat, auf der Fensterbank vorgezogen haben. Ich stelle mir eine typische Szene in der Scheune vor: Drei, der wie gebannt auf einen Splitscreen mit zwölf verschiedenen Kameraperspektiven starrt, Sogleich, der alleine Karten spielt, und Junge, der seine Zucchinipflänzchen gießt, pflichtbewusst wie ein Schüler, dem der Lehrer aufgetragen hat, sich um die Schulbeete zu kümmern.

»Es ist noch ein bisschen früh, um sie auszupflanzen«, rufe ich über den Zaun, aber er hebt nicht den Kopf. Offenbar hat er mich nicht gehört. Ich wiederhole ein wenig lauter: »Wir haben sie immer zuerst ins Gewächshaus gepflanzt und nicht vor Ende Mai mit dem Abhärten begonnen.«

»Tja, diese Option besteht ja leider nicht mehr.« Junge zeigt hinter sich auf das eingestürzte Gerüst des Gewächshauses. »Was ist da eigentlich passiert?«

Ich ignoriere seine Frage und halte mich an das weniger verfängliche Thema Gartenbau. »Der Wind ist nämlich ziemlich stark hier oben.« Jetzt schreie ich fast zu ihm hinüber. »Außerdem kann es nachts immer noch Bodenfrost geben. Aber machen Sie nur weiter und ignorieren Sie den Rat einer dummen alten Frau. Was verstehe ich schon von Landwirtschaft?«

Er arbeitet weiter und vergisst mich und alles um sich herum, verliert sich ganz in der Quelle, jener Schwarzen Witwe von einem Stück Land, die ihre Opfer erst anlockt, bevor sie sie mit Haut und Haaren verschlingt und nur jene Teile wieder ausspuckt, die ihr im Hals stecken bleiben. Ich habe schon mehrere Männer an die Quelle verloren, und hier ist sie und flirtet mit dem nächsten.

Während ich dem Kratzen seiner Pflanzschaufel und dem Quietschen seiner Stiefel lausche, wenn er sich bückt, blende ich alles andere aus. Nur das Gezeter des Rotkehlchens dringt an mein Ohr, das aufgebracht sein Revier verteidigt. Innerlich schreie ich Junge an, weil überall Glasscherben vom Gewächshaus herumliegen, weil er die Arroganz besitzt zu glauben, dass er dieses Land bestellen darf. Und ich bemitleide ihn, weil seine Bemühungen vergeblich sind, mal abgesehen von den paar Bohnen für einen Auflauf im Spätsommer, wenn die Tage kürzer werden und die Blätter fallen. Ich sehne mich danach, mich ihm anzuschließen, doch damit würde ich mein Wort brechen.

Zurück im Haus, lege ich mich ins Bett und schlafe, weil ich nichts anderes habe, um meine Tage zu füllen. Als ich aufwache, dämmert es draußen bereits. Ich habe lange geschlafen, mein Kopf ist schwer und mein Mund wie Sackleinen. Ich trinke langsam ein Glas Wasser. Vor dem Fenster wirft der träge Abend sein rötlich-golden schimmerndes Gewand über die Erdkrümmung. Der Duft eines süßen, längst vergangenen Sommers erfüllt den Raum und lässt Erinnerungen aufsteigen an längst versunkene Abende: der Gartenschlauch auf unserem Rasen in London, und Lucien, der durch einen Regenbogen rennt; Erdbeeren; ein Pub irgendwo an der Themse, in dem Mark, ich und ein paar Freunde irgendein besonderes Ereignis feiern, an das ich mich nicht mehr erinnern kann. Ich spritze mir Wasser ins Gesicht und folge dem Duft nach draußen in die seidige, sanfte Luft. In meinem Kopf läuft die alte Aufnahme eines längst vergessenen Orchesters ab: das hartnäckige Blöken der Mutterschafe, die ihre Lämmer zu sich rufen, bevor die Dunkelheit hereinbricht, das Scharren und Picken der Hennen, ein Blütenblatt, das vom Birnbaum auf das taufeuchte Gras fällt, das Pochen der wachsenden Früchte an den Bäumen, das man halb hört, halb spürt, wie die Vibrationen eines Cellos. Mit einer Decke erklimme ich den höchsten Punkt des ersten Feldes und setze mich, throne im Himmel, hoch über den flackernden Lichtern im Tal. Amelia hat mich in der Kunst der Mediation unterwiesen wie ihre Meisterschülerin, aber seltsamerweise ist es Angie, an die ich jetzt denken muss, Angie, wie sie vor einigen Jahren mit uns in Wales im Urlaub war und mir von ihrer letzten Therapie und den dort erlernten Yogaübungen erzählte. Du musst so sitzen, Mum, im Schneidersitz, es funktioniert wirklich. Sie hatte mir die Hände auf die Knie gelegt und meine Handflächen nach oben gedreht, und so hatten wir zusammen geatmet und bewusst wahrgenommen, dass wir lebten. Es klappt auch jetzt, zumindest für eine Weile. Ich blase nacheinander die mehr als vierzig Kerzen meiner Lebensjahre aus, bis die Vergangenheit sich mit dem Rauch verflüchtigt und ich bloße Gegenwart bin. Alles, was ich war, und alle, die ich gekannt und geliebt und verloren habe – ja, sogar Lucien – werden Teil des lodernden Himmels und der gütigen Wolken. Es ist fast wie ein Gebet. Vielleicht geht es Angie gut, ich fühle mich ihr sehr nah. Vielleicht sollte ich doch das Land bestellen. Vielleicht ist es möglich, mit der Ungewissheit zu leben.

Ich bin so verliebt in die Nacht, dass ich es nicht ertrage, ins Haus zu gehen. Stattdessen ziehe ich die alte Sonnenliege aus dem Schuppen in den Garten, damit ich auf dem Rücken liegen und die Sterne beobachten kann. Es ist eine jener Nächte, in denen die Sternschnuppen wie Regenschauer über den Bergen niedergehen, jedes Geräusch erstickt, reines Lichterspiel. Ich merke, wie unbedeutend mein Atem dagegen ist, spüre die harten Lamellen der Holzliege unter meinem Rücken, die kühle Luft an meinen nackten Füßen. Während eines anderen Sommerurlaubs vor langer Zeit haben wir die Sternschnuppen von einer Klippe in Cornwall aus beobachtet, wo Angie in meinen Armen schlief und Mark seinen Kopf in meinen Schoß legte. Es sind solche Momente, die wir mit unserem Umzug aufs Land wiederzubeleben hofften, und hier liege ich nun und fange Motten mit Kerzen.

Junge hat Spätschicht und steht Wache vor der Scheune. Er zögert, bevor er herüberkommt. »Ich wollte nicht stören, aber ich habe den ganzen Abend auf eine Gelegenheit gewartet, mit Ihnen …«

»Ich muss mich entschuldigen«, unterbrach ich ihn. »Das war nicht besonders nett von mir heute Morgen. Bepflanzen Sie ruhig den Garten, wenn Sie glauben, dass es sich lohnt.«

»Es lohnt sich auf jeden Fall, aber …«

Ich lasse ihn wieder nicht ausreden, weil ich gemerkt habe, was für ein gutes Gefühl es ist, sich zu entschuldigen. »Und neulich, als es um den Brief ging, war ich auch eine richtige Zicke. Das tut mir sehr leid. Es ist nur einfach alles so frustrierend. Ich habe überall vergeblich nach den Gegenständen gesucht, von denen ich Ihnen erzählt habe.«

»Genau darüber wollte ich mit Ihnen sprechen.« Junge blickt sich wachsam um, bevor er neben meiner Sonnenliege in die Hocke geht. »Ich habe heute Nachmittag während meines Kontrollgangs etwas gefunden. Wahrscheinlich ist es nichts weiter, aber …«

Er zieht etwas aus der Tasche seiner Armeejacke und gibt es mir. Es fühlt sich an wie eine Knäuel Bindfäden. Als er mit seiner Taschenlampe daraufleuchtet, sehe ich, warum er es mir mitgebracht hat. Es handelt sich um eine kleine Menge grüner Wolle, die ordentlich zusammengerollt ist, als hätte sie jemand um die Hand gewickelt und dann mit einer Schleife zugebunden.

»Haben Sie die Wolle schon so zusammengerollt gefunden?«

»Ich habe anfangs nur das Ende des Fadens gesehen und gedacht, dass er von dem grünen Wollpullover stammen könnte, von dem Sie mir erzählt haben. Dass vielleicht jemand damit irgendwo hängen geblieben ist. Erst als ich daran gezogen habe, wurde mir klar, dass es ein ganzes Knäuel ist. Die Wolle sieht irgendwie komisch aus, ganz wellig, als hätte sie schon einmal jemand benutzt und nachher wieder aufgeribbelt.«

Langsam löse ich die Schleife und ziehe am Ende des Fadens, so dass sich das Knäuel entrollt, als erwartete ich, dass daraus wie von selbst Marks Pullover wiederersteht. »Wo haben Sie das gefunden?«

»An der Stelle, an der sich der Bach ein wenig aufstaut, unterhalb des ehemaligen Lagers der Schwestern. Die Wissenschaftler haben uns angewiesen, das Bachbett von Blättern zu säubern, weil es verstopft war. Ich habe die Wolle zwischen dem Laub gefunden, als wäre sie angespült worden. Sonst war da nichts, ich habe gesucht.«

Die Wolle hat den richtigen Farbton, zumindest glaube ich das, denn sie ist mit Erde beschmiert. Mehr kann ich zum jetzigen Zeitpunkt nicht darüber sagen. Ich werde das Knäuel nicht wegwerfen, da Junge es aufrichtig gemeint hat, aber insgeheim glaube ich selbst an diesem verheißungsvollen Abend nicht daran, dass es mehr sein könnte als eine trügerische Hoffnung. Wenn es schon nicht als Beweisstück taugt, dann als Friedensangebot.

»Danke«, sage ich. »Ich bin mir nicht ganz sicher, ob es dieselbe Wolle ist. Trotzdem vielen Dank, dass Sie für mich die Augen offen gehalten haben.«

Ich habe irgendwie das Gefühl, als wäre mein Glück dadurch, dass er ein bedeutungsloses Stück grüner Wolle gefunden hat, aufgebraucht, als hätte er damit meine Chance zunichtegemacht, meinerseits ein bedeutungsvolles Stück grüner Wolle zu finden. Ich weiß, wie absurd das ist, aber so funktioniert meine Psyche derzeit nun mal. Während ich darum kämpfe, wenigstens ansatzweise den Optimismus wiederzufinden, den ich noch vor wenigen Minuten gespürt habe, weise ich Junge auf eine Sternschnuppe hin, zeige sie ihm, als wäre er ein Kind. Mein Groll wegen des Briefs und des Gartens ist vergessen, und auch die Enttäuschung über das Wollknäuel löst sich im dunklen Nachthimmel auf. Er kann nicht viel jünger sein als Angie; vielleicht hätten Angie und ihre Freunde und ich auch so über Sternschnuppen gefachsimpelt, wenn meine Tochter sich anders entwickelt hätte.

»Das sind die Eta-Aquariden«, erklärt er. »Endlich kann ich mal mit meinen berühmten naturwissenschaftlichen Kenntnissen angeben. Ursache ist der Halley'sche Komet, der allerdings im Schnitt nur einmal während eines Menschenlebens zu sehen ist.«

»Du bist gekommen, vielen Müttern Tränen zu bringen«, zitiere ich. »Das sagte der Mönch Eilmer von Malmesbury beim Anblick des Halley'schen Kometen. Steht in der Angelsächsischen Chronik.«

»Der Komet wurde immer schon als Omen angesehen, ob nun als gutes oder als schlechtes«, erwidert Junge. »Besonders vor der Schlacht von Hastings: Für Harold war er ein schlechtes Omen, für William ein gutes. So ist es mit allen Himmelsphänomenen.« Er steht auf und macht ein paar Schritte von mir weg, wodurch er den Bewegungsmelder auslöst. Das grelle Scheinwerferlicht entlarvt uns als das, was wir sind: ein Soldat und seine Gefangene. Es veranlasst ihn dazu, seine Taschenlampe vom Boden aufzuheben und sein Funkgerät wieder am Gürtel zu befestigen.

»Gute Nacht«, sage ich. »Und noch einmal vielen Dank.« Aber er ist bereits verschwunden und dreht seine Runden, lässt den Strahl der Taschenlampe über die Hecken wandern und schreckt mit seinen schweren Stiefeln Tiere auf, die am Waldrand raschelnd die Flucht ergreifen. Das Licht geht aus.

Wie ein Baby, das haltsuchend die Händchen in die Luft streckt, greife ich orientierungslos in die Dunkelheit. Dann hebe ich das Wollknäuel auf und gehe ins Haus. Dort wartet mein verfaultes Inneres, um mir zu sagen, dass meine aufkeimende Hoffnung nicht mehr war als ein Wollfaden, nicht mehr als ein Stern, auf den man einen flüchtigen Blick erhascht, bevor die vom Westen hereinziehenden Wolken ihn verdunkeln.

18

BEI TAGESLICHT verhöhnt mich die Wolle, und ich hasse sie für ihre Bedeutungslosigkeit. Ich sehe eine alte Frau vor mir, die Handschuhe für ihren Enkel strickt – eine Masche rechts, eine Masche links – und keine Ahnung hat, dass die verlorengegangenen Reste einmal einer anderen Großmutter einen Moment der Hoffnung auf Wahrheit bescheren werden. Die Wolle reicht sieben- oder achtmal um meinen Hals. Sie ist jedoch so geschwächt von der Zeit in Schlick und Schlamm, dass es ihr an Entschlossenheit gebricht, sie reißt beim geringsten Zug und hinterlässt nur rote Striemen des Versagens. Schlimmer noch, dass Hugh offenbar immer noch krank ist. Ich war eine zuverlässigere Besucherin als er: meine Großmutter während ihrer letzten Tage im Pflegeheim, ein auf einem blauen Plastikstuhl mit hoher Lehne sitzendes Skelett, dessen Kopf auf einer Sprungfeder zu wippen schien; meine Mutter, deren Nachthemd schlaff an ihrer mageren Brust herunterhing; Angie beim Entzug, Angie mit blauem Auge und einem Sozialarbeiter an ihrer Seite, Angie in den Wehen liegend. Vielleicht ist das etwas typisch Weibliches. Auf der ganzen Welt besuchen sich Frauen gegenseitig in ihren Hütten, Hochhäusern, Wellblechbaracken und Vorstadtreihenhäusern. Ich blicke auf die leere Einfahrt und merke, wie sehr ich mich nach Besuch sehne.

Gestern glaubte ich mein Handy klingeln zu hören und ging zu meiner Handtasche, um darin herumzuwühlen, so wie eine Witwe noch immer den Wasserkessel für ihren Mann aufsetzt, wenn irgendwo eine Tür zufällt. Ich bin mir sicher, dass ursprünglich die Rede davon war, ich dürfte pro Tag eine vorher genehmigte Telefonnummer anrufen. Aber die Wahrheit ist, ich wüsste nicht, wen ich anrufen sollte. Ich würde mich auch mit dem Internet zufriedengeben, obwohl ich nur allzu gut weiß, welch ein verhängnisvolles Netz es um einsame Herzen spinnen kann. Dennoch gibt es viele Dinge, die ich online tun könnte, ohne gegen die Auflagen meines Hausarrests zu verstoßen. Was könnte es schon schaden, wenn ich mich selbst googeln würde, um herauszufinden, wer ich gerade bin, oder wenn ich *Die-langweiligsten-Videos-aller-Zeiten.com* durchklicken würde, um zu sehen, ob es dort spannender zugeht als hier? Ich könnte aber auch einen virtuellen Garten im Netz anlegen und fleißig meine digitalen Gemüsebeete jäten und düngen und anschließend mein Gemüse ernten, indem ich es per Mausklick in meinen Korb befördere. Was würde das schon schaden? »Keine Verbindung verfügbar« – diese Aussage beschreibt meine derzeitige Situation wie keine andere.

Wenn die Leute von meiner religiösen Erweckung sprechen, haben sie ein bestimmtes Bild vor Augen, auf dem ich von einem Regenbogen umgeben bin und das einmal jemand ohne jede Ironie als ikonenhaft bezeichnet hat. Für mich fing der Prozess vierundzwanzig Stunden vor diesem Moment an. Ich war inzwischen beinahe süchtig nach der Gesellschaft der Schwestern, weil ich meine eigene seelische Sprunghaftigkeit und das ständige unvorhersehbare Auftauchen von Stimme als zutiefst beunruhigend empfand. Um nicht mit mir allein sein zu müssen, ging ich immer öfter hinunter zu den Wohnwagen. An besagtem Tag schien dort alles anders zu sein. Ich hörte weder Tellerklappern noch fröhliches Geplauder, roch kein frisch gebackenes Brot, sah keine Frauen in T-Shirts und Jeans. Stattdessen schwebten die Schwestern schweigend in ihren grauen Gewändern vorbei, dunkle Silhouetten im Schatten der Eichen.

Schwester Amelia erschien barfuß und leichtfüßig aus ihrem Wohnwagen und lächelte mir strahlend entgegen, woraufhin ich mich plötzlich wieder wie ein verliebter Teenager fühlte. Sie erklärte mir, dass die Andacht am nächsten Tag etwas ganz Besonderes werden würde und am Teich stattfinden solle, in dem die Quelle entsprang. Die Schwestern knieten sich mit gesenkten Köpfen auf den Boden, und Schwester Amelia band ihnen lange weiße Baumwollstreifen um die Augen. Schließlich winkte sie mich herbei und hielt mir ebenfalls einen Stoffstreifen hin.

»Du musst uns jetzt verlassen«, sagte sie. »Bereite dich vor, so gut du kannst. Beeile dich. Komm in Weiß. Komm barfuß. Und komm allein.«

Die Stille im Haus erschien mir lauter als alles, was ich je zuvor gehört hatte. Heute weiß ich, dass es eine noch lautere Stille gibt als die, die von Leere und Schweigen herrührt. Mark war den ganzen Tag unterwegs, weil er hoffte, auf einer Zwangsversteigerung einen alten Pferdetransporter zu ergattern. Er hasste es, in den Hinterlassenschaften pleitegegangener Bauern herumzuscharren wie ein Huhn im Stroh, aber wir waren knapp bei Kasse und brauchten den Transporter, um die Lämmer zum Schlachthof zu bringen. Marks Abwesenheit erleichterte es mir, mein Schweigegelübde zu befolgen – wir wurden schließlich nicht gerade von Besuchern überrannt, die einfach auf einen Tee vorbeikamen. Im Schlafzimmer band ich mir das Baumwolltuch um die Augen, wie ein Kind, das mit sich selbst Blindekuh spielte. Dann setzte ich mich zum Fenster gewandt auf den Holzboden und spürte die Hitze der Sonne auf meinem Gesicht.

Anfangs waren meine Gedanken wie Spatzen, flüchtig und schreckhaft. Mir war heiß, mein Rücken tat weh, und mein Alleinsein kam mir wie eine Strafe vor, nicht wie ein Privileg. Doch nach einer Weile – wer weiß, wie viel Zeit vergangen war – spürte ich erst eine Feuchtigkeit und dann eine Kühle im Raum. Ich konnte plötzlich trotz des Baumwollstreifens vor meinen Augen sehen und erblickte eine altmodische Aktentasche aus Leder, die vor mir auf dem Boden lag. Ich hatte sie vorher noch nie gesehen und bin ihr auch seither nicht wieder begegnet, aber sie war so lebensecht, dass ich meine in die Klappe geprägten Initialen mit dem Finger nachfahren, den winzigen Schlüssel in meiner ausgestreckten Hand wiegen, die Härte der Schnappverschlüsse an meinem Daumen spüren konnte. In der Tasche befand sich ein buntgemischter Stapel verschieden großer, unterschiedlich gerahmter alter Bilder. Das erste war eine sehr detaillierte Miniatur von einer Frau, die ein Steingutgefäß durch die Wüste trug, um Wasser zu holen. Auf dem zweiten Gemälde – es steckte in einem billigen Metallrahmen – war wieder eine Frau abgebildet, diesmal in ärmlicher, verblichener Kleidung und mit zerzaustem Haar. Sie kauerte am Ende eines ungemachten Betts vor einer goldenen Lichtsäule. Das dritte Bild war eine zusammengerollte Leinwand, so groß, dass ich aufstehen musste, um sie betrachten zu können. Dabei blätterte die Ölfarbe ab, und die goldenen und blauen Farbsplitter sich auflösender Engel flogen durchs Zimmer, flohen vor einer Frau in Weiß, die in einem sich häutenden Garten kniete. Die Schläge ihrer Engelsflügel drohten mich zu zermalmen, ich riss an meiner Augenbinde, schlug so wild um mich, dass meine Arme gegen den Boden stießen, schrie, obwohl meine Stimme in meiner zusammengeschnürten Kehle feststeckte.

Alles ist heute noch genauso klar für mich wie damals und genauso unerklärlich.

Jemand rief nach mir. Vor mir lag keine Aktentasche. Mir wurde bewusst, dass ich Worte brauchte; mühevoll suchte ich nach ihnen, hielt sie fest, damit sie bei mir blieben.

»Hier oben!«

Mark war nach Hause gekommen. Ich schaffte es gerade noch, vom Boden aufzustehen und mich aufs Bett zu werfen, bevor sein Kopf in der Schlafzimmertür erschien. Mit abgewandtem Gesicht behauptete ich, mir sei schlecht, und als er näher ans Bett trat, um mich zu küssen, würgte ich. Mir sei nicht nach Abendessen gewesen, deshalb hätte ich auch nichts für ihn gekocht. Ich müsse einfach nur ruhig im Bett bleiben, bei geschlossenen Jalousien. »Es liegt bestimmt an der Sonne«, sagte er. »Sie hat die Fähigkeit verloren, sanft zu uns zu sein. Wer sich heute zu lange draußen aufhält, bekommt einen Hitzschlag.« Er legte sich eine Weile zu mir, auf den Rücken, die Hände hinter dem Kopf verschränkt. Ich wollte mich zu ihm drehen, wollte, dass er mich wieder erdete, doch noch im Umdrehen meldete sich mein anderes Ich, und ich machte einen Rückzieher. Der Moment war vorüber.

Der Nachmittag ging in den Abend über, die Hitze jedoch hielt an. Ich hatte keinen Hunger mehr, sondern saugte an der Dunkelheit wie ein Baby am Zipfel seines Spucktuchs. Am nächsten Morgen erwachte ich erst spät. Mark hatte mir ein Glas Wasser und einen Apfel auf dem Nachttisch hinterlassen und daneben einen Zettel, auf dem stand, dass er den Stall repariere und gegen Mittag zurück sei, um nach mir zu sehen. Und dass er mich liebe. Ich trank das Wasser in kleinen Schlucken und spürte es in die Risse in meinen Lippen eindringen. Den Apfel rührte ich nicht an.

Der Baumwollstreifen lag auf dem Boden, und ich hob ihn auf und war versucht, mir wieder die Augen zu verbinden. Während ich ihn durch meine Finger gleiten ließ, starrte ich aus dem Fenster. Dann sah ich sie plötzlich: vier kleine weiße Gestalten, die hintereinander durch das Korn schritten. *Die Prozession findet ohne dich statt*, warnte Stimme mich, *dabei bist du die fünfte Schwester*. Theoretisch hätte ich eine Wahl gehabt, aber in der Realität schoben mich meine Fußsohlen längst voran, stabilisierten mich meine Kniegelenke, während ich die Treppe hinunterstieg, hielt mich die Kraft meiner Wirbelsäule aufrecht, als ich durch die Felder ging. Und der Magnetpol bannte meinen Blick fest auf den Horizont. Wo mein Verstand war, weiß ich nicht.

Die Hitze lastete unerträglich auf uns an diesem Tag, wie eine Decke, die man über den Käfig eines krächzenden Papageis wirft, um ihn zum Schweigen zu bringen. Die Bussarde sparten sich ihre Energie für die Abenddämmerung auf, und die Schafe drängten sich im schmalen Schattenstreifen, den die Hecken warfen. Angie und die restlichen Traveller waren auf ein Festival gefahren, und Mark behandelte die Stalltüren mit einem Schutzanstrich. Haus und Hof wirkten wie ausgestorben.

An einiges erinnere ich mich noch. Wie ich auf der Stufe vor der Haustür saß, mich buchstäblich an einer Schwelle befand, an einem Punkt, an dem ich noch hätte umkehren können. Dass Ameisen unermüdlich über den Kies krabbelten, ein Zaunkönig auf der kühleren Seite der Eiche die Äste entlanghüpfte und nach Insekten pickte und eine Hornisse summend ihr Nest an der Hauswand suchte – Kleinigkeiten, die sich in einer riesigen, komplexen Wildnis bemerkbar machten. Und dass sich in der Senke zwischen George's Wood und Hedditch Field eine langsame, stumme Prozession weißgekleideter Frauen bewegte.

Ich trug ein weißes Strandkleid aus Baumwolle. Weiß, hatte Schwester Amelia gesagt. Und barfuß hatte sie auch gesagt, wie mir nun einfiel. Die Kiesel der Einfahrt versengten meine Fußsohlen wie heiße Kohlen.

Ob Mark das Zuschlagen der Hintertür hörte, als ich das Haus verließ? Vielleicht legte er seinen Pinsel weg und dachte, dass ich mich besser fühlte und wieder auf war. Möglicherweise hoffte er, dass ich ihm ein kaltes Getränk bringen würde, wie ich es in besseren Tagen oft getan hatte. Oder er schaute auf den Pinsel und fragte sich, warum er sich überhaupt die Mühe machte, einen verrottenden Stall vor dem Zerfall zu bewahren, wenn er sich keinen weiteren Winter hier vorstellen konnte, mit Kühen, die dampfend im Stroh standen, und Heu in den Krippen.

Ich ließ das grelle Licht des offenen Felds hinter mir und betrat den Wald. Die plötzliche Dunkelheit überraschte mich wie das Innere einer fremdländischen Kirche an einem heißen Tag. Nachdem Licht und Sehkraft wieder im Gleichgewicht waren, glaubte ich, etwas Weißes aufblitzen zu sehen. Dann tauchte ein junges Reh aus dem Schatten auf, blieb zitternd stehen und starrte mich an, mit seinem ganzen Wesen auf Flucht eingestellt. Doch es sprang nicht davon, sondern suchte sich seinen Weg durchs Dickicht zum Wasser. Ich folgte ihm. Als ich am Teich ankam, war das Reh verschwunden. Hier herrschte ein sanfteres Licht als auf dem Feld, wie flüssiges Gold sickerte es schimmernd durch die Kiefern. Die Schwestern standen gleichmäßig ums Ufer verteilt und starrten reglos ins Wasser, hypnotisiert von ihrem eigenen vollkommenen Spiegelbild. Ich stellte mich zu ihnen. Wir warteten, und die heiße Sonne auf unseren Köpfen saugte unseren Hunger auf, bis wir alle so leicht waren, dass wir sanft hin und her schwankten.

Hier stand ich also in einem fleckigen Sommerkleid inmitten eines Wäldchens und war kurz davor, mit vier Frauen, die ich kaum kannte, meine Aufnahme in einen Glauben zu zelebrieren, den ich im Grunde nicht verstand. Selbst damals machte ich mir nicht vor, dass ich eine reine Zuschauerin sei, eine Touristin, die einen fernöstlichen Tempel besucht, den Jasminduft einatmet und den Rauch der Scheiterhaufen auf der Zunge schmeckt, bevor sie wieder hinaus ins Verkehrschaos tritt und ein Taxi zurück ins Hotel nimmt. Nein. Obwohl es niemand aussprach, ging es an diesem Tag allein um mich, das spürte ich. Die Schwestern umgaben mich wie ein einziger Körper. Eine knöpfte mir die acht kleinen Perlen auf, die mein Strandkleid vorn zusammenhielten, eine andere hob den Saum an und zog mir das Kleid über den Kopf, eine dritte befreite mein Haar aus dem Häkchen, in dem es sich verheddert hatte. Ich blickte auf der Suche nach Bestätigung zu Schwester Amelia, aber ihre Augen waren Einwegspiegel, die nichts preisgaben. Die Frauen führten mich ins Wasser, und ich widersetzte mich nicht. Auf der Wasseroberfläche ergriffen die Köcher- und Schlammfliegen die Flucht und versteckten sich im Schilf, die Molche verschwanden zwischen den Gräsern, und unter unseren Füßen bewegte sich das Sediment, schreckte Flaschentierchen und Protozoen auf, Wasserschlangen und Köcherfliegenlarven. Schwester Amelia hob die Hand, und die Frauen warteten, bis sich das Wasser rund um ihre durchsichtigen, an den Beinen klebenden Gewänder beruhigt hatte. Dann senkte Schwester Amelia ihre Hand, und die anderen nahmen mich und tauchten meinen prustenden und sich aufbäumenden Körper unter Wasser, eine an meinem Kopf, eine an meiner Taille, eine an meinen Füßen. Dann hoben sie mich wieder heraus, ein Schwall Wasser rann an mir herab, lief mir übers Gesicht, über die Brust, bildete einen Strudel zwischen meinen Beinen. Wieder ließen sie mich ins Wasser hinab und hoben mich heraus. Ich bäumte mich auf. Dann folgte ein dritter Durchlauf, und beim vierten Mal hatte ich meinen Körper verlassen, wie es sonst nur bei Toten oder in Ekstase befindlichen Menschen der Fall ist.

Nach dem fünften und letzten Mal zogen sich die Schwestern zurück, ließen mich los, und ihr Weggehen fühlte sich an wie ein Ausatmen. Ich lag da, die Arme und Beine weit von mir gestreckt, wie ein Kind im Meer, den Kopf zurückgelegt, die Augen geschlossen. Meine Haare wogten wie flüssige Seide um mich herum. Die Schwestern beugten sich vor und spritzten Wasser aus dem Teich über mich, ein Schauer im Sonnenlicht, bis sich über mir ein Regenbogen wölbte und ich wusste, dass die Rose gekommen war.

Die Frauen weinten und führten mich – leer und erschöpft – aus dem Wasser. Wir schlingerten und rutschten auf dem glitschigen Schlamm. Schwester Amelia blickte auf mich herab, als ich fröstelnd und stöhnend zwischen Moos und Pilzen am Fuß der alten Eiche kauerte, mit Zweigen und toten Blättern bedeckt, die an meinem nassen Körper klebten, die Arme um meine Knie geschlungen. Dann fing sie an zu singen, und die anderen taten es ihr gleich. Ihre keuchenden Stimmen formierten sich zum Lobgesang auf die Rose von Jericho, wurden immer lauter, immer ekstatischer.

»Sehet, hier ist die Rose, sie erwacht in tausend weißen Blüten. Sehet, hier ist die Rose von Jericho.«

Schließlich legten sie mich wie eine zusammengesunkene Marionette mit abgetrennten Gliedmaßen auf den Waldboden und streuten Buschwindröschen und weiße Veilchen über meine hängenden Brüste und meinen schlaffen Bauch.

»Du bist eine Auserwählte«, sagte Schwester Amelia.

Die Schwestern klaubten die Reliquien des Waldes wieder von meiner Haut, zogen mich an, knöpften mein Kleid zu, banden mir die Haare zurück und traten dann von mir weg. Ich hob mit neuer Kraft den Kopf. »Ich bin bereit«, sagte ich.

Und so ging ich mit ihnen zurück durch den Wald zum Holztor, von dort hinaus ins Sonnenlicht und durch das Korn.

»Sehet, hier ist die Rose von Jericho«, sangen die Schwestern und streckten ihre Hände dem regenschwangeren Himmel entgegen.

Ich glaube nicht, dass Mark uns hörte, denn er arbeitete normalerweise bei laut aufgedrehtem Radio. Die Traveller würden ebenfalls erst spät zurückkommen. Ich stelle mir vor, wie der Polizist am Tor beschloss, Feierabend zu machen, nachdem die Schaulustigen fort waren bis auf die üblichen zwei oder drei, die in ihren Wurfzelten am Straßenrand weiter auf den Tag der Offenbarung warteten. Er ahnte sicher nicht, dass im Inneren eines dieser Zelte ein Handydisplay aufleuchtete. Eingegangene Nachricht. Klick. *Schauet, Ihr Schwestern, schauet die Verheißung der Rose von Jericho.* Eingegangenes Foto. Klick. Ein Regenbogen über einer Frau, die auf einem Teich treibt, innerhalb weniger Minuten an Gläubige im ganzen Land weitergeleitet. *Sie ist gekommen.* Diese Frau war ich.

Die ersten Schriften, die ich verfasste, kamen ungebeten über mich, als ich zum Haus zurückkehrte, eigenartige, unbewusste Ergüsse, die irgendwo zwischen lyrisch und hysterisch angesiedelt waren, mit Buntstiften zu Papier gebracht. Das Notizbuch, in das ich sie schrieb, versteckte ich in unserer Kiste mit Angelutensilien, weil ich wusste, dass Mark diese Kiste so bald nicht wieder öffnen würde. Ich stöbere sie auf, wo sie seit damals steht: auf dem kaputten Wäschetrockner im hinteren Flur. Nachdem ich das oberste Fach mit den Ködern herausgenommen habe, halte ich jeden einzelnen zwischen Daumen und Finger, sage ihre Namen auf, als würde ich einen Gedenkgottesdienst für den Fluss abhalten: Gold Ribbed Hare's Ear, Coachman, Woolly Bugger und Blue Wing Olive. Darunter befinden sich Spulen, Angelschnur, Haken, Messer und Fischtöter, und, ganz zuunterst, das Notizbuch.

Was war ich, als ich heute Morgen das Haus verließ?
Ein leerer Krug, achtlos weggeworfen in Wüsten fremden Korns,
der Ton beschädigt, die Glasur stumpf, ungefüllt, unbenutzt.

Wie kommt es, dass ich auf dem Wasser oben schwimme?
Die Rose hält mich oben.
Wie kommt es, dass ich nicht ertrinke im Wasser?
Der Geist der Rose ist meine Leichtigkeit.
Wie kann ich dieses Wasser lieben?
Ich treibe auf der Liebe der Rose dahin.
Wie kann ich sehen in diesem Wasser?
Mit dem Wasser kommt das Licht.

Was bin ich, wenn ich aus diesem Wasser auferstehe?
Mein Ich entströmt mir,
und ich bin fort.

Was ist das für eine fremde Sprache, was ist das für eine Lyrik ohne Verfasser, niedergeschrieben in einer ungleichmäßigen Handschrift, von der ich nicht glauben kann, dass es meine eigene ist?

Ich kann sprechen, doch heraus kommt Musik,
wie Flüsse, die am Abend über Kiesel spülen,
wie das Säuseln schwarzen Torfs, der dem Frühling
ein Ständchen singt,
wie stiller Regen, der vom Eschenzweig in den Teich tropft,
wie Wasserfälle im Sommer, die Regenbogen
über die Felsen spannen,
wie der leise Lockruf jenseits der Stille.

Ein paar Monate nur, mehr war nicht nötig, um mein Taufbecken in ein Grab zu verwandeln und eine vollkommen andere Geschichte zu schreiben.

19

ES IST GENAU acht Uhr morgens. Ich bin schon eine Weile wach und beobachte einen frechen Rotfuchs, der an der Hecke entlangstolziert. Keine Jäger mehr, keine Schrotflinten; nicht einmal die zufallende Scheunentür schlägt ihn in die Flucht. Er sieht sich um und verschwindet dann gemächlich im Labyrinth des Waldes. Drei erscheint in meinem Blickfeld, gefolgt von Junge. Ich ziehe einen Pullover über und renne nach unten, während wie so oft Hoffnung und Angst in mir streiten und ihre gegensätzlichen Thesen vorbringen. Junge und Drei sind bereits in der Küche angekommen; die Bügelfalten in Junges Hose sind akkurater, seine Gürtelschnalle ist glänzender als sonst. Drei nimmt nicht einmal sein Barett ab. Er überlässt Junge das Wort, wie er es ausdrückt, und Junge überbringt mir mit einer Stimme, die ich nicht als seine erkenne, die Neuigkeit, die ich befürchtet habe: dass ich wieder, wie zu Anfang meines Arrests, im Haus bleiben muss und nicht mehr nach draußen darf. Es erscheint mir sinnlos, nach dem Grund zu fragen, aber Drei befiehlt Junge dennoch, ihn mir zu erklären.

»Also, die ursprünglichen Bedingungen des Hausarrests, wie sie unter Paragraph III (f) dargelegt werden, sehen vor, dass …«

»Was ist denn das für eine Ausdrucksweise, Soldat? Wenn du schon der Versuchung nicht widerstehen kannst, alles in Zivilsprache zu übersetzen, dann lies es direkt vor.« Drei drückt Junge einen Ausdruck in die Hand, auf dem er einen Absatz farbig markiert hat. Dann lehnt er sich an den Küchentisch, während Junge aus dem seitenlangen Kleingedruckten vorzulesen beginnt.

»In Situationen, in denen der zuständige Dienstälteste oder – in seiner Abwesenheit – der vorübergehend mit der Zuständigkeit Beauftragte beziehungsweise jeder andere Soldat, der die Verantwortung im Rahmen seiner in der Streitkräfteverordnung (Dürrenotstandszusatz) beschriebenen Pflichten übernimmt, ob er nun Mitglied der britischen Streitkräfte, der Gebietsdelegationen oder der Dürrenotstandsrekruten Ihrer Majestät ist …«

»Herrgott nochmal!« Ich will die Küche verlassen und wieder nach oben gehen, aber Drei verstellt mir den Weg.

»Sie bleiben hier.«

»Hauen Sie ab! Ich mache, was ich will.« Ich versuche mich an ihm vorbeizudrängen und baue darauf, dass Drei mich nicht mit körperlicher Gewalt daran hindern wird. Irrtum. Er packt meinen rechten Arm, biegt ihn mir auf den Rücken, stößt mich auf einen Stuhl und hält mich einen Moment länger als nötig im Klammergriff.

»Reizend. Jetzt weiß ich, was du meinst, ›Junge‹.«

»Das können Sie nicht tun!«

Junge weicht meinem Blick aus, und Drei lässt mich endlich los, so angewidert, als wäre ich ansteckend. »Genau das ist Ihr Problem, nicht wahr, Ruth? Sie haben vergessen, dass Sie eine Gefangene der Regierung Ihrer Majestät sind und dass Sie wegen ernsthafter Vergehen vor Gericht gestellt und verurteilt wurden. Sie haben in Zeiten der nationalen Krise versucht, Wasservorräte zu Ihren eigenen Gunsten zu manipulieren, und stehen nach wie vor im Verdacht, Ihren eigenen Enkelsohn ermordet zu haben …«

»Das ist nicht wahr!«

»Kurzum: Sie scheinen vergessen zu haben, dass Sie unter Hausarrest stehen und eben *nicht* tun können, was Sie wollen. Denn darum geht es ja gerade bei der Inhaftierung von Kriminellen: um Strafe, abgesehen davon, dass der Rest der Bevölkerung ruhiger schlafen kann, wenn sie hinter Gittern sind. Soldat, lies der Inhaftierten weiter die abgeänderten Auflagen und Bedingungen ihres Hausarrests vor.«

Nichts in Junges Stimme lässt erahnen, dass er jemals etwas anderes war als ein gehorsamer Wehrdienstleistender. Er ist eine unbemannte Drohne. Nachdem die beiden gegangen sind, stelle ich mich unter die Dusche und versuche, Dreis Fingerabdrücke von meinem Handgelenk zu waschen. Dann gehe ich zurück ins Bett. Es gibt keinen anderen Ort mehr für mich.

Was ist der Preis für eine Nacht im Freien, für ein wenig Sternebeobachten mit einem halbwüchsigen Wärter? Sechs Silberlinge. Ein Obstgarten, ein Feld, ein Wald, ein Himmel.

Vierundzwanzig Stunden im Bett. Bestimmt ruft Drei wieder den Seelenklempner, daraus zieht er seinen nächsten Kick. Vierundzwanzig Stunden bedeuten, dass heute Sonntag ist. Ich ziehe mich an und lege mich dann wieder aufs Bett, um zu warten. Endlich höre ich ihn. Hugh ist zurück! Er findet mich psychisch labil vor, ich ihn körperlich angeschlagen; gemeinsam sind wir menschlich. Mit typischem Understatement bezeichnet er seinen Schlaganfall als kleines Ärgernis, beschwert sich über seine überbesorgte Tochter und murrt, dass heutzutage niemand mehr eine Kuh zu melken verstehe. Wir unterhalten uns im Wohnzimmer, wo ich mich wie die alte Frau, die ich bin, auf dem Sofa zusammengerollt habe, während er in seinem üblichen Sessel sitzt. Mir wird bewusst, wie sehr ich mich freue, ihn zu sehen, und wie bedingungslos seine Besuche sind.

»Der Gemüsegarten sieht gut aus«, lobt er. Offenbar hat ihm noch niemand von meinem verschärften Hausarrest erzählt.

»Ich habe inzwischen herausgefunden, dass die Beete Junges Werk sind«, erkläre ich. »Scheint so, als wollte er später einmal Landschaftsgärtner werden. Da ist er hier natürlich genau richtig, am einzigen Ort im ganzen Land, an dem man dieses Handwerk noch erlernen kann.«

»Ach, ich habe auch schon wunderschöne Gärten in der Wüste gesehen«, entgegnet Hugh und greift nach seinem Becher. Dann, nach einer kurzen Pause, fragt er: »Was hat zu Ihrem Sinneswandel geführt?«

»Was das Gärtnern angeht?«

»Ja, was das Gärtnern angeht.«

»Es gab keinen Sinneswandel. Ich gärtnere nicht. Selbst wenn ich wollte, könnte ich jetzt nicht mehr, es ist zu spät. Meine Haftbedingungen wurden geändert, und ich darf das Haus nicht mehr verlassen.«

Hugh nickt. »Ich habe geahnt, dass es irgendwann dazu kommen würde«, erklärt er ohne jede Entrüstung. Vermutlich haben ihm seine Gemeindemitglieder in der Vergangenheit von weit schlimmeren Schicksalen erzählt, und auch in seiner Zeit in Afrika muss er Schreckliches mit angesehen haben. Dagegen ist mein Kummer wohl nur eine lästige, belanglose Unannehmlichkeit. Hughs Brust hebt und senkt sich langsam, jeder Atemzug ist eine bewusste Anstrengung. Manchmal legt er lange Pausen zwischen den Wörtern ein, und ich frage mich, ob der Schlaganfall womöglich sein Sprachzentrum angegriffen hat.

»Ich habe mich noch gar nicht richtig nach Ihnen erkundigt«, sage ich und lege ihm die Hand auf den Arm. »Das tut mir leid. In meinem Robinson-Crusoe-Dasein vergesse ich manchmal, dass es auch noch andere Menschen gibt. Wie geht es Ihnen?«

»Haben Sie etwa noch keinen Freitag gefunden?«

»Nein, ich habe gar nichts gefunden. Keine Fußspuren im Sand, keine leeren Kanus. Es entspricht so ziemlich der Beschreibung im Reiseführer: einsame Insel, völlige Abgeschiedenheit.«

Hugh lächelt und beantwortet meine ursprüngliche Frage. »Es geht mir gut, vielen Dank. Zum Glück habe ich nur wenige bleibende Schäden davongetragen. Mein linker Arm ist nicht mehr ganz das, was er einmal war, und dann ist da das Sprechen. Haben Sie es gemerkt? Es fällt mir zeitweise etwas schwer, aber ich muss ja zum Glück nicht mehr predigen, es sei denn zu Ihnen.«

Ich würde ihn so gern nach seiner Internetrecherche fragen, doch das elektronische Auge blinkt in der Zimmerecke, und ich wäge mein Verlangen nach Informationen gegen das Risiko ab, dass Hugh mich nicht mehr besuchen darf.

Schließlich entscheide ich mich für einen Zwischenweg. »Wie kommen Sie mit Ihren Recherchen voran?«

»Meine Suche ergab bislang keine Treffer, wie es so schön heißt. Jede Menge Verweise, Forumsdiskussionen, solche Dinge, aber nicht exakt das, wonach ich gesucht habe.«

Ich müsste eigentlich enttäuscht sein über sein ausweichendes Verhalten und darüber, dass er mit leeren Händen gekommen ist, aber ich bin viel zu erleichtert, ihn wohlbehalten wiederzuhaben. Wenn ich diesen dicken alten Priester anschaue und mir überlege, wie viel Trost er mir spendet, verstehe ich zum ersten Mal, was ein geistliches Amt wirklich ausmacht: keine virtuellen Gebete, sondern das Angebot eines einzelnen Menschen, das Leid eines anderen auf sich zu nehmen; keine riesige Internetgemeinde, sondern eine Handvoll Gläubige, die in der Kirche anstehen für ein stummes Abendmahl, Füße, die über jahrtausendealte Steinplatten schlurfen; keine herunterladbaren kultischen Symbole, sondern ein simples Kreuz. Keine Visionen, soviel ich weiß, und vermutlich auch keine Stimmen, keine offensichtlichen Antworten oder göttlichen Ratschläge, lediglich ein Raum voller alltäglicher, miteinander geteilter Sorgen.

Wie anders war es bei den Schwestern gewesen! Ich hatte oft genug mit ihnen die Website der Rose von Jericho besucht, wenn ich bei ihnen im Camp war, hatte die verlinkten Texte und Lektüretipps verfolgt, Schwester Amelia dabei zugesehen, wie sie den »Gedanken des Tages« formulierte, Eve gelauscht, wenn sie die meditativen Gesänge der Schwestern digital bearbeitet auf die Seite stellte, damit alle Anhängerinnen gemeinsam beten und meditieren konnten. Zu Hause rief ich die Website lieber nicht auf, denn Mark war einmal vollkommen ausgeflippt, als er auf der Seite der Schwestern die dort eingestellten Fotos der Quelle gesehen hatte, von seinem Wald und seinen Heuwiesen, mit Unterschriften wie: »Das Gelobte Land.«

»Was gibt ihnen das Recht, so zu tun, als gehörte das alles ihnen?«

Ich antwortete ihm, dass dieses Land niemandem gehöre, dass wir nur seine Hüter seien. Daraufhin riss er ein gerahmtes Foto von uns, wie wir stolz vor dem Haus standen, von der Wand, schleuderte es auf den Küchenboden und brüllte: »Ach so, stimmt ja. Wir haben es nie gekauft, ich verbringe nicht vierzehn Stunden am Tag damit, es zu bewirtschaften, es hat nichts mit uns zu tun, weil es ja deinen Scheißnonnen gehört, nicht wahr?« Später hatte ich das Foto zu retten versucht, den Nagel wieder in den bröckelnden Putz geschlagen.

Am Tag nach der Taufzeremonie am Teich erklärte Schwester Amelia, sie müsse mir etwas zeigen, und lud mich in die »Schaltzentrale« der Schwestern ein. Dabei handelte es sich um den Wohnwagen, der als Maschinenraum des spirituellen Raumschiffs diente, mit dem die Schwestern unterwegs waren. Kabel führten von einer Solarzelle auf dem Dach ins Innere, ausgedruckte Tabellen lagen auf dem Tisch, beschwert von einer Ausgabe des *Hohelieds*, und Eve saß als Erste Offizierin konzentriert vor ihrem Laptop und hielt den Kontakt zur Erde. Schwester Amelia nahm neben ihr auf einem Hocker Platz. Mit ihren hochgesteckten Haaren, ihren übereinandergeschlagenen Beinen und ihrer halbaufgeknöpften weißen Bluse hätte sie in jedes Büro gepasst: ihre Stunden während einer Hitzewelle absitzend bis zum Feierabendrink auf der Terrasse eines kleinen Weinlokals in irgendeinem stickigen Stadtzentrum. Sie bat Eve, beiseitezurücken, damit ich auch etwas sah. Dann gab sie ihr Passwort ein und rief die Seite *Schwestern-der-Rose-von-Jericho.com* auf. Das Foto von mir, wie ich auf der Oberfläche des Teichs trieb und ein schillernder Regenbogen sich über mich ergoss, nahm fast den gesamten Bildschirm ein. Ich fuhr mit den Fingern über meine Wangen, meinen Kieferknochen, meinen Hals und krampfte die Hände dann ineinander. Ja. Das war ich.

»Über dreitausend Aufrufe allein heute Morgen. Achte mal auf den Zähler.«

In einer Ecke des Bildschirms stand eine Ziffer, die die Seitenaufrufe zählte und immer weiter stieg. Sie schien ein Eigenleben zu führen. Der Gedanke, sie könnte irgendetwas mit mir zu tun haben, könnte die Anzahl der Menschen abbilden, die mich irgendwo auf der Welt auf ihrem Computer betrachteten, erschien mir absurd.

»Es hat sich herumgesprochen, Ruth! Die Rose reist durch die unsichtbaren Kanäle des Internets um die Welt, ihr Geist atmet durch uns! Die Leute dort draußen warten nur darauf, von dir zu hören, Ruth. Du musst mit ihnen sprechen!«

»Ich? Wie denn?«

Heute glaube ich, dass mir klarer gewesen wäre, auf was ich mich einließ, wenn die Schwestern mich in Sportstadien hätten sprechen lassen, vor Tausenden von Menschen, die auf der verzweifelten Suche nach einem Sinn weinend und betend vor mir gestanden hätten; wenn mich die Presse interviewt hätte; wenn ich im Frühstücksfernsehen aufgetreten wäre. Stattdessen erschien mir alles weit entfernt und abstrakt, was keine Entschuldigung sein soll. Die Massen, die im Internet auf meine Ansprache warteten, waren nicht als echte, mich hoffnungsvoll ansehende Menschen vor mir versammelt. Sie waren Abonnenten der Website, Online-Mitglieder, die allein in ihren langweiligen Büros und keimfreien Schlafzimmern saßen, die auf ihre Blackberrys starrten, während sie mit dem Bus zu einem Untersuchungstermin ins Krankenhaus fuhren, die mit überflüssigen Pflanzschaufeln in ihren nur aus Kies bestehenden Gärten herumkratzten. Wir konnten diese Mitglieder kopieren und einfügen, konnten sie löschen, ihre persönlichen Informationen speichern, mit einem Mausklick die Summen annehmen oder ablehnen, die sie für ihre Erlösung zu zahlen bereit waren. Ich mochte die Auserwählte sein, aber ich war ein Neuling in dieser freien Marktwirtschaft der Religiosität.

Im Gegensatz zu Eve, die ihre PR-Erfahrung in die Waagschale werfen konnte. »Ich schlage vor, dass wir in der Abenddämmerung per Livestream senden. Dann sind die Leute von der Arbeit zurück. Außerdem ist es atmosphärischer.« Sie betrachtete prüfend einen eingerissenen Fingernagel und korrigierte sich: »Ich meinte, dass es dann oft leichter ist, sich auf das Wesentliche zu konzentrieren.«

Ich nahm meinen Mut zusammen und zeigte den Schwestern, was ich in der letzten Nacht geschrieben hatte.

»Hervorragend, das laden wir sofort hoch«, lautete Eves Urteil. Schwester Amelia sagte, sie wolle es zuerst lesen, vielleicht gebe es ja noch irgendetwas zu … Was? Etwas hinzuzufügen? Zu korrigieren? Nein. Ich blieb fest: Dies sei das Wort der Rose, sie habe es mir diktiert, weshalb man es auch nicht mehr verbessern könne. Ich legte meine Gedichte auf den Tisch und ließ die beiden in der gespannten Stille damit allein.

Mein zweiter Blogeintrag war nicht weniger visionär.

Als Nächstes wird mir die Erde gezeigt, unter einem
Fußabdruck aus Gold.
Komm näher.
Du siehst es nicht, wenn du stehen bleibst.
Leg dich wie ein Kind flach auf den Bauch.
Stütze dein Kinn auf deine Hände und achte auf die Erde.
Schreibe mit dem Finger den Namen der Rose hinein.
Wenn das Land kahl ist, dann, weil du nicht achtsam warst.

Achte auf das, was in den Boden geschrieben ist,
achte auf deine Feuer, auf das brennende Abbild
eines Mannes, der keine Revolution im Sinn hat.

Der Daumen der Glaubenden führt den Feuerstein.
Der Atem der Glaubenden bläst in die Flamme.
Und in der Feuersbrunst sehe ich die Hand, die mich rettet,
Samen, bleiche Bündel auf den Blättern eines Löwenzahns,
und eine Rose, die sich entfaltet und ihre Trockenheit
zum Himmel reckt,
bereit für die Berührung des sanften Wassers, bereit
für ihr Erblühen.

Hugh ist ein geborener Zuhörer. Er braucht keine Unterweisung, wie man mit Körpersprache »spiegelt« oder ohne Worte Unterstützung signalisiert. Er sagt nichts, fragt nur: »Darf ich?«, und ich reiche ihm das Notizbuch, während ich darüber nachgrüble, dass manche Wörter immer noch hierherzugehören scheinen: freundliche Wörter wie Laub und Samen. Der Gedanke schmerzt, dass jene anderen gewaltsamen, aufrührerischen Worte je eine Heimat in der Quelle gefunden haben, auf diesem stillen Land, diesem Stück Natur, in das sich unsere Geschichte eingegraben hat, dem Zuhause von Spechten und Butterblumen.

»Das war also der berühmte Erste Gesang?«, fragt Hugh und blättert langsam durch die Seiten.

Ja, das war er. Meine Zeilen entwickelten ein Eigenleben, zeichneten vor, was als »Dämmerungsandacht« bekannt wurde: die Körperhaltung beim Gebet, die Tatsache, dass die Rose in die Erde schrieb, die Gepflogenheit, über eine Handvoll Staub zu meditieren. Gefährlicher noch als all dies war jedoch der Hass auf Männer, das Verbrennen männlicher Abbilder *in effigie* und die glühenden Proteste gegen männliche Regierungsvertreter, die daraus entstanden. Vielleicht sollte man mich erneut taufen, diesmal auf den Namen Herodes.

Hugh blättert das Notizbuch noch einmal von hinten nach vorn durch und scheint eine spezielle Seite zu suchen. »Dieser Hass auf

Männer, Ruth, dieser erbitterte Hass. Galt er allen Männern gleichermaßen? Was war mit Mark?«

»Mark war zu jenem Zeitpunkt eher wie ein Kleinkind für mich als wie ein Mann«, erwiderte ich.

»Und was war mit dem kleinen Lucien? Er wäre auch irgendwann ein Mann geworden.«

»Ist er aber nicht.«

Hugh zitiert aus meinem Notizbuch: »*Wir sind ausgetrocknete Frauen, doch wenn wir die Rose küssen, werden unsere Lippen von Tau benetzt, und wir erblühen, genau wie sie.* Wenn Männer so schlecht waren … haben Sie dann sozusagen Ersatz gefunden in der Liebe zu Frauen, Ruth? Selbst ein alter Kirchenmann aus Irland kann nachvollziehen, wie es zu so etwas kommen kann.«

»Sie kennen die Geschichte des Mystizismus besser als ich.«

»Sie überschätzen mich.« Hugh wartet geduldig.

Nachdem er mir das Notizbuch zurückgegeben hat, sehe ich mich im Zimmer nach einem Aufbewahrungsort um. Als ich keinen finde, werfe ich das Büchlein einfach in den Korb neben dem Ofen, in den wir immer alles gelegt haben, was zum Verbrennen gedacht war. »Ich habe Ihnen doch schon gesagt, dass es bei dieser Geschichte mehr Fragen als Antworten gibt. Außerdem bin ich mir nicht sicher, ob der Grenzverlauf zwischen spiritueller und körperlicher Ekstase von psychiatrischer Seite her hinreichend geklärt ist – oder von päpstlicher Seite.« Hugh antwortet nicht; er nickt und verlagert sein Gewicht auf dem Sessel. Ich hole ihm ein Kissen, damit er es bequemer hat. »Es war nicht nur ein anderes Land, in dem ich mich befand, Hugh, sondern ein anderer Planet. Was ich geschrieben habe, sind zusammenhanglose Wörter, Hieroglyphen auf liniertem Papier.«

Wir sitzen ein paar Minuten schweigend da. Die dicken Steinwände des Hauses sind zu einer Barriere geworden, die dem Säuseln der Brise und dem Summen der Gewittertierchen den Eintritt verwehrt. »Fest steht, *dass* ich sie geschrieben habe. Irgendein Teil von mir muss sie hervorgebracht haben. Was, glauben Sie, ist wohl mit ihnen passiert?«

Hugh wirft mir einen fragenden Blick zu. »Mit wem? Mit den Wörtern?«

»Den Anhängerinnen. Den Frauen, die unsere T-Shirts gekauft und unsere Gesänge heruntergeladen haben.«

»Dasselbe wie mit Ihnen: Überzeugung, Abfall vom Glauben, dann vielleicht erneute Hoffnung. Denn trotz des rigorosen Durchgreifens Ihrer Bewacher scheinen Sie mir ein wenig hoffnungsvoller zu sein, Ruth. Zumindest, wenn man es mit meinem ersten Besuch vergleicht.«

»Das liegt daran, dass Sie endlich wieder hier sind«, sage ich.

»T-Shirts? Haben die Leute wirklich T-Shirts gekauft?«, fragt Hugh plötzlich.

»O ja. Und das war noch lange nicht alles. Tassen, Kugelschreiber, Kalender mit Landschaftsaufnahmen von der Quelle … vielleicht sogar Hosen, wer weiß? Ein Teil der Devotionalien wurde direkt von hier verschickt, andere Artikel, zum Beispiel die T-Shirts, waren an externe Hersteller vergeben. Das weiß ich von Eve. Irgendwo muss also noch eine ganze Lagerhalle voll Lug und Trug stehen. Ebay! Sie könnten sich mal bei Ebay umsehen, Hugh! Vielleicht bringen Sie mir ja bei Ihrem nächsten Besuch einen Kühlschrankmagneten mit meinem Gesicht darauf mit. Damit ich nie wieder in Versuchung komme, an irgendetwas zu glauben.«

»Was, meinen Sie, ist mit dem ganzen Geld passiert?«, fragt Hugh.

»Ich weiß es nicht. Die Leute haben ja nicht nur Sachen gekauft, sondern auch Geld gespendet. Über Geschäftliches hat Eve nur mit Amelia gesprochen. Ich glaube, ihr gefiel der Gedanke, dass es Dinge gab, von denen ich nichts wusste. Amelia hat versucht, mich dazu zu überreden, Mark seinen Anteil an der Quelle abzukaufen, damit die Schwestern eine Stiftung gründen und das Ganze erwerben konnten. Aber das war später. Es muss eine Menge Geld vorhanden gewesen sein, sonst hätte sie so etwas wohl kaum vorgeschlagen. Involviert aber war ich in all das nicht wirklich.«

»So viele Unbekannte.« Er greift nach seiner Bibel und blättert sie aufmerksam durch, bis er zu finden scheint, wonach er sucht. »Die Zeit ist wieder wie im Flug vergangen, ich muss bald aufbrechen. Haben Sie etwas dagegen, wenn ich Ihnen hieraus vorlese?«

»Nur zu.«

»Prediger. Nichts von einer Handvoll Staub, sondern etwas sehr viel Nützlicheres, was man sich im Leben merken sollte. Ich denke fast jedes Mal daran, wenn ich Ihre Anhöhe hochschnaufe.

›Alles hat eine bestimmte Zeit, und jedes Vornehmen unter dem Himmel hat seine Zeit. Geborenwerden hat seine Zeit, und Sterben hat seine Zeit; Pflanzen hat seine Zeit, und das Gepflanzte Ausreißen hat seine Zeit;

Töten hat seine Zeit, und Heilen hat seine Zeit; Abbrechen hat seine Zeit, und Bauen hat seine Zeit; Weinen hat seine Zeit, und Lachen hat seine Zeit; Klagen hat seine Zeit, und Tanzen hat seine Zeit …‹«

»Das ist ausnahmsweise einmal eine Bibelstelle, die ich kenne«, sage ich.

»Sie kennen sie, und Sie kennen sie auch wieder nicht«, entgegnet er.

20

EIN FÜR JUNI ungewöhnlich kalter Wind ist übers Land gefegt und hat, Sogleich zufolge, eine Welle von Spekulationen darüber ausgelöst, ob sich etwas tut am Himmel, ob es endlich regnen wird. Vielleicht ist tatsächlich Bewegung in das stabile Hochdruckgebiet gekommen, das schon so lange über Europa liegt und die atlantischen Wetterfronten abwehrt, die früher regelmäßig gegen unsere Westküsten angestürmt sind. Die regenschwangeren Westwinde, die die Quelle erreichen, müssen sich gut getarnt haben, wie sonst sollten sie durch die Blockade gekommen sein? Niemand scheint eine Erklärung dafür zu haben. Weder die Meteorologen, die jede noch so winzige Veränderung im Luftdruckdiagramm studieren wie Wahrsager, die aus der Hand eines Kunden lesen, noch die Wissenschaftler auf meinen Feldern, die wie Hexenmeister ihre Zauberstäbe schwingen. Die zuknallenden Türen und unaufhörlich klappernden Fensterrahmen machen alle nervös. Sogar Junge geht rastlos neben der Scheune auf und ab. Ich stecke meinen Kopf aus der Hintertür.

»Alles in Ordnung bei Ihnen?«, rufe ich gegen den Wind an.

»Absolut.« Er kommt herüber, um sich mit mir zu unterhalten. »Ich bin nur gelangweilt. Ernsthaft gelangweilt mangels Sozialleben. Ich habe mein letztes Buch zu Ende gelesen, und wenn ich noch *eine* Partie Poker mit Adrian spielen muss, drehe ich durch.«

Er tut mir leid, weil er hier festsitzt, während draußen seine Zukunft wartet. Ich biete ihm an, sich ein Buch auszuleihen, und er nimmt meinen Vorschlag an und kommt mit ins Haus. Bevor die Tür zufällt, weht Staub mit ihm herein. Ich zeige ihm das mit Spinnweben bedeckte Bücherregal und lasse ihn allein.

»Haben Sie schon etwas gefunden?«, rufe ich aus der Küche, wo ich die Titel nicht sehen muss und sicher bin vor meinen Erinnerungen. Ich will nicht daran denken, wann welches Buch wo zuletzt gelesen wurde und von wem.

Junges Kopf erscheint in der Küchentür. »Dieses Buch hat mich schon immer interessiert«, sagt er und hält unsere Ausgabe von *Der lange Weg zur Freiheit* hoch. Als er meinen Gesichtsausdruck sieht, zieht er eine gequälte Grimasse. »Oh, entschuldigen Sie. Wie taktlos von mir.«

»Na los, raus mit Ihnen. Nehmen Sie das Buch mit und lesen Sie es. Er war ein unglaublicher Mann. Wahrscheinlich sollte ich es selbst noch einmal lesen, wenn Sie damit fertig sind.«

Doch ich weiß, dass ich es nicht tun werde. Ich bin völlig fasziniert von meiner Unfähigkeit, mit der Gefangenschaft umzugehen oder mir eine Zukunft danach vorzustellen. Ich bin kein Nelson Mandela, der las und nachdachte und seine Gedanken an die Ränder seiner Shakespeare-Ausgabe schrieb. Ich hingegen werde vermutlich auch dann nichts Sinnvolles auf die Reihe bekommen, wenn ich – nein, *falls* ich – jemals entlassen werde. Sollte es im Rest des Landes wirklich wieder anfangen zu regnen, könnte es sein, dass ich freikomme, auch ohne endgültigen Beweis für meine Unschuld. Ich frage mich, was ich dann tun werde. Dieser Gedanke bringt mich von meiner Täglich-grüßt-das-Murmeltier-Grammatik ab und führt mich zum »Was wäre, wenn«. Eine Zukunft. Sosehr ich auch versuche, in der Gegenwart zu sein, zu atmen, zu leben, diese Gegenwart ist nicht genug. Essen. Warten. Schlafen. Ich bin nicht genug. Ich werde sein, soll sein – vielleicht.

Die unbeantwortete Frage, die ich mir nicht zu stellen wage, lautet, ob ich überhaupt hierbleiben würde, wenn ich gehen dürfte. Ich stelle mir vor, wie ich durchs Land jage, um Mark und Schwester Amelia aufzustöbern und die Witterung ihrer Schuld aufzunehmen, nur um festzustellen, dass die Fährte zu meinen eigenen Fingern mit ihren abgebissenen, schwarzen Nägeln führt. Falls ich tatsächlich von hier fortginge, drängt sich die Frage auf, warum ich genau das nicht schon früher getan habe, bevor es zur Katastrophe gekommen ist. Ich bin also – meiner ganzen Selbstdisziplin zum Trotz – wieder bei »Was wäre gewesen, wenn …?« angelangt. Diese Frage zieht mich an wie ein Magnet, und ich bin zu schwach, mich ihm zu widersetzen.

Der böse Wind hat diese Gedankenkette in Gang gesetzt. Er hat sich mit den Wärtern verbündet und will mich genau wie sie ans Haus fesseln. Obwohl Sommer ist, fühlt er sich an wie im Herbst und erinnert mich an den Tag, als Angie aufbrach und Lucien in unserer Obhut zurückließ. Auch damals wehte ein seltsamer Wind, fegte über die Landschaft hinweg wie ein Novembersturm, und das obwohl erst Anfang September war. Statt Regen mitzubringen, ließ er ausgetrocknete Bäume auf Gehwege stürzen, auf denen Mütter gerade ihre Kinder zum ersten Schultag begleiteten, wehte in Schlafzimmer, in denen nichtsahnende Arbeitslose ihre leeren Tage verschliefen, strich über ein Pärchen auf einer Parkbank, das Verlobungsringe an den Fingern und Hochzeitsglocken im Sinn hatte und das Knacken des Astes über sich nicht bemerkte.

Gegen genau diesen Wind kämpfte ich an, als ich die Auffahrt hinaufstapfte, um Lucien zu besuchen. Die Schafe, die mir normalerweise ein Stück hinterherliefen, drückten sich an diesem Tag dicht an die Hecke, und ich folgte ihrem Beispiel und hielt mich im Windschatten, wodurch ich erst spät bemerkte, dass sich die Gruppe offenbar zum Aufbruch bereitmachte. Die kleineren Schlafzelte waren bereits verpackt, zu unscheinbaren Nylonpäckchen verschnürt. Die in ihnen verbrachten Nächte, die geträumten Träume, die ausgetauschten Zärtlichkeiten – das alles war nun auf handliche Größe komprimiert. Vier der Traveller bemühten sich, trotz des Sturms das große Vorratszelt abzubauen, brüllten sich Anweisungen zu, die davongeweht wurden, klammerten sich an die Zeltwände, die wütend im Wind flatterten. Der Rest der Gruppe war dabei, die letzten sechs Monate auf kleinstem Raum zu verstauen: Fahrräder an die Heckklappen der Campingbusse zu hängen, Matratzen auf die Dächer der Autos zu schieben, Schlafsäcke in Supermarkttüten zu quetschen. Kochtöpfe wurden gestapelt wie russische Matroschka-Puppen, und aus aufblasbaren Wasserkanistern wurde die Luft gelassen. Mit Musik unterlegt, hätte das Ganze eine große Chorszene in einer Oper sein können, bei der alle Statisten und Nebendarsteller im Einklang vor sich hin arbeiten, bevor sie sich zum Publikum umdrehen und laut zu singen anfangen.

In meiner Wahrnehmung stand Angie im Mittelpunkt des Geschehens. Sie balancierte gerade auf Zehenspitzen, um den Knoten einer improvisierten Wäscheleine zu lösen, die an einem aus der Hecke wachsenden Pflaumenbaum befestigt war. Trotz des rauen Wetters trug sie nur eine Jeans und ein viel zu kurzes Top, das hochrutschte, als sie sich nach dem Ast streckte. Sie wird für immer ein Teenager bleiben, dachte ich und suchte die Bühne nach Lucien ab. Ich hörte ihn, bevor ich ihn sah. Falls ihm und den anderen Kindern eine Aufgabe beim gemeinschaftlichen Abbau des Lagers zugewiesen worden war, hatten sie mittlerweile offenbar die Lust daran verloren, denn sie standen ganz oben am Abhang, jeweils zwei auf seinem blauen Fahrrad.

»Auf die Plätze, fertig, los!«

Schon rasten sie kreischend den Hang hinab, schlitterten mit wackelnden Reifen über die buckelige Piste. Während sich das hintere Kind verzweifelt festklammerte, stand das vordere in den Pedalen und hielt den Lenker so fest, dass seine Handknöchel weiß anliefen. Dem Sieg entgegen, vom peitschenden Wind getrieben. Und kaum waren sie unten angekommen, schoben sie das Fahrrad auch schon wieder hinauf und starteten die nächste Runde.

Und waren sie oben, so ging es bergab, und waren sie unten, ging's wieder hinauf – das Lied vom alten Herzog von York. Ich hatte es Lucien einmal vorgesungen, als er noch ein Baby gewesen war, und Angie war damals ins Zimmer gekommen und hatte gesagt: Ah, die Ballade vom alten Süchtigen, das singen wir, wenn wir klauen gehen.

»Guck, wie schnell ich bin, Oma R., guck doch!«, rief Lucien zu mir herunter.

»Ja, guck mal, wie schnell wir sind, Oma R.!«, rief auch Henni.

Ich wandte mich ab, als die Kinder beschlossen, es zu dritt auf dem Fahrrad zu versuchen, und stellte den Sack Kartoffeln, den ich mitgebracht hatte, neben die Stelle, an der Angies und Luciens Zelt gestanden hatte, wovon jetzt nur noch ein Rechteck aus gelblichem Gras zeugte. Dann ging ich zu meiner Tochter, um ihr mit der Wäscheleine zu helfen, bog den Ast herunter, damit sie besser an den Knoten kam.

»Ich glaube, wir sind die Einzigen in ganz England, die Probleme haben, die Wäsche trocken zu kriegen«, lachte sie über den Wind hinweg.

»Warum hängst du sie dann ab?«, fragte ich unnötigerweise.

»Hinterlasse nur Fußspuren, nimm nur Fotos mit!«, rief Angie. Man braucht schon eine besondere Mentalität, um immer weiterzuziehen, um den leeren Raum, der zurückbleibt, genauso genießen zu können wie den, den man einnimmt.

»Du hast gar nichts davon gesagt, dass ihr abreist.« Ich hatte Angie für viel zu kurze Zeit wieder in meiner Nähe gehabt, und die Verbindung zwischen uns war noch ein zartes Pflänzchen. Vermutlich war es nur deshalb gutgegangen, weil sie ihr Zelt gehabt hatte und ich mein Haus und weil uns die Quelle ein gemeinsames Anliegen verschafft hatte. Liebe allein war noch nie genug gewesen zwischen uns.

»Ich wäre schon nicht einfach abgehauen«, verteidigte sie sich. »Keine Sorge, du wärst nicht mit einem Topf Suppe ins Camp gekommen und hättest nur noch Reifenspuren und einen Dankesbrief vorgefunden.«

Ich habe ihn noch, jenen Dankesbrief, den sie alle unterschrieben haben, auch Lucien. Es ist eher eine Collage als ein gewöhnlicher Brief. Angie und ihre Freunde hatten ein großes Stück Karton genommen und es mit einem geometrischen Muster aus lauter Fundstücken beklebt: halben Eicheln, den Blütenblättern wilder Rosen, geflochtenem Schilfgras vom Bach und fünf orangerot schimmernden Pappelblättern, die sie gleichmäßig über die Pappe verteilt hatten. Einige Gegenstände sind inzwischen abgefallen. Ich lege einen Finger in die Lücke, wo einmal eine Buchecker war, und spüre den getrockneten Klebstoff, der einst alles zusammengehalten hat. Wenigstens führt mir die Collage wieder vor Augen, dass die Welt, in der ich gefangen bin, nicht nur für Verlust und Kummer steht, sondern auch für grenzenlose Schönheit.

Angies Entschluss stand fest. Der Gruppe war angeboten worden, beim Auf- und Abbau eines Festivals irgendwo in Norfolk zu helfen. Anschließend rechneten sie damit, dass ein Freund von Charley ihnen Saisonjobs in einer auf Weihnachtsbedarf spezialisierten Baumschule in Schottland verschaffen konnte – Bäume schlagen, Stechpalmenkränze binden, solche Dinge.

»Ihr müsst aber nicht hier weg, um Arbeit zu finden«, sagte ich protestierend, doch Angie konnte mich kaum verstehen. »Lass uns aus diesem schrecklichen Wind verschwinden.«

Wir stiegen in Charleys Bus und machten die Türen hinter uns zu. Die feuchtwarme Luft besänftigte unsere Gemüter ein wenig. »Ich sagte, dass ihr ganz sicher nicht in irgendeiner Baumschule schuften müsst, die zu Wucherpreisen Weihnachtsartikel verkauft, am besten noch Kränze aus Plastik! Hier wachsen echte Bäume, echte Pflanzen. Unsere Obstbäume brechen fast unter der Last der Mistelzweige zusammen. Die könntet ihr doch ernten und verkaufen. Wenn ihr Geld braucht, gebe ich euch einen Vorschuss. *Misteln von der Quelle* – das könnte ein Verkaufsschlager werden!« Hier saß ich und erwog, mein Paradies in ein kommerzielles Unternehmen zu verwandeln, nur damit ich Angie und Lucien weiterhin in meiner Nähe hatte.

Aber der Job auf dem Festival würde bestimmt Spaß machen, das Line-up sei phantastisch, und gut bezahlt sei die Arbeit auch. Und in Schottland bekämen sie eine Unterkunft gestellt, zwei große Wohnwagen und eine Scheune. Ich müsse zugeben, dass es ein wenig zu kalt sei, um hierzubleiben und den Winter in einem Zelt zu verbringen. Ich erklärte ihr, dass ich daran bereits gedacht und die Scheune vorbereitet hätte, für sie und Lucien und auch Charley, falls er dableiben wollte. Sie winkte ab. »Wir sind eine Gemeinschaft, Mum, und wollen als solche zusammenbleiben. Nur gemeinsam bleiben wir clean.«

Kann denn deine eigene Mutter dir nicht dabei helfen? Diese Frage hätte ich ihr gern gestellt, doch im Grunde hatte die Vergangenheit sie bereits beantwortet. »Wir kommen auf jeden Fall wieder«, versprach Angie und klimperte mit dem Schlüssel herum, der im Zündschloss steckte.

Ich holte tief Luft und kehrte mein Innerstes nach außen, sprach aus, wovon ich seit ihrer Ankunft phantasierte. »Lucien könnte doch hierbleiben.«

Ich rechnete nicht ernsthaft damit, dass sie auch nur darüber nachdenken würde, aber auf einmal sagte sie etwas davon, dass Henni zu seinem Vater ziehe, weil der wolle, dass er auf eine richtige Schule gehe und etwas lerne, statt ständig von Ort zu Ort zu ziehen. Außerdem liege ihnen auch das Jugendamt damit schon länger in den Ohren, und da Lucien sich womöglich einsam fühlen würde ohne Henni, sei es vielleicht gar keine schlechte Idee.

Ich drehte mich auf dem engen Sitz zu ihr um und sah sie an. »Würde es dir denn gar nichts ausmachen?«

»Ich weiß nicht, Mum. In letzter Zeit lief es besser zwischen uns, findest du nicht?«

»Viel besser.«

Sie drehte sich um und blickte mir direkt in die Augen. »Und wie sieht es zwischen dir und Mark aus? Lucien hat in seinem Leben schon genug Streitereien erlebt. Ich will, dass er merkt, wie es ist, wenn man friedlich miteinander umgeht.«

»Wir raufen uns schon zusammen, Angie. Natürlich gibt es manchmal Stress, aber wir haben schon Schlimmeres zusammen durchgestanden …«

Schon hatte sie wieder den Blick abgewendet. Es ging so schnell, Angies Vertrauen zu verspielen. »Du weißt, was ich meine«, fügte ich eilig hinzu. »Wir haben zwanzig Jahre Höhen und Tiefen überlebt, da werden wir uns jetzt nicht einfach geschlagen geben.«

Angie zog ihren Tabak hervor und fing an, sich eine Zigarette zu drehen. »Es stimmt schon irgendwie, was Mark sagt: Du bist mit deinen Gedanken momentan ganz woanders, findest du nicht auch?«

Ich widerstand der Versuchung, ihren Zigarettenkonsum zu kommentieren. »Wie meinst du das?«

»Na ja, was käme für dich an erster Stelle? Lucien? Oder die Schwestern?« Sie betätigte mehrmals hintereinander ihr Feuerzeug, bis endlich die Flamme im trüben Licht des Busses aufflackerte. »Versteh mich nicht falsch: Ich will dir kein schlechtes Gewissen einreden oder so was. Hier passieren nur gerade ganz schön heftige Dinge, und du spielst eine wichtige Rolle dabei. Vielleicht wirst du irgendwann eine Entscheidung treffen müssen.«

»Glaubst du, die Rose würde mich zwingen, mich zwischen ihr und meinem Enkel zu entscheiden? Angie, so funktioniert Liebe nicht! Ich bin heute wahrscheinlich eher in der Lage, Lucien mit meinem ganzen Herzen zu lieben, als ich es früher war.«

Angie nahm einen tiefen Zug von ihrer Zigarette und öffnete das Fenster einige Zentimeter, um die Asche abzuklopfen. Sofort blies der Wind herein und wehte ihr die Haare quer übers Gesicht. »Mark scheint es auch wieder besserzugehen, findest du nicht?«

»Die Schrammen und blauen Flecken sind verheilt, ja.«

»Das meinte ich nicht. Aber er wirkt seit dem Vorfall in Lenford nicht mehr ständig so wütend.«

Diesen Eindruck hatte ich ganz und gar nicht, was ich jedoch lieber nicht laut aussprach. Ich wollte Angie keinen Grund liefern, Lucien nicht bei uns zu lassen.

»Und dann gibt es ja auch noch die Schwestern«, fuhr sie fort. »Dorothy ist echt super, wie eine zweite Oma, oder? Es gäbe also jede Menge Leute, die auf ihn aufpassen würden.«

Sie wird ja sagen, dachte ich. Bitte, bitte, lass sie ja sagen!

»Was ist mit Schwester Amelia?«, fragte sie.

»Was soll mit ihr sein?«

»Nichts.« Sie wischte ein Guckloch in die beschlagene Scheibe und spähte zu den Jungen hinaus, die immer noch auf ihrem Fahrrad herumsausten. »Ich weiß nicht. Manchmal habe ich das Gefühl, ihr wäre lieber, er würde nicht existieren. Wenn er ein Mädchen wäre, würde sie nicht so denken.«

»Um Amelia brauchst du dir keine Sorgen machen«, beruhigte ich sie. »Sie ist manchmal ein bisschen exzentrisch, aber sie wird sich schon damit abfinden.«

»Auf irgendeine seltsame Weise glaube ich sogar, dass die Quelle auf ihn aufpassen wird«, erklärte Angie nachdenklich.

»Das wird sie«, stimmte ich zu und lächelte. »Die Quelle passt auf uns alle auf.«

Sie drückte ihre Zigarette in dem kleinen chromglänzenden Aschenbecher in der Fahrertür aus. »Dann fragen wir ihn mal, was *er* davon hält.«

Die nun folgende Szene habe ich noch in aller Deutlichkeit vor Augen: Der Wind reißt uns die Bustüren aus den Händen, sobald wir sie öffnen, und ich habe Mühe, die Beifahrertür wieder zu schließen. Angie ruft nach Lucien, brüllt immer lauter, damit er sie hört. Endlich schaut er auf, kommt zu uns gerannt, rennt schneller, als wollte er mir zeigen, wie schnell er rennen kann – seine dünnen Beine fliegen über den Boden –, rennt Hals über Kopf den Hügel hinab, wo er sich lachend und völlig außer Atem ins Gras fallen lässt, Arme und Beine weit von sich gestreckt. Angie sagt: »Oje, was machen wir denn jetzt, Oma R.? Sieht aus, als wäre Lucien tot!« Er springt auf und lacht, reingelegt! Dann setzt er sich im Schneidersitz vor uns auf den Boden und hört uns zu. Nicht nur seine Beine sind dünn, auch sein Gesicht ist schmal und lässt seine Augen umso größer wirken. Ganz schön schmächtig für jemanden, der gerade fünf geworden ist, sage ich zu ihm. Er beschließt, dass er bei mir und Opa bleiben möchte, umarmt Angie, sagt, dass er sie vermissen wird, und fragt, ob sie an Weihnachten wiederkommt, denn falls ja, wünsche er sich eine Kinderflöte vom Weihnachtsmann. Dann ist er wieder weg, auf dem Weg zu seinem Fahrrad und zu Henni.

Ich war so glücklich, dass ich genauso wild wie er den Abhang zu den Schwestern hinunterrannte, um ihnen die frohe Botschaft zu verkünden. Sie kamen aus ihren Wohnwagen und schoben sich die flatternden Haare aus dem Gesicht. Eve jagte einem Blatt Papier hinterher, das der Wind quer über die Wiese blies.

»Gute Neuigkeiten!«, rief ich. »Sehr gute Neuigkeiten sogar!«

Dorothy, Jack und Eve umarmten mich nacheinander. Nur Schwester Amelia stand ein wenig abseits, bevor sie ohne jeden Kommentar wieder in ihrem Wohnwagen verschwand. Ich folgte ihr, klappte das Buch in ihren Händen zu und sagte, sie solle mit mir reden, statt sich schweigend zurückzuziehen. Sie fragte mich, wie lange Lucien bleiben würde, und ich antwortete, solange es nötig sei, vielleicht über den Winter, vielleicht für immer. Vielleicht würden eines Tages seine Kinder an einem stürmischen Tag im Spätsommer das erste Feld hinuntertollen, und all dies würde ihm gehören.

»Die Quelle ist Frauenland, Ruth. Selig sind die Frauen, denn sie werden das Erdreich besitzen.«

Angie und die anderen Traveller wollten am Nachmittag aufbrechen. Ich rannte nach Hause und ging direkt nach oben ins Gästezimmer. Obwohl es kalt war, öffnete ich das Fenster, um dem Raum neues Leben einzuhauchen. Die schweren Leinenvorhänge flatterten und warfen beinahe die Lampe auf dem Tischchen unter dem Fenster um. Auf dem Bett lagen Marks Schlafanzug und einige Bücher. Ich raffte alles zusammen und brachte es in unser Schlafzimmer, bevor ich das Bett mit Luciens Lieblingsbettwäsche bezog, die mit Bienen bedruckt war. Dann räumte ich die untersten Schubladen im Kleiderschrank leer, damit er dort seine Sachen unterbringen konnte, und kniete mich anschließend auf den Boden, um der Rose dafür zu danken, dass sie mir Lucien geschenkt hatte.

O Rose, segne die Hände, die ihn festhalten.
O Rose, segne die Stimme, die ihn ruft.
O Rose, segne die Augen, die über ihn wachen werden.
O Rose, segne die Ohren, die ihn hören, wenn er nachts schreit,
und die Lippen, die ihn wieder in den Schlaf küssen.

Nach dem Mittagessen gingen Mark und ich hoch zum Camp, um Lucien abzuholen, mit etwas Abstand zwischen uns und doch ausnahmsweise vereint durch die gemeinsame Vorfreude. Mark wirkte genauso begeistert wie ich darüber, dass Lucien bei uns bleiben würde. Als wir ankamen, waren zwei der Busse bereits losgefahren, und es wartete nur noch ein ziemlich kläglich aussehendes, im Wind zusammengedrängtes Grüppchen junger Leute auf uns. Lucien kam auf uns zugerannt und fiel Mark um den Hals.

»Ich wohne jetzt bei euch!«, jubelte er. »Mama sagt, dass ich dir bei der Arbeit auf dem Hof helfen darf!«

Er war daran gewöhnt, von einem Erwachsenen zum anderen gereicht zu werden, und die Arglosigkeit, mit der er sich an jeden hängte, dem er anvertraut wurde, war rührend und beunruhigend zugleich.

»Umarmst du mich noch mal?«, bat Angie ihren Sohn.

Ein Bildhauer hätte diesen Moment vielleicht in Stein meißeln können, zwei Körper, aus demselben Fels gehauen: seine Ärmchen um ihren Hals, seine Hände, die mit ihrer Halskette spielten, ihre Arme um seine Taille, die so schmal war, dass sie ganz herumreichten und wieder ihren eigenen Körper berührten, seine Haare, die sich mit ihren vermischten, seine Füße, die kurzzeitig vom Boden abhoben. Worte sind vergänglich, aber eine Skulptur könnte diese Szene bewahren, könnte die ersten Herbstblätter für immer in der Luft und den Rotmilan im immer gleichen Luftstrom festhalten, und die halbverschleierten Sonnenstrahlen würden auf ewig durch die Pappeln sickern und sie mit Silber durchwirken.

Genau in diesem Augenblick hätte es regnen müssen. Nicht nur auf die Quelle, sondern auch unten im Tal, wo das Wasser durch die Regenrinnen von Middleton geschossen wäre und der Inhaber des Antikmöbelladens seine vier bemalten Stühle und sein abgebeiztes Bücherregal aus Kiefernholz hätte retten müssen. Und nicht nur unten im Tal, sondern auch jenseits der Hügel, in Wales, wo die Spaziergänger ihre Regencapes aus den Rucksäcken geholt hätten und ein wenig schneller gegangen wären, tief gebeugt gegen den Wind, zurück zum Hafen, um dort in Zeitungen gewickelte Pommes frites zu essen und wärmenden Tee zu trinken. Nicht nur in Wales, sondern auch in London, wo auf den Fotos der Touristen der auf die fluthoch angeschwollene Themse herabpeitschende Regen zu sehen gewesen wäre, oder in Nordspanien, wo sich Sturzbäche durch die steilen Schluchten der Picos de Europa hinab ins Tal nach Ribadesella ergossen hätten, und auch in Nordafrika, wo die jungen Frauen mit vollen Wasserkrügen auf dem Kopf in ihre Dörfer zurückgekehrt wären, feuchte Fußspuren im Staub hinterlassend.

Es gab jedoch nicht einmal genug Wasser auf der Welt für Tränen; wir hätten alle weinen müssen, doch unsere Augen waren trocken und unsere Herzen unwissend. Angie winkte zum Abschied und versprach zu schreiben, woraufhin Mark fragte, ob sie nicht endlich von ihren Prinzipien abrücken und sich ein Handy zulegen wolle. Keine Sorge, versicherte sie, wir bleiben in Kontakt. Lucien warf Kusshände in den Wind und erinnerte seine Mutter an die Kinderflöte und an Schokolade. Ich hätte Angie so gern umarmt, aber irgendwie hatte Charley bereits den Motor angelassen, und sie war eingestiegen, so dass wir nur eine unbeholfene Berührung unserer Finger zustande brachten, nachdem sie mühsam das alte Fenster des Busses heruntergekurbelt hatte. Mir fiel ein, dass ich ihr noch etwas geben wollte. Also rannte ich neben dem losfahrenden Bus her und rief: »Wartet kurz, ich habe etwas für Angie!« Doch Charley hörte es nicht und rumpelte über den holprigen Acker davon, bevor er auf die Zufahrtstraße einbog. Angie rief aus dem Fenster:

»Ich werde der Rose folgen, sobald ich kann, Mum!«

Der Polizeibeamte am Haupttor sah den Bus bereits aus der Ferne und öffnete das Schloss, daher konnte Charley direkt durchfahren und hielt nur noch einmal kurz an der Straße, um nach links und rechts zu blicken. Ein kurzes Hupen, eine Hand, die durchs Fenster winkte, dann waren sie verschwunden. Ich hielt mich damals lieber von der Landstraße fern, da Schwester Amelia es für besser hielt, wenn ich den Anhängerinnen der Rose, die am Straßenrand kampierten und einen flüchtigen Blick auf die Auserwählte zu erhaschen hofften, nicht persönlich gegenübertrat. Ich war ganz ihrer Meinung, wenn auch vermutlich aus anderen Gründen. Also gab ich die Verfolgung des Busses auf und ging zu Lucien zurück.

»Was wolltest du meiner Mama noch geben, Oma R.?« Zum Glück habe ich Lucien, dachte ich und wandte ihm meine ganze Aufmerksamkeit zu.

»Nur das hier, einen kleinen Anhänger, um ihr Glück für die Reise zu wünschen.« Ich zeigte Lucien die winzige Rose, die ich aus einem Stück Eibenholz geschnitzt hatte. Ich hatte sie mit Öl und Harz glattpoliert und an einem langen Lederband befestigt.

»Das ist aber ein schöner Anhänger.«

»Ich habe ihn selbst geschnitzt«, erklärte ich.

»*Ich* kann ihn ja für sie nehmen.«

»Stimmt, das kannst du.« Also schenkte ich ihm die Kette, bückte mich, um sie um seinen Hals zu binden und unter sein T-Shirt zu stecken. »Die Rose beschützt dich«, versprach ich. Dann stand ich schnell wieder auf, weil Mark von seinem Gespräch mit dem Polizisten zurückkam. Ich legte einen Finger an die Lippen und zwinkerte Lucien zu, der erfolglos versuchte zurückzuzwinkern.

Mark schob mit der rechten Hand Luciens Fahrrad, und ich hängte mir seine kleine Tasche über die Schultern. So gingen wir den Weg zum Haus hinunter und ließen Lucien zwischen uns in die Luft fliegen. Schwester Dorothy winkte uns von der Viehtränke aus zu. Hinter ihr stand Schwester Amelia wie eine menschliche Statue, die Hände nahe vor ihrem Körper gefaltet.

»Ich habe viele Freunde hier, oder, Oma R.?«, fragte Lucien.

Der starke Wind ebbte ab, ohne Regen gebracht zu haben, und ich beschloss, nicht an der Abendandacht der Schwestern teilzunehmen, sondern allein im Obstgarten zu meditieren. Stimme schwieg, war verstummt angesichts meiner tiefen Zufriedenheit darüber, dass Lucien bei mir war, dass er gesund und munter im Haus wartete. Ich beschwor den Geist der Rose herauf und hörte sie antworten, dass alles gut werden würde. Daraufhin dankte ich ihr dafür, dass sie mir Lucien lieh.

Ich konnte nicht ahnen, dass sie ihn schon so bald zurückfordern würde.

Die Wärter sprechen über mich, aber ich verstehe nicht, was sie sagen, weil ihre Worte verzerrt klingen, als befände ich mich unter Wasser. Offenbar hat Sogleich mich gefunden, als ich auf allen vieren die Auffahrt hinaufkroch, durchnässt vom strömenden Regen, und darauf beharrte, dass Angie und Lucien heute abreisten und ich mich von ihnen verabschieden müsse. Irgendwie haben Sogleich und Junge mich nach oben befördert und ins Bett gebracht. Mein Kopf wird allmählich wieder klarer. Junge sagt gerade zu Sogleich, dass es nicht nötig sei, Drei zu informieren oder einen Arzt zu holen.

»Er wird anhand des Protokolls sehen, dass der Alarm ausgelöst wurde, weil sie außerhalb des erlaubten Bereichs war«, merkt Sogleich an.

»Nein, wird er nicht. Er ist oben bei den Versuchsfeldern und spielt Karten mit den ›richtigen Soldaten‹.«

Sogleich blickt aus dem Fenster. »Ihm entgeht nichts.«

Junge lässt die Jalousien herunter. »Ich werde es als Verstoß vermerken, aber nicht als ernsten Vorfall. Überlass das nur mir. Ich bleibe hier und passe auf, dass sie nicht krank wird.«

»Du segelst hart am Wind, mein Freund.« Sogleich verlässt lieber das Zimmer. Er will nicht die Hand am Ruder haben, wenn das Schiff untergeht.

Junge setzt sich auf einen Stuhl in der Zimmerecke, ein ganzes Stück von mir entfernt, aus Rücksicht auf das rote Kameraauge, das alles registriert. Seine Anwesenheit ist meine Rettungsboje. Selbst wenn ich nicht meinen Kopf an seine Schulter legen oder ihn bitten kann, mich zu umarmen, mich festzuhalten, weiß ich, dass seine körperliche Präsenz genügt, um mich vor dem Ertrinken zu bewahren.

»Danke«, flüstere ich.

Junge bleibt für mich wach. Meine chaotischen Gedanken kommen zur Ruhe wie die Wellen in einem aufgewühlten Bassin, und ich kehre zu meinen Erinnerungen zurück, meinen Erinnerungen an die ersten Nächte mit Lucien.

Mark und ich brachten ihn ins Bett, stopften die Decke um ihn herum fest und setzten uns zu ihm, um ihm die Geschichte von der müden Wühlmaus vorzulesen. Dann gingen wir nach unten und tranken ein Glas Wein zusammen. Angeheitert nicht nur vom Alkohol, kehrte Mark in unser Ehebett zurück, und in dieser Nacht liebten wir uns. Zum letzten Mal.

Würde man ein Diagramm anfertigen, wäre die erste Nacht mit Lucien ein unerwarteter Ausschlag nach oben in der ansonsten unerbittlichen Abwärtskurve unserer Ehe, der umso absurder wirkte, weil kurz darauf bereits ein neuer Tiefpunkt folgte. Unser Tagesablauf änderte sich, was nicht zu vermeiden ist, wenn ein kleiner Junge bei einem einzieht. Mark meinte jedoch, die noch früheren Essenszeiten passten angesichts der immer kürzer werdenden Tage nicht zu seinem Arbeitsrhythmus auf dem Hof, und den »neuen Zeitplan« hätte ich nur aufgestellt, um mehr Zeit mit Schwester Amelia verbringen zu können, mit Lucien, mit jedem außer ihm. Ich erklärte ihm, dass Lucien um zwölf Uhr mittags nun einmal Hunger habe und um sieben kaum noch die Augen aufhalten könne. Es spielte keine Rolle, wer recht hatte und wer nicht, das Ergebnis sah jedenfalls so aus, dass wir unser Leben unabhängig voneinander lebten, als befänden wir uns in zwei verschiedenen Zeitzonen. Keiner von uns war bereit, für den anderen seine Uhr umzustellen. Die Nächte waren auch nicht einfacher. Lucien schlief unruhig. Schon wenige Tage nach Angies Abreise wachte er nachts weinend auf.

»Ich hole ihn zu uns«, erklärte ich.

»Wenn du das tust, wird er von jetzt an jede Nacht bei uns schlafen wollen.«

Ich blickte erst auf das glatte Bettlaken zwischen uns, dann auf Mark, bevor ich das Offensichtliche aussprach: »Es ist ja nicht so, als würde er uns bei irgendetwas stören.«

Lucien durfte also zu uns ins Bett krabbeln und schmiegte sofort seinen warmen Körper an mich. Seine kleine Hand ruhte sanft an meiner Brust, so vertrauensvoll, dass ich mich die ganze Nacht nicht zu bewegen wagte, aus Angst, den Bann zu brechen. Ich lag da und tat so, als würde ich schlafen, auch dann noch, als das Bett wackelte und Marks Schatten aus dem Zimmer glitt.

»Hast du in meinem Bett geschlafen, Opa?«

»Ja.«

Frühstück. Lucien und Mark am Küchentisch. Ich belegte Brötchen mit Schinken, damit Mark sie mit zum Hedditch Field nehmen konnte, wo er gerade das Brombeergestrüpp rodete. »Das war doch nett von Mark, oder nicht?«, fragte ich Lucien.

»Schläfst du heute Nacht wieder da?« Lucien drehte die leere Schale seines gekochten Eis um und fing an, mit dem Löffel darauf herumzuklopfen. Das Brötchen, das ich gerade mit Butter beschmierte, brach unter dem Druck meines Messers auseinander. Ich hielt erwartungsvoll die Luft an.

»Nein«, hörte ich Mark antworten. Ich atmete langsam und misstrauisch aus.

»Wo schläfst du dann?«, hakte Lucien weiter nach. »Wir könnten uns doch zu zweit zusammenkuscheln. In meinem Bett ist Platz genug für uns beide.«

»Nein!« Der Schrei stammte von mir, nicht von Mark. Ich hatte keine Ahnung, woher er so plötzlich gekommen war.

Mark stand auf, sehr langsam, sehr leise. Nur das Kratzen seines Tellers auf dem Tisch war zu hören, als er ihn wegschob, das Quietschen des Stuhls auf dem Steinboden. Lucien starrte zu ihm hoch, spürte etwas, das er nicht einordnen konnte.

»Das beunruhigt dich, nicht wahr, Oma R.? Der Gedanke, dass Lucien und ich ein Bett miteinander teilen könnten. Möchtest du erklären, warum? Vielleicht solltest du deinen Enkel vor mir warnen.«

»Halt den Mund, Mark.« Ich beugte mich zu Lucien hinunter und schnitt seinen Toast in mundgerechte Stücke. »Opa ist heute ein ganz schönes Dummerchen, was?«, sagte ich. Die Hand, in der ich das Messer hielt, zitterte sichtlich.

»Wie wäre es, wenn ich in die Scheune ziehe und auf sicherem Abstand bleibe? Na? Wie wäre das?«

Ich stand nun mit dem Rücken zu ihm an der Küchentheke, wühlte im darüberhängenden Schrank herum und murmelte, er solle tun, was er für richtig halte.

»Dann könnt ihr in Ruhe zusammen sein, du und die Oma, Lucien. Das ist es doch, was du willst, nicht wahr, Oma R.? Nur du und Lucien. Nicht zu vergessen Amelia natürlich.«

Vorsicht, er geht zum Angriff über!, schrie Stimme. *Lauf!* Aber ich lief nicht weg, und ich antwortete auch nicht.

»Zieht Amelia auch bei uns ein?«, fragte Lucien leise.

Ohne mich umzudrehen, nahm ich ein Glas aus dem Schrank und stellte es ab, versuchte, über Chutney nachzudenken, über Apfelchutney. Wenn ich nur das Glas aufbekommen hätte, das wäre ein Anfang gewesen, aber Stimme war gnadenlos, brüllte etwas von Feuer und Messern. »Hat einer von euch dieses Ding gesehen, mit dem man Einweckgläser öffnen kann?«, fragte ich mit mühsam kontrollierter Stimme, während ich innerlich betete, dass die Rose den Sturm abwenden möge.

»Das habe ich nicht ganz verstanden.« Mark war in meiner unmittelbaren Nähe, nah genug, dass ich eine Luftveränderung spürte.

Hinter mir trat Lucien mit dem Fuß gegen das Tischbein, wieder und wieder; dazu fauchte der Wasserkocher seinen brodelnden Unmut heraus, und der Wasserhahn zählte tropfend die Sekunden. Alle diese Geräusche nahm ich wahr und hörte dennoch nicht, wie Mark auf mich losging. Urplötzlich packte er meine Schulter und riss mich herum, so dass ich ihm in die Augen sehen musste. Unsere Gesichter waren nur Zentimeter voneinander entfernt, seines wirkte wie besessen, eine verzerrte, über die Leinwand seines Schädels gespannte Fratze. Instinktiv hob ich die Hand, um mich zu schützen, doch er umfasste mein Handgelenk, griff nach dem anderen, zwang meine Hände in die Luft wie ein Polizist, las mir flüsternd meine

Rechte vor, dicht neben meinem Ohr, ein wütendes Zischen. Als er damit fertig war, stieß er mich von sich, und ich taumelte quer durch den Raum, blieb mit dem Kopf an der Schranktür hängen und krachte mit dem Brustkorb gegen die Küchentheke. Als ich mich aufgerappelt hatte, blutete ich an der Stirn. Mark war verschwunden, und Lucien saß weinend am Tisch.

»Das kriegen wir jetzt nicht mehr zusammengesetzt, oder, Oma R.?«, schluchzte er und stocherte in den zersplitterten Resten seiner Eierschale herum. »War Mark wegen mir so wütend? War es meine Schuld?«

Wie leichtfertig ich versprochen hatte, gut auf ihn zu achten.

21

ERST ALS MARK tatsächlich in die Scheune zog, wurde mir bewusst, was für eine Erleichterung dieser Sicherheitsabstand für mich war. Einige Tage später – ich begutachtete gerade im Badezimmerspiegel das Hämatom, das sich über mein halbes Gesicht zog – gestand ich mir ein, dass ich ihn nicht vermisste. Die Make-up-Schicht, die ich auftrug, konnte Schwester Amelia nicht täuschen. Sie schob mir die Haare aus dem Gesicht, küsste die Schwellung und flüsterte mir ins Ohr: »Ich habe es dir gesagt, Ruth. Er muss hier weg.« Dorothy war die Einzige, die meine Reaktion auf seinen Auszug hinterfragte. »Rede mit ihm«, drängte sie mich. »Zwanzig Jahre sind eine lange Zeit, eine solche Liebe wirft man nicht einfach so weg.« Ich erwiderte, das gehöre bestimmt alles zum Plan der Rose, worauf sie antwortete, dass es manchmal schwierig sei, zwischen dem Willen der Rose, unseren eigenen Wünschen und Absichten und denen anderer zu unterscheiden. Aber ich schrieb damals meine Predigten selbst, veranstaltete meine eigene Party. Lucien war mein Grund zum Feiern, Amelia die Mitveranstalterin, die Schwestern meine Partygesellschaft und Stimme der Soundtrack, zu dem ich tanzte. Was brauchte ich mehr?

In einer Familie gibt es keine endgültigen Trennungen, und so war es auch bei uns. Angie hielt Wort und meldete sich häufig, wenn auch nicht regelmäßig, obwohl ich ihr erklärt hatte, wie wichtig feste Zeiten für Kinder waren.

»Mama ist am Telefon!«

Manchmal lauschte ich und hielt angstvoll die Luft an, wenn Lucien ihr erzählte, wie sehr er sie vermisste, und wissen wollte, wie lang es noch bis Weihnachten dauere. Doch dann sagte er meist, dass er sehr glücklich sei, dass es Oma und Mark gutgehe, dass es viel zu tun gebe auf dem Hof. Ich hoffe und bete, dass das zumindest teilweise stimmte. Lucien wirkte ganz zufrieden damit, den Vermittler zwischen Mark und mir zu spielen und mit Nachrichten oder Essen zwischen Scheune und Haus hin und her zu trotten oder Zeit mit Mark zu verbringen, wenn ich betete. Nach dem Streit schien er unser neues Arrangement tatsächlich fraglos zu akzeptieren, zumal er aus einem reichen Erfahrungsschatz schöpfen konnte, was verschiedene Formen des Lebens und Liebens anging. Er genoss es, Mark mit den Tieren zu helfen sowie beim Umgraben, Pflanzen und Zurückschneiden.

»Du kannst mein Papa sein, wenn du willst«, sagte er einmal zu ihm.

»Wie meinst du das?«, fragte Mark.

»Ich kenne meinen Papa nicht, und meine Mama hat gesagt, dass du keine Kinder haben kannst und deshalb nicht ihr echter Papa bist. Aber mein Papa kannst du doch sein, oder?«

Ich gehe die damaligen Gespräche mit Mark wie ein akustisches Fotoalbum durch, verwerfe jene Dialoge, die nur Wiederholungen banaler Ansichten waren, halte einige ans Licht, um ein Detail besser zu verstehen, einen Zweifel.

Lucien und ich, in eine Decke gehüllt zusammen auf dem Sofa, um *Bambi* zu schauen. »Mark sagt, dass ich etwas ganz Besonders bin. Was meint er damit, was glaubst du?«

Geräuschkulisse: Traktormotor. Ausgeschaltet. Wind. Schafe in der Ferne.

»Schau mal, wie schön ich gepflügt habe, Oma R.!«

Mark pflanzte gerade Winterweizen auf dem ersten Feld, und Lucien saß auf seinem Schoß, die Wollmütze über seine abstehenden Ohren gezogen.

»Lass mich noch mal auf deinen Knien reiten, Mark!«

Mark zog den Schlüssel aus der Zündung und kletterte vom Traktor, während Lucien zurückblieb und mit dem Schaltknüppel spielte.

»Inzwischen ist er richtig happy hier, meinst du nicht auch?«, sagte ich.

»Hm.«

»Was soll das heißen?«

»Ich glaube, er vermisst seine Mutter.«

Ich machte zwei oder drei Schritte vom Traktor weg, damit Lucien uns nicht hörte. Nachdem ich ihm zugerufen hatte, dass er vorsichtig sein sollte, fragte ich Mark: »Wieso? Hat er etwas zu dir gesagt?«

»Er will nicht, dass du dir Sorgen machst, Ruth. Ja, er findet es toll hier, aber ganz so einfach ist es nun auch wieder nicht, oder? Bei Angie wäre er besser aufgehoben.«

Abenddämmerung. Ich ging die Treppe hinunter und erschreckte mich zu Tode, als Mark plötzlich unerwartet im Halbdunkel in der Küche stand. Er sah unrasiert aus, roch ungewaschen. Vielleicht schlief er in seiner Arbeitskleidung und trank zu viel, hauste in seiner Scheune wie ein Landstreicher unter einer Brücke. Am liebsten hätte ich ihn auf einen Stuhl gesetzt, ihm sein Hemd über den Kopf gezogen wie einem Fünfjährigen und ihm ein Bad eingelassen. Andererseits wünschte ich mir, dass er wieder ging.

»Ich wollte Lucien noch einen Gutenachtkuss geben«, sagte er.

Ich ließ ihn.

Ich erinnere mich noch an ein anderes Mal, auch wenn die Reihenfolge durcheinandergeraten ist. Es war schon dunkel, als Mark vor der Tür stand. Wir unterhielten uns auf der Veranda, im Licht des Bewegungsmelders, als wäre er ein Vertreter, der mir eine Lebensversicherung andrehen wollte. Es muss ein Abend kurz nach seinem Auszug gewesen sein, denn er schob die Kapuze meiner Fleecejacke zurück, um mein blaues, angeschwollenes Gesicht anzusehen. Ich zuckte zurück, und er nahm meine Hand. »Es tut mir unendlich leid«, sagte er. »Dazu wird es nie wieder kommen, egal, was zwischen uns vorfällt. Ich kann nicht glauben, dass ich so etwas getan habe.«

Unsere Hände lagen locker ineinander. Schon der geringste Druck wäre bedeutsam gewesen, doch lösten sie sich schnell wieder und wanderten zurück in die Taschen ihrer Besitzer, obwohl ich sie gern zu mehr ermuntert hätte. Schmerzvolle Erinnerungen überkamen mich, an andere Zeiten und andere Orte, an denen wir Händchen gehalten hatten, im Krankenhaus bei Angies Geburt, in Italien am Meer, am Tag, als wir hierhergezogen waren.

Mark ergriff als Erster das Wort, kehrte zu seinem Verkaufsgespräch zurück. »Was würdest du tun, wenn ich weggehen würde, wenn auch Lucien nicht mehr hier wäre?«, fragte er.

»Kann ja sein, dass *du* weggehst«, brauste ich auf, »aber Lucien geht nirgendwohin.«

»Du kannst nicht alles haben, Ruth. Lucien, Amelia, mich …«

»Warum nicht?«

»Wenn ich es richtig sehe, glauben die Schwestern, dass Lucien nicht hier sein sollte. Ich denke dasselbe. Und du denkst, dass *ich* nicht hier sein sollte. Bleibst also nur noch du übrig.«

»Wage es ja nicht, Lucien von hier wegzuschicken«, drohte ich. »Du bist doch nur eifersüchtig.«

»Stimmt«, gab er zu. »Ich bin eifersüchtig.«

Eifersucht. Das war eins der Motive, die man ihm unterstellte, als der Verdacht auf ihn fiel.

Nachdem Mark in die Scheune gezogen war, besuchte mich Amelia häufiger, auch wenn sie nicht ins Haus kam, zumindest nicht sofort. Anfangs schlenderten wir während unserer langen Zwiegespräche in einem Bogen durch die Felder zurück zu den Wohnwagen. Dann endeten unsere Spaziergänge vor dem Haus, wo wir stehen blieben, um zu plaudern, und Amelia abwehrend meinte, nein, sie wolle nicht hereinkommen, das sei nicht richtig. Später saßen wir zusammen im Garten, und dann, eines Tages, als ein scharfer Nordostwind die Blätter von der Eiche fegte, trat sie über die Schwelle.

»Es ist genauso, wie ich es mir vorgestellt habe«, sagte sie und blickte sich um, wie es eine Kaufinteressentin getan hätte und wie wir es vermutlich ebenfalls bei unserem ersten Besuch getan hatten. Ich fasste ihre Bemerkung als Kompliment auf und bedankte mich, doch sie korrigierte mich: »Nein. Natürlich ist es schön, genauso wie du schön bist, aber es steckt nicht genug von dir in diesem Haus.« Sie spähte ins Arbeitszimmer.

»Das ist Marks Arbeitszimmer«, erklärte ich. Sie sah mich mit hochgezogenen Augenbrauen an, und ich fügte schnell hinzu, dass er seine Sachen nur noch nicht in die Scheune geräumt habe. Als Nächstes stolperte sie über Luciens Lego-Burg, und ich ertappte mich bei der Erklärung, dass Luciens Zimmer sehr klein sei.

Sie musterte jedes Foto an der Wand. »Auf den meisten bist du gar nicht drauf«, stellte sie fest, und ich erwiderte, dass ich normalerweise die Bilder machte. Daraufhin zückte sie ihr Handy, erklärte, dass sich das leicht ändern lasse, und noch bevor ich protestieren konnte, hatte sie auch schon auf den Auslöser gedrückt und gesellte sich dann zu mir, um ein Selfie von uns beiden aufzunehmen, auf dem wir kicherten wie zwei Teenager in einem Fotoautomaten.

Sie nahm den gläsernen Fischreiher in die Hand. »Ein Geschenk von Mark?«, fragte sie.

Ich brachte einen Stapel Bücher und Anglerzeitschriften aus Marks Arbeitszimmer zur Scheune hinüber, als er gerade nicht da war, und legte ihn neben dem Holzstoß unter dem Vordach ab, weil ich nicht hineingehen wollte. Und ich druckte das Foto aus, das Amelia mir aufs Handy schickte, und klebte es an den Spiegel im Schlafzimmer. Jetzt sah ich mich jedes Mal doppelt, wenn ich in den Spiegel blickte: einmal in natura, und einmal als eigenartig jung aussehende, überrumpelt wirkende Frau, deren blaue Augen weit aufgerissen waren und deren Mund halb offen stand, als wolle sie eine Frage stellen. Eine Frau, betrachtet durch die Augen einer anderen. Das Foto von uns beiden schickte sie mir nie; das behielt sie für sich. Der Reiher blieb, wo er war, hielt mich mit seinem Schnabel an Ort und Stelle fest.

Amelia hängte eine überzählige Jacke in meinen hinteren Flur und stellte ein Schraubverschlussglas voll von ihrem selbstgemachten Brennnessel-Holunder-Tee in meinen Küchenschrank. Es dauerte nicht allzu lange, da hatte sie ihren Stammplatz am Küchentisch, wo wir uns stundenlang so sehr in unsere Gespräche vertieften, als befänden wir uns gemeinsam am Grund eines dunklen Sees, umgeben von Wasser und abgeschirmt vor dem aufdringlichen Himmel und den nichtigen Geräuschen der Welt um uns herum.

»Lucien, meinst du, die Oma lässt dich heute draußen spielen? Es ist herrliches Wetter!«

»Warum schickst du Lucien nicht zu Mark hinüber? Dann hat er ein bisschen Gesellschaft.«

Wir sprachen viel über Mark. Wie es Frauen eben tun, wenn eine Beziehung scheitert. Sie reden miteinander: analysieren, treffen Vorhersagen, stellen Vermutungen an. In London hatte ich genau das mit meinen Freundinnen getan, wenn wir uns im Pub trafen. Wir hatten uns gegenseitig unterstützt, durch dick und dünn, durch Affären und Scheidungen, durch Schmetterlinge im Bauch und Trennungen. Und so machten es auch Amelia und ich. Dabei nahm sie eine Rolle ein, die Eheberater wohl die der »kritischen Freundin« genannt hätten. So kam es mir zumindest vor. Vor allem stellte sie meine Reaktion auf Marks Gewaltausbruch energisch in Frage.

»Er hat mich bis auf dieses eine Mal noch nie geschlagen, Amelia. Ein einziger Ausraster macht ihn noch nicht zum Schläger, das reicht noch nicht für ein Verhaltensmuster.«

»Das sehe ich anders.« Amelia aß und trank nie etwas am Tisch. Sie saß gerade, aber geerdet da wie eine Yoga-Lehrerin. Ihre Hände ruhten nebeneinander in ihrem Schoß, und ihr Blick blieb immer fokussiert, auch wenn meiner abdriftete. »Wenn er es einmal getan hat, wird er es wieder tun. Denk an den Vorfall in Lenford. Männer neigen dazu, sich wie Kleinkinder in Tobsuchtsanfälle hineinzusteigern, wenn sie ihren Willen nicht kriegen. Und dann schlagen sie auch ihre Frauen, und zwar mit der Faust.«

Eines Nachmittags erreichte Amelias Feindseligkeit gegenüber Mark ihren Höhepunkt. Lucien und ich hatten uns eine Wolldecke mit zum untersten Feld genommen, um darauf gemeinsam zu lesen, als unser ruhiges Beisammensein plötzlich von einem fernen Aufruhr gestört wurde. Es klang wie das Bellen und Fauchen kämpfender Füchse. Erschrocken umklammerte Lucien das Buch. Ich sagte ihm, er solle die Decke nehmen, aber am Tor auf mich warten. Dann rannte ich keuchend und mit klopfendem Herzen den ganzen Weg hoch zum Haus und versuchte schlau zu werden aus dem, was ich hörte und schließlich auch sah:

Mark und Amelia standen sich vor der Haustür gegenüber, die wir eigentlich nie benutzten. Ich hatte keine Ahnung, was sie dort voneinander wollten. Während Amelia eine spanische Heiligenstatue hätte sein können, die sich reglos und weiß vom dunklen Wald abhob, war Mark ein schlammbrauner Derwisch, der mit seinen schweren Stiefeln um sich trat, die Arme schwang und die Fäuste in den Himmel reckte.

Satzfetzen drangen an mein Ohr, die nur von ihm stammten. Amelias Antworten – falls es sie gab – verhallten hingegen im Wind.

»Nicht dein Eigentum …«

»Was willst … was …«

»… durchschaue ich nicht …«

Ich ließ das Tor hinter mir offen und rannte, so schnell ich konnte, über das erste Feld. Mir war klar, dass ich rechtzeitig dazwischengehen musste. Einmal wollte ich rufen, dass sie aufhören sollten, brachte jedoch keinen Ton heraus. Inzwischen war ich nah genug, um sie zu sehen, ihre Gesichtsausdrücke zu erkennen, den Rest ihrer Sätze zu verstehen. Ich wollte nur noch, dass sie beide verschwanden, dass sie auseinandergingen.

»Weg!«, keuchte ich. »Sofort!«

Amelia reagierte als Erste. »Da hörst du es, Mark. Sie will, dass du verschwindest.«

Jetzt war ich dicht genug bei ihnen, um seinen Zorn zu spüren, um zu erkennen, wie überdreht er war. Die Muskeln an seinen Armen und Schultern zuckten, als führten sie ein Eigenleben, sein schönes Gesicht glühte vor Wut, und er fauchte: »Ich gehe nirgendwohin, Amelia. Das hier ist mein verfluchtes Haus, nicht deins. Ich weiß, worauf du spekulierst, aber du kriegst es nicht.«

»Es, Mark? Oder *sie*?«

»Ich rufe die Polizei und lasse euch gewaltsam vertreiben, dich und deine Teufelsweiber …« Mark griff nach seinem Handy.

»Tu es nicht, Mark«, sagte ich betont ruhig, ging mit langsamen Schritten auf ihn zu und streckte die Hand nach dem Handy aus.

Kopfschüttelnd wich er vor mir zurück, ein in die Enge getriebenes Tier, umzingelt von Jägerinnen. Er wandte sich in diese und jene Richtung, wusste nicht, wohin.

»Ruth hat mich zu sich eingeladen«, sagte Amelia lächelnd und hielt die Hände auf, als Zeichen dafür, dass sie in Frieden kam.

Mark stürzte sich auf sie, packte ihr weites Baumwolltop, das unter seinem Griff zerriss. Ich zog ihn zurück und schrie: »Hör auf! Hör auf! Du wirst es bereuen!«, alles, was mir einfiel, absolut alles. Doch es schien, als könnte er sie nicht loslassen. Seine Finger waren fest um den Stoff geklammert, und ich musste sie einen nach dem anderen lösen, erst den kleinsten, um den Griff der anderen zu lockern. Endlich wich er zurück, und Amelia stand aufrecht und unerschütterlich da. Ihre bleiche Brust war durch den zerrissenen Stoff ihres Oberteils sichtbar. Lucien wartete zitternd am Tor, das Gesicht halb hinter der karierten Decke verborgen.

Nach diesem Vorfall beschränkte sich Mark auf die Scheune und die Felder. Amelia kam mich oft besuchen, und wir fanden uns in einen Rhythmus aus Leben, Arbeiten, Beten und Freundschaft ein. Die einzige Rolle, in der sie mich hasste, war die, die sie nicht kontrollieren konnte: Ich war nicht nur wieder zur Mutter geworden, sondern auch zur Lehrerin und genoss jede einzelne wertvolle Sekunde mit Lucien.

Ich hatte Angie versprochen, dass ich versuchen würde, ihn in der Vorschule anzumelden, machte mir jedoch gar nicht erst die Mühe. Er hinkte viel zu weit hinter den anderen Kindern her, nicht nur, weil er in den letzten Jahren so selten in den Kindergarten gegangen war. Als Lehrerin wusste ich, dass sie ihm in der Vorschule sofort ein Etikett verpasst hätten – ADHS, Lernschwäche –, dass sie ihn in Listen eingetragen und die entsprechenden Felder mit Kommentaren zu Alkohol- und Drogenmissbrauch während der Schwangerschaft gefüllt hätten. Lucien brauchte nur ein Etikett: Enkel. Die Quelle war eine viel idyllischere Schule für ihn und das Wäldchen am Teich das beste Klassenzimmer, das es gab. Die täglichen Lektionen, die ich mir für ihn ausdachte, faszinierten ihn. Wir bauten eine Ameisenfarm, sammelten nachts Regenwasser und analysierten tagsüber, wie es verdunstete, schrieben Gedichte über den Sonnenuntergang, rechneten aus, wie viele Eier wir bis Weihnachten sammeln würden. Eines Morgens gingen wir in das Wäldchen, das den Quellteich umgab, und sahen uns dort die Pilze an, wälzten mein Bestimmungsbuch, um Riesen- und Wiesenchampignons, Hallimasche und Steinpilze zu identifizieren. Plötzlich tauchte Amelia auf.

»Was ist denn hier los?« Ihr Entsetzen war hörbar. »Dies ist ein heiliger Ort!«

»Oma R. bringt mir bei, wie man Pilze unterscheidet!«, erzählte Lucien aufgeregt. »Manche sind voll gemein!«, fügte er mit funkelnden Augen hinzu. Neuerdings hatte er die Zeichentrickwelt von Superhelden und Bösewichten für sich entdeckt.

»Ich habe ihm von den Knollenblätterpilzen erzählt, die letztes Jahr unter dieser Eiche wuchsen«, erklärte ich. »Diese Pilze sind wirklich fies. Wenn man sie isst, wird einem ungefähr vierundzwanzig Stunden lang übel, und danach denkt man, es wäre überstanden. Dabei zerstören sie einem die Leber, und …«

»Und das hier«, unterbrach mich Lucien mit diebischem Vergnügen und rannte zu einigen Büschen hinüber. »Das hier ist mega-giftig! Es heißt Tollkirsche, und wenn man die Beeren auch nur berührt, stirbt man sofort! Und zwar so.« Lucien legte sich die Hände um den Hals und sank mit beeindruckendem Todesröcheln zu Boden. Dann sprang er lachend wieder auf, um gleich anschließend ernst zu werden und Amelia zu fragen: »Du hast gesagt, dass der Teich ein heiliger Ort ist. Warum wachsen dann so viele böse Sachen hier?«

»Wer weiß schon, was gut und was böse ist, Lucien? Die Rose lehrt uns, dass alles Lebendige auf dieser Erde seinen Sinn hat«, antwortete Amelia. »Nur verstehen wir ihn nicht immer.«

»Meinst du wie Zauberei?« Lucien steckte voller Fragen über die Quelle und ihren »Zauber«, wie er es nannte.

»Ich würde es nicht als Zauber bezeichnen, Lucien, und deine Großmutter auch nicht. Für uns ist die Quelle das Werk der Rose. Also preise sie!«

»Woher weißt du das mit der Rose?«

»Weil ich schon ab und zu hier war und sie gesehen habe.«

»Mit deinen eigenen Augen?«

»Mit meinen spirituellen Augen.«

»Habe ich auch spirituelle Augen?«

»Jungen haben andere Augen als Mädchen. Eines Tages, eines Nachts, werde ich dich mit hierherbringen, und dann werden wir sehen, ob du den Zauber auch spürst.«

»Au ja! Heute Nacht? Bitte! Warum nicht heute Nacht?«

»Aber nein. Es wird eine Nacht sein, in der du nicht damit rechnest. Ich werde zu deinem Fenster hinaufrufen, und dann schleichst du die Treppe hinunter, und wir gehen im Mondlicht zum Teich und … na ja, und schauen, was dort passiert.«

»Mit Oma R.?«

»Wenn sie will. Aber es könnte auch unser eigenes Abenteuer werden, nur für uns beide.«

Lucien griff nach meiner Hand und sah mich fragend an.

»Warum nicht?«, sagte ich. »Hört sich spannend an, oder?«

Nein, das kann nicht sein. Es ist unmöglich, undenkbar.

22

GENAU DIESE FRAGE stelle ich Hugh.

»Unmöglich? Wer weiß schon, was unmöglich ist. Für mich ist dieser Regen unmöglich, Ruth, Sie brauchen nur aus dem Fenster zu blicken. Dort draußen geschieht das Unmögliche, direkt vor unseren Augen. Aber undenkbar – das ist eine ganz andere Frage.«

Wir sitzen am Küchentisch und riechen durchs offene Fenster den sanften Regen, der draußen fällt, hören sein Trommeln auf dem Dach des Land Rovers.

»An den Regen denke ich kaum noch«, sage ich zu ihm.

»Ich denke umso öfter an ihn«, erwidert er. Mit unerwarteter Kraft ergreift er meine Hände und zieht sie über den Tisch zu sich heran. »Er kommt in meinen Gebeten vor, und ich frage mich, was er zu bedeuten hat, warum mich der Herr zu Ihnen geführt hat, was ich Ihnen zu bieten habe.«

»Antworten?«, schlage ich vor.

»Antworten gibt es zuhauf im Buch der Bücher.« Er lässt meine Hände los, zieht seine Bibel aus der Plastiktüte, die er bei jedem Besuch dabei hat, und reicht sie mir. Ich sehe sofort, dass die hauchdünnen Seiten von einem zusammengefalteten Bogen Briefpapier ausgebeult werden. Hugh fängt meinen Blick auf, sieht zur Kamera hinüber und steht mühevoll auf, um sich langsam um den Tisch herumzubewegen und sich zwischen mich und die Kameralinse zu stellen. »Lesen Sie«, sagt er laut.

Der Brief ist an Hugh adressiert und stammt von einem katholischen Priester aus einer kleinen, etwa dreißig Kilometer entfernten Stadt. Der Priester dankt Hugh für seine Anfrage und bestätigt ihm, dass Dorothy Donnolly, eine Schwester der Rose von Jericho, tatsächlich bei ihm gewesen sei, um nach den schrecklichen Ereignissen auf dem Anwesen der Ardinglys die Beichte abzulegen. Meine Hände, die den Brief halten, zittern so stark, dass ich einen Finger zu Hilfe nehmen muss, um nicht in der Zeile zu verrutschen.

Selbstredend muss ich Sie nicht daran erinnern, dass ich nicht preisgeben darf, was zwischen mir und der Beichtenden gesagt wurde, denn dies ist allein für Gott bestimmt. Allerdings verletzt es das heilige Vertrauen wohl nicht, wenn ich Ihnen mitteile, dass diese gute Frau zwar merklich erschüttert war, aber selbst keine Gräueltat zu beichten hatte. Vielmehr befürchtete sie, nicht im Sinne Gottes Zeugnis abgelegt zu haben. Die Schwester kam nur dieses eine Mal zu mir, hinterließ jedoch eine Adresse in Kanada und deutete an, dass sie in Kürze dorthin zurückkehren wolle, um wieder bei ihrer Familie zu sein. Ich weiß, dass Ihre Anfrage im guten Glauben geschah, und bin daher gerne bereit, der Frau zu schreiben, um die Erlaubnis zur Weitergabe ihrer Adresse einzuholen, indem ich ihr die Umstände und die Gründe für Ihr Interesse erkläre. Sollte ich eine Antwort erhalten, setze ich mich mit Ihnen in Verbindung.
Es sind eigenartige Zeiten angebrochen, und ich bete für Sie und Ihre seelsorgerische Arbeit. Möge Ruth Ardingly erfahren, dass die Liebe des einzig wahren Gottes allen gilt, die aufrichtig bereuen.

Die Unterschrift ist unleserlich. Hugh faltet den Brief wieder zusammen, lässt ihn in seine Tüte gleiten und humpelt langsam zum Fenster, wobei er sich an der Küchentheke abstützen muss. Ich will den Brief für mich, will ihn erneut lesen, will ihn in der Hand halten und mich mit der Hoffnung wappnen, die er mir verschafft. Dass Dorothy unschuldig ist, ist nichts Neues für mich, und auch dass sie etwas über jene Nacht zu wissen scheint, muss nicht zwingend etwas bedeuten. Mein rasendes Herz will mir dennoch weismachen, dass dies der Anfang vom Ende meiner Suche ist, dass ich aus der Enge meines Gefängnisses die Fühler ausgestreckt habe und der Wahrheit ein Stückchen näher gekommen bin.

»Hier.« Ich halte ihm die Bibel hin.

»Die ist für Sie. Behalten Sie sie«, sagt er. Er weiß genau, dass ich diesen Bestseller jederzeit gegen den Brief in seiner Tasche eintauschen würde, geht jedoch nicht darauf ein. »Sie sagen immer, dass Sie Antworten wollen, Ruth. Ich denke, es gibt schlechtere Orte, um danach zu suchen, als im Buch der Bücher.« Er legt eine Show für die Kameras hin, denke ich, doch dann fährt er in ernstem Tonfall fort: »Ich habe den einen oder anderen Absatz markiert, um Sie ein wenig zu inspirieren – nein, nicht jetzt, werfen Sie nachher einen Blick hinein, wenn ich weg bin.«

Zu spät. Ich habe bereits begonnen, die Bibel durchzublättern, bis ich zu der Doppelseite komme, in der das Lesebändchen liegt. Jesaja, Kapitel eins. »So kommt denn und lasst uns miteinander rechten, spricht der Herr. Wenn eure Sünde gleich blutrot ist, soll sie doch schneeweiß werden; und wenn sie gleich ist wie Scharlach, soll sie doch wie Wolle werden.« Ich hebe den Kopf und sehe Hugh an; seine Hand mag zittern und sein Bein wackeln, aber er weicht meinem Blick nicht aus.

»Buße.« Ich versuche, mich an den genauen Wortlaut des letzten Satzes aus dem Brief des Priesters zu erinnern, irgendetwas über jene, die wahre Reue zeigen. »Ich soll Buße tun«, wiederhole ich. »Sie sind genau wie er. Sie glauben, dass ich es getan habe.«

»Wir alle haben Vergebung nötig, Ruth. Wir alle.«

»Sie kommen also Woche für Woche hierher, damit ich beichte, damit ich gestehe? Das ist es! Ein von der Regierung ausgewählter Priester – ich hätte es mir denken können. Und vielleicht bekommen Sie ja noch eine Konvertitin als Dreingabe.« Ich knalle die Bibel auf den Tisch, stehe auf und reiße die Hintertür auf, halte sie auf, damit er geht. Dann sehe ich zu, wie er langsam und unter Schmerzen seine Tüte, seinen Hut und seinen Mantel zusammensucht und schweigend auf mich zuhumpelt. Zuerst glaube ich, dass er bloß schwerfällig atmet, bis mir aufgeht, dass er weint, ein alter, weinender Mann. Der ganze Raum scheint plötzlich von tiefer Trauer erfüllt, und sogar der Regen vor der Tür weint leise mit. Ich schließe die Tür vor der klagenden Welt.

»Es tut mir so leid, Hugh«, setze ich an. »Ich wollte nicht …«

»Mir tut es auch leid«, erwidert er. »Ich habe mich völlig verrannt.«

»Wie meinen Sie das?«

»Was ist nur in mich gefahren, dass ich mich auf dieses Katz-und-Maus-Spiel einlasse und wahllos irgendwelchen Internetmeldungen hinterherjage, die sich als Enten herausstellen …?« Er bricht ab, schnäuzt sich und lacht. »Mehr Tiermetaphern hätte ich nicht in einen Satz packen können. Aber im Ernst: Finden Sie nicht auch, dass ein Priester, der versucht, die Wahrheit zu googeln, nicht einer gewissen Ironie entbehrt?« Ich weiche seinem Blick aus, und er fährt fort: »Mit alledem habe ich mich nur vor der Wahrheit gedrückt, weil ich Schiss hatte, wie es die jungen Leute ausdrücken. Schiss, dass Sie mir sagen, ich solle nicht mehr wiederkommen. Mich haben Sie auch ein wenig verhext, das muss ich zugeben, Ruth.«

»Nächstes Mal …?«, beginne ich zaghaft.

»Nächstes Mal mache ich mich keiner Unterlassungssünde schuldig. Wir fangen noch einmal ganz von vorne an.« Er steckt sein Taschentuch wieder ein, nimmt meine Hand und sagt: »Der Friede des Herrn sei allezeit mit dir.«

Und mit deinem Geiste – so hätte die aus der Kirche vertraute Antwort gelautet, doch jene Worte finden keinen Platz auf meiner Zunge und bleiben unausgesprochen. Der Priester, der ein weiser Mann ist, glaubt, dass ich gesündigt habe. Das ist mehr, als ich ertragen kann. Ich habe kein Recht, irgendjemandem Frieden zu wünschen. Weiß er, was ich getan habe, oder vermutet er es nur? Ich glaube, er weiß es, wenn ich auch keine Ahnung habe, woher. Tief in meinem Inneren weiß ich ebenfalls, was ich getan habe.

Nachdem Hugh gegangen ist, zeugt nur noch die schwarze Bibel von seinem Besuch. Unausgesprochener Segen, ungelesene Wahrheiten.

Auch ich habe einmal mit der Wahrheit gehandelt, habe Aktien verkauft auf den fieberhaften Glaubensmärkten dieses ausgedörrten, seiner Gewissheiten beraubten Landes, habe Überstunden gemacht und meinen Mann als Babysitter missbraucht – genau wie viele andere Frauen auf der Welt.

Unsere Abendandachten bei Fackel- und Kerzenschein wurden nach wie vor per Livestream übertragen, und ich dachte an die vielen Frauen am Computer, Bürokräfte, die noch bei der Arbeit saßen, bereit, jederzeit das Fenster auf ihrem Bildschirm zu schließen, wenn ihr Chef vorbeikam, Mütter, die sich ins Schlafzimmer schlichen, während ihre Männer die Nachrichten sahen, alte Damen in ihren Sesseln, junge Mädchen mit ihren Freundinnen – Frauen im ganzen Land, das verrieten uns die Besucherzahlen. Ich verbrachte viel Zeit mit Amelia und Eve in der Schaltzentrale, wo der Gasofen die Luft noch stickiger machte, als sie ohnehin schon war. Dort aktualisierten wir meinen Blog, pflegten die Website und überprüften die Bankkonten. Eve schaffte das Unmögliche und ging einerseits ganz in den Lehren der Rose hier in der Quelle auf, während sie andererseits in der echten Welt agierte, wenn auch aus der Distanz. Sie hatte einige Jahre in den Vereinigten Staaten verbracht, wo die unerschütterliche Überzeugung in ihr gereift war, dass Glaube und Profit einander nicht ausschlossen und dass jedes Unternehmen investieren musste, um seine Zukunft zu sichern und auf breitem Fundament zu stehen. Dorothy sagte immer, dass die Rose jedem einen Sinn verschaffe und dass jeder eine eigene Sprache besitze, um diesem Sinn Ausdruck zu verleihen. Sie selbst malte, ich schrieb, Jack redete, und Eve kümmerte sich um die Finanzen. Und Amelia? »Charisma«, antwortete Dorothy. »Amelia drückt sich durch ihr Charisma aus.«

Meine Rolle als Wortschmiedin des Unternehmens war mühsam und anstrengend. Während Lucien nebenan wohlbehalten schlief, verbrachte ich den Großteil der Nächte wach auf meinem Zimmer und hoffte darauf, dass mich der Ofen im Erdgeschoss und meine dickste Fleecejacke warm hielten. Mit fingerlosen Handschuhen arbeitete ich an meinem Laptop und antwortete auf die Anfragen Tausender Anhängerinnen der Rose. Oft hatte Schwester Amelia bereits jene Nachrichten ausgesucht, die eine persönliche Reaktion von mir verlangten, während sie andere in meinem Namen beantwortete. Die auf meinem Bildschirm aufflackernden einsamen, traurigen Hilferufe erschienen mir wie ein Zählappell an den Pforten des Fegefeuers. Sie stammten aus ganz Großbritannien und zunehmend auch aus dem Rest der Welt.

»Bete für uns, Mutter Ruth, denn mein Mann hat seine Arbeit verloren.«

»Mein Sohn hat etwas Schlimmes getan. Möge die Rose ihm verzeihen.«

»Die Rose bringt Regen. Ich habe ihn heute Morgen auf meinen Händen gespürt. Gesegnet sei die Rose.«

»Ich bin Witwe. Die Rose ist alles, was mir noch geblieben ist. Bete für mich in meiner Einsamkeit.«

So verschwammen die Stunden zu einem einzigen Rausch. Manchmal wachte ich am nächsten Morgen auf dem Boden auf statt in meinem Bett, ohne mich an die vergangene Nacht erinnern zu können. Der einzige Beleg waren die Nachrichten, die ich im Gesendet-Ordner fand. Sobald eine Bitte um Segen beantwortet war, tauchte eine neue auf, virtuelle Kerzen, die auf dem Bildschirm flackernd um Aufmerksamkeit bettelten.

Klicke auf Die Rose, wenn du gerade für Regen betest. 1115 Regengebete allein in der letzten Stunde. Und dennoch regnete es nicht im Rest des Landes. Wenn es während der live gestreamten Andachten bei uns regnete, strömten die Anhängerinnen der Rose nur so auf unsere Website: Sie saßen in ihren trockenen Küchen und blickten auf ausgedörrte Flussbetten und schwärende Kanäle, aus deren Schlamm die Einkaufswagen ragten wie die Skelette verdursteter Amphibien; sie versammelten sich zu Gebetskreisen in ihren Kirchen, wo auf den Friedhöfen nur noch Plastikblumen wuchsen und die Grabsteine krumm waren, weil die Erde unter ihnen absackte; oder sie loggten sich nachts erneut ein, wenn der Wind gegen ihre vor Plünderern verriegelten Türen hämmerte oder am Gitter ihrer leeren Kaninchenkäfige rüttelte. Zu Tausenden klickten sie den Link an, der es ihnen erlaubte, dem Regen zu lauschen, der auf das Blechdach der Scheune prasselte, dem Wasser, das aus den Dachrinnen gurgelnd im Abflussrohr verschwand, oder, wenn der Schauer nachließ, dem monotonen Tropfen, mit dem der Regen im Eimer für die Gartenabfälle die Zeit abmaß. Wenn wir unseren Anhängerinnen auch noch den Duft des Regens oder das Gefühl von Nässe durch die Kabel hätten schicken können, wir hätten es getan. *Erstelle eine Verknüpfung mit Der Rose*, schlugen wir vor. *Ein Klick auf dieses Symbol genügt.*

Als weitere an Mark und mich gerichtete amtliche Schreiben eintrafen, scannte Schwester Amelia diese ein und stellte sie unter dem Link »Rettet ›Die Quelle‹« auf die Website. Jede neue Entwicklung wurde sofort an unsere Follower getwittert. Wir baten sie, an die zuständigen Parlamentsabgeordneten zu schreiben, und das taten sie; wir forderten sie auf, für uns auf die Straße zu gehen, und sie demonstrierten. Wir organisierten einen Tag des friedlichen Gebets für den Schutz der Quelle, und unsere Unterstützerinnen versammelten sich vor Rathäusern und Ämtern, vor Regierungsgebäuden in London und vor Kriegerdenkmälern, um dort auf großen Bildschirmen live unsere Abendandacht zu verfolgen und für die Quelle zu beten, für Regen, für die Schwestern. In der Scheune telefonierte Mark unterdessen mit unserem Anwalt, den wir uns nicht mehr leisten konnten und der nicht mehr glaubte, dass wir noch eine Chance hatten.

Mehr und mehr nahm Lucien an allem teil, was ich tat, und beschäftigte mich den ganzen Tag. Stimme blieb weitgehend stumm in jener Zeit und ließ sich problemlos in die Schranken weisen. Lucien war derjenige, dem ich zuhörte. Ich schrieb über ihn in meinem Blog, sinnierte in meinen Online-Meditationen über seine Unschuld und twitterte, dass er ein Bild von einem Regenbogen gemalt und daruntergeschrieben habe: »Die Quelle ist ein Wunder, weil hier Sachen passieren, die nur Gott machen kann.« Als Angie das nächste Mal anrief, erzählte sie, eine schottische Anhängerin der Rose habe ihr von dem Twitter-Eintrag erzählt. Auf meine besorgte Frage, ob sie mir böse sei, antwortete sie: »Überhaupt nicht, ich fand es sehr schön, was er geschrieben hat. Aber was ist mit Schwester Amelia?«

»Was soll mit ihr sein?«

»Ich musste nur daran denken, was sie einmal zu mir gesagt hat: dass es ihr lieber wäre, wenn wir Lucien von allem, was mit der Rose zu tun hat, fernhalten würden.«

»Ich wusste gar nicht, dass ihr zwei euch darüber unterhalten habt.«

»Doch, sie kam manchmal auf einen Sprung zu uns ins Camp.«

Das hatte ich nicht gewusst, und ich fragte mich, warum es mir so viel ausmachte, dass ich es erst jetzt erfuhr. Mit einem hatte Angie jedenfalls recht: Schwester Amelia war nicht begeistert von meinem Twitter-Eintrag.

»Eve hat mir die Kommentare im Forum gezeigt«, sagte sie. »Unsere Internetgemeinde macht sich Sorgen wegen Lucien. Hier, sieh selbst. Eve hat sogar schon einen Teil der Gebete und Beiträge ausgedruckt, damit wir gemeinsam darüber diskutieren können.«

»Wie wird die Auserwählte dieses Dilemma lösen: Ihr Herz ist bei ihrem Enkelsohn, aber ihr Wissen um die Rose schließt ihn als Erben aus. Betet für sie!«

»Die Auserwählte scheint diesen Jungen ja regelrecht zu vergöttern! Doch Vorsicht: Jungen werden irgendwann zu Männern!«

»Ich finde nicht, dass der Junge bei den Andachten dabei sein sollte. Falls dieser Gedanke falsch ist, tut es mir leid.«

»Zum ersten Mal in der Geschichte der Religionen haben Frauen die Chance, die Führung zu übernehmen. Die Existenz eines möglichen männlichen Erben des Gelobten Landes gefährdet die Reinheit der Quelle.«

Ich klappte den Deckel des Laptops zu. »Es gibt dort draußen jede Menge kranke und irregeleitete Menschen, Amelia. Das weißt du genau.«

»Wenn sie an die Rose glauben, wandeln sie auf dem Pfad der wahren Einsicht. Alle anderen Wege sind Sackgassen.«

Sie bat mich, Lucien zumindest nicht mehr zu unseren Andachten mitzunehmen und ihn auch nicht mehr in meinen Meditationen und meinem Blog zu erwähnen, denn das sei unserer Sache nicht zuträglich. Wichtiger noch: Ich müsse Vorbereitungen dafür treffen, ihn von der Quelle wegzubringen, wenn ich mich der Rose als treu erweisen wolle.

»Das hieße aber, dass ich mir selbst nicht treu bleiben würde«, widersprach ich.

»Es ist Herbst, Ruth«, sagte sie. »Lass die Blätter, die nicht an den Baum gehören, vom Wind davontragen. Bleib der Rose treu. Und den Schwestern.« Sie nahm mich in die Arme, und ihr Atem legte sich wie ein Tuch auf meinen bloßen Nacken. »Bleib *mir* treu, das genügt.«

Der November machte seinem Ruf alle Ehre und erwies sich im ganzen Land als bitterkalt. Jenseits der Quelle waren die Bäume schon seit Monaten kahl und der Boden hartgefroren, nur bei uns regnete es immer noch, und das Laub raschelte in den windumtosten

Bäumen. Ich war zugleich verbunden mit dem, was außerhalb unserer Zuflucht passierte, und völlig losgelöst davon: Der Strom hilfloser Nachrichten, der die Website der Rose erreichte, war meine Nabelschnur, und dennoch hatte ich nicht die geringste Ahnung, wie schwer es für fast alle Menschen tagein, tagaus wirklich war. Ich glaube, dass Mark damals häufiger abends ausging, vermutlich in illegale Spelunken, wo es billigen, selbstgebrannten Fusel gab. Vielleicht lockten aber auch andere Versuchungen vor unseren Toren. Wenn er nicht ausging, saß er allein in der Scheune, und ich stellte mir vor, dass er dort Musik hörte oder sich durch Nachrichtenseiten im Internet klickte – oder durch andere Websites, wer weiß. Fest steht, dass er während der kurzen hellen Stunden weiterhin wie besessen auf dem Hof arbeitete.

An einem jener Spätherbsttage hackte er Holz, und ich lud einige Scheite in die Schubkarre für meinen Ofen, während er seine Scheite Richtung Scheune warf.

»Kannst du dir vorstellen, wie es wäre, wenn wir fürs Heizen zahlen müssten?«, fragte er und schlug die Hände gegeneinander, um sie zu wärmen. »Letzte Nacht hatte es in London minus sechs Grad.«

»Wir könnten uns das gar nicht leisten«, entgegnete ich und dachte darüber nach, wie leicht es uns in diesem Niemandsland zwischen Haus und Scheune fiel, miteinander zu reden, in diesem Zwischengebiet, wo es um Holz und Schlachtungen und Winterweizen und die Lagerung von Pastinaken ging. »Wir wissen gar nicht mehr, wie viel Glück wir haben.«

Er hob die Augenbrauen.

»Ach, du weißt schon, wie ich das meine«, sagte ich.

»Es passiert nicht einfach von selbst, Ruth. Wir mögen getrennt leben, aber ich kann nicht die ganze Arbeit alleine machen. Wenn wir weiter hier leben wollen, ohne zu frieren, wenn wir uns und Lucien weiter ernähren wollen, musst du auch deinen Teil dazu beitragen.«

Auf der Veranda polterten mir die Holzscheite von der Schubkarre, und ich dachte: Sollen sie doch hier liegen bleiben, ich stapele sie später. Ich ging ins Haus und kochte Kaffee, brachte auch Mark einen Becher hinaus. Er zog seine Handschuhe aus, lehnte sich an den Sägetisch und umfasste den Becher mit beiden Händen. Dampf stieg vom heißen Kaffee auf und verschmolz mit den tiefhängenden Winterwolken, die sich seit Tagen über uns festgesetzt hatten. Ich hockte mich auf einen aufrecht stehenden Eschenstumpf und sagte:

»Tut mir leid, dass ich so beschäftigt war in letzter Zeit. Lucien, die Rose … es gibt einfach so viel zu tun.«

»Wem sagst du das? Genau das versuche ich dir klarzumachen.«

Die Atmosphäre zwischen uns wurde wieder angespannter, und ich bemühte mich um Schadensbegrenzung. »Also gut. Vielleicht könntest du mir eine konkrete Aufgabe nennen, dann weiß ich, was ich zu tun habe. Ansonsten habe ich irgendwie immer das Gefühl, dir ins Gehege zu kommen oder alles falsch zu machen.«

»Ich habe angefangen, die Felder zu pflügen«, begann Mark. »Das ist also in Arbeit, und den Zaun habe ich auch repariert, damit wir einen neuen Schwung Ferkel in den Wald lassen können. Das Wurzelgemüse muss teilweise noch geerntet und eingelagert werden. Habe ich dir schon von meiner Idee mit den Weiden erzählt? Ich finde, dass wir, beziehungsweise ich, einen Graben ausheben und Weiden setzen sollten. Bei uns müssten sie noch wachsen, aber nirgendwo sonst. Wenn alles nach Plan läuft, könnte das ziemlich lukrativ werden …«

»Und die Mutterschafe?«, fragte ich, ermutigt von seiner Aufzählung.

»Was soll mit den Mutterschafen sein?« Er goss den letzten Rest Kaffee auf den Boden und nahm die Axt wieder auf.

»Hast du sie schon …« Ich suchte nach dem richtigen Wort. »Wie nennt sich das noch gleich? Ach ja: Hast du sie schon decken lassen?«

Er ließ die Axt mit Schwung auf ein Holzscheit niedersausen, das in zwei Hälften zersprang. »Nein, habe ich nicht.«

»Dann gibt es ja gar keine Lämmer im nächsten Frühjahr! Warum nicht?«

Voller Verbitterung betonte er das Personalpronomen in seiner Antwort: »*Ich* habe die Schafe nicht decken lassen, weil *ich* keinen Sinn darin erkennen konnte, so weit vorauszuplanen.«

Keine Lämmer also. Ich würde Lucien beibringen müssen, dass es keine Lämmer geben würde. Was für ein Frühling würde das werden? Es sah Mark überhaupt nicht ähnlich, einen Teil der Farm einfach abzuschreiben. Der Mann, den ich zu kennen geglaubt hatte, zerfiel vor meinen Augen in seine Einzelteile, ein Puzzle, das ich erst wieder neu zusammensetzen musste. Ich biss mir auf die Lippen und schluckte die Antwort hinunter, die mir zunächst auf der Zunge gelegen hatte. Stattdessen fragte ich erneut, wobei ich ihm helfen konnte.

»Den Gemüsegarten grabe ich selbst um, aber es wäre toll, wenn du das Gewächshaus ausräumen und reinigen könntest«, antwortete er. »Sonst haben wir nächstes Jahr kranke Setzlinge.«

Immerhin würden wir weiter Gemüse anbauen, wenn es schon keine Lämmer geben würde. »Ist gut. Ich erledige das in den nächsten Tagen. Versprochen.«

»Danke«, sagte er und legte seine Axt auf dem Holzpflock ab, um die nächste Ladung Holzscheite für mich auf den Schubkarren zu laden.

Wie soll ich die Stunden zählen, die ich auf unserem Stück Land verbrachte? Zwar spielten gerade hier die Jahreszeiten weiterhin eine Rolle, Morgengrauen und Abenddämmerung bildeten unseren täglichen Rahmen. Doch die Tage selbst flossen namenlos ineinander, bis sie zu Wochen wurden, und es gab ganze Nächte, die im Wirtschaftsbuch meiner Zeit nicht als Posten auftauchten, weil ich sie träumend verbrachte, im Delirium. Es waren daher vielleicht vier oder fünf Tage vergangen, als ich plötzlich glaubte, splitterndes Glas zu hören. Das Wetter war extrem an jenem Tag, eine grelle Sonne kämpfte gegen bedrohliche violette Wolken an. Es stürmte schon seit Stunden, daher fiel es schwer, einzelne Geräusche zu unterscheiden, bis Lucien weinend die Treppe heruntergerannt kam – Mark schlage irgendwelche Sachen im Garten kaputt, das habe er aus seinem Fenster gesehen.

»Bleib im Haus, Lucien!«

Hagel peitschte mir ins Gesicht und trommelte auf das Dach unseres Autowracks. Er bildete jedoch lediglich den Hintergrund für die gleichmäßigen Schläge des Holzhammers und die disharmonischen Akkorde des berstenden Glases. Mark stand nur mit T-Shirt und Jeans bekleidet neben dem Gewächshaus und zerstörte es, Hieb für Hieb. Seine Schuhe knirschten auf den zerbrochenen Scheiben, und aus dem zersplitterten Skelett des Gerüsts ragten große Scherben, an denen er sich die Kleider zerriss und die braungebrannten Arme schnitt. Blut tropfte auf den falschen Schnee aus liegen gebliebenen Hagelkörnern. Erschrocken duckte ich mich hinter die Hecke und wartete, bis er endlich erschöpft innehielt. Alles, was vom Gewächshaus übrig war, war ein niedriger Betonsockel und ein Gebilde aus metallenen Vier- und Rechtecken, die absurd in die Höhe ragten wie ein ausgebombtes Gebäude. Der Sturm war weitergezogen, der Wind legte sich allmählich, und der Hagel ließ nach; in grelles Licht getaucht stand ein Mann, der ungläubig auf das Blut an seinen Händen starrte.

»Ich habe mein Wort gehalten«, schluchzte er. »Schau!« Er fuhr herum und zeigte auf die frisch umgegrabenen Gemüsebeete. »Du hast gesagt, du würdest das Gewächshaus ausräumen, und ich habe dir geglaubt. Du hast es versprochen.«

Es gab nichts, was ich darauf hätte antworten können.

»Früher habe ich immer gesagt, dass du dich eines Tages zwischen mir und Angie entscheiden musst, aber ich habe mich geirrt.

Du musstest dich zwischen mir und *ihr* entscheiden. Amelia. Jetzt weiß ich wenigstens, wie deine Entscheidung ausgefallen ist.«

Er stürzte an mir vorbei. Bei dem Versuch, sich die Tränen aus dem Gesicht zu wischen, beschmierte er sich mit Blut.

»Halt! Mark! Wo willst du hin?«

»Ich weiß es nicht, aber ich gehe, Ruth. Ich muss hier weg.«

Als ich später zur Scheune hinüberging, um mir das Chaos darin anzusehen, die Leere, die dunklen Flecken an den Türklinken und im Waschbecken, die fehlende Jacke am Haken, wurde mir klar, dass er die Quelle tatsächlich verlassen hatte.

23

VERLUST und die *conditio humana.* Ich glaube, ich habe einmal ein Buch darüber gelesen oder einen Vortrag im Radio gehört, vielleicht auf der Fahrt zur Arbeit durch den Regen, in einem anderen Land, einer anderen Zeit. Die Wachablösung ist gekommen. Mir ist aufgefallen, dass schon seit längerem keine Frau mehr dabei war, aber vielleicht ist das nur Zufall. Junge wird eine Woche weg sein und ins trockene Ödland zurückkehren, in den, wie ich vermute, erbitterten Kampf, der dort tobt: den Kampf um Arbeit, um höhere Wasserrationen, um Benzin, Platz, Himmel, Hoffnung. Eigentlich müsste ich mich darüber freuen, dass Drei mir für eine Weile den Rücken kehrt, doch auch er hat seinen Platz in dem Ökosystem, das mein Zuhause ist: Durch ihn habe ich etwas, was ich hassen kann. Ich kann nicht gegen die Bussarde ankämpfen, die Küchenspüle, die Löwenzahnsamen, die der Wind davonträgt, das Ergrauen der Abenddämmerung. Mich anpassen, schlichten, Kompromisse eingehen, navigieren, aus Situationen Kapital schlagen – das alles kann und muss ich tun, um mich zu behaupten. Aber es gibt keine Sandsäcke hier außer mir selbst oder den Holzscheiten, die darauf warten, gespalten zu werden – und Drei. Sogar Sogleich werde ich vermissen, der sich nie aus der Deckung begibt, der nur aus Tarnung und Anpassung besteht. Dennoch würde ich mir am ehesten wünschen, dass er nicht zurückkommt, weil ich die Vorstellung nicht ertrage, dass jemand so völlig unbeeindruckt durch diese Felder und Wiesen streifen kann.

Junges Abreise schmerzt. Wie viel besser wäre es, in einem Kerker angekettet zu sein und nur einen winzigen Mauerspalt hoch über dem Kopf zu haben, der gerade genug Licht hereinlässt, um die Tage zählen zu können, aber nichts von der Außenwelt, nichts, was mir quälend vor Augen hält, was ich alles nicht haben kann. Die ehrliche Berührung einer anderen Person beispielsweise, die Möglichkeit, eine zwischenmenschliche Beziehung aufzubauen. Es muss eine weitere Wahrheit der *conditio humana* sein, dass das Gras auf der anderen Seite immer grüner und das Gefängnis eines anderen folglich das erträglichere ist. Das ist zumindest die eine Hälfte meiner Gedanken. Es gibt noch eine andere Hälfte, die ich mir kaum einzugestehen wage. Ich betrachte es als Beweis für meine wachsende Widerstandskraft, dass ich zusehen kann, wie Junge und Sogleich in Hemdsärmeln unter der dichtbelaubten Eiche stehen, die Reisetaschen über den Schultern, und sich mit den Neuankömmlingen unterhalten. Ich tue es in dem Wissen, dass sie gleich abreisen werden, und dem festen Glauben an ihre Rückkehr. Bald werde ich wieder nach draußen dürfen. Mir ist sogar der Gedanke gekommen, meinen Wärtern die Haltung von Hühnern vorzuschlagen. *Anatomie der Hoffnung* – ein weiterer Buchtitel. Falls es dieses Buch noch nicht gibt, könnte ich es eines Tages schreiben.

Interessanterweise scheinen Drei und Junge über irgendetwas zu streiten – Sogleich ist natürlich sofort auf Abstand gegangen. Es sieht aus, als würde Junge den Kürzeren ziehen, denn er lässt seine Tasche mit wenig Anmut fallen, nimmt ein Blatt Papier von Drei entgegen und kommt aufs Haus zu. Ich eile die Treppe hinunter und singe dabei ein albernes Lied aus meiner Kindheit, obwohl mir bewusst ist, dass Drei nur wenige Meter von der Hintertür entfernt steht.

»Die Wache wechselt am Buckingham Palast!
Christopher Robin hat es nicht verpasst!
Alice heiratet eine der Wachen,

ein Soldat hat im Leben nicht viel zu lachen,
sagt Alice!«

»Ruth, hören Sie um Gottes willen damit auf!«

Er will endlich aufbrechen. Also gut, soll er. »Tut mir leid, wenn ich Sie aufhalte. Gibt es einen Grund dafür, dass Sie noch einmal vorbeischauen?«

»Sarge hat mir aufgetragen, Ihnen das hier zu geben.« Er händigt mir wieder einmal ein offizielles Dokument voller Anordnungen aus, das ich bestimmt nicht lesen werde. Er erinnert mich an einen trotzigen Schüler, der eine mangelhafte Hausaufgabe abgibt.

Ich werfe das Blatt in den Müll. »Können Sie das nicht kurz für mich zusammenfassen? Ich bin es leid, ständig Kleingedrucktes zu lesen.«

»Es geht um Änderungen der Besuchsrechte Ihres Priesters.«

Das glaube ich nicht. Dagegen werde ich mich wehren. Sie haben kein Recht, Hugh von seinen Besuchen abzuhalten. Mir steht das Recht auf einen geistlichen Beistand zu, das wurde zu Beginn meiner Haft festgelegt. Offenbar soll jetzt auch noch meine letzte zarte Verbindung zur Außenwelt gekappt werden!

»Nein, Junge. Das kann nicht sein.« Ich strecke die Hand aus und umklammere seinen Arm. »Hugh wird es nicht akzeptieren, er wird trotzdem kommen.«

»Wird er nicht, Ruth.«

»Er wird sich mit den Behörden anlegen, er wird diesen Beschluss nicht tatenlos hinnehmen.«

»Das muss er, denn er ist tot.«

Draußen ertönt lautes Hupen, und Sogleich ruft, dass sie noch den Zug verpassen. Dreis Schatten erscheint im Türrahmen. »Sofort einsteigen, Soldat!«

Junge löst meine Finger von seinem Ärmel. »Ich komme wieder«, flüstert er.

»Wird's bald?!«

Vor dem Haus findet eine Art Wachablösung zwischen Drei und dem ranghöchsten Soldaten unter meinen neuen Wärtern statt. Dann steigt Drei auf den Fahrersitz, lässt den Motor aufheulen und fährt schwungvoll vom Hof. Ich kann nur vermuten, dass Junge hinten eingestiegen ist. Der Soldat kommt zur Tür und erklärt, dass wir am Nachmittag noch einmal die Bedingungen meines Hausarrests durchgehen müssten, da es seit dem letzten Mal offenbar einige Änderungen gegeben habe. Ich schließe die Tür.

Er wird nicht mehr kommen. Denn er ist tot.

Die Nachricht von Hughs Tod passt mir so schlecht in den Kram, dass sie vielleicht gar nicht für mich gedacht ist, sondern für jemand ganz anderen. Ich hole das Blatt Papier aus dem Müll und lege es auf den Tisch. Genau wie vermutet handelt es sich um unverständliches Amtskauderwelsch, aber der zweite Absatz von oben bestätigt, was Junge mir bereits eröffnet hat:

»... dass die Besuchsrechte folgender Person ________________ (bitte Name des Besuchers, wie im Bewilligungsformular HMP (PT) iii angegeben, eintragen)
in der Kategorie ________________ (bitte vollständige Kategorie angeben, für die die Berechtigung erteilt wurde, z. B. medizinisch/religiös/humanitär/pflegebedingt)
aus folgendem/n Grund/Gründen widerrufen wurde ______________ (bitte ausführliche Beschreibung der Gründe für den Widerruf der Berechtigung angeben sowie anfügen, ob vorübergehend oder dauerhaft)
und dass die in Haft befindliche Person über ihr vom Zusatzartikel iv (Haftbedingungen) des Dürrenotstandsgesetzes garantiertes Recht aufgeklärt wurde, besagten Beschluss anzufechten, dass sie, falls zutreffend, über den Zeitraum unterrichtet wurde, in dem der Widerruf gilt, sowie über die juristischen oder sonstigen Hilfsangebote, die ihr durch die Interessensvertretung für Häftlinge (gemäß Zusatzartikel iv des Dürrenotstandsgesetzes) zustehen.«

Irgendjemand hat nachlässig mit einem billigen, fast leeren Kugelschreiber Hughs Namen in das oberste freie Feld gekritzelt. Sein Nachname ist falsch geschrieben, und das »Reverend« wurde ganz weggelassen. Seine Besuche bei mir wurden auf einen einzigen Kringel um das Wort *religiös* reduziert, und in das Feld mit den Gründen scheint derjenige erst *Tod* geschrieben zu haben, bevor er es durchgestrichen und durch *Ableben* ersetzt hat. Offenbar hat er es auch nicht als zynisch empfunden, der Bürokratie Genüge zu tun und das Wort *dauerhaft* zu unterstreichen.

Besuche.

Güte.

Verbindung zur Außenwelt.

Gelbe Rosen.

Vorfreude.

Zukunftsgedanken.

Milch.

Kontakt zu Dorothy.

Scherze.

Gebete.

Das gibt es jetzt alles nicht mehr in meinem Leben.

Hugh und ich haben uns viel über meine Schlaflosigkeit unterhalten, und er hat mir Tipps gegeben, die ich streng befolge, vor allem, seit ich nicht mehr aus dem Haus darf. Zusammen haben wir ein Ritual entwickelt, das ich auf den Namen »Hughs Schlafritual« getauft habe und das langsam – jede Nacht ein bisschen mehr – seine Wirkung entfaltet hat. Seither legt sich die Dunkelheit nicht mehr wie eine erstickende Haube über meinen Kopf, sondern schmiegt sich wie eine weiche Decke um meine Schultern.

Hughs Ritual geht so: Wenn ich mit dem Abendessen fertig bin, das normalerweise aus Eiern oder Suppe besteht und das ich ohne jede Begeisterung, Umschweife oder Gesellschaft zubereite und verspeise, ziehe ich die Vorhänge im Wohnzimmer zu, knipse die

Leselampe hinter dem rosafarbenen Sofa an und höre mir Junges CD mit den zehn schönsten Klassikstücken einmal vollständig an. Wenn dann die letzten Töne des vom Chor des Kings College gesungenen *Nunc dimittis* verklungen sind, mache ich alle Lichter im Erdgeschoss aus und gehe wie ein Kind nach oben, putze die Zähne, lege meine Kleider zusammen, lese einen Psalm und lösche das Licht. Wir sind gerade dabei, wieder Freunde zu werden, der Schlaf und ich. Keine Sorge, sagt der Schlaf, die nächsten zehn Stunden werden auch vergehen, ohne dass du sie zählst, du wirst es nicht einmal mitkriegen. In diesen Stunden kannst du weder neue Verbrechen begehen noch dich an alte erinnern. Du wirst lediglich deine Pflicht erfüllen, zu leben, ohne den damit verbundenen Schmerz ertragen zu müssen. Ein kleiner Teil deiner Lebensspanne wird verstreichen, und wenn du aufwachst, wird dieser Teil bilanziert und abbezahlt sein, und du wirst diese zehn Stunden nie wieder durchleben müssen.

Aber Hugh ist tot und hat sein Ritual mit sich genommen. Er hat mir seinen Segen angeboten, und jetzt ist es zu spät, ihn anzunehmen oder zu erwidern. Der einzige Besuch, der mit Schuldzuweisungen endete, war ausgerechnet sein letzter. Nach all den Fortschritten nun also der Rückfall. Zu schlafen ist mir einmal mehr unmöglich. Wieder befinde ich mich in einer vergifteten Beziehung, bin dazu verdammt, neben einem Bettgenossen zu liegen, den ich aus dem Augenwinkel flackernd über mir schweben sehe, der in den frühen Morgenstunden die Decke anhebt und andere zu mir einlädt, kriechende Gestalten mit Eishänden und noch kälteren Erinnerungen. Die Begleitmusik zu meinen Visionen tönt aus dem aufziehbaren Grammophon, das ich von meiner Großtante geerbt habe. Die Melodien und Stimmen werden immer langsamer und verzerrter, eine schwere Kralle zerkratzt mit ihrem einzelnen Fingernagel den Schellack, während sie sich durch die Aufnahme meines Versagens mahlt.

Es ist niemand mehr da. Angie fort, Mark fort, Junge fort, Hugh fort. Fort – fort – fort. Ich habe nur noch mich selbst und erfinde ein neues Ritual ganz für mich allein, ein Ritual für eine Welt, in der es weder Tag noch Nacht gibt, keine Stunden, keine Minuten, kein Leben und keinen Tod. Alles ist Gleichförmigkeit. Der Trick besteht darin, wie ein Teppich auf dem Boden zu liegen und zuzulassen, dass die Zeit sich auf deinem Gesicht die Füße abtritt. Lucien fort.

Draußen erschöpft sich die Quelle in ihrem Wachstum: Zellen, die sich im rankenden Efeu teilen und vermehren, das Gras, das immer höher und höher wuchert, bis es kaum noch das Gewicht der eigenen aufstrebenden Halme tragen kann, Blumen, die sich immer weiter öffnen, bis ihre Blütenblätter den Halt verlieren und zu Boden gleiten. Die Jungvögel sind davongeflogen, ohne sich zu verabschieden, die Rehe wagen sich aus dem Schatten des Waldes und äsen in wachsamen Reihen systematisch die Felder ab, und unter den Stiefeln der Soldaten krabbeln Ameisen, Nashornkäfer, rosige Würmer, Asseln, Weberknechte, Maden, Kugelspinnen, Raupen, Nacktschnecken und Bänderschnecken, die ihren Hausarrest immer mit sich herumtragen. Und ich tue: nichts.

Ich habe viele Sonnenaufgänge beobachtet. Vermutlich mehr Sonnenuntergänge, aber auch viele Sonnenaufgänge, und eines ändert sich nie: die unerwartete Gewöhnlichkeit des Tagesbeginns. Die Sonne ist wie ein Gast. Du bist dir sicher, dass sie es ist, siehst sie schon von weitem kommen, denn sie ist für ein Ereignis von großer Pracht gekleidet, du erkennst ihr schimmerndes Gewand, und sie bringt ein in Goldpapier gewickeltes Geschenk, auf dem dein Name steht. Wenn sie den Hügel erklimmt, geht ein aufgeregtes, rötliches Kräuseln von ihr aus, und sie streckt die Hände aus. Ihr Licht wird von den Ringen an ihren Fingern reflektiert, wenn sie dir das Geschenk überreicht, doch dann legt sie ihren Umhang ab und hängt ihn über einen Stuhl, und du siehst die Unterseite der kunstvollen Stickerei, lauter lose Fäden, ohne erkennbares Muster. Du fängst an, das Paket auszuwickeln, und das Papier ist nur auf einer Seite golden und auf der anderen matt und weiß. Die nächste Schicht besteht aus braunem Papier und Bindfaden, und die nächste aus der Zeitung vom Vortag, zusammengeknüllt um die zwölf Stunden weißgebleichtes Leben, die wir Tag nennen.

Ich stehe vom Boden auf und gehe zum Fenster, erinnere mich daran, dass ich mich vor nicht allzu langer Zeit noch bei Sonnenaufgang zum Gebet hinkniete. Plötzlich kann ich Schwester Amelias Stimme hören, die mich aus mir herausführt, hinein in den wogenden Nebel:

Das Erblühen des Tages
ist wie das Erblühen der Rose,
willkommen.
Sonne wie Glaube über dem Horizont, willkommen.
Nebel wie Hoffnung entlang des Flusses, willkommen.

Die Hoffnung wird sich nie wieder zu mir verirren. Hugh ist tot. Hier sitzen wir nun zusammen in der Küche, ich und der Tag, und haben uns nicht mehr viel zu sagen. Wir sind beide schon jetzt müde, obwohl wir gerade erst angefangen haben. Irgendwann in den letzten Stunden habe ich Namen auf das Blatt Papier gekritzelt, das mir Junge gebracht hat, und sie mit Blumen umgeben, deren gewundene Halme und lange Ranken sich über die Seite winden. Ich bin nicht allein. Ich spüre etwas hinter mir atmen. Dann berührt es mich. Diese Berührung ist bei Tageslicht zu kompliziert. Es schlüpft davon. Ich kenne bereits das Gefühl seiner sich entfernenden Hände, die Schwerelosigkeit an der Stelle, an der sein Kopf lag, die Kälte auf meiner Wange, wo er verschwand. Solange ich meine Geister bei mir habe, bin ich nicht einsam. Manchmal ist es Mark; er steht von seinem Schreibtisch auf und kommt herüber, um mich hochzuziehen, aber während ich noch aufstehe, ist er fort, und ich sinke wieder zurück. Und Stimme, Stimme ist zurückgekommen, um mir Gesellschaft zu leisten; sie erinnert mich daran, dass Lucien im Schafstall spielt, ob ich die schweren Ballen nicht fallen höre?, oder dass Lucien in der Badewanne ertrinkt, ob ich das Wasser nicht laufen höre?, oder dass Mark sich Lucien geschnappt hat, ob ich denn nicht den Land Rover höre, der ohne mich davonfährt? Angie kommt nicht oft, und Hugh kommt überhaupt nicht. Er ist tot, Ruth. Er muss es hinnehmen, denn er ist tot.

Bitte für uns, jetzt und in der Stunde des Todes.

Es ist Zeit, jenen Ort in der Vergangenheit zu besuchen. Es wird kein besserer oder schlechterer Zeitpunkt dafür kommen. Für alles gibt es eine Zeit, und jetzt ist die Zeit, über die Toten und die Sterbenden nachzudenken.

24

HILF DIR SELBER, heißt es bereits in der Bibel. Ich weiß nicht, ob ich mir am Ende jener finalen Woche noch selbst hätte helfen können, aber ich weiß, dass ich mich kaum noch wiedererkannt hätte. Schwester Eve war der Ansicht, dass wir uns »sammeln und neubesinnen« müssten, um uns »die Energie und den Vorwärtsimpuls unserer Online-Mission zu bewahren«. Wir beschlossen also, uns acht Tage lang zurückzuziehen und zu meditieren, beginnend am achten Dezember, dem Fest Mariä Empfängnis, und gipfelnd am Gedenktag der heiligen Maria Crocifissa di Rosa am fünfzehnten Dezember. Wir waren uns einig, dass sie das perfekte Sinnbild für unsern neuen Auftritt war. Die geplante Andachtswoche rückte näher, und ich konnte Mark nicht mehr bitten, auf Lucien aufzupassen, denn er war seit fast einem Monat fort. Ich war also eine Nonne mit einem Kinderbetreuungsproblem. Nachdem Lucien anfangs verstört auf Marks Abwesenheit reagiert hatte, glaubte er inzwischen meine Lügen, und wir absolvierten unseren Tagesablauf wie ein altes Ehepaar. Stimme war ruhiger geworden, und Amelia war oft bei uns und schien sogar Lucien für sich zu gewinnen, indem sie ihm Eulenfedern für seine Sammlung mitbrachte und Stechpalmen mit knallroten Beeren, damit wir das Haus weihnachtlich schmücken konnten.

»Ist Amelia deine beste Freundin, Oma R.?«, fragte Lucien, der auf einem Stuhl stand und die glänzend grünen Zweige hinter unsere Bilder klemmte.

»Weißt du was? Ich glaube, das ist sie tatsächlich. Sei vorsichtig, sonst pikst du dich.«

»*Meine* beste Freundin ist sie nicht«, erklärte er und sprang vom Stuhl. »Ich habe im Moment keine beste Freundin oder besten Freund.«

Ich war sicher, dass ich ihm genügte, und hörte ihm nicht richtig zu. Er blieb im Haus, wenn ich zu den Abendandachten ging, und schien nie Angst vor dem Alleinsein zu haben, daher machte auch ich mir keine Sorgen. Aber die Meditationswoche würde mich voll auslasten, würde meine ganze Zeit in Anspruch nehmen. Als Mark noch da gewesen war, hatte er wiederholt gesagt, wenn Lucien für mich nicht an oberster Stelle stehe, müsse ich Angie bei ihrem nächsten Anruf bitten, ihn abzuholen. Ich befürchtete, dass er gerade im Moment bei ihr war und ich Lucien bei meiner nächsten Rückkehr zum Haus mit seinem Rucksack in Charleys Bus klettern und mir zum Abschied zuwinken sehen würde. Doch meine Angst war nicht groß genug, um die irre, stetig wachsende Hysterie jener Tage zu bezwingen, denn ich war Direktorin, Trapezkünstlerin und Clown in meinem eigenen Zirkus, während Lucien im Publikum saß, die Beine baumeln ließ und am Daumen lutschte.

Der erste Akt begann am Donnerstagabend vor Mariä Empfängnis. Die Online-Aktivität unserer Anhängerinnen nahm zu, wir verzeichneten mehr Zugriffe auf unsere Website als je zuvor, und in den Chatrooms wurde eifrig diskutiert. Es hatte einer Dürre bedurft, um dem Weihnachtsfest seine materialistische Prägung auszutreiben, doch die meisten Menschen hatten keine Ahnung, welcher Religion sie sich stattdessen zuwenden sollten. Ich glaube nicht, dass es allein die Rose war, die auf erhöhtes Interesse stieß, denn in den Nachrichten sah man, dass selbst die feuchtkalten viktorianischen Kirchen in den Stadtzentren völlig überfüllt waren.

In den kurzen Tagen vor Jahresende ging die Sonne spät auf und früh unter, aber die Vormittage erstrahlten in mittelalterlichem Blau und Gold, und der Livestream unserer Frühandachten wurde von vorbeifliegenden Stockenten begleitet, während sich über unserem Abendgottesdienst Schwärme von Staren zusammenfanden und wieder trennten, bevor sie sich im Licht der untergehenden Sonne auf den schwarzen Silhouetten der Douglasfichten und der Kiefern niederließen. Den späten Freitagabend verbrachte ich allein zu Hause, ging ins Kinderzimmer, um Luciens leisem Atem zu lauschen, bevor ich mich nackt, frierend und vor Erschöpfung zitternd auf den unebenen Holzboden kniete. Der Samstag, der dritte Tag unseres Spektakels, war den Misteln gewidmet. Wir gingen mit unserer Webcam zu den knorrigen Stämmen und blattlosen Ästen meiner wunderschönen Apfelbäume, und unsere Anhängerinnen konnten online Mistelzweige erstehen, die angeblich von den Bäumen der Quelle stammten. Ich schwärmte von der Zauberkraft dieser Pflanze, deren sich schon die Druiden bedient hatten, während Schwester Amelia die Aufmerksamkeit auf die Beeren lenkte: »Die weibliche Pflanze trägt Früchte, wenn um sie herum alles winterlich kahl und unproduktiv ist.«

Am vierten Tag huldigten wir der Christrose. Eve führte unsere mittelalterlichen Gesänge an, mit denen wir die Jungfrau Maria bis weit nach Einbruch der Dunkelheit verherrlichten. Unsere betenden Hände und unsere Gewänder wurden von Fackeln erhellt, deren Flammen das Muster unserer heiligen Blume nachzeichneten, und wir sahen, dass es gut war. Als ich in dieser Nacht nach Hause kam, brannte ich mir die Rose ein. Ich erinnere mich nicht an diese Tat.

Ob die Tage wussten, wohin ihr unaufhaltsamer Marsch sie führen würde? An Tag fünf priesen wir – spirituell exaltiert und körperlich erschöpft – das Leben der Jungfrau von Guadalupe. Anschließend saßen wir dichtgedrängt im warmen Wohnmobil und sahen zu, wie sich die Links nach Mexiko ausbreiteten und Gebete und Beiträge auf Spanisch auf unserer Website erschienen.

»Glaube kennt keine Grenzen« – teresaDios

»Bendición a la rosa« – olivia@nuevavida

Und dann ward der sechste Tag, der dreizehnte Dezember. Es sollte niemals einen siebten Tag geben, keinen Tag, an dem wir ruhten. Als Lucien mich weckte, war es schon spät. Ich hatte die ganze Nacht gebetet und geschrieben und war schließlich im Morgengrauen zur Frühandacht gegangen. Es war kälter geworden, der Wind hatte auf Nord gedreht, das Blau des Himmels war einem stählernen Grau gewichen, und unter unseren Füßen hatte das Eis auf den Pfützen geknirscht. Ich glaube, es war nicht nur die Müdigkeit gewesen, die mich bei meiner Rückkehr ins Bett getrieben hatte, sondern vor allem die Kälte. Zum ersten Mal seit Tagen war ich tatsächlich eingeschlafen, und das sanfte Zupfen an meinem Arm erinnerte mich an die fassbare Welt, die ich hinter mir gelassen hatte. Ich rollte mich zur Seite, und da war Lucien. Er kletterte zu mir ins Bett und kuschelte sich an mich.

»Hast *du* aber kalte Hände«, lachte ich.

Er kicherte. »Hast du aber große Zähne, Großmutter!« Dann sagte er: »Ich vermisse dich.«

Ich umarmte ihn noch fester, und sein Wollpullover kitzelte mich an der Nase. Sein nackter Bauch fühlte sich warm und weich an. »Es tut mir wahnsinnig leid, Lucien. Warst du sehr einsam?«

»Mama hat schon lange nicht mehr angerufen«, sagte er. »Aber ich bin trotzdem nicht sehr einsam, mach dir keine Sorgen.«

Ich zog meine dickste Fleecejacke an und ging mit Lucien nach unten, tauchte Toaststreifen für ihn in Honig und kochte ihm einen großen Becher heißen, süßen Tee. Irgendwann, versprach ich ihm, würden wir wieder heiße Schokolade mit echter Milch trinken können, und er meinte, dass er sich gar nicht mehr daran erinnern könne, wie das schmecke. Dann erzählte ich ihm, dass die Andachtswoche in zwei Tagen vorüber sei und er mich danach ganz für sich allein haben würde. Versprochen? Versprochen. »Und wann kommt Mama zurück?«, fragte Lucien. »Sie ruft bestimmt bald an«, sagte ich. »Und dann fragen wir sie, wann sie für Weihnachten nach Hause kommt.«

»Und wann ist Mark wieder da?«

Unsere Andacht sollte an diesem Abend am Ursprung der Quelle stattfinden, und die Prozession brach bereits um vier Uhr nachmittags vom Lager der Schwestern auf. Wir folgten singend und betend unserem vertrauten Pilgerweg und trugen Kerzen und Fackeln, die wir entlang des Wassers aufstellten, als wir am Teich ankamen. Es war ein bleiern grauer Tag, und der Fischreiher beobachtete uns reglos vom gegenüberliegenden Ufer, während die überwinternden Blesshühner sich zwischen den hohen, trockenen Binsen versteckten. Ich bückte mich, berührte das eisige Wasser und dachte: Zum Glück wird es bei diesem Gottesdienst keine Taufe geben.

Plötzlich unterbrach Schwester Dorothys Stimme unsere stillen Vorbereitungen. »Wer ist da? Dort drüben ist jemand!«

Wir spitzten die Ohren und hörten, wie jemand geräuschvoll durch das tote Holz und das Brombeergestrüpp stapfte.

Jack klammerte sich an mir fest. Ihr ging es damals wieder schlechter, und sie schien häufig abgelenkt zu sein von beunruhigenden Dingen oder Menschen, die nur sie wahrnahm. »Es ist irgendetwas Böses«, flüsterte sie. »Lass mich nicht allein.«

»Fort von hier! Im Namen der Rose!«, befahl Schwester Amelia.

Ausgestattet mit Wollmütze, Handschuhen und einem Stock, um sich durch die Brombeersträucher zu kämpfen, stolperte Lucien auf die Lichtung. »Überraschung!«, rief er. »Mark ist wieder da, Oma R.! Wir sind's nur!«

Mark. Hinter Lucien brach tatsächlich Mark aus der undurchdringlichen Finsternis des Waldes – der größtmögliche Gegensatz zur Stille auf der Lichtung: Grobschlächtig und schwerfällig, in Stiefeln und einer ehemaligen Armeejacke, stürmte er unsere leichte, helle Zeremonie, trampelte zurück auf mein dünnes Eis.

»Wir sind hier, weil wir den Zauber sehen wollen«, erklärte Lucien. »Schwester Amelia, kannst du den Zauber jetzt sehen?«

Ich blickte zwischen Amelia und Mark hin und her. »Mark! Warum bist du zurückgekommen? Was tust du hier?«

Dorothy kam mir zu Hilfe und nahm Lucien bei der Hand, ging mit ihm von uns weg und umrundete den Teich, ließ ihn am anderen Ufer eine Kerze anzünden, zeigte ihm die Schnepfe mit dem langen, dünnen Schnabel, die zwischen den erfrorenen Grasbüscheln hervorgehüpft kam. Unterdessen beorderte ich Mark vom Ufer des Teichs weg in den Wald. Zwischen den hohen Eichen gingen wir in Kampfstellung und fauchten uns gegenseitig an.

»Soll ich dir sagen, warum ich zurückgekommen bin?«

»Ich bitte darum.«

»Weil Lucien mich darum gebeten hat.«

»Du lügst. Wie soll er denn das getan haben?«

»Ich habe auf deinem Handy angerufen, Ruth. Ich Blödmann wollte noch einmal mit dir reden, aber Lucien ging dran und sagte, du seist nicht zu Hause und wärst erst spät in der Nacht zurück.«

»Es ging ihm gut.«

»Er hat geweint.«

Ich warf einen Blick durch die Äste zurück zum Teich. Dorothy kniete auf dem Boden und hatte die Arme um Lucien gelegt, sein Kopf an ihrer Schulter. Eve tröstete Jack und flüsterte ihr etwas ins Ohr, und Amelia starrte mir direkt in die Augen.

»Du vernachlässigst ihn, Ruth«, sagte Mark. Dann trat er näher an mich heran und sprach leise in mein Ohr. »Ich erreiche Angie nicht. Wenn sie anruft, musst du dafür sorgen, dass sie herkommt, bevor es zu spät ist.«

»Wage es nicht, mir zu drohen.«

»Das tue ich nicht.« Er wandte sich von mir ab, boxte gegen den Stamm des nächstbesten Baumes und ließ sich dann auf den Waldboden sinken, wo er zwischen toten Blättern und morschen Zweigen kauerte und den Kopf in den Händen vergrub. »Hör einfach auf mich. Ich habe mich so sehr danach gesehnt, hierher zurückzukommen, aber ich kann nicht bleiben. Ich kann mich nicht um Lucien kümmern – das wäre zu viel erwartet –, aber ihn hier zurückzulassen, ertrage ich genauso wenig. Die Sache wird noch ein böses Ende nehmen. Ich muss hier weg. Er muss hier weg.«

Schwester Amelia hatte sich herangeschlichen und wiederholte seine Worte, allerdings aus einem anderen Grund. »Er hat recht, der Junge muss hier weg. Die Quelle darf nie wieder gestört werden«, sagte sie, bevor sie sich direkt an Mark wandte. »Ihr müsst beide gehen. Verlass diese Lichtung und dieses Land und nimm den Jungen mit. Ihr gehört hier nicht her. Ihr seid eine wandelnde Blasphemie.«

»Nicht jetzt, Amelia …«, begann ich.

Dann wurden wir von Luciens lautem Weinen unterbrochen.

»Ihr habt es versprochen«, schluchzte er und wand sich aus Dorothys Umarmung. »Du und du und du, ihr habt mir alle versprochen, dass ihr mich hierher mitnehmt, damit ich den Zauber sehen kann, und ihr habt alle gelogen!«

Einer der um den Teich Versammelten sollte sein Wort halten und ihn noch einmal mitnehmen. Doch nur das Wasser weiß, wer es war.

»Komm her, Lucien«, sagte Jack und streckte die Hand aus. Sie zog ihn zu sich heran, flüsterte ihm etwas ins Ohr und kitzelte ihn. »Jetzt wird nicht mehr geweint, ja? Versprochen?«

Lucien krümmte sich und war zwischen Kichern und Weinen hin- und hergerissen. »Also gut, dann hau ich jetzt ab, wenn ihr das wollt.« Er warf einen Stein in den Teich und rannte in den Wald davon, stolperte über verfaulte Äste und trat nach einer noch nicht entzündeten Fackel. Mark rief ihm hinterher, dass er warten solle.

Meine Unschlüssigkeit dauerte kaum eine Sekunde, nachdem Amelia ihre Hand in meine geschoben hatte. »Ich bin bald wieder bei dir, Lucien«, rief ich. »Ich versprech's!« Dann ließ ich zu, dass Amelia mich zurück zum Wasser führte.

Nach einer solchen Auseinandersetzung zu beten war nicht einfach. Tränen strömten aus Schwester Amelias grauen Augen, und ihr Schmerz tat mir weh, durchbohrte mich umso mehr, als sie mir vermeintlich so viel Liebe geschenkt, sich so sehr um mich gekümmert hatte. Stimme redete laut und unzusammenhängend in meinem Kopf, es war schwierig, meinen inneren Frieden zu finden, und es bedurfte einer bewussten Willensanstrengung, um Mark aus meinen Gedanken zu verbannen, sein Bild auszulöschen und zu beten. Endlich erreichte ich wieder jenen ekstatischen Zustand, der mir nach all den Anstrengungen des Weges dorthin nun umso schöner erschien. Ich war verzückt von der Rose, jedes einzelne Nervenende erbebte vor Wissen – und alles andere war bedeutungslos. Als wir auseinandergingen, blieben Schwester Amelia und ich in stillschweigender Übereinkunft hinter den anderen zurück, und ich flüsterte ihr zu, dass es mir leidtue. Sie zog mich zu sich heran, und wir küssten uns, wie es Schwestern tun, und dann küssten wir uns noch einmal.

Mit Lehmklumpen unter den Stiefeln kämpfte ich mich erschöpft den Hügel hinauf und war einer Ohnmacht nahe, als ich endlich das Haus erreichte. Die Küche kam mir wie ein fremder Ort vor. Sie war übersät von kleinen, profanen Gegenständen, die ich kaum wiedererkannte. Im Wohnzimmer war das Feuer beinahe erloschen, und obwohl der davorstehende Korb voll war mit Holzscheiten, brachte ich keine logische Verknüpfung zustande zwischen dem Akt des Holznachlegens und der Möglichkeit, mich aufzuwärmen. Sobald mir einmal bewusst war, wie sehr ich fror, fing ich an, unkontrolliert zu zittern, so stark, dass ich mir den Tee über mein Gewand schüttete und mich bis auf die Jeans durchnässte. Mein Kiefer verkrampfte sich, meine Zähne klapperten, und mir kam der Gedanke, dass ich eine Art epileptischen Anfall haben könnte. Doch es war niemand da, der meine verbrannte Zunge davon hätte abhalten können, in meine Kehle zu rutschen und mich zu ersticken. Ich unternahm eine bewusste Anstrengung und schluckte, fest entschlossen, jede instinktive, lebensrettende Reaktion meines Körpers in einen zielgerichteten Akt zu verwandeln. Nachdem ich aufgestanden war, stellte ich den Teebecher auf den Kaminsims und schob ihn einige Zentimeter nach hinten Richtung Wand. Dann ging ich auf die Treppe zu, tastete mit ausgestreckten Armen nach dem Geländer. Eine Hand vor die andere setzend, zog ich mich Stufe für Stufe hinauf, bis ich endlich das Ende der Treppe erreicht hatte und mich ins Badezimmer schleppte. Es war dunkel. Ich sank auf den Boden und setzte mich aufrecht an die Wand, um mich besser sammeln zu können. Nach einer Weile gelang es mir, zur Badewanne zu kriechen, mit einer Hand den kalten, weißen Rand zu umklammern und mit der anderen nach der Kette zu tasten, an der der Stöpsel befestigt war. Glied für Glied zogen meine Finger daran, bis der Gummistöpsel am Wasserhahn hängen blieb. Ich befreite ihn und hörte, wie er auf den Boden der Wanne plumpste. Mit ausgestrecktem Arm griff ich nach unten, drückte ihn in die Vertiefung des Abflusses und drehte den Hahn auf, lauschte dem Plätschern des Wassers und dem vertrauten Geruckel der Rohre im Trockenschrank. Unten im Erdgeschoss erwachte die Wasserpumpe und zapfte die stillen Grundwasservorkommen Hunderte Meter unter dem Haus an.

Mit wiederkehrendem Bewusstsein für die reale Welt fing ich an, mich auszuziehen. Große gerillte Lehmklumpen fielen auf den Teppichboden, als ich mit meinen Schnürsenkeln kämpfte, die sich zu festen, unmöglich zu lösenden Knoten zusammengezogen hatten. Mein Gewand glitt mühelos über meinen Kopf, aber meine Jeans klebte feucht und eng an meinem Körper. Da ich mir nicht zutraute, aufrecht zu stehen, wälzte ich mich wie ein Kind auf dem Boden und schob dabei die Jeans nach unten, bis ich alles gleichzeitig abgestreift hatte: Unterhose, Socken, Jeans. Das Kleiderknäuel sah aus wie eine halbfertige Guy-Fawkes-Puppe. Nachdem meine tauben Finger den

BH aufgehakt hatten, hob ich ein Bein über den Rand der Wanne und spürte die brennende Hitze erst an einem Fuß, dann am anderen. Die Adern an meinen Waden pulsierten, und schließlich kehrte das Leben auch in meine Oberschenkel zurück, die rot wurden und anschwollen. Ich ließ den Rest meines Körpers ins Wasser hinab, saß zunächst in der Wanne und legte mich dann hin, so dass mein Kopf unter Wasser sank und meine Haare um mich herumwogten. Endlich war mir warm, so warm.

Das Wasser schoss in einem Schwall von mir, als ich mich panisch und nach Luft schnappend aufsetzte, strömte von den Haaren meinen Rücken hinunter, ließ mich erblinden und geriet mir in den Mund. In einer heftigen, anhaltenden Bewegung schwappte es in der Wanne hin und her, als wolle es mich überreden, wieder hineinzugleiten. Mit der Zeit kam es zur Ruhe, genau wie ich. Das Licht der Mondsichel, die durchs Fenster hereinlugte, genügte, um den Ecken und Kanten des Raums ihren Schrecken zu nehmen. Mein Atem wurde ruhiger und tiefer, mein Kiefer entspannte sich, ich streckte die Beine aus und bewegte meine Zehen. Ich hatte großen Hunger, so viel war sicher. Allmählich kehrte mein Bewusstsein zurück und befahl mir, etwas zu essen, wollte wissen, ob noch Eier im Regal seien, ob ich die Hühner für die Nacht eingesperrt oder der Fuchs im Hühnerstall gewildert hätte. Und außerdem ist Mark da, warnte mich Stimme. Er ist wieder da, und wo ist Lucien?

»Lucien?«, rief ich. »Lucien?«

Lucien war am Teich gewesen. Schwester Amelia hatte ihn dort nicht haben wollen, und Mark war mit ihm weggegangen. Er war also bei Mark, in Sicherheit. Ich hatte keine Ahnung, wie lange das her war. Nachdem ich aus dem Bad gestiegen war, zog ich mir rasch saubere Kleider an, rubbelte mir flüchtig die Haare trocken, damit sie mir nicht in den Nacken tropften, und ließ das warme Wasser in der Wanne, falls Lucien ebenfalls baden wollte. Um die schmutzigen Stiefel auf dem Boden würde ich mich am nächsten Morgen kümmern. Jetzt war ich wieder ganz Großmutter und machte mich auf die Suche nach Lucien, rannte zur Scheune hinüber, wo die Wanduhr verriet, dass es Viertel nach acht war. Der Ofen bullerte, und aus einem Topf auf dem Elektrokocher stieg Dampf. Lucien stand nackt bis auf seine Turnschuhe und die kleine hölzerne Rose um seinen Hals auf einem Stuhl und rührte in einer Schüssel herum, die auf dem Tisch stand.

»Oma R.! Wir machen eine Überraschung für dich!«, rief er. »Geh weg, du darfst es erst später sehen!«

»Was zum …?«

Mark zeigte auf Luciens Jeans, Unterhose und T-Shirt, die neben der Heizung über einem Stuhl hingen. »Bei unserem ersten Versuch hat er sich von oben bis unten vollgekleckert«, erklärte er und stürzte dann auf den Tisch zu. »Vorsicht, Lucien! Sonst passiert das Gleiche noch mal!«

»Mark hat mir geholfen, meine Kleider auszuziehen und mich überall zu waschen«, erzählte Lucien. »Er hat gesagt dass wir einfach alle Beweise wegwaschen können, damit niemand etwas von unserem Geheimnis mitkriegt. Das hast du doch gesagt, oder, Mark?«

»So ist es«, erwiderte Mark und wandte Lucien den Rücken zu. »Was um Himmels willen ist das?«, flüsterte er und zeigte auf Luciens Halskette.

Nicht jetzt, antwortete ich lautlos. Dann sagte ich in normaler Lautstärke: »Es tut mir wirklich leid, Mark. Ich wusste nicht, dass es schon so spät ist. Ich habe ein Bad genommen, als ich zurückkam, und …«

Mark wischte sich die Hände ab. »Tja, wir hatten unseren Spaß zusammen, nicht wahr, Lucien?«

In der Scheune hatte es vermutlich bereits chaotisch ausgesehen, bevor Lucien sich darüber hergemacht hatte, aber jetzt war der Boden übersät mit Papier aus Marks Drucker. Lucien schien auf jedes Blatt alibimäßig etwas gekritzelt zu haben, bevor er sich das nächste vorgenommen hatte, als würde es sich um einen Wettbewerb im Schnellschreiben handeln. Ich hob ein Blatt Papier auf und dann noch eins und noch eins. Das Motiv war auf allen das Gleiche. »Ganz viele Ms«, sagte Lucien stolz. »M für Mama«, erklärte Mark.

»Ich bringe ihn jetzt lieber ins Bett«, verkündete ich.

Mürrisch und übermüdet verzog Lucien sein Gesicht. »Ich gehe aber nicht ins Bett, weil ich heute Nacht nämlich aufbleibe. *Du* kannst ja ins Bett gehen. Na los, geh!« Er kletterte vom Stuhl und fing an, mich auf Kniehöhe Richtung Tür zu schieben. »Geh weg, Oma R.!«

Mark sah mich mit hochgezogenen Augenbrauen an.

»Und ich laufe auch wieder zum Teich, wenn ihr nicht da seid!«, schrie Lucien. »Der gehört nämlich nicht euch. Jeder kann dorthin gehen, wenn er will, das hat mir Mark gesagt.«

Mark befühlte die feuchte Jeans und holte dann seinen alten grünen Wollpullover vom Bett, zog ihn Lucien über den Kopf und rollte die Ärmel hoch.

»Jetzt sehe ich aus, als hätte ich ein Kleid an«, murrte Lucien.

»Es ist kalt draußen«, erklärte Mark und nahm ihn auf den Arm, so mühelos, so kraftvoll. Lucien legte den Kopf auf seine Schulter. »Ich trage dich rüber.«

Der kleine Junge und der Mann, wie sie quer über den eisigen Hof zum Haus hinübergingen, und ich, wie ich hinter ihnen den Halt auf dem rutschigen Boden verlor. Mark öffnete die Tür, trat ins Haus und trug Lucien nach oben, wo er sich zu ihm auf die Bettkante setzte, als hätte sich nichts verändert, seit er ein Baby gewesen war und bei uns in London gewohnt hatte.

»Soll ich Oma unser Geheimnis verraten?« Lucien rieb sich die Augen und griff nach seiner Kuschelente.

Ich stehe an der Tür. Stimme mag Geheimnisse. *Was für ein Geheimnis denn*, fragt sie, und ich spreche es laut für sie aus.

»Nein, wir sagen es ihr nicht«, antwortete Mark.

Lucien war derselben Ansicht und schüttelte langsam den Kopf.

»Aber wir können ihr verraten, dass wir Abendessen für sie gemacht haben«, sagte Mark. »Wir dachten, dass du bestimmt todmüde bist und Hunger hast, weil du einen langen Tag hattest und in letzter Zeit nicht viel zum Essen gekommen bist.«

Lucien hält seine Ente fest umklammert. »Ich habe viele Geheimnisse, Oma R.«

Lucien war gleichzeitig überdreht und völlig erschöpft, hellwach und schlaftrunken, daher beschloss ich, unser gewöhnliches Ritual vor dem Schlafengehen wegzulassen. Ich ließ ihm Marks Pullover an, zog ihm die Turnschuhe aus, knotete das Lederband um seinen Hals auf, an dem die kleine hölzerne Rose hing, und legte es vorsichtig auf den Nachttisch. Dann stopfte ich die Bettdecke um ihn herum fest, damit er es warm und gemütlich hatte, und küsste ihn auf die Stirn. Ein Kuss. Ein letzter Kuss. Ein Judaskuss. Er war unruhig, daher knipste ich die Lampe aus, ließ nur das Nachtlicht an und las ihm die Geschichte von Noah und der Arche vor, damit der Rhythmus der paarweise aufs Schiff gehenden Tiere der Nacht eine Form und dem zu Ende gegangenen Tag eine Ordnung gab, während der Regenbogen Hoffnung für den neuen Tag verhieß. Dann, als er ruhiger atmete und seine schönen Augen zugefallen waren, bat ich die Rose um ihren Segen für Lucien und schlich mich aus dem Zimmer. Ich zog die Tür zu, bis nur noch ein Spalt offen blieb, wie ich es immer tat, und so ließ ich ihn zurück. Ich weiß, dass ich ihn so zurückließ. Ich ließ ihn zurück.

Dann ging ich zur Scheune hinüber, um mit Mark zu Abend zu essen, weil die beiden extra für mich gekocht hatten. Vielleicht auch, weil ich erschöpft war und nach der rauschhaften Woche, die ich hinter mir hatte, etwas Handfestes brauchte, das mich auf dem Boden der Tatsachen verankerte. Außerdem machte ich mir Sorgen um Mark, in dessen Gesicht an jenem Abend etwas Verzweifeltes lag. Ein Teil von mir liebte ihn dafür, dass er zurückgekommen war, schließlich hatte meine Liebe zu diesem Mann schon so viele Jahre überdauert. Es kam mir vor wie der sprichwörtliche Olivenzweig, auch wenn es mir heute eher als Dornenkrone erscheint.

Wir saßen am Tisch wie ein Paar in einer Ferienwohnung, das plötzlich zu viel Zeit zur Verfügung und sich zu wenig zu sagen hat. Mark und Lucien hatten Pastinakensuppe gekocht, die ich nun in mich hineinlöffelte. Sie lag unangenehm schwer in meinem geschrumpften Magen. Ich versuchte, dem Wein zu widerstehen, den Mark mitgebracht hatte, wohingegen er einen großen Schluck nahm, als wolle er sich Mut antrinken.

»Vor einer Weile«, begann er, »hast du mich zu überreden versucht, die Quelle zu verkaufen und von hier wegzugehen, solange wir noch können. Ich habe damals nein gesagt, und das war ein Fehler, Ruth. Es stimmt, was ich gesagt habe: Ich bin in erster Linie zurückgekommen, weil Lucien am Telefon geweint hat, aber ich wollte ohnehin mit dir reden. Und was ich dir heute Abend sagen möchte, ist: Ja, lass uns mitnehmen, was wir können, und woanders neu anfangen, vielleicht ist es noch nicht zu spät.« Er blickte von seinem Glas auf, und in seinem Blick lag eine große Verletzlichkeit. Mit kummervollem Gesicht schloss er die Augen, um meine Antwort abzuwarten.

»Es ist zu spät, Mark«, sagte ich. »Ich kann jetzt nicht von hier weg.«

Wir gaben uns wieder dem Schweigen hin und waren uns dabei nicht nur unserer Differenzen bewusst, sondern auch unserer gemeinsamen Geschichte, der Tatsache, dass wir hier oben im Grunde wie die Aufseher unseres eigenen Vergnügungsparks gelebt hatten.

Mark fing an, den Tisch abzuräumen, und klapperte mit den Tellern und Löffeln herum, bevor er zu der Frage zurückkehrte, die ihn am meisten zu quälen schien. »Das war es dann also? Du wirst für immer hier auf diesem Land bleiben? Mit dieser Frau? Kann dich denn nichts bewegen, von hier wegzugehen?«

»Nur, wenn es der Wunsch der Rose wäre.«

»Der Rose? Oder Amelias Wunsch? Du lässt zu, dass sie die zwanzig Jahre Liebe, die uns verbinden, einfach auslöscht. Futsch, für immer.«

»Der Wunsch der Rose!«, wiederhole ich.

»Und Lucien?« Er sagte es mit dem Rücken zu mir.

»Die Quelle wird immer für Lucien da sein, und Lucien für die Quelle. Er ist ihre Zukunft. Die Rose ist ihm ganz nah, das spüre ich.«

»Glaubst du, dass Angie das genauso sieht?«

»Lass Angie aus dem Spiel!«, schrie ich ihn an.

Mark knallte die Pfanne in die Spüle und drehte sich zu mir um. »Du machst dir etwas vor. Keine Ahnung, ob deine Rose existiert oder nicht, aber eines weiß ich ganz sicher: dass die Schwestern Lucien keineswegs für die Zukunft der Quelle halten. Schwester Amelia hasst ihn, hasst ihn abgrundtief. Du hast es doch heute am Teich selbst gesehen. Manchmal frage ich mich, was diese religiöse Fanatikerin mit ihm tun würde, wenn sie könnte. Sieh es endlich ein: Ein männlicher Erbe ist nicht Teil ihres Plans. Dein Enkel ist für sie nur ein Hindernis auf dem Weg zu ihrem gottverdammten Paradies, nichts weiter!«

Meine Lippen waren trocken. Ich blickte über die Schulter zur Tür. *Er hat es schon einmal getan*, sagte Stimme.

»O nein, du haust jetzt nicht einfach ab!«, rief er wütend, bevor er zurückwich und abwehrend die Hände hob, als wäre ich ein Vampir. »Treib es nicht zu weit, Ruth«, warnte er mich. »Du schaffst es immer wieder, einen so weit zu bringen, dass …«

»Dass was?«

»Erst steckst du mich und Lucien zusammen, und dann reißt du uns wieder auseinander, als wärst du eine Puppenspielerin. Ich liebe dich zu sehr, Ruth. Ich liebe ihn zu sehr. Es ist alles schiefgegangen, und jetzt ist es zu spät. So wie damals.«

»Ich verstehe dich nicht, bitte …«

»Du verstehst überhaupt nichts mehr, das habe ich dir schon einmal gesagt. Du kannst nicht alles haben, Ruth.« Plötzlich war alles Bedrohliche gewichen, und er weinte, mit großen Schluchzern, die seinen ganzen Körper erschütterten. Ich ging zu ihm und, hielt ihn im Arm und legte meinen Kopf an seine bebende Brust. Mir fiel nichts anderes ein, als zu beten, und die Rose erfüllte mit ihrem nach Blütenblättern duftenden Frieden den Raum, wie es manche Menschen Geistern nachsagen.

Er hielt mich fest umklammert, und ich spürte seine Erregung an meinem Oberschenkel. »Eine letzte Nacht?«, schluchzte er. »Nachdem ich dich so viele Jahre geliebt habe, gib mir nur eine letzte Nacht. Bitte!«

Ich wand mich aus seiner Umarmung und schüttelte den Kopf.

»Genug, das ertrage ich nicht mehr«, sagte er und ging ebenfalls auf Abstand. »Geh jetzt. Morgen früh wird alles klarer sein.«

Als ich fast bei der Tür war, rief er plötzlich: »Nein! Halt, du musst noch bleiben.« Er öffnete die Ofenklappe und zog einen Apfelkuchen daraus hervor. »Lucien würde es uns nie verzeihen, wenn wir seine Überraschung vergessen würden. Wir müssen ihn essen, ihm zuliebe.«

Er war mein letztes Abendmahl, dieser Kuchen, den Lucien gebacken hatte. Hätte ich es gewusst, ich hätte mir unendlich viel Zeit mit dem Essen gelassen, hätte genüsslich ein Stück davon mit dem Löffel abgetrennt, mir die warme, zartgelbe Vanillecreme auf der Zunge zergehen lassen; ich hätte meine Seele verkauft für die Leichtigkeit und Süße dieses Kuchens, hätte die Eier und das Mehl, den Zucker und die Äpfel eingeladen, ein Teil von mir zu werden, in meinem Körper aufzugehen, sich mit meinem Speichel zu vermischen, von meinen Enzymen zersetzt zu werden, in meine Blutlaufbahn zu gelangen, bis der Kuchen, den *er* gebacken hatte, untrennbar mit jeder einzelnen Zelle meines Körpers verbunden gewesen wäre.

Aber ich wusste es nicht. Stimme fragte, was mir einfalle, so viel zu essen, und ich schob den Kuchen auf dem Teller herum, ließ ein großes Stück davon unter meinem Löffel liegen und bot an, die Teller abzuspülen, bevor Mark es merkte. Ich scheuerte die Form, in der der Kuchen gebacken worden war, wusch alle Spuren von Luciens kleinen Händen ab, den Holzlöffel, den er gehalten, und die Abdrücke seiner Zunge, mit der er ihn abgeleckt hatte. Mark wischte den Tisch sauber, und ich ließ zu, dass das Spülwasser auch noch die letzten Reste von Lucien mit sich forttrug.

Nachdem ich zurück ins Haus gegangen war, zog ich die Hintertür zu, ohne sie abzuschließen, wie ich es immer tat. Ich warf ein großes Scheit in den Holzofen, damit er bis zum Morgen brannte, löschte die Lichter, bis nur noch das auflodernde Feuer im dunklen Zimmer zu sehen war, und schlich nach oben. Im Badezimmer fiel mein Blick in die Wanne. Auf dem Wasser hatte sich ein grauer Seifenfilm gebildet, auf dem einige Haare von mir schwammen. Ich zog trotzdem nicht den Stöpsel, weil ich wusste, dass das ablaufende Wasser Lucien aufgeweckt hätte, der direkt neben dem Bad schlief. Auch den Haufen nasser Kleider ließ ich auf dem Boden liegen. Ich war so müde, dass ich beschloss, sofort schlafen zu gehen und früher aufzustehen, um die Zuschriften der Gläubigen zu beantworten und den Blogeintrag für den vorletzten Tag der Andachtswoche zu verfassen. Also klickte ich auf das Schließen-Symbol in der rechten oberen Ecke unserer Website, sah zu, wie das Fenster im Bruchteil einer Sekunde ins Nichts zusammenschrumpfte, und bestätigte, dass ich den Laptop herunterfahren wollte.

Das Letzte, was ich tat, im Grunde das Letzte, was ich jemals getan habe – nachdem ich noch einmal einen Blick auf den Vollmond geworfen und die Fensterläden geschlossen hatte, nachdem ich mich auf den Boden gekniet hatte, um der Rose für den Tag zu danken und ihren Segen für die Nacht zu erbitten –, war, auf den Flur hinauszuschleichen und durch den Türspalt in Luciens Zimmer zu schauen. Das Nachtlicht brannte, und obwohl die zugezogenen Vorhänge aus dickem Stoff waren, fiel ein Streifen Mondlicht quer über den Boden und fing das Funkeln des Spiegels an der gegenüberliegenden Wand ein. Ich ging nicht durch die Tür. Das tat ich nie. Stattdessen stand ich, wie so häufig, stocksteif da, fasziniert vom Zauber eines schlafenden Kindes, lauschte auf das gleichmäßige Auf und Ab seines Atems, achtete auf die leichten Bewegungen der Bettdecke und auf den Daumen, an dem er leise nuckelte. Dann ging ich ins Bett und schlief wie lange nicht mehr. Weil ich heute weiß, was alles passieren kann, während man daliegt und träumt, werde ich nie wieder richtig schlafen.

25

WACHEN UND SCHLAFEN sind eins für mich geworden, nur noch schemenhaft voneinander unterschiedene Formen des Dahinvegetierens. Nach jenem Morgen sollte es nie wieder ein Erwachen für mich geben.

Obwohl ich mir vorgenommen hatte, um vier Uhr morgens aufzustehen, um die Zuschriften zu beantworten und die Lesungen vorzubereiten, was ich eigentlich bereits am Vorabend hätte tun müssen, verschlief ich. Warum? Vielleicht, weil mein Körper beschäftigt gewesen war, weil er in den finstersten Stunden der Nacht mit dem Teufel zusammengearbeitet hatte und noch nicht lange im Bett lag? Manchmal möchte ich mir die Haut aufreißen, als könnte ich darunter mein wahres Ich erkennen, als würde ich dadurch erfahren, aus welchem Holz ich geschnitzt bin, doch mir fehlen dazu die Krallen. Ich muss mich mit oberflächlichen Kratzern an meinen Armen begnügen, die kaum bluten.

Ich erwachte also spät. Zu spät. Die Frühandacht hatte ich bereits verpasst, aber wenn ich mich beeilte, konnte ich es noch zu den morgendlichen Lesungen schaffen. Von Lucien war nichts zu hören, was mich nicht weiter verwunderte. Der gestrige Tag war lang gewesen, und die dunklen Wintervormittage verwischten die Grenze zwischen Nacht und Tag. Ich war dankbar, mich in Ruhe anziehen zu können, denn Lucien brauchte in letzter Zeit besonders viel Aufmerksamkeit und konnte anstrengend sein. Nach dem Anziehen kniete ich mich flüchtig hin zum Gebet. Dieser Tag sollte zu einer Abfolge von Dingen werden, die ich zum ersten oder zum letzten Mal tat. Es war das letzte Mal, dass ich in gutem Glauben betete statt aus Verzweiflung. Ich ging nach unten und klapperte in der Küche herum, doch Lucien kam immer noch nicht aus seinem Zimmer. Also rief ich nach ihm. Das Letzte, was ich wollte, war Mark noch einmal darum zu bitten, sich um ihn zu kümmern. Er sollte keinen Vorwand haben, Angie zu benachrichtigen oder seine Abreise zu verschieben. Das Radio brachte die üblichen dürrebedingten Horrormeldungen, daher schaltete ich es aus und rief zum zweiten Mal nach Lucien. Als ich keine Antwort erhielt, stieg ich die halbe Treppe hinauf und rief erneut, bevor ich ganz nach oben ging und die Tür zu seinem Zimmer aufmachte. Das Nachtlicht brannte immer noch, und die Vorhänge waren zugezogen. Sein Bett war leer.

»Lucien?«, rief ich laut, auch wenn ich mir nicht vorstellen konnte, wo er sich in diesem winzigen Haus mit nur zwei Schlafzimmern und einer Treppe versteckt haben sollte. Ich sah im Badezimmer nach, wo das Wasser vom Vorabend träge, aber unberührt in der Wanne stand und mein Gewand immer noch dalag wie ein durchnässtes Totenhemd. Wenigstens war Lucien nicht in die Badewanne gefallen und ertrunken. Ich ging ins Schlafzimmer und zog die Bettdecke in der Hoffnung zurück, dass er mich mit einem lauten »Buh!« erschrecken würde. Meine Brust schnürte sich zusammen, doch ich versuchte mich zu beruhigen und tief durchzuatmen, denn schließlich erlebten alle Mütter dies irgendwann: die Panik, dass das Undenkbare geschehen sein und sie ihr Kind verloren haben könnten – wozu es nie kam. So gut wie nie.

Ich eilte zurück in die Küche, als könnte er sich unbemerkt an mir vorbei die Treppe hinuntergeschlichen und mit seinen Frühstücksflocken an den Tisch gesetzt haben. Keine Spur von ihm. Er musste aufgewacht sein, als ich noch geschlafen hatte. Vielleicht war er hinaus in den Garten gegangen. Seine braune Jacke und seine Gummistiefel waren noch im hinteren Flur, genau wie seine Turnschuhe, aber ich traute ihm zu, selbst an einem kalten Tag wie diesem barfuß herumzulaufen. Die Hintertür war unverschlossen, und draußen kam mir alles irgendwie unwirklich vor, als sei die reifbedeckte Eiche nur eine Abbildung, als komme der Ruf der Fasanen vom Band. Natürlich, er war bestimmt bei Mark! Ich konnte nicht leugnen, dass er sich riesig über Marks Rückkehr gefreut hatte. Noch während ich klopfte, machte ich die Scheunentür auf. Im Hauptraum hatte Mark ein wenig aufgeräumt; das abgespülte Geschirr war weggeräumt und das Druckerpapier mit den vielen Ms darauf verschwunden, vermutlich im Holzofen. Luciens Jeans trocknete immer noch über dem Stuhl, aber Marks Jacke hing nicht mehr am Haken. Erst als ich wieder hinausging, fiel mir auf, dass der Land Rover nicht an seinem Platz stand. Denk logisch, Ruth, ermahnte ich mich. Lucien war früh aufgewacht, hatte mich schlafend vorgefunden und war zur Scheune hinübergegangen. Und Mark hatte vielleicht etwas in Middleton besorgen müssen und Lucien mitfahren lassen. So musste es gewesen sein.

Ich ließ meinen Blick über die Felder schweifen. Wie kahl und trostlos sie aussahen. Die Schafe drängten sich ums Heu, und zwei Krähen wehrten über Hedditch Field einen Bussard ab. Mir war kalt, eiskalt, und der Boden war hart unter meinen Füßen. Ich ging wieder nach drinnen, blieb zaudernd stehen, wusste nicht, was ich tun sollte. Als ich Marks Handynummer wählte, sprang die Mailbox an, was durchaus sein konnte, wenn er wirklich nach Middleton gefahren war. Der Empfang dort war eine Katastrophe. Ich blickte aus dem Fenster und sah, wie ein riesiger Fischreiher träge aus dem Wald aufflog. Er schien vom Teich zu kommen und wandte sich in Richtung Landstraße, kehrte der Quelle den Rücken. Dann verstand ich plötzlich. Der nackte Lucien, das Geheimnis, ›einen so weit zu bringen, dass‹ … Es war etwas Schreckliches passiert! Mark hatte mir Lucien weggenommen und war mit ihm verschwunden!

Jetzt bist du ganz allein, sagte Stimme. Ich fing an, die leere Auffahrt hinaufzurennen.

»Komm zurück!«, brüllte ich, und dann war er da, der Land Rover, kam direkt auf mich zu. Ich schämte mich meiner Gedanken und blieb stehen, sah zu, wie Mark den Wagen schwungvoll auf dem Kies der Einfahrt zum Stehen brachte, wie er ausstieg, in der Hand eine Zeitung. Ich wunderte mich, weil er morgens noch nie eine Zeitung geholt hatte, schließlich hasste er die Presse seit der Sache in London, und noch mehr, seit wir hierhergezogen waren. Später fragte ich mich, warum er nur für eine Zeitung nach Middleton gefahren war und alles, was damit zusammenhing, auf sich genommen hatte. Damals aber erschienen mir diese Fragen nebensächlich. Für mich zählte nur, dass Mark gleich ums Auto herumgehen und Lucien die Tür aufmachen würde.

»Warum hast du mir nicht gesagt, dass Lucien bei dir ist?« Ich ging auf den Land Rover zu, um ihn selbst vom Rücksitz zu holen, denn er konnte nur im Auto sein, nirgendwo sonst. »Ich habe mir solche Sorgen gemacht.«

»Wovon redest du?«, fragte Mark.

»Wo ist er, Mark?!«, rief ich und riss die hintere Tür auf, fand aber nur einen Stapel Holz, einen Hammer und ein paar Nägel auf der Rückbank. »Was hast du mit ihm gemacht?«

Sämtliche logische Überlegungen waren mit einem Mal vergessen. Ich rannte blindlings los, den Abhang hinunter zum Schafstall, dort musste er sein, er hatte sich eine Hütte aus Heu gebaut, doch im Stall herrschte nur staubiges Dämmerlicht, hier war schon lange niemand mehr gewesen. Also rannte ich zum Traktorschuppen, dort war er bestimmt und saß im Schlafanzug auf dem Fahrersitz, die Hände auf dem Lenkrad. Aber ich hatte vergessen, dass der Traktor unten bei den Schafen stand, und rief Mark zu, dass ich zum Traktor müsse, während ich über den zerfurchten Schlamm stolperte. Mark packte meinen Arm wie mit einem Schraubstock.

»Was ist hier los, Ruth?«

»Als ich aufgewacht bin, war er nicht in seinem Bett. Er ist weg, Mark! Verschwunden!«

Mark wirkte geschockt. Ich bin mir sicher, dass er schockiert war. »War er denn gestern Abend noch da? Hast du noch einmal nach ihm gesehen, als du zurück ins Haus bist?«

»Natürlich habe ich nach ihm gesehen! Was glaubst du …«

»Ich verstehe das nicht! Wo kann er sein? Irgendwo muss er ja stecken!«

Marks Beherrschung war dahin. Und was ich als Nächstes sagte, sollte ihn genauso beruhigen wie mich: »Bestimmt ist alles in Ordnung. Wir finden ihn. Er ist einfach losgezogen, das ist alles, das macht er doch öfter. Als Angie noch hier war, ist er ständig alleine herumgezogen.«

»Du hast recht.« Mark warf die Zeitung auf den Fahrersitz. »Wir müssen systematisch vorgehen. Zuallererst musst du dir eine Jacke holen.«

Er schlang die Arme um mich und hielt mich fest. Sein Herz klopfte schnell und laut, und aufgrund jahrelanger Erfahrung wusste ich, dass er krampfhaft bemüht war, seine Atmung zu kontrollieren. Wie erzwungen unsere erneute Zweisamkeit war. Und wie kurzlebig.

»Ich gehe hoch und hole mir einen dickeren Pullover«, sagte ich, doch als ich ins Schlafzimmer kam, fiel ich stattdessen auf die Knie.

»Ich habe so viel für dich getan«, stieß ich Wort für Wort hervor. »Alles habe ich für dich aufgegeben, meinen Mann, meinen Traum, alles. Ich habe dich im Gegenzug nie um etwas gebeten, aber jetzt bitte ich dich. Finde Lucien für mich. Gib ihn mir zurück.«

Im Nachhall klangen meine Worte erpresserisch und drohend, und Stimme schimpfte, ich solle lieber Buße tun, was glaubte ich denn, wer ich sei, dass ich mich erdreistete, Forderungen zu stellen? Daraufhin bekam ich Angst, jene göttliche Macht vor den Kopf zu stoßen, die die Dürre über den Rest des Landes gebracht hatte und von der ich derart besessen war, obwohl ich so wenig über sie wusste.

»Verzeih«, bat ich. »Ich mache mir nur solche Sorgen. Natürlich weiß ich, dass du jeden Einzelnen von uns liebst und dass alles, was geschieht, Teil deines Plans ist. Hilf mir, heute Morgen der Rose zu vertrauen. Amen.«

Mein Amen hallte laut durch den leeren Raum. Wo geht man hin, nachdem man Amen gesagt hat?

Ich ging zu Mark, der gerade telefonierte.

»Als sie heute Morgen aufwachte, war er nicht in seinem Bett. Wir sind uns sicher, dass er irgendwo auf dem Grundstück herumläuft, aber …«

Er sprach mit der Polizei!

»Was soll das?«, schimpfte ich. »Er ist nur irgendwo draußen auf den Feldern! Wir sind hier nicht in London, wo ihn ein Perverser entführen oder wo er sich verlaufen könnte! Warum hast du die Polizei angerufen, ohne mich zu fragen? Ich war drinnen und habe gebetet!«, schrie ich ihn an. »Ich hasse es, wenn die Polizei hier herumschnüffelt!«

»Es geht hier nicht um dich und die Quelle, Ruth. Auch nicht um deine Scheißschwestern und eure Rose und diesen ganzen Mist. Es geht allein darum, Lucien wiederzufinden, und was das betrifft, halte ich die Polizei für ein kleines bisschen hilfreicher als deine Gebete.«

Für einen Moment konnten wir das Ticken der Wanduhr und das Gackern einer Henne hören. Dann fuhr Mark mit ruhigerer Stimme fort, dass man die Polizei in solchen Fällen besser zu früh informiere als zu spät. Ich stimmte ihm zu, auch wenn die ganze Sache in einen Film umzukippen drohte, der im Zeitraffer an mir vorbeizog, ohne dass ich in ihn eingreifen konnte. Als ich zu Mark sagte, dass ich zu den Schwestern wolle, um nachzusehen, ob Lucien bei ihnen sei, war er überrascht, dass ich das nicht längst getan hatte.

Wir brachen gemeinsam auf und riefen immer wieder seinen Namen. Lucien! Lucien! Unsere Stimmen hallten laut von den öden Tälern jenseits der Quelle wider, in denen es weder Arbeit noch Wasser gab. Dorothy kam uns bereits in der Auffahrt entgegen.

»Was ist los, Ruth? Wir haben dich bei der Andacht und bei den Lesungen vermisst.«

Wir rannten zu den Wohnwagen, auch wenn längst feststand, dass Lucien nicht dort war. Eve erzählte, dass sie alle schon seit dem Morgengrauen wach seien, weil es Jack nicht gutgehe und Schwester Amelia sie daher aus Dorothys Wohnwagen in ihren eigenen geholt habe. Es habe eine ganze Weile gedauert, bis sie sich wieder beruhigt habe, daher hätten sie es sicher mitbekommen, wenn Lucien im Camp gewesen wäre. »Ich sehe vorsichtshalber trotzdem in den Wohnwagen nach«, verkündete Mark. »Das kann Schwester Ruth für dich tun«, unterbrach ihn Amelia, woraufhin Mark wütend gegen einen Wäschekorb trat und den Hügel wieder hinaufstapfte.

Lucien war regelrecht verrückt nach Dorothy und Jack, während er um Amelia und Eve lieber einen Bogen machte. Aber die Wohnwagen der Schwestern liebte er alle gleichermaßen: dass man die Betten ausklappen konnte, dass sich unter den Sitzbänken versteckte Stauräume befanden, dass die Toiletten aussahen wie Kühlschränke. Wir durchsuchten also die Wohnwagen mit ihren beschlagenen Scheiben und ihrem Geruch nach Körpern und Feuchtigkeit. Auf den Klapptischen waren religiöse Schriften ausgebreitet, und es standen dampfende Becher mit heißem Kräutertee herum. In Schwester Amelias Wohnwagen lag Jack zusammengerollt wie ein Fötus auf dem Bett und schien nichts vom Quietschen der Tür und dem Schwall kalter Luft zu bemerken, den wir mit hineinbrachten. Dorothy breitete eine Decke über sie, aber sie rührte sich nicht.

»Sie musste sich übergeben«, flüsterte Amelia. »Ich habe ihr etwas gegeben, damit sie schlafen kann. Wir dürfen sie auf keinen Fall wecken. Dieser ganze Aufruhr wäre nicht gut für sie.« Schwester Amelia nahm ein Glas Wasser vom Tisch und stellte es in die Spüle, fühlte Jacks Stirn mit dem Handrücken, hob ein Gewand vom Boden auf und nahm es mit nach draußen, damit es in der Wintersonne trocknen konnte. »Es geht ihr bestimmt bald besser«, sagte sie und segnete Jack im Namen der Rose.

Lucien war nicht im Lager. Uns blieb nichts anderes übrig, als weiter nach ihm zu suchen. Dorothy ließ dreimal die Gebetsglocke erklingen, deren ungewöhnlicher Ruf zu den Waffen wie Totengeläut durch den stillen Morgen hallte. Sie schlug vor, die Waldstücke unter uns aufzuteilen, und bat um den Segen der Rose für unsere Suche. Schwester Amelia bestand jedoch darauf, dass Eve in der Schaltzentrale blieb und für unsere Anhängerinnen, die den siebten Tag der Andacht erwarteten, eine vorab aufgezeichnete Lesung online stellte.

»Wir brauchen aber jede Hilfe«, flehte ich.

»Die Rose auch«, erwiderte sie. »Ich suche das Waldstück beim Teich ab. Die Rose ist mit uns, sie wird nicht zulassen, dass Lucien etwas zustößt.«

»Woher weißt du das?«, schluchzte ich. »Du, die du doch immer gesagt hast, dass die Rose keine Männer in ihrer Nähe haben will und Lucien deshalb wegmuss. Warum sollte sie jetzt meinen Enkelsohn retten?«

Schwester Amelia legte mir ihre Hand auf den Arm und sagte leise: »Denk immer daran – was auch passiert ist, es ist ihr Plan, und dieser Plan ist gut. Gott selbst hat seinen einzigen Sohn verloren.«

Ich erinnere mich, dass ich sie fragte: »Weißt du etwas, Amelia? Wenn ja, musst du es mir sagen!«, und sie antwortete: »Warum fragst du *mich* das, Ruth? Warum fragst du nicht Mark?« Und dann umarmte sie mich und versicherte mir, wie sehr sie mich liebe, dass sie alles, was sie tue und je getan habe, für mich getan habe, ihre Auserwählte.

»Er würde nicht hinaus auf die Landstraße gehen, oder?«, fragte Dorothy, nachdem wir erfolglos Smithys Wäldchen durchkämmt hatten und beim Haus auf Mark trafen. Es gab keinen Ort mehr, an den er aus freien Stücken gegangen sein konnte, wir hatten überall gesucht.

»Dort hätte ich ihn gesehen, ich bin heute Morgen in die Richtung gefahren, um eine Zeitung zu kaufen«, antwortete Mark und erklärte ausführlich, dass in den Frühnachrichten von einem Regengebiet in Yorkshire die Rede gewesen sei und er Genaueres darüber habe wissen wollen. »Das ist jetzt natürlich völlig nebensächlich«, schloss er und fügte noch hinzu, dass ihm bei seinem Ausflug nichts aufgefallen sei. Ich nehme an, damit meinte er, dass er meinen Enkel nicht in seinem viel zu großen grünen Pullover auf der Dorfstraße gesehen hatte.

In mir wuchs die Befürchtung, dass ihn jemand entführt haben könnte, jemand, der einen Groll gegen uns hegte, oder vielleicht jemand von der Presse oder einer jener Verrückten, die uns ständig schrieben und uns Millionen für die Quelle boten.

»Dann wäre er auf jeden Fall noch am Leben, denn so jemand hätte kein Interesse daran, ihm etwas anzutun«, sagte ich, aber Stimme erinnerte mich daran, wie unser Auto ausgesehen hatte, nachdem sie damit fertig waren – nur noch ein verkohlter, verstümmelter Schatten seiner selbst –, und an Bru, aus dessen weicher Schnauze Speichel und Gift getropft waren, als ich ihn gefunden hatte. »Sie würden ihm doch bestimmt nichts antun, oder?«, fragte ich. Dann hörten wir die Polizeisirenen.

Blaulicht und Sirenen auf diesem stillen Land. Der Rundumblick, der uns einst überzeugt hatte, das Anwesen zu kaufen, fing an, sich so gleichmäßig um mich herum zu drehen wie das Blaulicht der Streifenwagen. Er verhöhnte mich mit seiner Weite und unserer Bedeutungslosigkeit; wir waren von Anfang an nicht mehr als Fliegen auf der Haut dieses Landes gewesen, von dem Moment an, in dem wir zum ersten Mal davon geträumt hatten, es zu besitzen.

Das Eintreffen der Polizei machte alles gleichzeitig real und surreal. Die Küche wurde eine Art Hauptquartier, das belagert wurde von Fremden in Stiefeln, die kamen und gingen, Tee und noch mehr Tee kochten, sich über raschelndes Unterholz und Fußabdrücke und niedergetrampelte Hecken und verlorene Handschuhe und ein vermeintliches Weinen unterhielten, das sich als Kreischen der Bussarde herausstellte. Ihre Worte kullerten auf dem Boden herum, bis sie aufgefegt und mitsamt jeder anderen verworfenen Möglichkeit in den Müll gekippt wurden. Die Polizisten erschienen mir riesig und schwarz, sie füllten den Raum mit den synthetischen Stimmen aus ihren Funkgeräten und ihrem Gerede, dass man dringend einen Helikopter benötige. Auch die übrigen Schwestern kehrten mit leeren Händen von ihrer Suche zurück. Ich ging den Vormittag und die vorangegangene Nacht wieder und wieder mit den Beamten durch, und je öfter ich die Abläufe wiederholte, desto weniger wusste ich und desto unwirklicher kam mir alles vor.

Ob ich die Hintertür abgeschlossen hätte?

Warum mein Mann in der Scheune schlafe?

Ob ich Lucien wirklich in seinem Kinderzimmer habe atmen hören?

Ob er immer nachts in einem Männerpullover geschlafen habe?

Was für eine Großmutter ich eigentlich sei?

Ob etwas aus seinem Zimmer fehle?

Ich antwortete, dass ich es nicht glaube, jedoch noch einmal nachsehen wolle, um ganz sicher zu sein. Als ich darum bat, in seinem Zimmer allein sein zu dürfen, sagte man mir, dass das nicht gehe, zu meinem eigenen Schutz und aus Gründen der Spurensicherung. Also versuchte ich, mich systematisch durchs Zimmer zu arbeiten. Der Spiegel, der den Mond reflektiert hatte, seine Spielzeugtruhe, deren Deckel geschlossen war und in der alles so aussah wie immer, die losen Puzzleteile auf dem Boden, die er genauso unter den Tisch geschoben hatte wie das nicht mehr vollständige Päckchen jener

Filzstifte, mit denen er drüben in der Scheune seine vielen Ms gemalt hatte. Neben dem Bett lag seine Ente, sein Lieblingskuscheltier, und dann … Ich starrte auf die Stelle, fuhr mit dem Finger darüber. Fassen Sie nicht zu viel an, warnte die Polizistin. Fehlt etwas? Hinter ihr stand Schwester Amelia, die die Treppe heraufgekommen war. Ich sah die beiden Frauen an, senkte den Blick wieder auf den Nachttisch, tastete auf dem Boden herum, schaute unters Bett. Schließlich wanderten meine Hände zu meinem Hals.

»Ja, es fehlt etwas«, sagte ich. »Aber er hätte es niemals selbst angezogen. Er hätte den Knoten nicht zubekommen, das war eine viel zu große Fummelei für ihn.«

»Wovon sprechen Sie?«, fragte die Beamtin freundlich, wenn auch mit drängendem Unterton.

»Von der Rose«, antwortete Schwester Amelia. Die Polizistin ignorierte sie und sah mich weiter abwartend an.

»Ja, es war eine Rose. Eine kleine hölzerne Rose, die ich selbst geschnitzt habe. Sie hing an einem Lederband, das er manchmal trug … na ja, eigentlich immer. Er konnte es nicht selbst anlegen, deshalb hat er immer mich darum gebeten. Ich habe es ihm ausgezogen, als ich ihn gestern Abend ins Bett gebracht habe.«

War es wirklich erst gestern Abend gewesen?

Zwei weitere Polizisten kamen die Treppe heraufgepoltert, einer von ihnen in Zivil. Sie schoben Schwester Amelia mit einer knappen Entschuldigung beiseite.

»Warum haben Sie ihm eine Rose geschenkt?«

»Als Zeichen der Liebe, die die Rose für ihn empfindet.«

»Er hatte also eine besondere Bedeutung für Ihre Religion?«

»Er *ist* etwas Besonderes. Wir sind alle etwas Besonderes.«

Die Skepsis des Zivilbeamten war wie eine Mauer. »Aber Frauen spielen darin eine größere Rolle als Männer, habe ich nicht recht? In Ihrer Religion, meine ich.«

»Eine *andere* Rolle«, antwortete ich verzweifelt. Mein Verstand war zu sehr von Kummer durchtränkt, um es ihm erklären zu können.

»Dieses Ritual, das Sie gestern vollzogen haben«, fuhr der Beamte fort, »hatte das etwas mit dem Jungen zu? Hat er sich dafür vielleicht die Rose umgebunden?«

»Sie verstehen das nicht«, wiederholte ich immer wieder. »So ist das nicht.«

Ihre Fragen wollten kein Ende nehmen, und die Zahl der Polizisten schien sich immer weiter zu vermehren. Sie redeten, ich antwortete. Irgendwann hatte ich das Gefühl, alles bereits mehrmals gesagt zu haben, ohne zu wissen, ob ich mir das nur einbildete. Ich war gefangen in einer Welt, in der es keine anderen Laute gab als Stimme und nicht enden wollende Echos. Lucien, Lucien. Eine kleine hölzerne Rose. Eine kleine hölzerne Rose. Halb neun. Halb neun. Mein Enkel, mein Enkel. Ich weiß es nicht, ich weiß es nicht, ich weiß es nicht. Fragen Sie Mark, warum fragen Sie nicht Mark?

Die Polizei mochte kaum glauben, dass wir keine Möglichkeit hatten, Angie direkt zu kontaktieren. Sie konnten sich einfach nicht vorstellen, dass jemand heutzutage kein Handy besaß und wir immer darauf warteten, bis sie uns anrief. Natürlich hatten die Beamten recht, es war Wahnsinn gewesen, dass wir uns jemals darauf eingelassen hatten, aber so hatte es Angie nun einmal gewollt. Alles, was ich je getan hatte, schien plötzlich in Zweifel gezogen zu werden. Menschen umkreisten mich, stumm und verzerrt. So musste die Welt aus der Goldfischperspektive aussehen.

»Was macht ihr alle hier, warum schwimmt ihr hier im Kreis herum?«, schrie ich. »Haut ab! Haut ab und sucht nach ihm!«

Ich rempelte mir den Weg frei und stürmte aus der Küche, zur Hintertür hinaus, über den Zauntritt.

»Nein!«, brüllte ich Mark an, der Anstalten machte, mir zu folgen. »Ich will allein sein.«

Ich stolperte über das erste Feld, hörte hinter mir eine Polizistin schnaufen. Offenbar hatte sie den Auftrag, in meiner Nähe zu bleiben, denn wer wusste schon, zu was ich in der Lage war?

Sobald ich die höchste Stelle des Felds erreicht hatte, wusste ich, dass ich ihn finden würde. Ich stürzte den Abhang hinunter Richtung Wald, hörte das Rufen, das gelegentliche Pfeifen, hoffte, jemanden brüllen zu hören, wir haben ihn, er ist hier, es geht ihm gut, wollte meine Füße spüren, wie sie zurück zum Haus rannten. Aber ich wusste, dass ich all dies nicht hören würde. Es war nicht mehr möglich. Die Suche hätte Tage dauern können, hätte in den landesweiten Nachrichten auftauchen können, mit meiner brüchigen, von Tränen halb erstickten Stimme, die um Hinweise flehte. Die Polizei hätte Angie in ihrer Baumschule in Schottland aufspüren und sie mit einem Polizeiauto auf abgesperrten Autobahnen herbringen können. Vielleicht hätten sogar die Dorfbewohner zum Wohle eines Kindes ihre Hexereivorwürfe fallengelassen und sich der Suche angeschlossen. Doch ich wusste, dass nichts von alledem passieren würde. Ich war ihm ganz nah, meine Füße brachten mich zu Lucien. Ich spürte, wie er mich rief. Wie kam es, dass ich wusste, wo er war?

Als ich den Rand des Wäldchens erreichte, das den Teich umgab, hatte ich vergessen, wo der kleine Zauntritt war. Ich tastete mich am Stacheldraht und an den Brombeeren entlang, wobei meine Finger überall Blut hinterließen. Verzweifelt kletterte ich schließlich über den Zaun, meine Jacke blieb an den Spitzen hängen, meine Beine wankten, als ich auf dem Boden aufkam, und dann kämpfte ich mich durchs dichte Gestrüpp. Ich stolperte über Wurzeln, rannte gegen würgende Brombeerranken und blieb mit den Haaren in den tief herabhängenden Ästen toter Bäume hängen, die mich nach hinten rissen. Doch es war nur ein Wald, ein unwissender Wald. Schließlich fand ich mich auf unserem Pilgerpfad wieder, der immer noch schmal war, wenn auch inzwischen gut ausgetreten, und mich dem Teich näher brachte. Feuchtigkeit lag in der Luft. Es herrschte ein beinahe tropisches Wachstum hier, selbst im Winter. Die Farne zu meinen Füßen schimmerten smaragdgrün, und der steinige, mit Nüssen und trockenen Blättern bedeckte Waldboden wurde hier weicher, federnder. Ich verlangsamte meine Schritte.

Leichen treiben an der Oberfläche, zumindest glaubte ich das, mit ausgestreckten Armen und Blumen und Gräsern im Haar. Aber als ich nun in den schwarzen Teich starrte, blickte mir nur die ausdruckslose Leere einer glatten, unberührten Wasseroberfläche entgegen. Die Erleichterung überkam mich wie ein heftiger Schmerz. Ich hatte mich geirrt. Eine Stockente flog vom gegenüberliegenden Ufer auf und war verschwunden; selbst die entfernten Rufe schienen zu verstummen. Die Lichtung wurde zur nachtstillen Kathedrale, die hohen Bäume zum Gewölbe, auf dem der Himmel ruhte, und die schmalen schwarzen Äste zu den Bleistreben der Kirchenfenster, durch die das Winterlicht auf mein Taufbecken fiel. Für einen Moment stand Lucien neben mir und hielt meine Hand, zeigte auf die Kaulquappen. Dann lächelte er und glitt ins Wasser. Und in diesem Moment sah ich ihn, unterhalb der Oberfläche, wo er mit dem Gesicht nach unten trieb, kaum sichtbar, der bleiche Schatten eines nackten Jungen, umhüllt von einem Totenhemd aus Wasser.

26

EINE GROSSE SCHWERE, das ist mir vom ersten Tag danach noch am deutlichsten in Erinnerung. Die Dunkelheit lastete schwer und namenlos auf mir, weder die Zeit noch ein Mensch vermochte sie zu lüften; Wörter lagen so bleiern auf dem Kissen wie mein Kopf; selbst die Stille war zähflüssig.

Erinnerungsfetzen. Ich gehe vor dem Auto meiner Mutter eine Klippenstraße entlang, in dichtem Nebel, leuchte mit der Taschenlampe von links nach rechts. »Sei vorsichtig!«, rufe ich. »Du bist zu nah an der Kante!«

Durst. Meine Zunge klebte an meinen Lippen.

Zwei Personen, ein Mann und eine Frau (nicht die, die manchmal bei mir saß) unterhielten sich. Jene andere war spurlos verschwunden. Noch jemand war fort – wer, das erschloss sich mir nicht, aber es schien, als würde derjenige nie wieder zurückkehren. Angie kam und ging. Nein, sie war es nicht, auch wenn ich dringend wegen irgendetwas Kontakt zu ihr aufnehmen musste. Vielleicht konnte Mark das für mich tun. Der Mann und die Frau in der Zimmerecke sprachen miteinander, ohne sich zuzuhören. Vor allem der Geruch ist anders, sagte er. Ich wollte es nicht glauben, als ich in den Nachrichten von diesem Ort gehört habe. Es fühlt sich an, als hätte ich seit meiner Kindheit kein regennasses Gras mehr gerochen. Lassen Sie es mich wissen, wenn sie aufwacht. Nanu, ich hatte geglaubt, wach zu sein! Meine Augen verrieten mir, dass ich in meinem Schlafzimmer lag. Irgendetwas war passiert, sonst wären nicht so viele Menschen da gewesen, Unmengen von ihnen. Sie rannten auf den Feldern herum und brüllten, weil sie etwas verloren hatten, vielleicht auch jemanden. Dann fiel es mir wieder ein: Lucien war tot.

Worte und Abläufe, die mir fremd waren. Tage, die sich im Kreis drehten, die vollgestopft waren mit Fragen, Schlagzeilen, Momenten absurder Banalität und dem lähmenden Zittern des Verlusts, das tief aus der Erde kam und zerklüftete Risse in den bröckelnden Wänden meines Verstands hinterließ.

Ich habe ihn ins Bett gebracht. Ich bin aufgewacht. Er war weg. Ich habe ihn tot gefunden.

Was hat Sie auf die Idee gebracht, dass er im Teich sein könnte?

Ich weiß es nicht. Vielleicht, weil er immer fasziniert davon war.

Welche Stellung hatten Sie innerhalb der Sekte inne?

Ich war eine der Auserwählten.

Auserwählt von wem?

Ich weiß es nicht.

Woher wussten Sie, dass Sie auserwählt sind?

Es wurde mir gesagt.

Von wem?

Der Rose. Stimme. Schwester Amelia. Ich weiß es nicht.

Wessen Stimme?

Niemandes Stimme. Es ist nur eine Stimme.

Erzählen Sie uns von Schwester Amelia. Wer ist sie?

Ich weiß es nicht.

Erzählen Sie uns von Mark.

Ich weiß nicht, was ich sagen soll.

Warum hat Ihr Mann sie verlassen?

Ich weiß es nicht.

Und warum ist er zurückgekommen?

Ich weiß es nicht.

Wissen Sie von den früheren Anschuldigungen gegen Ihren Mann?

Natürlich.

Wo ist Ihre Tochter?

Ich weiß es nicht.

Haben Sie Ihren Enkel umgebracht?

Ich weiß es nicht.

Sie scheinen generell nicht viel zu wissen.

»Wo ist Mark?«, fragte ich die Beamten, aber sie wichen mir aus.

Eines wusste ich sehr wohl. Wie man die Website *AktuelleNews.co.uk* aufruft.

»Selig sind die Frauen, denn sie werden das Erdreich besitzen« – musste Lucien deshalb sterben?
Wie ein Mitglied der Sekte »Rose von Jericho« gestern verriet, hat das als Schwester Amelia bekannte Sektenmitglied wiederholt davon gesprochen, Lucien Ardingly von der Quelle vertreiben zu wollen …

Polizei vermutet rituelles Ertränken im Mordfall Lucien.

Die ermittelnden Beamten wollten heute weder bestätigen noch dementieren, dass der ermordete Junge mit verbundenen Augen aufgefunden wurde. Man gehe Hinweisen nach, die nahelegten …

Die unten abgebildeten Fotos, die der Website der Sekte entnommen wurden, zeigen …

Dürre und Tod gehen zunehmend Hand in Hand: John Matzinsky deckt die dramatischen Nebenwirkungen der anhaltenden Klimakrise auf.

Ertrunkener Junge hatte offenbar psychische Probleme.

Ich klickte auf den letzten Link.

Inzwischen wird unter Gesundheitsexperten darüber spekuliert, ob der fünfjährige Lucien Ardingly, der am Freitag auf dem »Die Quelle« genannten Anwesen ertrank, mit einem fetalen Alkoholsyndrom auf die Welt kam und seine emotionale und geistige Entwicklung daher möglicherweise erheblich gestört war. Dies könnte dazu geführt haben, dass er sich entweder absichtlich oder versehentlich in Gefahr brachte. Diese Faktoren, in Kombination mit einer nachlässigen Betreuung durch seine Mutter und einem unsteten Lebensstil als Teil einer umherziehenden Hippiegruppe, könnten zu einem niedrigen Selbstwertgefühl geführt haben. »Es ist anzunehmen, dass seine Gemütslage sich weiter verschlechterte, als er von seiner Mutter in den Händen einer Großmutter zurückgelassen wurde, die zum damaligen Zeitpunkt bereits unter Größenwahn litt«, erklärt die Kinderpsychologin Melanie Unwine.
Lesen Sie weiter auf S. 7: Warum heutzutage so viele Kinder Selbstmord begehen.

Ich las nicht weiter auf S. 7, sondern kehrte zu den Schlagzeilen zurück.

Ist diese Großmutter schlafwandelnd zur Mörderin geworden?
Liebevoller Großvater oder unverbesserlicher Pädophiler?

Ich zögerte, bevor ich auf die zweite Schlagzeile klickte.

Fakt 1: Ardingly ist nicht der leibliche Großvater des Jungen.
Fakt 2: Ardingly war längst aus dem gemeinsamen Haus der Familie ausgezogen und führte eine einsame Existenz in der Scheune des abgelegenen Bauernhofs.
Fakt 3: Ardingly steht im Verdacht, dem Jungen sämtliche Kleider ausgezogen zu haben, als er am Vorabend des Mordes auf ihn aufpasste.

Noch beunruhigender ist jedoch die Tatsache, dass es bereits einmal Ermittlungen gegen Mark Ardingly wegen Kinderpornographie gab, als er noch für eine Londoner Behörde arbeitete, und dass er NIE RECHTSKRÄFTIG VERURTEILT wurde! Die Polizei muss anfangen, die richtigen Fragen zu stellen – und zwar SOFORT!

Ein Gefühl von Zweifel. Die Polizei bestätigte mir, dass die einzigen beim Teich gefundenen Fußspuren Schwester Amelia, den übrigen Schwestern, Mark, Lucien und mir gehörten. Keine von der Dürre geschwächten und verwirrten Eindringlinge, keine rachsüchtigen Einheimischen. Es lief also auf ihn oder mich hinaus. Oder auf die Schwestern.

»Was ist mit den Schwestern? Schwester Amelia?«, fragte ich die Polizistin.

»Wurden ebenfalls ohne Anklage freigelassen.«

»Wieso ebenfalls? Wer noch?«

»Ihr Mann.«

»Wo war er denn zum Todeszeitpunkt?«

»Das müssen Sie ihn selbst fragen. Dazu darf ich leider keine Angaben machen.«

Ich fragte ihn also selbst, und er erzählte es mir. Ebenjene Technologie, die ihn als potentiellen Pädophilen abgestempelt und unser gemeinsames Leben in London ins Chaos gestürzt hatte, war nun in Anzug und Krawatte als sein Alibi aufgetreten. Die Analyse seines Laptops hatte ergeben, dass Mark zum »wahrscheinlichen Todeszeitpunkt«, wie es der Pathologe ausdrückte, online gewesen war. Man hatte Google-Suchen nach Mietwohnungen, Weihnachtsbaum-Verkäufen in Schottland, der Adresse unseres Anwalts, den Anonymen Alkoholikern und Anleitungen zum Selbstmord gefunden … und einen angefangenen Brief an mich, der um 02.07 Uhr das letzte Mal bearbeitet worden war. Ich hakte nicht weiter nach, weil ich längst wusste, worum es in dem Brief ging. Mark erklärte mir, dass derartige Computer-Beweise nicht »abschließend« seien, wie die Polizei ihm mitgeteilt habe, jedoch genügten, um ihn vorerst zu entlasten.

In meinem Leben ist seit der Nacht, in der Lucien starb, nichts mehr abschließend gewesen, dabei sind abschließende Erkenntnisse alles, was mich noch interessiert.

Auch den Schwestern wollte ich Fragen stellen, und irgendwann erhielt ich von den Beamten die Erlaubnis, sie in ihren Wohnwagen zu besuchen. Sie kamen mir einerseits wie immer vor und andererseits verändert. Meine Fragen blieben mir im Hals stecken. Schwester Amelia war mit Eve in der Schaltzentrale und aktualisierte die Website. Die Anhängerinnen der Rose seien in heller Aufregung, erklärte sie mir. Ihr Glaube sei ins Wanken geraten, ihre Hoffnung auf Regen jedoch ungebrochen. Die beiden Frauen erzählten mir, dass auch sie von der Polizei verhört worden seien. »Aber letzten Endes ist keine Schwester je allein«, sagte Amelia. Die Polizei hatte es anders formuliert: Die Frauen hätten sich gegenseitig Alibis gegeben. Später setzte ich mich eine Weile allein zu Dorothy, die zusammengesunken und mit tränenverschmiertem Gesicht in eine Decke gewickelt dasaß. Sie verriet mir, dass man sie wiederholt vernommen habe, nicht nur bezüglich dessen, was sie in jener Nacht getan hatte, sondern auch bezüglich der anderen Schwestern. Irgendwann sei sie völlig verwirrt gewesen, und manche Dinge kämen ihr erst jetzt, im Nachhinein, bedeutsam vor. Sie fühle sich zum ersten Mal in ihrem Leben wirklich alt.

»Bei Eve und Amelia war die Antwort einfach, die beiden sind ganz normal ins Bett gegangen, wie jeden Abend. Aber Jack?« Sie trocknete sich die Tränen und setzte Wasser für einen Kräutertee auf. »Ich wusste nicht, was ich tun sollte. Sie hat mich angefleht, nichts zu sagen.«

»Wieso, was war denn?« Ich saß an Dorothys kleinem Tisch und starrte auf das halbfertige Aquarell auf dem Block vor meiner Nase, fasziniert davon, wie Dorothy den schräg auf die kahlen Pappeln fallenden Winterregen festgehalten hatte, und betroffen von der trostlosen Atmosphäre, die dieses Bild ausstrahlte.

Ich hörte nur mit halbem Ohr zu, während Dorothy weiterredete. »Sie schläft nicht gut. Oft wache ich auf und stelle fest, dass sie nicht im Bett liegt. Es war also nichts Ungewöhnliches, dass sie nicht da war. Ihr geht es so schlecht in letzter Zeit, Ruth. Als die Polizei zu uns kam, war sie ein Nervenbündel, vollkommen paranoid. Vielleicht haben die Männer schlimme Erinnerungen in ihr ausgelöst, du weißt schon, aus ihrer Kindheit. Sie hat immer wieder gesagt, dass die Polizei sie in eine geschlossene Anstalt einweisen würde.«

»Was macht dir dann solche Sorgen, Dorothy?«

»Ich habe gebetet, Ruth, voller Inbrunst, aber es kam keine Antwort. Weißt du noch, als du mich einmal gefragt hast, ob mir jemand antwortet, wenn ich bete? Diesmal war da gar nichts. Trotzdem musste ich den Polizisten irgendetwas sagen, also habe ich erzählt, sie sei hier bei mir gewesen und habe geschlafen, in diesem Wohnwagen, die ganze Nacht, bis sie im Morgengrauen aufgestanden sei, um zu beten.«

»Wo geht sie denn normalerweise hin, wenn sie nicht schlafen kann?«

»In die Schaltzentrale, zumindest jetzt, wo es so kalt ist. Im Sommer saß sie einfach draußen und betrachtete die Sterne, bis sie sich beruhigt hatte. Jack könnte keiner Fliege etwas zuleide tun, Ruth. Du und ich, wir wissen das.«

Ich nahm meinen Becher von ihr entgegen, atmete den süßen Duft des Tees ein – Lavendel für die Vergesslichkeit, Rosmarin für das Erinnern. »Dorothy, du bist der ehrlichste Mensch, den ich kenne. Hör auf, dich zu quälen.«

»Ich glaube, ich habe der Polizei alles gesagt«, schluchzte sie.

Die Tür ging auf, und kalte Winterluft strömte herein, ließ uns die

Decken ein wenig enger um uns ziehen und die religiösen Schriften auf dem Tisch festhalten, um die göttlichen Antworten vor dem Davonwehen zu bewahren. »Ganz sicher hast du das«, sagte Schwester Amelia.

Mein kleiner Junge tot?

Nie wieder hier neben mir auf dem Sofa, wo ich ihm immer vorgelesen habe? Nie wieder?

Obduktionsbericht

Inhalt:

Deckblatt Autopsie
Zusammenfassung des Verlaufs
Art der Untersuchung, Datum, Uhrzeit, Ort, ausübende Pathologen, Anwesende
Aufmachung, Kleidung, persönliche Gegenstände, in der Nähe gefundene Beweisstücke
Anzeichen für medizinische Eingriffe
Nach Todeseintritt erfolgte Manipulationen
Forensische Bildgebung
Identifizierung
Hinweise auf Verletzungen
Äußere Besichtigung
Innere Besichtigung
Auflistung der Gewebeproben
Mikroskopische Befunde
Toxikologische Befunde, Laborbefunde, Befunde ergänzender Verfahren
Pathologische Diagnosen
Zusammenfassung und Kommentare
Feststellung der Todesursache

Durch Süßwasseraspiration ausgelöste systemische Hypoxämie mit myokardialer Funktionsstörung; Lungenödem in Folge von hypoxischer pulmonaler Vaso-

konstriktion sowie veränderter Durchlässigkeit pulmonal-arterieller Gefäße; Abschürfung der Kopfhaut und Einsickerung verflüssigten Fetts in unterhöhlte Areale als Folge eines Sturzes auf den Hinterkopf.
Eine vorläufige Bescheinigung der Todesursache wurde vom Gerichtsmediziner ausgestellt.
Gerichtliche Untersuchung ausgesetzt.
Leiche zur Bestattung freigegeben.

27

24. DEZEMBER, 31. Dezember, 1. Januar, sämtliche Festtage verstrichen, ohne begangen zu werden. Luciens Beerdigung war das erste und letzte Mal, dass wir alle drei wieder aufeinandertrafen: Mark, Angie, ich. Ich denke viel an die fehlenden Väter – Angies Vater, Luciens Vater, Marks Vater. Selbst mein eigener Vater, ein Mann, der hinter blauen Vorhängen in Reagenzgläser ejakulierte, um das Familienerbe fortzuführen, erscheint mir wie ein Abwesender. Auch Mütter fehlten.

Der Polizei gelang es endlich, Angie aufzuspüren, aber sie wollte nichts mit mir zu tun haben, so wurde es mir gesagt.

»Es wird ihr nicht leichtfallen, herzukommen«, meinte Mark zu mir. »Das musst du verstehen. Die Tatsache, dass niemand für den Mord angeklagt wurde, muss hart für sie sein.«

Nachdem er genug geweint hatte, rasierte er sich, ließ sich die Haare schneiden und zog wieder von der Scheune ins Haus. Er war mir nah in jener Zeit, körperlich nah. Er stützte mich, wenn ich mich kaum auf den Beinen halten konnte, saß neben mir und hielt meine Hand, schlief auf dem Sofa, damit ich ihn nachts atmen hören konnte. Er lauschte meinem Schweigen und meinem Lärm, dem rauen Schluchzen, das meiner heiseren Kehle entwich, meiner Seele aus Sandpapier. Und wenn die Schwestern vor der Tür standen, hörte ich durchs Schlafzimmerfenster, wie er für mich log:

»Sie schläft gerade. Sie kommt zu euch, wenn sie dazu bereit ist.«

Mark log für mich und über mich.

»Tut mir leid, aber so lautet ihre Botschaft«, sagte er vor meinem Fenster. »Ich bin nur der Überbringer.«

Wollte er mich für sich haben? Wie hätte er mich in jenen Wochen nach Luciens Ertrinken körperlich begehren können, mit meinen rotgeheulten Augen und meiner Hysterie? Ich sehnte mich nicht nach Körperkontakt, außer danach, mir meine Arme mit meinen eigenen Nägeln bis aufs Blut zu zerkratzen. Wie konnte er eine Frau wollen, von der er glaubte, sie könnte seinen Enkel ermordet haben?

»Es ist lange her, seit du mich das letzte Mal gebraucht hast«, sagte er und half mir ins Bett.

»Sie blutet«, schrieben die Schwestern in ihrem Blog. »Sie blutet für das unschuldige Leben, das nicht mehr ist.«

Ich brauchte eine ganze Weile, bis ich schließlich doch die unaussprechliche Frage in Worte kleidete. Mark hatte der Welt außerhalb unserer Tore getrotzt und war zu einem Supermarkt in einiger Entfernung gefahren, um unsere Vorräte aufzustocken. Er versuchte, mich zum Essen zu bewegen, doch mein Magen verknotete sich allein beim Geruch der Speisen. Ich setzte mich dennoch zu ihm, und die Wärme des Herds weckte die Illusion, diese Küche könnte eines Tages wieder Herzstück eines Zuhauses sein. Mark kehrte zu einem Gespräch zurück, das wir bereits vor einiger Zeit begonnen hatten, und gab zu, dass er in der Nacht von Luciens Tod an seinen Anwalt geschrieben und ihn damit beauftragt hatte, seine Hälfte der Quelle treuhänderisch zu verwalten. Außerdem hatte er bereits die Kaution für ein möbliertes Zimmer hinterlegt.

»Es ist nicht gut für uns – für dich –, wenn wir hierbleiben. Ist dir das denn nicht klar? Du lebst hier wie eine Gefangene. Also musst du von hier weg.«

»Hier ist es genauso gut oder schlecht wie überall sonst auch.«

»Ich weiß, dass es überall schwierig ist, aber woanders hast du immerhin eine Chance, wieder auf die Beine zu kommen.« Der Ausdruck allein genügte, um mich aufspringen zu lassen. Er hielt mich fest und drückte mich wieder auf den Stuhl. »Okay, also nicht ›auf die Beine kommen‹. Tut mir leid. Aber woanders hättest du wenigstens etwas räumlichen Abstand, um nachzudenken.«

Das gummiartige Omelett lag vor mir auf dem Teller wie eine Plastikmahlzeit aus der Spielküche eines Kleinkinds. Ich brachte keine Verknüpfung zwischen diesem Ding vor meiner Nase, den Eiern, die dafür zerschlagen worden waren, und unseren Hennen zustande, die sie gelegt hatten. Jemand würde sich um die Hühner kümmern müssen, wenn ich von hier fortging. Wer hätte das sein sollen? Und wo sollte ich überhaupt hin? Im Grunde waren alle diese Fragen belanglos verglichen mit der einen, die mich innerlich auffraß.

»Glaubst du, ich könnte es getan haben?«

»Nicht jetzt, Ruth.«

Ich wiederholte die Frage noch einmal und bewegte dabei übertrieben die Lippen, als wäre er taubstumm. »Ich habe dich gefragt, ob du glaubst, dass ich Lucien umgebracht habe.«

Mark hatte zu Ende gegessen. Er stand auf und lehnte sich mit dem Rücken gegen den Küchenherd, die Hände steif um die Metallstange geschlossen, die vor den Herdplatten verlief. Sein anhaltendes Schweigen genügte.

Ich spürte die Zinken der Gabel an der dünnen Haut meines Handgelenks. »Ich nehme an, das ist ein Ja.«

»Was willst du denn von mir hören?«

»Die Wahrheit.«

Er antwortete also wahrheitsgemäß, zumindest glaubte ich das. Dabei griff er auf die Grammatik des Komparativs und die Mathematik der Wahrscheinlichkeit zurück. Wahrscheinlicher, weniger wahrscheinlich, unwahrscheinlich. Die Ruth, die er kenne und mit der er seit über zwanzig Jahren verheiratet sei, habe Lucien mehr als alles andere geliebt – das wisse er aus eigener leidvoller Erfahrung. *Beinahe* mehr als alles andere.

»Was meinst du mit beinahe?« Jetzt war ich die Inquisition, unerbittlich in meinem Eifer nach schmerzhaften Antworten.

»Könntest du ehrlich beantworten, was dir wichtiger war: Lucien oder deine Rose?«

»Jetzt weiß ich es«, sagte ich.

»Aber noch vor kurzem warst du eine vollkommen andere Frau. Wenn du mich also fragst, ob Ruth Lucien so etwas hätte antun können, müsste ich dich zuerst fragen: Welche Ruth?«

Er hielt mir die Haare zurück, als ich mich übergeben musste.

Er fragte mich nie, ob ich glaubte, dass *er* es getan hatte.

Wo sollte man den Jungen begraben, den man wahrscheinlich getötet hatte, beziehungsweise das, was von seinem Körper noch übrig war, nachdem er fortgebracht und aufgeschlitzt worden war wie ein Frosch im Biologieunterricht, als ließe sich auf diese Weise erklären, was passiert war? Man hätte ihn vom Kreuz nehmen, einen Felsbrocken vor die Gruft rollen und dasitzen und weinen können. Man hätte ihn der Quelle überlassen können, denn die Quelle hätte seinen Grabhügel mit Regen getränkt und Butterblumen darauf sprießen lassen. Schwester Amelia fand, dass der Trauergottesdienst bei uns stattfinden sollte. Sie schrieb mir jeden Tag – Lieder, Gebete, Segenswünsche, Ratschläge, Psalmen, Gedichte, Gleichnisse, Briefe –, doch nur wenige schafften es an meinem Zensor vorbei.

Meine Ruth,
wir haben für Lucien gebetet und darum, dass die Rose uns ihren Willen kundtut, wie wir sein Dahinscheiden begehen sollen. Lass ihn mit ihrem Segen die letzte Ruhe finden, denn genau wie die Rose, die vermeintlich tot im Wüstensand liegt, ein Gewirr trockener Äste auf einer staubigen Straße, ist auch Lucien nur scheinbar tot, weil sein kleiner Körper nicht länger atmet. In Wirklichkeit lebt er ebenso fort wie die Rose.

Ich habe Dir einmal gesagt, dass alles, was auf Erden blüht, bereits in der Knospe angelegt ist: Glaube dies, und Du wirst Frieden finden. Wir erwarten Deine Rückkehr.
Amelia

Sie schrieb alle möglichen Texte, und keiner von ihnen war wahr. Mark fand den Brief und sagte, was Schwester Amelia wolle, sei nicht mehr und nicht weniger als eine Opferstätte, an der sie sich ergötzen könne. Ich weiß nicht, was erschreckender war: die mögliche Wahrheit in dem, was er gesagt hatte, oder die Tatsache, dass er verstört genug war, so etwas auch nur zu denken.

Am Ende war es nicht meine Entscheidung. Ich war unfähig, überhaupt Entscheidungen zu treffen. Ich wollte seinen kleinen Körper neben mir im Bett behalten, bis das Gift der Verwesung in meine lebende Hülle eindringen und mich mit sich fortnehmen würde. Ich wollte seine Leiche in einem Feuer auf dem höchsten Punkt des ersten Feldes verbrennen und zusehen, wie die Asche vom Wind über die verdorrte Erde Englands getragen würde, bis wir alle nur noch winzige Partikel der Hoffnungslosigkeit wären, und danach würde ich die immergrüne Quelle anbrüllen, dass sie die Menschen betrog. Ich wollte inmitten des nichtssagenden Atheismus eines Vorstadtkrematoriums stehen, wie nach dem Tod meiner Mutter und meines Vaters, umgeben von Verkehr, Deodorant, wartenden Trauernden, die ihre Toten verwechselten, und dem im Kies der Gräber sprießenden Unkraut – und von nichts sonst. Ich wollte alle diese Dinge und gleichzeitig nichts. Ich wollte ihn überhaupt nicht begraben. Ich wollte ihn zurück. Wenn ich mit Menschen- und mit Engelzungen redete und hätte die Liebe nicht, so wäre ich nichts. Und wenn ich Kinder mit Glocken und Ritualen beerdigte, und hätte Lucien nicht, so hätte ich nichts.

»Ich werde mich mit Angie in Verbindung setzen«, verkündete Mark. »Wir müssen über die Beerdigung sprechen.«

Er holte sie vom Bahnhof ab, während ich wartete, aus dem Fenster in den verhassten Regen starrte und mich körperlich schlecht fühlte. Endlich kamen sie. Ich stand im rauen Nordwind vor der Tür und sah das Auto die mit Pfützen gespickte, matschige Auffahrt herunterschlingern. Ein Fahrer und ein Beifahrer. Mein Mann. Meine Tochter. Sie hatten lange gebraucht, viel länger, als die Fahrt vom Bahnhof nach Hause üblicherweise dauerte. Offenbar hatten sie geredet, vermutlich über mich.

Mark stieg zuerst aus dem Auto und ging zur Beifahrertür, um sie für Angie zu öffnen. Sie kletterte heraus wie eine alte Frau, die aus dem Krankenhaus nach Hause kam, unsicher, ob ihre Beine sie zur vertrauten Eingangstür tragen würden, ob sie ihr altes Leben je wieder würde aufnehmen können.

Ich sank auf die Knie. »Verzeih mir! Bitte sag, dass du mir verzeihst!«

»Steh auf, Ruth«, sagte Mark. »Ich glaube nicht, dass wir noch mehr kniende Frauen gebrauchen können.«

Selbst mein Kniefall wurde missdeutet. Ich rappelte mich wieder auf. Angie blieb wenige Zentimeter von mir entfernt stehen und wirkte dennoch unendlich weit entfernt, als hätte ihr starrer Blick eine Glasscheibe zwischen uns heruntergelassen. Mark ging zum Zaun und ließ den Blick über die Felder schweifen, stand da wie ein Besucher. Jede Nähe zwischen uns war innerhalb einer einzigen Autofahrt verschwunden. Angie hatte in der Grundschule einmal eine Hausaufgabe aufgehabt, in der es um Sprichwörter gegangen war. Die Redensarten waren nur so aus uns herausgesprudelt – der Spatz in der Hand, gut Ding will Weile haben, was du heute kannst besorgen –, aber schon damals hatte wohl keiner von uns das Unaussprechliche zu sagen gewagt: Drei sind einer zu viel. Jetzt erinnerte ich mich daran, als ich unsicher vor dem Haus stand und feststellte, dass sich die Allianzen erneut verschoben hatten. Angie fing an, unkontrolliert zu zittern, daher führte Mark sie ins Haus und setzte sie aufs Sofa. Ihr Gesicht wirkte aufgedunsen und stumpf von all den Medikamenten, mit denen sie ihren Kummer bekämpft hatte. Und noch etwas erkannte ich, nämlich das, was ich am meisten fürchtete: Ihre Augen waren pechschwarz und ihre Pupillen klein wie Stecknadelköpfe. Außerdem leckte sie sich ununterbrochen die Lippen. Es heißt, wenn man einen Süchtigen gut genug kennt, versteht man seine Ticks zu deuten. Ich setzte mich neben sie und schob den Ärmel ihres dicken Pullovers aus Lamawolle hoch, woraufhin sie mir den Arm entriss, quer durch den Raum vor mir davonlief und hinter dem Sessel Zuflucht suchte. Zitternd blieb sie stehen und schrie mich an, klammerte sich an die Polsterung.

»Was hast du denn geglaubt, was ich tun würde, Mum? Beten?«

Und:

»Du hast ihn umgebracht! Was auch immer passiert ist, ich werde dir immer – IMMER – die Schuld dafür geben, dass das Einzige, was ich je geliebt habe, tot ist!«

Und:

»Ich habe ihn so sehr geliebt! Du hast keine Ahnung, wie sehr ich ihn geliebt habe!«

Und:

»*Du* hättest in diesem beschissenen Teich ertrinken sollen!«

Und und und.

Bevor sie auf den staubigen Boden in der Zimmerecke sank und aus meinem Blickfeld verschwand.

Mark wich unserem Schweigen aus. Er rückte das Foto, das uns am Besichtigungstermin zeigte, gerade, öffnete die Lüftungsklappe des Ofens und ließ das Feuer aufflackern, strich mit dem Finger über die Kante seines Schreibtischs, zog Schubladen voller Quittungen, eingetrockneter Kugelschreiber und alter Ausgaben der Anglerzeitschrift auf und schloss sie wieder. Dann eskortierte er Angie von ihrem Versteck zum Hocker vor dem Ofen, wo sie sich hinsetzte und aussah, als ob sie vom Feuer verzehrt würde.

Nach einer langen, sehr langen Zeit ergriff sie wieder das Wort. »Tut mir leid, Dad, ich kann nicht anders.«

Mark sah mich an und drehte uns dann den Rücken zu. »Ich weiß«, sagte er.

Sie schluckte, bevor sie wie ein Roboter zu sprechen begann. »Auf der Fahrt vom Bahnhof hierher haben Dad und ich vereinbart, dass wir nur über die Vorbereitungen für die Beerdigung sprechen würden. Ich dachte, alles andere würde zu schwierig sein.« Angie saß da und zupfte an ihren Fingernägeln herum, bis ihre Nagelhaut blutete. Sie wischte sich die Hand an ihrem langen Rock ab. »Aber ich kann mich nicht länger zurückhalten. Du musst mir erzählen, was passiert ist.«

Ich löste meine Hände mit Zwang von meinen Augen, schüttelte den Kopf und wollte gerade antworten, als sie mich unterbrach.

»Ich weiß, was die Polizei mir erzählt hat und Mark und die Presse und die Welt und überhaupt. Aber du? Du hast mir gar nichts erzählt.« Ihre mechanische Stimme überschlug sich fast. »Du hast mich beiseitegeschoben, hast mich nicht mal angerufen, bis auf einmal, als du ins Telefon geheult hast wie ein Werwolf, als wäre es dein Sohn, der mit dem Gesicht nach unten in einem Sumpf getrieben ist.« Pause. Sie schlug sich mit der Faust gegen den Kopf, wieder und wieder, mit voller Wucht. »Jetzt. Jetzt sofort. Ich will es von dir hören. In ganz einfachen Worten. Das bist du mir schuldig. Was ist hier passiert?«

Ich machte mich noch kleiner auf dem Sofa. »Ich weiß es nicht.«

»Das glaube ich dir nicht. Tief in deinem Inneren musst du doch irgendwas wissen.«

»Nein, ich schwöre dir, dass ich nichts weiß! Außerdem hast du dich bei mir auch nicht gemeldet. Wie hätte ich es dir also erklären sollen? Und wie, glaubst du, fühle *ich* mich? Die Leute behaupten, ich hätte es getan, ich wäre in Trance gewesen und …«

»Sie hat dich nicht gefragt, wie du dich fühlst. Sie hat dir eine einfache Frage gestellt. Es geht nicht immer nur um dich!« Mark wirbelte herum, um wütend mit dem Finger auf mich zu zeigen. Dabei stieß er mit dem Ellbogen gegen den gläsernen Fischreiher, der daraufhin zu Boden polterte und zerbrach. Das Licht, das durchs Fenster hereinfiel, pickte sich einige Scherben auf dem Holzboden heraus und ließ sie glänzen wie Tau auf herausgepflügten Kieseln. Mir lief das Wasser im Mund zusammen, ich wollte diese Gewalttätigkeit. Stimme warnte mich, hier kommt er, um dich zusammenzuschlagen, und ich antwortete: Ja! Schlag mich so fest, dass das Blut aus klaffenden Wunden in meinem Gesicht spritzt und Narben mich entstellen, damit die Leute die Stigmata sehen und sagen, das ist die Frau, die behauptete, eine Heilige zu sein, und in Wirklichkeit eine Mörderin war. Er hatte es schon einmal getan, warum hielt er sich jetzt zurück? Mich verlangte nach Bestrafung, doch mein ersehnter Folterknecht ließ sich in den Sessel fallen. Jeder Kampfgeist war aus ihm gewichen.

Ich bückte mich stumm und fing an, eine Scherbe nach der anderen aus dem Meer aus zerbrochenem Glas zu klauben. »Ich weiß nicht, was passiert ist«, sagte ich schließlich und kniete mich hin. »Wenn ich es wüsste, würde ich es dir sagen. Bitte glaub mir. Ich tue nichts anderes mehr, als jenen Tag in allen Einzelheiten durchzuspielen, um den Moment zu finden, in dem ich etwas hätte anders machen können, damit Lucien, Lucien …«

»Heute noch hier wäre«, beendete Angie sarkastisch meinen Satz. »Weißt du was, Mum? Du wolltest von Anfang an nicht, dass ich ihn bekomme. Du auch nicht, Mark. Euch wäre es am liebsten gewesen, wenn ich still und heimlich abgetrieben hätte wie jeder andere schwangere Teenager. Tja, jetzt habt ihr doch noch gekriegt, was ihr wolltet, nicht wahr?«

Das stimmte nicht. Ich hatte Lucien von dem Moment an geliebt, in dem ich erfuhr, dass er in ihrem Bauch heranwuchs.

»Und dann dachtest du, du könntest es besser als ich. Mach dir keine Mühe, Mark hat mir alles erzählt: wie du ihn aus dem Haus vertrieben hast und dass er sich trotzdem um Lucien kümmern musste, für ihn kochen, ihn baden musste, während du für den Rest dieser Scheißwelt gebetet hast. Die Lieblingsheilige der Nation …«

Ich fing Marks Blick auf. O ja, die beiden hatten im Auto geredet!

»Und er hat mir auch erzählt, dass er dich anrufen wollte und dass Lucien, mein Sohn, an dein Handy gegangen ist und geweint hat, weil er ganz alleine war.« Jetzt fing sie selbst an zu weinen, und dieser Anblick war unerträglich für mich. Ihre Worte waren kaum noch zu verstehen. »Du hast gesagt, du würdest dich für ihn entscheiden. Du hast es versprochen. Du hast gesagt, die Quelle würde auf ihn aufpassen, genau das hast du gesagt. Als ich das letzte Mal angerufen habe, hättest du mir erzählen müssen, dass du mit der Situation überfordert bist!«

»Wir hätten dich niemals ohne Kontaktadresse gehen lassen dürfen …«, begann Mark.

Aber Angie unterbrach ihn. Ihre Wut ließ sie plötzlich wieder klar und deutlich sprechen. »Wie konnte ich nur auf die Idee kommen, du würdest es bei ihm besser machen als damals bei mir!«

»Angie!« Mark ging zu ihr hinüber, nahm meinen Platz neben ihr ein und legte ihr den Arm um die Schultern. »Nicht jetzt. Dieses Thema sparen wir uns besser für ein anderes Mal auf. Lass uns die Beerdigung besprechen und dann wieder gehen. Deshalb bist du doch hier.«

Eng umschlungen saßen sie mir gegenüber, und ich, mit meiner Handvoll Glasscherben, stand da und konnte nicht anders, als die einzige Gewissheit auszusprechen, die mir noch geblieben war: »Du weißt, dass ich Lucien geliebt habe, Angie. Als es dir nicht gutging …«

»Als ich völlig zu war, als ich high war, als ich ein Wrack war … sag es doch einfach, wie es ist, Mum.«

»Als du auf Drogen warst, habe ich versucht, wie eine …«

»Wie eine Mutter für ihn zu sein.«

Die Verbitterung erschöpfte sich nach und nach und rollte sich vor dem Feuer zusammen. Um sie nicht zu wecken, teilten wir uns flüsternd unsere Gedanken über die Beerdigung mit, Mark und Angie vor dem Ofen, ich auf dem Boden, den Rücken an die Wand gelehnt. Mark schlug die Kirche in Little Lennisford vor.

»Das ist der einzige neutrale Ort. Denn sie gehört zur englischen Staatskirche, und daran glaubt nun wirklich keiner von uns«, sagte er.

28

NACHRICHTEN aus der Außenwelt erreichten mich hauptsächlich durch Mark und den vor der Tür postierten Polizeibeamten. Offenbar hatte man inzwischen das Camp unserer Anhängerinnen entlang der Landstraße aufgelöst, wo sie ihre Wurfzelte an den Hecken befestigt, zaghaft knospende Weißdornzweige abgeknickt und mit den Reifen ihrer Campingbusse die frühen Schneeglöckchen zermalmt hatten. Bei der Fahrt zur Polizeiwache hatte ich einen kurzen Blick auf sie werfen können, und sie hatten sofort ihren Gesang angestimmt, als sie merkten, wer da im Auto saß.

»Sehet, hier ist die Rose von Jericho!«

Auf der Rückfahrt einen Tag später erschien mir die Szenerie vor dem Tor vollends wie eine drogengeschwängerte Halluzination. Einige der zahllosen Schaulustigen brachten an der Tankstelle gekaufte Rosen zu einem improvisierten Schrein, andere durchbrachen die Reihen der Polizei, um auf die Motorhaube zu hämmern und mich, die Kindsmörderin, zu beschimpfen. Die meisten kamen wohl nur, um aus ihrem Alltagstrott auszubrechen und einmal die würzige Luft des Dramas zu schnuppern, das sich hier abgespielt hatte. Für mich hingegen, die ich auf der Rückbank des Streifenwagens saß, war es wie eine Szene aus einem Computerspiel, das ohne meinen Avatar stattfand.

Ich erfuhr, dass etwa fünfzig Online-Anhängerinnen der Rose von Jericho aus dem ganzen Land angereist waren, »um in diesen schweren Zeiten zusammenzustehen«. Sie hatten die Erlaubnis erhalten, ihr Lager auf dem Acker jenseits der Landstraße aufzuschlagen, und wer konnte es dem Bauern verübeln, wenn er hoffte, dass entweder ihre Magie oder ihr Geld auf ihn abfärben würden? Ich wagte mich nur selten aus dem Haus, aber als ich doch einmal vor die Tür trat, sah ich in der Ferne das Flackern ihrer Lagerfeuer und Fackeln. Glaubte man dem Internet, waren sie nicht die Einzigen. Kleine Zeltlager wuchsen überall dort aus dem Boden, wo es in der Nähe eines öffentlichen Hydranten eine freie Fläche gab. Die Bilder zeigten Frauen, die um Feuerschalen herumstanden und Rosen an Passanten verteilten, und sie zeigten Plakate an Laternenmasten, die die Botschaft verkündeten: *Sehet, gekommen ist die Rose, denn es regnet!* Auf einigen Bildern war ich, die Auserwählte, zu sehen, mit der Unterschrift: *Die Unschuld in Person.*

Laut Gestern-im-Parlament.com taten sich die Abgeordneten schwer damit, angemessen auf die Tragödie zu reagieren, da sie weder die Sekte verharmlosen noch jene vor den Kopf stoßen wollten, die in den Sog des im ganzen Land um sich greifenden religiösen Eifers geraten waren. Ohne sich in die laufenden Ermittlungen zum tragischen Tod von Lucien Ardingly einmischen zu wollen, verlangten die Abgeordneten allerdings zu erfahren, ob alles Erdenkliche getan werde, um die Gründe für die anhaltende Fruchtbarkeit des »Die Quelle« genannten Anwesens zu ermitteln. In einer Anfrage an den Bildungsminister baten sie diesen darzulegen, wie es – vor allem in ländlichen Regionen – mit der Einbindung von zu Hause unterrichteten Kindern in das staatliche Erziehungswesen aussehe und ob genügend Mittel für die Überwachung der Schulbildung von Kindern bereitstünden, deren Eltern ohne festen Wohnsitz lebten. Sie begehrten Auskunft bezüglich der von den Jugendämtern erhobenen Daten über sich in der Obhut von Verwandten befindende Kinder und forderten die Gleichstellungsbeauftragte zu einer Stellungnahme zu eingeschlechtlichen religiösen Sekten auf. Der Innenminister sollte erklären, welche Vorkehrungen er zu treffen gedenke, um der Familie Ardingly die von ihr gewünschte würdevolle, private Beisetzung ihres Sohnes und Enkels zu ermöglichen, aber vor allem verlangten sie dem Premierminister die Zusicherung ab, dass er alles in seiner Macht Stehende tun werde, um eine solche Tragödie in Zukunft zu verhindern. Würde. Privatsphäre. Familie. Unter den gegebenen Umständen eine Illusion.

Am Abend vor Luciens Beerdigung wurden bereits Umleitungen eingerichtet, damit die Gemeinde Middleton dem Ansturm gewachsen war. Das gesamte vier Morgen große Feld zwischen dem alten Pub an der Brücke und dem Fluss war für die Presse reserviert, die dort ihre Übertragungswagen mit Sendemasten und Satellitenanlagen abstellte. Angeblich sollte die ganze Nacht hindurch gesendet werden. »Für wen?«, fragte ich den Polizeibeamten, der vor der Haustür postiert war und mit den Füßen stampfte, um sich aufzuwärmen. Er antwortete, die Zuschauer seien frühmorgens eben besonders sensationsgierig.

Sämtliche Teilnehmer des Gottesdienstes mussten auf einer Liste der zugelassenen Trauergäste stehen. Selbst die Organistin musste sich ausweisen, bevor sie in die Kirche gelassen wurde.

»Übernachten Sie alle vor der Beerdigung hier im Haus?«, erkundigte sich der Polizeikommissar, dem die undankbare Aufgabe zufiel, für einen reibungslosen Ablauf des Trauerzuges zu sorgen.

»Spielt das denn eine Rolle?«, fragte Angie zurück.

»Es wäre leichter, für Ihren Schutz zu sorgen, wenn Sie gemeinsam von hier aus aufbrechen würden. Dann müssten wir Ihnen nur einmal Geleitschutz geben, von hier zur Hauptstraße und dann auf direktem Weg zur Kirche. Falls Sie hingegen in Ihrem Motel in Middleton bleiben wollen, wird es ein wenig komplizierter, weil wir die doppelspurige Schnellstraße nicht sperren können.«

Angie konnte nicht hier übernachten. In diesem Haus konnte niemand mehr schlafen.

Mark traf die Entscheidung. »Angie und ich bleiben im Motel«, sagte er. »Wir kommen am frühen Morgen hierher, dann können wir alle zusammen zur Kirche fahren.«

»Zusammen?«, fragte Angie panisch.

Mark nickte ihr zu und wandte sich dann an den Kommissar. »Würde das funktionieren?«

Der Beamte stand ebenfalls auf. »Wir werden dafür sorgen, dass es funktioniert, Sir.«

Ich werde die Nacht also allein verbringen, dachte ich. Diese und jede andere, für den Rest meines Lebens. Die Medikamente, die man mir verschrieben hatte, schalteten mein Erinnerungsvermögen und mein Zeitgefühl aus, daher wachte ich erst von den am Fenster vorbeihuschenden Scheinwerfern und den zugeworfenen Autotüren auf. Ich begrüßte den Tag mit einer Mischung aus Erleichterung und Erbrechen. Unten im Erdgeschoss schien jemand den Teekessel zu füllen. Ich öffnete die Jalousien und begann mich der Tatsache zu stellen, dass soeben der abscheulichste Tag von allen angebrochen war. Mark saß auf dem Zaunübertritt zum ersten Feld. Wäre alles nach Plan verlaufen, hätte er sich jetzt aufs Ablammen vorbereitet. Stattdessen drückten sich die unbefruchteten Mutterschafe entlang der Hecken herum, als seien sie sich der Nutzlosigkeit ihrer Existenz bewusst. Es regnete nicht, sondern schneite. Geburten, Hochzeiten, Todesfälle, und immer fiel Schnee. Ich konnte beinahe die Flocken zählen, die auf den schwarzen Ärmeln von Marks Mantel, auf seinem hochgeklappten Kragen und seinen dunklen Haaren landeten und für den Bruchteil einer Sekunde ihre Form behielten. Doch noch bevor ich mir einen Reim auf all dies machen konnte, war das Gestöber vorbei und Mark zurück im Haus.

Auf der obersten Stufe sitzend, belauschte ich meinen Mann und meine Tochter.

»Du hast Schneeflocken im Haar.«

»Ist deine Mutter schon wach?«

Ein Löffel, der gegen einen Becher klirrte.

»Ich kann nicht noch einmal dort hochgehen.«

Am Vorabend hatte sie mehr als zwei Stunden lang ununterbrochen in Luciens Zimmer geweint und geschrien, während Mark sich in seinem Arbeitszimmer eingeschlossen und ich draußen auf der Veranda in der tränenlosen Dunkelheit gestanden hatte. Irgendwann hatte Mark sie dazu überredet, mit ihm ins Motel zu fahren. In Irland gibt es das Wort »Keening« für die Totenklage und für einen scharfen Dolch. Es trifft den grenzenlosen, messerscharfen Schmerz genau.

»Kein Problem, ich gehe gleich hinauf und sehe nach. Sie soll ruhig noch ein bisschen schlafen, der Tag wird lang genug.«

Das Knistern des Kessels, der erneut gefüllt und auf den Herd gestellt wurde.

»Hier sieht's echt aus, als hätte eine Bombe eingeschlagen.«

Der Wasserhahn lief. Pfannen landeten mit einem lauten Krachen im Schrank. Ich stellte mir vor, wie sie energisch die Küche schrubbte, verzweifelt um Sauberkeit bemüht, genau wie ich. Langsam stand ich von der Treppenstufe auf, aber die Dielen knarrten unter meinen Füßen.

»Das ist sie.«

Der Hahn lief immer noch, und die Pumpe sprang polternd an, um Wasser aus der Tiefe der Quelle heraufzubefördern. Weil ich keine Lust hatte, mich anzuziehen, raffte ich Marks alten Bademantel enger zusammen und ging die Treppe hinunter. In der Küchentür blieb ich zögernd stehen. Angie ignorierte mich und sagte zu Mark: »Meinst du, das Wasser versiegt irgendwann, wenn ich es lange genug laufen lasse? Dann hätte das alles hier ein Ende.«

»Deine Mutter hat mich einmal genau dasselbe gefragt.« Mark löste sanft ihre Hände vom Wasserhahn, drehte ihn zu und nahm Angie in die Arme, die schluchzend in Tränen ausbrach. Erst, als sich die beiden wieder trennten, hatte ich das Gefühl, die Küche betreten zu dürfen.

Jemand hatte einen Leichenwagen bestellt.

»Ich glaube, Lucien hätte der Wagen gefallen«, sagte Mark, als er Angies Widerwillen gegen das Fahrzeug spürte. »Er mochte die Vorstellung, dass es für jeden Anlass das passende Auto gibt.«

»Weißt du noch, wie wütend er wurde, als der Mann von der Fensterreinigung in einem Transporter ankam, der aussah wie das Postauto?«, fragte ich.

»Wann war denn das?«, wollte Angie wissen.

»Ich weiß es nicht, Schatz. Das war noch in London. Wahrscheinlich damals, als er bei uns gewohnt hat.« Die Worte einer Teufelin mit langstieligem Dreizack.

»Ich kann das nicht, Mark«, schluchzte Angie, und ich verstand erst, worauf sie hinauswollte, als Mark mit der Polizei sprach und ihr anschließend auf die Rückbank des zivilen Polizeiautos half, das als Eskorte bereitstand. Nachdem er mir zugerufen hatte, es tue ihm leid, aber es sei ja nur für das kurze Stück zur Kirche, stieg er ebenfalls ein und machte die Tür hinter sich zu. Mir blieb nichts anderes übrig, als allein im Leichenwagen mitzufahren, auf dessen breite schwarze Rückbank bequem drei Personen gepasst hätten, sogar vier, wenn wir zusammengerückt wären. An der Stelle, an der unsere schlammige Einfahrt in die Straße mündete, geriet der vorausfahrende Polizist auf seinem Motorrad ein wenig ins Schlingern, und unsere Kolonne war gezwungen, langsamer zu fahren. Und da sah ich sie, die Schwestern. Nicht nur Schwester Amelia und die anderen drei, sondern auch die Schwestern aus dem Zeltlager jenseits der Straße. Sie alle waren weiß gekleidet und standen Spalier. Im Auto vor mir beugte sich Mark aus dem Fenster und rief etwas, doch in meinen dunklen Sarg drang kein einziger Laut.

Wir krochen im Schritttempo an ihnen vorbei. Tränen liefen ihnen über die Gesichter, während sie je eine Rose von Jericho hochhielten und ihre Münder stumme Gebete murmelten. Dorothy sah aus, wie eine alte, trauernde Frau eben aussieht, und Jacks Hände zitterten so stark, dass sich Staub und Blätter von ihrer Rose lösten; zwischen den beiden stand Eve, die sich bemühte, der Zukunft tapfer ins Auge zu blicken. Plötzlich trat Schwester Amelia mit ausgestreckten Armen vor den Leichenwagen und zwang ihn anzuhalten.

»Sehet, hier ist die Auserwählte der Rose von Jericho!«, rief sie.

Der Fahrer hupte laut, mehrere Polizisten rannten auf Amelia zu und zerrten sie unsanft von der Straße, wobei sich ihre Hände in Amelias langen Haaren verhedderten. Ihr weißes Gewand rutschte bis zur Hüfte hoch, und ihre nackten Füße schrammten über den Kies der Straße. Die Schwestern eilten ihr zu Hilfe, versuchten den Beamten das Gesicht zu zerkratzen und brüllten sie an, zogen an Schwester Amelias Händen. Andere griffen auf, was sie gerufen hatte, skandierten lauter und lauter im Chor:

»Sehet, dies ist die Auserwählte, sehet, sie wurde erwählt von der Rose Jerichos! Sehet, sie ist eine Unschuldige!«

Ich vergrub mein Gesicht in den Händen und wiegte mich in meiner einsamen schwarzen Höhle vor und zurück. »Nein! Nein! Nein!«, wiederholte ich, wieder und wieder, bis mir das Rütteln des Autos verriet, dass wir uns in Bewegung gesetzt und die Schwestern hinter uns gelassen hatten. Innerlich kämpfte ich gegen Stimme an, die mit zur Beerdigung kommen wollte.

Der endlose Mittelgang gehörte mir allein, denn Mark und Angie waren bereits Arm in Arm nach vorn gegangen und hatten sich in die erste Reihe gesetzt. Die mir halb zugewandten fremden Gesichter in der Trauergemeinde wirkten wie aufgebläht und verzerrt, als ich sie passierte. Ich hörte, wie das Tuscheln auf meiner Höhe verstummte und hinter mir erneut einsetzte wie die Stille zwischen zwei Wellenkämmen, während ich gebannt auf den Altar zuschritt, Auge in Auge mit Jesus am Kreuz. Zaghaft schlüpfte ich in die erste Reihe und setzte mich neben die beiden Menschen, die mein Mann und meine Tochter waren. Was auch immer diese Leute, die zum Trauergottesdienst gekommen waren, denken mochten, eines hatten sie mit mir gemeinsam: Wir fühlten uns unwohl in der Gegenwart von Tod und Religion, betrachteten mit Argwohn das Angebot, das uns tausend Jahre Stein und Glasmalerei machten. Irgendjemand hatte die schlichte Dorfkirche mit Lilien geschmückt, deren Duft sich mit dem Geruch nach klammen Gesangbüchern und Holzpolitur und dem leisen Wehklagen der Orgel vermischte. Einige der Traveller waren gekommen, darunter auch Charley. Wenn jemand Angie dabei helfen kann, wieder clean zu werden, dann ist er es, dachte ich. Sie hatten auch ihre Kinder mitgebracht, kleine Mädchen mit Wollstrumpfhosen, langen Röcken und Schneeglöckchensträußen in den Händen und kleine Jungen in Jeans, denen es schwerfiel, stillzusitzen. Henni kam zu Angie nach vorn und erzählte ihr, er habe ein Foto von Luciens Fahrrad mitgebracht und wolle es an den Sarg kleben, weil es Lucien bestimmt gefallen hätte, ein Foto von seinem Fahrrad mitzunehmen. Angie nickte, küsste ihn auf den Kopf und sagte, das sei sehr lieb von ihm, genau das solle er tun. Also beobachteten Mark, Angie und ich, zusammen mit dem Pfarrer, sämtlichen Trauergästen, dem Polizisten auf der hintersten Bank und der Frau, die so gründlich durchsucht worden war, bevor sie die Orgel spielen durfte, wie Henni in seinen quietschenden Turnschuhen nach vorn ging und ein Foto von Luciens Fahrrad an den Sarg aus Weidenholz klebte.

Er war so klein, dieser Sarg, so unglaublich klein.

Es wurden Kirchenlieder gesungen. Ich habe keine Ahnung, wer sie ausgesucht hatte. »Sei da für uns in der Kindheit, o Herr, gib uns Frieden im Herzen, denn wir lieben dich so sehr.« »Denn tausend Zeitalter sind für dich wie der Tag, der gestern vergangen.« Aufstehen. *Vergangen*, wiederholte Stimme. Hinsetzen. Knien. Vergangen, vergangen, vergangen. Wieder hinsetzen. Mein Körper war ein Roboter, mein Verstand der schwarze Bildschirm eines von einem Virus befallenen Computers. Mark, der Angie im Arm hielt, Angie, die weinte und weinte, und ich, deren trockenen Augenhöhlen keine einzige Träne zu entlocken war. Nicht einmal auf dem Friedhof, wo die Totengräber am Vortag einen Bagger gebraucht hatten, um das trockene, feste Erdreich auszuheben; nicht einmal, als der Sarg ins Grab hinuntergelassen wurde, auch nicht, als Angie seine Plüschente küsste und sie in das finstere Loch im Boden fallen ließ, oder als die kleinen Mädchen ihre Blumen hinterherwarfen.

Nicht einmal jetzt.

Wortlos ließ mich Angie am Grab stehen; als ich mich umdrehte, war sie weg, ohne ein Versprechen oder die Hoffnung auf Vergebung. Ein Arzt und ein Polizist brachten mich nach Hause. Mark kümmerte sich anscheinend noch um den Leichenschmaus im Gemeindesaal, um danach für immer zu verschwinden. Der Arzt war ein gütiger Mann und setzte sich noch eine Weile zu mir. Später sagte er mir, dass er die Stellungnahme für eine gute Idee halte und hoffe, die langen Schlangen von Menschen, die ihr Beileid bekunden wollten, würden nun ein Ende haben.

Stellungnahme?

Die Familie Ardingly möchte sich bei allen für die Freundlichkeit und Anteilnahme der letzten Wochen bedanken. Es fällt uns schwer, Worte für die tiefe Lücke zu finden, die Luciens Tod in unser Leben gerissen hat. Er war der wunderbarste Sohn und Enkel, den man sich nur wünschen konnte, und wurde von allen geliebt, die das Glück hatten, ihn kennenzulernen. Uns ist bewusst, dass im ganzen Land über »Die Quelle« *und unsere Pläne für die Zukunft spekuliert wird. Damit Luciens Tod nicht ganz umsonst war, werden wir Sorge dafür tragen, dass dieses besondere Stück Land von nun an unserer ganzen so fürchterlich unter der Dürre leidenden Nation zugutekommt. Daher wird die Familie das Anwesen in Kürze verlassen und rechtliche Vorkehrungen treffen, den Besitz in eine wohltätige Stiftung zu überführen.*
Zum jetzigen Zeitpunkt jedoch bittet die Familie darum, ihre Trauer in Stille tragen zu dürfen.

»Es war sehr vernünftig von Ihrem Mann, diesen kleinen Text zu verfassen«, lobte der Arzt. »Er war der Meinung, dass Sie genug um die Ohren haben und er Ihnen das besser abnimmt.«

Der Text war Marks öffentliches Abschiedsschreiben; für mich hatte er eine andere Botschaft.

Liebe Ruth,
dies ist der schwierigste Brief, den ich je werde schreiben müssen, aber ich kann es nicht länger hinausschieben. Ich gehe fort von hier. Wenn Du diese Zeilen liest, werde ich bereits weg sein, und dieses Mal werde ich nicht zurückkommen. Es tut mir sehr leid.
Ich wäre gerne geblieben. Die Quelle war – zunächst noch für uns beide – die Erfüllung eines Traums. Obwohl sie weder Dir noch mir gehörte, hat sie uns entzweit. Inzwischen haben wir sämtliche Stadien durchlaufen: zusammen im Haus, getrennte Schlafzimmer, getrennte Lebensbereiche. Der nächste logische Schritt wäre gewesen, dass einer von uns auszieht … doch dazu kam es nicht mehr. Während der letzten Wochen habe ich mir eingeredet, du bräuchtest mich wieder. Das war ein Irrtum. Du brauchst mich schon seit langer Zeit nicht mehr. Du hattest Deine Tochter, Deinen Enkel, Deine Schwestern, Deine Rose – ich kam immer erst ganz zum Schluss. Seit Luciens Tod erlaubst Du mir immerhin, Dich zu füttern, Deine Pillen zu zählen, aber das genügt nicht, und deshalb gehe ich.
Wenn ich Deinen Glauben teilen könnte, würde ich es tun. Ich kann es nicht. Nein, ich habe keine anderen Lösungen und Antworten parat, wie Du mir so oft vorhältst. Für mich ist es nun mal Schwäche, nicht Stärke, eine göttliche Fügung darin zu sehen, dass wir auf die Quelle gestoßen sind und dieses besondere Stück Land unser Eigen nennen durften. Für mich ist das Wahn, kein Glaube. Wie oft habe ich Dir klarzumachen versucht, dass Du von Schwester Amelia ausgenutzt wirst. Ich habe es nicht aus Bösartigkeit getan, sondern aus Liebe, und hoffe sehr, dass Du Dich in Zukunft von ihr fernhältst. Du brauchst medizinische Hilfe. Im Gegensatz zu Angie bin ich nicht der Meinung, dass die Schwestern harmlos sind.

Ich glaube, in einem sind wir uns einig: dass die Quelle zu groß für uns geworden ist. Ich habe alles in dieses Stück Land investiert, es sollte unsere Zuflucht werden, unser idyllischer kleiner Bauernhof, aber von klein kann keine Rede mehr sein, findest Du nicht auch? Von Anfang an hat es uns nicht zugestanden, die Quelle zu besitzen, denn wenn sie einige Antworten auf die Dürre birgt, dann soll sie allen gehören. Ich habe daher eine Verfügung zur befristeten Überschreibung an die Regierung aufsetzen lassen und meine Unterschrift daruntergesetzt. Sie ist bei unserem Anwalt hinterlegt. Geld habe ich dafür bisher keins erhalten, zumal es mir ohnehin nie um Geld ging. Ich hoffe, Du kennst mich gut genug, um mir das zu glauben. Im März wäre unser Hochzeitstag. Du hast mir alles bedeutet, und vielleicht ist das der Grund dafür, dass es mir unmöglich ist, weniger als alles zu akzeptieren.

Erinnerst Du Dich noch an die Listen, die Du immer für Angie und mich geschrieben hast, wenn Du auf Tagungen oder Fortbildungen warst? Jazztanz am Donnerstag, vergesst nicht die Lasagne im Eisfach, Angies Lesebuch muss am Freitag zurückgegeben werden – solche Dinge. Ich möchte auch eine Liste für Dich schreiben: Die Schafe jeden Tag auf Moderhinke untersuchen, das Futterergänzungsmittel für die Schweine geht zur Neige, die Bremslichter des Anhängers müssen repariert werden … Ich will Dich außerdem daran erinnern, auf Dich selbst zu achten, ordentlich zu essen, die Hintertür abzuschließen, kein Überbrückungskabel beim Land Rover zu benutzen, Dich vom Internet fernzuhalten … aber das tust Du alles seit Monaten nicht mehr, was bringt es also, wenn ich es Dir jetzt sage? Sollen die Tiere eben sterben. Wenn ich mir meinen Verstand bewahren will, muss ich von hier weg und kann mich nicht mehr darum kümmern. Stattdessen muss ich mich um meine eigene Trauer kümmern. Du kannst allein auf Dich aufpassen. Ich habe sämtliche wichtigen Papiere, finanzielle Dokumente etc. in meinem Schreibtisch hinterlassen. Weitere Unterlagen über die Quelle habe ich in einem Ordner auf Deinem Laptop abgelegt, er heißt ›Abschied‹. Auf der Bank ist noch ein wenig Geld, das allerdings nicht für immer reichen

wird. Darüber werden wir uns irgendwann unterhalten müssen. Vielleicht werde ich zum gegebenen Zeitpunkt unseren Anwalt bitten, sich mit Dir in Verbindung zu setzen. Versuch nicht, Kontakt zu mir aufzunehmen. Ich werde nicht antworten. Es ist vorbei.
Ich weiß noch nicht, was ich tun werde. Will hat angeblich einen Bekannten, der einen Juristen braucht, aber ich werde nicht mit dem Herzen dabei sein.
Du hast mich genauso verlassen, wie ich Dich nun verlasse. Es tut mir leid, dass ich Dich geschlagen habe. Ich bin kein gewalttätiger Mensch, doch Du hast mir so knüppelharte Hiebe versetzt, dass ich manchmal noch heute nach Luft ringe. Kann sein, dass die Krise bald vorbei ist. Kann sein, dass es anfängt zu regnen. Bis wir jedoch wissen, wer unseren Enkelsohn umgebracht hat, wird an Vergebung nicht zu denken sein. Ich hoffe immer noch, gegen alle Vernunft, dass Du es nicht warst.

Du kannst meine ganze Liebe behalten, ich werde sie nie wieder für jemand anderen brauchen.

Mark

29

DIE ERINNERUNG hat ihren Preis, und sie reist nicht allein. Als ich aufwache, liegt ihr Gefährte neben mir, ich spüre trotz der Hitze des Tages seinen eiskalten Körper, der sich von hinten an mich drückt, seinen ranzigen Atem in meinen Nacken bläst und mich die Knie an die Brust ziehen und jaulen lässt wie ein Hund. Vor Hughs Tod wuchs in mir der Glaube, die Erinnerung könnte ihren bleischweren, mit Schmerz und Hinterlist beladenen Koffer gepackt und ihn die Treppe hinuntergeschleift haben und von dort zur Tür hinaus. Aber sie hat sich nur versteckt und den rechten Augenblick abgewartet.

Ich starre an die Decke und vergleiche meine lächerlichen kleinen Fortschritte mit den riesigen Rückschritten, die ich mache. Irgendwann im Laufe des Vormittags drehe ich mich zur Seite, blicke aus dem Fenster und sehe den Weizen zwischen den Disteln auf dem ersten Feld sprießen, sehe die testweise angebauten, streng kontrollierten Feldfrüchte auf den Regierungsparzellen wachsen. Der Kreislauf allen Lebens: Geboren werden, Nahrung aufnehmen und wieder ausscheiden, wachsen, sich fortpflanzen, sterben. Die Ratten, die um den Komposthaufen huschen, sind in diesen Dingen versierter, als ich es je sein werde. Und sie begehen keinen Selbstmord, zumindest, soweit ich weiß.

Meine Hand wandert zu meinem Oberschenkel und fährt die vernarbten Umrisse des Brandzeichens entlang; sie macht das oft, meine Hand, als befürchte sie, ich könne etwas vergessen. In solchen Momenten kommt es mir wahrscheinlich vor, dass ich Lucien getötet habe. Sein Gesicht taucht aus den Astlöchern und Wirbeln des Parketts auf und bestätigt meine Schuld, nicht irgendeine abstrakte moralische Schuld, sondern den tatsächlichen, physischen Akt: wie ich ihn in den frühen Morgenstunden wecke, ihm meinen Finger an den Mund lege, ihm ins Ohr flüstere, dass wir zusammen ein kleines Abenteuer erleben werden. Ich binde seine Turnschuhe für ihn, mache einen Doppelknoten in die Schnürsenkel und schlage die Enden unter. Er ist noch ganz schlaftrunken. Ich hänge ihm die Rose um; es ist dämmrig, doch meine Finger wissen, wie sie das Band verknoten müssen. Ich suche nach seiner Hand, die im langen Ärmel seines grünen Pullovers verborgen ist. Dann führe ich ihn die Treppe hinunter. Jetzt ist er wach und aufgeregt.

»Wo gehen wir hin, Oma R.? Und warum?«

Und dann, als wir zur Tür hinausgehen:

»Guck mal, wie dunkel es noch ist, Oma R.!«

Es ist nicht nur stockdunkel, sondern auch sehr kalt. Am Himmel sind keine Sterne zu sehen, auch kein Mond. Wir halten uns aneinander fest, Lucien, um nicht in der Nacht verlorenzugehen, und ich, um ihn umso sicherer zu verlieren. Auf der Hügelkuppe blicken wir zum Cadogan Hill hinüber: In den Bauernhäusern am Hang brennen keine Lichter; niemand möchte wach sein und sehen, was geschieht.

Stimme drängt mich zur Eile. Bald wird es dämmern.

»Gehen wir zum Teich, Oma R.? Willst du da mit mir hin?«

Ja, wir gehen zum Teich.

Jetzt, da er über den Zauntritt klettert, der in den Wald führt, hat er ein bisschen Angst. Ich spüre, wie fest er meine Hand gepackt hält und sich so ausgerechnet an jenen einen Menschen klammert, der ihm übelwill. Wir kommen am schwarzen Teich an, und Lucien bückt sich und berührt die Oberfläche mit der Hand. Das Wasser erwacht nur langsam aus seinem Schlummer, weicht schläfrig an die

Uferränder zurück, wo es sich im Schilf versteckt. Es will dem Bösen nicht die Hand reichen.

»Du lässt mich aber nicht hier allein, oder, Oma R.?«

Ja und nein.

»Das Wasser ist ganz schön tief, Oma R. Kommst du bis zum Grund?«

Ja, wenn ich hinabschwimme und wieder auftauche.

Wir setzen uns auf die kalte Erde, und er lehnt sich an mich und sagt, ihm sei ein bisschen schlecht, ob wir nach Hause gehen und ein anderes Mal zurückkommen könnten? Aber ich versichere ihm, dass das Wasser alles wiedergutmachen wird.

»Sehen wir heute den Zauber?«

Ja, antworte ich. Allerdings müssen wir alles richtig machen, sonst funktioniert es nicht. Komm mit.

Hand in Hand stehen wir im kalten Wasser des Quellteichs, sinken ein in den Morast, Lucien kichert und zittert. Wir machen noch einen Schritt. *Noch 'nen Schritt den Weg entlang, noch 'nen Schritt die Welt entlang, vom Alten hin zum Neuen, bald werden wir uns freuen*, singe ich leise, und er stimmt ein, denn er kennt dieses Lied. Er singt wie ein Mädchen, hat Haare wie ein Mädchen, ich spüre sie zwischen den Fingern. Aber seine Geschlechtsteile sind die eines Jungen. *Tiefer*, sagt Stimme. *Geh tiefer hinein.*

»Das Wasser ist aber kalt, Oma R.!«

Ich sage ihm, dass man am besten noch tiefer hineingeht, wenn einem kalt ist. Die Kälte, die Schmerzen in deinem Bauch, die Angst, die du in deinen Fäusten spürst, das alles lässt der Zauber verschwinden, wenn du tief genug im Wasser bist. Du musst nur daran glauben.

»Das tue ich, Oma R., ich glaube daran. Mir ist trotzdem kalt.«

Vertrau mir.

Er lässt sich nach hinten in meine Arme sinken und schreit auf, als ihm das Wasser ins Gesicht spritzt. Plötzlich hat er tausend Arme und Finger, die nach meinen Kleidern grapschen und mir an den Haaren ziehen. Ich gerate in der Dunkelheit ins Stolpern und taumele gegen ihn, er schlägt nach mir, tritt mich in die Brust, wir kämpfen wie Betrunkene miteinander. Er steht halb und rutscht halb weg, sein Kopf fliegt nach hinten und knallt auf die alten, moosbewachsenen Steinstufen. Dann sackt er nach unten, gleitet ins Wasser. Ich halte seinen vollkommenen, blutenden Kopf unter die Oberfläche. Nur einmal suchen seine Hände kraftlos nach etwas, woran sie sich festkrallen können, doch als sie nichts finden, öffnen sie sich und treiben wie Blumen auf dem Wasser. Er wird ganz still und ist auf einmal wieder wunderschön. Ich erlaube es seinem bleichen Gesicht, an die Oberfläche zu kommen, um das Mondlicht zu empfangen. Seine Lippen sind gekräuselt wie eine Rosenknospe.

Stimme sagt, dass ich es gut gemacht habe, und dann bin ich wieder zu Hause in meinem Bett, in meinem schwerelosen Haus, und draußen dämmert der Morgen in allen Regenbogenfarben.

»Ruth, geht es Ihnen gut?«

»Ich wusste nicht, dass Sie wieder da sind.«

Junge fühlt mir die Stirn. »Sie glühen ja.«

Ich rolle mich von ihm weg, verkrieche mich zitternd unter der Bettdecke. Er glaubt, dass ich Fieber habe. Recht hat er, ich bin durch und durch krank.

»Was gibt es Neues? Ich habe das Protokoll gelesen: Sie sind kaum einmal aufgestanden in dieser Woche …«

»Sie müssen mich allein lassen.«

»Ich hole Ihnen ein paar Paracetamol. Sie brauchen einen Arzt.«

»Nein. Und Ihr Paracetamol will ich auch nicht. Wissen Sie was, Junge: Auch Sie will ich nicht hier haben. Gehen Sie zurück in Ihr Quartier.«

Junge vergräbt den Kopf in den Händen. Ich packe ihn beim Arm, beuge mich vor und nutze das Überraschungsmoment. »Gehen Sie endlich, Herrgott nochmal! Das ist doch armselig: ich, eine Irre in den Wechseljahren, und Sie, ein Halbwüchsiger auf der Suche nach einer guten Sache. Nun, Sie haben sich eben die falsche ausgesucht. Und wissen Sie was? Früher oder später werden auch Sie sich fügen, sich ein Haus und einen Job und eine Frau und Kinder zulegen, und die ganze Geschichte hier wird nur noch eine Anekdote sein, die Sie auf Partys erzählen.«

Meine Fäuste trommeln genauso hart auf ihn ein wie meine Worte, attackieren seine »ach so traditionelle«, erfolgreiche Jugend, seine Gewöhnlichkeit, seine Zukunft. Ich hasse ihn, weil er so wenig zu verlieren und noch so viel Leben vor sich hat, während ich bereits alles eingebüßt habe und Lucien gar nicht erst die Chance dazu hatte. Junge weicht meinen Schlägen nicht aus, und er geht auch nicht. Als ich nicht mehr kann, sinke ich erschöpft zurück aufs Bett und drehe mich von ihm weg. Dann bleib halt sitzen, wenn du unbedingt willst, und stecke dich bei mir an, denke ich. In der Stille, die meinem Ausbruch folgt, regt sich in meinem Bauch das Thema, das ich wirklich ansprechen muss, und formiert sich in meinem Kopf zu Sätzen.

»Ich habe die vergangene Woche dazu genutzt, mich an die schlimmsten Stunden zu erinnern. Es hat sich gelohnt. Ich glaube, ich habe Lucien umgebracht«, teile ich ihm mit. »Ich glaube, ich weiß jetzt wieder alles.«

Trotzdem verlässt er nicht das Zimmer. Seine Schultern hängen ein wenig tiefer, und seine Brust hebt sich ein wenig höher, wenn er atmet. Er sieht mich nicht an, als er schließlich das Wort ergreift.

»Was wissen Sie wieder?«

»Einzelheiten. Wie ich seine Schnürsenkel zugebunden habe, wie er sich den Kopf gestoßen hat, wie ich ihn unter Wasser gedrückt habe, dass ich Fußspuren im Schlamm hinterlassen habe.« Ich setze mich auf und kreuze die Beine. »Was für eine Erleichterung! Jetzt kann ich es allen erzählen, kann verurteilt werden, kann ins Gefängnis. Endlich Klarheit. Und nein …« Ich halte ihn davon ab, mich zu unterbrechen. »Widersprechen Sie mir bitte nicht. Sie haben von Anfang an nicht kapiert, wie verrückt ich bin, wie armselig, wie wahnhaft. Wie …« Es kommt mir vor, als hätte ich ein Leben lang nach dem richtigen Wort gesucht, und plötzlich finde ich es: »… wie selbstsüchtig!«

Junge entfernt sich vom Bett und setzt sich auf die breite Fensterbank. Ich sehe nur noch seine Silhouette im Gegenlicht, sein Schatten fällt quer übers Bett. Obwohl ich sein Gesicht kaum erkenne, verrät mir seine Stimme, dass er mit sich kämpft.

Er spricht langsam, wohlüberlegt. »Ich halte Sie für eine sehr schöne Frau. Nicht so, nicht äußerlich, sondern insgesamt. Ob Sie Lucien umgebracht haben, weiß ich nicht, darüber war ich mir nie im Klaren. Soviel ich weiß, haben Sie ihm die Schuhe nie mit einem Doppelknoten zugebunden, weil er das hasste. So stand es zumindest in der Presse. Außerdem wissen Sie nach wie vor nicht, wo der Wollpullover und die hölzerne Rose sind. Fußspuren beweisen gar nichts. An jenem Abend waren Gott und die Welt am Teich: Amelia, die Schwestern, Mark, Lucien, Sie selbst.«

»Sie wollen es partout nicht wahrhaben, Junge, aber Sie müssen. Was ist mit meiner Erschöpfung am nächsten Morgen? Und mit wem wäre Lucien sonst mitten in der Nacht mitgegangen? Ich wusste damals selbst im Wachzustand nicht mehr, was ich tat, wie wird es dann erst im Schlaf gewesen sein? Sehen Sie es endlich ein, Junge: Es ist ganz und gar nicht abwegig, dass ich es getan habe.«

Junge reißt das Fenster auf, um frische Luft hereinzulassen, bevor er ans andere Ende des Schlafzimmers geht und mich trotzig ansieht. »Wie ich den Nachrichten entnommen habe, standen aber nicht nur Sie unter Verdacht, sondern auch Mark. Angeblich war er zu dem Zeitpunkt ein wandelndes Pulverfass. Und was ist mit den Schwestern?« Er ignoriert mein Schweigen und redet einfach weiter. »Sekten wie diese sind zu allem fähig, dazu muss man sich nur die unglaublichen Verbrechen ansehen, die im Laufe der Menschheit im Namen der Religion verübt wurden. Dass ich selbst nichts mit Religion anfangen kann, habe ich Ihnen ja bereits gesagt. Obwohl ich den Schwestern nie begegnet bin, bezweifle ich, dass sie gute Menschen sind. Sie scheinen diesen Frauen blind vertraut zu haben, und genau das war das Problem, wenn Sie mich fragen. Denken Sie an den Massenfreitod in Texas, an die vielen Selbstmordattentäter, an den elften September, verdammt nochmal!«

»Sie müssen mir keine Vorträge halten. Natürlich habe ich über all das nachgedacht, natürlich gibt es andere Verdächtige und andere mögliche Varianten«, räume ich ein. »Das macht meine Version der Geschichte allerdings nicht weniger wahr.«

Junge setzt sich wieder auf die Bettkante und greift nach meiner Hand. »Ich weiß nicht, ob Sie ihn getötet haben oder nicht. Selbst wenn Sie es getan hätten, würde das im Grunde nichts ändern, weil es nicht Ihr wahres Ich gewesen wäre, das die Tat verübt hätte. Keine Ahnung, wie ich es ausdrücken soll …«

»Dann lassen Sie es, denn es bringt nichts.« Ich will meine Hand wegziehen, doch er hält sie fest.

»Für mich ist das, als würden die Leute von meiner Mutter behaupten, dass sie etwas Schreckliches getan hätte. Selbst wenn es die Wahrheit wäre, würde es nichts daran ändern, dass sie meine Mutter ist und dass ich weiß, was für ein wunderbarer Mensch sie ist. Verstehen Sie? Wenn Sie es getan hätten, wäre es eine andere Ruth gewesen, eine die unter Stress stand, die krank war. Die Regierung hat Sie massiv unter Druck gesetzt, weil sie auf Ihr Land aus war, und Ihre Ehe war drauf und dran, in die Brüche zu gehen. Von den Schwestern und ihrem Hokuspokus ganz zu schweigen. Man liest dauernd von solchen Fällen, von Menschen, die für ihre Taten nicht verantwortlich gemacht werden können, weil sie nicht zurechnungsfähig waren.«

Wir sind für einen Moment still, sitzen da, als wären wir mit

Handschellen aneinandergekettet, um unsere gegenseitigen Bedürfnisse zu stillen. Ich ziehe meine Hand weg. »Es gibt Tatsachen, die Sie mit Ihren Erklärungen nicht ändern können, Junge, und eine davon ist meine Schuld.«

Als ich am nächsten Tag aufwache, ist er nicht im Dienst. Kein Junge weit und breit. Ich bin wie erstarrt vor Schreck, habe Angst, dass wir uns am Vortag zu nahe gekommen sind. Vielleicht hat Drei die Schlüsse gezogen, die er ziehen wollte, und erreicht, dass Junge versetzt wird. Meine Panik ist unbegründet. Sogleich erinnert mich daran, dass Junge zu Hughs Beerdigung gefahren ist. Ich hätte gern selbst daran teilgenommen und Hugh um Verzeihung gebeten, habe mir jedoch nicht einmal die Mühe gemacht, eine Genehmigung zu beantragen. Ich wäre nur eine monströse Sensation gewesen und hätte die Trauer seiner Angehörigen gestört. Eine gute Neuigkeit gibt es: Mein Hausarrest ist aufgehoben worden. Gottes Wege sind mir ein Rätsel, aber die der Gerichtsbarkeit ebenso. Dennoch kann ich nun im Obstgarten um Hugh trauern, wo wir so oft zusammen gesessen haben. Es stimmt mich traurig, dass er niemals die wilden Himbeeren vom Strauch hinter der Bank probieren konnte. Und dass ich nicht die Chance hatte, ihm Stachelbeeren mitzugeben, die er mit Sahne aus der Milch seiner geliebten Jersey-Kuh hätte essen können. Das hätte er sehr genossen. Er hat mir so viel gegeben, und ich habe es ihm nie gedankt. In meinem Kummer bin ich entsprechend unvorbereitet, als Junge leicht angeheitert vom Leichenschmaus wiederkommt. Sein gestriger Ernst ist wie weggewischt. Offenbar hat Hugh ausdrücklich angeordnet, dass sich die Trauergäste seine beträchtliche Sammlung seltener irischer Malt-Whiskeys zu Gemüte führen sollten. Junge liefert mir eine ebenso ausführliche wie plastische Beschreibung des Leichenschmauses und meint, es sei eigentlich eine ziemlich fröhliche Angelegenheit gewesen – die Feier eines erfüllten Lebens. Bevor er sich neben mich auf die Bank vor der Hintertür plumpsen lässt, erklärt er, er hoffe, dass man ihm mal einen ähnlichen Abschied bereiten werde. Ich weise ihn darauf hin, dass es dazu früher kommen könnte als gedacht, wenn er weiter so tief ins Glas schaut.

»Haben Sie mir auch ein Schlückchen Whiskey mitgebracht?«, frage ich.

»Nein, nur ein Stück Obstkuchen. Und eine Kuh.«

»Eine Kuh?«

»Eine Kuh.«

Es ist nicht der Alkohol, der aus ihm spricht. Hugh hat tatsächlich verfügt, dass seine geliebte Kuh nach seinem Tod auf den Wiesen der Quelle grasen soll. Seine Tochter werde sie zu mir bringen, vorausgesetzt, sie erhalte die dazu nötige Genehmigung. Die hat sie offenbar bereits eingeholt.

»Seine wunderschöne Kuh soll mir gehören?«

»Ganz allein Ihnen.«

»Das habe ich nicht verdient.«

»Tja, er hat sie Ihnen vererbt, ob Sie wollen oder nicht.«

»Und wann kommt sie? Lachen Sie nicht, das meine ich ernst, Junge!«

»Morgen.« Junge ist jetzt ein wenig grün im Gesicht und torkelt Richtung Scheune davon.

Diese großzügige Geste ist typisch für Hugh. Einen Moment lang denke ich, dass ich die Kuh nicht annehmen kann, bevor mir bewusst wird, wie sehr ich Hugh damit beleidigen würde. Mark wüsste sicher mehr über Rinderhaltung als ich, aber ich tue, was ich kann. Ich schwitze und habe rote Schwielen an den Händen von den Strohballen, die ich aus dem Schuppen zum Stall geschleift habe, und abgebrochene Nägel vom Reparieren des Weidezauns. Außerdem stinke ich wie eine öffentliche Toilette, nachdem ich fast eine Stunde und eine Literflasche Desinfektionsmittel in die Reinigung zweier Metalleimer investiert habe. Nachdem ich den Großteil des Nachmittags fleißig gewesen bin, überwältigen mich zwei Gefühle:

Müdigkeit und Hunger. Hughs Geschenke enthielten immer schon versteckte Botschaften.

Den ganzen nächsten Morgen bin ich zappelig. Es nieselt leicht, daher sitze ich auf der Veranda und blättere eine alte Ausgabe von Marks Agrarwochenblatt durch, in der es um Milchviehhaltung für Einsteiger geht. Dann kommt endlich der Transporter. Hughs Tochter steigt aus und stellt sich als Sam vor. Der Regen hat aufgehört, und so stehen wir uns in der Sonne gegenüber, zwei Frauen mittleren Alters, und tauschen Namen und Nettigkeiten aus.

»Mein herzliches Beileid«, sage ich. »Ich wollte Ihnen schreiben, aber mir ist nichts eingefallen, was Hugh gerecht geworden wäre. Was das Schreiben angeht, bin ich ein bisschen aus der Übung.«

»Das macht doch nichts. Wir haben Hunderte Briefe bekommen, ich fürchte, die muss ich alle irgendwann beantworten. Meinem Vater haben die Besuche bei Ihnen sehr viel bedeutet. Ich habe ihn immer am Ende Ihrer Auffahrt abgesetzt, und er hat gerne gescherzt, dass er nun wieder seine Zeitreise antritt. Jetzt sehe ich, was er damit meinte. Hier sieht es aus, als hätte es die letzten beiden Jahre nie gegeben. Hat es heute Morgen geregnet?«

»Nur ein wenig genieselt.«

»Genieselt.« Sam lässt sich das Wort auf der Zunge zergehen wie einen guten Wein. »Es ging ihm nicht nur um den Ort hier, sondern auch um Sie. Er hat Sie sehr gemocht.«

»Hugh war ein guter Mensch.«

»Ein guter Mensch, der viel Gutes bewirkt hat. Das wird auf seinem Grabstein stehen.« Sie dreht sich für einen kurzen Moment zur Seite, und mir geht plötzlich auf, wie sehr ich die Gesellschaft von Frauen vermisse. Zaghaft lege ich meine Hand auf ihren Ellbogen. Es fühlt sich merkwürdig an, und ich frage mich, ob ich derart aus der Übung bin, dass ich alles falsch mache, wie eine Touristin in einem fremden Land, die die Bedeutung der Gesten nicht versteht. Aber Sam lächelt.

»Dann holen wir sie mal raus«, sagt sie.

Sogleich hilft ihr dabei, die Heckklappe des Transporters herunterzulassen. Als sie den Boden berührt, strahlt Junge wie an Weihnachten und Geburtstag zusammen. Er legt seine Hand auf die goldgelbe Flanke der Kuh und lenkt sie in die richtige Richtung, während Sam ihr gut zuredet und sie rückwärts die Rampe hinunterschiebt. Sogleich räumt eilig das Feld, er ist allergisch gegen Tierhaare. Als die Kuh unten ist, hält Junge sie am Halfter, während sie sich bedächtig umsieht und mit großen Augen ihr neues Zuhause betrachtet.

»Ein Paradies für Kühe«, sagt Sam.

Annalisa ist wirklich sehr hübsch, genau wie Hugh immer gesagt hat. Ihr sanfter Atem streift meine Hand, und sie riecht so, wie man es sich als Kind immer vorgestellt hat. Sam drückt mir das Ende des Stricks in die Hand, und ich führe meine erste Kuh langsam zu ihrer Luxusunterkunft. Wenn nur Mark hier sein könnte! Unser großer Plan hatte für das dritte Jahr die Anschaffung einer Kuh vorgesehen. Junge und Sogleich sind damit beschäftigt, die Klappe des Transporters wieder zu verriegeln, und Sam folgt mir zum Stall, in der Hand einen Müllsack.

»Hier ist noch ein bisschen Zubehör, das Sie vielleicht brauchen können«, sagt Sam laut. Nachdem sie über die Schulter geblickt hat, fügt sie leise hinzu: »Ich weiß nicht genau, was Ihnen erlaubt ist und was nicht – mein Vater hat oft über die verschiedenen Auflagen gesprochen –, daher habe ich ein paar Dokumente in die Futtersäcke gesteckt, die Sie vielleicht interessieren könnten. Er hat sehr viel recherchiert, bevor er starb. Ich habe keine Ahnung, ob er Ihnen diese Papiere geben wollte oder nicht, das ist also eine Entscheidung, die ich für ihn treffen musste. Vermutlich ist es ohnehin nichts Wichtiges.«

Sam umarmt mich zum Abschied, und ich wünsche mir, dass sie wiederkommt. Aber das wäre wohl zu viel verlangt, deshalb schweige ich.

An diesem Abend gibt Annalisa noch nicht viel Milch. Der Transport wird ihre Milchleistung beeinträchtigt haben, und außerdem bin ich eine ungeübte Melkerin. Dennoch schäumt die süße Milch im Metalleimer, und ich muss an Hughs ersten Besuch denken, als ich sie stolz ins Haus trage. Später hilft mir Junge, Annalisas Nachtlager aufzuschütten. Wir stehen da und schauen sie an, lassen uns von ihrem Körper wärmen und von ihrem gleichmäßigen Kauen beruhigen. Sie lässt sich unser eigenes, duftendes Heu schmecken, und wir fragen uns, ob sie sich auf Dauer einsam fühlen wird.

Ich greife in die Mülltüte und ziehe eine Plastikmappe daraus hervor.

»Was ist das?«

»Ach, nichts Besonderes«, lüge ich. Diese Mappe könnte Antworten enthalten oder zumindest Informationen, Angies Adresse, ein Lebenszeichen von Mark, aktuelle Neuigkeiten über die Schwestern. Ich weiß, dass Junge es nur gut meint, aber ich werde nicht riskieren, dass man mir die Mappe wegnimmt. »Ich werde es später alleine lesen.«

Er scheint etwas gekränkt zu sein, weil ich ihn von diesem vermeintlichen Abenteuer ausschließe, verabschiedet sich jedoch widerwillig, und ich bin allein.

Es stellt sich heraus, dass die Mappe nur zwei Seiten enthält. *Notizen für Ruth* steht auf der ersten und darunter die unterstrichenen Wörter: *Die Schwestern.* Nichts über meine Angie also, nichts über Mark. Ich kann nicht glauben, dass Hugh es nicht geschafft hat, Mark ausfindig zu machen, und wenn er ihn gefunden hätte, hätte Mark ihm sicher auch etwas über Angie mitteilen können. Es kann nur eine Erklärung geben: dass Mark sich geweigert hat, mit Hugh zu sprechen. Diese Schlussfolgerung ist mir unerträglich. Ich kehre zu den Notizen über die Schwestern zurück. Unter der Überschrift hat Hugh die relevanten Internetseiten aufgelistet, die er gefunden hat. Eine davon hat er zweimal mit Nachdruck unterstrichen: Schwestern-des-Binnenmeers.com. Darunter hat er etwa eine halbe Seite Anmerkungen gekritzelt, die sich schräg über die Seite ziehen. Offenbar hat er mitgeschrieben, während er sich die Website angeschaut hat:

Blog – sehr ähnlich. Foto von Ritual der Schwestern am Wasser, große Frau = Amelia. Sie haben sich »neu erfunden«. Dann ein Pfeil zu dem Wort *Norfolk* und ein paar kaum leserlich an den Rand des Papiers geschmierte Anmerkungen über feministische Traditionen im Christentum und einige Bibelstellen, darunter das Hohelied und das Buch Prediger. Außerdem *Namensfrage??*, aber nichts Genaueres. Zwischen den beiden Blättern liegt ein Foto von Amelia, das er einer Zeitung entnommen hat. Obwohl es ein Schwarzweißfoto ist, sind ihre Haare in meiner Wahrnehmung immer noch rotbraun, ist sie so groß wie eh und je. Sie steht vom Wind gepeitscht an einem Strand, mit ausgestreckten Armen, als würde sie predigen, und ihr langes weißes Gewand ist aufgebläht wie ein Segel. Ich halte mir das Foto direkt vor die Augen, fahre mit dem Finger Amelias Arm hinauf zu ihrer Hand und berühre sie. Nachdem ich den Faltenwurf ihres Gewands über der Brust inspiziert habe, zeichne ich die kaum erkennbare Linie ihrer Halskette nach, deren Anhänger zwischen ihren Brüsten ruht. Wenn ein Blinder Braille lesen kann, warum gelingt es mir dann nicht, aus diesem Foto die Wahrheit herauszulesen? Trotz der schrägen Sonnenstrahlen über der See hinter ihr enthält dieses Bild nichts, was Licht in mein Dunkel bringen könnte. Nur eines ist klar: Schwester Amelia ist wieder im Geschäft. Es deprimiert und verwirrt mich, mit welch fließbandähnlicher Effizienz mein Wunder reproduziert wird, aber das ist nur eine persönliche Kränkung, mehr nicht. Ich werfe einen Blick auf die zweite Seite.

Sie stammt von einer Nachrichtenwebsite. Statt einen bestimmten Artikel auszudrucken, hat Hugh einfach die ganze Seite gedruckt. Am einen Rand sind verschiedene Links aufgelistet, am anderen Fotos bekannter Nachrichtensprecher, ein Link zur aktuellen

Sendung befindet sich in der oberen Ecke. Das führt dazu, dass der eigentliche Artikel in einer winzigen Schriftart erscheint, die im Dämmerlicht des Stalls schwer zu entziffern ist. Wir haben immer eine Taschenlampe im Stall aufbewahrt, weil Mark der Ansicht war, dass Streichhölzer und Heu keine gute Kombination seien. Ich greife instinktiv nach oben und taste auf dem kleinen Holzregal links der Tür herum, und da ist sie tatsächlich, und sie funktioniert noch. Vorsichtig schaue ich draußen nach, ob jemand in der Nähe ist, bevor ich die Taschenlampe anknipse. Ihr Lichtstrahl fällt auf die Mücken, lässt die Fledermäuse aus dem Dunkel hervortreten und hilft mir dennoch nicht weiter. Im Hauptartikel geht es um einen Hausbrand in Portsmouth, bei dem drei Menschen ums Leben kamen, weil die Feuerwehr kein Löschwasser hatte. Ich schätze, dass Hugh eigentlich etwas anderes ausdrucken wollte, vielleicht einen der verlinkten Artikel, und dabei durcheinandergeraten ist. Ich überfliege die Schlagzeilen noch einmal: *Finanzmärkte: Rekordtief erreicht – Klicken Sie hier; Dürre aktuell: Technische Schwierigkeiten sorgen für zehnmonatige Verzögerung bei neuen Wasseraufbereitungsanlagen – Klicken Sie hier; Regionales/Ostengland: Frau nach versuchtem Mord am Strand in Psychiatrie eingewiesen – Klicken Sie hier; Nachrichten international: Ruhe in Paris nach nächtelangen Ausschreitungen – Klicken Sie hier*. Nichts davon sagt mir etwas, daher drehe ich das Blatt um und werfe einen Blick auf die Rückseite, wo in makelloser Handschrift nur »Exodus 10«, »D« und »Zehn Gebote« steht. Die Letzteren laufen plötzlich vor meinem inneren Auge ab wie eine PowerPoint-Präsentation, erscheinen willkürlich mal von links und mal von rechts, von oben und von unten, springen Buchstabe für Buchstabe ins Bild, leuchten mal größer und mal kleiner, je nachdem, wie sehr ich mich ihrer schuldig gemacht habe.

Du sollst nicht töten.

Du sollst nicht ehebrechen.

Du sollst dir kein Bildnis noch irgendein Gleichnis machen.

So weit zu den Dingen, die ich getan habe. Es gibt unendlich viele andere, die ich nicht getan habe.

Ich hatte mir so viel mehr erhofft, doch meine Enttäuschung wird ein wenig von der Erleichterung darüber abgemildert, dass Hugh diese belanglosen Seiten nicht bei einem seiner Besuche mitgebracht hat. Ich wäre bestimmt wütend auf ihn geworden.

Fest steht, dass ich ein ganzes Jahr lang von Lug und Trug umgeben war. Ich versuche mir die Schwestern an der Küste vorzustellen, mit einem neuen Altar für die Rose, mit Eve, die die Website aktualisiert, und Schwester Amelia, die sich eine neue »Auserwählte« sucht, eine neue fünfte Schwester. Allerdings weiß ich nicht, ob Jack überhaupt noch dabei ist. Dorothy ist nicht mehr an Bord, so viel habe ich bereits erfahren. Dorothy … dafür steht das »D«! Ich sehe noch einmal in der Mappe nach, suche nach einem Brief des Priesters, bei dem sie damals gebeichtet hat. Er hatte ihr schreiben wollen, und Dorothy hätte bestimmt geantwortet. Aber da ist nichts. Ich frage mich, warum ausgerechnet Dorothy die Schwestern verlassen hat, während alle anderen geblieben sind. Vielleicht hat sie ihren Glauben verloren, ihn als den Schwindel erkannt, der er war. Sie hatte zugegeben, gelogen zu haben; war das die ganze Wahrheit gewesen? *Du sollst kein falsch Zeugnis ablegen.* Vielleicht hatte sie die Schwestern als Reaktion darauf verlassen, wie alles endete, für sie, für uns.

Hughs Notizen sind wieder im Müllsack im Stall versteckt, die Taschenlampe ist aus und die Dunkelheit vollkommen. Wie alles endete, daran erinnere ich mich nun. Mark hatte sowohl recht als auch unrecht, was das Heu und die Streichhölzer anging.

30

DIE MYSTIKER des Mittelalters besaßen ein Wort dafür: *derelictus*. Es trifft die Sache, denn es bedeutet *einsam*, *verlassen* und gemahnt einen an leere Ställe mit ihren eingefallenen Bretterwänden, ihren Innereien aus rostigen Landmaschinen und korrodierten Röhren. Einsam und verlassen, genauso fühlte ich mich nach Luciens Beerdigung und verfiel in eine tiefe, lähmende Depression. Ohne Mark war ich wie ein Tier, das man angebunden im Stall zurückgelassen hat, als die Dorfbewohner vor der Pest geflohen sind. Die Polizei patrouillierte regelmäßig über das Grundstück und sorgte dafür, dass die Suche nach dem Wollpullover, der Rose und allem anderen, was als Beweisstück dienen konnte, nicht gestört wurde. Ihre Hunde durchstreiften die Abhänge und Dickichte, mit gesenkten Nasen und hocherhobenen Schwänzen. »Bei Bewölkung und Wind von Südwesten folgt der Hund der Fährte am besten«, pflegten die Einheimischen zu sagen, wenn in der Gegend zur Fuchsjagd geblasen wurde. Die Schwestern legten Lebensmittel und Kräuter vor meine Tür, und Amelia schrieb mir Nachrichten, aber ich teilte den Polizeibeamten mit, dass ich nichts mit den Frauen zu tun haben wollte, und schloss die Tür ab. Weder ließ ich die Schwestern ins Haus, noch aß ich ihre Spenden oder las ihre Texte. Manchmal schlief ich unruhig einige Stunden am Tag, doch das Haus verließ ich – wenn überhaupt – nur in der Abenddämmerung, als könnte ich wie Knut der Große den Wellen der Nacht befehlen, vor mir zurückzuweichen. Wenn die Dunkelheit kam, streifte ich rastlos umher und vertrieb mir so die Stunden. Der Küchenherd ging aus, weil kein Öl mehr da war. Ich machte mir nicht die Mühe, mich darum zu kümmern, sondern ahmte stattdessen die Winterstarre der Siebenschläfer und Igel nach, die ich sehr beneidete. Ich existierte, mehr nicht.

Alle Bande waren gekappt. Stundenlang verlor ich mich in obsessiven Onlinesuchen, glaubte felsenfest, irgendwann auf wichtige Informationen zu stoßen, auf die Wahrheit über jene Nacht, wenn ich nur genügend Links anklickte. Ich fand mich ohne Kompass in einem Irrgarten aus Abermilliarden irrelevanten Daten wieder, trieb mich im Blog einer trauernden Mutter aus Japan herum, deren Sohn von einem Monster mit dem Samuraischwert geköpft worden war, in einem Forum für Verbrechensopfer in Adelaide, Australien, auf einer Website, die über zehntausend Fotos von toten Kindern zeigte. Wie ich dorthin geriet, weiß ich nicht; wieder herauszukommen war noch schwerer. Ein ums andere Mal kehrte ich auf die Facebookseite zurück, die in Luciens Namen entstanden war. Sie zeigte ein Foto von ihm, das aus der Zeit des Herumreisens mit Angie stammte und auf dem er in einem ausgetrockneten Flussbett stand und aus Kieseln einen Turm baute. Über dreitausend Besucher hatten Kommentare auf dieser Seite hinterlassen. Sobald ich einmal anfing, sie zu lesen, konnte ich nicht mehr aufhören und kam erst Stunden später wieder zu mir, wenn der Akku meines Laptops so leer war wie mein Verstand.

Schließlich fasste ich den Entschluss, mich meinem eigenen Dämon zu stellen, und rief die Website der Schwestern der Rose von Jericho auf. Mutig scrollte ich zu Schwester Amelias Blog hinunter.

»Betet für die Auserwählte, denn der Judas hat sie benutzt!
Er hat ihr vorgegaukelt, ihr zu Diensten zu sein,
bot ihr Nahrung an und ließ sie verhungern!
Er reichte ihr die Hand zur Ehe und isolierte sie von jenen, die sie aufrichtig liebten!

Wie alle Männer gab er vor, zu nähren, trachtete jedoch danach, zu bezwingen!

Er sprach die Sprache der Wissenschaft und war taub für das Wort der Rose!«

Ich klickte auf ein Datum, das bereits einige Tage zurücklag.

Schwestern der Rose, glaubt nicht an die Propaganda, die ihr überall in der Presse lest! Eine Prophetin gilt nie etwas im eigenen Land. Die Behörden wollen euch weismachen, die Auserwählte sei schuldig, doch ich weiß – wir alle wissen –, dass sie liebt, wie nur eine Frau lieben kann. Die Behörden wollen euch auch glauben machen, die Rose habe den Schwestern befohlen, die Quelle von Männern und Jungen zu befreien. Das stimmt nicht. Ich weiß – wir wissen –, dass nur das vergiftete Hirn eines Mannes ihn dazu befähigt, ein Kind erst zu küssen und es dann umzubringen. Betet, Ihr Schwestern der Rose, dass der wahre Judas der Quelle bald entlarvt wird!

Mir dämmerte, dass der Judas, von dem Amelia sprach, Mark war, und ich glaubte plötzlich seine Stimme zu hören, wie er vor der Beerdigung geklagt hatte: »Ich kann nicht mit Menschen zusammenleben, die behaupten, ich sei ein Kindsmörder.« Seine Stimme hatte sich beinahe überschlagen. »Ich habe Lucien geliebt, er war etwas ganz Besonderes für mich.« Damals hatte ich befürchtet, er würde sich umbringen. Er hat es nicht getan, oder etwa doch?

Ich saß vor meinem Laptop und starrte wie gebannt auf ein Foto von mir, auf dem ich mit geschlossenen Augen am Teich stand, in tiefer Ekstase, mit gewölbten Händen, durch die das Wasser rieselte wie glitzernde Diamanten. Das war ich und war es doch wieder nicht. Ein virtuelles Ich. Eine Version von mir. Ich klickte auf den Link zu meinen *Worten des Tages* und erwartete, als letzten Eintrag jenen vom Tag vor Luciens Tod zu finden, doch meine Botschaften waren offenkundig fortgeschrieben worden.

Freitag: Zwei Dinge weiß ich nun, meine Schwestern – dass der Junge, den ich so sehr geliebt habe, bei der Rose ist und dass die Dürre in meinem Herzen der Regen netzen wird!

Samstag: Warum erlaubt die Rose so viel Leid? Das Kind, das durch den Tsunami zum Waisen wird, fragt die Wellen. Der Junge, dessen Schwester an Malaria stirbt, fragt die Malariamücke. Die Frau, die durch eine Bombe im Bus zur Witwe wird, fragt die Politiker. Oh, Rose, warum all der Schmerz? Ich habe keine Antwort darauf, kann Euch nur sagen: Genauso, wie jede von Euch leidet oder in der Vergangenheit gelitten hat, leide auch ich! Ich leide mit Euch!
Sonntag: Haltet Euch bereit, Ihr Schwestern, denn ich werde Euch bald zu mir einladen. Der Regen fällt nun stärker denn je! Haltet Euch bereit, Ihr Schwestern, und bleibt wach, denn Euch wird bald der Ruf der Rose ereilen!

Ich hatte diesen Unsinn nicht verfasst, dessen war ich mir sicher, auch wenn es sonst nicht mehr viele Gewissheiten in meinem Leben gab. Die einzige Person, die ihn geschrieben haben konnte und sich offensichtlich für mich ausgab, war Schwester Amelia. Im Laufe der Monate hatte ich genügend ihrer Sendschreiben gelesen, um ihren Stil mit den vielen Ausrufezeichen unter Hunderten anderen wiederzuerkennen. Nachdem ich im hinteren Flur eine alte Jacke übergezogen hatte, stürmte ich mit großen Schritten über die Felder, bis ich die einsame Eiche erreichte, von der aus ich die Schwestern vor all den Monaten zum ersten Mal gesehen hatte. Unterhalb von mir erhoben sich die hellen Höcker der Wohnwagen wie groteske Riesenschafe, die meine Weiden verunstalteten. In Schwester Jacks und Schwester Eves Wohnwagen brannte Licht, und ich stellte mir vor, wie sie dasaßen und das *Hohelied* lasen. Ich konnte zu ihnen hinuntergehen, in die Wärme und den Gestank des Gasofens treten und mir von Jack eine Tasse Kamillentee geben lassen. Eve würde auf der kleinen Sitzbank ein wenig zur Seite rutschen, so dass ich neben sie passte, und es würde alles so sein wie früher. Wir würden miteinander reden. Ob ihr Glaube immer noch stark war? Bestimmt war ihr Paradies genauso verdorben wie meins. Vielleicht saßen sie dort unten in ihren Wohnwagen und planten bereits ihre Flucht. Mein Blick fiel auf die Schaltzentrale, in der zwar keine Kerze brannte, aus deren Fenster jedoch eindeutig der grellweiße Schein eines Computerbildschirms drang. Für mich war Schwester Amelia keine Hüterin der Rose mehr, sondern eine Gefängniswärterin, die ihre grelle Taschenlampe bis in die hintersten Winkel jeder einzelnen von Zweifeln geplagten weiblichen Seele richtete. Vermutlich tippte sie in diesem Moment meine angeblichen Worte des Tages.

Auf einmal ging es mir nur noch darum, sie zu stoppen. Im Dunkeln rannte ich strauchelnd den Abhang hinunter, immer schneller und schneller, rutschte auf dem nassen Gras aus und stand wieder auf. Mein Knöchel schmerzte, und für einen kurzen Moment war mir schwindelig, doch ich rannte weiter, spürte die Vibrationen der Erde bis in meine Beine hinauf, platzte durch die Tür in die stickige Luft der Schaltzentrale. Amelia war da, lag mit offenen Haaren auf dem Bett, den Oberkörper gegen ihre Kissen gestützt. Der Laptop ruhte auf ihren nackten Knien, und sie trug ein weites Männerhemd, dessen loser Schnitt ihre nackten Brüste erahnen ließ. An der Wand neben ihr hing das Foto von uns beiden.

»Ruth, du bist gekommen! Ich wusste, dass du zu mir zurückkommen würdest!«

Amelia wollte sich strahlend erheben, aber ich warf mich quer übers Bett, griff nach dem Foto und zerriss es. Als Nächstes schnappte ich mir den Laptop und schleuderte ihn durch den beengten Innenraum, dass er gegen den Tisch krachte und auf dem Boden landete. Ich sprang vom Bett, hob ihn hoch und drückte immer wieder auf die Löschtaste. »Weg damit! Weg!«, kreischte ich.

Dann stand Eve in der Tür, die Hände erschrocken ans Gesicht gelegt. »Was ist denn los?«, rief sie.

»Das hier ist los!«, schrie ich und riss einige Bögen Papier aus dem Drucker, um sie vor ihren Augen zu zerknüllen. »Du bist los!«

Amelia erhob sich steif, mit einem unergründlichen Gesichtsausdruck.

»Und du genauso«, sagte ich und zeigte auf Amelia. »Du bist eine Lügnerin, eine Tatsachenverdreherin!«

»Ich glaube, ich weiß, was dich so aufgebracht hat«, sagte sie langsam. »Es geht um die Worte des Tages.«

»Die ich nicht geschrieben habe. Nicht wahr, Amelia?«

Amelia zog Eve herein und schloss mit Nachdruck die Tür, damit die Wärme drinnen blieb, wie sie sagte, und damit wir die anderen nicht störten. »Jack und Dorothy sind erschöpft«, erklärte sie. »Spirituell gesehen, war es eine schwere Zeit für uns alle.«

»Na los, gib es zu. Erzähl es Eve. Du hast dich für mich ausgegeben, hast alles frei erfunden!«

»Nein!« Amelias Stimme klang jetzt schroffer, ohne lauter zu werden. »Wir haben gebetet, Ruth. Wir alle, nicht nur ich. Eve wird dir dasselbe sagen. Wir alle haben diese Worte geschrieben. Wir sind eine Einheit.«

Eve setzte sich auf die Sitzbank und versuchte, den Tisch einzuklappen, um mehr Platz zu schaffen, aber der Aufprall des Laptops hatte das Gelenk verbogen, und die Tischplatte hing da wie ein gebrochener Flügel. Eve nickte. »Wir haben gebetet, Ruth, haben die Rose aufgefordert, uns deine Gedanken zu verraten, da du mundtot gemacht wurdest. Amelia und ich, wir haben zusammen gebetet.«

»Ich habe keine Ahnung, wovon du redest«, sagte ich.

Eve warf Amelia einen fragenden Blick zu, und nachdem diese genickt hatte, fuhr sie fort, sie wüssten, dass Mark mich abgeschirmt habe, dass er sich nach Luciens Tod geweigert habe, die Schwestern zu mir durchzulassen. Sie hätten mich nicht nur besuchen wollen, sondern auch jeden Tag für mich gebacken, hätten mir Tee aus Heilkräutern in Flaschen gefüllt, damit ich besser schlafen könne, und sie vor meine Tür gestellt. Jack habe ein Gedicht geschrieben, das Mark offenbar weggeworfen habe, genau wie alles andere.

»Wo ist Jack?«, fragte ich.

»Es geht ihr nicht gut«, erklärte Eve. »Die ganze Sache hat sie so mitgenommen, dass ihre Probleme wieder aufgetaucht sind. Sie hat mit dem Kopf gegen die Wand geschlagen, sich die Arme aufgeschlitzt, die ganze Nacht geheult. Schwester Amelia kümmert sich in ihrem Wohnwagen um sie, flößt ihr Rhabarberwurzelextrakt ein, um sie zu beruhigen. Wir anderen beten für sie, aber wir besuchen sie nicht, um sie nicht aufzuregen.«

»Und wo ist Dorothy?«

»Ruht sich aus.«

»Um noch einmal auf deine Frage zurückzukommen«, sagte Amelia, die nun näher an mich herangerückt war und mit kerzengeradem Rücken am Fußende des Betts saß. »Wir wussten, dass nichts mehr von dem kommuniziert wurde, was du zu sagen hattest. Und das, obwohl die Schwestern der Rose im ganzen Land auf ein Zeichen warteten.«

»Wir durften es nicht abbrechen lassen«, nahm Eve den Faden auf. »Wir beteten. Und die Rose erblühte, der Regen fiel, und ich schrieb die Worte. Es war, als würde jemand anders den Stift führen, mir den Text einflüstern. Und es ging weiter. Es war ein Wunder.«

Ich setzte mich neben sie. Diese Frauen mochten auf einem Irrweg sein, aber ich hatte keinerlei Beweise dafür, dass sie jemals etwas anderes im Sinn gehabt hatten, als mich zu lieben und mir beizustehen. Amelias Gesichtszüge wurden weich, und sie strich mir über den Rücken und schob ihre Hand unter meine Jacke, ließ sie warm auf meinem Kreuz ruhen.

»Wir sind froh, dass du wieder bei uns bist, nicht wahr, Eve?« Sie legte ihren Kopf auf meine Schultern, und ihre Haare fielen wie ein

Gebetsschaal um meinen Hals. »Ich weiß, wie schwer das alles für dich ist. Wir helfen dir durch diese Zeit, denn dafür sind Schwestern da.« Sie strich mir die Haare aus dem Gesicht. »Jetzt gibt es nur noch uns auf diesem Land, Ruth, nur noch Frauen, die ungestört der Rose huldigen können. Wir werden Frieden finden, das verspreche ich dir, solange wir nicht verspielen, was die Rose uns geschenkt hat.«

Amelia ergoss sich über mich wie Wasser über einen kalten Stein. Meine Hände blieben in meinen Taschen, wo ich die Überreste unseres Traums ertastete: Pressengarn, um Tore zuzubinden, Reißnägel, um auf der Schafweide Draht an Pfosten zu befestigen, ein Taschentuch, um mir die Tränen wegzuwischen, wenn ich mich gegen den Ostwind stemmte.

Ich stand auf und spürte, wo ihr Kopf geruht und wo sich ihre Handfläche in mein Fleisch gebrannt hatte. »Ich werde heute meinen eigenen Beitrag schreiben, Amelia, und er wird folgendermaßen lauten: Es gibt keine Rose. Es gibt keine Auserwählte. Und es gibt keine zweite Chance. Nur Garn und Nägel und Holz und Tränen. Du hast über diesem seltsamen Stück Land einen Sturm heraufbeschworen und bist die Sirene, die ins Verhängnis führt.«

Dorothy wartete draußen, am Fuß der Treppe. Ich ignorierte sie und stürmte an Amelias Wohnwagen vorbei, hinter dessen Fenster sich eine Hand am Vorhang bewegte. Jack tat mir leid, offenbar hielt Amelia sie hier gefangen. Dorothy machte Anstalten, mir zu folgen, rief mir nach, dass sie mir etwas mitzuteilen habe. Als ich außer Atem bei der Eiche ankam, sah ich, dass sie ein Stück hinter mir den Hang hinaufgekommen war, nun jedoch zögernd verharrte, als sei sie in einem Fegefeuer der Unschlüssigkeit gefangen. Hinter ihr stocherten die anderen beiden in den Kohlen des Lagerfeuers herum, um es wieder zu entfachen, zwei Gestalten, die sich im Rauch umarmten. Ich wandte mich ab und blickte zu den Sternen hinauf. Mein Entschluss stand fest.

31

AUSNAHMSWEISE ging ich einmal methodisch vor in meinem Wahn. Ich nahm den Schlüssel vom Haken neben dem Küchenherd, die Streichhölzer vom Kaminsims im Wohnzimmer und die Taschenlampe vom Regal im hinteren Flur. Draußen öffnete ich das Vorhängeschloss am Schuppen und ließ den Strahl der Taschenlampe über den Werkzeugkasten gleiten, die Rollen mit Kaninchendraht, die halbleeren Farbtöpfe. In einer Ecke tauchten die Stelzen, die wir Lucien zum fünften Geburtstag geschenkt hatten, wie ein Paar abgetrennter Beine aus dem Schatten auf. Ich griff durch die Spinnweben und nahm ein Plastikflugzeug mit kaputtem Flügel in die Hand, stieß den Propeller an, beobachtete, wie er sich drehte, und hielt es dann an meine Nase, als könnte es nach Luciens Zuversicht riechen, dass es tatsächlich fliegen würde. Das Flugzeug startete, glitt durch den Raum und landete sanft auf dem Netz eines Keschers. An seiner Stelle griff ich mir einen vollen Fünfliterkanister Benzin und ein mit blauer Farbe bespritztes Tuch. Damit hatten wir die Möbel abgedeckt, als wir kurz nach unserem Einzug das Gästezimmer für Lucien renoviert hatten.

Mühsam schleppte ich meine Ausbeute zu der einsamen Eiche: die Streichhölzer, das Tuch und den Benzinkanister. Die Lichter in den Wohnwagen waren erloschen, aber das Feuer brannte lebhafter als zuvor. Sie mussten Holz nachgelegt haben, damit die Flammen ihre Gebete erhellten, ihnen das Gefühl gaben, die Welt in aller

Deutlichkeit sehen zu können, selbst in dieser tiefen Dunkelheit. Bestimmt hatte ihnen Amelia weisgemacht, ihr Gefühl der Verlassenheit von allem Göttlichen sei nur der Vorbote wahrer Herrlichkeit. Ich würde ihnen Herrlichkeit zeigen!

Was ich im Camp der Schwestern schuf, war ein Kunstwerk, und wie die meisten Kunstwerke entstand es aus akribischer, harter Arbeit. Ich schleifte drei Heuballen von der Scheune herbei und zerteilte sie, bevor ich das Heu von der Feuerstelle in der Mitte des Lagers ausgehend strahlenförmig bis zu den Wohnwagen auslegte und Benzin darüberträufelte, dessen saurer Geruch den süßen Duft des Heus überdeckte. Die letzte Heuspur führte zu Amelias Wohnwagen, aber das reichte mir noch nicht. Wie ein Fuchs im Hühnerstall kroch ich unter den Wagen und zerriss das mitgebrachte Tuch, bis Staub und Farbflocken im Licht meiner Taschenlampe tanzten. Dann tauchte ich die weißen Baumwollstreifen in den Rest des Benzins. Wenn das Zerreißen des Stoffs Amelia noch nicht geweckt hatte, würde es sicher der Dieselgestank tun, und wenn der es nicht schaffte, dann das Scheppern des Eimers, den ich versehentlich gegen eine Camping-Gasflasche stieß; falls auch das nicht genügte, würde sie vom grellen Schein meines Feuers aufwachen, denn nun zündete ich die Streichhölzer an. Das Tuch wollte jedoch kein Feuer fangen. Also zog ich etwas zerknülltes Papier aus der Tasche und zündete das an, hielt es so, dass die vom Nachtwind geschürten Flammen daran nach oben züngelten. Bevor es mir gelang, das Papier unter dem Wohnwagen abzulegen, verbrannte ich mir das Handgelenk. Endlich liebäugelte auch ein Zipfel des Tuchs mit der Flamme, und das auflodernde Feuer beleuchtete einige Kartons, die auf Ziegelsteinen gestapelt waren. Vermutlich enthielten sie Rosen und Flugblätter, T-Shirts und Poster, sicher auch Fotos von mir. Ich schlängelte mich unter dem Wohnwagen hervor, rannte zur Mitte des Lagers und zog das Heu in die Glut des Lagerfeuers.

Jetzt gab es nichts mehr zu tun. Ich stieg bis zur Eiche hinauf, lehnte mich gegen ihren harten Stamm und stellte mir eine Wiese vor, auf der es keine Schwestern mehr gab. Nur ich allein würde zurückbleiben und hier auf diesem Land meine Strafe absitzen. Wie recht ich mit dieser Vision hatte.

Wenn es denn nur brannte. Anfangs war lediglich Rauch zu sehen, der unter Amelias Wohnwagen hervorquoll. Ich wollte gerade wieder hinuntergehen, um das Feuer erneut zu entzünden, als ich Flammen an den Metallwänden des Wohnwagens emporzüngeln sah, geschmeidig wie Nachtclubtänzerinnen an einer Stange. Ohne Vorwarnung steigerte sich mein selbstgebasteltes mittelalterliches Fegefeuer zu einer Orgie aus wild tanzenden Flammen und Zerstörung, angefacht vom Sauerstoff meines Hasses und dem peitschenden Wind. Zur selben Zeit loderten in der Mitte des Lagers die Speichen meines Wagenrads aus Heu auf, und orangerote Funken rannten an ihnen entlang wie angesengte Ratten.

Es war ein schöner Anblick, der als Standbild auf das Zelluloid meiner Erinnerung gebannt ist: über der dunklen Nacht die Sterne und die Silhouette der kahlen Eiche, und unten in der Senke eine flammende Rose.

Dorothy. Das musste Dorothy sein, die da um Eves Wohnwagen herumrannte, gegen ihre Tür hämmerte und schrie. Sie taumelte weiter zu Amelias Wohnwagen, erreichte die Treppe und zögerte keinen Augenblick, obwohl das zwischen den Eisenstufen hervorzüngelnde Feuer die Sohlen ihrer Gummistiefel zum Schmelzen bringen musste. Nein, nicht Dorothy! Ihr hatte ich nicht weh tun wollen. Und wo war Jack, schlief sie immer noch in Amelias Wohnwagen? Ich beobachtete, wie Dorothy die Hand nach dem Türgriff ausstreckte und sie wieder zurückzog. Nachdem sie sich den Ärmel ihres Pullovers über die Finger gezogen hatte, rüttelte sie heftig an der Tür.

»Kommt raus! Amelia! Amelia, es brennt!« Ihre krächzende Stimme gellte wie der Ruf eines Steinkauzes durch die Nacht.

Hinter ihr war Eve inzwischen aus ihrem Wohnwagen geflüchtet und trampelte auf dem brennenden Heu herum. Eine zweite Gestalt gesellte sich zur ihr, und aus der Ferne wirkten sie wie Wilde in einer viktorianischen Darstellung, einer nachkolorierten Schwarzweißradierung, halbnackte Menschen, die in den Flammen ihrer Irrlehre herumhüpften und mit Jacken und Decken in einer fieberhaften Choreographie auf den Boden einschlugen.

»Wasser! Wir brauchen Wasser!«, schrie Eve und rannte mit einem Plastikkanister in jeder Hand auf den Wasseranschluss an der Tränke zu. Es gab auf der ganzen Welt nicht genügend Wasser, um ein solches Feuer zu löschen – nicht einmal auf diesem von Regen so gesegneten Land.

Da, endlich, Amelia! Dorothy packte sie, brüllte ihr zu, dass sie springen sollte, statt auf das Metall zu treten. Dann waren sie unten auf dem schwelenden Gras, flohen mit gesenkten Köpfen und Händen vor ihren Mündern weg von dem brennenden Wohnwagen, der diesem roten Fremden, der ihn bedrängte, Tür und Tor öffnete, ihn einlud, nach Herzenslust zu schänden und zu brandschatzen. Die Explosion der ersten Gasflasche riss die beiden von den Füßen. Das Gas hatte ich völlig vergessen! Es würde noch eine Explosion geben, denn es waren zwei Gasflaschen im Camp. Renn, Dorothy, renn! Der zweite Knall ertönte, nachdem sie sich hinter ihren Altar gerettet hatten. Wie angstvoll sie sich zusammenkauerten …

Dort war Eve. Das Wasser, das sie aufgedreht hatte, ergoss sich über den Rand der Tränke, floss ihr über die Füße, rann als glitzernder, vom Mondlicht beschienener Bach den Hügel hinunter, verschwand zwischen Grasbüscheln und tauchte wieder auf, bewegte sich langsam auf die lodernden Wohnwagen zu. Doch Eve starrte nicht auf das Feuer, sondern zeigte auf mich und schrie etwas.

»Dort oben ist Ruth! Es war Ruth!«

Jack erschien neben ihr, sie war also unverletzt. Sie packte Eve beim Arm und zog sie den Hügel hinunter, aber dieses Inferno konnte niemand mehr bekämpfen. Das Metall der Wohnwagen war so heiß geworden, dass es sich zu grotesken Formen verbog. Teile davon schrien wie leidende Tiere, andere fügten sich stumm in ihr Schicksal. Beißender Rauch quoll aus den Fenstern, hatte sich feingemacht für die Nacht, leuchtete in grellen, chemischen Farben, vor denen die tanzenden Funken wie Diamanten glitzerten. Inzwischen waren die Schwestern zu dem Wohnmobil gerannt, in dem die Schaltzentrale untergebracht war, und versuchten die Ziegelsteine aus dem Weg zu wuchten, mit denen die Räder blockiert waren. Nur Amelia trat zur Seite, streckte die Arme hoch über den Kopf und hob die Rose empor. Sie würde gut brennen.

Neben mir flackerte Blaulicht auf. Zwei Feuerwehrautos rumpelten über den unebenen Boden auf das Lager der Schwestern zu – Spielzeugautos, wie ich sie früher für Lucien gekauft hatte, um sie in seinen Weihnachtsstrumpf zu stecken, dazu Feuerwehrmänner mit Helmen und Handschuhen und Leitern, alles aus Lego. Die Legomännchen legten Amelia die Plastikarme um die nackten Schultern und schoben sie weg, bis sie nur noch eine gewöhnliche, in einc Decke gehüllte Frau war, die wie eine Statistin in einer Krankenhausserie wirkte.

Auch hinter mir leuchtete nun Blaulicht auf. Eine von Autoscheinwerfern beleuchtete Gestalt rannte winkend den Hang hinauf Richtung Zufahrtsstraße, wo gerade zwei Krankenwagen hielten, gefolgt von einem Polizeitransporter. Alle drei Fahrzeuge ließen die Motoren laufen. Aus dem Polizeiwagen kletterten Beamte mit kugelsicheren Westen, wie in einem amerikanischen Thriller. In solchen Filmen gab es ein Wort für das, was sie nun taten: ausschwärmen.

Das Theaterstück hatte sich fast genauso entwickelt, wie ich es auf meinem Sitzplatz hoch oben in meiner Loge vorhergesehen hatte: Die Schauspieler waren auf dieser riesigen Bühne aus Erde, Luft, Feuer und Wasser zu winzigen Menschen geschrumpft, alles verdichtete sich zu dieser einen existentiellen Szene.

»Ruth!«

Wieder und wieder riefen die Männer meinen Namen. Ich antwortete nicht.

»Sie müssen mir antworten, Ruth, damit ich weiß, dass Sie mich hören können. Können Sie mich hören, Ruth?«

Ich hörte den Mann, brauchte jedoch keine Worte mehr.

Seine Stimme war wie das Rascheln einer Chipstüte in der Sitzreihe hinter mir, lästig, aber für das Geschehen auf der Bühne letztlich irrelevant. Zwei oder drei Polizisten waren jetzt ganz in meiner Nähe. Die Wolkenvorhänge gaben die Bühne für den Mond frei, die Schatten der Männer wurden länger.

Sie brachten meinen Körper weg, zogen ihn den Hügel hinauf, doch ich ließ meine Augen zurück, beobachtete weiter, was unten geschah. Die Schwestern sahen, wie ich fortgeschleift wurde, stürzten mit ausgestreckten Armen ins Licht der Suchscheinwerfer, als könnten sie mich berühren, sanken weinend auf den Boden. »Ruth!«, schrien sie. »Auserwählte der Rose!«

Die Arme der Männer steuerten mich vorwärts, während ich den Kopf nach hinten drehte. Unten, neben dem geräumten Lager, stand ganz allein Amelia und hielt die Rose hoch über die Asche.

Die Türen des Krankenwagens gehen auf, das Stück ist vorbei. Wir befinden uns jetzt außerhalb des Theaters.

»Haltet diese Frauen auf!«, schreie ich.

Ich bestehe nur noch aus blinder Wut und Raserei, aber die Männer haben genügend Hände, um meine Arme und Beine festzuhalten. Die Nadel gleitet in meinen Arm. Die Fluten schlagen über meinem Kopf zusammen.

32

DIE QUELLE winkte mir zum Abschied, stemmte die Hände in die Hüften und blickte mir hinterher, als ich medikamentös ruhiggestellt und geistig verwirrt von Männern in Uniform davongebracht wurde. Und dann, nur gut zwei Monate später, nachdem die Welt und ihre Justiz fertig mit mir waren, beobachtete die Quelle meine Rückkehr, linste durchs Küchenfenster, als der Gefängnistransporter die Einfahrt herunterrumpelte, sah zu, wie die Wärter mir die Handschellen abnahmen, öffnete mir die Haustür, machte mein Bett, hieß mich zu Hause willkommen und behielt mich da, für bislang hundertsiebenundzwanzig Tage, sicher verwahrt wie eine Langzeitpatientin, über deren seltenes Leiden sie keine Zukunftsprognosen zu treffen bereit ist.

Sogleichs Schatten schiebt sich vor die Abendsonne, die das Stroh im Stall hat aufleuchten lassen, während ich dort ausmiste, um die Kuh zum abendlichen Melken hereinholen zu können. Ich habe große Freude an meinen neuen Pflichten und reagiere entsprechend verärgert, wenn ich dabei gestört werde. »Wollen Sie etwas Bestimmtes, Sogleich? Ich wusste gar nicht, dass Sie scharf auf Kuhfladen sind.«

Sogleich hält sich in sicherer Entfernung. »Ich kann nichts dafür, ich bin nur der Bote. Der Gärtner möchte mit Ihnen über das Gemüsebeet sprechen und hat mich gebeten, Sie zu holen. Das ist alles.«

Ich halte in meiner Arbeit inne und lehne die Mistgabel gegen die Schubkarre. »Der Gärtner? Meinen Sie Junge?«

Sogleich lacht sich schlapp über seinen eigenen Witz. Er hat während seines gemütlichen Wachdienstes auf meinem üppig gesegneten Land so zugenommen, dass sein Bauch dabei wackelt. »Genau den meine ich«, antwortet er und trottet schnaufend und hustend davon. »Er ist draußen im Garten«, ruft er mir noch zu.

Die Botschaft erscheint mir merkwürdig, ungewöhnlich genug, um sofort vom Stall zum Zaun des Obstgartens hinüberzugehen. »Gibt's ein Problem?«, rufe ich Junge zu.

Junge dreht rasch den Kopf und springt auf, als er mich sieht. Nachdem er sich wachsam umgeblickt hat, winkt er mich in den Garten. »Sie müssen es sich schon genauer anschauen«, sagt er. »Ich hoffe, Sogleich ist wieder reingegangen?«

»Ich gärtnere nicht, Junge. Sie wissen genau, dass ich nicht in den Garten komme.«

»Es lohnt sich aber, das verspreche ich«, drängt er.

Widerstrebend schiebe ich das kleine Holztor auf, das sich immer noch nur halb öffnen lässt, weil wir die Scharniere damals falsch montiert haben, und stehe wie eine Fremde inmitten der orange blühenden Stangenbohnenreihen. »Also?«

Junge steckt mir einen Brief zu. Er ist an Mr und Mrs A. Ranger gerichtet, an eine mir unbekannte Adresse. Die Handschrift erkenne ich hingegen sofort, das große, verschnörkelte R, das immer auf meinen Geburtstagskarten stand und hinter dem die restlichen Wörter wie Anhängsel wirkten. Wenn ich noch einen Beweis für Junges Loyalität gebraucht hätte, hier ist er: Er hat den Brief an Mark tatsächlich abgeschickt und mir nun seine Antwort gebracht!

»Das ist die Anschrift meiner Eltern«, erklärt er. »Ich habe Ihrem Brief eine kurze Nachricht beigefügt, damit Mark weiß, dass er am besten auf diesem Wege antwortet, wenn er die Zensur umgehen will. Mum ist altmodisch und hält nichts von E-Mails. Sie schreibt mir alle paar Wochen oder schickt mir Pakete, und ich habe sie gebeten, den Antwortbrief einfach beizulegen, falls je einer eintreffen sollte.«

Ich werde noch genug Zeit haben, mich bei ihm zu bedanken. In diesem Moment bin ich ganz auf Marks Handschrift konzentriert. Ein Graphologe könnte mir jetzt bestimmt sagen, wie er sich beim Verfassen des Briefs gefühlt hat, ein Forensiker vielleicht sogar, wo er sich aufgehalten hat, anhand der Pollen, die in winzigen Mengen aufs Papier gelangt sind, versiegelt im Klebestreifen, über den er geleckt hat. Ich setze mich langsam auf einen alten Holzklotz. Ausgerechnet hier lese ich Marks Antwort, in seinem geliebten Garten. Zu meinen Füßen glitzern immer noch kleine Glassplitter auf dem lehmigen Boden, und hinter mir ragt das Gerüst des Gewächshauses auf.

Jetzt habe ich nur noch diese Worte:

Liebe Ruth,
ich habe Deinen Brief erhalten. Du hast recht, ich bin in Northumberland. Onkel Andrew ist letzten Monat nach einem Herzinfarkt gestorben, was für Annie natürlich ein furchtbarer Schock und auch für mich sehr schwierig war. Wie Du weißt, war er wie ein Vater für mich, und dieser erneute schmerzliche Verlust war beinahe zu viel. Aber das Leben muss weitergehen. Ich helfe Annie, zu bewirtschaften, was vom Hof noch übrig ist. Den Schafen geht es gar nicht so schlecht hier oben, dann haben sie auch ein paar Ziegen angeschafft, und außerdem hat Annie natürlich noch ihre Hühner. Nebenbei übernehme ich gelegentlich Aufträge von Rechtsanwälten aus der Gegend.
Doch nun zu Deinem Brief. Wir alle wollen und müssen herausfinden, was mit Lucien passiert ist. Auch wenn ihn nichts je wieder zurückbringen wird, gebe ich Dir recht: Gewissheit über seinen Tod wäre eine große Erleichterung. Ich weiß, dass es für mich leichter ist als für Dich, weil bereits feststeht, wo ich in jener Nacht war und was ich getan habe. Meine

Unschuld ist erwiesen, wohingegen Du Dich in einer viel schwierigeren Position befindest. Du bittest mich um meine Meinung, hier also meine Gedanken:

1. *Amelia hat in East Anglia eine Art Nachfolgesekte gegründet und es tatsächlich geschafft, einige arme Dürreopfer so lange zu beschwatzen, bis sie sich ihr angeschlossen haben. Es stand in der Presse, und im Internet findet sich auch ein wenig darüber, wenn auch nicht viel. Dorothy ist offenbar nach Kanada zurückgekehrt. Was mit der psychisch Labilen ist, weiß ich nicht. Bleibt also nur noch diese reiche Businesszicke (Eve?). Ohne ihr Geld wäre Amelia bestimmt nicht zu diesem Neuanfang in der Lage gewesen.*
2. *Es ist offensichtlich, dass Amelia mich von der Quelle vertreiben wollte, und das ist ihr gelungen. Ich glaube, es lag daran, dass sie Dich für sich haben wollte. Wer weiß, zu was sie alles imstande war, um ihr Ziel zu erreichen? Obwohl so viel für sie als Täterin spricht, hat die Polizei schnell das Interesse an ihr verloren. Keine Beweise, jede Menge Alibis. Hinweise auf Täter, die zum Zeitpunkt von Luciens Tod nicht auf dem Grundstück lebten, hat es offenbar nie gegeben, zumindest hat die Presse die ermittelnden Beamten dahingehend zitiert. Ich möchte so gerne glauben, dass es Amelia war, doch das erscheint mir immer unwahrscheinlicher.*
3. *Ich habe Dich bereits einmal gebeten, Dir Hilfe zu suchen, aber Du wolltest nicht auf mich hören. Bitte nimm meinen Rat diesmal an. Ich habe mich über Therapeuten schlaugemacht, die Dir helfen könnten, Ereignisse aus der Vergangenheit in Dein Bewusstsein zurückzuholen. Wenn es Dir hilft, kann ich gerne den Kontakt herstellen. Du weißt, dass ich nie viel von solchem Psychogeschwätz gehalten habe, doch selbst ich glaube mittlerweile, dass es einen Versuch wert wäre. Was auch immer Du über Deine eventuelle Täterschaft herausfindest, es kann nicht schlimmer für Dich sein als die Ungewissheit.*

Es tut mir leid, dass ich mich nicht früher gemeldet habe. Vor einiger Zeit erhielt ich einen Brief von einem Pastor, der Dich auf Deinen Wunsch hin besucht, wie er schrieb. Ich hätte gedacht, dass Du für den Rest Deines

Lebens genug von Religion hast. Mir geht es jedenfalls so, daher wollte ich auf keinen Fall etwas mit ihm zu tun haben. Wenn ich ehrlich bin, ertrage ich auch den Gedanken nicht, Dir gegenüberzutreten.
Ja, ich vermisse die Quelle. Ich habe diesen Ort geliebt und erinnere mich an jeden Baum, den ich gepflanzt, jeden Ast, den ich zurückgeschnitten, jedes Lamm, dem ich auf die Welt geholfen habe. Auch daran, dass der Traktor in den Kurven immer ausgegangen ist. An alles.
Du hast nach Angie gefragt. Was ich dir sagen kann, ist, dass sie bei Charley ist, dass es ihr den Umständen entsprechend gutgeht und dass sie – wenn ich ihr Glauben schenken kann, was schon immer das Problem bei ihr war – angeblich keine Drogen mehr nimmt. Ungefähr um die Zeit der Beerdigung herum hatte sie einen Zusammenbruch und ist rückfällig geworden, aber Charley hat ihr wieder aus dem Tief geholfen. Sie hat mich gebeten, Dir nicht zu verraten, wo sie sich aufhält. Angie ist noch nicht bereit dazu, wieder mit Dir in Kontakt zu treten. Obwohl ich weiß, dass es Dir das Herz bricht, kann ich sie verstehen. Wenigstens stehen sie und ich uns heute sehr nahe, und ich hoffe, dass ich ihr eine Stütze sein kann. Gib ihr Zeit.
Ich würde mich freuen, wieder von Dir zu hören. Ich mache mir Sorgen um Dich und vermisse Dich. Mich plagen Gewissensbisse, weil ich Dich verlassen habe, als Du mich am dringendsten brauchtest. Gegen Ende habe ich Dich vielleicht nicht mehr sehr gemocht, aber das ändert nichts daran, dass ich nie aufhören werde, Dich zu lieben. Ich werde niemals eine andere lieben.
Mark

Er ist also am Leben. Gesund und munter, wie es so schön heißt. Und meine Angie – auch ihr ist nichts Schlimmes passiert. Abgesehen von dem, was sie bereits durchgemacht hat. Ich lese die betreffenden Zeilen wieder und wieder: »*… dass es ihr den Umständen entsprechend gutgeht …*« »*Angie ist noch nicht bereit …*« Und: »*… stehen sie und ich uns heute sehr nahe …*« Wo bleibe ich bei dem Ganzen?

Natürlich hier, auf diesem verfluchten Stück Land. Mir fällt plötzlich wieder ein, dass Junge neben mir steht.

»Lesen Sie.« Ich halte ihm den Brief hin.

»Wollen Sie, dass ich ihn lese?«

»Ja.«

Er wischt sich die dreckigen Hände an seiner Jeans ab und nimmt den Brief. Ich beobachte sein Gesicht, während er liest, die Art, wie er umblättert, zurückblättert, den Kopf schüttelt.

Ich will eine zweite Meinung. »Was denken Sie?«

»Worüber genau?«

»Was versucht er mir mitzuteilen?«

Junge gibt mir den Brief zurück und fährt sich mit den Fingern durchs Haar. »Er schreibt nicht wirklich etwas Neues, oder? Ich habe ebenfalls ein bisschen gegoogelt während meiner freien Woche, in einem Internetcafé, damit meine Suche nicht nachverfolgt werden kann. Wenn ich ganz ehrlich bin, ist nichts dabei herausgekommen. Mark, Hugh, ich – keiner von uns hat außerhalb der Quelle mehr herausfinden können als Sie, die Sie hier festsitzen.«

»Aber was will er mir damit sagen?«, hake ich erneut nach, obwohl mir die Antwort bereits klar ist.

»Ich weiß nicht, worauf Sie hinauswollen.« Junge schnappt sich den Spaten und rammt ihn in die Erde.

»Doch, das wissen Sie, Junge.« Ich falte den Brief einmal zusammen, und dann noch einmal und noch einmal. Es ist irgendwie bezeichnend, dass man ein Papier nur sechsmal falten kann, egal wie groß es ist: Alles läuft stets auf das gleiche unlösbare Rätsel hinaus. »Erst Hugh, jetzt Mark. Alle glauben, dass ich es getan habe. Das ist die Aussage dieses Briefs.«

»Er will, dass *Sie* glauben, dass Sie es getan haben. Was mich immer schon gewundert hat, ist, warum Sie nie auf die Idee kommen, dass *er* es war?«

Er wartet auf meine Antwort, doch ich mache von meinem

Schweigerecht Gebrauch. Daher fährt er irgendwann fort: »Sie sind bereits auf diese Idee gekommen, nicht wahr? Manchmal jedenfalls. Sie trauen sich nur nicht, es laut auszusprechen.«

Ich schüttle den Kopf und sage zu Junge, er verstehe das nicht, es gehe hier um Mark, einen Gärtner wie ihn, einen Mann, der all dies geliebt habe. Heftig wedelnd zeige ich auf die ordentlich aufgereihten Zucchinipflanzen. Mark sei weder verrückt noch böse, noch gewalttätig …

»Und was ist dann mit dem Gewächshaus passiert?« Junge deutet demonstrativ auf die traurigen Überreste.

»Ich habe ihn dazu getrieben. Bevor wir hierhergezogen sind, war er ganz anders. Er war …« Ich gerate ins Stocken.

»Ein Pädophiler?«

Ich muss raus aus diesem Garten. Am Tor drehe ich mich zu Junge um: »Ich habe diese Vorwürfe nie geglaubt!«

»Damals nicht.«

Seine knappe Entgegnung breitet sich in unserem Gerichtssaal unter freiem Himmel aus, und die darin implizierte Frage hebt auf der Richterbank die Augenbrauen, schweigt jedoch.

Junge folgt mir aus dem Garten, holt mich ein und nimmt mir den Brief aus der Hand, um ihn wieder sicher in seiner Tasche zu verstauen. Wir gehen zusammen zum Haus, wo niemand zu sehen ist. An der Hintertür setzen wir unser juristisches Gerangel fort.

»Ruth, ich könnte ganz objektiv argumentieren, dass er all das sehr wohl war. Außerdem … Nein, lassen Sie mich aussprechen! Mit wem sonst wäre Lucien mitgegangen? Mark hatte die Möglichkeit, den grünen Wollpullover, die nassen Kleider und die Rosenkette bei seinem Ausflug am frühen Morgen verschwinden zu lassen, als er angeblich im Ort eine Zeitung kaufen wollte. Sie haben doch selbst gesagt, dass das untypisch für ihn war.«

»Hören Sie auf!« Ich will ins Haus gehen und seiner Logik die Tür vor der Nase zuschlagen.

Junge stellt einen Fuß dazwischen. »Warum?«

»Darum. Keine Ahnung, warum. Ich will einfach, dass Sie aufhören.« Natürlich habe auch ich schon darüber nachgedacht, dass es Mark gewesen sein könnte. Junge hat recht, es ist etwas ganz anderes, diesen Verdacht laut ausgesprochen zu hören. Ich strecke die Hand nach der Tasche mit meinem Brief aus, aber Junge hält sie außer Reichweite.

»Ich sage ja gar nicht, dass er es war. Aber *wenn*, wie ließe sich seine Tat dann besser verschleiern als dadurch, dass er Sie erneut zu verwirren und von Ihrer Schuld zu überzeugen versucht? Zumal festzustehen scheint, dass keiner mehr den Schwestern etwas anhängen will.« Er dreht der Scheune den Rücken zu und gibt mir unauffällig meinen Brief zurück. »Ich bin ihm nie begegnet, Ruth, aber Sie verteidigen ihn auf eine Weise, so gut kann kein Mann sein. Wir sind eine eifersüchtige Spezies.«

Ich gönne mir einen Tag im Bett, um über Junges unerträgliche These nachzugrübeln, um erneut den Brief zu lesen, auf der Suche nach einem verborgenen Subtext. Als ich noch für meine Tätigkeit als Lehrerin bezahlt wurde, war ich hervorragend darin, Sprache zu analysieren, doch jetzt, wo ich auf eine andere Art von Lohn aus bin, ist mir diese Fähigkeit abhandengekommen. Ich habe Mark geliebt. Über einen sehr langen Zeitraum habe ich ihn für einen guten Menschen gehalten, auch wenn andere nicht dieser Meinung waren. Ich glaubte, er wäre niemand, der andere verletzte – obwohl das nicht stimmte. Denn er hat *mich* verletzt, damit fängt es bereits an. Für die Tatzeit hatte er ein Alibi, aber Computer lassen sich mit Leichtigkeit manipulieren, ohne dass man es nachverfolgen kann. Das wusste er besser als jeder andere. Ich habe ihn geliebt. Der Grund dafür, dass es unaussprechbar für mich ist, ist folgender: *Wenn* er es getan hat und wenn auch die früheren Anschuldigungen stimmen, habe ich über Jahre einen Perversen geliebt, habe so nah mit ihm zusammengelebt, dass auch ich nicht ganz unbefleckt davongekommen sein kann. In gewisser Hinsicht ist alles andere leichter zu ertragen. Sogar die Möglichkeit, dass ich es selbst getan habe – so seltsam das klingt.

Draußen höre ich lautes Hämmern, und als ich aus dem Fenster blicke, sehe ich, dass Junge meinen Vorschlag, Hühner zu halten, aufgegriffen hat und gerade das Hühnerhaus repariert. Er steht vornübergebeugt da und befestigt den Drahtzaun wieder am Rahmen, den Jackenkragen hochgeklappt gegen den trockenen, staubigen Wind, umgeben von all dem, was zu einem Traum von einem kleinen Bauernhof gehört. So gut kann kein Mann sein.

33

HEUTE IST der fünfzehnte August. Genau vor einem Jahr habe ich einen Kuchen gebacken, was ich heute wieder tun werde, als Akt des Gedenkens. Dazu werde ich die große gelbe Rührschüssel ganz unten aus dem Küchenschrank holen. Vielleicht kann ich – wenn ich irgendwann endlich freikomme – ein Promi-Kochbuch mit dem Titel *Ruth Ardinglys beste Hausarrest-Rezepte* schreiben. Darin wird als oberste Regel stehen, dass man alles in besonders kleiner Ausführung im Haus haben sollte: Töpfe für eine Person, Rührschüsseln im Miniaturformat, Auflaufformen, die gerade genug Platz für einen Hähnchenschlegel bieten. Allerdings sollte man auch für alle Fälle eine große gelbe Rührschüssel parat haben, falls man einen Kuchen für einen kleinen Jungen backen will, der an diesem Tag sechs Jahre alt geworden wäre.

In weiser Voraussicht habe ich schon vor einigen Tagen die Zutaten bestellt. Sogleich hat die Einkaufsliste inspiziert und halbherzig nachgehakt:

»Irgendein besonderer Anlass?«

Er ist nicht wissbegierig genug, um Karriere zu machen. Sogleich wird sich sein Leben lang mit Halbwissen zufriedengeben. Das ist auch eine Art zu leben, vielleicht sogar eine gute. Was auch immer er über meine Einkaufsliste dachte, er hat doch alles mitgebracht, was möglich war. Für Lebensmittel interessiert er sich nämlich sehr wohl. Sogleich ist vermutlich der einzige Mensch in ganz Großbritannien, der seit der Dürre zugenommen hat. Mehl ist immer noch problemlos zu haben, wenn es auch sehr teuer geworden ist; auch Zucker ist kein Problem, vorausgesetzt, man begnügt sich mit Rohzucker. Da Hühner genügsam sind und sich alles Lebensnotwendige aus der nackten Erde scharren, ernährt sich England nun offenbar weitgehend von Eiern freilaufender Hühner. Was die Butter angeht, habe ich den Versuch unternommen, sie aus Annalisas herrlicher Milch selbst herzustellen.

Die Zutaten stehen vor mir auf dem Tisch und erinnern mich an den Hauswirtschaftsunterricht in der Schule, wo wir uns vor dem Kochen brav die Hände wuschen (und dabei vermutlich recht verschwenderisch mit dem Wasser umgingen), uns dann unbeholfen die Plastikschürzen hinter dem Rücken zubanden und das an die Tafel geschriebene Rezept durchlasen. Meine damalige Kochpartnerin hieß Diana Reid. Ich habe schon lange vor unserem Umzug aufs Land den Kontakt zu ihr verloren und frage mich, ob sie wohl in der Presse von mir gelesen und bei der Arbeit erwähnt hat, dass wir früher zusammen zur Schule gegangen sind. Falls ja, erzählen ihre Kollegen nun sicher überall herum, dass eine Bekannte von ihnen diese unheimliche Frau persönlich kennt, die sich für eine Auserwählte gehalten und ihren Enkel in einem Teich ertränkt hat. Bestimmt läuft ihnen dabei ein kalter Schauder über den Rücken, weil sie dem Wahnsinn so nahe gekommen sind.

Ich nehme einen Löffel, kratze damit ein großes Stück Butter vom Block und befördere es in die Schüssel. Da ich keine Küchenwaage habe, können weder meine Zutaten noch ich selbst für zu leicht befunden werden. Mit einem Esslöffel messe ich den Zucker ab: Ein gestrichener Esslöffel ergibt fünfundzwanzig Gramm Zucker, ein gehäufter fünfundzwanzig Gramm Mehl, so hat es mir meine Mutter beigebracht. Daran erinnere ich mich noch, auch wenn ich ihre Stimme nicht mehr im Ohr habe. So groß unsere Differenzen bisweilen waren, ich bin froh, dass sie das hier nicht mehr sehen muss: ihre Tochter, wie sie einen Geburtstagskuchen für einen Toten backt.

Butter und Zucker von Hand schaumig zu schlagen ist harte Arbeit. Meine Muskeln, die daran gewöhnt waren, Schafe beim Scheren festzuhalten oder eine Schubkarre voller Steine für die Reparatur der Gartenmauer zu schieben, sind längst verkümmert, weshalb ich die Butter auf dem Herd weich werden lasse, um mir die Arbeit zu erleichtern. Anschließend lasse ich den Holzlöffel immer wieder von einer Hand in die andere wandern, um meine schmerzenden Arme zu entlasten. Nachdem Butter und Zucker verrührt sind, schlage ich die Eier in eine zweite Schüssel und verquirle sie leicht, bevor ich sie langsam dazugebe. Zunächst entsteht eine wunderbar glatte, luftige Masse, die mich an den dicken Rahm erinnert, den die alten Damen auf Gemeindefesten zu servieren pflegten, mit einem Klecks Marmelade, bröckelndem Gebäck und lästigen Wespen. Wie ich heute in Erinnerungen schwelge! Doch dann kippe ich den Rest der Eier zu schnell dazu – schusselige Ruth –, woraufhin er schleimige Klumpen bildet, die durch die Schüssel schwappen und sich weigern, sich mit der übrigen Masse zu verbinden. Das Mehl rettet mir die Bindung, aber ich habe kein Backpulver und befürchte nun, dass der Kuchen so luftleer und leblos bleibt wie ein Keks. Innerhalb einer Sekunde ist er von einem Akt der Liebe zu einem Hassobjekt mutiert, und ich bin kurz davor, die gelbe Rührschüssel mitsamt ihrer sich wieder trennenden Mischung aus Überleben und Trauer an die Wand zu schleudern.

Dann steht plötzlich Lucien auf dem Stuhl neben mir. Er riecht nach frischer Wäsche. Wenn er hier sein könnte, wenn er doch nur hier sein könnte, wunderschön auf dem Stuhl neben mir, wenn er den Löffel ablecken und danach verlangen würde, die Eierschalen wieder zusammenzusetzen, dann wäre ich in der Lage weiterzumachen. Ich löse meine Hände aus ihrer steifen Umklammerung der Schüssel und atme tief durch, hebe weiter das Mehl unter, erst in die eine, dann in die andere Richtung. Ganz langsam wird der Teig doch noch glatt und luftig, und ich beschließe, ihn nicht wegzuwerfen. Stattdessen löffle ich ihn in eine gefettete Kuchenform und stelle sie in den Ofen. Dann stehe ich an der Spüle, sehe zu, wie der ungeerntete Weizen im heißen Wind wogt, und denke an Luciens Haare. Die wohlgenährten Fasanen, die nicht wissen, wie gut sie es haben, picken neben den Torpfosten im wild wuchernden Gras herum und erinnern mich daran, wie er immer mit den Händen fuchtelnd und klatschend die Einfahrt entlanggerannt ist, bis sie schwerfällig wie Jumbojets vom Boden abhoben. Ich fahre mit dem Finger innen am Schüsselrand entlang und lecke ihn ab, einmal für mich, einmal für ihn und einmal für was? Damit es Glück bringt?

Drei dringt in mein Haus ein.

»Was wollen Sie hier?« In meiner Küche bin ich mutig, bereit, meinen Kuchen gegen alles und jeden zu verteidigen.

»Ich dachte, Sie wären ausnahmsweise einmal froh, mich zu sehen. Aber wenn ich gerade störe …«

Ich stelle die Schüssel in die Spüle und lege die Löffel hinein, gebe mir Mühe, meine Erwartungen im Zaum zu halten, indem ich zunächst Wasser zum Spülen einlaufen lasse. »Was wollten Sie mir sagen?«

»Ich wollte Sie darüber informieren, dass für heute Nachmittag eine Besuchsgenehmigung gemäß Paragraph 9 ausgestellt wurde. Vierzehn bis sechzehn Uhr.«

Er hat seinen Trumpf ausgespielt und weiß es.

»Heute?«

»Ich sagte doch, diesen Nachmittag, vierzehn bis sechzehn Uhr.«

»Das wussten Sie doch bestimmt schon länger und erzählen es mir trotzdem erst jetzt! Sie sind ein sadistischer Dreckskerl!« Ich knalle die gespülte Schüssel auf das Abtropfbrett.

»Ihnen ist hoffentlich bewusst, dass ich die Genehmigung jederzeit widerrufen kann, wenn ich Ihre psychische Verfassung für nicht stabil genug halte.« Drei spielt mit dem Dokument in seiner Hand herum.

Nachdem ich sehr tief eingeatmet habe, trockne ich mir die Hände übergründlich an einem Geschirrtuch ab, bevor ich ein einziges Wort hervorstoße. »Wer?«

Drei klatscht das Antragsformular auf den Tisch, und ich schnappe es mir und lese es. Es enthält keine Namen, nur Kleingedrucktes sowie Datum und Uhrzeit. »Sagen Sie mir, wer es ist!«, brülle ich ihm hinterher, während er den Hof überquert und sich jenseits meines erlaubten Gebiets in Sicherheit bringt. »Geben Sie es zu, Sie wissen, wer es ist!«

Als ich drinnen auf die Uhr sehe, rückt der Zeiger gerade erst auf 13.05 Uhr vor. Das Formular verrät rein gar nichts, egal wie oft ich es lese. Junge hätte es mir sicher gesagt, wenn er Bescheid gewusst hätte oder es jemand Interessantes gewesen wäre. Drei hingegen macht sich einen Spaß daraus, mir die Neuigkeit auf diese Weise zu überbringen und mich mit der Hoffnung zu quälen, dass es sich bei dem Besuch um Angie handelt oder um Mark. Dabei weiß er vermutlich längst, dass es irgendein langweiliger Beamter ist oder ein Arzt. Die Hoffnung, dass es jemand sein könnte, den ich liebe, rumort in mir, aber ich halte mich an rationalere Erklärungen: dass zum Beispiel Sam nachsehen will, wie es der Kuh geht, oder sie mich besuchen kommt, weil ich ihr leidtue. Was mich auf den Gedanken bringt, dass man womöglich irgendwo einen Ersatzpriester für mich ausgegraben hat.

Wenn wirklich jemand kommt, was mache ich dann mit dem Kuchen?

Der Duft nach Gebackenem erfüllt die Küche. Ob ich eines Tages wieder für jemanden backen werde? Für Kinder womöglich, die Kinder von jemand anderem, wem auch immer? Ich hätte mehr mit Angie kochen und weniger arbeiten sollen, dann wäre vielleicht alles anders gekommen. Und wenn es doch Angie ist, die mich besucht?

Irgendwie glaube ich, dass ich damit klarkommen würde. Zumindest weiß ich, was ich zu tun habe, wenn es Angie ist. Aber was, wenn Mark vor mir steht? Wird es der Mark sein, den ich liebe, oder der Mark, den ich hasse?

Es klingelt. Ich zucke zusammen, doch es ist nur der Küchenwecker, nicht der Besuch. Ich beuge mich zum Ofen und öffne die Klappe, hole mit zitternden Händen den Kuchen heraus und stelle ihn auf den Tisch. Perfekt. Er ist aufgegangen und hat eine goldene Kruste, die in der Mitte aufgeplatzt ist, so dass man das saftige, dampfende Innere sieht, und fällt selbst beim Abkühlen nicht in sich zusammen. Es ist noch jede Menge Marmelade da, Zwetschge, Pflaume, Apfelgelee, Holzapfelgelee … auf einigen Gläsern steht *Jahr 1* oder *Jahr 2*, als hätten wir Angst gehabt, irgendwann den Überblick zu verlieren. Lucien hätte sicher Erdbeermarmelade gewollt, aber die stand bei uns noch nie zur Auswahl. Unseren allerersten Schwung Zwetschgenmarmelade hat Mark eingekocht. Angie war immer schon ein Erdnussbutterkind, das hilft also nicht bei der Entscheidung. Ich wähle schließlich Zwetschge, ohne zu wissen, warum, und schneide den Kuchen horizontal auf. Wenigstens haben mir meine Wärter ein anständiges Messer bewilligt, nachdem ich sie darauf hingewiesen habe, dass es in den verschiedenen Schuppen und Ställen auf dem Gelände genügend Balken gebe, an denen ich mich aufhängen könnte, genügend Sensen und Scherwerkzeuge, um mich nachts zu ihnen zu schleichen und ihnen die Kehle aufzuschlitzen. Ich bestreiche die untere Hälfte des Kuchens mit Marmelade. Der Teig bröckelt leicht, weil ich nicht lange genug gewartet habe, deshalb lege ich schnell die obere Hälfte auf die dicken Fruchtklumpen und drücke alles wie ein Sandwich zusammen. Dann fahre ich mit dem Finger an der Messerschneide entlang und lecke ihn ab. Meine Haut bleibt violett und blutrot zurück. Zwetschge. Marks Lieblingsmarmelade.

Es ist 13.45 Uhr. In einer Viertelstunde soll der Besuch kommen.

Ich studiere noch einmal genau das Formular und versuche mich daran zu erinnern, ob Drei von einem oder mehreren Besuchern gesprochen hat. Der Plural würde alles ändern, denn dann könnten es sogar die Schwestern sein. Hätten die Behörden Amelia tatsächlich die Genehmigung erteilt, hierher zurückzukommen, wenn sie sie beantragt hätte? Auf der Zufahrt ist noch immer nichts zu sehen. Sogleich sitzt draußen im Schatten und teilt sich selbst Karten aus. Vergeblich versuche ich mir vorzustellen, was ich zu Amelia sagen würde. Schweiß rinnt mir übers Gesicht, und meine Umgebung verschwimmt vorübergehend vor meinen Augen. Mein Verstand lechzt nach Aufklärung in diesem Meer der Ungewissheit.

»Sogleich!«, rufe ich durch die Tür nach draußen. »Wissen Sie, wer mich heute besuchen kommt?«

»Das wurde mir leider nicht mitgeteilt. Aber ich rufe Sie gerne, sobald jemand auftaucht. Ich habe nämlich heute die Dienstaufsicht. Sarge musste zu irgendeiner Top-Secret-Besprechung bei den Testfeldern.«

Der Land Rover ist nicht da, und Sogleich bestätigt mir, dass Junge ins Dorf gefahren ist.

In der Hecke neben dem Tor wachsen Brombeeren. Ich pflücke einige, im Gedenken an frühere Brombeerernten mit Lucien. Dann verteile ich die Beeren gedankenverloren auf dem Zuckerguss und ärgere mich darüber, dass die bevorstehende Invasion meine Erinnerungen stört. Ich habe nicht wirklich darüber nachgedacht, was ich mit dem Kuchen machen will, wenn er fertig ist. Nun muss ich mich mit dem Gedanken anfreunden, ihn zu teilen. Ein altes Sprichwort kommt mir ungebeten in den Sinn: Wer mit dem Teufel speist, braucht einen langen Löffel.

In der Scheune ertönt der Torsummer. »Sieht aus, als wären sie da!«, ruft Sogleich.

Sie? Ein mir unbekanntes blaues Auto rumpelt die Auffahrt hinab und wendet, bevor es fluchtbereit unter der Eiche parkt.

Wer will schon an einer Geburtstagsfeier teilnehmen, für die keine Einladungen verschickt wurden und bei der es weder Luftballons gibt noch ein Geburtstagskind, das die Kerzen ausbläst?

Die Autotür geht auf.

Die Antwort lautet: Mark.

Der Besucher ist Mark, was bedeutet, dass Angie als Möglichkeit ausscheidet, genau wie Amelia und alle übrigen in Frage kommenden Personen. Was ist und was nicht ist – beides wirkt gleichermaßen lähmend auf mich.

Ich habe mich ins Haus zurückgezogen und starre aus dem Fenster, starr vor Angst wie eine Hirschkuh in der Abenddämmerung, die in die Flinte des Jägers blickt und dennoch nicht davonrennen kann. Plötzlich kommt es mir so vor, als wäre die Zeit in lauter Bruchstücke zerfallen und hätte sich wie ein Kaleidoskop neu zusammengefügt. Es ist völlig normal, dass Mark an unserem Tor mit den fünf Querbalken steht und zum Haus herübersieht. Jeden Moment wird er hereinkommen und seine Einkäufe auspacken, ich werde fragend zu ihm herunterrufen, was es Neues im Dorf gibt, und er wird antworten, dass er gleich zu mir hochkommt. Vielleicht befinden wir uns aber auch in der Zukunft, und ich bin ein Geist, der noch einmal zurückgekehrt ist, um die Trümmer seines früheren Lebens zu betrachten.

Um die Gegenwart kann es sich jedenfalls nicht handeln, es sei denn, Mark hätte seine Meinung geändert und würde mich wieder lieben, es sei denn, er hätte Neuigkeiten mitgebracht, Beweise, die ohne jeden Zweifel belegen, dass ich es war. Oder er. Oder sie. Es kann kein Zufall sein, dass er diesen Tag für seine Rückkehr gewählt hat; es ist einer von Marks Vorzügen, dass er nie einen Geburtstag vergisst. Sicher weiß er, wie traurig ich bin, doch das bin ich schon seit langem, und es hat ihn auch bisher nicht dazu veranlasst, herzukommen und mich zu trösten. Mark. Ich stelle mir vor, wie es wäre, ihn im Arm zu halten, male mir aus, dass er sagt: Ich bin zurückgekommen, weil ich ohne dich nicht leben kann. Mein Misstrauen verdirbt mir dieses weichgezeichnete Bild. In Wahrheit ist er schon viel zu lange weggeblieben, liebt mich nicht, hat nie aufgehört, mich zu bestrafen. Warum sollte er ausgerechnet jetzt zurückkommen? Mein Verstand dreht sich im Kreis, wechselt zwischen bewussten Gedanken und einprogrammierten Erinnerungen hin und her, versucht schlau zu werden aus Marks unerwartetem Auftauchen. Langsam dämmert mir eine weitere Erklärung, eine allgemein anerkannte Tatsache: dass Mörder magisch angezogen werden vom Ort ihres Verbrechens, vor allem an bedeutsamen Tagen wie diesem. Vielleicht ergibt der ganze Wahnsinn also doch einen Sinn. Es war Junge, der es laut ausgesprochen hat: Warum kommen Sie nie auf die Idee, dass er es war?

Ich sitze auf der Bettkante, und meine Knie zittern so unkontrolliert, dass meine Füße immer wieder auf den Boden schlagen. Ich halte die Luft an, das Einzige, was ich höre, ist mein Herz. Dann nehme ich die winzigen Änderungen wahr, die in einem Haus vorgehen, wenn jemand durch die Tür hereinkommt, die beinahe unhörbaren Schritte auf dem Linoleum in der Küche, die Luft, die ausweicht, um ihm Platz zu machen.

»Ruth. Ich bin es, Mark.«

Er ruft noch einmal zu mir nach oben. Diesmal klingt er näher. Er muss am Fuß der Treppe stehen. Ich spanne jeden einzelnen Muskel an und verhalte mich ganz still, als würden wir Verstecken spielen, als würde ich unter dem Bett liegen, während er durchs Haus schleicht. Gleich habe ich dich.

»Ruth? Ich weiß, dass das ein Schock für dich ist. Ich gehe fünf Minuten spazieren, damit du dich ein wenig sammeln kannst.«

Für Tiere ist es nützlich, in Rage zu geraten, denn dabei fließt das Blut zurück in die vorderen Areale des Gehirns, und der Mut gewinnt die Oberhand. Ich lausche ihm nach, als er durch die Hintertür nach draußen geht. Vom Badezimmer aus beobachte ich, wie er über die Wiese schlendert, wobei er versucht, den in der Sonne trocknenden Kuhfladen auszuweichen. Dann verschwindet er aus meinem Blickfeld, und ich weiß, dass ich ihm nur vom Fenster in Luciens Zimmer aus weiter hinterherspionieren kann. Dort hinein gehe ich nie, aber jetzt wage ich es. Ich ziehe die Tür auf und bin mit drei großen Schritten am Fenster. Mark steht auf dem Hügel, seine Haare sind kürzer. Er stippt eine noch nicht angezündete Zigarette gegen die Schachtel, ein fremder Mann, der mustert, was ihm einst vertraut war und jetzt zerstört ist. Rechts von mir steht die Spielzeugtruhe, hinter mir das leere Bett und in der Ecke eine schwarze Mülltüte, die nicht geöffnet wurde, seit die Polizei sie zurückgebracht hat.

Genug.

Das schwarze Plastik lässt sich problemlos zerreißen. Ich greife mit der Hand in die Tüte, als handele es sich um ein gebärendes Tier. Ein rotes T-Shirt. Sein Kapuzenpullover. Jeans. Die Kleidungsstücke sind sauber, riechen nicht nach ihm, sondern nach Waschpulver. Es sind Kleider, die die Polizei aus seinem Schrank genommen hat. Meine Hand schließt sich um ein Paar Turnschuhe, die ich neben mir auf den Boden stelle. Ich erkenne darin das Paar, aus dem er gerade herausgewachsen war, mit Klettverschluss, keine Schnürsenkel. Hosen, weitere T-Shirts, ein Anorak, den er hasste, ein Kopfkissenbezug, aus dem jede Spur von Lucien herausgebügelt wurde. Ich reiße die Mülltüte weiter auf, lege ihren totgeborenen Inhalt frei, greife nach dem flauschigen Stoff und vergrabe mein Gesicht in Butterblumen und Bienen. Das ist Lucien, mein Lucien, der nicht mehr da ist, der mir auf eine Art fehlt, die sich jeder Metapher entzieht. Metaphern setzen eine Verbindung voraus. Ich atme die Abwesenheit meines Enkels ein, unverdünnt durch oberflächlichen Kummer oder bewusstes Denken. Die Reinheit dieses Moments genügt, um mich davon zu überzeugen, dass ich es nicht gewesen sein kann.

»Genug«, sage ich laut.

Jetzt, wo Kleidungsstücke auf dem ganzen Boden verstreut sind, sieht der Raum wieder aus wie Luciens Zimmer, also lasse ich die Tür offen, als ich hinausgehe. Im Badezimmer wasche ich mir ruhig und gefasst das Gesicht, bürste mir die Haare und betrachte mich in dem neuen Spiegel, den Junge über das Waschbecken gehängt hat. Ich sehe eine Person, die zurechtkommt.

»Du schaffst das«, sage ich laut zu der Frau im Spiegel, und sie glaubt mir, das erkenne ich an ihrem entschlossenen Blick, daran, wie sie sich auf die Lippen beißt. Unten beziehe ich Stellung auf dem Sofa und warte. Es ist etwas kühler im Wohnzimmer als im Rest des Hauses, da es besonders dunkel ist und nach Osten hinausgeht. Obwohl meine Handflächen warm und feucht sind, konzentriere ich mich darauf, eiskalte Ruhe auszustrahlen. Ich habe sehr lange darauf gewartet, Mark von Angesicht zu Angesicht gegenüberzustehen, und erst jetzt weiß ich, warum.

»Ruth?«, ruft er von der Hintertür.

»Hallo, Mark.«

»Da bist du. Du hast mich erschreckt. Ich dachte, ich hätte dich im ersten Stock am Fenster gesehen.«

Erst sieht es aus, als wolle er auf mich zukommen, mich sogar umarmen, doch dann bleibt er stehen. Die gebeugte Haltung vom Tag der Beerdigung ist verschwunden; dieser neue Mark geht ein wenig aufrechter, auch wenn sein Gesicht angespannt ist, seine Nervosität deutlich zu spüren.

»Da hast du dich wohl geirrt.«

»Ja. Sieht so aus.« Unbeholfen bemühen wir uns, den Raum und die Zeit zwischen uns zu überbrücken. »Hast du meinen Brief bekommen?«, fährt er fort.

»Ja. Nur den einen.«

Er setzt sich neben mich auf die Sofakante, und ich erlaube ihm, meine Hand in seine zu nehmen, nachdem ich das Risiko sorgfältig abgewogen habe. Er schluckt hörbar. »Es tut mir unendlich leid, Ruth. Wirklich.«

»Ich weiß.«

»Ich wollte mich mit dir in Verbindung setzen, wollte dich besuchen, aber ich konnte mich einfach nicht dazu durchringen. Jetzt allerdings …« Er lässt meine Hand los, und ich ziehe sie zurück und streiche mir die Haare aus dem Gesicht, damit ich besser sehen kann.

Ich bin stolz darauf, dass ich immer noch ruhig dasitze. Er ist derjenige, der aufgestanden ist und nervös auf und ab geht. Innerlich bin ich angespannt wie ein Tiger vor dem Sprung. »Versteh mich nicht falsch, ich bin froh, dich zu sehen. Es gibt so vieles, über das wir reden müssen, so vieles, was ich wissen will. Aber warum heute, Mark?«

»Freust du dich denn gar nicht, mich zu sehen, Ruth?«

»Ich weiß nicht, was ich empfinde, ich weiß es einfach nicht. Ich habe dir eine Frage gestellt.«

Er antwortet mit dem Rücken zu mir, eine vertraute, vom Fenster eingerahmte Gestalt. Der Vorhang ist halb zugezogen, damit Licht und Hitze draußen bleiben. »Es gibt einen Grund«, sagt er und räuspert sich. »Die letzte Zeit war schwer für mich«, fährt er fort. »Seit Luciens … seit Luciens Tod, seit all dem …«

Der richtige Zeitpunkt ist gekommen. Ich gehe zu ihm, lege ihm die Hand in den Nacken und massiere ihn leicht, stehe dicht hinter ihm. Mein Atem lässt ihn zusammenzucken und die Schultern hochziehen. Die Härchen an meinen nackten Armen fangen an zu kribbeln. »Ich habe dich vermisst«, flüstere ich. »Du hast bestimmt genauso gelitten wie ich. Im Grunde hast du nur getan, was du tun musstest.«

Er erstarrt. Wir kennen einander so gut, dass selbst unsere Muskeln die Unaufrichtigkeit des anderen erkennen. Er spricht weiter mit dem Fenster. »Ich hoffe, dass heute der Tag ist, an dem …«

Ich nehme meine Hände von seinem Nacken und umarme ihn von hinten, lege meinen Kopf an seine Jacke. Er riecht nach Heu und einem schlecht gewählten Aftershave, nach dem, was hätte sein können. Sein Geruch untergräbt meinen Plan, ich kämpfe gegen die lockende Nähe an, die uns einmal verbunden hat.

»Wir haben Zeit«, versichere ich ihm. »Ich laufe nicht davon. Nur Sogleich hat heute Dienst, und bei ihm bin ich mir nicht einmal sicher, ob er die Uhr lesen kann. Komm, wir setzen uns an den Küchentisch, wie in alten Zeiten.« Als er sich zu mir umdreht, wird mir mein Irrtum bewusst, denn vor mir steht der Mann, den ich geliebt und dem ich bedingungslos vertraut habe. Es erscheint mir unmöglich, zu glauben, dass er ein Wolf im Schafspelz sein könnte. Beinahe unmöglich. Um ein Haar gerate ich ins Wanken, doch mit seinen nächsten Worten macht er es mir leicht.

»Du hast gebacken«, sagt er. »Gleich beim Hereinkommen habe ich den Kuchen gerochen. Habe ich dich bei einem besonderen Anlass gestört?«

Er sagt es, als wäre es ein Witz, aber ich weiß jetzt, dass sein Timing kein Zufall ist. Soll er erfahren, wie Schuld schmeckt.

In der Küche hole ich zwei Teller aus dem Schrank und stelle sie auf den Tisch. Der alte Herd hat sich mit den glühend heißen Augusttemperaturen verbündet und die Küche in einen Heizkessel verwandelt. Mark zieht seine Jacke aus und hängt sie über die Stuhllehne. Sein kariertes Hemd klebt leicht an seinem Rücken, und als er die Ärmel aufrollt, sehe ich, dass seine Arme immer noch stark und gebräunt sind, und obwohl er zusammengesunken auf dem Stuhl kauert, ist klar, dass die Landarbeit ihn weiterhin fit hält. Er wischt sich den Schweiß von der Stirn und reibt sich die roten Augen.

»Natürlich! Luciens Geburtstag!« Er kneift beschämt die Augen zusammen und hält sie einige Sekunden geschlossen.

»Sag nicht, dass du es vergessen hast«, erwidere ich. Er schüttelt nur langsam den Kopf, und ich weiß nicht, was das bedeuten soll. »Wasser?«, frage ich.

Er trinkt Schluck für Schluck, sitzt stumm da, bevor er so leise murmelt, als würde er mit sich selbst sprechen: »Es ist immer noch wunderschön hier. Der schönste Ort auf der ganzen Welt.« Vorsichtig stellt er sein Glas auf dem Tisch ab, tippt es an und sieht zu, wie das Wasser Kreise dreht und sich wieder beruhigt. »Und es regnet immer noch. Ich glaube, wir haben nie so recht verstanden, was das bedeutet, zumindest ich nicht. Erst als ich von hier fortgegangen bin und gelebt habe wie der Rest der Welt, ist mir aufgegangen, wie wahnsinnig das alles war.«

Als ich das Geschirrtuch anhebe, das ich über Luciens Kuchen gebreitet habe, um ihn vor den Fliegen zu schützen, die neuerdings überall herumschwirren, bin ich dem Zusammenbruch nahe. Es wäre sein Geburtstagskuchen gewesen, aber er ist tot, und es gibt nur eine einzige unerbittliche, unverzeihliche Wahrheit: Ich werde ihn nie wiedersehen.

»Ruth.«

Abgesehen davon, dass Mark an meinem Tisch sitzt und nicht einmal die Krumen dieses Kuchens verdient hat.

»Entschuldige. Ich war in Gedanken. Hier.«

Der Kuchen steht jetzt zwischen uns, noch unangeschnitten. Ich stecke die Kerzen in den Zuckerguss. Eine. Zwei. Drei. Vier. Fünf. In meiner Hand ist noch eine Kerze. »Was meinst du? Soll ich die sechste Kerze auf den Kuchen stecken, weil er heute so alt geworden wäre? Oder soll ich es bei fünf Kerzen belassen, weil das sein Alter war, als er ermordet wurde?«

Mark dreht den Teller, auf dem der Kuchen steht, als wolle er die Frage von allen Seiten betrachten. Schließlich antwortet er mit halberstickter Stimme: »Ich würde es bei fünf Kerzen belassen. Unser glücklicher fünfjähriger Enkel. Lass uns diese Erinnerung bewahren.«

»Ich darf keine Streichhölzer im Haus haben. Du hast nicht zufällig wieder mit dem Rauchen angefangen?«

»Nein.« Sein Blick schießt zu seiner Jacke.

»Verständlich wäre es.« Ich greife in seine Jackentasche und ziehe die Zigaretten und ein dünnes Heftchen Streichhölzer heraus, auf dem das Logo eines Hotels in Manchester abgebildet ist. »Du brauchst mich nicht anzulügen, Mark.«

Er murmelt etwas davon, dass er mir alles erklären könne, aber ich kenne mein Drehbuch. Nichts kann mich jetzt noch aufhalten.

Ich fordere ihn dazu auf, die Kerzen anzuzünden. Er wird weinen, ich nicht. Das erste Streichholz will nicht brennen. Ich kann den Blick nicht von seiner Hand abwenden. Es ist die Hand, die mich zum Altar führte, dieselbe Hand, die den Jungen zum Teich brachte. Er versucht es erneut, bis eine Kerze nach der anderen zögernd zu brennen beginnt. Es ist die Hand, die mir Lust verschaffte, dieselbe Hand, die sich im Internet eine vollkommen andere Art der Lust kaufte, per Kreditkarte und Pin-Nummer. Die Flamme des Streichholzes erreicht seine Finger, bevor er die letzte Kerze angezündet hat. Es ist die Hand, die Luciens Kopf unter Wasser drückte …

»Gib mir die Streichhölzer.« Ich zünde die letzte Kerze selbst an und lehne mich wieder auf meinem Stuhl zurück. Wir sehen den Kerzen beim Brennen zu.

Mark ergreift als Erster das Wort. »Wie geht es dir? Ich meine, wie geht es dir *wirklich*?«

»Jetzt geht es mir gut, Mark. Sollen wir *Happy Birthday* singen?«

»Meine Güte, Ruth! Was soll das alles hier?« Er schlägt mit der Faust auf den Tisch, und die Kerzen flackern. Es sind ewige Kerzen, die niemals ausgehen.

»*Du* bist doch hergekommen, Mark. Rein zufällig bist du mitten in eine Geburtstagsparty geplatzt. Wenn du vorher angerufen hättest …«

»Also schön, Ruth. Ich habe dir schon einmal gesagt, dass du dir Hilfe suchen musst.«

»Ich brauche keine Hilfe mehr, denn ich weiß jetzt, was ich tue. Und vor allem weiß ich, was du tust, Mark.«

»Ich bin aus einem speziellen Grund hier!«, schreit er. »Wegen Angie.«

»Lass sie aus dem Spiel. Hier geht es endlich einmal nur um uns beide.«

Ich greife nach dem langen, scharfen Messer und setze es in der Mitte des Kuchens an. Dann halte ich inne. Der Tisch ist zwischen uns. Ich umrunde ihn und stelle mich hinter Marks Stuhl, beuge mich über ihn, lege das Messer in seine Hände und dann meine darauf und sage: »Lass es uns zusammen tun, Mark, genau wie bei unserer Hochzeit.«

Er hält mich für verrückt und glaubt, dass er mich bei Laune halten muss, aber er irrt sich: Ich war noch nie so klar im Kopf. Kurz bevor das Messer den Kuchen berührt, trete ich von hinten gegen seinen Stuhl. Mark kippt überrascht nach vorn, will sich am Tisch festhalten, greift ins Leere und stürzt zu Boden. Ich schiebe den Stuhl, der krachend auf ihm gelandet ist, beiseite und stelle mich über ihn, das Messer in der Hand.

»Was zum Teufel soll das? Ruth! Leg das Messer weg! Ich wollte dir gerade erzählen, dass Angie …«

Er wird mich beschwatzen, wird versuchen, sich zu wehren. Ich darf kein Risiko eingehen, muss ihn außer Gefecht setzen, am besten mit einem Tritt gegen den Kopf.

»Ich hasse dich. Und wie ich dich hasse. Ich weiß, dass du es warst!«

Er greift nach meinem Bein, doch ich klammere mich am Herd fest, damit er mich nicht zu sich auf den Boden ziehen kann.

»Du Mörder! Du Perverser!«

Ich gerate ins Straucheln. Der Stuhl erwischt ihn im Gesicht. Ich falle auf ihn mit erhobenem Messer, steche zu, einmal, zweimal. Er schreit, das ja, aber es fließt kein Blut. Jemand hat meinen Arm gepackt und reißt ihn nach oben Richtung Zimmerdecke. Ich kratze um mich, damit man mich loslässt, schreie, dass er endlich büßen müsse.

Mark ist inzwischen vom Boden aufgestanden und drückt mir die Arme rechts und links an den Körper. Meine Finger werden gewaltsam geöffnet, und dann bin ich gebändigt, messerlos, werde von starken Armen festgehalten. Nirgendwo ist Blut, nur Zwetschgenmarmelade auf dem Linoleumboden, Brombeersaft, der lila in den weißen Zuckerguss sickert. Der Teller hat einen Sprung, der Kuchen ist entzwei, die Kerzen brennen noch.

Junge schleppt mich aus der Küche.

34

»**ER WILL** mit Ihnen sprechen.«

»Sie hätten mich nicht aufhalten dürfen.«

Junge hat mich in den Obstgarten gebracht und dort auf die Steinbank gesetzt. Inzwischen ist ein wenig Zeit vergangen, wie viel, vermag ich nicht zu sagen. Es ist unglaublich heiß, der Schweiß rinnt meinen zitternden Rücken hinunter.

Junge schlägt vor, uns in den Schatten zu begeben. Es heißt, nur Verrückte und Engländer würden sich mittags in die Sonne wagen. Doch ich kann nicht aufstehen, mein Versagen kettet mich an die Bank. Junge holt tief Luft, als habe er Mühe, sich zu kontrollieren. »Seit sechs Monaten erzählen Sie mir, dass Sie nur eines wollen, nämlich Antworten. Die Wahrheit. Es gibt sicher einen Grund für Marks Besuch. Warum reden Sie nicht mit ihm?«

Ein unsinniges Argument. Ich habe meine Antwort bereits. Sie hat die Quelle an diesem Nachmittag vermummt betreten, gehüllt in Selbstmitleid und Ausflüchte. Mein Versagen ist schuld daran, dass sie ungeschoren wieder fahren wird.

»Ruth, Sie hätten ihn umbringen können. Ich würde es mir niemals verzeihen, wenn das, was ich neulich gesagt habe, der Auslöser dafür gewesen wäre.«

»Sie brauchen sich nicht zu entschuldigen, das war sehr hilfreich.« Ich bin zu völliger Bewegungslosigkeit erstarrt und zittere gleichzeitig, falls das überhaupt möglich ist.

»Es tut mir leid, dass ich bei seinem Eintreffen nicht hier war.«

»Für das, was ich vorhatte, hätte ich Sie nicht gebraucht, Junge. Diese Sache hat nichts mit Ihnen zu tun, und ich wünschte, Sie wären nicht plötzlich aufgetaucht. Wenn Sie sich nicht eingemischt hätten, wäre jetzt alles vorbei.«

»Ich gehe heute nirgendwo mehr hin, Sie brauchen sich also keine Sorgen zu machen. Wenn Sie Angst vor ihm haben, bleibe ich während des Gesprächs an Ihrer Seite ...«

»Angst?«, platze ich lachend heraus. »Das Einzige, wovor wir Menschen im Leben wirklich Angst haben, ist die Ungewissheit. Was bleibt mir denn noch, wovor ich mich fürchten müsste? Endlich habe ich es gewagt, das Undenkbare zu denken. Sie sind noch zu jung, um das zu verstehen.«

Nichts bewegt sich in der Hitze, kein Wind, der in den Zweigen raschelt, keine Vögel. Sogar Annalisa hat das Fressen eingestellt und steht dösend im Schatten. Fliegen. Ich höre Fliegen. Irgendwo muss etwas Totes herumliegen.

In der Nähe des Hauses heult ein Automotor auf.

Junge springt auf. »Wir müssen ihn aufhalten, Ruth, sonst meldet er, was passiert ist!« Er rennt durch den Obstgarten. »Mark, warten Sie!«, ruft er, stürzt durch das Gartentor und verschwindet um die Hausecke. Kurz darauf wird der Motor wieder ausgeschaltet, und ich bewege mich wie ein Roboter Richtung Haus, ohne bewusst dorthin zu gehen. Junge steht neben der offenen Fahrertür. Sogleich treibt sich vor der Scheune herum, blickt sehnsüchtig die Auffahrt hinauf. Vermutlich hofft er, dass Drei bald zurückkommt und ihn aus diesem Nachmittag rettet, der ihn verunsichert, weil er den Rahmen des Üblichen sprengt. Im Auto hat Mark den Kopf aufs Lenkrad gelegt. Der Rücken seines Hemds ist mit abgewetzten Stellen und Schmutzflecken übersät, und sein Ellbogen ist aufgeschürft, wie bei einem Kind, das auf dem Spielplatz hingefallen ist. Als er den Kopf hebt, bemerkt er im Rückspiegel, dass seine Wange blutet, und betastet die Wunde.

»Ich wusste, dass es sinnlos ist. Ich habe gesagt, dass ich niemals zu dir zurückkommen würde, und daran hätte ich mich halten sollen.« Mark wischt sich die Hände an der Hose ab und legt sie anschließend aufs Lenkrad, stemmt sich dagegen, bis seine Arme durchgestreckt sind. Dann greift seine linke Hand nach dem Schaltknüppel und seine rechte nach dem Schlüssel. Er sieht mir direkt in die Augen.

»Mir war nicht klar, dass du mich so sehr hasst.«

Ich halte den Türgriff fest, damit er nicht wegfahren kann.

»Schalten Sie den Motor aus und lassen Sie uns nach drinnen gehen.« Junge ist naiv genug, noch an vernünftige Lösungen zu glauben.

»Alles in Ordnung da drüben?«, will Sogleich wissen.

Mark rammt den Schaltknüppel in den Rückwärtsgang, und Junge zieht mich gerade noch rechtzeitig aus dem Weg, bevor der Wagen schwungvoll zurücksetzt und einen Bogen Richtung Auffahrt beschreibt. Mark beugt sich aus dem Fenster. »Falls du die Wahrheit wissen willst: Ich bin heute nur gekommen, weil Angie gesagt hat, dass sie auch kommt. Sie wollte, dass wir uns alle drei hier treffen.«

»Angie?«

»Mir war in dem Moment gar nicht bewusst, dass heute Luciens Geburtstag ist. Aber ich glaube, das war noch nicht alles. Sie sagte, sie habe Neuigkeiten und wolle uns etwas zeigen.«

»Angie? Auf dem Weg hierher?«

»Ja.«

»Warum hast du das nicht gleich gesagt?«

»Das habe ich versucht, Ruth. Du hast mir nicht zugehört, wie immer.«

Der Motor heult auf, und ich hangle mich am Auto entlang nach vorn, um mich mit ausgebreiteten Armen über die Motorhaube zu werfen.

»Du hättest es als Allererstes sagen müssen!«

»Ich wollte dir keine falschen Hoffnungen machen, schließlich hätte es sein können, dass sie doch nicht auftaucht. Und damit scheine ich recht gehabt zu haben, nicht wahr? Menschen ändern sich eben nicht.«

»Fahr nicht weg, bitte! Was wollte sie uns zeigen?«

Er nimmt den Fuß vom Gaspedal. »Ich weiß es nicht. Vielleicht werden wir es nie erfahren. Vielleicht war es doch nicht von Bedeutung.«

Plötzlich wird der schwebende Moment – der Motor im Leerlauf, die Hitze – vom hinter uns losgehenden Alarm zerrissen, dem schrillen Heulen, das eine Verletzung der Grundstücksgrenzen signalisiert.

»Was ist denn das?«, fragt Mark erschrocken.

»Ich kümmere mich darum!«, ruft Sogleich und macht sich zum zentralen Computer in der Scheune auf. Bei uns geht ständig der Alarm los, daher wirkt Sogleich eher erleichtert als beunruhigt. Manchmal bleibt ein Reh im Stacheldraht hängen, oder es fällt ein Ast auf den Verteilerkasten. Doch das Wehklagen der Sirene schreit meinen Schmerz hinaus über die Hügel, und die Panik angesichts meiner Verwirrung und der mir entgleitenden Chancen raubt mir den Atem.

Mark legt wieder den ersten Gang ein. »Was für ein Irrenhaus.«

»Sag ihr bitte, sie soll sich bei mir melden«, flehe ich und stolpere neben dem Auto her. »Kommst du wieder?«

»Mach endlich das Ding aus, Adrian!«, ruft Junge.

Mark fährt kurzzeitig langsamer. »Jetzt, wo ich weiß, was du wirklich über mich denkst? Bestimmt nicht. Nicht, nachdem du mich einen Mörder genannt hast. Versuch nie wieder, Kontakt zu mir aufzunehmen. Nie wieder.« Er rast los, schlittert wie ein Verrückter um die Kurve und wirft aus dem Fenster einen Blick zu mir zurück. »Und dieses Mal meine ich es so, Ruth.«

»Eindringling am Wald, Zaunabschnitt drei!«, brüllt Sogleich aus der Scheune und kommt mit dem Funkgerät in der Hand und der Waffe im Holster herausgerannt. »Diesmal ist es kein Fehlalarm.«

»Mark!«, rufe ich dem Auto hinterher und stolpere über die Steine in der Einfahrt. »Mark!«

Der Wagen holpert die Auffahrt hoch und zieht eine Staubwolke hinter sich her. Auf dem höchsten Punkt bleibt er stehen. Stumm flehe ich Mark an umzukehren. Plötzlich werde ich von einer unerklärlichen Welle des Mitgefühls erfasst, als wäre jede Freundlichkeit, die Mark mir je erwiesen hat, in einem Gezeitenstrom von mir fortgeflossen und würde nun mit der Flut zurückkommen und über mich hinwegspülen. Ich will ihm hinterherrufen, ihm nachrennen, aber er ist schon zu weit weg. Offenbar hat er nur einen letzten Blick auf seine Geliebte geworfen, die Quelle, denn jetzt fährt das Auto weiter, verschwindet außer Sichtweite, ist fort. Mark ist fort. Ich habe große Angst, dass er sich etwas antun könnte.

Junge dreht sich zu mir um. »Ich muss mit Adrian nach dem Rechten sehen und bin in fünf Minuten wieder da. Machen Sie bitte keine Dummheiten.«

Ich erklimme den Zauntritt und lasse mich schwer auf den obersten Balken plumpsen. Die Sirene ist inzwischen in den Intervallmodus übergegangen und wirbelt in regelmäßigen Abständen meine Gedanken durcheinander. Ich starre auf die Reifenabdrücke im Kies, die Spuren einer Geschichte voller Abschied und Verlust. Vor Marks Besuch fiel es mir leicht zu glauben, dass er es gewesen sein könnte. Jetzt bin ich mir sicher, dass dem nicht so ist. Bleiben also nur noch die Schwestern.

Die Gestalt, die flankiert von Junge und Sogleich die Wiese heraufkommt, sieht aus wie eine Frau. Die beiden Soldaten halten sie nicht fest, sie geht ungehindert, trägt einen Beutel über der Schulter und hat die Hände in den Taschen. Unter ihrem langen Rock schlurfen ihre Stiefel über den Boden. So läufst du dir die Sohlen ab, habe ich immer zu ihr gesagt, als sie noch ein Kind war. Nimm die Hände aus den Taschen. Als Angie näher kommt, hebt sie wie zum Gruß den rechten Arm. Ich habe so viele Stimmen gehört, so viele Visionen gehabt, dass ich noch nicht bereit bin, meinen Augen zu trauen. Meine Tochter bleibt dicht vor mir stehen, berührt mich jedoch nicht. Das letzte Mal, als ich sie gesehen habe, stand sie weinend neben einem Grab. Aus Angst davor, aus meinem Traum aufzuwachen, klammere ich mich an meinen Zweifeln fest.

»Unser Eindringling«, sagt Junge.

»Keine Ahnung, was wir als Auslöser des Alarms eintragen sollen. Ich vermute mal, wir können es als Fehlalarm deklarieren«, plappert Sogleich drauflos, eine gesichtslose Stimme aus dem Off. »Schließlich besitzen Sie ja eine Genehmigung, Ma'am, auch wenn Sie den falschen Eingang genommen haben.«

»Hallo, Mum«, begrüßt sie mich.

Keine Antwort ist gut genug. Sie ist meine Tochter, doch wie kann ich Anspruch darauf erheben, ihre Mutter zu sein, ich, ein verkümmertes Wrack von einer Frau, das alles um sich herum zerstört?

Es kommen keine Worte aus meinem Mund, aber sie erlaubt mir, ihre Hand in meine zu nehmen. Ich hebe sie an meine Wange, atme ihre Lebensjahre ein, ihre Geburt. »Angie.«

Sie entzieht mir sanft ihre Hand, und ich finde meine Stimme wieder. »Mark hat angekündigt, dass du kommst. Er ist fort, Angie, und kommt nicht wieder. Er sagte, du seist nicht aufgetaucht, und ist wieder davongefahren.«

»Die ewig unzuverlässige Angie – wetten, das denkt er gerade? Wie lang ist er schon weg?« Sie blickt die Auffahrt hinauf.

»Ein paar Minuten, mehr nicht«, antworte ich.

»Ich habe mich von Charley unten an der Landstraße absetzen lassen, weil ich durch den Wald heraufwandern wollte. Ich hatte meinen ganzen Mut zusammengenommen, um dem Teich einen Besuch abzustatten und ... na ja, ein wenig Zeit dort zu verbringen, aber da wusste ich noch nicht, dass sich die Quelle in einen Hochsicherheitstrakt verwandelt hat«, erklärt sie und zeigt auf die Scheune, die Antennen, die Gerätschaften meiner Wärter. Der Anblick scheint sie aus ihrer Benommenheit zu reißen. »Du musst ihn zurückholen, Mum!«

Ich schüttle den Kopf und weine, als mir die traurige Wahrheit bewusst wird. »Er kommt nicht mehr, Angie. Nicht nach dem, was ich getan habe.«

»Ruf ihn auf seinem Handy an«, drängt sie. »Irgendjemand hat sicher ein Mobiltelefon für dich.«

Junge reicht ihr sein Handy, und sie prüft den Empfang, wählt Marks Nummer, beendet den Anruf, versucht es erneut. »Jetzt geh um Himmels willen endlich ans Telefon!«, murmelt sie.

»Ich habe furchtbare Dinge zu ihm gesagt, Angie. Er wird mir niemals verzeihen.«

»Ihr Gesprächspartner ist derzeit nicht erreichbar. Bitte versuchen Sie es später noch einmal«, wiederholt sie die Ansage.

Panik schießt durch meinen Körper, ein Gefühl, das ich schon einmal erlebt habe. »Was machen wir denn jetzt?«

»Egal«, sagt Angie. »Ich wollte zwar, dass wir alle drei für diesen Anlass zusammenkommen, aber wenn wir nur zu zweit sind, müssen wir eben miteinander vorliebnehmen. Du siehst übrigens schrecklich aus. Lass uns irgendwo hingehen, wo wir uns setzen können.«

Sie hat Neuigkeiten, vielleicht sogar Antworten. Irgendetwas an ihr hat sich verändert. Ich wage es, verstohlen ihre Augen zu mustern. Sie liegen immer noch tief in ihren Höhlen, sind von dunklen Ringen der Erschöpfung umgeben – düstere Höhlen, die jede Hoffnung, die ich gehegt habe, verschlucken. Junge schlägt vor, dass wir uns in den Obstgarten setzen, und geht uns etwas zu trinken holen. Er ist mit einem Mal erwachsen geworden und hat erkannt, dass gerade etwas passiert, was er nicht ändern und an dem er auch nicht teilhaben kann. Sogleich und er ziehen sich zurück, und ich spaziere mit meiner Tochter durch die Bäume, an deren Ästen harte, grüne

Äpfel wachsen. Der süße Duft des Wilden Geißblatts scheint die Vögel betäubt zu haben, denn sie sind stumm. Wir lassen uns auf der Bank nieder, nur wir beide, wie ein normales Mutter-Tochter-Gespann, und doch ist es anders. Ich habe entsetzliche Angst vor ihr, denn sie ist die Mutter von Lucien, der sterben musste. Ich will sie umarmen, befürchte jedoch, dass sie sich auflöst, wenn ich sie berühre, dass dieser Moment, in dem ich hier neben ihr sitze, verschwindet und nie wiederkehrt. Sie greift in ihren bestickten Beutel und zieht einen Schmetterling daraus hervor. Für einen kurzen Moment halte ich ihn für echt, kann nicht glauben, wie groß er ist und wie still er auf ihrer Hand sitzt. Dann bemerke ich den pfauenblauen Seidenfaden, aus dem die Augen auf den Flügeln gestickt sind, und das Funkeln der Pailletten auf der Brust des Insekts.

»Eine Art Geburtstagsgeschenk für Lucien«, erklärt sie. »Ich wollte ihn an den Teich legen, aber dann ist der Alarm losgegangen und ich hatte keine Gelegenheit mehr dazu. Und das hier auch.« Sie zeigt mir eine einfache Kinderflöte und bläst die ersten Töne von *Happy Birthday.* »Das Weihnachtsgeschenk, das ich ihm versprochen hatte. Ich hatte die Flöte schon gekauft, als …« Die Drossel hinter uns greift die Melodie auf, was gut ist, denn keine von uns ist in der Lage zu sprechen. »Ich bringe die Sachen stattdessen zum Grab«, stößt Angie schließlich hervor.

Dann zieht sie ein drittes Geschenk aus ihrer Tasche, einen großen braunen Umschlag. »Und der hier«, sagt sie, »ist für dich. Na los, mach ihn auf.«

»Weißt du, was drin ist?«

»Teilweise. Keine Angst, mach ihn einfach auf.«

Ich bemühe mich, den Umschlag zu öffnen, ohne das Papier zu zerreißen, für den Fall, dass er wieder zugeklebt werden muss, doch meine Hände sind feucht und rutschen ab. Im Inneren finde ich einen zweiten, weißen Umschlag und ein kleines, in ein blaues Papiertaschentuch gewickeltes Paket.

»Öffne das Paket, aber sei vorsichtig mit dem Papier, damit der Inhalt nicht herausfällt«, sagt Angie.

Die zarten Schichten des Papiers öffnen sich unter meinen unbeholfenen Fingern wie eine Blume, Blütenblatt für Blütenblatt, von der Mitte ausgehend nach außen, bis ich schließlich eine kleine, aus Holz geschnitzte Rose an einem Lederband freilege. Der Knoten ist intakt, das Leder jedoch durchtrennt. Als ich nach der Rose greifen will, hält mich Angie zurück, legt die Hand auf meinen Arm und schüttelt den Kopf. Also hebe ich die Rose stattdessen mitsamt ihrem Nest aus Papier vor mein Gesicht, und sofort erscheint Lucien vor meinem inneren Auge, Lucien zur Badezeit, Talkumpuder und saubere Handtücher, Saft aus Schwarzen Johannisbeeren, Bienen und Butterblumen. Ich habe unaufhörlich nach dieser Reliquie gesucht. Wer hat sie zuletzt berührt? Ich?

Ich wickle die Rose wieder ein und sehe, dass meine feuchten Finger Spuren auf dem dünnen Papier hinterlassen haben. »Von wem hast du sie?«, frage ich schließlich.

Angie weint stumm vor sich hin. Anfangs verstehe ich den Namen kaum, den sie flüstert. »Schwester Jack.«

Der Name geistert durch meinen Verstand, entzieht sich mir. »Schwester Jack? Nein, Jack kann es nicht gewesen sein. Sie war meine Freundin, Angie.«

»Ich weiß es nicht. Ich weiß nicht alles.«

»Hast du mit ihr gesprochen?«

Sie wischt sich mit dem Saum ihres weißen Oberteils die Augen, ihre Wimperntusche hinterlässt schwarze Flecken. »Ich habe die Schwestern ausfindig gemacht. Irgendetwas musste ich ja tun. Zuerst bin ich völlig abgestürzt, aber Charley hat mir geholfen, mich zusammenzureißen. Zusammen haben wir uns auf die Suche gemacht und sind nach Norfolk gefahren, wo wir die Schwestern schließlich gefunden haben. Es waren nicht mehr besonders viele, das hatte ich schon dem Internet entnommen. Die Website verzeichnet kaum noch Besucherinnen, die Frauen scheinen ihren Glauben verloren zu haben. Es waren ein paar neue Schwestern da, die ich nicht kannte. Amelia, diese blöde Zicke, wollte nicht mit uns sprechen, und wir hatten schon Angst, dass die ganze Reise umsonst gewesen wäre.«

»Wie bist du also an die Rose gekommen?«

Angie ist inzwischen aufgestanden, geht rastlos auf und ab. »Durch Eve, was mich wirklich gewundert hat. Ich habe nie so ganz verstanden, was sie von der ganzen Sache hatte ... Jedenfalls kam sie aus Amelias Wohnwagen, erkannte mich und holte uns ein, als wir gerade das Camp verließen. Sie erzählte uns, wie traurig sie über Luciens Tod sei und dass sie dich für unschuldig halte – bla, bla, bla. Und dann sagte sie plötzlich, dass Jack in die Psychiatrie eingewiesen worden sei und was für ein Schock das für sie alle gewesen sei, weil sich bis zu diesem Zeitpunkt niemand vorstellen konnte, dass sie es getan haben könnte.«

»Es war also Jack.« Mir ist nie in den Sinn gekommen, dass die Wahrheit in jedem Fall unerträglich sein könnte, selbst wenn Mark und ich als Schuldige ausscheiden.

»Nicht so schnell.« Angie entfernt sich von mir, reißt einen Zweig von einem Baum und bricht ihn durch. »Hör mir ausnahmsweise einmal zu. Ich bin zu Jack gefahren und habe sie besucht. Sie ist in einer psychiatrischen Einrichtung, nicht in einem Gefängnis, und sie wurde auch nicht angeklagt. Noch nicht. Jedenfalls nicht für das, was hier passiert ist. Es ging ihr sehr schlecht, als ich da war, sie wurde rund um die Uhr von einer Pflegerin bewacht, damit sie sich nichts antut. Ihre Arme ... Wenn du glaubst, dass meine schlimm aussehen ... Ihre sind komplett zerschnitten, eine Wunde neben der anderen.«

Ich habe dasselbe durchgemacht, was Jack jetzt durchmacht, buchstäblich und bildlich gesprochen, und reagiere instinktiv skeptisch. Jack ist eine im besten Falle unzuverlässige Informationsquelle. Angie hat ihre Hoffnungen in die Aussagen einer Verrückten gesetzt, was ich ihr vergeblich zu erklären versuche. Sie weist meine Einwände entschieden zurück.

»Mir kam sie vollkommen klar vor. Sie bat mich, am nächsten Tag wiederzukommen, weil sie noch etwas erledigen müsse. Und als ich zurückkam, wartete dieser Umschlag auf mich, mit einem Zettel, auf dem stand, dass ich ihn zu dir bringen sollte. Sie wollte nicht noch einmal mit mir sprechen, aber sie hat mir die Rose gegeben, Mum. Und dir diesen Brief geschrieben.«

»Was steht drin?«

»Er ist für dich, ich habe ihn nicht geöffnet. Von der Rose wusste ich, weil sie mich gewarnt hat, dass wir sie nicht anfassen sollen. Den Brief habe ich nicht gelesen.« Zitternd setzt sie sich wieder neben mich. »Das müssen wir jetzt nachholen.« Sie hält inne und verbessert sich: »Das musst *du* jetzt nachholen.«

Der weiße Umschlag liegt zwischen uns auf der Bank. Es steht nur ein Wort darauf: *Ruth*. Noch ist der Umschlag ein Ding, ein Gegenstand, ein Substantiv. Aber ihn öffnen?

»In diesem Brief könnte alles Mögliche stehen, Angie.« Ich greife nach dem Umschlag, halte ihn in beiden Händen, ganz am Rand. »Lies du ihn. Ich kann das nicht.«

»Dir bleibt nichts anderes übrig.«

35

Liebe Ruth,
ich weiß gar nicht, wo ich anfangen soll. Es tut mir so leid. Ich wusste nicht, was ich tun sollte. Niemand hätte mir geglaubt, weil mir nie jemand glaubt. Selbst wenn ich mich umbringen und einen Brief hinterlassen würde, würden sie sagen: Das sind doch nur die Worte einer Irren. Keiner traut mir zu, dass ich die Wahrheit kenne. Ich bin die Einzige, die sie kennt, und Du wirst mir glauben, das weiß ich.

Die Schrift ist krakelig, schlingert unregelmäßig über die erste der beiden linierten Din-A4-Seiten, die Jack nachlässig aus einem Block gerissen hat. An manchen Stellen hat sich der rote Kugelschreiber durchs Papier gedrückt, so heftig sind die Gefühle hinter den Worten. Jacks Stimme ist deutlich herauszuhören, und auch ihre Krankheit, fürchte ich. Angie sitzt voller Erwartung neben mir, doch diese Zeilen sind nichts als Paranoia und Wahnvorstellungen. Das ist meine Domäne, ich erkenne sie, wenn ich ihr begegne.

»Was steht da?«

»Ich weiß nicht recht, Angie«, sage ich. »Sie ist ganz offensichtlich krank.«

»Lies es mir einfach vor, verdammt!«

Also lese ich Angie den ersten Absatz vor. Er endet mit drei Worten, die ein wenig abseits stehen und unterstrichen sind.

Ich bin schuldig.

Wir schweigen beide. Als Angie das Wort ergreift, erinnert mich ihr verbitterter Tonfall an ihre dunklen Jahre; sie sieht mich nicht an dabei, ihre Haare fallen ihr ins Gesicht, und sie zupft an den Blumen auf ihrem Rock. »Also gut, lies weiter.«

»Während Du schliefst, war ich diejenige, die die Treppe hinaufschlich.
Ich ging auf Zehenspitzen an Deiner Tür vorbei.
Ich weckte ihn auf.
Ich ermahnte ihn, still zu sein: pssst!
Ich band ihm die Schuhe zu.
Ich führte ihn die Treppe hinunter.
Ich nahm ihn mit hinaus in die Nacht.
Das alles war ich, Ruth. Es tut mir unendlich leid.«

Jedes *Ich* ist eingekringelt. Es wirkt wie eine Liste oder wie ein bizarres Gedicht. »Glaub nicht, was da steht, Angie.«

»Was soll ich denn sonst glauben?«

Der Brief zittert in meiner Hand, und die Zeilen sind plötzlich voller unergründlicher Zeichen, Symbole und Hieroglyphen, die vor meinen Augen verschwimmen und sich neu formieren; die runden Vokale wickeln sich um meinen Hals und schnüren mir die Luft ab, und die geraden Striche der unversöhnlichen Konsonanten bohren sich in mein Fleisch. Ich wage es nicht, meine eigene Tochter anzusehen, die Frau, die ihren Sohn verloren hat.

»Amelia wartete unter der Eiche auf uns, genau wie wir es geplant hatten. Erinnerst Du Dich noch, wie wütend Lucien am Teich war, als niemand ihm den Zauber zeigen wollte? Und Amelia sagte zu mir, lass ihn uns heute Nacht hierherbringen, du und ich. Ich hielt das für eine gute Idee, deshalb erzählte ich Lucien genau das, was Amelia mir aufgetragen hatte: dass es unser Geheimnis bleiben müsse und ihr, Mark und Du, nichts davon wissen dürftet, weil sonst der Zauber nicht funktionieren würde.

Er war furchtbar aufgeregt und vertraute mir blind, so wie er immer jedem vertraute.«

Lucien, wie er an jenem Abend mit seiner Ente im Bett gelegen hatte. »Ich habe viele Geheimnisse, Oma R.«

»Ich wollte, dass er glücklich ist, das wollte ich wirklich. Seine Schnürsenkel gingen auf, und ich band sie ihm mit einem Doppelknoten, und er sagte, ihm sei kalt, und ich wollte ihm eine Jacke holen, aber Amelia sagte, dass er keine Jacke brauche, weil er einen großen, dicken Männerpullover anhabe und der Zauber ihn wärmen werde. Doch dann fiel ihr auf, dass er die kleine Holzrose nicht um den Hals trug, die Du für ihn geschnitzt hattest, und sie zischte mir im Dunkeln zu, ich solle sie holen, also musste ich noch einmal zurück in sein Zimmer. Meine Finger waren zu kalt, um das Lederband zuzuknoten, deshalb nahm sie es mir aus der Hand und band es ihm um. Wir nahmen ihn zwischen uns und gingen übers erste Feld. Es war nicht besonders dunkel in dieser Nacht, und Lucien zeigte mir den Gürtel des Orion und erzählte, Du hättest ihm alle Sternbilder beigebracht. Amelia erklärte, der Mond sei aufgegangen, um uns den Weg zum magischen Teich zu weisen, und er sagte, dass er überhaupt keine Angst habe, was wohl auch stimmte. Er war ganz aufgeregt vor lauter Vorfreude. Amelia und ich hielten ihn bei den Händen und ließen ihn hoch in die Luft fliegen, und ich freute mich und dachte, dass es bestimmt schön sein würde beim Teich. Außerdem glaubte ich, dass der ganze Streit zwischen Dir und Amelia darüber, ob Lucien hierhergehörte oder nicht, endlich ein Ende hätte. Ich wünschte es mir so sehr, für Dich und für die Rose.«

Was sie schreibt, liegt durchaus im Bereich des Möglichen. Es klingt wahr, ergibt aber trotzdem keinen Sinn. »Was, glaubst du, ist passiert, Angie?«, flüstere ich. »Falls es am Teich einen tragischen Unfall gegeben hat, warum haben sie es damals nicht zugegeben?«

Angie antwortet nicht. Sie ist wie erstarrt. Wie leichthin ich diesen Ausdruck in der Vergangenheit immer verwendet habe! Jetzt habe ich tatsächlich Angst, dass sie nicht mehr aus ihrer Starre erwacht. Soll ich sie berühren, sie herausreißen? Die Frage erübrigt sich, denn mit beinahe roboterhaften Bewegungen nimmt sie mir den Brief aus der Hand, begibt sich in den Schneidersitz und liest laut weiter. Ich kann ihr nur mit geschlossenen Augen zuhören.

»Dann erreichten wir den Zauntritt, der in das Wäldchen beim Teich führt, und Amelia sagte, ich solle gehen, was ich nicht verstand, aber sie sagte, die Rose wolle bei dieser besonderen Sache nur sie und Lucien um sich haben, und ich konnte sehen, dass Lucien Angst hatte ohne mich, er wollte mich nicht loslassen, doch ich vertraute Amelia und erklärte ihm, wie toll und aufregend es beim Teich werden würde, und half ihm über den Zaun, und dann drehte er sich zu mir um und winkte mir zum Abschied.« Angies Stimme bleibt hängen, wie Wolle in einem Stacheldrahtzaun. *»Zweimal sah er sich noch um und winkte mir.«*

Ein Foto vor meinem inneren Auge: ein kleiner Junge, nachts auf Schwarzweißfilm gebannt, auf dem Weg in den Wald, das bleiche Gesicht halb zu uns umgedreht, eine Hand zum Abschied erhoben. Lucien. Jacks Geschichte wirkt gleichzeitig plausibel und irrelevant. Sie mag alles erklären, aber sie ändert nichts. Ich öffne die Augen. Angie breitet den Brief langsam, schweigend vor uns aus. Sie schafft es nicht mehr, laut weiterzulesen.

Eine Stimme in meinem Kopf sagte: Lass ihn nicht allein. Wir haben uns einmal über Stimmen unterhalten, Ruth. Auf diese Stimme hätte ich hören sollen, doch ich tat es nicht. Stattdessen hörte ich auf Amelia.

Angie wiederholt den Namen, als hörte sie ihn zum ersten Mal. »Amelia! Amelia!«

Ich bin am Ende der Seite angekommen. »Fertig?«, frage ich. Angie nickt, packt mein T-Shirt und klammert sich daran fest. Ich drehe den Brief um. Auf der Rückseite ist Jacks Schrift leserlicher, und ihre Sätze sind zusammenhängender, als habe es ihr bereits ein wenig Erleichterung verschafft, Ordnung in die Ereignisse zu bringen.

Ich weiß nicht, wie lange sie weg war. Mir war nicht klar, was sie von mir erwartete, was ich im Camp während ihrer Abwesenheit tun sollte. Ich konnte nicht schlafen, war völlig fertig mit den Nerven, hörte und sah seltsame Dinge. Umso erleichterter war ich, als sie endlich zurückkam. Sie war völlig ekstatisch, hatte diese unwiderstehliche Aura. Du weißt sicher, wovon ich rede. Wir gingen in ihren Wohnwagen und zündeten eine Kerze an. Sie war sprungbereit wie eine Tigerin, selbst ihr Schatten war überwältigend. Ich zog ihr das nasse Gewand über den Kopf, sagte ihr, sie solle sich neben den Gasofen setzen, stellte mich hinter sie und bürstete ihr die langen, feuchten Haare. Ich kniete mich sogar vor sie und trocknete ihr die Füße ab. Dann erklärte sie mir, der grüne Pullover liege draußen, ich solle ihn loswerden. Warum, fragte ich sie, wo ist Lucien? Als sie antwortete, er sei jetzt bei der Rose, wusste ich immer noch nicht, was sie meinte. Ich erinnere mich, dass ich fragte, ob er auch nass geworden sei, ob er sich seinen Schlafanzug angezogen habe, ob Du bei ihrer Rückkehr ins Haus aufgewacht seist, lauter solche Dinge, obwohl mir allmählich dämmerte, dass etwas Schreckliches passiert war. Aber ich redete einfach weiter, und sie saß wie elektrisiert vor mir. Dann packte sie plötzlich so fest meine Handgelenke, dass ich hinterher rote Striemen hatte, und sagte, wir hätten das Richtige getan.
Wir. Das hat sie gesagt. Wir.
Ich fragte sie, ob er tot sei, und sie antwortete: Ja. Hast du *ihn etwa getötet, fragte ich daraufhin, und sie sagte: Er hat seinen Frieden bei der Rose gefunden, der Weg ist nun frei für die Rose, für die Quelle.*

Für dieses Stück Land. Für die Brombeerranken, die meine Fußgelenke zerkratzen, für das Eichhörnchen, das die Rinde von den Bäumen nagt, für diese wässrige Einöde. Dafür hat sie ihn umgebracht. *Ich fragte sie, ob er tot sei, und sie antwortete: Ja.* Jetzt gibt es nichts mehr, was im Verborgenen liegt. Angies gerötete Augen wandern weiter von links nach rechts, springen von Zeile zu Zeile. Ich war einmal Lehrerin in London, in einem kalten Mietcontainer, beaufsichtigte meine Klasse, während diese still in einem Buch las, beobachtete, wer zu Ende gelesen hatte und wer nicht. Ich bin nicht hier, bin überall, nur nicht hier, muss nicht diesen Brief lesen, *Bitte, Gott*, alles, nur nicht diesen Brief!

Ich wusste nun also, dass er tot war, doch es war alles so unwirklich, als wäre es an einem anderen Ort passiert. Amelias Euphorie war inzwischen Erschöpfung gewichen, und wir saßen vor dem Gasofen, als wäre alles in Ordnung, als würden wir zusammen nach dem Gebet einen Tee trinken. Sie zupfte an einem losen Faden des grünen Wollpullovers, woraufhin er anfing, sich aufzuribbeln, also zog sie weiter an der Wolle, Faden um Faden, und ich wickelte sie um meine Faust, Schlinge für Schlinge, bis wir den ganzen Pullover aufgeribbelt hatten und nichts mehr von ihm übrig war. Ich glaube, sie hat ein Stückchen Wolle in der Tasche behalten, aber den Rest haben wir im Lagerfeuer verbrannt.
Sie hat sich das Band mit der kleinen Rose um den eigenen Hals gelegt, und ich habe ihre langen rotbraunen Haare hochgehoben und es zugeknotet. Danach hat sie die Kette nie wieder abgelegt. Nie wieder.
Sie hatte mich in der Tasche, wusste genau, dass die Leute ihr *glauben würden, nicht mir. Auch ich glaubte an sie. Nein, ich wusste nicht mehr, was ich glauben sollte. Aber im tiefsten Inneren war mir klar: Sie hatte Lucien ermordet.*

Wir haben das Ende der zweiten Seite erreicht. Angie dreht sie um und dreht sie dann wieder zurück.

»Glaubst du ihr, Mum?«

Ich habe immer gedacht, dass die Wahrheit Klarheit bringen

würde: Er hat es getan; sie hat es getan; ich habe es getan. Doch das hier ist ein großes Durcheinander. In meiner Welt herrscht schon so lange Chaos, dass ich keine Ahnung habe, wie darin je wieder Wahrhaftigkeit und Klarheit einkehren soll. »Ich weiß überhaupt nicht mehr, was ich glauben soll.« Angies Finger sind immer noch in mein T-Shirt verkrallt, ich löse ihren Griff und nehme ihre Hand in meine. »Es könnte so gewesen sein. Oder vielleicht war es auch Jack selbst, und sie hat das alles nur erfunden, weil sie Angst hat.« Die Sonne hat sich hinter den Schornstein verkrochen, und jenseits der Hecke höre ich das gleichmäßige, geräuschvolle Kauen der Kuh, die sich durch das lange Gras frisst. Ich erinnere mich an solche Nachmittage mit Jack, wie sie Linsen einweichte, laut Gedichte von Sylvia Plath vorlas, Lucien zeigte, wie man auf einem Grashalm pfiff. »Sie war krank, das stimmt schon, aber sie war nicht gewalttätig. Manchmal hatte ich den Eindruck, dass sie die Weiseste von uns allen war.«

»Da ist noch ein Blatt Papier im Umschlag«, sagt Angie. Es ist mit schwarzer Tinte beschrieben, und die Handschrift sieht aus, als hätte sich Jack mehr Zeit gelassen. Vielleicht hat sie diese Seite später hinzugefügt.

Nachdem ich alles noch einmal durchgelesen habe, wird mir klar, dass Du mir vermutlich nicht glauben wirst. Ich wusste von Anfang an, dass das ein Problem sein würde. Sie war meine Aufseherin und ich ihre Gefangene. Ich hätte mich während unserer Reise nach Norfolk aus dem Staub machen können, doch das hätte nicht viel genützt. Aus eigener leidvoller Erfahrung weiß ich, dass es manchmal nicht genügt, nur zu sagen, dass etwas passiert ist – selbst wenn man Wunden vorzuweisen hat. Keiner glaubt einem, alle fragen nach handfesten Beweisen. Ich brauchte also einen solchen Beweis dafür, dass Amelia Luciens Mörderin ist, und habe daher so lange gewartet, bis ich ihn hatte. Du und Angie, Ihr haltet ihn in den Händen. Deshalb dürft Ihr den Rosenanhänger nicht anfassen. Seht genau hin.

Angie legt den Brief beiseite, greift in ihren Beutel und zieht erneut das kleine in Papiertaschentücher geschlagene Bündel hervor, entblättert es und platziert es auf ihren Knien. Aufmerksam studieren wir die Rose und das Lederband. Dann schnappt Angie plötzlich nach Luft. »Schau dir den Knoten an, Mum! Da, am Knoten!«

In den Windungen des Lederknotens haben sich einige lange, rotbraune Haare verfangen. Ich nehme nichts anderes mehr wahr, nicht die Wörter auf dem Papier, nicht Angies Gesicht, nicht die Rose – alles verschwimmt. Ich habe Haare wie diese berührt, sie mit meinen Händen durchgekämmt.

Auf einmal wirkt Angie ruhiger als ich, methodischer. Sie wickelt die Rose wieder in das Papiertaschentuch, legt das Bündel sehr vorsichtig auf die Bank und greift ein weiteres Mal nach Jacks Brief. Ihre Stimme klingt ein wenig fester, als sie weiterliest:

»Die Haare stammen von Schwester Amelia. Ich habe ihr die Rose vom Hals geschnitten, während sie schlief. Eve war bei ihr. Sie wachte auf, sah mich mit der Schere und rief die Polizei. So bin ich in der geschlossenen Anstalt gelandet. Alle dachten, ich hätte Amelia umbringen wollen, aber ich wollte nicht, dass sie stirbt, sondern dass sie verurteilt wird. Das verschwieg ich allerdings, denn ich musste erst warten, bis jemand zu mir kam, der mir glauben würde. So lange wollte ich durchhalten, das hatte ich mir geschworen. Amelia hat bereits versucht, mich zu besuchen. Ich weiß, was sie will, deshalb habe ich mich geweigert, sie zu sehen.«

Angie rutscht näher an mich heran. »Das stimmt, ich habe sie vor der Psychiatrie im Auto sitzen sehen, als ich am zweiten Tag den Brief abgeholt habe.«

»Du hast Amelia gesehen?«

»Ja. Allerdings habe ich nicht mit ihr gesprochen. Keine Ahnung, ob sie mich gesehen hat. Lass es uns zu Ende bringen.« Angie hält den Brief so, dass wir ihn beide lesen können, unsere Gesichter sind einander so nah, dass unser Atem eins wird und sich mit der samtweichen Luft des Obstgartens vermischt.

Ich hoffe, der Beweis genügt, um sie für immer hinter Gitter zu bringen. Auch mich wird man verurteilen, doch das nehme ich gerne in Kauf.
Sie wusste, dass Lucien nicht mit ihr mitkommen würde – er konnte sie nicht leiden –, also hat diese Hexe mich benutzt, um an ihn heranzukommen. Sie hatte alles genauestens geplant. Ich war nicht diejenige, die ihn unter Wasser gedrückt hat, aber getötet habe ich ihn trotzdem.
Du sollst wissen, dass ich ihn sehr geliebt habe. Er war der liebste kleine Junge, den ich je kennengelernt habe, und wenn diese Tragödie nicht passiert wäre, wäre er der netteste, gutherzigste Mann geworden, den man sich nur vorstellen kann.
Was Eves Mitschuld angeht, bin ich mir nicht sicher. Sie hätte sich niemals offen gegen Amelia aufgelehnt, denn sie ist längst nicht so stark, wie sie wirkt. Dorothy ahnte etwas. Zwar hat sie gelogen und mir für die besagte Nacht ein Alibi verschafft, aber nur, weil sie ein so großes Herz hat.
Ich bin nicht geistig umnachtet, während ich diese Zeilen schreibe. Unsere einzige Verrücktheit war, dass wir geglaubt haben.
Du hast mich einmal in Deinen Armen gehalten, als ich schwach war, und jetzt kann ich mich hoffentlich revanchieren und Dich entlasten.
Jack

Endlich fängt Angie an zu schluchzen, ein bebender, beinahe hysterischer Schmerz, der ihr die Luft nimmt und sie in Tränen erstickt. Der Brief gleitet ins Gras, landet auf dem Klee, zwingt eine Biene, andere Blüten aufzusuchen. Meine Arme sind ausgebreitet, verharren für einen kurzen Moment voller Angst und Zögern, bevor ihnen wieder einfällt, was Mütter tun. Ich umarme mein Kind und halte es fest. Lange Zeit sitzen wir eng umschlungen da, in Bann geschlagen von dem Entsetzen, dem Kummer und der Erleichterung, endlich die Wahrheit zu wissen. Unser Schweigen wird immer wieder von Fragen, erneutem Lesen, Wiederholungen unterbrochen, doch nichts lindert die Last der Erkenntnis.

»Mark!«, stößt sie schließlich mit erstickter Stimme hervor. »Ich muss zu ihm, Mum, er muss es auch erfahren!« Sie will aufstehen und gehen, aber ich überrede sie, sich Zeit zu lassen, nicht übereilt davonzurennen in ihrem aufgewühlten Zustand. Ich kann nicht mehr zählen, wie oft ich das in der Vergangenheit zu ihr gesagt habe. Dieses Mal stimmt sie mir zu, putzt sich mit dem Rest ihres letzten Taschentuchs die Nase, bevor sie sich mit zitternden Händen eine Zigarette dreht und Tabakkrümel auf der Bank verteilt. Ich sitze benommen neben ihr.

»Alles okay bei dir, Mum?«, fragt sie.

Ich nicke, mehr bringe ich nicht zustande.

»Bist du sicher? Du bist ganz blass.«

»Ich komme nicht oft aus dem Haus«, scherze ich matt. Ich weiß, dass sie wegwill, weiß, dass ich sie gehenlassen muss.

Mein versuchter Scherz scheint ihr ihre Umgebung plötzlich wieder bewusstzumachen. »Dieser Ort ist so unglaublich bizarr. Ich weiß nicht, ob dir klar ist, *wie* bizarr.« Sie schüttelt den Sommerflieder, der hinter der Bank wächst, woraufhin zwei oder drei Kohlweißlinge spiralförmig aus den lila Blüten aufflattern. »Verdammtes Paradies habe ich es einmal in einem Streit mit dir genannt, nicht wahr? Daran erinnere ich mich noch. Ich habe zu dir gesagt, dass ich Lucien bestimmt nicht in deinem verdammten Paradies zurücklasse.«

Ich schließe die Augen vor diesen Worten und höre, wie ihre Stimme erneut versagt. Kurz darauf hat sie sich schon wieder unter Kontrolle. »Ich regele alles, Mum. Und dann komme ich wieder, versprochen.«

Eine Umarmung, ein Kuss, meine halberstickte Stimme, die ihr sagt, wie sehr ich sie liebe, dann der Aufbruch. Als sie davongeht, heben und senken sich ihre Schultern. Offenbar holt sie tief Luft. Bevor sie die Lücke in der Hecke erreicht hat, dreht sie sich noch einmal um. Sie hat den Schmetterling vergessen.

»Ich könnte ihn für dich hinunter zum Teich bringen«, biete ich an. »Für Lucien. Noch heute Abend.«

Sie nickt. »Danke. Ich schaffe das jetzt nicht«, flüstert sie kaum hörbar. »Und es tut mir unendlich leid, Mum. Dass ich jemals gedacht habe, dass du es warst.«

Natürlich bin ich trotzdem schuld an seinem Tod. Ohne mich wäre nichts von alldem geschehen. Doch ich bin es nicht gewesen. Sie ist weg, aber ihr Abschiedsgeschenk ist unbezahlbar. Nur weil ich ihr glaube, dass sie zurückkommt, kann ich sie ziehen lassen. Denn ich liebe sie, ich liebe sie wirklich. Charley liebt sie auch, und ich bin froh, dass sie ihn hat, und hoffe, dass die beiden ihre Beziehung wertschätzen und pflegen. So, wie Angie vorhin unter dem Flieder stand, die Hand über dem etwas zu engen Rock auf den Bauch gelegt, könnte sie sogar schwanger sein. Sie hat den Umschlag mitgenommen und wird zur Polizei gehen. Wie stark sie jetzt ist, wie zielstrebig, trotz ihrer Trauer. Ich versuche mir die Szene auszumalen: Schwester Amelia, wie sie groß und ohne jede Reue in der Tür ihres Wohnwagens steht, während die Polizei sie vom Fuß der Treppe aus befragt. Werde ich sie jemals wiedersehen und sie fragen können, warum sie es getan hat, ob es sich für sie gelohnt hat? Sie hat mich mehr als einmal geküsst, mir immer wieder gesagt, dass ich ihre Auserwählte bin und wie sehr sie mich verehrt. In Wirklichkeit war es umgekehrt, von Anfang an.

Meine Grübelei wird von Sogleich unterbrochen, der vom Haus zur Scheune hinüberruft, dass sie schleunigst das Loch im Zaun reparieren müssten, bevor Sarge zurückkomme. Ich höre Junge antworten, eine Tür schlägt zu. Sie kehren noch einmal zurück, haben etwas vergessen, dann ist es still. Sie sind weg. Ich bin wieder allein mit Jacks Enthüllungen. Es sind eigenartige Gefährten, die mir da Gesellschaft leisten.

Schwester Amelia hat es getan. Nicht ich. Die Überzeugung, dass ich es war, ist so lange ein Teil von mir gewesen, dass ich nicht mehr weiß, wer ich ohne sie bin. Mark war es auch nicht. Überhaupt den Gedanken gehegt zu haben, er könnte es gewesen sein, ist eine bleibende Last. Ich kann ihn nicht ungeschehen machen, diesen Tropfen Gift in einer Quelle.

Die Quelle. Lucien hat zwei Gräber. Angie wird ihre Kinderflöte auf den Friedhof bringen, und ich werde später, wenn meine Wärter dort fertig sind, den Mut aufbringen müssen, mit dem Schmetterling zum Teich zu gehen. Und das, nachdem ich nun weiß, was dort passiert ist.

Junge und Sogleich scheinen eine Ewigkeit zu brauchen. Ich frage mich, was sie so lange aufhält. Vielleicht vergeht die Zeit nur so langsam, weil ich voller Anspannung warte. Als Junge endlich von der Reparatur des Elektrozauns zurückkommt, mache ich gerade Annalisa für die Nacht bereit. Es war heute schwierig, sie zu melken. Umso befriedigender ist es nun, die summenden Gewittertierchen zu verscheuchen und das Stroh aufzuschütteln. Ich frage ihn, wie es im Wäldchen am Teich war.

»Wie meinen Sie das?«, erwidert er.

»Ach, ich weiß auch nicht. Vielleicht ist es albern, aber ich dachte, es würde sich dort irgendwie anders anfühlen, nachdem wir endlich Bescheid wissen.«

»Können Sie mir davon erzählen?«, fragt er sanft.

Ich kann und weihe ihn in den Inhalt von Jacks Brief ein. Dadurch, dass ich die neue Wahrheit laut ausspreche, fällt es mir leichter, wirklich an sie zu glauben. Seine Fragen und Kommentare helfen mir dabei, meine Gedanken zu ordnen.

»Ich wusste immer schon, dass Sie es nicht waren«, behauptet er, nachdem alle Fakten auf dem Tisch liegen. Ich lasse ihm die Lüge durchgehen.

»Deshalb habe ich Sie vorhin gefragt, wie es im Wäldchen am Teich war«, komme ich auf meine ursprüngliche Frage zurück.

Junge füllt den Stalleimer mit Wasser und dreht es dann wieder ab. Der Rhythmus des tropfenden Hahns gibt den Takt vor in unserem Schweigen, ein Mantra an diesem Abend voller fliegender Gedanken.

Nach einigen Minuten hebt Junge den Eimer über die Seitenwand des Verschlags und stellt ihn neben die Kuh. »Es war seltsam«, sagt er schließlich.

»Seltsam?«

»Ich habe mich nie komisch gefühlt dort unten, obwohl ich wusste, dass Lucien an diesem Ort gefunden wurde. Aber heute …« Er findet nicht die richtigen Worte. »Heute hatte ich fast das Gefühl, als würde mich jemand beobachten.«

Auch ich habe den Eindruck, dass eine neue Nervosität in der Luft liegt. Außerhalb des Stalls dämmert es, der Himmel wird immer dunkler. Die Saatkrähen schreiben schwungvoll ihre verschnörkelten Buchstaben in den silbrigen Himmel, ein fremdes Alphabet, das ich nicht lesen kann. Ich werde zum Ursprung der Quelle gehen und die Dinge dort wieder ins Lot bringen.

36

ES GIBT NATÜRLICH Unterschiede. Bei mir ist der Augustabend schwer vor Hitze, selbst der Tau fühlt sich warm an, während es bei ihm eiskalt gewesen sein muss. Über mir steht ein Sommerhimmel, an dem die Sterne nur schwach leuchten, der Große Wagen im Nordwesten bislang nur eine Verheißung ist. Für ihn muss sich der Gürtel des Orion messerscharf abgezeichnet haben, tief am Horizont. Jeder Schritt des vertrauten Pfads zum Teich ist nun verändert. Wie muss er sich gefühlt haben, als er mitten in der Nacht die großen Hände dieser Frauen umklammerte, ihre Oberschenkel roch, die Weizenstoppeln an den Waden spürte? Und am Zauntritt – wie viel Angst muss er hier gehabt haben, um Jack nicht nur einmal, sondern zweimal zum Abschied zuzuwinken? Ich bleibe am Zaun stehen, als hätte auch ich ihn an dieser Stelle zum letzten Mal gesehen. Alles, was jenseits des Zauns passiert ist, beruht auf Mutmaßungen, nur das Ergebnis steht fest. Ich bin mir nicht sicher, ob ich es schaffe, den Wald zu betreten, aber ich kann nicht mehr umkehren, nicht, nachdem ich Angie mein Versprechen gegeben habe, nicht, nachdem *er* diese Wahl nicht hatte und mitgehen *musste*. Hinter mir über dem Feld ist immer noch ein Hauch von Tageslicht zu erkennen. Das Glimmen der scheckigen Wolken verblasst allmählich, und ein riesiger Mond steigt am Horizont empor. Vor mir hat die Nacht bereits die Vorhänge zugezogen, der Wald erscheint mir unglaublich schwarz. Ich stehe zwischen zwei Zeitzonen. Mit wackeligen Beinen klettere ich über den Zauntritt und folge meinen Fragen durch die Bäume zum Teich. Meine Augen gewöhnen sich nach und nach an die Silhouetten und Schatten. Als ich am Wasser ankomme, poliert Licht seine silbrige Oberfläche – letzte Überreste des Sonnenlichts oder erste Mondstrahlen? Der Teich ist, wie er immer gewesen ist, und doch anders.

Ich hatte geglaubt, dass jetzt, wo die ganze grausame Geschichte aufgedeckt ist, das Wasser selbst um sich schlagen und wehklagen würde, aber nein, es ist immer noch wunderschön. Glatt und friedlich. Die Stockenten haben ihre Schnäbel unter die Flügel gesteckt und schlafen am Ufer. Irgendwo in den Blättern und Ästen um mich herum klammern sich Libellen und Ruderwanzen an ihrem kurzen Leben fest, und selbst die Bäume scheinen langsamer zu atmen. Ich gehe zu meinem Baumstumpf und setze mich, ganz sacht, um den stillen Wald nicht zu wecken. Einfach nur hier zu sein und mich an die schönen Zeiten am Teich zu erinnern ist bereits ein Anfang. Lucien, wie er mit einem Marmeladenglas voller Kaulquappen auf dem Boden liegt; Lucien, wie er versucht, mit der Hand eine kleine Libelle zu fangen; Lucien, der mit seinem Buch über giftige Pflanzen unter der dicken Eiche hockt und ruft: »Guck dir diese Pflanze an, Oma R., die ist absolut tödlich!« Ich ziehe den Seidenschmetterling aus der Tasche. Was würde ich geben, um meinen Enkel wieder bei mir zu haben! Wenn es nur möglich wäre, ihn wieder lebendig zu machen … Aber das geht nicht, er ist nicht mehr, wird nie wieder sein. Die heiße Schraubzwinge meiner Trauer umklammert meinen Kopf, und mir kommen wieder die Tränen. Ich will den Schmetterling auf dem Wasser treiben lassen, bringe es jedoch nicht fertig, ihn loszulassen. Also sitze ich im Dunkeln und halte mich an seiner Schönheit fest. Es fühlt sich beinahe an wie beten.

Krächzende Enten. Das Flattern unsichtbarer Flügel über meinem Kopf. Ein Rascheln. Ich sehe kaum etwas im Halbdunkel. Das gedämpfte Knistern eines Gewichts auf totem Laub – schwerer als ein

Eichhörnchen oder ein Fuchs. Ich springe auf und lausche wachsam in die Nacht, wie eine Blinde. Etwas Bleiches blitzt vor den kohlschwarzen Baumstämmen auf, dann ist es wieder verschwunden. Es ist nichts zu hören, und ich überlege fieberhaft, was nachts in einem Wald wie diesem derart weiß geleuchtet haben könnte: ein Dachs, das Hinterteil einer Hirschkuh, eine Eule? Was auch immer es war, es ist noch in der Nähe, auf der anderen Seite des Teichs. Jetzt bewegt es sich wieder, verstohlen zunächst; dann bricht es durchs Unterholz, lässt Zweige knacken, kommt unverfroren auf mich zu. Ich greife nach einem Stock, halte ihn vor mich, blicke über die Schulter, um zu entscheiden, ob ich weglaufen soll, wo ich mich verstecken kann. Meine Angst ist begründet, denn vor mir steht Amelia.

Eine ungeschlachte Bestie, die aus dem Gestrüpp herausstürzt, sich aus dem Klammergriff der Dornen befreit, um sich dann auf der Lichtung mir gegenüber aufzurichten, ein wildes, schmutziges Wesen. Amelia. Ihr langes weißes Gewand ist schlammbespritzt, ihr rotbraunes Haar wirr und verfilzt, aber ich kann deutlich ihr Gesicht erkennen. Auf der Lichtung herrscht Aufruhr, alles Lebendige ergreift die Flucht. Ich hebe den Stock mit beiden Händen an, während ich zurückweiche, über den Baumstumpf stolpere, mich bemühe, das Gleichgewicht zu halten. Ich habe noch nie zuvor einer Mörderin gegenübergestanden und bin in panischer Angst. Mein Verstand verarbeitet rasend schnell alle verfügbaren Informationen – Erkenntnis, Hypothese, Reaktion: Sie ist eine Killerin, sie weiß vermutlich, dass ich es weiß, sie könnte mich verletzen wollen, sie sieht nicht gut aus, ich kann schneller rennen als sie, ich kann Hilfe holen, man wird sie erwischen, ich werde in Sicherheit sein.

»Ruth. Meine Ruth, endlich bist du gekommen!« Sie spricht meinen Namen aus, wie sie es immer schon getan hat, zieht ihn in die Länge und sagt ihn so leise, dass es mich näher lockt.

Trotz aller Gedanken an Kampf oder Flucht ist sie immer noch Amelia, meine Amelia.

»Ruth. Du kannst nicht ernsthaft glauben, dass ich dir jemals etwas antun wollte. Dir, die du mir alles bedeutet hast.«

Sie hätte mir niemals etwas angetan.

Langsam kommt sie auf mich zu, und ich lasse den Stock erst sinken und dann zu Boden fallen, damit ich sie umarmen kann. Wir halten uns lange umschlungen. Meine Augen sind geschlossen, ich spüre ihre Haare, ihre Hand liegt heiß auf meinem Rücken. Wir atmen gemeinsam, erst schwer, dann leichter, gleichmäßiger. Wir trennen uns, und sie lächelt, dankt der Rose. Ich bin bestürzt über das, was ich gerade getan habe, werde weder schlau aus mir noch aus ihr, weder aus ihrem Zustand noch aus der Tatsache, dass sie überhaupt hier ist.

»Wie bist du aufs Gelände gekommen?«

»Genau wie beim letzten Mal: Deine Tochter hat mich hereingelassen.«

Angie hat nichts von ihr gesagt. Ich schüttle den Kopf. »Das kann nur eine Lüge sein, Amelia. Lüg mich bitte nicht an.«

»Ich habe dich noch nie angelogen, Ruth. Die Wahrheit ist alles, was mir jemals etwas bedeutet hat. Die Wahrheit und die Rose, beide sind untrennbar miteinander verbunden.«

Die Rose. Nach allem, was vorgefallen ist, redet sie immer noch von der Rose. Ich bewege mich von ihr weg, setze mich wieder auf den Baumstumpf, merke, dass ich mich vor und zurück wiege, auf das Moos und den Schlamm zu meinen Füßen starre, ohne ihren Sinn entziffern zu können. »Also: Wie?«, stoße ich hervor und warte auf ihre Antwort, ohne sie anzusehen.

»Ich wusste nicht, ob du mich reingelassen hättest, wenn ich allein gekommen wäre, wusste nicht, ob du mit mir gesprochen hättest. Deshalb bin ich Angie gefolgt. Ich war überrascht, als sie durch den Wald auf das Gelände eingebrochen ist, aber sie war ja schon immer ziemlich irrational, nicht? Sobald ich hinter ihr durch das Loch im Zaun geschlüpft war, beschloss ich, dass ich nicht mit hinauf zum Haus gehen würde. Sollte sie dir doch ihre Geschichten erzählen!

Ich habe einfach hier auf dich gewartet, um dir die Wahrheit zu sagen. Mir war klar, dass du irgendwann kommen würdest.« Ich höre ihre Bewegung, bevor ich sehe, wie sie am Ufer in die Knie geht und sich Wasser aus dem Teich ins Gesicht spritzt. »Ich musste nur warten und beten«, fügt sie hinzu.

»Angies Besuch ist aber schon Stunden her.« Ich merke, wie mein Körper zittert, obwohl meine Stimme vollkommen ruhig klingt. Der Gedanke, dass Amelia bereits seit Stunden ohne mein Wissen hier ist, verwandelt den Boden unter mir in Treibsand.

»Fast wäre ich nicht gekommen, denn ich war schwach. Ich wurde auf die Probe gestellt und hätte beinahe versagt. Doch dann half mir eine Freundin, durch die die Rose zu mir sprach. Sie überzeugte mich davon, dass ich damit das Richtige tue.«

»Wer?«

Amelia kniet immer noch am Wasser und zieht langsam etwas aus der Vordertasche ihres Gewands. »Sie konnte noch nie viel mit dem Internet anfangen, mit unserem Blog, unserem Twitter-Account. Das überstieg ihren Horizont. Ihr Glaube ist altmodisch, aber deshalb nicht weniger stark.«

Ich weiß immer noch nicht, von wem sie spricht. Mit ihren Rätseln hat sie mich seit jeher in ihren Bann gezogen, und selbst jetzt gehe ich ihr ins Netz.

»Schwester Dorothy«, sagt sie, steht auf und hält einen blauen Luftpostumschlag hoch.

Ich erhebe mich ebenfalls. »Lass ihn mich lesen. Ich habe so lange auf einen Brief von ihr gewartet.« Nach all der Zeit hat Dorothy doch noch geschrieben, an Amelia, nicht an mich. Ich bin wieder zur Außenseiterin geworden, stehe am Rand des Gebetskreises. Amelias Anwesenheit erscheint mir plötzlich unwirklich, genau wie der Brief. Nicht unwirklich, unerträglich. Mir kommt ein Gedanke, und ich strecke die Hand aus, überbrücke die Distanz zwischen uns. »Er ist an mich adressiert, nicht wahr? Gib ihn mir, Amelia.«

»Nein, sie hat dir nicht geantwortet, Ruth. Ich glaube, sie hatte Bedenken wegen der Männer, mit denen du dich umgeben hast. Es war richtig, dass sie stattdessen an mich geschrieben hat.«

In dieser Leichenhalle von einem Wald ist es mir unmöglich, in Amelias Gesicht zu lesen. »Ich habe versucht, Kontakt zu ihr aufzunehmen, weil ich dachte, sie könnte mir vielleicht helfen …«, stammle ich.

»Ich weiß, sie hat mir alles über deine verzweifelte Suche nach Antworten erzählt. Über die Priester, die du auf sie angesetzt hast. Ruth! Die Rose war immer für dich da, das hättest du nicht vergessen dürfen! Dorothy schreibt … Wie hat sie es ausgedrückt?« Jetzt raschelt Amelia hinter einem Baum herum, und ihre Hände finden eine kleine Jutetasche, in der es klappert, als sie hineingreift. Dann kratzt ein Streichholz über eine Schachtel, und sie zündet eine Kerze an. Offenbar war sie darauf vorbereitet, zu beten und zu warten. Die Kerze lodert auf und beleuchtet ihre Augen, die riesig aussehen, erfasst Schweißperlen auf ihren Wangen, während sie liest: *»Die Schwestern der Rose glauben an die Macht der Wahrheit.* Nein, unterbrich mich nicht, Ruth, lass mich dir das Ende des Briefs vorlesen.« Die Flamme weicht vor ihr zurück, als sie spricht, und beruhigt sich dann wieder. *»Ich könnte Ruth direkt antworten, doch mit meinem Verdacht und meinen unzulänglichen Indizien würde ich ihr nur zusätzliche Qualen bereiten. Du, Amelia, bist die Einzige, die sie aus der schmerzvollen Ungewissheit befreien kann, denn Du allein kennst die Wahrheit.«* Sie kommt auf mich zu, als wollte sie mich diese Zeilen noch einmal selbst lesen lassen. »Sie glaubt immer noch, Ruth! Bevor ich diesen Brief gelesen habe, hätte ich beinahe vergessen, wer ich bin. Aber Dorothy hat mich daran erinnert: Ich bin diejenige, die die Wahrheit kennt!«

Amelia hält die Kerze an den Brief, und die Flammen klettern an ihm hoch und lecken an ihren Fingern. Sie lässt ihn auf den Boden fallen, wo er sich kräuselt und zerfällt. Mir ist schwindelig, ich kann kaum noch etwas sehen. Noch nie habe ich eine derart undurchdringliche Dunkelheit erlebt wie diese. Ich spüre Amelias Hände, die mich stützen, mich zurück zum Baumstumpf führen, damit ich mich setzen kann. Ich kann sie riechen, der vertraute Geruch von Lavendel auf Kissen, doch da ist noch etwas, etwas Säuerliches, wie die Laken, die man vom Bett eines kranken Kindes abgezogen hat, und als ich den Kopf hebe, steht sie ganz dicht vor mir.

»Meinst du wirklich, dass sie immer noch glaubt?«, frage ich mich laut. Ich seziere Dorothys Worte, versuche, ihren Sinn und Zweck zu verstehen.

»Natürlich glaubt sie noch. Das tun wir alle. Auch du, Ruth. Dies ist bloß deine Zeit in der Wüste.«

Sie ragt über mir auf, und ich muss zu ihr aufblicken, um sie zu fragen: »Weiß Dorothy, was hier passiert ist?«

»Quäl dich nicht. Dorothy hat dich sehr geliebt und respektiert. Wenn sie dir hätte helfen können, hätte sie es getan. Sie musste nicht alles über Lucien wissen.«

Sein Name, von ihr ausgesprochen. Ihre Zunge hat mich auf viele verschiedene Arten verführt, und dafür trage ich allein die Schuld, aber jetzt, wo ich höre, wie diese Zunge mit seinen Konsonanten spielt, genüsslich auf seinen Vokalen verweilt, habe ich Lust, sie ihr herauszuschneiden. »Ich muss es wissen, Amelia. Selbst wenn ich dich dafür hassen werde, ich muss es wissen.«

Eine Schleiereule ruft tief aus dem Wald, und irgendwo, vielleicht über Hedditch Field oder weiter entfernt, antwortet ihr eine Kontrahentin. Amelia setzt sich neben mich. »Hass und Liebe, zwei Seiten derselben Medaille, Ruth. Du zitterst. Es ist kalt geworden, lass mich dich wärmen.«

»Komm bitte nicht näher, ich kann mir selbst momentan nicht trauen.«

»Das konntest du noch nie. Vertrau nicht mir, sondern der Rose. Nimm meine Hand.« Ochs am Berg, Blindekuh. Ihre Hand hebt sich und kommt langsam auf mein Gesicht zu, schmutzige Fingernägel strecken sich nach meiner Wange, die Handfläche wölbt sich nach außen. Sie streicht mit der Rückseite ihrer schweißnassen Finger einmal, zweimal über meine Haut. Ich zucke zurück, drehe den Kopf weg, spüre die Liebkosung federleicht und rasiermesserscharf zugleich, schließe die Augen vor dem Schmerz, der mich innerlich aushöhlt. Sie beugt sich vor, um mir etwas zuzuflüstern, und ihre Hand gleitet nun meinen Hals hinunter, zeichnet die Linie meines Schlüsselbeins nach. Dieselben Hände. Ich willige nicht ein in ihre Berührung. Plötzlich sind alle Gedanken verschwunden. Ich bin nicht mehr und nicht weniger als ein somatisches Nervensystem; mein Hippocampus kennt diese Frau gut, und jeder Nerv in meinem Körper schreit nein. Meine Beine lassen mich aufspringen, meine Hand schlägt zu und landet klatschend in ihrem Gesicht, meine Arme stoßen sie weg, meine Zähne würden sie beißen, wenn sie könnten, meine Augen sehen, wie sie aufsteht, fällt, stolpert, und meine Ohren registrieren ihren Sturz auf die tote Erde.

Sie bleibt so lange reglos liegen, dass ich mich schon frage, ob ich sie ernsthaft verletzt habe. Die Kerze und ihr ruhender Körper verwandeln unsere Begegnung in eine Totenwache. Vielleicht ist das ihr Abschiedsgeschenk an mich. Sie liegt mit dem Gesicht nach unten zwischen den tristen Blättern. Ich schleiche mich heran, gehe in die Hocke, das Herz schlägt mir bis zum Hals. Ja, ich sehe das schnelle, flache Heben und Senken ihrer Schultern, höre in der Stille der überhitzten Nacht ganz leise das Rasseln ihres Atems. Schließlich erwacht sie. Wie ein mythisches Fabelwesen bringt sie erst das eine, dann das andere Handgelenk auf dem lehmigen Boden in Position und stemmt sich in die Hocke hoch, wobei sie leicht vor und zurück schwankt.

»Willst du denn gar nicht wissen, wie ich es getan habe, warum ich es getan habe?«, flüstert sie.

Sie leckt sich die Lippen, ihr Gesicht ist aschfahl. Sie erbricht sich würgend, leidet sichtlich. Ich könnte ihr die schönen Haare aus dem Gesicht halten, meine Hände auf ihre wogenden Schultern legen. Auf einmal wirkt sie so schwach. Aber dann tastet sie erneut nach dem Jutebeutel, schüttelt ihn, es klappert etwas. Ich erhasche einen Blick auf weiße Emaille, es ist ein Becher. Damit kriecht sie zum Teich, taucht ihn ins Wasser, trinkt und trinkt, würgt und trinkt erneut. Nachdem sie ihren Durst gestillt hat, dankt sie der Rose für das Wasser und bietet mir den Becher an.

Als ich den Kopf schüttle und ihr Abendmahl zurückweise, sackt sie scheinbar erschöpft zusammen, und ich habe Zeit zum Nachdenken. Jetzt verstehe ich, was Dorothy für mich getan hat. Sie hat die Weichen gestellt für diesen Moment, hat aus der Ferne Regie geführt, hat Amelia eine Rolle angeboten, die sie nicht ausschlagen konnte. Ich kenne meinen Text, muss nur das Lampenfieber überwinden und ihn aufsagen.

»Warum?«, frage ich.

Das Wasser, das sie vom Becher zurück in den Teich gießt, plätschert laut und wird dennoch von der Stille übertönt. Langsam, sehr langsam, steht sie auf. Der letzte Tropfen sickert aus der Tasse, die Kerze geht aus.

»Warum?«, wiederhole ich. Doch die Frage ängstigt mich, und ich weiche vor der Antwort zurück auf die andere Seite des Teichs, die mir weniger vertraut ist. Dort weiß ich nicht, wo die Wurzeln verlaufen oder Dachsbauten sich unter den Füßen öffnen.

Sie folgt mir und ruft: »Weil die Rose es so wollte! Weil es die Wahrheit war! Wegen dir!« Sie holt mich ein, verharrt jedoch eine Armlänge entfernt, senkt die Stimme, stößt einen Satz nach dem anderen hervor: »Ich bin keine Mörderin, Ruth. Nennt die Welt Gott einen Kindsmörder, weil er seinen einzigen Sohn geopfert hat?« Sie schluckt, befeuchtet sich die Lippen, müht sich. »Ich habe Lucien nicht umgebracht, Ruth, ich habe ihn befreit. Er hat nicht gelitten. Ich habe ihm mehr gegeben, als du ihm jemals hättest geben können.

In dem Moment, als sich das Wasser über seinem Kopf schloss, war die Quelle wieder frei, und er war tot wie die Rose von Jericho. Aber nur, um wieder zu leben, um wieder zu erblühen! Glücklich, Ruth, er ist so glücklich jetzt, das weiß ich. Die Rose liebt mich dafür.« Wieder muss sie eine Pause einlegen, das Atmen fällt ihr schwer. »Und dich auch. Die Rose liebt uns beide.«

Amelia stürzt sich in das schwarze Taufbecken des Teichs, aber das Wasser wehrt sich und schlägt aus Ärger über die Störung gegen die moosbewachsenen Steine. »Heute ist Mariä Himmelfahrt.« Sie wölbt ihre Hände, schöpft Wasser, wirft es immer wieder in die Luft, doch heute scheint keine Sonne in diese Kapelle, spiegelt sich kein Licht in den fallenden Tropfen, entsteht kein Regenbogen. »Und du, du warst frei, Ruth! Frei, die zu sein, zu der du bestimmt bist, frei, bei der Rose zu sein, bei mir.« Wie eine Statue in einem Brunnen steht sie im Mondlicht, mit erhobenen Armen, den Kopf zurückgeworfen, als würde ihre Haarmähne ihn nach hinten ziehen – ihre übliche ekstatische Pose.

»Tochter Babel, du Verwüstete! Glückselig, der dir dasselbe vergilt, was du uns getan hast!

Glückselig, der deine Kindlein ergreift und sie hinschmettert an den Felsen!«

Plötzlich ist es vorbei, sie sackt zusammen wie eine Marionette, der man die Fäden durchgeschnitten hat. Taumelnd und um sich schlagend kommt sie aus dem Teich. Sie zieht eine nasse, glitzernde Spur hinter sich her, bleich und unförmig, mit Gräsern und dem Schlamm vom Grund des Teichs beschmiert. Sie hat ihr Pulver verschossen. Ich stehe noch.

»Amelia, er war nur ein kleiner Junge.« Ich blicke auf sie hinunter. Das Schauspiel ist zu Ende, nur diese eine Tatsache ist übrig. »Was du getan hast, war falsch. Es gibt auf der ganzen Welt keinen Gott, nach dessen Gesetzen es richtig gewesen wäre.«

Sie greift nach meinen Fußgelenken, doch ich bin schneller.

»Und weißt du was? Ich kann nicht erklären, was in mich gefahren ist, als ich dir zum ersten Mal begegnet bin, auch nicht, was ich für dich gefühlt habe. Eines kann ich dir jedoch versichern: Es war niemals Liebe.« Und es kann jetzt auch kein Hass sein, denke ich, während ich ihrem Schluchzen lausche, denn sonst wäre nichts mehr von mir übrig. Ich kauere mich neben sie. »Wir haben uns geirrt, Amelia«, sage ich. »Wir haben uns alle geirrt.«

Doch sie hört mir nicht zu, sondern blickt durch mich hindurch, starrt in die Finsternis und unterbricht mich: »Schau, wie sie kommen, wie sie zwischen den Bäumen auftauchen!«

Es ist niemand da, keine Menschenseele. Im Wald herrscht vollkommene Stille.

Amelia zeigt weiter in die Dunkelheit und ruft: »Sie alle kommen, weil sie glauben! Die Rose von Jericho blüht für sie. Glaubst du noch an mich?«

Ignoriere sie einfach, denke ich, das ist doch Wahnsinn. Aber sie wiederholt ihre Frage ein ums andere Mal, wird immer aufgeregter, greift nach mir, will mich packen, sich an mir festklammern.

»Glaubst du noch?«

Die Angst, die ich bei ihrem Auftauchen aus dem Wald gespürt habe, kehrt zurück. Ich brauche Hilfe, muss irgendwie die Wärter alarmieren, doch wenn ich zum Haus renne oder auch nur weit genug den Hügel hinauf, um sie zu rufen, wird Amelia bei ihrem Eintreffen verschwunden sein, und niemand wird mir glauben, dass sie jemals hier war. So unmöglich es erscheint, dass sie jetzt noch davonkommen könnte – wenn ich es jemandem zutraue, dann ihr.

In die Leere, die durch ihre Halluzinationen und meine Unschlüssigkeit entstanden ist, dringt ein eigenartiges Trillern, ein fremdes, urzeitliches Geräusch, wie von einem exotischen Frosch oder einer Grille. Ich spüre, dass auch Amelia verunsichert ist, dass wir beide wie gebannt dem hohen, eindringlichen Gesang lauschen, von dem nicht klar ist, woher er kommt. Er bewegt sich, scheint über unseren

Köpfen zu schweben, verstummt plötzlich. Jetzt ertönt er erneut, vom Grenzzaun her, der die Quelle vom Rest der Welt trennt. Der hartnäckige Ruf schwillt an und wieder ab, wie eine Sirene. Dort, es ist ein Vogel, der sich nun in die Luft erhebt, als Schattenriss vor dem Mond erscheint, wie ein Gast am Eingang zum Wäldchen anklopft. Im Flug klingt der Ruf des Vogels anders, falkenähnlich, und ich erkenne an der Art des Gleitens, dass es der Ziegenmelker ist, er ist zurückgekehrt, der Kobold unter den Vögeln. Dann ist er fort. Ich weiß augenblicklich, was ich tun muss. Im instinktiven Vertrauen darauf, die richtige Entscheidung getroffen zu haben, renne ich in die Richtung, aus der der Vogel kam, laufe auf den Zaun zu und stoße meine mit elektronischen Fesseln versehenen Handgelenke durch den Stacheldraht. Der Stromschlag erwischt mich mit voller Kraft und wirft mich zurück, mein Kopf schlägt auf dem Boden auf. Ich habe Blut und Schnitte an den Armen. Aber ich höre durch Schmerz und Verwirrung das Einzige, was mich interessiert: dass jenseits der Felder der Alarm ausgelöst wird und gellend durch die Nacht heult.

Benommen und desorientiert ziehe ich mich an einem tiefhängenden Ast hoch, um wieder auf die Beine zu kommen. Amelia liegt immer noch am Boden. »Es ist vorbei, gleich kommen sie.« Die Übelkeit, die mich erfasst hat, ebbt ab und wird dann wieder stärker. Obwohl mein Blut auf die rostroten Blätter des Vorjahrs tropft, habe ich ungewohnte Kraft geschöpft und rufe: »Sie werden dich verhaften!« Ich sehe ihre Zukunft vor mir, ihre armselige Zukunft, und diese Vision befeuert meine Verbitterung noch. »Und ich kann dir auch sagen, was danach passiert: Du wirst deine Haftstrafe in einem Gefängnis verbüßen. Keinem Gefängnis wie hier.« Ich zeige in einer ausladenden Geste auf den Wald, der uns umgibt. »Sondern in einer Zelle mit am Boden verschraubter Kloschüssel und faden Mahlzeiten auf einem Plastiktablett.«

Sie lacht. Ich weine, weil ich recht habe. Der Wald hat vermutlich noch nie eine solche Kakophonie gehört: zwei Frauen neben einem Teich, im Dunkeln.

»Du wirst ein Niemand sein im Knast, Amelia, viele Jahre lang, vergessen, ohne Besuch. Ein Niemand!«, setze ich meine Verwünschungen fort, aber ich bin mir nicht sicher, ob sie mich hören kann. Meine Stimme wird schwächer, in meinem Kopf dreht sich alles. Ich verliere allmählich die Kontrolle über meine Sinne und bin mir dennoch sicher, dass ich mir die rufenden Stimmen nicht nur einbilde. Die Wärter kommen. In höchstens zwei Minuten werden sie hier sein. Steht Amelia unter Drogen, so hysterisch, wie sie ist, so laut, wie sie lacht? Die Männer müssen jeden Moment eintreffen, die Lichtstrahlen ihrer Taschenlampen tanzen bereits zwischen den Bäumen, erfassen kurzzeitig Amelia, verlieren sie wieder. Sie werden sie mitnehmen, und ich werde sie nie wiedersehen. Also stolpere ich über Äste und Steine, um sie vor den Wärtern zu erreichen, ein letztes Mal. Ich werfe mich auf sie, verbinde mir die blutenden Handgelenke mit ihren langen, nassen Haaren, ziehe ihren Kopf nach oben und umfasse ihr krankes Gesicht. »Du Judas«, speie ich ihr entgegen.

Die Lichtung füllt sich mit einem derart grellen Licht, dass ich mich abwenden muss, und dahinter erkenne ich die Umrisse der Wärter, die mir mit erhobenen Waffen befehlen, zur Seite zu treten und sie loszulassen. So einfach ist das nicht. Ich kann nicht loslassen. Ein kleiner Junge tritt aus der Dunkelheit, als wollte er helfen, aber ich rufe ihm zu: »Nein!« Ich werde loslassen. Nacheinander löse ich meine blutbeschmierten Finger, gebe ihre Haare frei, starre auf die rotbraunen Strähnen, die in meiner Hand zurückbleiben. Sie sind alles, was noch übrig ist. Ich habe losgelassen. Wir erheben uns beide auf die Füße.

»Das ist Schwester Amelia«, sage ich.

Es herrscht Verwirrung. Amelia sagt nichts, mir bleibt nichts mehr zu sagen, Junge liefert die Erklärungen. Sogleich hat offenbar nur ein Paar Handschellen dabei, die vermutlich für mich gedacht waren, doch auf Dreis Anweisung hin geht er auf Amelia zu.

»Einen Moment«, sagt sie herrisch, und Sogleich macht prompt einen Schritt zurück. Natürlich. Sie kauert sich hinunter auf die Erde, während ich zurückweiche und die Männer angespannt zusehen. Methodisch bricht sie kleine Zweige von einem Busch ab, wie eine Frau, die Blumen pflückt, um ihren Tisch damit zu schmücken. Dann richtet sie sich sehr langsam wieder zu ihrer früheren Größe auf, hat ihre frühere Präsenz zurückgewonnen, die sie bei Gebeten und Andachten zu entwickeln verstand. Ich merke es daran, wie still wir uns alle verhalten, wie gebannt wir auf ihren nächsten Schritt warten. Ich bin nur noch Kulisse, alle Lichter sind auf sie gerichtet, lassen ihr Haar auflodern im Kontrast zum weißen Marmor ihres Gesichts und ihres Halses, scheinen durch ihr nasses Gewand, beleuchten ihre Brüste, ihre Rippen, ihre Oberschenkel. Sie pflückt Beeren von den Zweigen, führt sie an die Lippen, küsst sie mit geschlossenen Augen und lächelt mich dann an, hält mir ihre Lippen zum Kuss hin, öffnet ihre langen Finger und bietet mir die Beeren dar. Ich balle meine blutigen Fäuste zusammen, behalte meinen trockenen Mund fest geschlossen. Ich weiß, was in diesem Wäldchen wächst und wo.

»Auf Wiedersehen, Ruth«, sagt sie.

Sie wirft die Beeren in den Teich, und für einen kurzen Moment fangen die Lichter ein leichtes Kräuseln auf dem Wasser ein, bevor es wieder still und trüb daliegt. Sie hebt auch noch den anderen Arm, hält den Männern ihre Handgelenke hin, damit sie ihr die Handschellen umlegen können. Ich will etwas sagen, aber es wird zu viel herumgebrüllt; ich bin verwirrt, habe Schwierigkeiten, meine Worte in die richtige Reihenfolge zu bringen, zu sagen, was gesagt werden muss. Die Männer fordern mich auf, ihnen zu folgen, doch ich lasse mich zurückfallen. Junge zögert, und ich bitte ihn zu gehen. Auch Drei befiehlt ihm, sich in Bewegung zu setzen, und der Moment ist vorüber. Amelia wird unsanft von der Lichtung gezerrt, und ich höre, wie sich die kleine Prozession geräuschvoll ihren Weg aus dem Wald bahnt, beobachte das Schwingen und Rucken der Lichter, höre Amelia singen, während sie fortgebracht wird.

»Was bin ich, wenn ich aus dem Wasser auferstehe?
Mein Ich strömt aus mir heraus,
und ich bin fort.
Und sie ist fort.«

Ich wate in den Teich und bin überrascht, wie warm das Wasser ist. Seine Wärme ist verführerisch. Es geht mir bis zur Taille, und ich strecke die Arme nach den Beeren aus. Sie treiben außerhalb meiner Reichweite auf der Oberfläche, aber ich schiebe mich vorwärts, ergreife eine, dann noch eine und noch eine, bis ich ganz sicher bin, dass keine zurückgeblieben ist. Nachdem ich die ganze Handvoll ans Ufer geworfen habe, hole ich tief Luft und tauche mit meinem ganzen Sein in den Mutterleib der Quelle ein, spüre das Gewicht des Wassers, den dunklen Umhang, der sich über meinem Kopf schließt und mich nach unten drückt, bis ich glaube, dass der Schmerz und der Druck und die Blindheit nie mehr aufhören werden. Erst dann schieße ich wieder nach oben, hinaus in die Leichtigkeit der Luft, die mir wie ein Wunder erscheint. Jetzt verstehe ich. So war es für ihn. Meine Frage ist beantwortet.

37

ES IST EIN glühend heißer Nachmittag. Die dicken Steinwände des Hauses haben mir die Wärme vom Leib gehalten, doch hier draußen raubt mir die Hitze den Atem. Ich habe tief geschlafen in der vergangenen Nacht, habe durchgeschlafen bis zum Morgen. Wer mich ins Bett gebracht hat, weiß ich nicht mehr. Überhaupt habe ich nur noch wenig vom gestrigen Abend in Erinnerung, nachdem Amelia fortgebracht wurde. Jetzt sitze ich im Schatten der Eiche, wo Junge den kleinen Klapptisch aufgestellt hat. Er hat eine Schüssel mit warmem Wasser gefüllt und reinigt die Schnitte an meinen Armen. Ich lasse ihn machen. Er ist sanft und fürsorglich, tunkt konzentriert die Watte ein und betupft damit meine Haut. Dabei erzählt er mir, dass Angie eine Nachricht für mich hinterlassen habe, nämlich, dass es Mark gutgehe. Außerdem setzt er mich über die weiteren Ereignisse des Vorabends ins Bild: dass sie mich zusammengesunken beim Teich gefunden und nach Hause getragen haben, dass zwei von ihnen nötig waren, um Amelia im Zaum zu halten, obwohl sie bereits Handschellen trug, dass sie in einem Polizeitransporter abtransportiert wurde.

Ich zucke zusammen, die Schnitte brennen bei der Berührung. »Ein Krankenwagen wäre vermutlich passender gewesen. Vielleicht sogar ein Leichenwagen.«

»Sie sah ziemlich mitgenommen aus«, meint er zustimmend. »Herzrasen, Schweißausbrüche, Halluzinationen – die ganze Bandbreite. Bei Ihnen übrigens das Gleiche.« Er nimmt die Schüssel und kippt das schmutzige Waser in die Hecke. »Mit einem Stromschlag ist nicht zu spaßen.«

»Nein, Sie haben mich nicht verstanden. Diese Frau wird sich niemals vor Gericht verantworten.« Ich habe Luciens Buch über einheimische Giftpflanzen mit nach draußen gebracht und blättere darin, um die richtige Seite zu finden. »Was sie in den Teich geworfen hat, war das hier.« Die Abbildung zeigt korrekt das rankende Grün, die dunkellila Blüten mit ihren gelblich-orangefarbenen Staubgefäßen und die üppigen, dunklen Beeren.

»Tollkirsche? Sind Sie sicher?« Junge blättert ungläubig durch das Buch.

»Teufelskirsche, Tollkraut - nennen Sie es, wie Sie wollen. Man wird verrückt vor Durst, wenn man sich damit vergiftet hat.« Eine Frau neben einem Teich, die mir einen Emaillebecher mit Wasser und eine Handvoll Beeren anbietet. Ich schließe die Augen, um dieses Bild loszuwerden.

»Belladonna - ist das nicht die gleiche Pflanze?«

»Ja. Wissen Sie auch, warum sie Belladonna heißt? Weil Frauen sie früher dazu benutzten, ihre Wangen röter und ihre Augen größer wirken zu lassen.«

»Stimmt, Amelias Pupillen waren stark erweitert.«

»Es gibt einen Mythos, nach dem die Schwarze Tollkirsche die Gestalt einer Zauberin von großer Anmut annimmt, deren Anblick allein bereits gefährlich, deren Kuss jedoch tödlich ist.« Eine zweite Erinnerung, diesmal nicht visueller, sondern taktiler Natur. Eine Berührung, eine Zunge, die über Lippen leckt. Ich wische mir den Mund mit dem Rest der Watte ab. »Sie wird sterben.«

Junge zieht sein Handy aus der Tasche. »Ich rufe die Polizei an. Es gibt bestimmt ein Gegenmittel. Sie muss am Leben bleiben, damit ihr der Prozess gemacht werden kann.«

Ich beuge mich über den Tisch und lege meine Hand auf seine.

»Sie können nichts mehr tun. Amelia wird sich niemals vor Gericht verantworten, niemals schuldig gesprochen werden.«

Mehr noch, sie ist mir nach ihrem Überfall entkommen, hat mich voller Hass zurückgelassen und mir die Chance geraubt, ihr vielleicht eines Tages zu verzeihen. Man sagt, dass man nur so die Dinge hinter sich lassen kann, doch ich weiß nicht, ob es denselben Effekt hat, wenn der Täter, dem man verzeiht, bereits tot ist. Sie hat mir die Möglichkeit gestohlen, Mitleid zu empfinden und Gnade walten zu lassen.

Junge schlägt mit der Faust auf den Tisch. »Das kann ich nicht zulassen, wo bleibt denn da die Gerechtigkeit?« Er geht aufgebracht auf und ab. »Die Sache muss doch irgendwie zu einem sauberen Abschluss gebracht werden!«

»Aufgeklärt werden, meinen Sie?« Er hört das Lächeln in meiner Stimme nicht. »Bevor sie stirbt, wird sie ein Geständnis ablegen. Sie liebt mich zu sehr, um es nicht zu tun.«

»Aufgeklärt ist damit noch lange nichts.«

»Ich hatte bereits meinen Tag vor Gericht, Junge, und das Urteil lautete …«

Aber Junge hört mir nicht zu, und auch ich springe ungläubig auf, weil der Land Rover in rasendem Tempo die Auffahrt herunterkommt, durch die Schlaglöcher hüpft und über die Spurrillen hinwegrumpelt. Drei sitzt hupend am Steuer, hat das Radio voll aufgedreht, lehnt sich aus dem Fenster und ruft: »Kommt her, das müsst ihr euch anhören! Das müsst ihr hören!«

Der Land Rover kommt Zentimeter vor uns schlitternd zum Stehen.

»Halleluja! Ihr werdet es nicht glauben!« Sogleich sitzt auf dem Beifahrersitz und steckt nun ebenfalls den Kopf aus dem Fenster.

Die Geschichte mit Amelia kann es noch nicht ins Radio geschafft haben. Tatsächlich laufen auch nicht die Nachrichten, sondern ein alberner Schlager aus den sechziger Jahren: »Raindrops keep falling on my head … Because I'm free, nothing's worrying meeeee!« Drei ist inzwischen aus dem Auto gestiegen, trommelt den Takt auf die Motorhaube und summt mit. Ich geselle mich dazu und lausche verwirrt, als der Song verklingt und der Moderator das Wort ergreift.

»Und nun die aktuelle Wetterlage von unserer Wetterstation in London. George, was hast du Neues für uns?«

»Es gab Zeiten, da hätte ich nicht mehr für möglich gehalten, dass ich diese Worte je wieder sagen würde, Miles, aber es ist tatsächlich so: Es regnet!«

»Könntest du das ein bisschen lauter sagen, George?«

»Mit Vergnügen, Miles: Es regnet! Wobei regnen noch stark untertrieben ist, denn in Nordirland schüttet es aus Kübeln, und im Nordwesten hat es bereits angefangen zu nieseln. Unsere Prognosen gehen davon aus, dass dieses Regengebiet innerhalb der nächsten vierundzwanzig Stunden über die gesamten Britischen Inseln hinwegziehen wird.«

»Heilige Scheiße!«, sagt Junge. »Regen!«

»Pssst!«, macht Drei.

»So weit, so gut, George. Allerdings gab es letztes Jahr ebenfalls Regengebiete, die dann im Nichts verlaufen sind. Was ist dieses Mal anders?«

»Dieses Mal haben wir eine echte Verschiebung in der Großwetterlage, da sind wir uns zu neunzig Prozent sicher, Miles. Du hast sicher bereits in der Presse gelesen, dass die Temperaturmessungen im Atlantik auf langfristige Strömungsveränderungen hindeuten. Hinzu kommt, dass der Wind auf Nordwest gedreht hat. Wir glauben daher, dass es sich um mehr als nur einen einmaligen Regenguss handelt. Wie lange der Regen anhält und wie lange es dauern wird, bis sich die Natur wieder erholt – das sind zum gegenwärtigen Zeitpunkt ungeklärte Fragen, Miles. Aber wir sind zuversichtlich, dass das Schlimmste vorbei ist.«

Ich hebe den Blick zum Himmel. Hier regnet es nicht.

»Allerdings hat das Ganze wie immer auch eine Kehrseite«, fährt der Wetterexperte fort. »Wir sollten uns auf schwerwiegende Überschwemmungen einstellen ...«

Drei stellt das Radio leise, Sogleich springt aus dem Auto, und alle drei greifen nach ihren Handys, checken ihre SMS und schreiben selbst welche. Dann rennen sie in die Scheune, schalten den Fernseher ein, fluchen und jubeln. Das laute Jauchzen kommt bestimmt von Sogleich. Schon vor einiger Zeit habe ich aus dem Alkoholgeruch im Atem meiner Wärter geschlossen, dass sie eine Möglichkeit gefunden haben, illegal Schnaps aus unseren alten Kartoffeln zu brennen. Die drei werden also schon bald betrunken sein und sich nicht mehr um mich kümmern.

Ich laufe auf steifen Beinen die Auffahrt hoch. Der Alarm wird losgehen, wenn ich den Überwachungsbereich verlasse, aber ich weiß, dass sie ihn ausschalten und weiter die Nachrichten verfolgen werden. Zum ersten Mal, seit die Bedingungen meines Hausarrests verschärft wurden, erreiche ich den höchsten Punkt der Zufahrt, jenen Ort, an dem wir damals bei unserem ersten Besuch anhielten und nach Luft schnappten. Ich lasse den Blick über unser Land schweifen, betrachte die von den Forschern angelegten Parzellen mit Feldfrüchten. Sie erstrecken sich auf beiden Seiten wie eine gestreifte Steppdecke, deren Farben in dem eigenartigen Licht leuchten, das die glühende Sonne und die finsteren Gewitterwolken erzeugen. Breite Sonnenstrahlen brechen durch die rissige Wolkendecke und baden Montford Forest und die walisischen Hügel in Licht. Der Wind nimmt an Fahrt auf, und die Bäume rascheln und geben wispernd die Neuigkeit weiter. Die Brise trägt lautes, anhaltendes Hupen aus dem Dorf zu mir herauf, als wäre dort ein Hochzeitskonvoi unterwegs, und über The Crag hängt ein silbriger Schleier, der verrät, dass es dort bereits regnet. Wenn sie niederkniete, hingen Schwester Amelias Haare ebenfalls wie ein Schleier vor ihrem Gesicht. Ich habe ihr dennoch in die Augen gesehen, von Angesicht zu Angesicht, und war geblendet.

Ich könnte zu der Stelle hinuntergehen, an der damals das Lager von Angie, Lucien und den übrigen Campern stand. Oder in die andere Richtung und nachsehen, ob bereits Gras über die versengten Stellen gewachsen ist, wo einst die Wohnwagen der Schwestern standen. Es war Schwester Amelia. Ich könnte weiterschlendern bis zum Tor, hinaus auf die Landstraße treten, den Asphalt unter meinen Füßen spüren, bis zur Hauptstraße gehen und mich vom vorbeirauschenden Verkehr in die Hecke wehen lassen. Herrgott, ich könnte sogar in den Land Rover steigen, den Schlüssel umdrehen und davonfahren. Ich bin frei oder werde es zumindest bald sein. Es war nicht Mark. Die Dürre ist vorbei. Ich war es auch nicht. Ich bin nicht frei von Schuld, aber aus juristischer Sicht bin ich unschuldig und werde wieder frei sein. Frei von Mark. Frei von Amelia. Woher werde ich es erfahren, wenn sie stirbt? Vielleicht werde ich es einfach spüren, wenn es so weit ist. Unmöglich zu wissen, was ich mit diesem Menschen anfangen soll, der ich nun bin. Unmöglich, den Regen zu verstehen.

Hier regnet es immer noch nicht, doch das wird sich bald ändern. Ich werde mich für diese Heimkehr bereitmachen. In meiner Garderobe steht nicht viel zur Auswahl, daher entscheide ich mich für ein altes Sommerkleid, mehr nicht, und nehme eine Wolldecke aus dem Weidenkorb im Flur. Eine Taschenlampe werde ich nicht brauchen, denn ich kenne den Weg zu dem Ort, den ich gewählt habe; ich brauche keine Schuhe, denn ich will Erde unter meinen Fußsohlen spüren; ich brauche keinen Champagner, keine Musik oder Luftschlangen; es genügt, dass es im Rest des Landes wieder regnet.

Als ich die Hügelkuppe auf dem ersten Feld erreiche, ist es dort genauso, wie ich es mir vorgestellt habe. Ich breite sorgfältig die Decke aus und setze mich in ihre Mitte, bevor ich die Arme um die Beine schlinge und warte. Ich höre Türen schlagen, als Junge in die Scheune geht und wieder herauskommt, dann das Klingeln eines Handys. Jemand ruft durch die Nacht, eine andere Stimme antwortet, und schließlich herrscht Stille, die sich anfühlt wie jener Moment im Theater, bevor sich der Vorhang hebt. Sogleich hat die Angewohnheit, an diesen unerträglich heißen Abenden vor die Scheune zu treten und eine Zigarette zu rauchen. Das macht er allerdings auch an normalen Abenden. Drei schläft vermutlich seinen Rausch aus. Trotz der Hitze fröstele ich. Irgendwo jenseits des Tals Richtung Rose Cottage kläfft ein Hund in die Nacht, und auch die Schleiereule beansprucht wieder lautstark ihr Revier. Davon abgesehen scheint sich die Landschaft jenseits der Quelle allmählich an den Gedanken zu gewöhnen, dass es wieder regnen wird. Die Gewitterwolken haben die Hügel im Westen bereits fest im Griff und löschen das Licht, um sich ungestört mit ihnen zu vermählen.

In dieser Nacht gäbe es sicher Sternschnuppen und Kometen, wenn die Wolken nicht wären. Sofern die Wettervorhersage wirklich stimmt, werden sich ohnehin alle Wünsche erfüllen. Ich lehne mich zurück und blicke zu den wenigen Sternen empor, die noch zwischen den heraufziehenden Wolken funkeln. Auf einmal spüre ich meine eigene Bedeutung – nicht den Status, den mir die Schwestern aufgebürdet haben, auch nicht den, den mir die Medien zuschreiben wollten, nicht einmal den einer Gefangenen, sondern meine eigene physische Bedeutung. Die Brise streicht herauf und treibt mir eine Gänsehaut auf die Beine, die nackt sind unter meinem Kleid, und die Erde trägt das Gewicht meines Kopfes. Einzelne Regentropfen fallen vom Himmel, so isoliert voneinander, als hätte jeder für sich beschlossen, seinen Weg anzutreten. Sie hinterlassen nasse Flecken auf meinem dünnen Kleid. Ich warte und beobachte.

In der Ferne durchbricht eine kleine Ansammlung flackernder Lichter die Dunkelheit, als wären einige Sterne aus dem Himmelszelt zur Erde gefallen und auf der erstbesten Erhöhung liegen geblieben. Auch Gesang glaube ich zu hören. Ich bin kein Hirte, und dies sind keine Engel, aber eine frohe Botschaft gibt es dennoch zu verkünden. Die Lichter bewegen sich, trennen sich und finden wieder zueinander, unstet wie Glühwürmchen, bevor sie sich irgendwann zu einer großen, leuchtenden Schlange vereinen. Jetzt sehe ich, dass es Fackeln sind, von Dutzenden, vielleicht sogar Hunderten Menschen getragen. Sie umkreisen einander, wirbeln ausgelassen herum, die Choreographie einer prachtvollen Willkommensfeier. Mit den Menschen kommt auch ihre Musik näher, Trommeln und Löffel, die gegen Töpfe geschlagen werden, Flöten und Gesang. Visionen wie diese haben mich oft geplagt, waren mein Verderben, deshalb erhebe ich mich zögernd, zwischen Angst und Hoffnung hin- und hergerissen. Es fängt an zu regnen, nicht stark, aber gleichmäßig. Er kommt mir anders vor, dieser weitgereiste Regen; ich rieche an ihm wie bei der Verkostung eines guten Weins: ein Hauch von Salz, von Farnkraut, womöglich Asphalt. Ich bin nicht schuldig. Die Menschenmassen, die in einiger Entfernung die Auffahrt herabströmen, die sich über die Felder ergießen und in Bächen der Erlösung die Hügel hinabschießen, sind Menschen, echte Menschen, die gekommen sind, um echten Regen zu feiern. Hinter dem Fußvolk folgen die Autos mit ihren Schweinwerfern, die lange Strahlen auf das leuchtende Gras werfen, laut hupend und mit voll aufgedrehten Radios. Die Quelle schmeißt eine Party. Die Tatsache, dass ich nicht zu Hause bin, spielt ganz offensichtlich weder für die Dorfbewohner noch für die Schwestern aus dem Camp jenseits der Landstraße oder die in der Gegend verbliebenen Bauern eine Rolle, nicht einmal für die Gastgeberin selbst: die Quelle. Ein großes Fest entwickelt sich, mit meinem Haus als Herzstück, und ich bin überglücklich in meiner Anonymität auf dem Hügel. Ob Stunden vergehen? Ich glaube, schon. Die Party wird mal ruhiger und mal lebhafter, irgendwann spielt sogar eine Band, die ihre Instrumente vermutlich in der Küche angeschlossen hat. Die Bassgitarre wummert über die Wiese, und hin und wieder stimmen alle Gäste in einen bekannten Refrain ein. Es sind Popsongs, alberne Lieder, eine Explosion kindlicher Ausgelassenheit, und ich erkenne die Texte aus einem anderen Leben wieder und singe mit, umschlinge meine Knie und klopfe mit den Füßen den Takt. Alle tanzen gemeinsam, reißen die Hände in die Luft, schwenken ihre Feuerzeuge. Und es sind Kinder da, viele Kinder; ich erkenne ihre Umrisse, sehe, wie sie ohne Unterlass herumrennen, sich gegenseitig jagen. Ich höre ihr Lachen im Regen, der sie zum zweiten Mal tauft. Lucien wäre genauso herumgerannt, hätte genauso gelacht und es genauso geliebt. Einige Eindringlinge erklimmen die Wiese, kommen näher. Zum Glück wissen sie nicht, dass ich hier bin, auf dem höchsten Punkt meines Hügels, eingehüllt in die Wolken. Es sind junge Leute, die sich küssen, und ich weiß, es wird nass und wunderbar sein, wenn sie sich in den dunklen, von hohen Hecken abgeschirmten Mulden lieben.

Irgendwo über Montford Forest erschüttert Donner die Erde, und es blitzt, flüchtig und zaghaft. Die Menge hat die Vorboten des Gewitters dennoch bemerkt und heißt sie grölend willkommen. Bald fällt der Regen heftiger, peitscht diagonal über die Felder und weckt Erinnerungen an hastig zusammengepackte Grillfeste, an über den Kopf gezogene Jacken, an tropfende Festzelte und Wein, der sich in verlassenen Gläsern neben den windzerzausten Rosen mit Regen mischt. Aber hier und jetzt rettet sich niemand ins Trockene. Alle tanzen jauchzend im Regen, und ich bin erlöst.

Ich gehe nicht hinunter zum Haus, sondern ziehe die Decke um mich und warte. Obwohl ich steif vor Kälte bin, als der Morgen graut, bleibe ich sitzen und warte weiter. Der Regen hat aufgehört, die Wolken haben sich gelichtet, und graues Tageslicht veranlasst die Leute dazu, aufzubrechen. Grüppchenweise entschwinden sie und lassen Reifenspuren und Abfall zurück, herrliche Überreste feiernder Menschen an diesem weichen, wunderbaren, wässrigen Morgen.

38

SOGLEICH BRINGT MICH auf den neuesten Stand. Die Soldaten, die die Testfelder bewachen, werden auf dem Gelände bleiben, obwohl ein Teil der angebauten Feldfrüchte dem Gewitter der letzten Nacht zum Opfer gefallen ist. »Die Regierung glaubt anscheinend immer noch, dass sich wichtige Erkenntnisse auf diesem Land gewinnen lassen«, sagt er, und wie immer verkneife ich mir eine ironische Antwort, weil er sie ohnehin nicht versteht, sie nie verstehen wird. Er erzählt mir, dass Sarge bereits in aller Frühe abgezogen und auf einen anderen, vermutlich furchtbar wichtigen Posten versetzt wurde. Junge ist ebenfalls abgereist, hat mir jedoch eine Nachricht auf dem Küchentisch hinterlassen. Ich werde sie später lesen. Es ist richtig, dass er weg ist, dies ist kein Ort für junge Männer. Er wird sich um seine Mutter kümmern, schon bald eine junge Frau kennen- und lieben lernen, sie glücklich machen und Kinder mit ihr zeugen. Allerdings werden ihn die sechs Monate hier verändert haben, und das ist mein Abschiedsgeschenk an ihn. Ich bin wie ein Kind, das auf einem Hügel steht und einen Luftballon loslässt.

Sogleich redet immer noch. Er scheint daran gewöhnt zu sein, dass ihm keiner zuhört. Ich entnehme seinem Geplapper, dass auch er bis zum Abend seine Zelte abbrechen wird, weil er anderswo zur Flutbekämpfung gebraucht wird, zur Umsetzung des »Nationalen Plans zur Anpassung der Dürremaßnahmen«. Die hiesige Polizei ist offenbar mit der weiteren Überwachung meines Hausarrests und der Sicherung der Grundstücksgrenzen beauftragt worden, und Sogleich wartet nur noch darauf, dass die Beamten auftauchen.

Er erzählt, dass der Krisenstab der Regierung tage, um zu erörtern, wie mit der Welle der Hysterie umzugehen sei, die seit letzter Nacht das Land erfasst habe. Das Parlament sei aus der Sommerpause zurückbeordert worden, um Änderungen der außerordentlichen Dürrebekämpfungsbefugnisse zu prüfen. Ich wundere mich darüber, wie gesprächig Sogleich heute ist.

»Ich nehme an, Sie werden bald wieder ein freier Mensch sein«, sagt er.

»Frei.« Das Wort fühlt sich dünn und substanzlos an in meinem Mund. Ich wende es trotzdem gleich noch einmal an, zur Übung: »Ihnen wünsche ich auch, dass Sie bald wieder ein freier Mensch sind.«

»Ich habe vor, einen Roadtrip durch die Staaten zu machen«, erzählt er. »Natürlich mit Zwischenstopp in Vegas – ein alter Traum von mir.«

Was du nicht sagst, denke ich.

Sogleich braucht meine Unterschrift auf verschiedenen Dokumenten. Irgendwann erscheint ein Auto in der Auffahrt, eines jener Fahrzeuge, die den Dürrebeauftragten der Gemeinden zur Verfügung gestellt wurden. Ich sage zu Sogleich, dass man mich wohl auf der Prioritätenliste zurückgestuft habe.

»Nehmen Sie es nicht persönlich«, rät er, und ich unterdrücke ein Lachen.

Sogleich verschwindet mit den Papieren in der Scheune. Die Akten müssten vollständig sein, bevor er aufbreche, erklärt er. Ich überlege unterdessen, wie man sich korrekt von einem Wärter verabschiedet. Der Polizist bleibt in seinem Auto sitzen, und ich treibe mich verlegen vor dem Haus herum, bis Sogleich endlich mit seinem Rucksack aus der Scheune tritt.

»Noch eins. Ihr Exmann hat gerade eine Nachricht auf den Anrufbeantworter gesprochen«, teilt er mir mit. »Er sagt, Ihre Tochter habe mit ihm gesprochen. Er will Ihnen bald schreiben. Das klingt doch gut.« Er umarmt mich unbeholfen. »Das war es also mit uns, Ruth«, sagt er. »Soldat Adrian Lambert meldet sich zum letzten Mal vom Dienst ab. Ende der Durchsage!«

»Viel Glück, Adrian!«

Auf der Veranda kann ich in Ruhe sitzen und dem Nieselregen lauschen, der die Regenrinnen entlangplätschert, während mich ein Gefühl des Friedens überkommt. Aus der Nachricht auf dem Anrufbeantworter geht nicht hervor, ob Mark zu mir zurückkommen wird. Aber er wird schreiben, wenn er bereit dazu ist. Junges Brief liegt vor mir und klingt genau so, wie ich es erwartet habe: Er ist voller Engagement und verspricht, für mich aktiv zu werden, er listet Kontaktdaten von Bürgerrechtsanwälten auf, Handynummern und E-Mail-Adressen, dankt mir für alles, was er angeblich von mir und während seines Aufenthalts hier gelernt hat. Das ist lieb gemeint, bedeutet mir jedoch nicht halb so viel wie die Tatsache, dass er mit *Luke* unterschrieben hat. Er war so etwas wie ein Arzt für mich, und ich werde ihn sehr vermissen.

Ich verspüre nicht den Wunsch, die Quelle zu verlassen, zumindest jetzt noch nicht. Bis es so weit ist, verbringe ich meine Tage so, wie man sie an einem Ort wie diesem am besten verbringt: mit den kleinen Dingen, die wirklich zählen. Ich sorge gewissenhaft für Annalisa, und ihre Milch sorgt für mich. Mit einer Pflanzschaufel gehe ich in Junges Gemüsegarten und arbeite mich die Beete entlang, jäte hier ein wenig, probiere dort. Die Stangenbohnen hängen zu Hunderten an ihren Rankhilfen aus Bambus, die Kürbisse schlafen im nassen Gras, und die Karotten und Kartoffeln, deren Grün aus dem Boden ragt, bereiten sich schon auf den Winter vor, stehen genau wie die farnähnlichen Pastinakenblätter und die Rotebeetestiele für die Zukunft Spalier. Ich wähle zwei oder drei Zucchini aus, eine Handvoll Tomaten und eine Zwiebel und nehme sie für mein Mittagessen mit in die Küche, wo ich sie langsam und sorgfältig zubereite, erst die Zwiebeln in meiner selbstgemachten Butter anschwitze, die Zucchini mit meinem guten Messer schneide, das Ratatouille mit dem Holzlöffel umrühre.

Im Regen gehe ich die Grundstücksgrenzen ab. Es ist kein schöner Anblick, überall Stacheldrahtzäune, Verteilerkästen, Kameras, abgesägte Äste und zertrampelte Hecken, aber das wird alles bald verschwinden. Die Wiese, auf der die Schwestern kampiert haben, sieht anders aus als die anderen. Ob es am Feuer liegt oder daran, dass monatelang kein Licht unter die Wohnwagen drang, vermag ich nicht zu sagen. Ich kauere mich auf den Boden und streiche übers Gras. Eines Tages in naher Zukunft muss ich Dorothy schreiben und mich bei ihr bedanken, denn sie ist ein guter Mensch und eine echte Freundin, und ich lege mir ebenfalls bereits Sätze für meinen Brief an Jack zurecht. Ich werde es einfach halten: Dich trifft keine Schuld, du hast es nicht böse gemeint, bitte vergib dir selbst. Dann gehe ich weiter, klettere über den Zauntritt und betrete das Wäldchen beim Teich. Ich habe keine Angst mehr. Mir fällt ein, dass Mark vorhatte, die Nadelbäume auszudünnen und den Laubbäumen mehr Raum zu geben; seine Eichen- und Kirschsetzlinge sind inzwischen zu groß geworden für ihre Schutzhüllen aus Kunststoff, also befreie ich sie, lasse zu, dass sich ihre jungen Zweige entfalten, dass sie zum ersten Mal die Form eines Baums annehmen. Der Regen, der dem ganzen Land neues Leben eingehaucht hat, hat selbst unserem Teich zusätzliche Frische verliehen: eine einzelne weiße Seerose ruht voll erblüht auf dem dunklen Wasser, spiegelt sich symmetrisch in der regengetränkten Teichoberfläche, genau wie die Äste der umstehenden Bäume und die überhängenden Farne. Der Zaunkönig ist da, verstummt für einen Moment, um mich mit schräggelegtem Kopf zu beobachten, bevor er im Altarraum der Lichtung seinen Lobgesang anstimmt, nur begleitet vom Chor der Schwalben mit ihrem *Nunc dimittis*. Außer mir ist niemand da, niemand beobachtet mich, niemand wartet auf mich, niemand streift durchs Unterholz. Nichts als Stille. Ich setze mich ans Wasser und weine, wie ich noch nie geweint habe: um Lucien, aber nicht nur um ihn. Als ich fertig bin, tauche ich die Hände ins Quellwasser und kühle meine Augen.

»Töten hat seine Zeit, und Heilen hat seine Zeit«, sage ich laut. »Klagen hat seine Zeit, und Tanzen hat seine Zeit.« Diese Verse sind ein weiteres Geschenk von Hugh, ich kenne sie inzwischen auswendig, wenn auch nicht in der richtigen Reihenfolge. Mir kommt ein weiterer in den Sinn: »Steine werfen hat seine Zeit, und Steine sammeln hat seine Zeit.« Und genau das tue ich, ich sammle moosige Steine aus dem Wald und glänzende vom Uferrand, suche jeden Stein sorgfältig danach aus, ob er gut in der Hand liegt und zu den anderen passt. Dann staple ich sie zu einem kleinen Turm, als Ruhestätte für den seidenen Schmetterling.

Später sitze ich auf dem Tor neben dem Haus, von wo aus wir am Anfang immer die Sonnenuntergänge beobachtet haben, als uns diese noch spektakulär erschienen. Irgendwann wurden sie zum festen Bestandteil unseres Alltags: das Werkzeug aufräumen, die Hühner einsperren, Lucien ins Bett bringen, nach dem Braten im Ofen schauen, und dann dieser kurze Zeitraum, ein Glas selbstgekelterter Apfelwein und ein bisschen Ruhe zwischen Arbeitstag und Feierabend. Jeder Sonnenuntergang war anders. Im Hochsommer glitt die Sonne auf ihrer vollkommenen Parabel Richtung Cadogan, bis sie auf die ungleichmäßigen Umrisse des Waldes traf, während sie im Frühjahr weiter entfernt unterging und mit weißen Taschentüchern aus zarten Zirruswolken winkte, bevor sie hinter Edward's Castle versank. An anderen Abenden legte sie einen weniger anmutigen Abgang hin, wenn dreiste, aggressive Wolken sich aus Südwesten vor sie drängten und ihr letztes Aufflackern vor deren dunklen Schatten umso heller wirkte. Am schönsten war es, wenn uns der Sonnenuntergang überraschte, wenn der schlichte Himmel wenig verhieß und die Sonne, die sich den ganzen Tag geziert hatte, klammheimlich zu verschwinden drohte – bis uns ihr letztes, buntes

Aufbäumen in seinen Bann zog. Dann war Gerard Manley Hopkins unser Dichter der Wahl, mit seiner »Pracht« und seinem »Schein bewegter Spiegel«. Es hatte so viele unterschiedliche Sonnenuntergänge gegeben wie gemeinsame Abende auf dem Tor. Auch jetzt noch gibt es Sonnenuntergänge, zum Beispiel den heutigen, der silbrig-rosa schimmert wie eine Meerforelle. Es hat sie immer gegeben, doch ich hatte weder Augen für sie noch ein Gedächtnis, in dem ich sie hätte abspeichern können. Das hat sich geändert.

Mein Einsiedlertum – wenn man diese erlesene Freiheit überhaupt so nennen kann – ist beinahe vollkommen, der Lärm in meinem Kopf verstummt. Ich habe nur einen regelmäßigen Besucher, den Polizisten, der jeden Morgen herüberkommt, um nach mir zu sehen. Er hat gefragt, ob er mir etwas aus dem Dorf besorgen soll. Gestern Abend habe ich noch über einen Laptop nachgedacht, aber obwohl mein Geld vermutlich reichen würde, bin ich mir nicht sicher, ob ich dafür schon bereit bin. Heute Morgen ist mir eine viel bessere Idee gekommen. Ich frage ihn, ob er mir einen Füllfederhalter, einen Satz Wasserfarben und ein möglichst großes Buch mit leeren Seiten mitbringen kann. Er macht den Weg extra ein zweites Mal, um mir die Sachen zu bringen, entschuldigt sich, dass er ein wenig mehr ausgegeben habe, aber er hätte meinen Worten entnommen, dass es ein besonders schönes Buch sein solle. Wir unterhalten uns darüber, was es im Dorf Neues gibt. Offenbar ist der Pegel des Len wieder gesunken, und man repariert gerade die Brücke, deren uraltes gemauertes Fundament in der ausgetrockneten Erde instabil geworden ist und dann vom Hochwasser unterspült wurde.

»Es ist überall dasselbe«, erklärt er. Dann wechselt er das Thema und erzählt von einer Regenschirmparade am letzten Sonntag, zu der das ganze Dorf erschienen sei. Wie bei einem Karnevalsumzug seien die Leute mit ihren Regenschirmen in allen erdenklichen Farben die Hauptstraße entlangmarschiert, und eine Blaskapelle habe auch gespielt.

»Die Dorfbewohner wollen das jetzt regelmäßig wiederholen«, berichtet er. »Jedes Jahr am gleichen Datum, damit die Dürre nicht in Vergessenheit gerät.«

»Wir sind alle ein Teil dieser Geschichte«, pflichte ich ihm bei. Er erzählt mir, dass die Taylors sogar wieder angefangen haben, ihre Felder zu pflügen. »Toms Sohn, vermute ich«, sage ich vorsichtig.

»Oder sein Bruder«, entgegnet der Polizist. »Traurig, dass Tom es nicht mehr selbst erlebt, aber für seine Witwe ist es sicher schön, dass der Hof weitergeführt wird.«

So stehen wir da und philosophieren, wie es Menschen nun einmal tun, und ich bin einigermaßen stolz auf meine Gewöhnlichkeit. Schließlich bezahle ich ihn von meinem wöchentlichen Taschengeld, das ich kaum je ausgebe, und er sagt, er sei schon gespannt, was ich zu Papier bringen werde. Er hat eine gute Wahl getroffen und ein kunstvoll besticktes Album mit leeren Seiten erstanden, über die ich nun mit den Händen streiche, um mich innerlich vorzubereiten. Mein Besucher ist schon halb die Auffahrt hinauf, als er noch einmal zurücksetzt und an mein Fenster klopft. Er habe vergessen, mir etwas zu geben. Es ist eine Zeitung, die schon einige Tage alt und auf Seite acht gefaltet ist: *Unter Kindsmordverdacht stehende Nonne begeht Selbstmord durch Verzehr von Tollkirschen.* Der kleine Artikel, der von Wettervorhersagen, Überschwemmungsmeldungen und Stellungnahmen der Regierung an den Rand gedrängt wird – fünf mal fünf Zentimeter Text und ein verschwommenes Foto –, könnte genauso gut in einer fremden Sprache verfasst sein, denn ich starre ihn verständnislos an, lege ihn auf den Küchentisch und stelle eine Schüssel Pflaumen darauf, damit ihn der Herbstwind nicht davonweht. Wenn man mich bitten sollte, vor Gericht als Zeugin auszusagen, werde ich nicht wissen, was ich sagen soll. Es erscheint mir nicht richtig, den Zeitungsausschnitt zu behalten, aber ihn zu verbrennen, als ob nie etwas passiert wäre, kommt mir genauso falsch vor. Eines Tages werde ich schon wissen, was ich damit tun soll.

Wie ein Kind, das zu Beginn des Schuljahrs sein neues Schreibheft aufschlägt, kehre ich zu meinem Album zurück und schreibe »Die Quelle« und das heutige Datum ganz oben auf die erste Seite und unterstreiche beides. Ich werde die nächsten Wochen damit verbringen, diesen Ort zu katalogisieren. Wer weiß, wie es wirklich dort draußen zugeht und was in der jahrelangen Dürre verlorengegangen ist, welche Spezies, welche Namen, welche Bilder. Außerdem wird niemand je erfahren, wie es wirklich hier auf diesem wundersamen Stück Land gewesen ist, wenn ich es nicht niederschreibe. Die Messwerte aus den Bohrlöchern, die Diagramme, die von den Wissenschaftlern gesammelten Proben und Daten geben ebenfalls Aufschluss darüber, aber sie tun es in einer anderen Sprache.

Ich gehe systematisch vor, versuche mich an die Vögel zu erinnern, die in unserem Aufwind kreisen und von unserem Wasser leben, den Bussard und die Schwalben, den Sperber und den Zaunkönig, den Haubentaucher, der seinen Nachwuchs auf dem Rücken über den Teich trägt, den Eisvogel, den Fischreiher und den Ziegenmelker. Dann lasse ich meine Zunge über die Namen der Blumen rollen, die hier wachsen, und arbeite bis spät in die Nacht daran, sie mit meinen Wasserfarben zu illustrieren, lasse wie ein mittelalterlicher Mönch Stängel um die Konsonanten wachsen, umgebe die Vokale mit Blumen, ordne sie nach dem Alphabet: Butterblume, Fingerhut, violetter Fuchsschwanz, Glockenblume, tränendes Herz, Knabenkraut, rote Lichtnelke, Margerite, Schwarze Tollkirsche, Veilchen. Abends ziehe ich die Vorhänge zu, um die Dämmerung auszusperren, und sitze am prasselnden Feuer, halte den Fuchs fest und das Hermelin, das auf dem Rasen tanzt, meinen Hasen und selbst die Insekten, die Schmetterlinge, die Bienen, deren Summen mir so oft Gesellschaft geleistet hat und die die Pollen im Obstgarten von Baum zu Baum trugen. Dann die Bäume. So viele Bäume, so viele Blüten. Und die Pilze, die darf ich auch nicht vergessen, keinen von ihnen, nicht einmal den Knollenblätterpilz, denn hier hat jede

Pflanze und jedes Tier seinen Platz. Es kommt mir vor, als würde ich niemals fertig werden, und so verbringe ich meine Tage mit fruchtbarer Beschäftigung und schlafe nachts tief und fest.

Der Polizist hat mir versprochen, ein Buch über einheimische Wildblumen für mich aufzutreiben, weil ich befürchte, nicht die richtigen Namen der vielen Blumen zu kennen, die ich hier im Laufe der Zeit gesehen habe. Und so blicke ich aus dem Fenster und halte nach ihm Ausschau, als ich plötzlich einen vertrauten roten, schlammbespritzten Transporter sehe. Es ist, als wäre es nie anders gewesen: Der Postbote steigt aus, lässt die Tür offen und den Motor laufen, schiebt mehrere Briefe in den verrosteten blauen Briefkasten, der nur noch an einem Scharnier hängt, setzt dann wieder zurück und verschwindet. Der Mann muss neu sein. Ich kann mich nicht an das letzte Mal erinnern, dass unsere Post bis ganz ans Haus gebracht wurde. Da ich den kleinen Schlüssel für den Briefkasten verloren habe, verbringe ich eine lächerliche halbe Stunde damit, mit einem zurechtgebogenen Kleiderbügel aus Metall nach den Briefen zu fischen, außer mir vor nervöser Erwartung. Mein erster Fang ist ein Brief von meinem Anwalt, der zweite eine Werbesendung, in der mir ein zinsloser Kredit für den Kauf eines neuen Sofas offeriert wird. Es scheint, als würde die Wirtschaft nach einigen Anlaufschwierigkeiten doch wieder anziehen. Der dritte Brief ist der Hauptgewinn, denn er ist von Angie. Er erscheint mir unendlich wertvoll, nicht nur, weil sie erneut schreibt, wie leid es ihr tue, dass sie mich jemals für schuldig gehalten hat, nicht nur, weil sie mir darin etwas von Mark ausrichtet, sondern vor allem, weil sie ganz unten *Bitte umdrehen* hingeschrieben hat, und auf der Rückseite steht: *Ach ja, eins noch* … Bei Angie gab es immer ein »Ach ja, eins noch«.

Charley und ich haben uns gefragt, ob es dir etwas ausmachen würde, wenn wir den Winter bei dir verbringen. Wir könnten in der Scheune wohnen und dir bei der Arbeit helfen. Und wer weiß, vielleicht wird ja unser Baby dort geboren? Der Geburtstermin ist Anfang April.

Ich habe fast die ganze Nacht dafür gebraucht, doch jetzt ist meine Antwort an Angie fertig, genau wie der sehr viel schwierigere Brief an Mark. Ich stehe auf dem höchsten Punkt des ersten Feldes und lausche den Kirchenglocken, die im Tal läuten, ein Stück entfernt, aber nicht unerreichbar weit weg. Es muss Sonntag sein, in zehn Minuten beginnt die Frühmesse. Wenn ich jetzt gleich aufbreche, Smithys Wäldchen durchquere, den Schafspfad hinuntergehe, an den Taylors vorbei, die Landstraße überquere, durchs schmiedeeiserne Tor auf den Kirchhof gelange, die schwere Eichentür öffne, die leicht über die steinernen Bodenplatten schleift, und in die stillen Bankreihen trete, um die der Staub in der Sonne tanzt – wenn ich jetzt gleich aufbreche, könnte ich rechtzeitig da sein. Und hinterher könnte ich zwischen den Eiben und den moosbewachsenen Grabsteinen hindurch zum kleinsten Grab gehen, jenem Grab, auf dem eine Kinderflöte liegt. Dort könnte ich beten, oder ich könnte direkt hier auf die Knie sinken, auf meinem Hügel, den Hugh einmal als den schönsten Altar diesseits des Fegefeuers bezeichnet hat. Weil mir keine eigenen Gebete mehr einfallen wollen, denke ich an die Verse, die er aussuchte, als er einmal mit mir und einer Handvoll Getreide hier im Regen stand: *Er weidet mich auf grüner Aue und führet mich zum frischen Wasser* … Es ist ein Anfang, rede ich mir ein, es ist immerhin ein Anfang.

Zurück im Haus, stecke ich meinen Brief an Mark zwischen die ersten beiden Seiten meines illustrierten Manuskripts und verpacke es, um es am nächsten Tag zur Post zu bringen. Es wird meine erste Handlung in der neuen Welt sein.

Lieber Mark,
ich werde meinen Anwalt anweisen, Dir meinen Anteil der Quelle zu überschreiben. Die Welt hat immer nur meine Verbindung zu diesem Ort gesehen, dabei warst Du doch von Anfang an der Einzige, der wusste, wie er tickte, wie man ihn zum Wachsen bringen konnte. Er birgt furcht-

bare Erinnerungen, in den Zimmern unseres Hauses, in der Scheune, im Teich, verborgen in der Erde, im Wasser der Quelle – das lässt sich nicht leugnen, aber Du besitzt die Fähigkeiten, hier eine andere, bessere Ernte einzufahren.

Es ist uns nie gelungen, unseren Traum neu zu erschaffen; in gewisser Hinsicht war das unser erster Fehler. Man kann die Dinge nicht wiederholen, kann sie nur anders machen. Aber wir haben uns über einen langen Zeitraum geliebt, das ist sicher auch etwas wert. Du warst standhaft, während ich Dir eine launische Partnerin war. Es tut mir leid. Jeder Moment, in dem ich Dir den Rücken gekehrt habe, obwohl Du immer zu mir gehalten hast, tut mir unendlich leid.

Ich würde Dich gerne einmal hier besuchen kommen, falls Du mich einlädst.

Angie und Charley kommen her und wollen den Winter über in der Scheune wohnen. Vielleicht könnte sie ein dauerhaftes Zuhause werden für die beiden und das Baby, das sie erwarten. Jemand muss im Frühling hier sein, um Butterblumen auf Luciens Grab zu pflanzen.

Mein Hausarrest wurde gestern Abend aufgehoben. Seltsam, wieder einmal ist ein Tag, auf den ich seit langer Zeit sehnsüchtig gewartet habe, gekommen und gegangen, ohne dass ich ihm viel Beachtung geschenkt habe. Der Oktober, wenn die Wälder golden sind und die Felder bereit zum Pflügen, ist ein guter Monat, um fortzugehen. Ich weiß noch nicht genau, wo ich leben werde, aber ich habe viel darüber gelernt, wie *ich leben möchte.*

Die Zeit ist reif. Mit diesem Brief schicke ich Dir ein Buch. Es ist ein Verzeichnis der Wunder, die hier passiert sind, selbst dann noch, als wir nichts mehr davon wissen wollten. Mit diesem Buch gebe ich Dir die Quelle zurück.

Ruth

DANK

Es gibt so viele Menschen, die mir über die Jahre hin wissentlich oder unwissentlich auf unterschiedliche Weise geholfen haben, dass ich hier nur einem kleinen Teil von ihnen danken kann.

Am Beginn standen meine Eltern, die mich gewählt, geliebt und mir vorgelesen haben, und mein wunderbarer Bruder Christopher, ein wahrer Renaissance-Mann.

Später dann kamen inspirierende Lehrer und Kommilitonen in Clifton, am St. Anne's College Oxford, am Oxford University Department of Continuing Education und an der Oxford Brookes University. Sie alle haben mir dabei geholfen, mein Lesen und Schreiben zu entwickeln.

Danach eine ganze Reihe von unabhängigen Verlegern, die Debütautoren so großartig unterstützen, allen voran Jan Fortune-Wood bei Cinnamon Press. Sie haben meine Kurzgeschichten und Gedichte angenommen und mir damit das Selbstbewusstsein vermittelt weiterzuschreiben.

Während ›Die Quelle‹ Gestalt annahm, haben mir einige Menschen den Gefallen getan, das Manuskript zu lesen und es auf seinem Weg zu begleiten, darunter die vertrauenswürdigen Mitglieder meines Buchclubs, das Elephant-Rock-Schreibquartett sowie Anna Davis und Rachel Phipps von The Woodstock Bookshop. Und dann war da noch Bella, die – in ihrer Eigenschaft als Hund – der ganzen Sache immer bedingungslos positiv gegenüberstand.

Danke an das Lucy Cavendish College in Cambridge für die Auszeichnung – diesen Preis zu gewinnen, hat den entscheidenden Unterschied gemacht.

Mir zum Beispiel eine Agentur eingebracht. Mein tiefempfundener Dank an Janelle Andrew und das großartige Team bei Peter, Fraser, Dunlop, darunter Rachel, Marilia und Alexandra. Nelles grenzenloser Enthusiasmus, ihr waches, kritisches Auge und ihre offenen Worte sind unbezahlbar, und ich denke, wir sollten Nelle unbedingt klonen.

Und dann noch der unschätzbare Canongate-Verlag. Es ist ein Privileg, mit Jamie, Jenny, Natasha, Vicki und Rafi (die das Cover der englischen Ausgabe gestaltet haben) arbeiten zu dürfen. Ein besonderer Dank an meine Lektorin Louisa Joyner, die mir gleichermaßen Weisheit, Erfahrung, Wissen und Güte geschenkt hat.

Im April 2014 hat Jamie Byng von Canongate die internationalen Verleger von ›Die Quelle‹ in dem kleinen Restaurant ›The Shed‹ in Notting Hill versammelt. Ich habe sie alle gebeten, für mich auf einer Menükarte zu unterschreiben, da ich nicht sicher war, ob ich jemals wieder in Gesellschaft so vieler begabter Menschen sein würde, die es zu ihrer Aufgabe gemacht haben, schöne Bücher in die Welt zu bringen. Danke an jeden Einzelnen und an alle, die nicht dabei sein konnten.

Zum Schluss noch einmal aus der Welt zurück nach Hause. Danke an Christopher, Jeremy und Jessica, die den akrobatischen Akt hinbekommen haben, mich bedingungslos zu lieben und zu unterstützen und die eigene Vernachlässigung durch mich zu tolerieren – und dabei noch dafür zu sorgen, dass ihre Mutter mit den Füßen auf dem Boden bleibt. Und an Simon. Ich glaube, er weiß bereits, dass ich nichts wäre in dieser Welt, wenn ich ihn nicht getroffen und geheiratet hätte, aber es muss noch einmal gesagt werden. Und immer wieder. Danke.